AF235114

Zu dieser Reihe gehören

Die Tochter der Moorhexe
~ Das Vermächtnis ~
Band 1
ISBN 978-3-8482-2430-2

Chirons Fluch
~ Das verwunschene Dorf ~
Band 2
ISBN 978-3-7357-4257-5

Tina Charcoal Burner

Die Rache der Moorhexe
- Dèjà vu -
Band 3

Quellenbezug Wikipedia

Coverfoto
Dirk Löcher, Krefeld

Herstellung und Verlag:
BoD – Books on Demand, Norderstedt
© 2021, Tina Charcoal Burner
ISBN 978-3-7543-0934-6

Die Rache der Moorhexe

~ Dèjà vu ~
Band 3

Connemara - im Westen der Provinz Connacht

Ich stieg aus und schritt langsam auf das kleine eiserne Tor zu....
Irgendwie kam mir diese Szene bekannt vor.
Hatte ich gerade ein Dejavu-Erlebnis?
Was geschah hier?
Kopfschüttelnd beschritt ich die Allee, die zu diesem Cottage führen sollte.
»Gleich kommst du an den verwilderten Garten und siehst die Hütte. Die Tür hängt nur noch in einer Angel und die Scheiben der Fenster sind teilweise zersplittert«, wisperte mir eine innere Stimme zu.
Ich stockte im Laufen.
Komisch!
Als wenn ich alles schon einmal erlebt hätte. Ich sah dieses reparaturbedürftige, halb verfallene Cottage vor mir.
Urplötzlich bekam ich Kopfschmerzen und etliche Bilderfetzen erschienen vor meinen Augen.
Aufstöhnend setzte ich mich auf die Bank vor dem Haus, die mit Moos überwuchert war.
Was ging hier vor sich?
Das wiederum konnte ich nur von der Mutter meiner Freundin erfahren, die bisher ein Auge auf dieses Gebäude, während meiner jahrelangen Abwesenheit gehabt hatte.
Kurze Zeit später machte ich mich auf den Weg in die Stadt um auch einiges Werkzeug zu besorgen.
Freudig wurde ich von Mrs. Whitehead begrüßt.
Nach einem ausführlichen Gespräch und der Zusage für eine Arbeitsstelle als Gesellschafterin, kam mir auch hier alles vertraut vor.

Auf der Heimfahrt nahm ich eine andere Strecke und konnte somit direkt mein Cottage anfahren.
Eigenartig!
Woher wusste ich das alles?
Meine Gedanken überschlugen sich.
Ich holte meinen Campingkocher aus dem Auto und versuchte es mir in der Hütte gemütlich zu machen.
Mein Schlafsack musste mir für die nächsten Tage genügen, bis ich mir die entsprechenden Möbel dazu besorgt hatte.
Völlig übermüdet schlief ich ein.
Die Nacht bescherte mir jede Menge Albträume und ich erwachte am Morgen völlig gerädert.
Mrs. Whitehead erschien kurz vor Mittag, brachte mir Verpflegung und Mr. Hunter mit, der mir die Haustür richtete und die Wasserpumpe und das Stromaggregat in Gang brachte.
„Caer, wir haben dir einige Möbelstücke mitgebracht, für die du sicher Verwendung hast."
Ich dankte beiden und wieder hatte ich das Gefühl, alles schon einmal erlebt zu haben.
Tage später traf ich bei meinen Einkäufen auf Mrs. Whitehead und diese teilte mir mit, eine angemessene Anstellung für mich gefunden zu haben.
„Caer, dein Arbeitgeber heißt Chiron O´Reilly und wohnt in einem uralten Anwesen. Du kannst jederzeit vorsprechen. Außerdem kannst du mich bei meinem Vornamen nennen. Ich bin Brigid."
„Danke. Ich werde ihn heute Nachmittag aufsuchen und meine Aufwartung machen."
Beschwingt stieg ich ins Auto und fuhr zurück.
Nachdem ich die Hälfte der Strecke hinter mir hatte, bekam ich erneut tierische Kopfschmerzen.

Ich hielt an und sah wieder Bilderfetzen vor meinen Augen.

Es erwischte mich so heftig, dass ich aus dem Auto steigen musste und mich übelst erbrach.

Was geschah mit mir? Was verdammt noch mal, war hier nicht richtig?

Brigid? Brigid? Dieser Name sagte mir etwas. War sie nicht umgebracht worden, als sie diese Kinder bei sich versteckte?

Kinder? Welche Kinder? Meine?

Völlig aufgelöst schaffte ich es bis in mein Cottage, legte mich hin und schlief auf der Stelle ein.

»Caer, wir Druiden grüßen dich und freuen uns, dass du wieder zurückgefunden hast. Du wirst in absehbarer Zeit deiner alten Bestimmung als Bandrui zugeführt und nach und nach werden deine Kräfte wieder vorhanden sein.«

»Wer seid ihr? Was wollt ihr? Welche Bestimmung? Welche Kräfte?«

«Geduld! Höre auf dein Inneres. «

Ich schrak hoch. Was für ein eigenartiger Traum.

Ein Blick auf die Uhr zeigte, dass es an der Zeit war, bei meinem neuen Arbeitgeber zu erscheinen, um mich vorzustellen.

Ich machte mich frisch und fuhr los.

Mühelos fand ich die Straße zum Anwesen und als ich dieses erblickte, traf mich die Erkenntnis, dass ich bereits schon hier gewesen sein musste. Ich erinnerte mich plötzlich an verschiedene Details in und um das Gebäude. Verwirrt stieg ich aus und begab mich zur Tür.

Keine Klingel?

Nur dieser altmodische Türklopfer in Form eines Wolfkopfes, den ich nun betätigte.

7

Die dumpfen Schläge verhallten und niemand öffnete mir.

„Guten Tag! Kann ich ihnen behilflich sein?", sprach mich eine Stimme an, die mir tief in meinem Innersten bekannt vorkam.

Ich wirbelte herum.

„Gestatten, Chiron O´Reilly. Mit wem habe ich das Vergnügen?"

„Angenehm. Caer Killarney. Mrs. Whitehead schickt mich", stotterte ich vor mich hin.

„Kommen Sie doch herein."

Kaum hatte ich die Schwelle überschritten, traf es mich völlig unvorbereitet und ich ging keuchend in die Knie.

Ich hatte eine Erinnerung.

O´Reilly half mir hoch und erkundigte sich, ob alles in Ordnung sei.

Ich nickte.

„Mr. O´Reilly? Können wir uns kurz unterhalten? Ich habe das Gefühl, ich war hier schon vor Ort."

„Sie sind mir zwar unbekannt, aber ich höre mir ihr Anliegen gerne an."

Ich lief an ihm vorbei in Richtung Küche.

O´Reilly gab einen erstaunten Laut von sich und folgte mir.

Ich nahm am Küchentisch Platz.

O´Reilly schaute mich an.

„Sagen Sie mal, Miss Killarney? Woher wussten Sie den Weg zur Küche?"

„Ich sagte ihnen doch schon, dass ich bereits hier war. Ich habe in den letzten Nächten immer und immer wiederkehrende Albträume. Es dreht sich dauerhaft um Druiden, Kräfte und irgendwelche Bestimmungen, die ich wohl erhalten werde. Im Gebäude befindet sich auch ein Wintergarten mit einem ominösen Brunnen und im Obergeschoß ein Spiegel in die Anderwelt. Können Sie mir etwas darüber sagen? Was geht hier vor?", fragte ich ihn.

Er zuckte mit den Schultern.

„Keine Ahnung, von was Sie sprechen", warf er dann ein.

Es klingelte an der Haustür. Ich zuckte zusammen. Mir fiel urplötzlich ein, dass es hier außer diesem Türklopfer, doch eine Klingel gab.

Ich musste lachen, während O´Reilly sich erhob und zur Tür eilte, um zu öffnen.

Er kam mit einem jüngeren Mann zurück, den ich sofort erkannte. Aus welchem Grund auch immer.

Ich sprang auf.

„Tom! Hallo, erkennst Du mich wieder?"

„Ja! Caer! Mein Gott, wie kommst Du denn hierher? Endlich bist du zurück! Wie geht es Dir?", rief er und drückte mich an sich.

Ich gab ein kurzes Statement ab, was in den letzten Tagen passiert war.

Auch an meine Erinnerung, und bestimmte Ereignisse, die nach und nach zurückkamen.

„Leider hat Chiron O´Reilly wohl keine Erinnerung mehr, an die Vorkommnisse. Er weiß nicht wer ich bin", erklärte ich Tom.

Dieser drehte sich zu Chiron und durchbohrte ihn mit Blicken.

„Chiron! Hör auf damit! Wir waren uns doch einig. Keine Lügen und Heimlichkeiten mehr, sobald Caer hier auftaucht und sich auch nur im Entferntesten an irgendetwas erinnern kann!"

Ich drehte mich ebenfalls um und schaute O´Reilly durchdringend an. In dessen Gesicht zuckte es mehr als verräterisch und er stand auf.

„Okay! Spielen wir eben mit offenen Karten. Herzlich Willkommen zurück, Caer! Auf ein neues Abenteuer! An was kannst du dich noch erinnern?"

Ich stutzte.

„Ganz ehrlich, O´Reilly? An fast nichts! Ich bekomme immer bruchstückweise Erinnerungsfetzen und muss mir alles wie bei einem Puzzle, Stück für Stück, zusammensetzen. Gerade habe ich die Nächste. Der Name Chiron erinnert mich an ein Mischwesen der griechischen Mythologie. Ein Kentaur – halb Mensch - halb Pferd. Diese Antwort habe ich dir bereits schon einmal gegeben. Wir kennen uns und waren bereits beim Du und auch schon weiter. Warum lügst du? Was soll das?"

„Bleib ruhig. Gut, ich werde dir jetzt helfen alles zu verstehen. Setz dich wieder. Du auch Tom. Wenn etwas für dich unverständlich erscheint, Caer, dann frag mich."

Ich nickte und Chiron fing mit der Information an.

Nach gut einer Stunde, ergab alles einen Sinn für mich.

„Hast du soweit alles verstanden?", fragte Chiron an mich gewandt.

Ich nickte und bat um ein Glas Wasser.

Während des Gespräches kam auch so langsam meine Erinnerung zurück.

„Wenn ich das alles richtig verstehe, sind oder waren wir ein Paar. Unsere Kinder befinden sich immer noch auf der anderen Seite. Ebenso dieser geheimnisvolle Chronoskop, der alles wieder ins rechte Lot bringen kann. Ich bin von Werwölfen ermordet worden und meine Überreste liegen auf deinem privaten Friedhof in der Nähe. Was ich nicht verstehe ist, dass ich nicht wiederauferstanden bin, nach den Bissen."

„Doch! Du bist jetzt hier. Die Zeitschleife….. "

„Ich bin der Schlüssel zu all dem?", hakte ich weiter nach.

Tom und Chiron nickten.

„Ja, immer noch!"

Ich schluckte und schlug meine Hände vors Gesicht.

Was würde auf mich zukommen? Ich hatte bereits schon soviel durchgemacht. Und was war mit Chiron? Liebte er mich noch? Ich blickte ihn durchdringend an.

„Eine Frage habe ich an dich, Chiron. Wie stehst du zu mir? Liebst du mich noch oder bin ich wieder nur Mittel zum Zweck?"

„Caer, ich will ehrlich sein. Für den Moment kann ich dir keine Antwort darauf geben. Ich hatte nicht damit gerechnet, dass du hier jemals wieder auftauchst und dich erinnern kannst."

„Nun, wenigstens bist du dieses eine Mal ehrlich zu mir. Sehen wir, wie sich alles weiterentwickelt. Kann ich solange hier wohnen bleiben? So muss ich nicht jeden Tag zwischen dem Cottage und dem Schloss hin und her fahren."

Chiron nickte.

„Such dir ein Zimmer aus. Im Haus sind genügend vorhanden. Nur mein privates Schlafzimmer und dein früherer Raum sind für dich tabu."

„Ich werde es mir wieder in der Bibliothek gemütlich machen, wenn du nichts dagegen einzuwenden hast. Das obere Zimmer wird wohl für mich weiterhin ein Sperrgebiet bleiben. Danke Chiron. Ich freue mich auf den Kamin und die gemeinsamen Abende."

„Ja, der obere Raum bleibt für dich verschlossen. Aber sonst, mach nur. Kein Problem. Mich wundert nur, dass du Erinnerungen an unsere gemeinsamen Abende vor dem Kamin hast. So und nun werde ich für uns drei ein festliches Willkommensmahl zaubern. Wer von euch geht mir zur Hand?", fragte er nach.

Tom hob die Handflächen.

„Ich bin da raus. Habe leider zwei linke Hände. Das wird nichts. Ich denke Caer kann das besser", gab er zwinkernd in meine Richtung und verabschiedete sich fürs Erste.

In zwei Stunden wollte er wieder hier sein.

„Gut, bring den Rest der Jungs mit! Ich koche etwas mehr! Sie freuen sich sicher, Caer wieder zu sehen!"

„Geht klar!", rief Tom zurück und verschwand.

Ich räusperte mich.

„Alles gut bei dir, Caer?", fragte Chiron nach und ich nickte.

„Na, dann ran an die Kochtöpfe", sprachs und teilte die Arbeit auf.

Unsere Zweisamkeit verlief stillschweigend und ich wünschte mir, Chiron wäre da etwas gesprächiger gewesen und hätte mir erzählt, wie es ihm in letzter Zeit ergangen war. Ich schaute ihn ein paar Mal von der Seite an und hoffte auf einen Anfang.

Nichts!

Chiron hatte wohl meine verstohlenen Blicke bemerkt und drehte sich zu mir.

„Was ist denn Caer? Bedrückt dich etwas? Frag wenn du etwas wissen möchtest."

„Chiron, wie ist es dir eigentlich vor meinem erneuten Erscheinen ergangen. Du sprichst nicht darüber und es würde mich interessieren", gab ich von mir.

„Gut ging es mir, Caer", kam die einsilbige Antwort.

Ich fragte nicht weiter, denn so wie es aussah, wollte er nicht reden und er log. Er hatte sich nicht geändert. Nachher würde ich Tom um etwas Aufklärung bitten. Sichtlich enttäuscht, schnitt ich das Gemüse weiter. Außerdem hatte ich mir mehr von Chiron erhofft. Zumindest, dass er mich einmal umarmt hätte. Sein Empfang für mich, war äußerst kühl und distanziert gewesen. Ich seufzte hörbar auf, erntete einen fragenden Blick von Chiron und widmete mich wieder dem Grünzeug. Das Essen wurde pünktlich fertig und während ich den Tisch deckte, klingelte es an der Haustüre. Chiron eilte hinaus um zu öffnen. Schon stürmte die ganze Bande herein und es gab ein riesiges Hallo. Die Jungs freuten sich, mich wieder zu sehen und drückten mich so fest, dass mir danach alles wehtat. Ich lachte und es wurde doch noch ein schöner Abend. Zwischendurch bat ich Tom um ein Gespräch. Wir gingen nach draußen, denn Chiron musste davon nichts mitbekommen. „Tom, ich würde gerne etwas von dir wissen. Bitte sag die Wahrheit und schone mich nicht. Was genau, ist nach meinem Tod passiert?" „Möchtest du es wirklich wissen, Caer?" Ich nickte. „Chiron versuchte alles um dich zu retten. Es kam zu einem Kampf zwischen ihm und den Wölfen, den er alleine nicht gewinnen konnte. Wir, seine Freunde sind leider zu spät dazu gekommen, konnten das Rudel aber töten. Als Chiron sich um dich kümmern wollte, lagst du bereits zu unseren Füßen und dein Blut war im ganzen Raum verteilt. Obwohl wir ihn baten, dass er deinen Kopf vom Rumpf trennte, wie bei den anderen Wölfen, weigerte er sich. Wir beschworen ihn, damit du nach deinem gewaltvollen Tod, nicht wieder auferstehen konntest, denn dies ist ein Fluch, der alle Werwölfe ereilt. Chiron setzte dich kurz nach deinem Ableben, als Abschiedsgeschenk für ein paar Stunden auf den freien Platz im Brunnen, den du so mochtest. Später hielt Chiron mit uns abwechselnd drei Tage an deinem Totenbett Wache. Wir hofften und bangten, dass du dich nicht verwandeln würdest. Erst dann beerdigte er dich. Danach war er für Monate zu nichts zu gebrauchen. Er hoffte dich irgendwann wieder zu sehen. Nun bist du wieder hier."

„Ich danke für deine ehrliche Information, Tom. Kein Wort zu Chiron. Sieht so aus, als wenn ihm doch noch etwas an mir liegt. Lass uns zurück ins Haus."

Jetzt brauchte ich unbedingt einen Whiskey. Nur blieb es nicht bei einem.

Gegen Mitternacht verließen uns seine Freunde und ich hatte nach zuviel Alkoholgenuss einen heftigen Rausch.

Chiron schüttelte mit dem Kopf.

„Caer, mit dir nimmt es noch ein schlimmes Ende. Du bist ja total besoffen", bemerkte er lachend.

„Na und? Ein schlimmes Ende hatte ich schon. Auf in die zweite Runde", gab ich von mir, tänzelte an ihm vorbei und drückte ihm dabei einen schnellen Kuss auf den Mund.

Chiron wich erschrocken zurück.

„Verdammt! Caer lass das!", brüllte er mich an.

„Warum?", hakte ich nach.

„Darum!", gab er zurück.

„Feigling!", provozierte ich ihn, drehte mich um und verschwand in die Bibliothek.

Ich fiel noch im angezogenen Zustand auf die Couch und schlief kurz darauf ein.

Der darauf folgende Tag, bescherte mir heftige Kopfschmerzen. Mir war speiübel und mit einem Spurt ins Bad, wo ich mich übergab, konnte ich gerade noch ein Missgeschick in der Bibliothek verhindern. Danach eilte ich in die Küche, wo bereits Chiron mit einem Frühstück auf mich wartete.

„Na? Wie hast du geschlafen? Wünsche wohl geruht zu haben", kam es von Chiron.

„Danke", gab ich einsilbig zurück und schenkte mir Kaffee ein.

In meinem Kopf dröhnte es, wie in einem Bergwerk und mit gierigen Schlucken, trank ich den Kaffee aus, was zur Folge hatte, dass ich erneut ins Bad rannte und mich übergeben musste.

„Scheint heute nicht dein Tag zu werden, Caer. Am Besten ist es, du legst dich für den Rest des Tages auf die Couch und schläfst deinen Rausch aus"; riet er mir.

Ich nickte und verzog mich wieder.

Gegen Mittag wurde ich durch ein leichtes Rütteln von Chiron geweckt.

Desorientiert sah ich mich um.

„Caer? Geht es dir gut? Du hast im Traum einige Male wie wild um dich geschlagen. Meine Bemühungen dich zu wecken blieben erfolglos."

„Was? Außer das mir ziemlich flau im Magen ist und ich tierisches Kopfweh habe, kann ich mich an nichts erinnern."

„Bist du dir sicher", hakte er nach.

Ich nickte. Irgendetwas braute sich über unseren Köpfen zusammen. Da war ich mir absolut sicher. Die Vergangenheit versuchte mich schlagartig einzuholen. Aufstöhnend sackte ich in mein Kissen zurück. Chiron fragte nach, ob ich etwas essen wollte und kam Minuten später mit einem Schälchen Suppe zurück.

„Bleib liegen Caer. Du kommst heute in den Genuss, von einem männlichen Wesen gefüttert zu werden. Genieße es einfach", gab er lachend von sich.
Ich grinste und ließ mich verwöhnen.
„War das lecker. Ich fühle mich schon besser. Ich könnte mich an die Art von Fütterung gewöhnen und mich gerne jeden Tag von dir verwöhnen lassen", gab ich von mir.
Chiron grinste und dann kam eine Ansage, mit der ich nicht gerechnet hatte.
„Verwöhnen von mir? Nur beim Essen? Oder hattest du dabei noch einen Hintergedanken im Kopf?", gab er von sich und schaute mich durchdringend an.
Ich wurde rot im Gesicht, blieb ihm eine Antwort darauf schuldig und legte mich zurück. Kurz darauf schien ich wieder eingenickt zu sein und bekam nicht mehr mit, dass er mich ganz zärtlich auf den Mund küsste.

Chiron räumte das Geschirr in die Spülmaschine und fing an, für das Abendessen einiges vorzubereiten. Seine Gedanken schweiften immer wieder zu Caer und er musste an die Abende in der Vergangenheit denken. Im Gegensatz zu ihr, hatte er die volle Erinnerung.
Plötzlich hörte er einen markerschütternden Schrei aus der Bibliothek.
Caer!
Er ließ alles Liegen und Stehen und rannte so schnell er konnte zu ihr.
Caer saß mit weit aufgerissenen Augen auf der Couch, schrie sich die Seele aus dem Leib und hörte auch nicht auf, als Chiron sie schüttelte.
„Verdammt! Caer! Wach auf! Du träumst nur!"

Langsam kam sie zu sich und verkrallte sich regelrecht in Chiron´s Körper. Sie zitterte und hyperventilierte so stark, dass er sie schützend in den Arm nahm, an sich drückte und ihr beruhigend über den Rücken strich. Es vergingen einige Minuten, bis sie sich entspannte und ihn von sich schob.

„Caer? Bist du jetzt einigermaßen ansprechbar? Was ist passiert?"
Ich nickte und dann legte ich los.
„Mein Gott! Dieser Albtraum! Ich dachte, dass ich daraus nicht mehr aufwachen würde. Chiron, auf uns kommen einige unangenehme Geschichten zu. Ich durfte bereits einen Einblick nehmen. Es hängt mit diesem verfluchten Chronoskop zusammen. Solange die Vergangenheit nicht verschlossen wird, werden wir dauerhaft von den Wesen der Anderwelt auf unserer Ebene besucht werden. Bereits vorhin durfte ich Bekanntschaft mit »Manannan mac Lir« machen. Ich gebe dir eine Kurzfassung, um wen es sich handelt. Manannan ist einer der bekanntesten irischen Götter. Er ist ein Sohn des Meeresgottes Lir und der Vater von Mongan. Als Totengott herrscht er über Mag Mell. Gleichzeitig ist er auch der Herrscher über die Meere, jenseits des Landes der Jugend und der Inseln der Toten. Er wurde zum Hochkönig der Tuatha de Danaan, nachdem diese sich in die *Andere Welt* zurückgezogen hatten. Er lebt auf der Insel Emain Avalach. der Insel der Apfelbäume, von wo aus er sich auf Tir Tairngire, um die Götter kümmert. Diese umhüllt er mit einem Mantel, der sie unsichtbar macht, und richtet ihnen Festmähler aus, in denen sie aus seinem stets gefüllten Kessel speist, der die Götter vor Alter und Verfall schützt. Schweine, die er abends

schlachtet, stehen am nächsten Tag wieder unversehrt in ihren Ställen. Manannan ist ein Meister der Illusion und der Gaukeleien. Da die menschlichen Emotionen mit Wasser vergleichbar sind, also unberechenbar und immer in Bewegung, neigen die Menschen dazu, auf Lug und Trug herein zu fallen - auf Menschen, die sie herein legen, ebenso, wie auf das trügerische Wasser. Manannan trägt einen weiten Mantel, der die Farbe ändern kann. Wenn es stürmte, sagt man, der zornige Manannan schreitet umher und wenn man ganz genau hinhört, kann man vielleicht sogar seinen Mantel im Wind flattern hören. Sein Schwert durchdringt jede Rüstung. Ursprünglich gehörten all diese Dinge Lugh. Wie und wann sie in Manannan´s Besitz gelangten, ist nicht überliefert. Sein Thron steht auf der Isle of Man, wodurch die Insel ihren Namen bekam. Manannan ist im Besitz der Zwillinge und er tauscht sie nur gegen das Chronoskop und den Stein der Weisen. Als er mich vor die Tatsachen stellte verlor ich die Nerven. Er drohte beide Kinder zu töten und setzte mir eine Frist. Wir haben nur noch drei Monate, um den Austausch vorzunehmen. Schaffen wir es nicht, sind die Kinder verloren. Ich werde froh sein, wenn ich alles hinter mir lassen kann, die Tore verschlossen sind und die Erinnerung endlich zur Vergangenheit zählt. Er teilte mir noch folgendes mit….*in Luna rea*", gab ich hysterisch von mir.

Chiron zuckte merklich zusammen.

„Weißt du, was….*in Luna rea* bedeutet und was dies für die Vergangenheit und Gegenwart heißt?", gab er zu bedenken.

Ich schüttelte den Kopf.

„Nein Chiron, außerdem werde ich mich dann an all dies, sowieso nicht mehr erinnern. Also zerbreche ich mir nicht unnötig den Kopf darüber. Du weißt, dass ich nach meinem Tod, mehr oder weniger wieder zum Leben erweckt wurde. Es ist das Letzte, an das ich mich wieder erinnere oder erinnern darf. Zurzeit befinde ich mich im Stadium der *Nekromantie*. Es gibt fünf Arten davon. In welcher ich mich befinde, ist noch nicht abzusehen. Ich denke ich stehe auf zwei Stufen. Der *Scyomantie* und der *Nekyomantie*. In welche Richtung sich diese allerdings entwickeln, weiß selbst ich nicht. Die Druiden werden es entscheiden. Über dieses.....*in Luna rea*, werde ich mich noch ausgiebig erkundigen, oder weißt du, um was es da geht? Du bist vorhin sehr heftig zusammengezuckt."

„Nein! Weiß ich nicht! Caer, obwohl du eine Bandrui bist, kannst du es nicht selbst bestimmen und dir selbst helfen?", fragte er nach.

„Ich hätte schon die Macht. Nur darf ich es nicht. Auch die Druiden besitzen einen Ehrencodex, der vieles zum Eigennutz verbietet und einen Verstoß sofort straft", antwortete ich.

Chiron erhob sich und kündigte mir an, dass er in der Küche die Vorbereitungen zum Abendessen zu Ende bringen würde.

Ich nickte.

„In der Zwischenzeit werde ich mir eine kurze Dusche gönnen. Ich bin nach dem Albtraum völlig verschwitzt und muss mich dringend erfrischen. Sag mal, sind meine Kleidungsstücke noch vorhanden, oder hast du die bereits entsorgt?", fragte ich nach.

„Alle noch da, wo du sie deponiert hattest."

„Gut, dann werde ich mir meinen Bademantel und ein paar Handtücher holen. Ach, und später muss ich ein Gespräch mit dir führen. Am Besten nach dem Abendessen. *Manannan mac Lir* hat mir eine Nachricht hinterlassen, die uns beide angeht", offerierte ich Chiron.

Er nickte, schaute mich mehr als durchringend an, drehte sich auf dem Absatz um und verschwand in die Küche. Nachdenklich machte ich mich auf den Weg ins Badezimmer. Das kühle Nass erfrischte mich und ich stieg etwas erholt aus der Dusche. Zumindest war mir nicht mehr so schlecht und ich war für das anberaumte Gespräch mit Chiron gewappnet. Es würde sehr extrem werden und ob mir Chiron das erfüllte, was ich forderte, war noch fraglich. Mehr als nachdenklich zog ich meinen Bademantel an und machte mich auf den Weg in die Küche. Der Tisch war wie immer vorbildlich gedeckt und Chiron bat mich, dass ich mich setzte.

„Ich hoffe es stört dich nicht, dass ich im Bademantel am Tisch erscheine"; fragte ich.

„Keineswegs. Fühl dich wie zuhause", erhielt ich zur Antwort.

Während wir aßen, fragte ich nach, ob es Chiron etwas ausmachte, dass ich Tom und den Rest der Jungs, morgen früh zu einem Gespräch einlud. Ich erklärte ihm, dass sie indirekt in diesem Fall beteiligt waren und uns helfen mussten.

Er stimmte zu und rief bei Tom an. Dieser willigte ein und versprach den Rest der Bande für Morgen früh zusammenzutrommeln.

Ich atmete erleichtert auf.

So, dass war auch abgeklärt.

Nach dem gemeinsamen Essen, bat ich Chiron in die Bibliothek. Er folgte und machte es sich in einem der Ohrensessel bequem.

„Nun Caer? Was willst du genaueres mit mir wegen des Albtraumes besprechen? Und was haben Tom und die Anderen damit zu tun?"

„Eigentlich weiß ich gar nicht, wo ich zuerst anfangen soll. Du musst noch einmal in dein anderes Haus und mir aus dem geheimen Raum, einige der geschützten Chroniken holen. In diesen steht wahrscheinlich, wo das Chronoskop zu finden ist. Ich hoffe du schlägst mir die Bitte nicht ab und unterstützt mich. Ich fange an, mich immer mehr zu erinnern, vielleicht fällt mir auch wieder ein, wo sich die Gegenstände befinden", konfrontierte ich ihn, mit meinem Wissen.

Chiron stöhnte auf und erhob sich. Was dann folgte, brachte meine Gefühlswelt völlig durcheinander.

„Caer, ich hatte stark gehofft, dass du das mit den Chroniken nie in Erfahrung bringen würdest. Wir beide wissen, was es für uns bedeutet. Du wirst auf immer und ewig aus meinem Leben verschwinden und alles wird in Vergessenheit geraten. Ich möchte das nicht, da ich mich bereits zu sehr an dich gewöhnt habe. Caer, ich liebe dich über alles!"

Der letzte Satz klang wie ein Aufschrei.

Ich schluckte, sah Chiron völlig entgeistert an und sprang wütend auf.

„Verdammt! Chiron! Du willst mir doch nicht sagen, dass du die Geschichte mit den Chroniken bewusst im Verborgenen gehalten hast! Warum? Nur um mich nicht zu verlieren? Oder wieder einmal nur zu deinem Eigennutz, um dich zu retten! Ich sag dir jetzt eines. Unter diesen Bedingungen vergessen wir alles und das Schicksal soll entscheiden. Mir reicht es, denn ich werde nicht noch einmal alles in diesem Umfang durchmachen, wie vorher!", brüllte ich ihn an und wandte mich zum Gehen.

In diesem Augenblick flimmerte die Luft und ich hörte die Druiden sprechen.

» Caer! Verweile und überstürze jetzt nichts. Es wird alles gut. Vertraue uns und höre auf dein Herz und dein Inneres. «

Ich sackte aufstöhnend in die Knie und sah aus den Augenwinkeln, wie Chiron auf mich zueilte, mich ganz vorsichtig nach oben und in seine Arme zog.

Ich ging auf Abwehr, drückte meine Hände gegen seinen muskulösen Brustkorb und spürte wie sein Herzschlag sich steigerte. Er zog mich noch fester an sich, bis mir fast die Luft ausging und überschüttete mich mit Küssen. Verzweifelt versuchte ich mich aus seinen Armen zu winden, was mir nicht gelang und dann war es um mich geschehen.

„Caer, du hast mir gefehlt", gab er von sich und fuhr mit seinen Händen durch mein Haar.

Ich dachte nur noch, lieber bei einem Teufel bleiben, den man kennt, als sich mit einem Neuen zu befassen.

Deshalb ließ ich ihn gewähren

Ich verschränkte meine Arme in seinem Nacken und küsste ihn sanft.

„Ich hab dich auch vermisst", flüsterte ich.

Irgendwann versank ich wieder einmal im Strudel meiner Gefühle und landete mit ihm auf der Couch.

Während seine Lippen meine Schultern liebkosten, glitten seine Hände bereits meine Schenkel empor, die ich bereitwillig öffnete.

Ich umklammerte ihn, bog mich ihm entgegen und stöhnte erleichtert auf.

Chiron genoss die Zweisamkeit und nachdem Caer eingeschlafen war, deckte er sie zu und machte es sich im Ohrensessel gemütlich.

Der Morgen graute bereits, als ich erwachte.

Was gestern Nacht geschehen war, bereute ich nicht. Allerdings war es in keiner Weise eingeplant und mehr oder weniger ein heftiger Gefühlsausbruch meiner Seite gewesen.

Genossen hatte ich Chirons Streicheleinheiten in vollen Zügen, bis zur Erschöpfung.

Ich sah mich um, erblickte ihn schnarchend auf einem der Sessel, stand auf, schlich zu ihm und hielt seine Nase zu. Verzweifelt schnappte er nach Luft und ich grinste vor mich hin. Als ich zur Tür eilte, wurde ich plötzlich gepackt und herumgerissen.

„Verdammtes Biest!", gab Chiron lachend von sich und zog mich wieder an sich.

Da sich in seinen unteren Regionen bereits wieder etwas zu regen begann und ich eine Wiederholung zu vermeiden suchte, entwand ich mich ihm und rannte laut schreiend und lachend in die Vorhalle.

Chiron folgte mir und just in diesem Augenblick erschien Tom mit den Jungs.

Ich stoppte abrupt und Chiron lief voll auf mich auf.

„Autsch! Verflucht! Caer! Was soll das?", hörte ich Chirons Stimme hinter mir.

Seine Kumpels starrten uns entsetzt an und brachen dann in schallendes Gelächter aus.

Ich wurde mir urplötzlich meiner Nacktheit bewusst und versank vor Scham bald im Erdboden. Nun war es leider zu spät und alle konnten mich bereits im Evaskostüm bewundern.

Chiron stellte sich vor mich um die Blicke auf sich zu lenken.

„Ups! Na, ihr beiden? Oha! Chiron! Haben wir euch bei den Spielchen Gewehr bei Fuß oder eher bei standhafter Zinnsoldat gestört? Falls ja, tut es uns sehr leid. Chiron, ich sollte, solange Caer hier weilt, die

Türklingel und nicht den Haustürschlüssel nutzen", meinte Tom.

Nach dieser Ansage konnte ich mich nicht mehr unter Kontrolle halten und fing schallend zu lachen an.

Chiron drehte sich leicht zu mir und sein Gesicht war krebsrot.

„Jungs, denkt alle was ihr wollt. Hoffentlich werdet ihr von meinem Anblick nicht blind. Jetzt wisst ihr, wie ich komplett ausgezogen aussehe. Ich für meinen Teil geh mich jetzt anziehen und erwarte von euch Kerlen zur Entschädigung ein herrliches Frühstück", gab ich von mir.

Chiron stand immer noch wie versteinert vor mir.

Ich hieb ihm auf den Hintern, was die Meute erneut zum Sticheln veranlasste.

„Los, Chiron! Ab zum Anziehen, sonst erkältest du dich noch", forderte ich ihn auf.

Knurrend folgte er mir in die Bibliothek, während alle anderen in die Küche verschwanden.

Schnell war er angezogen und folgte seinen Kumpels nach.

Kurze Zeit später betrat auch ich die Küche und hörte gerade noch, was Tom an Chiron weitergab.

„Wie war das doch gleich? Caer ist total verklemmt! Ich denke nach dem heutigen Tag, dass eher du mehr als verklemmt bist. Caer hat diese prekäre Situation mit Bravour überspielt, im Gegensatz zu dir. Rot wie eine überreife Tomate hast du ausgesehen", gab er von sich.

Alle lachten. Chiron fand dies allerdings nicht lustig und setzte sich schmollend an den Tisch.

Ich gesellte mich dazu und bedankte mich für das herrliche Frühstück.

Danach verzogen wir uns in das Arbeitszimmer und ich klärte alle auf, um was es ging. Die Blicke ruhten auf Chiron und jeder wartete auf seine Entscheidung. Als keine Rückmeldung von ihm kam, stellte ich in zur Rede. Missbilligend sah er mich an.

„Caer, setz mich nicht wieder unter Druck!", blaffte er.

Enttäuscht blickte ich ihn an und dann begannen seine Freunde zweideutig zu sticheln.

„Welcher Druck? Du bist diesen doch noch gar nicht losgeworden. Caer hatte noch keine reelle Chance bei dir Abhilfe zu schaffen", gab Tom spontan von sich und grinste dreckig vor sich hin.

Ich versuchte ernst zu bleiben, was misslang und brach erneut in Gelächter aus, in das der Rest der Bande mit einstimmte.

Der Einzige, der wohl an diesem Morgen keinen Spaß verstand war Chiron.

Ein vernichtender Blick traf mich von seiner Seite.

Nach stundenlanger Diskussion, gab er klein bei und versprach, mir die Chroniken auszuhändigen.

Innerlich wusste ich jedoch, dass ich von ihm eine heftige Retourkutsche bekommen würde.

Ich schluckte und Chiron versprach mir die Chroniken morgen zu besorgen.

Tom und seine Kumpane verabschiedeten sich kurze Zeit später und dann war ich mit Chiron alleine, der mich für den Rest des Tages, keines Blickes mehr würdigte.

Ich ging ihm deshalb aus dem Weg, so gut ich konnte und dann fiel mir ein, dass ich mein eigenes Grab noch nicht besucht hatte. Schnell zog ich mich an und machte mich mit gemischten Gefühlen auf den Weg dorthin.

Nachdem ich die Reihen abgeschritten hatte, fand ich was ich suchte.

Wer hat schon die einmalige Gelegenheit, seine eigene Grabstätte zu besichtigen, dachte ich sarkastisch.

Der Grabstein war schlicht und einfach gehalten.

Plötzlich erschienen wiederholt Bilderfetzen vor mir, die mir die Szene zeigte, in denen mich die Werwölfin tödlich verletzte.

Ich sank in die Knie und brach kurz darauf in Tränen aus, als ich die unterste Zeile las.

Für ewig in Liebe, Chiron.

So fand er mich vor.

Ich zuckte erschrocken zusammen, als das Sonnenlicht seinen Schatten auf mein Grab warf.

„Geht es dir gut?", fragte Chiron.

Ich schüttelte den Kopf, erhob mich, rannte wie vom Teufel verfolgt zurück ins Haus und schloss mich in der Bibliothek ein.

Heulend warf ich mich auf die Couch.

Chiron klopfte mehrmals gegen die Tür.

Ich ignorierte es.

Gegen Abend trafen wir in der Küche aufeinander. Ich setzte mir einen Tee auf und fragte Chiron, ob er auch einen wollte. Er nickte nur und vermied jeglichen Augenkontakt zu mir. Ich räusperte mich und wagte es ihn anzusprechen.

„Chiron, ich möchte mich für die Unannehmlichkeiten von heute morgen bei dir entschuldigen. Ich hoffe, du kannst mir verzeihen. Ich wollte dich in keiner Weise kompromittieren und auch nicht unter Druck setzen. Die Angelegenheit muss aber geklärt werden. Es geht nicht anders. Danach hast du deine Ruhe vor mir, bis in alle Ewigkeit. Ist alles wieder okay zwischen uns?", hakte ich nach.

„Um des lieben Friedens Willen? Ja! Alles wieder gut."

„Danke, Chiron. Ich wünsche dir noch einen schönen Abend. Ich ziehe mich jetzt zurück. Schlaf gut."

„Du auch", gab er kurz von sich.

Er stand auf und verschwand in sein Arbeitszimmer. Kurze Zeit später machte auch ich mich auf den Weg in die Bibliothek. Nach der ganzen Aufregung, war es mir nicht möglich gleich einzuschlafen. Ich nahm mir ein Buch aus dem Regal, machte es mir auf der Couch gemütlich, suchte nach dem Begriff…..*in Luna rea* und versuchte näheres darüber zu finden. Es gab ein Buch und dieses musste ich unbedingt finden. Irgendwann schien ich doch eingenickt zu sein und wurde durch eine leichte Berührung auf meiner Stirn geweckt. Während ich meine Augen aufschlug, blickte ich direkt in die von Chiron, der mich gerade geküsst hatte. Er lächelte.

„Chiron! Was in Gottes Namen machst du da wieder?

„Die begonnene Situation von heute Morgen beenden. Du weißt schon. Leider wurden wir ja von meinen Freunden daran gehindert."

Jetzt kam also die Retourkutsche. Ich machte mich auf alles gefasst und versuchte einzulenken.

„Können wir das nicht verschieben, Chiron? Ich bin extrem müde und würde jetzt gerne weiterschlafen. Außerdem weiß ich, was…. *in Luna rea* im weitesten Sinne bedeutet."

„Ich bin auch müde, Caer. Nur habe ich noch zuviel Druck und es muss Abhilfe geschaffen werden.

Nach diesen Worten zog er meinen Kopf zu sich und küsste mich verlangend.

Bestimmend schob ich ihn von mir.

„Nein! Jetzt nicht!"

„Warum nicht?"

„Darum!"

Er lachte und versuchte es weiter.

„Ich möchte das jetzt nicht! Wie oft soll ich es noch erklären! Ich bin müde. Es würde weder dich, noch mich befriedigen und schon gar keinen Spaß machen. Chiron, was bedeutet.....*falscher Mond?*"

Chiron ließ meinen Widerspruch nicht gelten und zog mich erneut an sich.

Ich wurde wütend und reagierte ziemlich fies.

„Nein! Chiron! Verdammt! Hörst du schlecht? Wenn du Druck ablassen willst, dann mach es dir selbst. Wir sind nicht in der Anderwelt, wo du mit mir machen kannst, was du möchtest", gab ich von mir.

Chiron blickte mich entgeistert an.

„Caer bedenke bitte, nicht ich bin von dir abhängig, sondern du von mir. Kommst du mir nicht entgegen, dann kann ich es in deinem Fall auch nicht. Ich werde mir gut überlegen, ob ich deinem Wunsch nach den Chroniken nachkomme. Du weißt doch, eine Hand wäscht die andere", gab er von sich.

Ich glaubte mich verhört zu haben. Jetzt wurden auch noch Bedingungen an mich gestellt. Was Chiron mit mir gerade abzog, fand ich nicht in Ordnung. Es stimmte mich nur traurig. Chirons machohafte Art, kam wieder einmal durch. Das war also der Dank dafür, was ich in der Vergangenheit alles auf mich genommen und zu seinen Gunsten ausgehalten hatte. Ich sah ihm lange in die Augen und dann kamen mir die Tränen.

„Ach, jetzt versucht man mich zu erpressen. Okay, dann ist wohl alles zwischen uns geklärt. Geh du deinen Weg weiter und ich den meinen. Belassen wir alles beim Alten und warten wir ab, was für neue Überraschungen uns erwarten. Ich verschwinde und dann hast du dein eigenes Leben wieder. Weißt du Chiron, wenn du mich angeblich so sehr liebst, hättest du nicht so einen Aufstand veranstaltet. Eines möchte ich dir mit auf den Weg geben. Meine Erinnerung und einige meiner Kräfte sind seit gestern wieder aktiv. Im Gegensatz zu dir, werde ich mich sehr gut zu schützen wissen und es diesmal auch für mich nutzen. Ich pfeife komplett auf diesen Ehrenkodex, auch wenn ich dadurch meine Kräfte verlieren sollte. Er bringt mir nichts. So, nun werde ich den Wintergarten aufsuchen und mir etwas Inspiration am Brunnen, wie ich alles lösen kann, holen. Ich bin immer noch nicht am Ende dieser Geschichte angekommen", blaffte ich ihn an.

Chiron lachte kurz auf, bevor er den Raum verließ.

„Du bist das Ende der Geschichte, Caer. Vergiss das nicht", entgegnete er mir.

Kurze Zeit später folgte ich. Eine eigenartige Stille, die schon eher bedrückend wirkte, umfing mich und ich lief Richtung Wintergarten.

Plötzlich hörte ich einen monotonen Sprechgesang. Chiron! Er versuchte mir den Weg zum Brunnen, wie schon einmal, durch eine Schutzmauer zu versperren. Diesmal nicht, dachte ich bei mir. Ich rannte los um ihn daran zu hindern.

Chiron musste mich wohl aus den Augenwinkeln bemerkt haben und drehte sich zu mir um.

„Caer, verschwinde. Ich werde es mit allen Mitteln zu vereiteln wissen, dass du hier durch kommst."

„Chiron, hör auf damit! Wenn du mir nicht dabei helfen willst, dann lass mich alleine entscheiden, wie ich alles aufklären und lösen kann. Geh mir aus dem Weg oder ich vergesse mich!", schrie ich, während ich auf ihn zueilte und auf ihn einschlug.

Mit lässigen Bewegungen, wich er meinen Attacken aus und lachte.

Meine Wut steigerte sich, was er mir wohl ansah.

„Caer, bitte! Hör auf damit! Du tust dir unnötig weh."

Mir fiel der Spiegel im ersten Stock ein. Nun gut, wenn nicht hier, dann oben. Ich musste es eben durch die Anderwelt versuchen. Vielleicht hatte ich da eine bessere Chance um an mein Ziel zu kommen.

Ich war auch näher an den Druiden und konnte somit besser Kontakt zu ihnen aufnehmen

Ich blickte Chiron an und hörte mit meiner Aktion gegen ihn auf.

„Braves Mädchen", gab er lachend von sich.

„Gut, dann eben anders", zischte ich.

Ich wandte mich von ihm ab.

Überraschend rannte ich los in Richtung Treppe, um in das obere Stockwerk zu gelangen.

Hinter mir hörte ich einen erstaunten Aufschrei und dann jagte Chiron hinter mir her.

„Caer! Bleib sofort stehen! Tu es nicht! Du stürzt uns alle damit ins Verderben. Ein heftiges Unglück wird geschehen und wir werden elendig sterben!"

„Werden wir so oder so, nachdem du mir die absolute Hilfe durch die Chroniken verweigerst. Verpiss dich einfach!", brüllte ich in seine Richtung.

Ich hatte einfach genug von ihm und würde handeln, wie ich es für ersichtlich hielt.

Kurz geriet ich ins Straucheln, was mich Sekunden an Vorsprung kostete und hatte dann die Tür in mein vorheriges Zimmer erreicht. Hoffentlich war es nicht von Chiron verschlossen worden. Ich drückte die Klinke und wurde prompt ausgebremst. Der Schwung war zu groß gewesen und ich knallte krachend mit meinem Kopf dagegen. Ich schrie auf und spürte, wie mir das Blut über Stirn, Augen und in den Mund lief. Verflucht!

Inzwischen hatte Chiron mich fast erreicht und mir wurde klar, dass ich nun handeln musste, ohne weitere Rücksicht auf Verluste.

Meine magischen Kräfte mussten jetzt sofort aktiviert werden.

Trotz starker Kopfschmerzen bündelte ich gedanklich meine wiedererlangte Gabe und sprengte mit meinen Händen die Tür. Diese zersprang berstend und ich hatte freie Bahn. Zwischenzeitlich hatte mich Chiron erreicht und riss mich zurück. Es entstand eine wilde Rangelei, die ich gewann und dann hatte ich fast den Spiegel erreicht, als dieser plötzlich in tausend Stücke zerbarst. Erschrocken zog ich meinen Kopf ein und drehte mich überrascht um.

„Chiron! Du verdammter Idiot! Warum hast du das nur getan! Der Spiegel war eine Notlösung für mich um in die Anderwelt zu gelangen und um mit den Druiden Kontakt aufzunehmen! Die Altarsteine kann ich im Moment noch nicht nutzen."

„Genau das musste ich verhindern. Mein Gott! Caer, du hast dich heftig verletzt! Das ganze Blut in deinem Gesicht! Ist es schlimm?", fragte er besorgt nach.

Bevor ich ihm antworten konnte umgab mich ein Wispern und Rauschen und dann fiel ich um.

Chiron schrie erschrocken auf und konnte Caer gerade noch auffangen, sonst wäre sie auf den im Zimmer befindlichen Marmorboden aufgeschlagen.

Ihm war in dieser Situation nichts anderes übrig geblieben, den Spiegel mit einem Stuhl zu zerschlagen.

Eilig rannte er mit Caer auf seinen Armen die Treppe hinunter in die Bibliothek und legte sie auf die Couch. Sie musste sofort verarztet werden. Eine Fleischwunde zierte ihre Stirn, die stark blutete. Er eilte in sein Arbeitszimmer, rief Steven an und bat um seine Hilfe.

„Was ist denn passiert, Chiron?"

„Ich erklär es dir später. Bitte beeil dich etwas. Caer hat eine riesige Fleischwunde auf der Stirn und schon ziemlich viel Blut verloren."

„Ich bin sofort bei euch", entgegnete Steven und beendete das Gespräch.

Chiron lief in die Bibliothek zurück. Er tupfte die Stirn von Caer vorsichtig ab, die vor Schmerz stöhnte, aber nicht aufwachte und tigerte von einer Ecke des Zimmers in die andere.

Endlich klingelte es an der Tür.

Chiron stürmte in die Vorhalle, öffnete und bat Steven sich zu beeilen. Dieser erschrak, als er Caer in diesem Zustand erblickte.

„Verdammt, was ist denn passiert? Die Wunde muss genäht werden. Habt ihr beiden euch geprügelt? Sieht mir ganz danach aus, wenn ich die blauen Flecke auf den Armen von Caer sehe. Chiron und du siehst auch recht lädiert aus. Ihr scheint euch gegenseitig nichts schuldig geblieben zu sein. Nun kläre mich auf, was geschehen ist."

Während Steven eine Spritze aufzog, damit Caer beim Nähen keine argen Schmerzen verspürte, erzählte ihm Chiron, was vorgefallen war.

„Steven, es gibt etwas Neues. Caer hat heute diese Begriffe ... *in Luna rea* und ... *falscher Mond* erwähnt. Sie hat bereits dazu einige Informationen gefunden. Caer fragte mich, was das zu bedeuten hat. Ich blieb ihr die Antwort schuldig."

Zwischenzeitlich erschien auch der Rest der Meute, die von Steven verständigt worden war und ließ sich ebenfalls erzählen, was die beiden zu dieser Aktion veranlasst hatte.

Tom räusperte sich und dann legte er los, ohne Chiron auch nur ein einziges Mal zu Wort kommen zu lassen, was dieser wiederholt versuchte.

„Sorry! Chiron! Halt die Klappe! Jetzt rede ich! Du hast echt einen an deiner Waffel! Warum veranstaltest du so einen Mist mit Caer und hilfst ihr nicht bei ihren Bemühungen! Besorge morgen früh sofort aus diesem Gewölbe die verfluchten Chroniken und stelle sie Caer ohne Wenn und Aber zur Verfügung! Wenn nicht, so werde ich es tun! Zum Glück hat sie die Option, den Altar und den Spiegel im Keller zu nutzen!", teilte er Chiron mit.

„Verflixt, Tom! Es gibt keinen Spiegel mehr! Hast du meinen Ausführungen nicht zugehört?"

„Du irrst Chiron! Es existiert noch ein zweiter seiner Art und du weißt es! Nur nicht wo er sich befindet!"
Sämtliche Köpfe flogen in seine Richtung.

„Was? Wo? Wieso weißt du davon und keiner von uns", hakte Chiron nach.

„Ich weiß es eben. Egal aus welchem Grund und weil es keinen von euch je interessiert hat, was in Caer´s Büchlein stand. Selbst sie hat keine Ahnung. Ihr wisst doch, wer Lesen kann, ist im Vorteil", gab er grinsend von sich und erntete allgemeine Buhrufe.

Inzwischen hatte Steven die Wunde von Caer genäht.

„So, fertig! Wenn sie aufwacht, wird sie einen riesigen Brummschädel haben. Chiron am besten wird es sein, du holst ihr etwas Eiswürfel aus dem Gefrierschrank. Außerdem hat sie eine leichte Gehirnerschütterung. Bitte wie ein rohes Ei für den Rest der Woche behandeln. Hast du, das jetzt kapiert, Chiron?", fragte ihn Steven.

Chiron nickte abwesend, eilte in die Küche, holte die geforderten Eiswürfel und brachte sie zu Caer. Diese war gerade im Begriff aus ihrer Ohnmacht zu erwachen.

Was war geschehen?

Ich setzte mich abrupt hoch, schrie auf und hielt mir meinen extrem schmerzenden Schädel, den ein dicker Verband zierte.

Erst jetzt bemerkte ich Chiron und seine Freunde, die mich anstarrten. Mir fiel alles wieder ein.

„Na? Hast dir wohl Verstärkung geholt, du elender Mistkerl! Autsch! Tut das weh! Mein Kopf! Was soll dieser bescheuerte Verband?", fragte ich in die Runde und versuchte ihn zu entfernen.

Steven hielt mich davon ab.

„Nicht doch! Ich habe gerade deine Stirn verarztet! Du hattest eine schlimme Platzwunde. Zehn Stiche waren dazu nötig. Kannst du mir bitte erklären, was euch beide dazu veranlasst hat, euch so zu verunstalten?", fragte er nach.

Chiron schaute mich nur an und sagte nichts.

Ich lehnte mich zurück und deutete auf ihn.

„Der Auslöser war der Besuch an meiner Grabstätte. Hat dieser Feigling euch nichts erzählt? Typisch? War nicht anders zu erwarten", warf ich abfällig in seine Richtung.

„Caer, halt deine Klappe!", konterte Chiron.

„Einen Teufel werde ich tun! Von dir lasse ich mir den Mund nicht verbieten!"

Tom stöhnte auf.

„Es hat sich nichts geändert. Wie in früheren Zeiten."

Alle lachten.

Mir reichte es jetzt. Entnervt stand ich auf und verzog mich in die Küche.

Kurz danach erschien Tom und bat mich um eine Unterredung.

„Caer, was ist passiert? Ich habe nur einen Bruchteil von der Streiterei mitbekommen."

Ich kämpfte mit den Tränen und entschloss mich ihm alles zu erzählen.

Nachdem ich geendet hatte, versprach er, mit Chiron zu reden.

„Mach dir bitte keine unnötigen Gedanken. Ich werde dafür sorgen, dass du die Chroniken, die du benötigst, auch bekommst und um was es bei… *in Luna rea* …geht."

„Hat sich eh alles erledigt. Ohne den Spiegel komme ich nicht in die Anderwelt."

„Caer, es gibt noch einen zweiten und ich weiß, wo er sich befindet. Vertrau mir. Es wird alles gut. Frag jetzt nicht. Morgen werde ich dir alles erklären. Versuche nun etwas zu schlafen. Die Jungs und ich werden uns zurückziehen."

Ich folgte Tom in die Bibliothek und verabschiedete mich von ihnen. Bedankte mich besonders bei Steven für das Verarzten und dann gingen alle bis auf Chiron. Der stand wie bestellt und nicht abgeholt nur dumm herum.

Ich ignorierte ihn, gähnte und legte mich seufzend auf die Couch.

„Caer", begann Chiron.

„Verdammt, was ist denn jetzt noch? Willst du mich komplett verarschen? Geht das schon wieder los? Chiron ich fühl mich beschissen und habe heftige Schmerzen! Bitte gönne mir bis morgen eine Auszeit und dann kannst du da weitermachen, wo du heute geendet hast, wenn es unbedingt sein muss.", bat ich und blickte ihn an.

„Okay! Ausnahmsweise! Ich gewähre dir hiermit eine Nacht Schonzeit", gab er grinsend von sich.

„Mein Gott! Chiron! Was ist aus dir geworden? Ich erkenne dich nicht wieder! Habe ich für deine Freunde und dich nicht alles getan und euch von diesem Fluch, als Werwölfe, ewig auf Erden zu wandeln, befreit? Mein Soll an Hilfe ist erfüllt. Nun bist du an der Reihe! Es hat doch alles bald ein Ende und du bist mich für ewig los. Alles gerät nach schließen sämtlicher Zeittore in Vergessenheit und auch ich hoffe, dass ich endlich meine Ruhe bekomme. Dieser Zustand hier und heute ist für mich nur eine Qual. Ich möchte das alles nicht mehr. Chiron ich frage dich jetzt zum Letzten Mal! Was ist ... *in Luna rea* und ... *falscher Mond*? Die Definitionen sind etwas schwammig", gab ich kraftlos an ihn weiter.

Mein Schädel dröhnte und die Wunde pochte. Ich hatte tierischen Durst, erhob mich um mir in der Küche ein Glas Wasser zu holen. Mein Kreislauf reagierte sofort. Mir wurde übel, ich stolperte, sackte weg und ging in die Knie. Neben mir hörte ich Chiron aufschreien und sah ihn auf mich zuspringen.

„Mein Gott! Caer, was machst du da? Sag doch, wenn du etwas benötigst. Ich bringe es dir doch! Du bist einfach unbelehrbar! Immer und immer wieder mit dem Kopf durch die Wand. Sei einfach nur Frau und zeige einmal Schwäche."

„Chiron, diese Schwäche habe ich dir in den Nächten oft genug bewiesen, obwohl ich es nicht wollte."

Nach diesem Geständnis, war es mit meiner sonst so perfekten Kontrolle vorbei.

Ich heulte los.

Chiron hatte ich damit wohl an einem wunden Punkt erwischt. Betreten schaute er mich an, zog mich hoch und brachte mich zur Couch.

„Ich hole dir ein Glas Wasser. Bleib liegen!", und dann verschwand er in die Küche. Kurze Zeit später war er zurück.

„Also gut, Caer. Ich werde morgen mit Tom und dem Rest der Bande, die gewünschten Chroniken besorgen und dir übergeben. Machen wir das Beste daraus und versuchen wir alles zu Ende zu bringen. Ich weiß jetzt schon, dass du mir fehlen wirst. Vergessen werde ich dich wohl nicht. Du weißt....Liebe überdauert alles."

Ich nahm ihm das Glas aus der Hand, trank es leer und reichte es an ihn zurück. Erschöpft legte ich mich hin.

Ich hatte mich wieder in einen Raben verwandelt und flog über dir grüne Insel in Richtung Isle of Man.

Manannan mac Lir musste mir unbedingt Rede und Antwort stehen, warum er die Zwillinge in seiner Gewalt behielt. Es hing, da war ich mir absolut sicher, mit der Moorhexe und dem Wolfsgesichtigen zusammen. Vielleicht konnte ich mich gütlich mit ihm einigen. Ich flog über die ganze zerklüftete Küste. An mittelalterlichen Bugen vorbei, ins Inselinnerste. Während ich zur Landung ansetzte, sah ich bereits Manannan abwartend auf einem Felsblock sitzen.

Er erhob sich, schritt auf mich zu, während ich landete und in der Zwischenzeit, meine menschliche Gestalt wieder annahm.

„Sei mir gegrüßt Caer, Tochter des Len von Killarney. Was ist dein Begehr?", fragte er mich.

„Sei mir ebenfalls gegrüßt großer Manannan mac Lir. Du weißt um was es geht und ich denke, es bedarf keiner großen Worte mehr", gab ich zur Antwort und verneigte mich.

Er lachte.

„Du warst schon immer ein kluges Kind, Caer und hast nie um den heißen Brei geredet. Das wusste ich schon immer an dir zu schätzen. Was wünscht du?"

„Meine Kinder!", antwortete ich.

„Tut mir leid, aber diesen Wunsch kann ich dir nur im Gegenzug mit dem Chronoskop und dem Stein der Weisen gewähren. Ich habe einen Deal mit der Moorhexe."

„Ich weiß. Kannst du es nicht umgehen?"

„Nein, nicht nachdem Chiron einen Druiden getötet hat."

Ich zuckte zusammen und sah Manannan völlig entgeistert an.

„Wusstest du es etwa nicht? Hat er es dir noch nicht gebeichtet? Deshalb wurde er auch verflucht, auf ewig als Werwolf diesen Planeten zu durchwandern, bis ihn eine liebende Person erlöst", klärte er mich auf.

„Nein, das wusste ich nicht. Nun, meinen Part habe ich bereits erfüllt. Warum, muss ich für seinen Fehler büßen? Weshalb nimmt man mir jetzt die Kinder?", wollte ich wissen.

„Wie ich aus dem Gespräch höre, hat Chiron dir noch nicht alles erklärt. Frage ihn nach deiner Rückkehr selbst um was es dabei geht. Ich kann dir leider nicht entgegenkommen, werde dir aber unbegrenzte Zeit einräumen, bis du das Chronoskop und den Stein gefunden hast. Achte gut auf dich und glaube nicht alles, was dir Chiron erzählt, auch wen du ihn liebst. Deinen Kindern geht es gut bei mir und ich werde sie hüten, wie meinen Augapfel. Möchtest du sie sehen?"

Ich nickte und schon materialisierten sie sich vor mir.

Inzwischen konnten sie laufen. Freudig winkten sie mir zu.

Ich schluckte und mir schossen Tränen in die Augen.

„Sei unbesorgt. Deine Zwillingsschwester kümmert sich um sie Deshalb erkennen sie dich auch. Sie denken du bist sie. Ich lasse sie ab und zu einmal in die normale Welt blicken. So, nun flieg zurück", sprachs und verschwand.

Stöhnend erwachte ich. Der Morgen graute bereits. Was für ein seltsamer Traum.

Jetzt musste ich Chiron nur noch dazu bewegen, mir die wahre Geschichte zu erzählen. Es würde sich als schwer erweisen. Ich musste sehr geschickt vorgehen. Vielleicht wusste Tom etwas mehr und konnte mir helfen.

Chiron saß schlafend in einem der Sessel. Am liebsten hätte ich ihn geohrfeigt, bis er davon aufgewacht wäre. Langsam erhob ich mich, schlich auf Zehenspitzen aus dem Zimmer und machte in der Küche ein Frühstück zurecht. Dabei ging mir so einiges durch den Kopf. Konnte ich Chiron überhaupt noch vertrauen? Ich hatte seine Lügen und Übergriffe satt.

Später würde ich in mein Cottage fahren und Kleidung holen. Außerdem brauchte ich frische Luft und etwas Tapetenwechsel. Langsam aber sicher, wuchs mir alles über den Kopf.

Ich war so in Gedanken, dass ich nicht bemerkt hatte, wie sich Chiron zu mir gesellte. Als er mich ansprach, ließ ich sämtliche Teller, die ich zum Eindecken aus dem Schrank genommen hatte, fallen.

Klirrend zersprang alles in tausend Stücke. Ich wich zurück und schrie auf.

„Verdammt! Idiot! Du kannst es einfach nicht lassen!", brüllte ich los.

„Warum so schreckhaft, Caer? Ich hoffe du bist heute ausgeruht. Wir haben heute noch einiges vor. Es wird ein langer Tag und eine lange Nacht werden. Denk an dein Versprechen", gab er von sich und grinste mehr als anzüglich.

In diesem Moment brannte wohl eine Sicherung bei mir durch.

Schreiend ging ich Chiron an und schlug mit meinen Fäusten unkontrolliert auf ihn ein. Verkrallte mich in seinen Haaren und riss und zog an ihm. Er wehrte sich so gut er konnte, bekam aber keine Oberhand. Hätte ich den Verband nicht um den Kopf gehabt, so wäre es wohl anders für mich ausgegangen. Noch nahm er Rücksicht darauf.

Aus den Augenwinkeln bekam ich mit, dass ich durch mehrere Hände von Chiron gelöst wurde.

„Caer! Verdammt! Komm zu dir! Was ist denn schon wieder passiert?"

Jemand schüttelte mich und schlug mir ins Gesicht.

„Tom! Halt mir diese Furie vom Leib! Langsam aber sicher dreht sie vollkommen durch!", schrie Chiron.

Ich steigerte mich so extrem in Rage, dass ich mich nicht mehr beruhigen konnte. Steven griff zu einer radikalen Entscheidung.

Ich sah noch, wie er eine Spritze aufzog, den Jungs befahl mich festzuhalten, spürte den Einstich und dann wurde es zappenduster um mich.

Horatio und Cedrick brachten Caer in die Bibliothek, legten sie auf die Couch und deckten sie zu. Danach eilten sie in die Küche und setzten sich.

Chiron hatte inzwischen Kaffee gekocht und verteilte ihn.

Steven hakte nach, was Caer dazu veranlasst hatte, so zu reagieren. Chiron erzählte von dem gestrigen Spaß, den er sich gegen abends geleistet und heute Morgen fortgeführt hatte.

Tom stöhnte auf.

„Chiron, was hab ich gestern noch zu dir gesagt? Wie in rohes Ei für den Rest dieser Woche behandeln. Was bitte hast du daran nicht verstanden", wurde er von Steven gemaßregelt.

„Ja, sorry! Jetzt ist es eben passiert. Ich konnte doch nicht ahnen, dass sie so ausrastet", gab er geknickt von sich.

„Bei uns brauchst du dich nicht zu entschuldigen. Bei Caer musst du das tun. Hast du ihre Frage schon beantwortet? Mein lieber Freund, sie hat dich aber heftig zugerichtet. Das gibt mit Sicherheit ein blaues Veilchen und erst die ganzen Kratzspuren. Geschieht dir ganz recht. Du bist und bleibst eben ein Trottel im Umgang mit Frauen", warf Tom ein.

Horatio erhob sich und reichte Chiron eine schwarze Feder.

„Die habe ich auf der Couch gefunden, als wir vorhin Caer dorthin verbrachten. Ergibt für mich im Moment keinen Sinn. Vielleicht kannst du etwas mehr damit anfangen, als wir."

Chiron wurde kreidebleich.

„Oh mein Gott, es geht wieder los. Nein, ich habe ihre Frage noch nicht beantwortet. Steven, wie lange hält die Spritze an!", wandte er sich an ihn.

„Sicher bis zum späten Nachmittag. Kannst du uns bitte aufklären, was Sache ist", fragte er nach.

Chiron nickte und erzählte, dass Caer sich in ihren Träumen in ihr Krafttier, einen Raben verwandeln und in der Anderwelt umherziehen konnte. Der schien sie heute Nacht einen Besuch abgestattet zu haben. Es musste irgendetwas vorgefallen sein, was sie vorhin so extrem hatte ausrasten lassen.

„Ich glaube, es hängt außerdem mit … *in Luna rea* und mir zusammen. Es wird Zeit, ihr endlich die Wahrheit zu gestehen", warf er leise in die Runde.

41

„Du baust anscheinend nur noch einen Mist nach dem anderen. Bei deiner Erklärung werden wir alle vor Ort sein. Erstens um auszuschließen, dass Caer wieder die Kontrolle über sich verliert und zweitens, was du uns vorenthalten wolltest.", warf Tom ein.

„Ihr werdet nicht begeistert sein und Caer wird mir den Kopf abreißen. Ich hoffe nur, sie hat sich noch nicht im Ansatz verwandelt."

Langsam erwachte ich und meine Erinnerung kam im gleichen Moment blitzartig zurück.

Ich wurde stinksauer und schwor mir, dass Chiron und seine Freunde dafür büßen würden, mich gegen meinen Willen ins Land der Träume geschickt zu haben Keine Übergriffe würde ich weiter dulden und nichts gegen meinen Willen mehr. Jetzt würde ich erstmal in den Wintergarten gehen. Dort die Ruhe genießen und dann ein deftiges Mahl zu mir nehmen. Ich hatte einen Riesenhunger. Auf Zehenspitzen schlich ich aus dem Zimmer. Aus der Küche drangen Wortfetzen an mein Ohr. Schnell lief ich Richtung Wintergarten, bevor mich jemand entdecken konnte, betrat ihn, setzte mich auf den Brunnenrand und ließ meine Beine ins Wasser baumeln.

Herrlich! Entspannung pur!

Nach ein paar Minuten stand ich auf und watete ganz vorsichtig Richtung der Figuren.

Ich setzte mich auf den immer noch leeren Sockel und lehnte mich zurück. Wen Chiron wollte, dass ich aus dem Brunnen stieg, musste er mich holen. Passieren würde nichts, da ich Manannan als Rückendeckung hatte. Nur das wusste Chiron noch nicht.

Inzwischen war mir nicht verborgen geblieben, dass man mich suchte. Ich lachte schadenfroh auf.

„Jungs es wird Zeit nach Caer zu sehen. Sie schläft schon einige Zeit und die Spritze müsste langsam ihre Wirkung verlieren. Wir sind ihr außerdem eine sehr gute Erklärung schuldig", warf Steven in die Runde.

Alle erhoben sich und liefen zur Bibliothek. Chiron legte sein Ohr an die Tür und horchte.

„Alles ruhig. Wahrscheinlich schläft sie noch."

Vorsichtig drückte er die Klinke nach unten und trat ein. Sein Blick streifte die Couch und er erstarrte.

„Leute! Caer ist weg! Der Schlafplatz ist leer!", rief er.

Hektisches Treiben begann.

„Wo könnte sie sein?", fragte Steven.

Allgemeines Schulterzucken.

„Horatio! Ben! Ihr beiden schaut sofort nach, ob ihr Auto noch im Hof steht! Die anderen helfen mir im Haus suchen. Irgendwo muss sie ja sein. Den Keller können wir dabei außer Acht lassen, den hasst sie wie die Pest."

Chiron stürmte nach oben.

Nichts!

Wo war sie?

Tom räusperte sich.

„Vielleicht im Wintergarten?", meinte er.

„Das hatte ich verboten!", warf Chiron ein.

Tom und Steven lachten.

„Chiron und du glaubst wirklich, dass Caer sich an deine Anordnung hält? Träum weiter", gab Tom von sich und grinste.

Horatio und Ben kamen zurück und teilten mit, dass der Wagen von Caer noch im Hof stand.

„Verflucht! Dieses Biest! Also doch im Wintergarten", rief Chiron und eilte nach unten.

Die anderen folgten ihm. Tom und Steven schauten sich wissend an.

Chiron betrat zuerst den Wintergarten, bremste ab und blieb stehen. Sein Blick fiel auf Caer, die inmitten der Figuren saß.

„Caer! Verdammt! Ich hatte dir untersagt ohne meine Erlaubnis und ohne Wissen, dich hier einzufinden! Komm sofort da raus! Du weißt, um was es geht und das du dich in Gefahr begibst!"

Ich lachte und winkte ab.

„Wenn du etwas von mir möchtest, musst du schon selbst zu mir kommen und mich holen! Ich bleib auf alle Fälle hier!", rief ich in seine Richtung.

Chiron nahm mich beim Wort, stieg in den Brunnen und kam auf mich zu. Damit hatte ich eigentlich nicht gerechnet. Schon war er bei mir und zog mich an sich.

„Benötigst du Hilfe?", fragte Steven nach.

„Nein, im Moment nicht. Ich bin sofort bei euch. Caer und du hältst still, bis wir aus dem Brunnen sind. Hast du mich verstanden?"

Innerlich musste ich auflachen. Nicht mit mir. Ich fing an zu strampeln. Chiron verlor beinahe den Halt auf dem klitschigen Untergrund und dann ließ er mich los. Einfach so. Ich plumpste ins Wasser, knallte unsanft auf mein Hinterteil und war nass von oben bis unten. Wütend stand ich auf und schlug nach ihm.

Tom und Steven eilten mir zu Hilfe und halfen mir aus dem Brunnen.

Ben und Cedrick übernahmen Chiron.

Horatio stand am Brunnenrand und schüttelte sich vor lachen.

Chiron und Caer beschimpften und brüllten sich auf dem Weg zur Bibliothek und Arbeitszimmer nur an.

Bevor Caer in ihren Raum verschwinden konnte, um sich trockene Kleidung anzuziehen, holte Chiron aus und versetzte ihr links und rechts, eine schallende Ohrfeige, bevor auch nur einer der Jungs reagieren konnte.

„Verdammt! Komm endlich klar! Mir reicht es jetzt!", schrie Chiron.

Caer war so perplex, sah ihn nur entgeistert an und rieb sich die Wangen.

Steven packte Chiron und schob ihn in die Küche.

„Spinnst du jetzt komplett? Was tust du?"

Tom kümmerte sich um Caer und brachte sie ins Bad. Während er sie mit Handtüchern versorgte, versuchte er sie zu trösten.

Caer´s linke Backe, war extrem knallrot von Chiron´s Schlag und nahm bereits eine leichte blaue Färbung ein. Der Abdruck seiner Hand, war zu erkennen.

„Mein lieber Freund. Chiron hat eine ziemlich heftige Handschrift."

Ich nickte, befühlte meine linke Gesichtshälfte, die wie Feuer brannte und bat Tom, mich in Ruhe duschen zu lassen.

„Wenn du fertig bist, Caer, komm bitte in die Küche. Ich denke wir werden einiges zu bereden haben."

„Ja, Tom, dass haben wir allerdings. Vor allen Dingen in Bezug auf Chiron. Es kann auf keinen Fall mehr so weitergehen. Ich werde seine Übergriffe nicht mehr dulden. Bis dann", gab ich von mir.

Tom strich Caer sanft über die Haare. Es tat ihm in der Seele weh, wie Chiron sie behandelte. Das musste endlich aufhören.

Ich zog meine Klamotten aus, stieg in die Dusche und stellte den Duschkopf so ein, dass meine Haare nicht nass werden konnten, was auch schon egal war, denn der Verband um meinen Kopf, war durch die Aktion im Brunnen bereits völlig durchnässt. Steven musste ihn später erneuern. Warmes Wasser rieselte auf mich herab und entlockte mir ein wohliges Stöhnen. Ich genoss es.

Nachdem ich nach einigen Minuten aus der Dusche gestiegen, mich abgetrocknet und mir den Bademantel übergestreift hatte, wickelte ich mir vorsichtig den Verband vom Kopf. Ich begutachtete die Wunde und war mit Stevens Künsten zufrieden. Zumindest würde ich keine all zu große Narbe zurückbehalten.

Ich machte mich in die Küche auf, wo alle versammelt waren und auf mich warteten.

Chiron strafte ich mit Verachtung, lief auf Steven zu und bat ihn, mich frisch zu verbinden.

„Nun Caer, dann lass mich mal mein Meisterwerk begutachten. Sieht ja ganz passabel aus. Ich denke es wird ein etwas größeres Wundpflaster reichen", gab er von sich.

Ruckzuck war ich verarztet, setzte mich an den Tisch und blickte in die Runde. Mein Augenmerk hielt ich diesmal auf Chiron gerichtet.

Auweia, ich war ihm wohl bei unserem Zweikampf am Morgen, nichts schuldig geblieben, was mir erst jetzt auffiel. Sein linkes Auge zierte ein hübsches Veilchen und sein Gesicht war mit kleineren Kratzwunden übersät. Dafür hatte ich mir bei dem Streit vorhin, eine blaue Backe eingefangen. Naja, dachte ich bei mir, ausgleichende Gerechtigkeit heißt das wohl.

Ich musste grinsen, was Chiron wohl missverstanden hatte. Wütend schlug er mit der Faust auf den Tisch.

Ich zuckte ängstlich zusammen, sprang auf und suchte Schutz hinter Tom.

„Typisch für dich, Caer! Hoffentlich bist du mit deiner Schlagkraft zufrieden. Schau genau her. Findest du es etwa so in Ordnung, wie du mich zugerichtet hast? Hauptsache du hattest deinen Spaß dabei! Jetzt auch noch feige sich hinter dem Rücken meiner Freunde zu verstecken, ist der absolute Hammer! Erhoffst du dir vielleicht Hilfe von Ihnen? ", brüllte er mich an.

„Die wird sie auch von uns bekommen, Chiron", gab Tom ruhig von sich.

Chiron blickte erstaunt in die Runde.

„Schöne Verschwörung. Na vielen Dank."

Steven kam auf mich zu und drehte ganz vorsichtig meine linke Gesichtshälfte in Chirons Richtung

„Guck dir das an! Musste das vorhin unbedingt sein?", fragte er nach.

„Na und? Wer austeilt muss auch einstecken können"; gab er gefühllos von sich.

Zischend sog ich die Luft ein. Mir war schon wieder zum Heulen zumute.

Hätte Tom mich nicht an den Schultern festgehalten, wäre ich erneut auf Chiron losgegangen. Mir reichte es für heute.

„Jungs, seid mir nicht böse, aber ich habe genug für den heutigen Tag erlebt. Ich werde mich zurückziehen und wir können morgen, die Angelegenheit endlich in Angriff nehmen. Sicher haben sich die Gemüter bis dahin beruhigt. Meines mit Sicherheit. Ich denke, es wird auch in eurem Sinne sein und es würde mich freuen, wenn ihr zum Frühstück hier erscheint. Bringt doch bitte frische Brötchen und gute Laune mit, denn die wird euch im Laufe des Tages sowieso vergehen. Für den Rest der Verpflegung sorge ich. Chiron und von dir möchte ich endlich wissen, was ... *in Luna rea* bedeutet", warf ich in die Runde und stand auf.

Die Meute wünschte mir, bis auf Chiron, eine gute Nacht. Beim Verlassen der Küche, holte ich mir einen

Joghurt aus dem Kühlschrank. Irgendetwas musste ich zu mir nehmen.

„Caer! Bring ihn sofort wieder zurück! Der gehört mir!", ertönte es hinter meinem Rücken.

Ich drehte mich um.

„War ja so klar, Chiron, dass du einen Aufstand wegen dieses bescheuerten Joghurts veranstaltest. Wie ein Kleinkind benimmst du dich wieder. Fehlt nur noch, dass du zu Heulen anfängst. Tom, bring morgen früh bitte einen neuen Becher mit. Chiron und du kannst mich für heute mal."

„Danke für dein Angebot, du bist mir sowieso etwas schuldig. Vielleicht komme ich später darauf zurück", konterte er.

Seine Freunde grinsten.

Mit diesem unnötigen Abschlusswort verzog ich mich in die Bibliothek.

Ich stellte im Radio meinen Lieblingskanal ein und setzte mich in einen der Sessel. Entnervt löffelte ich den Joghurt. Mir war eigentlich nach schreien zumute. Stattdessen rannen mir die Tränen übers Gesicht. Ich schluckte.

Chiron war in letzter Zeit ein Tyrann geworden.

Die leise Musik wirkte mehr als entspannend auf mich. Ich wurde schläfrig, zog meine Beine an und kuschelte mich tief in den Sessel.

Irgendwann musste ich eingenickt sein, da ich von einem Geräusch wieder aufwachte.

Vorsichtig blinzelte ich unter meinen Augen hervor.

Chiron!

Er hatte eine Flasche Wein und Gläser dabei.

Was heckte er nun schon wieder aus.

Mich fröstelte etwas.

Chiron musste Gedanken lesen können. Leise machte er sich am Kamin zu schaffen. Stapelte Holz auf und zündete es an.

Endlich mal etwas Sinnvolles von seiner Seite, schoss es mir durch den Kopf. Da kam er auch schon auf mich zu und beugte sich über mich. Ich stellte mich weiter schlafend.

Plötzlich hob er mich hoch, lief zur Couch um mich dort abzulegen. Ich machte ihm einen Strich durch die Rechnung. Innerlich platzte ich bald vor Lachen. Trotzdem hatte diese Aktion etwas für sich. Ich räkelte mich und drückte meinen Kopf enger an seinen Brustkorb. Mit meiner linken Hand krallte ich mich leicht in sein Sweatshirt. Somit konnte er mich nicht, ohne mich zu wecken, ablegen. Er fluchte leicht und setzte sich mit mir zusammen auf die Couch.

Ich spürte seinen muskulösen Brustkorb, roch sein Rasierwasser und drückte mich noch enger an ihn. Irgendwie gefiel mir dieses kleine Schauspiel. Ihm anscheinend auch, denn sein Herzschlag geriet völlig außer Kontrolle und beschleunigte sich.

Ich wurde von anhaltendem Klopfen an meiner Türe wach.

Chiron war es doch noch gelungen, mich, nachdem ich eingeschlafen war, auf die Couch zu legen.

„Ja! Herein!", rief ich.

Die Tür öffnete sich und Tom schaute um die Ecke.

„Na du Langschläferin? Alles okay bei dir?"

Ich nickte und gähnte.

„Wie spät ist es denn?", hakte ich nach.

„Kurz nach elf", antwortete Tom.

„Was? Ach du Schreck! Ich habe völlig verpennt!"

Ich sprang von der Couch, rannte an Tom vorbei und verschwand im Badezimmer.

Chiron hatte wohl den Wecker ausgestellt, den ich auf acht Uhr aktiviert hatte. Im Bademantel machte ich mich auf den Weg in die Küche um zu frühstücken. Anziehen konnte ich mich danach immer noch.

Die ganze Mannschaft war bereits versammelt.

„Na, gnädiges Fräulein? Auch schon wach? Wurde ja Zeit! Ich habe heute noch einiges zu tun!", knallte mir Chiron an den Kopf.

Ich ignorierte seinen Ausbruch.

„Morgen Jungs! Sorry, mein Wecker hat heute leider gestreikt. Tom, hast du mir den Joghurt für Chiron besorgt? Nicht das er mich wieder verklopft!"

Tom nickte und grinste.

Der Seitenhieb saß wohl, denn Chiron schnappte nach Luft und zuckte zusammen.

Während wir gemeinsam frühstückten, beobachtete mich Chiron dauerhaft.

Ich ließ mich nicht aus der Ruhe bringen, was ihn wiederum störte.

Schon ging es mit belanglosen Sticheleien in meine Richtung los.

Irgendwann reicht es mir.

„Halt endlich deine Klappe, Chiron! Hast du dich um die Chroniken gekümmert? Ich würde gerne zeitnah damit anfangen, sie zu lesen. Du weißt, was auf dem Spiel steht. Denk an die Kinder. Ich warte immer noch auf eine Erklärung von dir!"

Chiron guckte stur vor sich hin.

„Hallo? Was ist?", fragte ich nach.

„Du hast mir doch den Mund verboten. Somit kann ich dir keine Antwort geben", kam es von ihm.

Es reichte. Wütend knallte ich die Tasse auf den Tisch, dass alle zusammenzuckten. Ich stand auf und bevor ich die Küche verließ, wandte ich mich an seine Freunde.

„Wenn ihr ihn einigermaßen zur Vernunft gebracht habt, dann können wir reden. Ich gebe es auf, weil es mir hier absolut nichts mehr bringt. Diesen Terror halte ich nicht mehr aus. Ich packe jetzt meine Sachen und verschwinde in mein Cottage. Später versuche ich näheres über diesen *falschen Mond* zu finden. Falls ihr irgendetwas benötigt, wisst ihr, wo ich zu finden bin."

Mir war erneut nach Heulen zumute.

Ich würde mir die Chroniken anderweitig beschaffen.

Meine Tasche war schnell gepackt.

Ich machte mich auf den Weg zum Auto, wo mich Tom und Steven erwarteten.

„Hältst du das für ratsam?", fragte Steven.

„Nein! Nur Chiron lässt mir keine andere Wahl. Ich komme so nicht weiter. Die ewigen Zerreißproben mit ihm, halte ich nicht mehr aus. Mir geht es in letzter Zeit nicht besonders gut, Leute. Irgendeinen Grund muss es dafür geben. Zum Glück habe ich vor ein paar Tagen unbegrenzten Aufschub von Manannan für die Beschaffung der gewünschten Artefakte und die Rückkehr der Zwillinge erhalten. Chiron kann einfach nicht nachvollziehen, wie schlimm es für mich ist, die Kinder nicht sehen zu können"

Steven hielt mich fest.

„Weiß Chiron davon?", fragte er.

Ich verneinte.

„Tom du holst Chiron. Er ist im Arbeitszimmer. Jetzt ist entgültig Schluss mit diesem Kindergarten. Caer und du wirst jetzt Rede und Antwort stehen", sprachs, zog mich ins Haus zurück in Richtung Küche.

Ich setzte mich und schon kam Tom mit Chiron. Die Anderen verteilten sich um uns.

Steven erklärte kurz um was es ging.

„Wer möchte zuerst anfangen? Chiron? Caer?"

„Ich werde zuerst eine Frage an Caer stellen, vielleicht ist der Anfang dann leichter gemacht", kam es von Horatios Seite.

Ich blickte ihn an.

„Was hat es mit der Rabenfeder auf sich, die ich in der Bibliothek gefunden habe."

Ich schluckte und schaute in Chirons Richtung. Dieser erwiderte kurz meinen Blick.

„Nun mach endlich deinen Mund auf, Caer! Die Jungs wissen, was du nachts so treibst. Ich habe es ihnen vor ein paar Tagen erzählt, nach dem Fund der Feder. Dein gehütetes Geheimnis ist keines mehr."

Nach dieser Offenbarung fing ich an zu erzählen, was ich für einen Deal mit Manannan mac Lir eingegangen war. Chiron versuchte sich ständig einzumischen. Ich wusste warum. Sein Mord an dem Druiden sollte nicht ans Tageslicht kommen.

„Chiron, jetzt halt die Luft an. Eigentlich bist du an allem Schuld. Wegen dir ist alles passiert. Wie war es denn mit dem Fluch? Hast du deine Freunde schon darüber aufgeklärt? Manannan hat es mir gegenüber getan. Ich weiß, um was es ging. Anscheinend hast du außer deiner großen Klappe, keinen Arsch in der Hose um die Wahrheit zu sagen. Ich werde alles dafür tun, die Chroniken zu bekommen, um diese Artefakte zu finden und um die Zwillinge zu retten. Anscheinend liegt dir nicht viel an deinen Kindern."

„Halt deinen Mund, Caer!", blaffte er mich an.

„Nein! Falls es dich interessiert, ich habe die Kinder für einen kurzen Moment zu Gesicht bekommen.

Noch sind sie nicht verloren, das hat mir Manannan gewährt. Mehr konnte er nicht für mich tun. Sie sind groß geworden und laufen bereits", warf ich zurück. Damit hatte Chiron wohl nicht gerechnet. Er wurde von einer Sekunde zur anderen leichenblass und sah mich fassungslos an. Kaum hatte er sich einigermaßen gefasst, fing er an mich nach allen Regeln der Kunst zu beschimpfen. Was ich für ein mieses, verlogenes Miststück sei und ihm alles vorenthalten würde. Still ließ ich alles über mich ergehen. Seinen Freunden war es mehr als peinlich, was gerade geschah. Man konnte es an ihren Gesichtern erkennen.

„Chiron, du bist uns eine Erklärung schuldig. Tom, du gehst sofort mit den andern los und holst für Caer die Chroniken. Wenn ihr zurück seid, sehen wir weiter. Ich denke Caer hatte heute wieder genug Aufregung. Lassen wir ihr etwas Luft. Bis gleich. So und wir beide werden uns jetzt intensiv unterhalten. Hast du mich verstanden, Chiron", fuhr Steven dazwischen.

Dieser nickte.

„Caer, du gehst dich in der Bibliothek für einen kurzen Moment ausruhen, bis die Jungs zurück sind. Ich denke, es wird noch ein langer Tag werden. Ich rufe dich dann", sagte er.

Ich stand auf und verzog mich.

Die Angelegenheit hatte mich ziemlich mitgenommen. Meine Nerven lagen mehr als blank. Grundlos fing ich an zu heulen und konnte mich nicht beruhigen. Zitternd am ganzen Körper legte ich mich auf die Couch und schlief wohl irgendwann vor Erschöpfung ein. Wach wurde ich von anhaltendem Gelächter in der Vorhalle. Anscheinend waren alle wieder zurück. Als ich aufstehen wollte, versagten meine Beine ihren Dienst. Mein kompletter Körper befand sich in einer

Art Ausnahmezustand. Mir war fürchterlich heiß, mein Kopf dröhnte und ich bekam es mit der Angst zu tun. Der Versuch nach Hilfe zu rufen, entlockte mir nur ein tiefes Knurren. Heulend gab ich auf und legte mich wieder zurück. Was geschah mit mir?

„So, alle wieder vereint? Nun, dann werde ich jetzt Caer holen und es kann weitergehen. Vielen Dank für deine Kooperation, Chiron. Die Sache kann zu aller Gunsten nun endlich aufgeklärt werden."
Tom stapelte die Chroniken auf den Küchentisch und eilte Richtung Bibliothek. Caer würde sich freuen. Gespannt auf ihre Reaktion, klopfte er an, riss die Tür auf und im selben Augenblick erstarrte er. Caer lag tränenüberströmt und zitternd auf der Couch. Die Situation erfassend, fühlte er ihre Stirn. Sie glühte vor Fieber, hatte glasige Augen und brauchte sofort Hilfe. Wie lange lag sie schon in diesem Zustand hier?
Er fackelte nicht lange und schrie nach Steven.
„Verdammt! Steven! Ich brauche dich hier! Sofort! Es geht um Caer! Beeil dich und bringe deinen Notkoffer mit! Irgendetwas stimmt nicht mit ihr!"
In sekundenschnelle stand Steven im Zimmer.
Die anderen, bis auf Chiron, waren ihm gefolgt und blickten hilflos in Richtung Caer.
Steven fühlte Caer´s Stirn und untersuchte sie dann. Kopfschüttelnd wandte er sich an seine Kumpels.
„Sie glüht wie ein Hochofen. An der Wunde kann es nicht liegen. Die heilt gut ab. So wie es aussieht, war alles zuviel für sie. Sie hatte es ja bereits angesprochen, dass es ihr in letzter Zeit nicht gut geht. Scheint eine Nervenentzündung zu sein. Wir müssen sie ein paar Tage schonen und alles Negative von ihr abhalten. Wo

zum Teufel ist Chiron, wenn man ihn mal braucht. Tom geh ihn bitte holen und kläre ihn gleich auf, was Sache ist."

Tom nickte, verschwand in die Küche um mit Chiron im Schlepptau wieder zu erscheinen. Kreidebleich sah er zu Caer, die schweißüberströmt in ihrem Kissen lag. „Chiron, hör jetzt gut zu. Ich benötige in den nächsten Tagen deine Hilfe. Caer hatte nach dem Stress einen Nervenzusammenbruch, den keiner von uns bemerkte und nur du kannst helfen. Sie benötigt jemand, der ihr nahe steht und das bist du", erklärte er Chiron.

„Ich glaube kaum, dass Caer mich nach den ganzen Streitigkeiten an ihrer Seite wissen möchte. Sie hasst mich sicher. Tom sollte dies besser übernehmen, da sie in letzter Zeit einen besseren Draht zu ihm hatte", warf er ein.

Steven schüttelte den Kopf.

„Nein Chiron, dass glaube ich nicht. Caer hat vorhin einige Male deinen Namen geflüstert. Also, was ist?", wandte er sich an ihn.

„Was muss ich tun, damit es ihr besser geht?"

„Vor allen Dingen benötigt sie jetzt deine körperliche Nähe und keine blöden Sprüche in dieser Zeit. Wenn wir das hinbekommen, ist sie bis Ende der Woche wieder einigermaßen fit. Falls nicht, muss sie sofort ins Krankenhaus und das stationär. Ich gebe dann die Verantwortung ab. Hast du das soweit begriffen?" Chiron nickte.

„Am besten wird es sein, dass du auch nachts bei ihr bleibst. Es tut ihr gut, deine Nähe zu spüren", gab er Chiron als Rat mit auf den Weg.

Endlich war Hilfe da.
Ich bekam alles wie durch einen Schleier mit.

Steven untersuchte mich.

Wo war Chiron?

Ich sah ihn nicht.

Flüsternd gab ich ein paar Mal seinen Namen von mir.

Steven reagierte und bat Tom, ihn zu holen.

Chiron würde mich in den nächsten Tagen umsorgen.

Entspannt schloss ich meine Augen.

Trotz der andauernden Querelen zwischen uns, liebte ich es in seiner Nähe zu sein.

Steven scheuchte alle aus dem Raum, gab mir einen Klaps auf die Schulter, wünschte mir gute Besserung und verschwand ebenfalls.

Die Zimmertür ließ er vorsorglich offen.

Steven winkte alle in die Küche.

„So, ich hatte vorhin, während ihr unterwegs gewesen seid, ein längeres Gespräch mit Chiron. Er hat mir gebeichtet in grauer Vorzeit einen Druiden wegen des Steins der Weisen, getötet zu haben. Er wurde von ihm samt Gefolgschaft, bis ans Ende der Zeit dazu verflucht, als Werwolf durch die Zeit zu wandeln. Hier spielten wohl mehrere Komponenten mit in die Geschichte. Caer war unsere Rettung, da sie uns ohne wenn und aber, erlöst hat. Manannan hat ihr während des Zusammentreffens alles erzählt und das war wohl zu viel für sie gewesen. Angesichts dessen, liegt sie nun völlig ausgepowert in der Bibliothek und muss wiederhergestellt werden. Wir brauchen sie dringend, um das kosmische Gleichgewicht wieder ins Lot zu bringen, sonst gerät alles aus den Fugen. Ich weiß jetzt auch, warum Chiron verhindern will, dass dieses geschieht und habe Verständnis für sein Verhalten. Er liebt Caer und möchte sie nicht verlieren, was ja nach Schließung der Zeittore unweigerlich passieren wird.

Diesmal springt alles auf Null zurück und sämtliche Erinnerungen von Caer werden ausgelöscht. Nur wir werden uns noch erinnern können, da bereits alles passierte. Gegenwart und Vergangenheit werden nur aus ihrem Gedächtnis getilgt"; warf er in die Runde.

„Was wird aus unserem Fluch?", fragte Horatio.

„Der bleibt aufgehoben, dank Caer. Was aus ihr wird ist ungewiss. Sie redet in den letzten Tagen immerzu von … *in Luna rea* … und…*falscher Mond*. Leute ihr wisst, was das heißt! Hoffen wir, dass sie davon verschont bleibt. Wir hätten ihren Kopf, nach dem gewaltsamen Tod durch die Werwölfe ebenfalls von ihrem Körper trennen sollen. Wenn sie dem Ruf des Wolfes folgt, ist sie nicht mehr zu retten. Vielleicht hat sie noch eine klitzekleine, reelle Chance, weiterhin zwischen den Welten reisen zu dürfen. Ein Teil unseres Fluches, hat sich auf sie übertragen und irgendwer macht sich das zu Nutze. Wir sollten nicht vergessen, dass sie in der Vergangenheit eine Bandrui und eine wichtige Trinität war. Warten wir es also ab. Vielleicht gewährt man ihr gnädigerweise, sich zu erinnern. Eine Frage an euch alle, könnt ihr Chiron verzeihen, was er für Mist in der Vergangenheit gebaut hat?", entgegnete Steven.

Alle blickten sich an.

Tom räusperte sich.

„Von mir aus ja. Caer hat mich bereits vor ein paar Tagen aufgeklärt, was Chiron getan hat. Allerdings bat sie mich um Stillschweigen. Sie wollte ihm die Chance überlassen, sich selbst zu erklären. Was denkt ihr Jungs. Könnt ihr damit leben?", fragte er in die Runde.

Alle nickten und Chiron fiel ein Stein vom Herzen.

„Eine Bedingung habe ich allerdings noch, Chiron. Keine Übergriffe mehr auf Caer, sonst bekommst du es persönlich mit mir zu tun. Sie hat genug gelitten. Sei froh, dass sie uns erlöst hat und kläre sie endlich auf", gab Tom von sich.

Chiron nickte sichtlich geknickt.

„Nach dem Schrecken, haben wir uns alle einen extra starken Kaffee verdient. Chiron, du schaust nach Caer und bringst ihr ein Glas Wasser. Wir werden heute Nacht zur Sicherheit hier bleiben, falls Caer doch Hilfe benötigt. Der Rest bereitet mit mir ein Abendessen", gab Steven von sich.

Ein reges Treiben in der Küche begann.

Chiron erhob sich und füllte ein Glas Wasser für Caer.

Seine Freunde klopften ihm reihum auf die Schulter.

Sichtlich erleichtert machte er sich auf den Weg in die Bibliothek.

Caer schlief.

Er stellte das Glas vorsichtig auf dem Tisch ab und lief auf Zehenspitzen zu ihr. Erschrocken blickte er sie an. Sie war immer noch schweißüberströmt, ihre Stirn glühte und sie gab knurrende Laute von sich.

Die Bettwäsche war bereits völlig durchnässt.

Chiron handelte.

Caer musste sofort aus diesem nassen Zeug raus, sonst holte sie sich eine Lungenentzündung.

Eilig verschwand er zurück in die Küche, erklärte den Freunden in was für einer Situation sich Caer befand, bat Ben und Tom, den Kamin anzuschüren und ihm dann beim Wechseln der Wäsche zu helfen.

Ohne Murren machten sich alle auf den Weg.

Während Horatio die durchweichte Bettwäsche abzog, besorgte Cedrick frische aus dem Schrank.

Chiron hob Caer von der Couch, setzte sie in einen der Sessel ab und holte eine frische Schlafdecke aus seinem Arbeitszimmer. Cedrick überzog diese. In

wenigen Minuten war alles im grünen Bereich. Jetzt musste nur noch Caer aus ihren verschwitzten Sachen.
„Danke für eure Hilfe. Ich ziehe jetzt nur noch Caer um und helfe euch dann in der Küche."
Cedrick konnte es sich nicht verkneifen.
Er fragte nach, ob er es auch wirklich alleine schaffte, sie einzukleiden.
Alle lachten.
„Ich denke, wenn Chiron es bis jetzt alleine geschafft hat, sie auszuziehen, dann wird er es in umgekehrter Reihenfolge auch schaffen, um sie anzuziehen", gab Tom zu Besten.
„Raus! Das Privileg mir dabei helfen zu dürfen, hat nur Steven als Arzt", lachte Chiron.
Kurz darauf waren alle verschwunden.
Chiron begann Caer zu entkleiden, was trotzdem nicht so einfach war, da sie ständig ihre Position änderte.
Sie war glitschig wie ein Fisch und entrutschte ständig seinen Händen.
Er fluchte vor sich hin, sparte sich das Einkleiden und wickelte Caer dafür in eine herumliegende Wolldecke.
Das würde erstmal reichen. Morgen früh musste ihm Steven doch mit zur Hand gehen.
Vorsichtig legte er sie auf die Couch und deckte sie gut zu. Nach dem Abendessen wollte er sich weiter um sie kümmern.
Vorsichtig verließ er den Raum und eilte in die Küche.
Seine Freunde schauten ihn abwartend an.
„Alles im grünen Bereich. Steven, du musst mir doch beim Anziehen helfen. Caer ist glitschig wie ein Fisch. Es reicht allerdings noch morgen. Ich habe sie in eine Wolldecke gehüllt. Sie schläft jetzt."
Grinsend ließ er ein paar zweideutige Sprüche über sich ergehen.

Erneut verwandelte ich mich in den Raben und flog zur Isle of Man. Manannan musste mir noch einmal erklären um was es sich bei dem Stein der Weisen handelte. Während des Anfluges sah ich ihn bereits auf seinem Stammplatz sitzen.

Kaum gelandet, nahm ich meine menschliche Gestalt wieder an.

Ich verbeugte mich

„Sei gegrüßt Caer, ich habe dich bereits erwartet. Du siehst nicht gut aus. Was ist geschehen?"

Im Telgrammstil erzählte ich, was vorgefallen war.

Manannan lachte vergnügt.

„Es wird alles gut werden. Chiron ist und bleibt ein Hitzkopf. Genieße einfach seine Pflege. Er ist es dir schuldig. Ich weiß, warum du erschienen bist. Es geht um den Stein der Weisen. Du kannst ihn nicht besitzen, dass ist mir inzwischen klar, da du nicht weißt, um was es sich handelt. Finden wirst du ihn. Ich erkläre es dir jetzt.

Der Stein soll aus einer Substanz bestehen, der unedle Metalle in edle Metalle und vor allem in Gold und Silber verwandeln kann.

Der Stein stellt aber auch das Prinzip der Transmutation, der Heilung und Läuterung dar. Er gilt als Allheilmittel von höchster Reinheitsstufe und als Symbol für die Umwandlung des niederen in das höhere Selbst.

Vielleicht kann er auch dir von Nutzen sein.

Vor über 2500 Jahren wurde von einem der Himmelsgötter die Herstellungsformel in eine Smaragdtafel eingraviert.

Eine Umschreibung sagt folgendes:

Dieser Stein, der kein Stein ist, dieses kostbare Ding, das ohne Wert ist, dieses mehrgestaltige Ding, das keine Form besitzt, dieses unbekannte Ding, das jeder kennt.

Er ist vollkommen rot und leuchtet wie ein Rubin.

Chirons Gier war damals so groß, dass er ihn besitzen wollte. Den Rest kennst du."

Ich bedankte mich bei ihm für diese Information. Bisher war ich davon ausgegangen, dass es einer der Altäre war. Ich glaubte es zu wissen, anhand von Chirons Erzählungen. Auch er schien bisher damit falsch zu liegen.

„Trotzdem möchte ich dir noch zwei Fragen stellen und hoffe du hast eine Antwort für mich. Falls ich das Chronoskop finde und es dir überreicht habe, werde ich mich dann wirklich an rein gar nichts mehr erinnern können? Oder besteht die Chance doch zwischen den Welten weiterhin reisen zu dürfen. Was bedeutet …in Luna rea!"

„Darüber darf ich dir keine Auskunft geben. Du wirst aber mit Sicherheit selbst dahinter kommen."

Etwas enttäuscht wandte ich mich ab.

„Caer, ich weiß, dass du Chiron über alles liebst. Trotz aller Vorkommnisse, möchtest du ihn nicht verlieren. Mach das Beste daraus, solange es noch geht", gab er mir den Ratschlag.

Ich nickte, verabschiedete mich und flog wieder zurück.

Die Männergruppe löste sich gegen Mitternacht auf und jeder suchte sich einen Schlafplatz.

Chiron machte sich auf den Weg in die Bibliothek und sah nach Caer. Sie redete und wälzte sich im Schlaf von einer Seite zur anderen. Wiederholt stöhnte und knurrte sie kurz auf. Vorsichtig legte er noch einige Holzscheite nach, als hinter ihm ein dumpfer Aufprall, ihn erschrocken umdrehen ließ. Caer war von der Couch gefallen. Er lief zu ihr, hob sie vorsichtig hoch, setzte sich und nahm sie auf den Schoß. Er war sich sicher, dass er eine unruhige Nacht haben würde. Sie fieberte immer noch und war schon wieder völlig durchgeschwitzt. Ihm blieb nichts anderes übrig. Er stand nochmals auf, legte Caer ab und holte eine frische Wolldecke. Schnell war sie darin eingehüllt.

Chiron versuchte ihr etwas Flüssigkeit einzuflößen, doch sie weigerte sich.

Gut, dann eben nicht.

Chiron setzte sich wieder mit Caer auf die Couch und zog sie an sich. Sie klammerte sich an ihm fest, wie eine Ertrinkende an einem Strohhalm. Sanft küsste er sie auf die Stirn. Ihm wurde jetzt so richtig bewusst, was er verlor, wenn sich die Zeittore wieder schließen würden. Tränen traten ihm in die Augen und er ließ es zu, dass er das erste Mal in seinem Leben um etwas weinte, das er liebte, nie besessen hatte und nun doch wieder verlieren würde.

Heulend vergrub er seinen Kopf in ihre Schulter.

Steven konnte nicht schlafen, machte einen kleinen Rundgang durchs Haus und wollte noch einmal nach Caer sehen. Lautlos und ohne einen Ton von sich zu geben, betrat er die Bibliothek und erschrak. So hatte er Chiron noch nie gesehen.

Heulend und völlig aufgelöst. Caer im Arm und seinen Kopf in ihre Schulter gedrückt.

Der Anblick hatte etwas Rührendes an sich und er zog sich unauffällig zurück.

Er hoffte, Chiron hatte nun endlich kapiert, um was es ging.

Tom erwachte am nächsten Morgen zuerst. Gähnend betrat er die Vorhalle und fand dort eigenartigerweise einige schwarze Federn vor. Er sammelte sie ein und wollte sie nachher Chiron übergeben.

Caer schien in der Nacht wieder in der Anderwelt gewesen zu sein.

In der Küche traf er auf Steven, der Kaffee kochte und ein paar gefrorene Brötchen aufbackte.

„Ich wusste gar nicht, dass du Frühaufsteher bist", gab Tom von sich.

„Bin ich auch nicht. Ich habe heute Nacht wiederholt nach Caer geschaut und nicht geschlafen", informierte er Tom.

„Ich denke Chiron ist bei ihr und überwacht ihren Schlaf? Ach, diese Federn habe ich gerade gefunden. Caer war wohl wieder in ihren Träumen unterwegs."

„Wenn das so weitergeht, haben wir demnächst zwei Patienten", erklärte Steven.

Tom schaute ihn mehr als unverständlich an und Steven erzählte, wie er nachts Chiron vorgefunden hatte.

„Na toll", antwortete Tom.

„Kein Wort in dieser Sache zu Chiron. Es ist ihm sicher peinlich", nahm er ihm das Versprechen ab.

So nach und nach trafen sämtliche Jungs ein, bis auf Chiron und Caer.

Horatio fragte nach, wie es ihnen ging.

„Ich werde gleich nach beiden sehen. Lassen wir sie noch etwas schlafen. Chiron wird sicher eine unruhige Nacht hinter sich haben. Nachdem ich nicht schlafen konnte, habe ich wiederholt nach Caer geschaut und Chiron hat sie mehrmals frisch einpacken müssen. Ich habe einen Menschen noch nie so schwitzen sehen ", erwiderte Steven.

„Wer weiß, was die beiden heute Nacht so getrieben haben", warf Ben scherzend ein.

„Nichts!", kam es plötzlich von der Küchentür, in der Chiron lautlos aufgetaucht war und dieses Gespräch verfolgt hatte.

Alle Köpfe flogen in seine Richtung.

„Sorry. War nur ein dummer Scherz", entkräftete Ben.

„Schon okay. Mir wäre es etwas anders auch lieber gewesen", gab Chiron grinsend zurück.

Steven schenkte eine Tasse Kaffee ein und überreichte sie ihm.

„Danke. Was liegt heute an?", fragt er in die Runde.

„Wir sollten uns erstmal vorrangig um Caer kümmern und sehen dann weiter", gab Steven den Vorschlag.

Alle nickten.

Steven war sehr erstaunt, wie Chiron sich nach gestern Nacht, wieder gut unter Kontrolle hatte.

„Ich habe hier etwas für dich. Die fand ich vorhin in der Vorhalle. Anscheinend war Caer heute Nacht mal wieder flugtechnisch unterwegs. Allerdings verstehe ich nicht ganz, wenn sie das Bett nicht verlässt, dass sie diese Federn hinterlässt. Sehr eigenartig", gab Tom kund.

„Es wird schon einen triftigen Grund haben. Nur gibt es jetzt wichtigere Dinge, als sich darüber unnötig den Kopf zu zerbrechen. Caer wird es uns erklären", warf Steven ein.

Chiron meldete sich zu Wort.

„Steven? Können wir uns eventuell Caer zuwenden? Ihr Zustand gibt mir zu denken. Es ist an der Zeit sie anzuziehen. Mit einer Lungenentzündung nützt sie uns nicht viel", gab er zu bedenken.

„Sofort! Geh schon mal vor und lege die Klamotten bereit. Ich komme nach"; antwortete Steven.

Chiron erhob sich und lief zur Bibliothek.

Hoffentlich ging es ihr etwas besser.

Vorsichtig öffnete er die Tür, erschrak fürchterlich und schrie nach Steven.

Caer lag völlig verdreht auf der Couch und krampfte. Ihr Gesicht fing an, blau anzulaufen. Es sah so aus, als wenn sie keine Luft mehr bekam.

Steven erschien und erschrak wie Chiron. „Verdammt! Caer muss sofort gekühlt werden. Ein Eisbad wäre jetzt von Vorteil. Da hier weder eine Wanne noch genügend Eis vorhanden ist, bleibt nur die Dusche. Chiron du trägst sie sofort dorthin, sonst kann ich für nichts mehr garantieren. Wie es scheint ist ihre Fiebergrenze überschritten. Für den Rest sorge ich", gab er den Befehl und eilte ins Badezimmer.

Chiron geriet in Panik, schnappte sich Caer und tat in diesem Moment das Einzig richtige. Er rannte mit ihr in den Wintergarten, stieg samt Kleidung über den Rand und legte Caer, so wie sie war, in den Brunnen.

Das Wasser war ziemlich kalt und er war froh, es am Vortag noch nicht aufgeheizt zu haben. Langsam ging er in die Knie, hob ihren Kopf an und betete, dass es nicht zu spät für sie war.

So fand ihn Steven, Minuten später vor.

Warum wachte ich nicht auf?
So sehr ich mich auch bemühte, es klappte nicht.
Mit dem aktuellen Wissen von Manannan, wollte ich versuchen, wirklich das Beste daraus zu machen.
Plötzlich hörte ich die Stimme der Moorhexe.
Ich erschrak, denn ich hatte stark gehofft, dass mir ein erneutes Zusammentreffen mit ihr erspart blieb. Wo sie auftauchte, war der Wolfsgesichtige auch nicht weit entfernt.
„Was willst du?", rief ich in die Dunkelheit.
„Dich!", kam es von ihr zurück.
Ich zuckte zusammen.
„Ich stehe unter Manannan´s Schutz und rate dir dringend, nichts unüberlegtes zu tun", gab ich zurück.
„Ich weiß! In der Anderswelt bleibt nichts verborgen. Allerdings biete ich dir einen Deal an. Du liebst Chiron und würdest weiterhin alles für ihn tun. Es liegt allein an dir, wie es ausgeht.

Hör also genau zu. Kurz bevor sich die Zeitportale verschließen, steigst du auf das leere Podest des Brunnens. Es ist alleine dir vorbehalten und wurde in grauer Vorzeit schon bestimmt. Wenn du es wagst und ein Teil des Brunnen geworden bist, besteht die Chance, dass du bleiben darfst und alle deine Erinnerungen beibehältst. Allerdings ist die Umwandlung von Mensch zu Stein in diesem Augenblick sehr schmerzhaft und du darfst keinen Laut von dir geben. Es ist eine weitere Prüfung, jedoch die Letzte. Danach bist du frei und existierst als Mensch weiter. Also, was ist?", fragte sie nach.

"Warum tust du mir das an? Wir stammen beide aus einer Blutlinie und nur weil ein Ahne aus grauer Vorzeit aus der Reihe tanzte, lässt du mich jetzt dafür büßen? Mir wird wohl nichts anderes übrig bleiben."

Ich überlegte kurz. Eigentlich ein faires Angebot. Nur? Konnte ich ihr trauen?

"Du kannst mir vertrauen", gab sie zurück.

Ich nickte.

"Gut, ich nehme den Deal an."

"Leb wohl Caer, bis bald und denk an den Stein der Weisen."

Mit diesen Worten verschwand sie.

Hoffentlich war es kein Fehler gewesen, mein weiteres Schicksal in ihre Hände zu legen.

Ich dachte über den gemachten Deal nach und geriet in Panik. Mir schnürte es regelrecht die Luft ab.

Steven wunderte sich, warum Chiron mit Caer noch nicht erschienen war, wie abgemacht.

Beunruhigt schaute er in der Bibliothek nach.

Nichts! Beide waren verschwunden. Auch die anderen waren nirgends zu sehen.

„Chiron? Chiron! Verdammt! Wo bist du?", rief er in die Stille.

Ein dumpfes *Hier* kam aus dem Wintergarten.

Steven fragte sich, was das wieder sollte, rannte in die Richtung, aus der er Chirons Stimme vernommen hatte und fand ihn kniend mit Caer im Wasser vor.

„Gute Idee mit dem Brunnen", gab Steven von sich und stieg ebenfalls hinein.

Chiron blickte Steven fragend an.

„Darauf wäre ich nie gekommen. Einfach super deine Reaktion. Nun lass mal den Fachmann ran und zieh dir etwas Trockenes an. Eine kranke Person reicht mir schon", gab er von sich und schob ihn zur Seite.

Chiron stieg triefend nass aus dem Brunnen.

Steven hatte bemerkt, nach einem Blick in die Augen von Chiron, dass dieser in Tränen ausgebrochen war und wollte ihm die Peinlichkeit vor seinen Freunden ersparen, die inzwischen erschienen waren.

Tom hatte allerdings auch mitbekommen, in was für einem Zustand Chiron sich befand und folgte ihm.

„Chiron? Möchtest du reden?"

„Nein! Im Moment nicht. Ich muss meine Gefühle ein bisschen unter Kontrolle bekommen. Es war in den letzten Tagen genug Stress. Danke dir Tom."

Dieser verstand, klopfte ihm auf die Schulter und lief zurück.

Chiron zog sich schnell um und eilte ebenfalls wieder in den Wintergarten.

Steven kümmerte sich immer noch rührend um Caer.

„Wie geht es ihr?", fragte Chiron.

„Auf alle Fälle besser, als vorher. Caer krampft nicht mehr und bekommt wieder Luft. Du hast ihr gerade das Leben gerettet. Ich denke sie wäre sonst erstickt. Das Fieber ist ebenfalls leicht gefallen", informierte Steven.

Alle atmeten erleichtert auf.

Steven erhob sich, bat Chiron ihm zu folgen, lief in die Bibliothek und legte Caer ab.

„Ich hol mir schnell trockene Kleidung und bin gleich wieder zurück. Leg du schon einmal die Kleidung für Caer zurecht, sie muss sofort umgezogen werden."

Chiron nickte.

Kurze Zeit später, war Steven zurück.

Er untersuchte Caer und half anschließend Chiron, ihr trockene Wäsche anzuziehen.

Er erklärte ihm, dass er ab jetzt rund um die Uhr bei Caer bleiben musste oder sich mit den anderen Jungs auf alle Fälle abwechseln sollte um weitere Probleme auszuschließen.

Die Nacht verlief ohne besondere Vorkommnisse und auch Caer schien es besser zu gehen.

Chiron wachte noch vor Morgengrauen auf. Er hatte fest und traumlos geschlafen und fühlte sich für den heutigen Tag gewappnet.

Vorsichtig stand er auf um Caer nicht zu wecken.

Sie lag völlig entspannt auf der Couch und atmete tief ein und aus.

Chiron legte seine Hand auf ihre Stirn, die sich kühl anfühlte.

Gott sei Dank, das Fieber schien wirklich gefallen zu sein.

Erleichtert küsste er sie auf den Mund und in diesem Augenblick schlug sie ihre Augen auf.

Erschrocken fuhr er zurück, denn ihm kam es so vor, als wenn diese raubtierähnlich in einem gelb geleuchtet hätten.

Ich erwachte in dem Moment, als Chiron mich küsste.

„Wie fühlst du dich?", fragte Chiron.

„Durstig und hungrig. Ein blutiges Stück Fleisch wäre mir jetzt mehr als recht", gab ich scherzhaft zurück und fragte, was vorgefallen war.

Chiron guckte sie schräg von der Seite an.

„Caer, das ist eine sehr lange Geschichte. Ich hole uns erstmal etwas zum Frühstück. Anschließend erzähle ich dir, was vor wenigen Tagen passiert ist. Ich bin froh, dass es dir wieder gut geht."

Während Chiron noch in der Küche hantierte, setzte ich mich auf. Mein Kreislauf spielte komplett verrückt und so war ich genötigt, mich wieder hinzulegen.

Kein Wunder nach den Strapazen der letzten Tage.

Kurze Zeit später erschien Chiron wieder, mit einem gut befüllten Tablett.

„Schaffst du es bis zum Tisch?", fragte er.

„Nein! Ich wollte mich gerade aufsetzen, da mir der Rücken vom Liegen schmerzt. Kotzübel wurde es mir beim Versuch dabei."

„Gut, dann komme ich zu dir auf die Couch. Ich hoffe du hast nichts dagegen."

„Im Gegenteil, da kannst du mich verwöhnen. Nicht falsch verstehen. Ich meinte nur bei der Fütterung der Raubtiere", gab ich stotternd von mir.

Chiron stutzte, grinste dann anzüglich und setzte sich zu mir.

„Nicht so gierig schlingen, junge Dame. Du hast einige Mahlzeiten unfreiwillig ausgelassen. Dein Körper muss sich erst wieder daran gewöhnen. Wir haben schon mit dem Schlimmsten gerechnet."

„Nun erzähl schon und mach es nicht so spannend. So schlimm war es sicher auch nicht", forderte ich ihn auf und knuffte ihn in die Seite.

Chiron klärte mich auf und an der Stelle, wo er mir erzählte, dass ich fast gestorben wäre, verschluckte ich mich prompt an einer Weintraube.

Keuchend schnappte ich nach Luft.

Chiron riss mich hoch und klopfte mir heftig auf den Rücken, bis ich wieder Luft bekam.

Ich schrie vor Schmerz auf.

„Mein Gott! Caer! Verdammt! Mach nur so weiter und mir bleibt irgendwann das Herz stehen."

Im gleichen Moment wurde die Tür aufgerissen und Steven stürmte herein.

„Alles okay bei dir, Caer?"

Ich nickte.

„Alles gut. Chiron hat mir gerade erzählt, wie es um mich stand. Ich war so erschrocken und habe mich nur an einer Weintraube verschluckt. Na, da habe ich euch ganz schön auf Trab gehalten. Eine Frage habe ich noch? Sind die Chroniken schon vor Ort? Ich würde gerne damit anfangen sie zu studieren. Ach ja, außerdem habe ich euch einiges aus der Anderswelt zu berichten."

„Die Chroniken sind inzwischen da. Du kannst sofort damit anfangen, wenn du willst"; erwiderte Steven.

„Sofort nicht. Ich gönne mir noch einen Tag Ruhe", gab ich zurück.

„Braves Kind", ergänzte Chiron grinsend.

Steven bat Chiron vor die Tür.

„Du kümmerst dich den ganzen Tag nur um sie und ihre Wünsche. Die Mahlzeiten bringen wir euch. Ich denke Caer und dir wird es gut tun, die Zweisamkeit in Ruhe zu genießen. Vielleicht kommt ihr euch endlich wieder näher."

„Ich werde mein Bestes versuchen", versprach er und ging in die Bibliothek zurück.

Caer blickte Chiron fragend an.

„Es ist Pärchentag angesagt. Verordnung vom Doktor höchstpersönlich. Also, was machen wir? Vorschlag?."

Ich lachte und antwortete spontan.

„Schmusen! Knutschen und was man sonst so treibt."

Chiron brach in schallendes Gelächter aus.

„Du bist mir vielleicht ein schönes Früchtchen. Krank, aber rumknutschen"; sprachs, drückte mir einen Kuss auf die Wange, zog mich auf die Couch um nochmals aufzustehen.

Schnell legte er im Kamin etwas Holz nach, eilte zur Tür hinaus und kam mit Sekt und Gläsern zurück.

„Für später. Deine Auferstehung feiern und gut für den Kreislauf."

Es klopfte an der Tür

Steven schaute vorbei und wünschte einen schönen Tag.

„Die Jungs und ich fahren kurz ins Dorf, um einige Einkäufe zu tätigen. Kann ein paar Stunden dauern. Treibt es nicht so toll."

Ich wurde knallrot und Chiron warf ihm ein Kissen hinterher. Dann war Steven verschwunden.

Chiron setzte sich wieder zu mir und zog mich an sich. Entspannt lehnte ich mich an seine Schulter, schloss die Augen und fühlte mich irgendwie geborgen.

Ich liebte einfach den Duft seines Rasierwassers und seine Nähe.

Nebenbei bemerkte ich, wie sich sein Herzschlag immer mehr beschleunigte, wusste bereits, wie es enden würde und schaute grinsend zu ihm hoch.

Unsere Blicke kreuzten sich.

Ich war wie hypnotisiert und meine Lippen näherten sich den seinen.

Chiron schien auch nicht abgeneigt zu sein und schon war eine wilde Knutscherei im Gange.

Ich verkrallte mich in Chirons Haaren, zog ihn noch näher an mich und fraß ihn mit meinen Küssen fast auf.

Chiron schob mich nach einiger Zeit von sich.

„Mein Gott, Caer? Was ist denn in dich gefahren? Ich bekomme keine Luft mehr. So kenne ich dich nicht", gab er keuchend von sich.

„Carpe Diem, Chiron. Mir wurde geraten, jeden Tag zu genießen, als wenn es mein letzter sei. Ich halte mich danach. Wenn ich allerdings aufhören soll, dann lass es mich wissen. Wir können auch Musik hören oder den Fernseher einschalten."

„Ich öffne jetzt erstmal die Flasche Sekt. Schalte das Radio ein und dann machen wir da weiter, wo wir gerade aufgehört haben. Die Jungs sind weg und wir haben einige Stunden für uns. Da kann sicher noch viel geschehen", gab er zwinkernd zurück.

„Na, dann lass mal den Korken knallen", lachte ich.

Chiron stand auf, öffnete die Flasche und schenkte die Gläser voll.

Ich war so ausgelassen, dass ich nach kurzer Zeit einen Schwips hatte und regelrecht über Chiron herfiel.

Seine Küsse machten mich fast wahnsinnig und ich bekam nicht genug von ihm.

Mittlerweile trugen wir nur noch Unterwäsche.

Chiron saß neben mir, war ziemlich erregt, zog mich über sich und versuchte verzweifelt meinen BH zu öffnen.

In dieser Situation wurden wir von Steven erwischt.

Die Jungs waren wieder zurück.

Ich hörte nur, wie Chiron wütend aufschnaufte, sich versteifte und mich von sich schob.

„Verdammt! Steven! Sehr schlechtes Timing! Was zum Teufel willst du?"

„Entschuldigt! Ich komme später, wenn ihr fertig seid. Wollte nur Bescheid geben, dass wir wieder da sind. Kleiner Rat von mir. Beim Nächsten Mal schließt die Tür ab", gab er zurück.

„So etwas nennt man Coitus Interruptus", gab ich von mir und bog mich vor Lachen.

„Finde ich gar nicht lustig. Ich war gerade so schön in Fahrt."

Chiron war angesäuert, stand auf, zog sich wieder an und wollte nur nachhaken was Steven von im wollte.

Ich blieb wie ich war, denn ich wollte unser Spielchen noch zu Ende bringen.

Chiron kam nach fünf Minuten zurück und verschloss die Tür.

Grinsend setzte er sich neben mich.

„Schöne Grüße von der Meute, vor allen Dingen viel Spaß und wir sollen nicht so laut sein. Sie kochen jetzt für später", gab er preis.

Am liebsten wäre ich vor Scham im Boden versunken.

Chiron griff nach mir. Die Fummelei fing von vorne an und dann hatte er mich da, wo er mich wollte.

Ich verkrallte mich in seinen Rücken, wurde von der Welle meiner Gefühle weggespült und wünschte, dass er nicht aufhören würde.

Als wir voneinander abließen, war mir klar, dass ich den Rest meines Lebens mit ihm verbringen könnte.

Chiron erhob sich, kleidete sich an und wollte in die Küche.

„Möchtest du ein kühles Getränk? Wasser?", fragte er.

Ich nickte und er verschwand.

Chiron betrat die Küche.

Grinsend wurde er von seinen Freunden empfangen. Als er sich am Kühlschrank zu schaffen machte wurde er von Steven angesprochen.

„Du weißt aber schon Chiron, dass dein Shirt voll roter Streifen ist. Blutet dein Rücken etwa? Scheint ja ein ziemlich heißer Ritt gewesen zu sein. Hätte ich Caer gar nicht zugetraut. Obwohl, so wie sie dich in letzter Zeit lädiert hat, eigentlich schon", warf er in seine Richtung und alle lachten.

Chiron blickte in die Runde und versuchte die Sache mit einem lockeren Spruch zu überspielen.

„Also, mal von Mann zu Mann. Caer ist schärfer als sämtliche Gemüsesorten zusammen. Ihr wisst schon. Peperoni, Paprika und dergleichen. Sie kennt absolut kein Halten mehr, wenn sie sich so richtig fallen lässt."

Überraschend betrat ich die Küche, weil Chiron ewig brauchte und bekam gerade noch so am Rande den Spruch von ihm mit.

So ein kleiner Stinker.

„Danke Chiron, dass du unsere intimsten Geheimnisse vor deinen Freunden offenbarst. Ich kann dir aber das Kompliment zurückgeben. Deine Gurke ist auch nicht ohne. Soviel zum Thema Gemüsesorten. Was habe ich gerade gehört? Dein Rücken blutet?"

Alle Blicke flogen in meine Richtung.

Betretenes Schweigen machte sich breit.

Ich lief auf ihn zu und drehte ihn um.

„Autsch! Schmerzt sicher. Hast du wieder ohne Hemd mit der Katze gespielt, die wir nicht besitzen? Komm mit, ich verarzte dich. Steven hat bestimmt ein Mittel für solche Plessuren. Ach ja, die Muschi, sorry, Katze muss gesucht und bestraft werden. So kann man ihr

Verhalten einfach nicht durchgehen lassen ", gab ich zweideutig von mir und zeigte in Richtung Bibliothek.
„Caer!", rief Chiron entsetzt in die Runde und alle fingen erneut zu lachen an.
Steven überreichte mir eine Salbe und grinste süffisant vor sich hin.
„Also Chiron, ich würde ja gerne mal bei euch beiden Mäuschen spielen. Caer, ich bin entsetzt. Du traust dich halb nackt hier vor uns Männern zu erscheinen und unsere Gefühle völlig durcheinander zu bringen. Trotzdem geile Reizwäsche. Kleidet dich perfekt, die Farbe schwarz. Unter diesen Voraussetzungen Chiron und diesem Wahnsinnseinblick, wäre ich dafür, diese ungehorsame Katze nochmals so richtig zu bestrafen", riet er ihm.
Diese Situation wurde mir jetzt doch äußerst peinlich. Ich drehte mich um.
„Miau", warf ich fauchend in die Runde und zog den völlig verdutzten Chiron mit mir.
Kaum in der Bibliothek zurück, hielt ich ihm erstmal eine Standpauke.
„Zieh dein Hemd aus, ich möchte die Salbe auftragen. Musstest du unbedingt den Gemüsespruch bei deinen Freunden loswerden? Dein Feingefühl lässt zurzeit sehr zu wünschen übrig. Am liebsten wäre ich, wie schon in den letzten Tagen, im Erdboden versunken. Ich bin ja nicht prüde, aber einige Sachen sollten unter uns bleiben. Ihr Kerle seid schon eigenartig. Immer und überall den Platzhirsch heraushängen lassen. Oha, dein Rücken sieht wirklich aus, als wäre eine Wildkatze über dich hergefallen. Ich hoffe die Salbe lindert etwas deine Schmerzen und die Katze sollte wirklich bestraft werden", gab ich lachend von mir.

Bevor ich mich versah, griff Chiron zu und bugsierte mich rückwärts in Richtung Couch. Ich stolperte über einen herumliegenden Gegenstand und da ich nicht fallen wollte, schnappte ich hilfesuchend nach seinen Armen. Trotzdem verlor ich das Gleichgewicht, kippte mit ihm unsanft auf die Couch und er kam über mir zum Liegen.

„Autsch! Tut das weh! Geh runter von mir! Du bist ja das reinste Schwergewicht! Hast du vielleicht in den letzten Tagen zugenommen?", schrie ich auf.

Chiron lachte.

„Ich bin nicht schwer. Es täuscht und kommt dir nur so vor. Das sind alles natürliche und gut antrainierte Muskel- und Samenstränge", gab er zurück.

Ich bekam einen Lachkrampf und konnte mich nicht beruhigen.

„Wie war das? Merke dir eins. Um eure Samenstränge irgendwie gut zu trainieren, benötigt ihr Kerle alle eine weibliche Unterlage. Außer der Typ ist homosexuell", konterte ich.

Chiron fand dies nicht so lustig und war wohl in seiner männlichen Ehre verletzt.

„Verflixtes Biest! Schäm dich, einfach halb nackt vor meinen Freunden aufzutreten. So kleiner Stubentiger, ich werde dich jetzt Respekt lehren."

„Reg dich ab, Chiron. Deine Freunde werden meinen Anblick unbeschadet überstehen, die nackte Version kennen sie bereits", gab ich zurück.

Da ich unter ihm lag und mich nicht rühren konnte, musste ich ihn wohl gewähren lassen. Erwartungsvoll und immer noch lachend, blickte ich ihn an. Chiron musterte mich von oben bis unten.

„Kein Wunder, dass ich deinen BH nicht aufbekam. Der Verschluss befindet sich ja vorne."

„Auch schon mitbekommen, du Blitzmerker. Keine Ahnung von Frauen", zog ich ihn auf.

„Kleines Miststück. Amüsierst dich noch über mich", entgegnete er.

„Selbst schuld", gab ich zurück und grinste.

Bevor das Geplänkel weiterging, küsste er mich wieder intensiv und bewies mir erneut, dass er handwerklich mehr als kompetent war.

Seine Hände befanden sich überall an verschiedenen Stellen meines Körpers gleichzeitig.

„Chiron! Bitte hör auf! Sonst bin ich bereits fix und fertig, bevor du überhaupt richtig angefangen hast. Denk an deinen Rücken. Ich glaube kaum, dass du eine weitere Runde dieser Art von mir, meine Krallen an dir abzuwetzen, verkraftest", stöhnte ich.

„Strafe muss sein", kam von seiner Seite.

Chiron machte gnadenlos weiter.

Obwohl ich versuchte, seinen Rücken so gut wie nicht zu berühren, gelang es mir nicht vollständig.

Verschwitzt und ausgepowert, ließen wir irgendwann voneinander ab.

Chiron strich mir die nassen Haare aus dem Gesicht und stand auf.

Mein Blick traf auf seinen Rücken.

Dieser war mit blutigen Striemen nur so übersät.

Erschrocken sprang ich hoch.

„Dein Rücken! Alles blutig! Schlimmer als vorher! Hast du arge Schmerzen?", gab ich entschuldigend von mir.

Er nickte.

„Brennt wie Feuer, aber in der Hitze des Gefechtes ist das nicht zu vermeiden. In der Liebe und im Krieg, ist alles erlaubt. Ich werde es Überleben und hoffe dich mit Erfolg befriedigt zu haben. Bestrafung der Katze erfolgreich ausgeführt. Nun lass uns anziehen und in die Küche gehen. Ich glaube, dass Essen ist fertig. Es riecht danach", gab er von sich.

Ich nickte und dann machten wir uns auf den Weg. Mein Magen knurrte inzwischen auch schon und ich freute mich auf eine anständige Mahlzeit.

„Tom! Essen ist fertig! Würdest du bitte unsere beiden Turteltäubchen holen? Klopf aber an, sonst reißt dir Chiron den Kopf ab. Ich habe beide heute schon in eindeutiger Position erwischt. Eine Wiederholung ist nicht unbedingt nötig", gab er von sich.

Alle lachten und Tom machte sich auf den Weg.

Er klopfte.

Niemand öffnete.

Dafür ging es ziemlich heftig hinter der Bibliothekstür zur Sache.

„Armes Kätzchen", stellte Tom fest.

Grinsend eilte er in die Küche zurück und räusperte sich.

„Und?", fragte Steven.

„Ich denke wir lassen den beiden noch etwas Zeit. So wie es sich anhört, wird die Katze gerade bestraft und das sehr heftig", antwortete er.

„Na, dann bin ich auf Chirons Rücken gespannt."

Die ganze Truppe grölte.

Keine fünf Minuten später erschien Chiron mit Caer.

Steven konnte sich nicht verkneifen, Chiron auf den Rücken zu schlagen.

„Na? Die Muschi, sorry Katze, gefunden und auch wie es sich gehört, anständig bestraft?", fragte er nach.

Chiron trieb es vor Schmerz die Tränen in die Augen.

„Ja! Erfolgreich bestraft", gab er zurück und ließ sich auf einen Stuhl fallen um weitere Attacken auf seine Schultern zu vermeiden.

Mir schwante nichts Gutes und schon kam die nächste Ansage.

„War nicht zu überhören. Kätzchen hat sicherlich arg leiden müssen"; ergänzte Tom und blickte intensiv in meine Richtung.

Mir trieb es regelrecht die Röte ins Gesicht.

Oh, mein Gott!

Ausgerechnet Tom, der wie ein Bruder für mich war, hatte etwas mitbekommen.

Ich starrte Chiron entgeistert an, der sich ebenfalls ein Grinsen verkniff.

Horatio stand wie immer in einer Ecke und lachte.

Die anderen schmunzelten.

Nur raus hier.

Unter diesen Umständen war mir die Gesellschaft mit den Jungs furchtbar peinlich.

Ich drehte mich auf dem Absatz herum und flüchtete so schnell ich konnte zurück in die Bibliothek.

Wütend über mich selbst und das ich meine Gefühle nicht besser unter Kontrolle hatte, brach ich in Tränen aus.

„Leute! Die Ansage gerade, war nicht unbedingt nötig. Hat denn keiner bemerkt, dass Caer vor Scham fast im Erdboden versunken wäre. Ihr seid so richtige Klötze in manch einer Hinsicht", meldete sich Cedrick.

„Hört, hört! Unser Frauenversteher wieder. Caer war heute auch im Umgang mit Gemüse recht schlagfertig. Sag nur Gurke. Verstehe nicht, warum sie deshalb so überreagiert hat", erwiderte Ben.

Chiron erhob sich.

„Lasst mal gut sein. Ich sehe nach, wie es ihr geht. Zurzeit leidet sie wohl an Stimmungsschwankungen. Harte Schale, weicher Kern. Vielleicht kann ich sie dazu bewegen, wieder zu erscheinen. Falls nicht, esse ich heute mit ihr in der Bibliothek. Bis gleich und drückt mir die Daumen", warf er in die Runde.

Steven rief ihn zurück.

„Chiron, warte mal kurz. Dein Shirt kannst du Hier und Jetzt entsorgen. Völlig durchtränkt von Blut. Mein lieber Schwan. Was treibt ihr beiden eigentlich beim Sex? Dein Rücken muss doch höllisch schmerzen."

„Die Umschreibung ist extrem untertrieben und die Nacht wird ziemlich unruhig werden. Ich weiß jetzt schon kaum, wie ich sitzen soll."

„Da hat sich die zweite Runde ja richtig gelohnt. Ich mache dir eine Packung Eis zum Kühlen zurecht. Es wird die Schmerzen etwas lindern und später geht die Schwellung etwas zurück. Jetzt kümmere dich um Caer", gab Steven zurück.

Chiron fand Caer völlig tränenüberströmt vor und nahm sie in die Arme.

„War alles halb so schlimm. Den Jungs tut es sehr leid. Sie bitten dich darum, dass du am gemeinsamen Essen teilnimmst. Kommt du?"

Ich schüttelte den Kopf.

„Gut, dann bringe ich dir etwas vorbei. Bin gleich wieder da."

Chiron eilte in die Küche, wo er erwartet wurde.

„Keine Chance. Caer ist völlig in Tränen aufgelöst."

Er schwor, ab sofort mehr Rücksicht auf ihre Gefühle zu nehmen.

Während Chiron in der Küche zu Gange war, machte ich einen Abstecher in sein Arbeitszimmer.

Ich musste mich unbedingt ablenken und nahm eine der Chroniken zur Hand.

Bisher hatte kein menschliches Auge einen Blick in die heiligen Bücher erhaschen dürfen. Sie lagen geschützt bis vor ein paar Tagen, in Chirons Keller.

Nur Eingeweihte durften sie lesen. Dazu gehörte auch ich. Als Bandrui und Trinität stand mir das zu.

Gespannt auf das, was mir die Überlieferung dieses Buches brachte, öffnete ich es.

Plötzlich ertönte ein Rauschen um mich herum und ich sah für einen Moment eigenartige Gestalten. Dann war es auch schon vorbei und ein kalter Hauch strich über meinen Körper, der mich frösteln ließ. Irgendwie hatte sich gerade etwas verändert.

Kapitel eins präsentierte mir das Grundlagenmanifest.

Es besagt:

- Handle an allen Wesen und in und an allen Dingen so, wie du an dir gehandelt haben möchtest.-

Weitere Erklärungen folgten.

Bereits nachdem ich die erste Seite gelesen hatte, war ich so fasziniert, dass ich nicht aufhören konnte. Die Chronik hatte mich komplett in ihrem Bann.

Grob durchblätternd wurde mir klar, dass ich viele Querverweise finden würde. Langsam erhob ich mich und holte aus einem der Regale einen Schreibblock für eventuelle Notizen.

„Ach, hier bist du? Ich habe dich schon gesucht. Was hat dich hierher verschlagen?", fragte Chiron der vor mir stand.

„Ich musste mich etwas ablenken und habe begonnen in den Chroniken zu lesen. Danke, dass du mir einen gut befüllten Teller gebracht hast. Nur werde ich jetzt doch in der Küche essen. Komm!"

Ich stand auf, schnappte mir den Block samt Stift und eilte voraus. Mir spukten bereits einige Fragen im Kopf umher, die notiert sein wollten.

Chiron war erstaunt über Caer´s Sinneswandel, folgte ihr in die Küche und stellte wortlos den Teller vor sie auf den Tisch.

„Danke", gab sie abwesend von sich und schaufelte das Essen in sich hinein, wie ein Roboter.

Chiron erntete von seinen Freunden, fragende Blicke. Er zuckte mit den Schultern.

Tom wagte einen Versuch.

„Na, Kätzchen? Meinung geändert? Was war denn der Anlass dazu? Vielleicht noch eine dritte Runde in Sachen Gemüse trifft auf Gurke?", gab er von sich und wartete auf ihre Reaktion.

Chiron schüttelte den Kopf und blickte ihn warnend an.

„Hmmmmmm......", kam es nur von Caer´s Seite. Sie reagierte überhaupt nicht und kritzelte auf dem neben ihr liegenden Block herum.

Tom blickte ratlos in die Runde.

„Was ist denn jetzt los? Völlig abwesend und keine verbalen und körperlichen Attacken von ihrer Seite. Chiron! Was hast du mit Caer gemacht?"

„Nichts! Liegt wohl daran, dass ich sie vorhin, lesend in meinem Arbeitzimmer vorgefunden habe. Ich sah sie nur in einer der Chroniken blättern. Seitdem benimmt sie sich eigenartig", gab er zurück.

Steven der hinter Caer stand, blickte ihr kurz über die Schulter.

„Wow! Ich wusste gar nicht, dass Caer der keltischen Schriftzeichen mächtig ist. Sie erstaunt mich immer wieder. Völlig entrückt. Ihre Erinnerung wird bald abgeschlossen sein. Chiron bitte achte gut darauf, dass sie nicht unbedacht handelt. Irgendetwas geht in ihr vor."

Chiron nickte und im selben Augenblick schnellte Caer hoch.

Der Stuhl flog nach hinten, gegen Steven und erwischte voll seine Kronjuwelen.

„Autsch! Verdammt! Caer! Bist du wahnsinnig? Die brauche ich noch!", gab er schmerzerfüllt von sich.

Alle lachten.

Caer drehte sich in seine Richtung und blickte ihn fragend an.

„Hmmmmmm……", kam es erneut von Caer´s Seite und dann verschwand sie samt Aufzeichnung.

Ratlose Blicke folgten ihr.

„Jetzt dreht sie komplett ab", mutmaßte Ben.

Chiron erhob sich.

„Freunde, ich werde ihr einen starken Kaffee machen. So wie ich sie kenne, wird es eine lange Nacht werden. Anscheinend ist sie in der Chronik auf einen Hinweis gestoßen. Ich denke, sie wird heute im Arbeitszimmer schlafen wollen. Das gilt dann auch für mich. Falls ihr mich sucht, wisst ihr jetzt Bescheid, wo ich später zu finden bin."

„Irgendetwas stimmt nicht mit Caer. Ich konnte auch einen Blick auf die Zeichen werfen, kenne mich etwas aus und entzifferte das Wort Brunnen. Außerdem hat sie den Mond mit … *in Luna rea* gezeichnet. Chiron, achte gut auf sie. Mein Gefühl sagt mir, dass in nicht so absehbarer Zeit etwas mit Caer passieren wird. Sie geistert einfach zuviel in der Anderwelt umher. Irgendetwas ist da im Gange. Jetzt mach dich auf den Weg zu ihr. Ich koche den Kaffee und bringe ihn dann vorbei"; orakelte Tom.

Chiron sah ihn lange an und nickte.

„Tom, ich werde gut auf sie achten", versprach er.
Chiron hatte auch schon den Verdacht, als er Caer auf
dem leeren Platz des Brunnens erwischt hatte, dass sie
mehr wusste, als sie preisgab.
Nachdenklich ging er ins Arbeitszimmer zurück, wo
Caer bereits eifrig die Chronik studierte.
Sie blickte kurz hoch.
„Hallo, da bist du ja wieder! Wolltest du mir nicht
etwas zum Essen vorbeibringen?"
Chiron glaubte sich verhört zu haben.
„Caer? Alles in Ordnung bei dir? Kannst du dich nicht
mehr erinnern, dass du eben noch in der Küche am
Tisch gegessen hast?", fragte er verwirrt nach
Caer blickte verstört in seine Richtung.
„Hab ich wohl vergessen. Irgendwie fühle ich mich
seid Öffnung der Chronik etwas eigenartig. Leider
kann ich mir da jetzt nicht den Kopf darüber ernsthaft
zerbrechen, da ich eine heiße Spur verfolge. Bitte störe
mich nicht unnötig", bat sie ihn.
„Ich hole etwas Kaffee. Caer, willst du heute die ganze
Nacht im Arbeitszimmer verbringen? Darf ich dir
dabei etwas Gesellschaft leisten", fragte er vorsichtig
nach.
„Was? Ja, mach wie du denkst und jetzt lass mich in
Ruhe weiterarbeiten."

Chiron fühlte sich bestätigt, dass mit Caer etwas nicht
stimmte.
Er verließ das Zimmer und wollte sich mit Steven
austauschen und um einen Rat bitten.
Auf dem Weg dorthin, stieß er unbeabsichtigt mit
Tom zusammen, der den Kaffee bringen wollte.
Alles fiel zu Boden.

„Holy Shit! Was ist denn in dich gefahren? Färbt das Verhalten von Caer jetzt schon auf dich ab?"

„Tom keine Fragen! Küche! Sofort!"

Chiron eilte weiter und stürmte in den Raum.

„Jungs! Wir müssen reden! Jetzt! Caer gerät außer Kontrolle! Sie kann sich nicht mehr daran erinnern, vor ein paar Minuten hier mit uns am Küchentisch gesessen zu haben! Es läuft etwas gewaltig schief und aus dem Ruder!

„Was sagst du da?", fragte Cedrick.

„Du hast mich schon verstanden. Seit Caer auf diesem leeren Platz im Brunnen gesessen hat und die Chronik öffnete, benimmt sie sich eigenartig."

Steven meldete sich zu Wort.

„Kann es sein, dass du dich da in etwas verrennst? Meine persönliche Meinung ist eher, dass es mit der Anderwelt, in Verbindung mit diesem Brunnen eine Erklärung gibt. Außerdem haben wir das neue Problem mit dem ... *falschen Mond*. Bedenke, die Chroniken sind extrem magische Bücher und Caer eine Bandrui und Trinität. Schon allein die Berührung dieser Bücher, kann bei ihr alles Mögliche auslösen. Chiron bedenke, dass Caer nach ihrem Tod in den Zustand der Nekromantie und Scyomantie verbannt wurde. Du weißt doch, was dies bedeutet. Ich habe immer das Gefühl, dass Caer nicht wirklich Caer ist. Die Nekromantie ist eine der ältesten und schweren magischen Techniken. Ein gewaltsamer Tod oder eine vorzeitige Beendigung eines Lebens, erhöht den magischen Wert von Menschenfleisch für magische Handlungen. Es steht auch geschrieben:
Denn wir sind nur die Schale und das Blatt. Der große Tod, den jeder in sich hat, das ist die Frucht, um die sich alles dreht.

Bei der Scyomantie wird ein Abbild des verstorbenen herbei beschworen. Wir wissen immer noch nicht genau, in welche Richtung Caer tendiert. Ich denke sie wird von der Anderwelt manipuliert. Es tut mir sehr leid, dir das mitteilen zu müssen. Anscheinend weiß Caer etwas mehr darüber. Deshalb müssen wir sie gut beobachten."

Ich saß am Schreibtisch und studierte die Chroniken weiter. Chiron stellte mir dauerhaft komische Fragen, die mich mittlerweile nur nervten, deshalb gab ich nur kurze Antworten.
Zum Glück war er in die Küche verschwunden.
Von draußen ertönte plötzlich fürchterlicher Krach.
Ich hörte Porzellan zersplittern.
Hatte man denn hier keine Sekunde Ruhe.
Genervt sprang ich hoch und eilte aus dem Zimmer.
Während ich die Bescherung in der Halle sah und niemand vorfand, passierte es.
Da ich immer und überall barfuss durch die Gegend rannte, trat ich prompt in die Scherben des Geschirrs.
Schmerzerfüllt schrie ich auf, stürzte zu Boden und in sekundenschnelle färbten sich die weißen Fliesen rot.
Dieser Schmerz!
Ich heulte los und versuchte äußerst vorsichtig, die größeren Scherben aus meiner Fußsohle zu entfernen.
Da tauchte Chiron mit den Jungs auf.
„Verflucht! Caer! Was in Gottes Namen, hast du jetzt schon wieder veranstaltet? Du bist noch der Nagel zu meinem Sarg! Nimm deine Hände da weg! Steven ich benötige deine Hilfe! Caer hat sich erneut verletzt! Erst die Stirn! Jetzt der Fuß! Ich bin gespannt, was sie noch in ihrem Repertoire auf Lager hat! Warum ziehst du dir nicht wie jeder normale Mensch, Schuhe an!"

„Weil ich kein normaler Mensch bin du Idiot! Welcher Blödmann von euch, ist für den Saustall zuständig und hat die Scherben hier liegen lassen!", fauchte ich ihn an.

„Uhh, die Raubkatze kommt wieder zum Vorschein", gab Tom unnötigerweise von sich.

Mein Kopf flog in seine Richtung.

„Halt einfach die Klappe!", gab ich von mir.

Steven eilte auf mich zu, gab Chiron den Auftrag mich in die Bibliothek zu bringen, worüber ich froh war.

Behutsam setzte er mich auf die Couch

Kurz darauf erschien Steven mit seiner Notfalltasche.

Er kniete sich hin, begutachtete meine Verletzung und zog eine Spritze auf.

„Nein! Steven! Bitte, keine Spritze! Von den Dingern hab ich die Schnauze vorerst voll!!", schrie ich.

„Caer! Sei vernünftig! Ohne wirst du die Schmerzen nicht aushalten, wenn ich die Splitter ziehe!"

„Ich sagte, Nein!"

„Okay! Chiron am besten wird sein, du setzt dich zu Caer und hältst sie fest. Ich leg dann mal los."

Steven holt eine Pinzette aus seiner Tasche und fing ganz vorsichtig an, die sichtbaren Teile zu entfernen.

Ich schrie auf, zog meinen Fuß zurück und schloss meine Augen.

„Caer! So wird das nichts!"

„Ich sagte, Nein! Mach weiter!"

„Unbelehrbarer Dickschädel!"

Langsam zog er meinen Fuß wieder zu sich.

„Ich beginne wieder mit der Behandlung, Caer!"

Ich nickte und verkrallte mich in Chirons Hand.

Während Steven in meiner Wunde stocherte, biss ich mir vor Schmerzen die Lippen blutig.

Außerdem wurde mir schlecht.

Ich schrie schmerzerfüllt auf, als Steven etwas tiefer in die Wunde musste.

„Stopp! Es reicht! Mir ist unglaublich übel! Auszeit!", rief ich und öffnete meine Augen.

„Für eine Auszeit, haben wir keine Zeit! Die Splitter müssen raus und solange die Wunde blutet, werden die meisten mit ausgespült", antwortete Steven.

Mit einer Hand schob er mir den Papierkorb zu.

„Was soll ich denn damit?", fragte ich nach.

„Falls es schlimmer wird, kotz einfach hier rein", gab er zur Antwort.

Neben mir lachte Chiron leise vor sich hin.

„Idiot", schimpfte ich.

Es klopfte an der Tür und der Rest der Bande trat ein.

„Können wir behilflich sein? Caers Geschrei hört man bis in die Küche"; fragte Tom.

Steven nickte.

„Ja, ihr kommt wie gerufen! Unser Kätzchen möchte auf keinen Fall eine örtliche Betäubung. Sie bevorzugt die harte Variante. So kann ich nicht arbeiten. Tom du setzt dich auf die andere Seite von Caer und hältst ebenfalls ihre Hand. Horatio und Cedrick, ihr stellt euch hinter die Couch um zu verhindern, dass sie urplötzlich aufspringt. Ben und du holst eine Schüssel lauwarmes Wasser zum Ausspülen der Wunde. Kann ich jetzt weitermachen, Caer? Bist du dir immer noch sicher, dass du keine Spritze willst? Du musst weder uns, noch dir irgendetwas beweisen."

Ich nickte.

„Ja, bin mir sicher und jetzt mach weiter!"

Vorsichtshalber ergriff ich die beiden Hände links und rechts neben mir und legte meinen Kopf zurück.

Ich schrie und fluchte, als Steven wieder in der Wunde herumstocherte.

Neben mir stöhnten Tom und Chiron verhalten auf, als ich meine Fingernägel in ihre Handflächen bohrte.

„Chiron, jetzt verstehe ich deine Schmerzen auf dem Rücken. Ich kann es dir richtig nachfühlen. Du musst deiner Raubkatze bald mal die Krallen stutzen", gab Tom von sich.

Alle lachten.

„Unpassend und nicht witzig", zischte ich.

Ben kam mit dem Wasser zurück und stellte es ab.

„Verdammt! Steven! Bist du endlich fertig?", fragte ich

Dieser schüttelte den Kopf.

„Wo denkst du hin? Das war erst die eine Seite. Jetzt kommt die nächste dran. Zum Glück nicht schlimm", gab er zurück

Ich war kurz vor dem Ausrasten und ließ es ihn auch verbal spüren.

„Du Scheißkerl! Ich habe so das Gefühl du machst das mit Absicht und genießt es!", schrie ich ihn an.

„Mitnichten, Caer! Ich hatte dir eine Option geboten. Die Spritze! Also, Zähne zusammenbeißen, es geht in die Endrunde. Reich mir mal dein anderes Füßchen", blaffte er zurück und grinste.

Ich schob ihm mein anderes Bein zu, das nicht so stark blutete und schmerzte.

Mit einem Ruck zog er die Scherbe raus und dann war es vorbei.

„So, jetzt stellst du den schlimmeren Fuß in die mit lauwarmen Wasser befüllte Schüssel. Es wird etwas brennen, weil es mit Desinfektionsmittel verdünnt ist. Ich verbinde ihn gleich. Jungs! Entwarnung! Ich danke für eure Hilfe!"

Während Steven meinen Fuß verband, räusperte ich mich.

„Steven könnte ich eine Schmerztablette bekommen, falls ich es nachts nicht aushalte?"

„Nein! Du hast jetzt diese Prozedur ohne Betäubung hinter dich gebracht, da hältst du das auch durch. Du bist doch schon ein großes, starkes Mädchen, was du uns bewiesen hast. Außerdem nimmt man auf keinem Fall von einem Scheißkerl etwas an. Chiron kommst du mit nach draußen?", gab er von sich.

Er griff seine Tasche und entfernte sich mit Chiron im Schlepptau.

Cedrick strich mir über den Kopf. Horatio drückte mir einen Kuss auf die Stirn. Ben zwinkerte mir zu und verschwand kurz darauf mit der Schüssel. Tom war der Einzige der noch im Zimmer verblieb.

„Wie fühlst du dich, Caer?", fragte er.

„Ganz ehrlich? Furchtbar! Tom, mit mir stimmt etwas nicht. Ich denke jeder von euch hat es bereits bemerkt. Selbst mir ist es schon aufgefallen. Ich habe Filmrisse und Gedächtnislücken. Es liegt an den Chroniken. Ich möchte dich bitten, dass du mit den Jungs immer ein Auge auf mich hast."

Er nickte, zog mich an sich und drückte mich.

In dem Augenblick trat Chiron ein und blickte uns argwöhnisch an.

„Störe ich?", fragte er nach

„Chiron, was soll das?"

„Reg dich ab, Chiron! Gute Besserung, Kätzchen. Gute Nacht ihr beiden", gab Tom von sich und verließ den Raum.

Chiron kam auf mich zu.

„Hier! Mit besten Grüßen von Steven. Deine Tablette, falls du in der Nacht doch schlimme Schmerzen hast."

„Danke! Bitte setz dich zu mir. Ich brauch das jetzt."

Chiron kam meinem Wunsch nach und zog mich an sich.

„Caer? Versprich mir, dass du in nächster Zeit besser auf dich achtest. Ich möchte nicht, dass dir etwas Schlimmes passiert. Außerdem möchte ich dich bitten, deine Aktivitäten in die Anderwelt einzuschränken."

„Du hast ja richtig Angst um mich. Ich verspreche es dir", gab ich zurück.

Im Stillen dachte ich mir nur, dass er froh sein konnte, noch nichts von dem zu wissen, was auf mich zukam.

„Du bist im Ansehen und Respekt bei den Jungs um einiges gestiegen. Auch ich muss sagen, es war eine riesige Leistung, ohne Betäubung diese Schmerzen bei der Entfernung der Splitter auszuhalten. Du hast jetzt auch einen Spitznamen weg. Kätzchen! Und er passt zu dir. Meine Freunde sind dir bedingungslos ergeben und würden für dich durchs Feuer gehen."

„Ich weiß und ich werde sie auch nicht enttäuschen", erwiderte ich und lehnte mich entspannt an Chiron.

Es klopfte.

„Ja! Herein!", rief Chiron.

Steven erschien auf der Bildfläche.

„Hallo, ihr Beiden. Ich wollte nur nach Caer sehen, ob es ihr gut geht nach diesem Eingriff. Chapeau, auch von den anderen an dich. Diese Schmerzen vorhin, ohne Betäubung, hätte nicht einmal ein gestandenes Mannsbild einfach so ausgehalten. Warum tust du dir das an. Auf was bereitest du dich in Zukunft vor?"

Erschrocken schaute ich in Stevens Gesicht.

Was wusste er oder glaubte er zu wissen. Ich räusperte mich.

„Erwischt! Du hast mich durchschaut! Nein! Quatsch! Ich habe nichts zu verbergen. Steven ich möchte mich bei dir von ganzem Herzen entschuldigen, dass ich dich vorhin einen Scheißkerl genannt habe", versuchte ich ihn abzulenken.

„Geschenkt Kätzchen. Morgen früh bekommst du einen frischen Verband. Versuch etwas zu schlafen", gab er von sich und verschwand wieder.

„Mir scheint, es wird zur Gewohnheit deiner Freunde werden, dass man mich Kätzchen nennt. Nur wegen deines lädierten Rückens. Da habe ich ja was Schönes angestellt. Müde bin ich noch nicht. Könntest du mir die Chronik aus dem Arbeitszimmer holen. Lesen lenkt mich sicher auch von den Schmerzen ab."

„Nein, Caer! Order von Steven. Absolute Ruhe in den nächsten Tagen um weitere Unfälle auszuschließen. Du solltest dir nach den letzten Vorkommnissen etwas Schonung gönnen. Bitte! Meine Nerven haben in den letzten Tagen, aus Angst um dich, erheblich gelitten. So kommen wir beide etwas zur Ruhe."

„Es passt mir gar nicht, dass jeder versucht über mich zu entscheiden, was ich zu tun oder zu lassen habe."

„Caer, wir machen uns alle Sorgen um dich."

Bevor ich eine entsprechende Antwort geben konnte, küsste mich Chiron und ich schmolz wieder dahin. Eng umschlungen saßen wir auf der Couch, als sich im Zimmer ein Rauschen ausbreitet. Ich drückte Chiron zur Seite und im gleichen Moment materialisierten sich die Druiden vor uns.

„Ihr?", fragte ich nach.

Sei gegrüßt Caer. Wir haben einige Botschaften für dich. Nutze sie zur rechten Zeit.

Entscheide das Notwendige, wage das, was du entschieden hast und vollende, was du gewagt hast.

Lass dich weder durch Scheu noch durch Zweifel lähmen, sie begrenzen und zerstören alles.

Wisse jede Müdigkeit deines Körpers, jede Abirrung deines Geistes und alle Schwächen deiner Seele zu besiegen.

Wenn du nicht Ereignisse nach deinen Vorstellungen verändern kannst, dann lasse es wenigstens nicht zu, dass sie dich verändern.

Denke in Bildern, projiziere deine Gedanken und fasse alles in einem Symbol zusammen, das wahr wird.

Strebe stets zum Höchsten, sonst bist du wie ein Boot ohne Segel, denn wer kein Ziel hat für den ist jeder Wind das Falsche.

Nur durch Übung erlangst du die Willenskraft und nur durch Übung wirst du sie behalten.

Manannan lässt dich grüßen und sobald sich der Deal mit der Moorhexe erfüllt hat, wird sich dein Schicksal erfüllen. Lenke deine Schritte auf der Suche nach dem Stein der Weisen in alle Richtungen. Vorher musst du noch einmal in das verwunschene Dorf. Dort findest du einen Hinweis, nach dem, was du suchst. Zur Not suche den Einstieg über das Anwesen von Chiron. Der Altar im Keller oder ein zweiter Spiegel wird dir dabei behilflich sein. Gehab dich wohl, du treue Seele.

Edan, einer der ältesten Druiden aus der Gruppe schritt auf mich zu, kniete nieder und berührte meine verbundenen Füße. Ein stechender Schmerz durchfuhr mich. Ich schrie auf. Der Druide erhob sich, schritt in die Gruppe zurück und dann war der Spuk auch schon verschwunden.

Chiron saß wie gelähmt an Caers Seite und guckte von den Druiden zu ihr zurück.

„Haben wir jetzt beide das gleiche erlebt oder sehe ich schon Gespenster? Welcher Deal mit der Moorhexe? Caer, du bist mir jetzt eine verdammt gute Erklärung schuldig", gab er von sich.

Ich schluckte. Verflixt, so war das nicht gedacht. Er sollte doch nichts davon wissen. Jetzt musste ich ihn von diesem Thema ablenken und begann den Verband abzuwickeln. Ich hatte da so eine Vermutung.

„Caer! Was machst du da schon wieder? Hör auf mit dem Blödsinn! Bist du jetzt komplett durchgeknallt! Warte, ich hole Steven! Er soll das begutachten." Chiron verschwand in die Küche und kam nach ein paar Minuten mit Steven zurück.

„Lass mich mal einen Blick auf deine Füße werfen. Chiron hat mir im Telegrammstil erklärt, was passiert ist", erklärte er und begann den Verband ganz zu lösen.

Hinter ihm ertönte Chirons erstaunter Ausruf.

Meine Fußsohlen waren vollständig geheilt. Ich stand vorsichtig auf.

„Caer und nun will ich wissen, was es mit diesem Deal auf sich hat. Keine Ausflüchte mehr. Ich wusste die ganze Zeit, dass etwas nicht stimmt. Also? Ich warte", bohrte Steven.

Ich wand mich wie ein Aal, um aus dieser Geschichte wieder herauszukommen.

Mir fiel keine logische Erklärung ein.

Chiron durchbohrte mich mit seinen Blicken.

„Ich darf darüber nicht sprechen. Anordnung von der Moorhexe. Ihr werdet es erfahren, wenn es soweit ist. Vertraut mir."

Chiron schüttelte mit dem Kopf.

„Nein, Caer! Dieses Vertrauen hast du verwirkt! Mir reicht es jetzt! Meine Geduld ist erschöpft! Mach was du willst, aber ohne mich! Ich schlafe heute Nacht in meinem Arbeitszimmer. Ich bringe dir nachher diese Chronik vorbei. Komm jetzt, Steven! Im Moment haben wir hier nichts mehr verloren!", gab er von sich.

Kurz darauf waren beide verschwunden.

Wie geplättet blieb ich zurück, ließ mich auf die Couch fallen und heulte los.

Wie blöd war ich eigentlich? Geschah mir ganz recht!

Wie ich das wieder hinbiegen konnte, wusste ich auch nicht.

Chiron kam zurück, würdigte mich keines Blickes und knallte wortlos die Chronik auf den Tisch.

Mit einem giftigen Seitenblick verließ er das Zimmer.

Zumindest hatte ich für die Nacht eine Beschäftigung, die mich ablenkte.

Ich erhob mich und machte mich auf den Weg in die Küche, wo alle versammelt am Tisch saßen und mich beim Eintreten musterten.

Ich vermied jeglichen Blickkontakt und holte mir ein Glas aus dem Schrank.

Danach bediente ich mich am Alkohol.

Ich brauchte das jetzt.

Irgendwo stand noch eine offene Flasche Whisky, die ich auch fand und mitnehmen wollte.

Heute Nacht würde ich mir die Kanne geben um für den Moment alles zu vergessen.

Plötzlich stand Steven hinter mir und sprach mich an.

„Hattest du die Tablette schon eingenommen?"

Ich nickte.

„Kätzchen, dann ist das keine gute Idee", sprachs und nahm mir die Flasche weg. Ich schlug nach ihm.

„Dann eben nicht!", antwortete ich trotzig und ging.

Ich setzte mich an den Schreibtisch.

Langsam öffnete ich die Chronik, begann zu lesen und war kurz darauf im Bann des Buches gefangen.

Seite für Seite blätterte ich um, bekam immer mehr Informationen, die ich eifrig notierte. Mir wurde klar, dass ich im Laufe der nächsten Wochen unbedingt auf Reisen gehen musste.

Mein Blick fiel, kurz nach Mitternacht auf die Uhr.
Kurze Zeit später war ich wohl eingeschlafen.

Die Szenerie mit dem Alkohol, war heftig und machte Chiron zu schaffen.
„Verdammt, Steven! Jetzt fängt sie noch an zu Saufen. Ich weiß nicht mehr wie ich reagieren soll. Die einzige Möglichkeit, die ich in Erwägung ziehen würde, wäre sie wegzusperren."
„Bist du wahnsinnig? Keine gute Idee. Denk an ihre wiedererlangten Kräfte. Sie könnte diese in ihrem jetzigen Zustand, gegen uns verwenden. Wir müssen nur in Erfahrung bringen, was für einen Deal sie mit dieser Moorhexe eingegangen ist", gab dieser zurück.
„Wird ein schweres Unterfangen werden. Am liebsten würde ich ihr den Hintern versohlen und dadurch zur Vernunft bringen. Ich werde jetzt nach ihr sehen."
Chiron stand auf und eilte in die Bibliothek. Caer lag mit dem Kopf auf dem Schreibtisch und schlief.
Vorsichtig hob er sie hoch, hoffte, dass sie nicht wach wurde, legte sie auf die Couch und deckte sie zu.
Morgen wollte er noch einmal mit ihr reden.
Auf Zehenspitzen schlich er hinaus.

Lautes Gelächter weckte mich. Irgendwer schien mich heute Nacht noch auf die Couch verfrachtet zu haben
Ein Blick auf die Uhr verriet mir, dass ich wieder viel zu lange geschlafen hatte.
Langsam stand ich auf. Mein Magen knurrte und ich verspürte tierischen Hunger.
Der gestrige Tag kam mir ins Gedächtnis.
Wie würde Chiron reagieren.
Gleich konnte ich es in Erfahrung bringen.

Nach dem Gang ins Badezimmer, machte ich mich auf den Weg zur Küche.

Alle waren versammelt und plauderten munter vor sich hin.

Ich blickte in die Runde.

„Guten Morgen, Jungs."

Keine Reaktion.

Ich nahm Tasse und Teller aus dem Schrank, stellte beides auf den Tisch und setzte mich.

„Könnte ich bitte etwas Kaffee haben?"

Keine Reaktion. Sie ignorierten mich einfach.

Nachdem ich mehrmals umsonst fragte, stand ich auf und bemerkte, dass alle bereits gefrühstückt, mich aber nicht berücksichtigt hatten.

In meinem Hals bildete sich ein dicker Kloß und ich musste schlucken.

Jetzt nur nicht in Tränen ausbrechen und Schwäche zeigen Caer, dachte ich mir.

Stillschweigend räumte ich das Geschirr wieder in den Schrank, nahm mit einer Tasse Kaffee vorlieb und wandte mich zum Gehen.

Plötzlich sprach mich Chiron an.

„Caer, wir müssen reden. Ich habe die halbe Nacht wach gelegen und bin zu dem Entschluss gekommen, da du dich gegen alle meine Fragen sperrst, dass du bis Ende der Woche Zeit hast, deine Sachen zu packen, um in dein Cottage zu ziehen."

Mich traf diese Nachricht wie ein Faustschlag. Nur nicht das. Ich hatte doch eine Aufgabe zu erfüllen. Es würde mein Todesurteil entgültig besiegeln.

„Chiron, ich…..", weiter kam ich nicht.

Chiron unterbrach mich mitten im Satz.

„Sei still, Caer! Mein Entschluss steht fest! Gäbe es eine Alternative, würde ich sie mitteilen! Du gehst!", fuhr er mich an.

„Ist das dein letztes Wort", fragte ich leise nach.

„Ja!", kam es kurz und bündig zurück.

Ich blickte seine Freunde an.

Die vermieden mich auch nur anzusehen und ich hatte verstanden.

Sichtlich verstört über diese Mitteilung, machte ich auf dem Absatz kehrt und verzog mich in die Bibliothek.

Ich wurde wütend.

Was fiel diesem Idioten ein, mich so zu behandeln, nach all dem Erlebten in der Vergangenheit.

Warum bis Ende der Woche warten.

Es kam mir zeitlich sehr gelegen. So konnte ich ohne große Nachfragerei nach Stonehenge verschwinden. Für das andere, ergab sich auch noch eine Lösung. Ich fing an zu packen.

Kaum hatte Caer die Küche verlassen, kam wieder Leben in die Truppe. Steven wandte sich an Chiron.

„Musste das jetzt unbedingt sein? Das war extrem harter Tobak. Du hättest das anders lösen können. Caer war völlig aufgelöst und den Tränen nahe."

„Ja, dass musste so sein! Nein, ich will es nicht anders lösen! Nur so kommt sie endlich zur Vernunft und wird etwas gesprächiger", gab Chiron zurück.

„Chiron, ich klinke mich komplett aus dieser Sache aus. Ich werde dieses Spiel so nicht mehr mittragen. Es muss einen triftigen Grund geben, dass sie nichts sagen kann. Wir sollten ihr vielmehr helfen, als sie zu strafen", warf Cedrick ein.

„Chiron, du glaubst doch sicherlich nicht, dass Caer in dieser Sache nachgibt", kam es von Tom.

„Mir völlig egal! Falls sie wieder vernünftig wird, sehen wir weiter, was passiert!"

„Träum ruhig weiter, Chiron. Du wirst sie mit deinem Starrsinn noch verlieren", gab auch Horatio von sich.

Ben meldete sich zu Wort.

„Leute, wie sieht es aus? Wir müssen noch einiges für den heutigen Grillabend besorgen. Ich weiß, gerade sehr ungünstiger Zeitpunkt um das anzusprechen. Ich persönlich möchte, dass Caer teilnimmt. Ist das okay für euch?"

Bis auf Chiron waren alle einverstanden.

„Gut, dann werde ich es ihr jetzt sagen", erwiderte Ben und ging Caer suchen.

Es klopfte an der Tür. Schnell versteckte ich meinen Reisekoffer hinter der Couch und öffnete. Ben stand vor mir.

„Hallo, Ben! Was möchtest du?", fragte ich.

„Entschuldige, Caer. Wir wollten heute Abend eine kleine Grillfeier veranstalten und dich dazu einladen. Wir fahren später ins Dorf, um alles zu besorgen", gab er von sich.

Ich überlegte kurz.

„Danke, Ben. Gut gemeint, aber ich verzichte. Ich will euch nicht zur Last fallen. Nicht, nachdem was vorhin vorgefallen ist. Feiert schön und danke an die Jungs, dass sie an mich gedacht haben. Bitte keine Störungen heute mehr. Ich werde mich früh zu Bett begeben, etwas Musik hören und meine Situation überdenken", erklärte ich ihm.

„Schade. Die Jungs werden es aber respektieren."

Ich umarmte ihn herzlich und musste die Tränen, die in mir hochstiegen, mehr als unterdrücken.

„Ich danke dir, dass du immer neutral gehandelt hast",
gab ich ihm noch mit auf den Weg.
Kaum war Ben weg, reifte ein weiterer Plan in mir.
Ich würde, solange die ganze Bande einkaufte, die Zeit
nutzen und in mein Cottage verschwinden.
Brigid hatte mir mitgeteilt, dass sämtliche Reparaturen
seit Ende der Woche abgeschlossen waren und das
Haus bezugsfertig war.
Super! Alles passte in mein Konzept.
Vor morgen früh würde keiner mehr nach mir sehen
und ich verfasste schnell einen Brief an Chiron.
Von der Schweigepflicht, im Zusammenhang mit dem
Brunnen, war ich nun, dank Manannan, der Moorhexe
zu nichts mehr verpflichtet.

Ben eilte in die Küche zurück und teilte den anderen
mit, dass Caer am heutigen Abend nicht teilnahm und
ihre Situation überdenken wollte.
„Scheint, als wird sie vernünftig werden", gab Chiron
von sich.
„Sie möchte auch nicht gestört werden für den Rest
des Tages. Ihr Verhalten war etwas eigenartig. Chiron,
ich habe gar kein gutes Gefühl. Wir sollten nach dem
Einkauf nach ihr sehen", erwiderte Ben.
„Okay! Wenn es dich beruhigt", lachte er.

Schweren Herzens fing ich an zu Schreiben.
Lieber Chiron,
es fällt mir nicht leicht, meine ganzen Gefühle für dich in Worte
zu fassen.
Darum dieser Brief an dich.
Es gibt vieles, was ich an dir liebe.
Dein Lachen was mich aufbaut und deine Hände die mir Kraft
geben.

Deine Augen, in denen ich mich jedes Mal verliere.
Deine Gefühle für mich, die mich jedes Mal übermannen.
Deine Lippen, wenn sie mich küssen und alles an dir.
Du bist das Wichtigste auf der Welt für mich.
Unsere Seelen sind verwoben in Eins und Allem.
Mein Schicksal ist an dich gebunden und ich wünsche mir für alle Zeit und bis in alle Ewigkeit, dass uns nichts trennen kann.
Leider hast du dieses Band jetzt durchschnitten und es wird meinen Tod bedeuten.
Ich erkläre dir, was es mit dem Deal der Moorhexe auf sich hat.
Da ich unter Manannan´s Schutz stehe, bin ich ihr in keiner Weise mehr zum Stillschweigen und Ergebenheit verpflichtet.
Sobald ich die Artefakte gefunden und Manannan überreicht habe, wird sich mein Schicksal erfüllen.
In dem Moment, wo sich die Zeittore schließen, werde ich meinen angestammten Platz auf dem Brunnen für immer einnehmen.
Du kennst die Geschichte. Es wird sich dann entscheiden, ob ich würdig genug bin, wieder in die reale Welt treten zu dürfen oder nicht.
Das ist die Rache der Moorhexe an mir.
Ich räume jetzt schon das Feld und möchte, dass du nicht nach mir suchst, denn ich werde in nächster Zeit viel unterwegs sein.
Sobald ich alles erledigt habe, melde ich mich bei dir.
Deshalb habe ich einen letzten Wunsch an dich.
Wenn es soweit ist, gewähre mir bitte den Zutritt zum Brunnen, um die kosmische Ordnung wieder zu korrigieren.
Vielleicht erklärst du mir vorher noch, was … in Luna rea … für mich bedeutet. Ich habe zwar eine vage Ahnung, denke mir aber, du und die Jungs wissen mehr darüber.
Grüß mir Alle.
Ich liebe dich.
Caer

Bevor Ben mit der Bande zum Einkaufen verschwand, klopfte er an die Bibliothekstür. Caer´s Verhalten ließ ihm keine Ruhe.

„Caer, alles gut bei dir? Wir verschwinden schnell ins Dorf. Benötigst du etwas? Ich bringe es dir mit!", rief er durch die geschlossene Tür.

Von drinnen ertönte ihre Stimme.

„Nein! Danke Ben, ich habe alles Nötige hier. Viel Spaß später beim Grillen!"

Chiron der gerade Richtung Haustür lief, klopfte ihm auf die Schulter.

„Nun komm schon Ben. Je früher sie mit Nachdenken über ihr Verhalten anfängt umso eher ist sie fertig."

Endlich verschwanden sie.

Ich wartete noch einige Minuten um sicher zu gehen, dass sie nicht noch einmal zurückkamen.

Eilig rannte ich ins Arbeitszimmer und holte mir die restlichen Chroniken.

Grinsend schloss ich die Tür zur Bibliothek von außen ab.

Deponierte dann den Brief an Chiron, samt Schlüssel zur Bibliothek im Kühlschrank.

So fand er beides nicht sofort.

Nun konnte das Abenteuer beginnen.

Jetzt alles im Auto verstauen und dann Abfahrt.

Kurze Zeit später traf ich am Cottage ein.

Irgendwie war ich froh, all das Vertraute zu sehen.

Brigid´s Handwerker hatten gute Arbeit geleistet.

Ich räumte mein Auto aus, verstaute alles und kochte Kaffee.

Danach machte ich es mir erstmal gemütlich, fertigte mir einen Wegplan und schlief mal wieder ein.

Während Ben und Horatio die Einkäufe für abends erledigten, machten Chiron, Tom, Steven und Cedrick einen kleinen Ausflug in das Einzige Pub im Dorf.

„Ein bisschen Entspannung wird uns mehr als gut tun, nach diesen ganzen Strapazen der letzten Tage. Die erste Runde geht natürlich auf mich. Horatio und Ben treffen nach dem Einkauf auf uns", erklärte Chiron.

Steven meldete sich zu Wort.

„Chiron, wir müssen dringend über Caer reden. Liebst du sie eigentlich noch? Deine Entscheidung war sehr heftig. Denke daran, dass auch du nicht ohne Fehler bist. Sprich noch heute mit ihr, denn du bist es ihr schuldig. Vielleicht weiß Brigid mehr, denn sie ist seit ewigen Zeiten ihre engste Vertraute. Überleg es dir gut", warf Steven ein.

„Auch ich habe kein gutes Gefühl dabei. So wie ich Caer kenne, macht sie wieder etwas Unüberlegtes. Du weißt doch, wie spontan sie sein kann. Einer von uns hätte bei ihr bleiben müssen", gab Tom zu bedenken.

„Leute hört auf! Sie ist alt genug und ich bin nicht ihr Kindermädchen."

„Ihr Kindermädchen nicht, Chiron, aber ihr Freund und der Vater ihrer Kinder. Sie leidet schon genug unter deren Verlust. Merkst du überhaupt noch, was du von dir gibst? Mir reicht es. Ich warte im Auto auf euch. Bis dann."

Cedrick erhob sich und verschwand.

Vor dem Auto traf er auf Horatio und Ben, die gerade die Lebensmittel verstauten.

„Was ziehst du denn für ein Gesicht?", fragte Ben.

Cedrick klärte beide kurz auf.

„Ich denke, wir werden unser blaues Wunder nachher erleben. Mir geht der Satz von Caer auch nicht mehr aus dem Kopf. Es klang wie ein Abschied. Mein

Verdacht wird sich bestärken und sie wird weg sein", unkte Ben.

„Mal bloß den Teufel nicht an die Wand", gab Horatio zurück.

„Komm jetzt Cedrick. Ein Glas Scotch, wird auch dir gut tun. Wir können Caer´s Entschluss zu gehen auch nicht ändern. Gönne dir etwas Entspannung."

Unter Murren folgte Cedrick den beiden zurück.

Nach gut einer Stunde und etwas leicht angetrunken, fuhren alle zu Chirons Anwesen.

Chiron stieg aus.

„Bin wirklich gespannt, was Caer in der Zwischenzeit bewerkstelligt hat. Hoffen wir, dass sie zur Vernunft gekommen ist. Bei der kleinsten Schwierigkeit, werde ich ihr den Hintern versohlen", gab er von sich.

„Chiron, du bist ja völlig angetrunken. Ich denke wir verlegen die Grillparty auf morgen. Wir sind alle nicht mehr nüchtern. Bevor wir etwas tun, was eskaliert und uns später leid tun könnte, sollten wir den Abend, mit einem Bier vor dem Fernseher verbringen", machte Cedrick den Vorschlag.

„Wisst ihr was? Macht was ihr wollt. Ich hau mir jetzt ein dickes Steak in die Pfanne. Mein Magen knurrt seit Stunden", gab Tom von sich.

„Ich schaue nach Caer. Wer kommt mit?", fragte Ben.

Chiron mischte sich ein.

„Mein Gott, Ben. Caer wollte nicht gestört werden. Also, was soll das jetzt? Ich habe keine Lust einen Streit vom Zaun zu brechen. Nicht heute Abend."

„Doch jetzt! Bleib einfach hier Chiron, wenn es dich nicht interessiert. Anscheinend ist außer mir, keinem bisher aufgefallen, dass Caer´s Auto nicht mehr in der Auffahrt stand. Sie ist weg."

Steven schaute Chiron an.

„Na, dann hast du ja das erreicht, was du wolltest. Du kommst jetzt mit. Ich hoffe, dass Ben Unrecht und sich geirrt hat. Der Rest schafft die Lebensmittel in die Küche und den Kühlschrank."

Reges Treiben war im Gange. Steven eilte mit Chiron zur Bibliothek und fand die Tür verschlossen vor.

„Caer! Caer! Öffne die Tür! Wir müssen reden!"

Steven versuchte es einige Mal und hämmerte mit den Fäusten dagegen.

Nichts geschah.

Tom erschien.

„Das habe ich gerade im Kühlschrank gefunden. Den Schlüssel für die Bibliothek und diesen Brief an dich. Hier Chiron, von Caer."

Steven nahm Tom den Schlüssel aus der Hand.

Schnell war die Tür geöffnet.

Caer´s private Gegenstände waren verschwunden.

Chiron stürmte in sein Arbeitszimmer und erstarrte.

Die Chroniken waren ebenfalls weg.

Wütend lief er in die Küche, setzte sich an den Tisch und schimpfte los.

„Dieses verdammte Miststück! Verschwindet einfach ohne etwas zu sagen und klaut die Chroniken."

Steven und Tom erschienen.

„Was regst du dich so auf, Chiron. Ob sie nun ein paar Tage eher auszieht oder nicht, ist egal. Sie wäre Ende der Woche sowieso gegangen, denn es war dein ausdrücklicher Wunsch. Hier der Brief an dich."

Chiron riss Steven den Umschlag regelrecht aus der Hand, öffnete ihn und fing zu lesen an.

Gespannt standen alle im Raum und warteten auf eine Reaktion von ihm.

Diese kam nach wenigen Minuten.

Chiron wurde urplötzlich kreidebleich und stand auf. Achtlos fiel der Brief zu Boden.

„Chiron, was ist los? Geht es dir gut?", fragte Steven besorgt nach.

"Verflucht noch einmal! Diese Hexe! Lies!", erwiderte Chiron bückte sich, hob den Brief auf und reichte ihn Steven.

Nachdem dieser ihn gelesen hatte, gab er ihn an die Jungs weiter.

„Ich wusste es.", sagte Ben.

„Und nun?", wollte Tom wissen.

„Ich werde ins Cottage fahren, sie zur Rede stellen und mit ihr über den Inhalt des Briefes sprechen. Und ja, ich liebe sie auch von ganzem Herzen. Irgendwie muss doch dieser Deal aufzuheben sein. Ich möchte nicht, dass sie von der Bildfläche verschwindet:"

„Warum machst du es ihr dann so schwer? Außerdem ist es ihr Schicksal, Chiron. In dem Zustand fährst du heute nirgendwo mehr hin. Du bist völlig aufgelöst. Ich fahre dich und warte draußen. Ob sie allerdings mit dir sprechen möchte, glaube ich kaum", meinte Steven.

„Ich muss es versuchen", gab er von sich.

Alle drückten Chiron ganz fest die Daumen und dann verschwand er mit Steven.

Kurze Zeit später standen sie vor dem Cottage.

„Kein Licht. Vielleicht ist sie nicht da", meinte Chiron.

„Doch! Ihr Auto steht doch hier. Sicher schläft sie. Du kennst sie doch. Nun geh schon. Ich warte hier und gebe dir noch einen Ratschlag mit auf den Weg. Bleib auf alle Fälle ruhig, egal was passiert. Versprich es."

Chiron nickte, lief mit gemischten Gefühlen zur Tür und klingelte Sturm.

Erschrocken schoss ich hoch.

Welcher Idiot klingelte da wie ein Verrückter. Sicher war es Chiron. Ich stand auf und öffnete.

„Was willst du? Verschwinde!", blaffte ich ihn an.

„Bitte lass uns vernünftig miteinander reden und dann komm mit zurück. Ich wusste ja nicht, unter welchem Druck du stehst. Ich danke dir für deine warmen Worte. Natürlich kannst du in den Wintergarten. Ich liebe dich auch", beteuerte er und zog mich an sich.

In mir versteifte sich alles.

Bestimmend schob ich ihn zurück.

„Ach, Chiron. Liebe ist ein flüchtiges Wort. Ich kann das einfach nicht mehr und habe deshalb die Regeln geändert. Du hast gelesen um was es geht. Auf keinen Fall komme ich zurück. Morgen geht meine Reise auf die Suche nach den Artefakten los. Verstehe bitte, dass ich alles schnellstens hinter mich bringen möchte."

Im Hintergrund sah ich Steven und winkte im zu.

„Komm doch mit herein. Es wird frisch draußen."

Steven schüttelte mit dem Kopf.

„Nein, Caer. Sprich dich mit Chiron aus. Es wird das Beste für euch sein. Ich würde sogar vorschlagen, dass er heute Nacht bei dir bleibt und du ihn morgen früh zuhause ablädst. So könnt ihr entscheiden, wie es in Zukunft mit euch weitergeht."

Ich musste lachen.

„Zukunft? Welche Zukunft? Eine Zukunft, die ich erst als Steinfigur auf einem Brunnen antreten muss, damit ich ins richtige Leben wiederkehren darf. Ihr solltet nicht vergessen, dass ich in vollkommen körperlicher Stase bin, bis die Nekromantie und Scyomantie, von der Moorhexe aufgehoben wird. Es ist dir Rache der Moorhexe, die mich voll trifft. Der Wolfsgesichte wird auch noch ein Wörtchen mitzureden haben. Nur ist er

noch nicht in Erscheinung getreten. Außerdem habe ich das Gefühl, dass tief in meinem Innersten etwas lauert, um endlich an die Oberfläche zu gelangen. Ganz ehrlich, ich habe höllische Angst."
„Caer, du hast doch keinerlei Anhaltspunkte wo deine Odyssee beginnt und wo sie enden wird."
„Doch Chiron, die habe ich. Die Druiden haben mich nicht das letzte Mal kontaktiert. Außerdem besitze ich meine Kräfte noch und werde sie, wenn es sein muss, gezielt einsetzen."
„Zu welchem Ziel reist du zuerst?", fragte Steven.
„Stonehenge! Dort bekomme ich neue Hinweise, die mir weiterhelfen werden. Außer es ändert sich etwas", antwortete ich.
Chiron machte mir den Vorschlag, mich zu begleiten. Ich schüttelte den Kopf.
„Auf keinen Fall! Diesen Weg muss und möchte ich alleine beschreiten. Ich habe bereits die Kids verloren und möchte nicht, dass es noch mehr Personen trifft. Was ich dir gewähren kann ist, dass du, wenn du möchtest, die Nacht heute mit mir verbringen kannst. Allerdings ohne Hintergedanken. Ich kann dir nicht sagen, wann wir uns wieder sehen werden. Vielleicht gibst du mir endlich eine Antwort auf meine Frage."
Steven nickte Chiron bestätigend zu.
„Ich danke dir Caer und werde bleiben. Steven wir sehen uns am morgigen Tag wieder."
Steven winkte Caer zu sich und zog sie etwas zur Seite.
„Caer, ich wollte es dir eigentlich nicht sagen, aber ich tu es doch. Chiron liebt dich über alles und würde sein Leben für dich geben, wenn er könnte. Ich habe ihn in der Nacht, als er dich fiebernd in seinen Armen hielt, dass erste Mal in seinem Leben und über die ganzen Jahrhunderte hinweg um etwas weinen sehen. Tage

später sagte er mir, als ich ihn darauf angesprochen habe....... *Eines Tages ist es zu spät, wenn du erkennst, dass das was du hättest haben können, nicht mehr für dich greifbar sein wird, weil du es hast gehen lassen, ohne zu wissen, dass es alles war, was du haben wolltest und gebraucht hättest, um glücklich zu sein.* Chiron hat einen guten Kern und spielt nur nach außen immer den harten Typen. Gib ihm eine weitere Chance", gab er mir mit auf den Weg.

Ich dankte ihm für seine Offenheit und verabschiedete ihn bis zum nächsten Morgen.

Winkend führ er davon.

Ich eilte zu Chiron, der immer noch abwartend vor der Türe stand und mich fragend anblickte.

„Nun komm schon rein", forderte ich ihn auf.

Erleichtert atmete er auf und trat ein.

„Ich habe noch nichts zu Abend gegessen. Möchtest du mir dabei Gesellschaft leisten? Ich könnte uns eine Pizza zaubern. Allerdings nur aus der Kühltruhe."

„Gerne, Caer. Der Grillabend ist ja ausgefallen.", gab Chiron von sich und zog seine Jacke aus.

Ich eilte in meine kleine Küche und bereitete alles vor.

„Möchtest du ein Bier?", rief ich und erschrak, als er plötzlich hinter mir stand.

Langsam drehte ich mich um.

Er nickte.

„Teilen wir eine Flasche? Ich hatte heute allerdings genug davon, sonst findet keine normale Unterhaltung zwischen uns mehr statt."

Ich nickte, nahm zwei Gläser aus dem Schrank und eine Flasche Bier aus dem Kasten. Diesen hatten die Handwerker anscheinend hier vergessen.

Die Pizza brauchte noch einige Zeit.

Während ich ins Wohnzimmer lief, zog ich Chiron im Vorbeigehen mit mir und setzte mich auf die Couch.

Chiron war über meine spontane Reaktion so erstaunt, dass er stolperte und auf mich fiel. Zum Glück hatte ich gerade die Gläser auf dem Tisch abgestellt, so dass nur die Flasche zu Boden kullerte.

Bitte nicht wieder so eine heikle Situation, dachte ich bei mir.

Ich lachte auf.

„Mein Gott, Chiron. Du bist manchmal wirklich sehr ungeschickt. Würdest du bitte von mir runtergehen, ich bekomme keine Luft mehr"; bat ich ihn.

Vergebens!

Er fixierte mich und schaute mir tief in die Augen.

Mein Herzschlag beschleunigte sich von Sekunde zu Sekunde und ich war sicher, dass er ihn ebenso spüren konnte.

Ich seufzte leicht auf, schloss meine Augen und dann küsste er mich mit so einer Intensität, dass ich mir wünschte, er würde nie mehr aufhören.

So war das eigentlich nicht gedacht. Ich drückte meine Hände gegen seinen Brustkorb und löste vorsichtig meine Lippen von seinen.

„Chiron, bitte nicht. Wir waren uns doch einig, dass du bleibst ohne jeglichen Hintergedanken. Würdest du mich bitte aufstehen lassen. Die Pizza müsste fertig sein."

Widerwillig gab er mich frei.

Ich stand auf und flüchtete regelrecht in die Küche.

Wenn das die ganze Nacht so weiterging, konnte ich wieder für nichts mehr garantieren.

Die Pizza war durch, ich verteilte sie auf einem meiner riesigen Teller und trug sie ins Wohnzimmer.

„Falls du ein Besteck möchtest, dann hol dir eines."

„Geht schon so", antwortete Chiron.

Er öffnete die Flasche und schenkte die Gläser voll.

Ich prostete ihm zu und trank alles in einem Zug leer.
„Caer! Was tust du da wieder? Du hast rein gar nichts gegessen. Schwips vorprogrammiert."
„Na und wenn! Ich brauche das jetzt. Nenn es einfach Mut antrinken."
Herzhaft biss ich in meine Pizza und lehnte mich in die Couch zurück. Schon besser.
In Nullkommanichts hatten wir beide alles verspeist.
Ich rülpste vor mich hin und erntete einen schrägen Seitenblick von Chiron.
„Holla die Waldfee! Caer! Was bis du für ein Ferkel!"
„Was ist denn? Ich bin zuhause, da darf ich das. Mein Gott, bleib locker.", gab ich lachend von mir.
Obwohl ich feste Nahrung zu mir genommen hatte, stieg mir nach wenigen Minuten doch der Alkohol zu Kopf, zumal ich nichts vertrug.
Ich stand auf um mir eine Limonade zu holen, torkelte und kippte auf die Couch zurück.
„Ups", gab ich von mir und kugelte mich vor Lachen.
„Bleib sitzen! Ich hole dir ein Mineralwasser", sagte Chiron.
Er stand auf und räumte das Geschirr ab.
„Fernseher oder Radio?"
„Radio", gab ich von mir.
 Mein Wunsch wurde erfüllt und dann verschwand er in die Küche, wo ich ihn rumoren hörte.
Die beruhigende Musik aus dem Hintergrund zeigte ihre Wirkung. Ich wurde schläfrig, nickte in kurzen Abständen immer wieder mal dauerhaft ein, um dann wieder hochzuschrecken. Chiron gesellte sich zu mir.
„Melde gehorsamst, die Küche ist im Normalzustand. Hier dein Mineralwasser, damit du wieder nüchtern wirst. Ansprechbar bist du wohl nicht mehr."
Ich schrak hoch.

„Musst du mich denn immer so unsanft aufwecken? Sorry, ich bin eingenickt. Die Musik war daran schuld. Danke fürs Aufräumen und wir können uns gerne die ganze Nacht unterhalten. Klar bin ich ansprechbar." Chiron war wohl eher nach kuscheln zumute, denn er zog mich samt Wolldecke an sich.

„Nicht! Du weißt wie das wieder endet."

„Keine Angst. Ich werde nichts gegen deinen Willen tun. Lass uns diesen Abend gemeinsam genießen. Der Rest ergibt sich."

Im Stillen musste ich mir eingestehen, dass ich wollte, dass er es gegen meinen Willen tat.

„Wie geht es eigentlich deiner Stirn? Ich wollte das die ganze Zeit schon fragen? Leider ist das irgendwie in der Hitze des Gefechtes untergegangen. Lass mich mal nachschauen?", fragte er nach.

„Gut. Keine Schmerzen mehr."

Chiron schob meine Haare zu Seite.

„Super verheilt. Steven hat echt tolle Arbeit geleistet."

Ich nickte, schloss meine Augen und dachte nur *küss mich endlich.*

Nichts geschah und ich lehnte mich enttäuscht zurück.

Chiron räusperte sich.

„Caer es wird langsam etwas kühl hier in der Hütte. Soll ich den Kamin anschüren?"

Ich nickte erneut und bat ihn, aus dem Schuppen Holz zu holen.

Chiron erhob sich, verschwand nach draußen und war kurz darauf wieder zurück. Vorsichtig schichtete er das Holz in den Kamin und entzündete es.

Solange er mit dem Feuer zugange war, setzte ich in der Küche für uns beide einen Kaffee auf.

Es verging keine Viertelstunde und es wurde wohlig warm im Zimmer.

Ich hielt die Stille nicht mehr aus und wandte mich an Chiron.

„Also gut, Chiron. Was hältst du von Rotwein und einer Abschiedsfeier? Nur wir Beide? Mir ist gerade sehr nach Zweisamkeit mit allen Konsequenzen, die daraus entstehen."

„Verrennst du dich da nicht gerade in etwas? Ich kann eventuell für nichts garantieren. Caer, du weißt was ich damit meine. Denk daran, du wolltest deine Reise für morgen vorbereiten."

„Ich kann auch einen Tag später fahren. Mir wurde Dank Manannan kein Zeitlimit mehr gesetzt. Tu es einfach."

Chiron lachte, stand noch einmal auf, holte den Wein und entkorkte die Flasche.

„Stört es dich, wenn ich die Biergläser zum Trinken nutze?", fragte er.

„Was für ein Stilbruch! Nein! Natürlich stört es mich nicht! Schenk schon ein!"

„Bitte vorsichtig und mit Genuss trinken. Wir wollen den Abend doch mit allen Sinnen ausklingen lassen", gab er lachend von sich und reichte mir ein Glas.

Wir prosteten uns zu.

„Guter Stoff. Mir scheint, du hast Ahnung von Wein. Hätte ich gar nicht von dir erwartet, Caer".

„Ich habe auch noch von ganz anderen Sachen sehr viel Ahnung. Lass uns einige Runden tanzen. Meine Lieblingslieder werden gerade im Radio gespielt und du bist mir noch ein Tänzchen bis zu Ende schuldig. Sage nur das verwunschene Dorf", gab ich zurück.

Chiron zuckte zusammen und schaute mich erstaunt an.

„Du kannst dich anscheinend komplett an diese Zeit erinnern."

„Ja, seit ein paar Tagen schon und wen ich ehrlich bin, vermisse ich sie."

Chiron stand auf, zog mich hoch und an sich. Ich lehnte mich an seinen Brustkorb, atmete seinen speziellen Duft ein, war hin und weg und gab mich den Klängen der Musik hin. Irgendwo in meinem Innersten wollte ich, dass dieser Abend und diese Nacht nie endeten.

Nach ein paar Runden, schnappte mich Chiron und trug mich auf die Couch.

Ich war völlig erhitzt, strich mir die Haare aus dem Gesicht und griff nach dem Weinglas. In einem Zug trank ich es aus.

„Caer!"

Chirons Aufschrei ließ mich zusammenzucken.

„Verdammt! Wir hatten die Absprache, dass du den Alkohol langsam zu dir nimmst. Kann ja wieder lustig werden."

„Schrei mich nicht so an. Es besteht keinerlei Grund dazu. Ich bin kein Kleinkind mehr."

„Du führst dich aber so auf, Caer. Falls du möchtest, dass ich gehe, sag es. Ich werde Steven anrufen und du bist mich los."

„Nein, Chiron! Bleib und nimm mich endlich in deine Arme. Ich möchte einfach nur deine Wärme und Nähe spüren. Bitte, ich brauch das jetzt. Gib mir für heute nur das Gefühl von Geborgenheit."

In dieser Nacht hatte ich einen eigenartigen Traum, der ausschließlich nur mich betraf und von Werwölfen durchzogen war. Ich hatte eine Vorahnung und mir lief es eiskalt den Rücken hinunter.

Am nächsten Morgen fuhren wir beide zurück in das Anwesen seiner Eltern und wurden von den Jungs mit einem gebührendem Frühstück empfangen.

Noch während wir am Tisch saßen, fielen mir die Worte von Edan ein.

„Leute, ich habe ein großes Problem. Edan hat mich beauftragt, in das verwunschene Dorf zu gehen und dort eine wichtige Nachricht zu finden, die mich näher an mein Ziel bringt. Chiron, ich muss dich um einen sehr großen Gefallen bitten, bevor ich mich auf meine Reise begebe. Führe mich in dein Anwesen. Im Keller soll sich noch ein weiterer Spiegel befinden oder ich soll den Altar nutzen. Wusstest du davon Chiron?"

„Nein, Caer! Von diesem zweiten Spiegel wusste ich bisher nichts. Erst als ihn der Druide erwähnte und ich befürworte diese Idee auf keinen Fall", gab er von sich.

„Chiron, fange nicht schon wieder an, mich in meinen Aktivitäten einzuschränken. Ich bin sonst sofort von hier verschwunden. Überlege dir sehr gut, wie du dich in dieser Sache entscheidest. Bis abends gebe ich dir Bedenkzeit und du bist mir immer noch eine Antwort über … *in Luna rea…* schuldig. Bekomme ich keine Info von dir, besorge ich sie mir woanders. So, wenn mich jemand sucht, ich bin in der Bibliothek."

Wütend stand ich auf.

Die Blicke, die sich alle gegenseitig zugeworfen hatten, verrieten mir, dass man mir etwas verschwieg. Tom hatte mich bereits aufgeklärt und erzählt, dass es noch einen Spiegel gab.

Was verheimlichte mir Chiron außerdem.

Meine Schritte lenkten mich in Richtung meines Autos um die Chroniken zu holen.

„Verdammt noch mal Chiron! Für wie doof hältst du Caer eigentlich? Sie hat sehr deutlich bemerkt, wie wir untereinander Blicke ausgetauscht haben. Rede endlich mit ihr darüber, dass du bereits mehrere Male in deiner Vergangenheit warst und dass dieser zweite Spiegel existiert und um was es im *falschen Mond* geht", forderte Tom ihn auf.

„Nein! Das werde ich nicht tun! Ich möchte sie nicht verlieren", gab Chiron zurück.

„Das wirst du aber durch deine verdammten Lügen. Sie weiß, dass es diesen zweiten Spiegel gibt und zwar von mir. Was sie nicht ahnen und wissen kann, sind deine heimlichen Besuche in das Dorf. Ich habe ihr nichts davon erzählt und ... *in Luna rea* ... wird sie töten, besser gesagt umwandeln", erwiderte Tom.

Die anderen nickten und stimmten Tom zu.

Nachdem ich mit den Büchern wieder ins Haus trat, vernahm ich aus der Küche laute Stimmen.

Chiron und Tom hatten eine Auseinandersetzung.

Ich schlich auf Zehenspitzen zur Tür, um zu hören, um was es ging. Die letzten Worte bekam ich noch mit und wusste nun, dass mich Chiron erneut belog.

Enttäuscht lief ich in die Bibliothek zurück.

Warum fiel ich immer wieder auf ihn herein?

Kurze Zeit später klopfte es an meiner Tür.

„Herein!", rief ich und Tom betrat den Raum.

„Hallo! Caer, hast du etwas Zeit für mich? Wir beide sollten reden. Ich habe dir etwas zu beichten", gab er von sich.

„Klar, wie kann ich dir helfen?", wollte ich wissen.

Tom räusperte sich und dann sprudelte er auch schon los.

Ich erfuhr nun aus seinem Munde erneut, dass dieser zweite Spiegel wirklich noch existierte und Chiron einen guten Grund hatte, es mir zu verschweigen. Er verbrachte oft mehrere Tage in der Vergangenheit und kam dann irgendwann wieder zurück. Tom war ihm mehr als einmal heimlich gefolgt und kam ihm auf die Schliche.

„Tom, wo hält er sich auf? Bei seiner Frau?", fragte ich nach, obwohl ich es nicht wissen wollte.

„Ich glaube ja, Caer. Jedenfalls in seinem Anwesen. Was er dort treibt, weiß ich nicht. Frag ihn selbst", gab er zurück.

Mir wurde von einer Sekunde zur anderen schlecht und ich musste sehr an mich halten, dass ich mich nicht übergab. Hier also spielte er mir den Liebenden vor, um mich in der Anderwelt anscheinend mit seiner Frau aus der Vergangenheit zu betrügen.

Wie schäbig war das?

Ich bedankte mich bei Tom für seine Ehrlichkeit und war gespannt, wie Chiron mir das erklären wollte.

„Tom, ich möchte dich um einen Gefallen bitten. Was ich dir jetzt sage, bleibt auf alle Fälle unter uns. Ich muss mich voll und ganz darauf verlassen können. Es kann sein, dass ich von Chiron erneut schwanger bin. Mir ging es in den letzten Tagen nicht gut und diese Morgenübelkeit macht mir dauerhaft zu schaffen. Ich habe durch den ganzen Stress nicht so darauf geachtet. Insgeheim hoffe ich es allerdings nicht, da es sehr ungelegen käme. Vielleicht hängt es auch mit dem Stress und den eigenartigen Träumen zusammen. Bitte besorge mir im Dorf einen Schwangerschaftstest. Ich muss mir komplett sicher sein. Kein Wort zu den anderen."

„Caer! Du hast Recht, es wäre sehr ungünstig, aber ich freue mich für dich. Oder möchtest du dieses Kind nicht zur Welt bringen?", fragte er mich.

„Ganz ehrlich? Tom ich weiß es nicht. Ich möchte nichts überstürzen und erstmal den Test abwarten und dann sehen wir weiter. Ich hoffe nur, dass Chiron mir später die Wahrheit sagt. Tom würdest du mir bitte ein Getränk holen? Ich danke dir."

Tom nickte, verließ sofort den Raum und kam mit dem Gewünschten zurück.

„Caer in einer Stunde ist das Mittagessen fertig. Soll ich es dir bringen oder kommst du in die Küche."

„Bitte frag kurz davor nach. Ich werde mir noch etwas Ruhe gönnen und schlafen. Meine Nacht war mehr als kurz und nach den Neuigkeiten, muss ich genau nachdenken. Bis dann."

Tom verabschiedete sich und ich legte mich auf die Couch.

Während ich über meine Situation grübelte, kamen mir die Tränen und ich heulte wieder einmal vor mich hin.

Ein Rauschen erfüllte die Luft.

Die Druiden erschienen erneut.

Edan trat einige Schritte aus der Gruppe vor.

Caer! Wie geht es dir?

Anscheinen nicht so gut.

Höre meine Worte.

Du bist eine sehr alte Seele.

Du bist ganz allein und doch nicht allein.

Du fühlst dich von allen verlassen und doch gewinnst du Liebe und Freundschaft.

Du weißt genau du bist auf dieser Welt gefangen.

Wie sollst du dich heimisch fühlen wenn es dich weg zieht.

Dein Körper reagiert empfindlich und will sich der körperlichen Existenz entziehen.

Das Leben und seine Notwendigkeiten nerven dich.
Alte Seelen streben immer wieder nach Distanz zu ihrer Alltagsrealität
Dir ist Materielles nicht mehr so wichtig.
Du weißt es geht um ganz was anderes.
Du suchst einen Weg dich vom System des Lebens zu entfernen.
Leider musst du immer wieder erfahren, dass du nicht leben kannst und gleichzeitig das Leben ablehnen kannst.
Alle Leben der Alten Seele müssen bewusst gelebt und erlebt werden.
Jede einzelne Stufe muss durchwandert werden.
Ständig um deine Lebensgrundlage zu kämpfen, hast du satt.
Du lässt dich nicht gerne in genormte Bahnen lenken.
Und das ist gut.
Du richtest deinen Blick in ferne Dimensionen.
Du siehst und fühlst mehr.
Dein Energiesystem verfeinert sich.
Du wirst zum Filter und spürst störende Frequenzen.
Das Menschliche wird lästig und wertvoller zugleich je näher du deinem Ziel kommst.
Alte Seelen sind authentisch.
Es ist ein Grundbedürfnis für dich, echt und ganz sich selbst zu sein.
Caer suche schnellstens die Caves of Ceis Churainn auf, die auch die Höhlen der Morrigan genannt wird.
Sie hat in früheren Zeiten dort gelebt, um sich auf ihre Schlachten vorzubereiten und sie ist ein Teil von dir.
Auch dort wirst du das finden, nach dem du suchst.
Sollte Chiron dir den Zugang in die Anderwelt verweigern, so wirst du einen dritten Spiegel in den Höhlen finden.
Bewahre das Geheimnis für dich.
Alles wird gut.
Nach dieser Nachricht verschwanden sie wieder.

Ich dachte über die Worte von Edan nach und musste noch mehr heulen.

Wie recht er doch hatte.

Irgendwann schlief ich vor Erschöpfung ein.

„Caer! Hörst du mich?"

Aus weiter Ferne drang die Stimme von Tom zu mir.

Langsam öffnete ich meine Augen und blickte ihn an.

Er reichte mir eine weiße Feder.

„Caer, warst du etwa wieder in der Anderwelt? Der Tisch ist gedeckt. Kommst du mit in die Küche oder willst du hier in der Bibliothek bleiben? Dein ganzes Makeup ist verschmiert. Hast du etwa geweint? Geht es dir gut?", fragte er nach.

Ich setzte mich hoch.

„Alles gut, Tom. Nein, die Druiden waren hier bei mir. Es ist eine Feder von ihnen. Ich komme mit in die Küche und hatte wohl einen schlechten Traum", gab ich von mir.

„Caer, ich habe mich loseisen können und war schnell in der Apotheke, deinen Test holen. Er liegt in einer Tüte im Schreibtisch. Nun komm."

„Danke, Tom. Du bist ein wahrer Freund. Ich komme sofort nach. Geh schon voraus, ich mache mich noch etwas frisch."

Er nickte, strich mir über die Wange und ging.

Ich stand auf, holte die Tüte aus der Schublade und eilte ins Badezimmer. Der Test war schnell gemacht und ich wartete voll Spannung auf das Ergebnis.

Die Minuten verrannen und dann war es soweit. Nun kam die Stunde der Wahrheit.

Ungläubig schaute ich immer wieder auf den Test.

Ich war schwanger. Wie sollte ich das nur Chiron beibringen.

Achtlos warf ich den Test in den kleinen Mülleimer im Badezimmer und eilte in die Küche.

Die anderen saßen bereits am Tisch und aßen.

Immer noch geschockt von dem Ergebnis, schaufelte ich mir den Teller viel zu voll und stocherte lustlos darin herum. Ich funktionierte nur noch.

„Caer? Hallo? Du isst ja gar nichts? Was ist los mit dir? Bist du krank?", fragte Steven plötzlich.

Ich zuckte zusammen und schaute ihn verständnislos an.

„Krank? Nein! Wie kommst du darauf?"

„Nun, du stocherst in einem völlig überladenen Teller herum", kam die Antwort.

„Sorry, bin in Gedanken wegen meiner Reise."

Um keine weiteren Fragen beantworten zu müssen, nahm ich einige Bissen zu mir.

Tom blickte mich vom anderen Tischende an und ich nickte nur. Er grinste, hatte verstanden und prostete mir zu, was ich erwiderte.

Chiron hatte unsere Vertrautheit wohl bemerkt.

„Na, was habt ihr beiden denn zu feiern?", fragte er nach.

Ich schaute ihn nur an.

„Chiron, dass werde ich dir nachher sagen oder hast du bereits jetzt schon eine Antwort auf meine Frage."

„Ja, die habe ich und meine Antwort ist Nein!"

„Ist das dein letztes Wort?"

„Mein allerletztes."

Ich schluckte.

„Chiron du wolltest es nicht anders. Ich weiß, dass du über den zweiten Spiegel Bescheid weißt und auch des Öfteren durch ihn, in dein Dorf verschwindest um dich mit deiner früheren Ehefrau zu treffen und auch zu vergnügen. Wage nicht, es abzustreiten. Mir machst du weiß, dass du mich liebst und in Wirklichkeit läuft alles anders. Ich denke wir beide haben uns nichts mehr zu sagen. Für mich war es das nun entgültig, denn ich möchte nicht zweigleisig fahren, wie du. Ich werde einen Weg finden um in die Anderwelt zu gelangen. Es gibt noch einen dritten Spiegel und nur ich weiß, wo er sich befindet. Deine ewige Lügerei macht mich so unsagbar traurig. Warum tust du mir das an? Gerade jetzt.", gab ich kraftlos von mir.

Chiron war bei meinen Ausführungen mehrmals blass geworden.

Seine Freunde bis auf Tom schauten mich entgeistert an.

„Woher weißt du? Und weshalb gerade jetzt. Hast du mir etwas zu sagen?", fragte Chiron.

„Ich bin nicht dumm und man sollte mich keinesfalls unterschätzen, Chiron", antwortete ich.

„Ich habe es Caer gesagt, dass war ich ihr schuldig. Und jeder von uns hätte es aus Respekt für sie getan", gab Tom von sich.

Ich blickte Chiron an, stand nach diesen Worten auf, verzog mich in die Bibliothek um in der Chronik zu lesen.

Stunden vergingen und dann stand plötzlich Chiron vor mir. Ich erschrak fürchterlich, als er den Test auf den Schreibtisch warf und mich anschrie.

„Wann hattest du vor, mir das zu erklären! Bezichtigst mich, dass ich nur lüge und zelebrierst es selbst! Was für ein Spiel spielst du eigentlich!"

„Bleib ruhig! Ich werde dieses Kind nicht bekommen. Es passt sowieso nicht in die Angelegenheit, die ich zu klären habe. Die Schwangerschaft würde mich nur behindern. Somit bist du deine Verantwortung los und nun lass mich in Ruhe, ich muss mich vorbereiten.

Geh zu deiner Frau in dein Dorf! Ich ertrage dich und diese Situation einfach nicht mehr! Ich spiele keine Spielchen mit dir, im Gegensatz zu dir! Darin bist du wohl der Meister!", schrie ich zurück und brach in Tränen aus.

Die Türe wurde aufgerissen und die Meute stand im Raum.

„Was ist denn nun schon wieder bei euch los? Euer Geschrei hallt durch das ganze Haus", fragte Steven.

Chiron reichte ihm den Schwangerschaftstest.

„Das ist hier los, Steven."

„Caer! Stimmt es, du bist schwanger? Das ist doch ein Grund zur Freude. Warum schreit ihr euch so an? Wo liegt das Problem?", wollte Steven wissen.

„Das Problem ist Caer. Sie will das Kind nicht. Macht mir dauerhaft Vorwürfe, dass ich sie hintergehe und belüge und tut es selbst. Wie lange weiß sie schon davon, dass sie vielleicht schwanger ist?", gab Chiron von sich.

Ich stand auf und schloss die Augen. Nur raus hier.

„Stimmt das, Caer? Weißt du es schon länger?", fragte Steven.

Ich schüttelte den Kopf und dann hörte ich Tom, wie er allen erklärte, dass ich seit heute die Vermutung hegte, in diesem Zustand zu sein und er den Test für mich besorgt hatte.

„So, nun wisst ihr alles. Würdet ihr jetzt bitte gehen! Ich halte das nicht mehr aus und muss einige wichtige Entscheidungen treffen. Dabei kann mir keiner von euch helfen. Auch du nicht, Chiron", erklärte ich.

„Doch, Caer! Ich rede da wohl ein Wort mit! Es ist mein Kind, was in dir wächst! Sieh mich gefälligst an, wenn ich mit dir rede!", schrie er.

Ich gab ein tiefes Knurren von mir, worüber ich selbst erschrak, öffnete meine Augen wieder und sah ihn an. „Es ist wohl dein Kind, was in mir heranwächst, aber auch mein Körper über den ich alleine entscheide. Ich sagte dir schon einmal, dass du zu deiner Frau gehen sollst. Außerdem befinde ich mich gerade in einem Zustand, der bereut, dich je kennen gelernt zu haben. Wenn eine Entscheidung gefallen ist, lasse ich es dich wissen."

Ich eilte zur Tür und wurde kurz davor von Chiron ausgebremst. Grob packte er mich am Arm, dass ich vor Schmerz aufschrie und riss mich zurück.

„Verdammt! Nicht so! Du bleibst hier und wirst mir sofort Rede und Antwort stehen! Auch ich habe genug von deinen ständigen Eskapaden! Komme endlich zur Vernunft! Hast du mich verstanden!"

Grob schüttelte er mich und ich ließ es geschehen. Meine Energie war auf dem Nullpunkt angekommen und plötzlich erschien mir alles nur noch sinnlos.

Für was kämpfte ich eigentlich.

Sollte dieses Universum doch kollabieren.

Ich war doch nur noch ein Schatten meines Selbst und bereits in der Vergangenheit gestorben.

Zwischen Welten gefangen, die auch mich irgendwann zermürbten.

Steven und Cedrick, die unmittelbar in unserer Nähe standen, griffen ein und zogen uns auseinander.

„Es reicht jetzt! Das gilt für euch beide! Entweder steht ihr Füreinander ein oder lasst es bleiben", gab Steven von sich.

„Im Moment lasse ich es bleiben", antwortete Chiron.

Mir war durch das Schütteln schlecht geworden und es drehte sich alles um mich herum.

Würgend rannte ich zum Schreibtisch, schnappte mir den Papierkorb und erbrach mich heftig. Danach ging es wieder einigermaßen.

Ich schaute in die erschrockenen Gesichter der Jungs und musste trotz Situation grinsen.

„Tja, da seid ihr Männer uns gegenüber im Vorteil. Die Übelkeit in der Schwangerschaft, die ihr nicht nachvollziehen könnt, bleibt euch zum Glück erspart. Übrigens danke für den Tipp mit dem Papierkorb, Steven. Der war Gold wert."

„Es scheint, dir geht es etwas besser, da du wieder Witze reißen kannst. Ruhe dich bis zum Abend etwas aus. Bis dann", lachte Steven und verschwand mit der Meute, bis auf Chiron, der blass vor dem Bücherregal stand.

„Geht es dir gut, Caer?", fragte er vorsichtig.

Ich blickte ihn an.

„Ja, den Umständen entsprechend. Im wahrsten Sinne des Wortes", antwortete ich, legte mich auf die Couch und schloss die Augen.

In Wirklichkeit, war mir nach Schreien und Heulen zumute. Die ganze Situation tat mir in der Seele weh.

Ich griff mir eine Wolldecke, drehte mich zur Seite, seufzte und hoffte eine Lösung zu finden.

Chiron räusperte sich aus dem Hintergrund.

„Caer, können wir reden?", fragte er.

„Ja! Chiron, aber später. Bitte! Im Augenblick kann ich nicht, da meine Emotionen Karussell fahren und ich meine Gefühle nicht bewusst einordnen kann. Habe etwas Geduld. Vielleicht habe ich bis abends eine für uns beide akzeptable Lösung gefunden. Nun geh und denk nach", bat ich ihn.

Chiron zog sich zurück und ich hatte Zeit, meine wirren Gedanken zu ordnen.

Irgendwann schlief ich wieder ein.

Ich flog erneut zu Manannan um mir einen Rat zu holen.
Er schien mich auch heute wieder zu erwarten.
Bevor ich ihn fragen konnte, hob er die Hand.
„Spar dir deine Worte Caer und höre gut zu..........
In welchen Umständen du dich auch befindest, bleibe wie eine
Insel inmitten der Wogen, wie ein Berg inmitten der Wolken.
Merke dir, dass du deinem Schicksal nicht ausweichen kannst
auch wenn du es änderst. Es wird sich immer erfüllen. Höre auf
dein Herz und entscheide weise.
Eigentlich dürfte ich dir noch nichts sagen, aber anhand der
jetzigen Situation, habe ich noch eine gute Nachricht für dich,
die dir alle Entscheidungen etwas erleichtert
Die Moorhexe hat einen Deal mit deiner Zwillingsschwester zu
deinen Gunsten abgeschlossen.
Deine Schwester wird in der Anderwelt verbleiben. Sie wollte es
selbst so, da sie sich schon zu lange hier aufhält. Sie würde sich
in deiner Welt nicht zurechtfinden. Die Kinder werden zu dem
Zeitpunkt zurückkehren, wie abgesprochen. Der Rest deines
Deals mit der Moorhexe bleibt bestehen. Nutze die Chance.
Nun flieg zurück und löse das Rätsel um … in Luna rea…"

Ich schrak hoch und dachte über das Erlebte nach.
Wieder einer meiner Träume, die sich häuften.
Inzwischen wusste ich, was ich zu tun hatte und würde
es abends Chiron und seinen Freunden preisgeben.
Manannan hatte mir den Weg gewiesen.
Mein Entschluss stand fest.
Im Haus war es merkwürdig still.
Sicher waren alle unterwegs um Besorgungen im Dorf
zu machen.

Ich blickte auf die Uhr und stellte fest, dass ich nicht länger als eine Stunde geschlafen hatte.

Da kam mir eine Idee. Was hielt mich eigentlich davon ab zu Chiron´s Haus zu fahren und im Keller nach dem zweiten Spiegel zu suchen.

Ich zog mich an und fuhr los. Keine zehn Minuten später hatte ich das Ziel erreicht.

Der Zweitschlüssel lag immer noch unter einem seiner Blumentöpfe.

Vorsichtig öffnete ich die Haustür und trat ein. Stille empfing mich und ich machte mich auf den Weg in den Keller. Schnell war die Türe gefunden hinter dem sich der Altarstein befand. Ich hoffte nur, dass Chiron sie nicht mit einem Bann belegt hatte. Das Glück war auf meiner Seite und sie ließ sich öffnen. Der Altar befand sich auch wieder an Ort und Stelle und begann in einem leichten rot zu glühen, als ich eintrat.

Auch die Bücherschränke in denen die alten Schriften aufbewahrt wurden, fand ich vor und erspähte eine der Schriften in denen es um den falschen Mond ging.

Diese würde ich später mitnehmen.

Allerdings sah ich keinen Spiegel.

Wo war er?

Ich suchte die Wände nach irgendeinem Hebel ab und wurde am Ende des riesigen Schrankes fündig.

Ich zog daran, es gab ein schnappendes Geräusch und dieses riesige Monstrum bewegte sich wie von selbst in meine Richtung, bis sich ein schmaler Spalt öffnete.

Ich schlüpfte hindurch und dann sah ich ihn.

Er glich dem Zerstörten aus meinem Zimmer.

Erfüllte er auch den gleichen Zweck?

Neugierig geworden, eilte ich darauf zu und tippte auf die Oberfläche, die daraufhin kleine Wellen schlug.

Nun war ich mir sicher, dass ich einen neuen Eingang in die Anderwelt gefunden hatte.

Plötzlich klatschte jemand hinter mir in seine Hände.

Erschrocken schrie ich auf und drehte mich um.

Chiron und seine Freunde standen vor mir.

„Chapeau! Caer, wir haben uns schon gefragt, wann du hier auftauchen und wie schnell du diesen Spiegel finden würdest."

„Woher wusstet ihr?"

Chiron lachte.

„Caer…...erstens bist du eine Frau und die sind von Natur aus neugierig. Zweitens kenne ich dich bereits in und auswendig und drittens, bin ich auch nicht auf den Kopf gefallen. Nun hast du das, was du wolltest und wir können zurück in das Anwesen meiner Eltern. Konntest du eine Entscheidung in Hinsicht auf das Ungeborene treffen?", fragte er mich.

Ich nickte.

„Ja und ich werde sie euch später mitteilen", erklärte ich mich.

Cedrick hielt mir eine schwarze Feder entgegen.

„Hat es hiermit zu tun? Du warst also wieder in der Anderwelt", hakte er nach.

Ich nickte erneut.

„Ja! Ich kann es nicht beeinflussen, wann es passiert", erwiderte ich.

„Leute, lasst uns gehen und alles zuhause bereden", warf Tom ein.

„Chiron, nimm bitte das Buch über den falschen Mond mit. Du weigerst dich seit Tagen, mir eine gute Erklärung über die Bedeutung abzugeben und so muss ich mir eben selbst helfen. Ich weiß, dass etwas in mir schlummert und an die Oberfläche möchte. Noch kann ich es unterdrücken und ich weiß, dass ihr alle darüber Bescheid wisst. Helft mit bitte dabei, Licht ins Dunkle zu bringen, egal wie es endet", bat ich.

Alle nickten und begleiteten mich hinaus.

Chiron nahm mir den Autoschlüssel aus der Hand und forderte mich auf einzusteigen. Schweigend fuhren wir in meinem Wagen zurück.

Nachdem wir angekommen waren, stieg ich aus und verschwand in die Küche. Chiron folgte und sprach mich an.

„Darf ich dir eine persönliche Frage stellen, Caer?"

Ich nickte.

„Was hast du heute, im Haus empfunden? Das letzte Mal, waren wir dort, als ich fast gestorben wäre."

Ich schluckte und sah ihm in die Augen.

„Willst du dass wirklich wissen, Chiron?"

„Ja."

„Mir fiel alles wieder ein, was in dieser Zeit passiert ist und ich wünschte mir all die Gefühle für dich zurück, die im Moment verschwunden sind", erklärte ich.

Chiron kam auf mich zu, zog mich an sich, drückte mich und versuchte mich zu küssen.

Ich schob ihn weg.

„Nein! Nicht jetzt! Ich bereite das Abendessen vor. Wir werden reden, um eine Lösung für uns beide zu finden."

„Was geschieht mit dem Ungeborenen?"

„Später, Chiron. Gib mir noch die Zeit."

Er nickte.

Die Nachricht von Manannan, machte alles für mich viel leichter. Das Einzige was mir nicht gefiel, war, dass ich am Ende nicht wusste, was aus mir und dem Kind in mir wurde.

Hierfür musste ich noch eine Lösung finden.

Ich war so in meine Gedanken versunken, dass ich mich beim Teilen der Zwiebel so heftig in den Finger, bis auf den Knochen schnitt.

Erschrocken schrie ich auf und schon schoss das Blut aus der Wunde.

Chiron eilte auf mich zu.

„Mein Gott! Caer! Was veranstaltest du jetzt schon wieder? Ich schau nach, ob Steven schon da ist. Setz dich hin."

Gehorsam nahm ich auf einem der Stühle Platz.

Chiron holte ein frisches Geschirrtuch und reichte es mir.

„Drück es auf die Wunde. So fest, wie du es aushalten kannst. Sieht übel aus."

Ich hörte wie Chiron in der Halle auf die Jungs traf, die gerade angekommen waren und schon stand Steven vor mir.

„Caer, du bist ein rechter Unglücksvogel. Was ist denn passiert?", fragte er.

„Zwiebel, Messer, Finger, Blut", gab ich von mir.

Vorsichtig entfernte Steven das Tuch.

Ich schrie trotzdem auf und knurrte in seine Richtung. Verdammt! Erneut überkam mich das gierige Gefühl, irgendjemand die Kehle zu zerreißen. Was war mit mir los. Ich blickte hilfesuchend in Toms Augen, der mit einem Mal vor mir zurückwich und mich mehr als entgeistert anblickte. Im Hintergrund hörte ich Steven reden.

„Verflixt! Caer das muss genäht werden. Bis auf den Knochen durch. Hoffentlich ist keine Sehne verletzt. Ich muss dir diesmal eine Spritze geben, auch wenn es dir nicht passt."

„Mir ist heute alles egal, Steven. Mach nur, was du für richtig hältst", gab ich von mir und hielt ihm den Finger freiwillig entgegen.

Steven eilte noch einmal nach draußen und kam mit der Notfalltasche zurück.

Zwischenzeitlich waren alle eingetroffen und standen besorgt um mich herum.

Tom sprach mich von der Seite an und bat mich um ein kurzes Gespräch. Ich nickte und gestand es ihm nach der Verarztung des Fingers zu.

„Chiron! Tom! Ihr wisst was zu tun ist. Platziert euch neben Caer. Ich ziehe jetzt die Spritze auf und dann kann es losgehen."

Tom und Chiron nahmen neben mir Platz.

Steven ergriff meine Hand und stach rund um meinen linken Zeigefinger ein.

Ich bekam Panik, zuckte zusammen und schrie auf.

„Caer, geht es noch? Du bist völlig blass geworden.", fragte Steven.

„Alles noch im grünen Bereich, obwohl es höllisch schmerzt", gab ich zurück und schaute weg, während er den Finger nähte und dann verband.

„Sicher willst du jetzt schlafen?", wollte Chiron von mir wissen.

Ich blickte in die Runde.

„Nein! Was mich nicht umbringt, macht mich nur noch härter! Ich habe versprochen heute mit euch zu reden und ich halte es ein. Nur müsste sich jemand anderes um die Zubereitung des Essens kümmern. Ich für meine Person, habe tierischen Hunger und brauche jetzt noch einen extra starken Kaffee."

Cedrick stand auf und erklärte, dass er Pizza bestellen würde. Alle waren damit einverstanden.

Tom zog mich zu Seite.

„Caer, was war das vorhin? Dieses Knurren und das Leuchten deiner Augen, wie bei einem Raubtier? Was ist los mit dir?", wollte er wissen.

„Tom, ich habe das Gefühl ich verwandle mich in einen Werwolf und habe darum das Buch aus Chirons Bibliothek mitgenommen. Ein Teil eures Fluches aus der Vergangenheit, haftet mir wohl an und ich muss herausfinden warum?", gab ich zurück.

Im gleichen Augenblick kam Chiron auf mich zu, ich nutzte diese Gelegenheit und stand ihm Rede und Antwort.

„Gut, Caer. Das mit Manannan und deiner Schwester, haben wir jetzt alle so weit verstanden. Du hast mir aber immer noch nicht erklärt, ob du unser Kind zur Welt bringen wirst. Ich erachte es für sehr wichtig. Vor allem, wie es weitergehen soll. Wie stellst du es dir eigentlich vor, in deinem Zustand auf die Suche nach den Artefakten zu gehen?"

Chiron schaute mich durchdringend an.

Bevor ich eine Antwort geben konnte, klingelte es an der Haustüre.

Der Pizzaservice war da. Cedrick öffnete und kam mit unserem Essen zurück.

„Lasst es euch schmecken. Also, ich für meinen Teil hab Hunger", gab er von sich und biss herzhaft in die Pizza.

Mir wurde auf einmal schlecht.

Ich sprang auf und rannte Richtung Badezimmer, wo ich mich wieder extrem übergeben musste

Kurze Zeit später ging ich zurück.

„Sorry! Der Geruch von der Pizza! Leider ist das bei den meisten Schwangerschaften so", entschuldigte ich mein Verhalten.

„Schon gut. Kann auch von der Spritze kommen", klärte mich Steven auf.

„Willst du uns deine Entscheidung lieber morgen im Laufe des Tages mitteilen, Caer", fragte mich Chiron.

Ich schüttelte den Kopf und setzte mich wieder.

Alle schauten mit Spannung auf mich.

„Nachdem ich mit Manannan gesprochen habe und mir einiges erleichtert wurde, bin ich nach gründlicher Überlegung zu folgendem Entschluss gekommen. Ich werde das Kind bekommen und meine Suche erst dann fortsetzen, wenn es geboren wurde. Letzteres habe ich gerade beschlossen und das ist wohl auch das vernünftigste. Alles andere wäre zu gefährlich", warf ich in die Runde.

Alle atmeten befreit auf und beglückwünschten mich zu meiner Entscheidung.

Besonders Chiron.

„Caer, ich danke dir von ganzem Herzen. Egal was du benötigst, lass es mich jederzeit wissen."

Ich nickte.

„Chiron, mit dir habe ich noch etwas unter vier Augen zu besprechen. Es ist privat und betrifft nur uns beide. Wenn du gegessen hast, möchte ich, dass du in die Bibliothek kommst. Leute, ich zieh mich jetzt zurück. Steven, hast du noch eine Schmerztablette für mich? Für den Notfall. Die Wirkung der Spritze lässt nach und die Wunde pocht wie verrückt."

Er nickte und schob mir zwei davon zu.

Dankend nahm ich sie entgegen, stand auf, legte sie zur Seite, verzog mich in die Bibliothek und versuchte zu entspannen.

Tausend Gedanken schwirrten mir durch den Kopf.

Irgendwann konnte ich meine Augen nicht mehr offen halten und döste weg.

133

Chiron war mehr als erleichtert, nachdem Caer ihre Entscheidung bekannt gegeben hatte.
Sie war also doch noch zur Vernunft gekommen.
Seine Freunde klopften ihm auf die Schulter und freuten sich ebenfalls.
„Wir müssen uns jetzt die nächsten Monate intensiv um Caer kümmern. Sie hat für einige Klärungen zu sorgen und ist zurzeit sehr belastet. Wir sorgen ab morgen für Entlastung. Chiron und du hältst dich mit deinen dummen Sprüchen zurück", warf Cedrick ein.
„Wenn du dann zu Caer gehst, schaue ich noch kurz mit vorbei. Sie hat mir gar nicht gefallen. Ich hoffe sie macht nicht zwischendurch schlapp", erklärte Steven.
Nach einer weiteren Stunde, löste sich die Truppe auf.
Steven begleitete Chiron in die Bibliothek und fanden Caer dort schlafend vor.
„Chiron nicht wecken, auch wenn es eventuell Stress geben sollte. Sie braucht es jetzt und es wird ihr gut tun. Ihr könnt morgen immer noch reden. Für dich ist es auch an der Zeit, etwas zur Ruhe zu kommen. Ich wünsche gute Nacht."
Kurz darauf war er ebenfalls verschwunden.
Chiron machte es sich, wie so oft in einem der Sessel bequem und versuchte zu schlafen.

Ich wachte auf, weil mein Magen wieder rebellierte.
Das konnte die nächsten Wochen ja lustig werden.
Schnell spurtete ich ins Bad und übergab mich wieder einmal.
Bis jetzt hatte mein lädierter Finger Ruhe gegeben.
Nun fing auch dieser an zu schmerzen. Ich stöhnte auf und lief in die Küche.
Ich hatte die Tabletten gestern irgendwo abgelegt, nahm jetzt eine zu mir und setzte mich.

Einerseits hatte ich Hunger aber Andererseits war mir übel. Nun stand ich vor der Entscheidung. Entweder etwas essen und übergeben oder nichts essen und auch übergeben.

Blieb sich eigentlich egal.

Ich entschied mich dann für ein kleines Frühstück und erhob mich um Kaffee zu kochen.

„Bleib sitzen, Caer. Ich übernehme das für dich. Was möchtest du? Brötchen oder Brot", sprach mich in diesem Moment Chiron an.

Ich erschrak leicht.

„Guten Morgen, Chiron. Wenn es nicht zuviel Arbeit macht, hätte ich gerne ein blutiges Steak. Ich hoffe, ich habe dich nicht geweckt", gab ich lachend von mir.

„Nein! Nicht wirklich. Du hast nicht einmal bemerkt, dass ich in der Bibliothek geschlafen habe. Geht es dir heute besser?", fragte er mich.

Ich lachte.

„Du weißt doch, den Umständen entsprechend. Ich danke dir, dass du mich gestern nicht mehr geweckt hast. Wir reden nach dem Frühstück."

Chiron war mehr als erstaunt über Caer, dass sie nicht ausgeflippt war deswegen und nickte.

Chiron zauberte ein wundervolles Frühstück für uns. Nur bei den Eiern hob es mir durch den eigenartigen Geruch erneut den Magen.

Es klingelte und die ganze Meute stand vor der Tür. Da ich in Unterwäsche saß, brachte mir Chiron den Bademantel mit. Ich dankte ihm.

Steven eilte auf mich zu und fühlte meine Stirn.

„Alles gut bei dir? Wie du dich fühlst, frage ich lieber nicht. Den Umständen entsprechend wahrscheinlich. Den Schlaf scheinst du aber gebraucht zu haben. Wir haben dich gestern absichtlich weiterschlafen lassen. Es wäre eine Sünde gewesen, dich zu wecken. Chiron ist der Schlaf anscheinend auch gut bekommen. Ihr solltet es wieder zur Gewohnheit werden lassen, zur gleichen Zeit schlafen zu gehen"; gab er von sich und alle lachten.

Chiron verschluckte sich an seinem Kaffee.

Das war für mich das Stichwort gewesen und so hatte ich es leicht für den Übergang zum Gespräch.

„Das wird wohl nie mehr geschehen, Steven", gab ich in seine Richtung ab.

Urplötzlich war es totenstill in der Küche und man hätte eine Stecknadel fallen hören können.

Entgeistert blickten mich alle an.

„Eigentlich wollte ich das privat mit Chiron abklären. Da mir aber jetzt der Übergang zum Gespräch mehr als erleichtert wurde, könnt ihr hören weshalb. Ich werde Chiron frei geben. Er hat mein Vertrauen mehr als einmal missbraucht und ist dauerhaft in sein Dorf verschwunden, um auch seine Frau zu besuchen. Was zwischen den beiden passiert ist, weiß ich nicht, kann es mir aber denken. Für mich ist dieses Wissen mehr als unerträglich und ich kann und will nicht damit umgehen. Chiron hat es ja bereits treffend zur Sprache gebracht, das er, was er liebte, nie besessen hatte und nun wieder verlieren würde. Diese Entscheidung ist mir nicht leicht gefallen, es tut mir auch mehr als weh in meiner Seele und bricht mir das Herz. Bis jetzt hat Chiron mit mir auch nicht darüber gesprochen, was ihn ständig in sein Dorf treibt und mir fehlt einfach die Geduld, ständig nachzuhaken. Es ist nicht lange her, da hat er mich unbewusst mit dem Namen Estelle angesprochen. Ich habe es registriert, aber ignoriert und ihn auch nicht darauf angesprochen. Mir schien, dass er darüber mehr als erleichtert war. Bis heute warte ich auf eine plausible Erklärung von ihm, die er mir nicht gegeben hat. Manchmal habe ich das Gefühl, Chiron hält mich für mehr als naiv. Was in der Zeit nach meinem Tod geschehen ist, bis zu meinem erneuten Erscheinen zwischenzeitlich, ist irrelevant, da keiner Einfluss darauf hatte und das ist mir auch bewusst. Nur möchte ich jetzt Klarheit über unsere Beziehung haben. Ich benötige deshalb einfach nur etwas Abstand. Darum habe ich noch eine Mitteilung an euch. Bis zur Entbindung werde ich wieder in mein Cottage ziehen und erwarte von allen, dies einfach zu respektieren."

„Caer, das wirst du unterlassen! Was passiert, wenn es dir plötzlich nicht gut geht und du schnellstens Hilfe benötigst? Denke an deine Vorgeschichte. Hast du dir darüber Gedanken gemacht?", fragte mich Steven.

Ich sah ihn an und nickte.

„Was soll mir schon passieren? Weder lebe ich, noch bin ich tot. Eine Pattsituation wie beim Schach", gab ich von mir.

Tom schaute zu Chiron, der leichenblass auf seinem Stuhl saß.

„Was sagst du eigentlich dazu?"

„Nichts, Tom. Nichts. Es wäre sowieso sinnlos. Caer hat so entschieden und ich werde es so respektieren müssen", antwortete er.

Chiron erhob sich und verließ die Küche.

Ich schluckte und war mir sicher zu extrem gehandelt zu haben.

Später wollte ich versuchen mit Chiron einmal ganz in Ruhe zu sprechen.

Cedrick machte den Vorschlag ins Dorf zu fahren um Vorräte für heute abends zu besorgen um endlich einen weiteren Grillabend zu veranstalten.

Alle waren damit einverstanden.

Kurz darauf machten sie sich auf den Weg.

Nun war es an der Zeit mit Chiron zu reden und mich zu erklären.

In der Bibliothek war er nicht und so versuchte ich es in seinem Arbeitszimmer.

Ich klopfte mehrmals.

Nichts rührte sich und als ich die Türe öffnen wollte, war diese verschlossen.

„Chiron? Bitte lass uns reden!", rief ich durch die Tür.

Keine Reaktion.

Wahrscheinlich hatte ich ihn so sehr gekränkt, dass er mit mir im Moment nicht sprechen wollte.

Vielleicht später.

Ich lenkte meine Schritte wie schon so oft in Richtung Wintergarten, wenn ich ein Problem hatte und setzte mich auf eine der Steinbänke.

Gedankenverloren blickte ich ins Wasser, schloss nach ein paar Sekunden meine Augen und versuchte etwas zu entspannen.

Ganz gelang es mir nicht, da mir immer wieder einige Gedankenfetzen, wie es weitergehen sollte, durch den Kopf spukten. Wie lange ich so gesessen hatte, wusste ich nicht. Plötzlich legten sich zwei Hände auf meine Schultern. Erschrocken zuckte ich zusammen und mir war klar wer hinter mir stand.

Chiron!

Ich atmete sein Rasierwasser ein und hätte ihn anhand dieses Duftes aus tausenden anderer Personen wieder erkannt.

Meine Gefühle für ihn traten in den Vordergrund.

Mein Köper befand sich in sekundenschnelle, wie so oft, im Ausnahmezustand.

Seufzend legte ich meinen Kopf auf eine seiner Hände und dann fragte er mich, ob ich immer noch bereit dazu wäre, mit ihm ein Gespräch zu führen.

Ich nickte.

„Okay, setz dich neben mich."

Chiron schüttelte den Kopf.

„Nicht hier. Ich habe an diesem Brunnen immer das unangenehme Gefühl, wir werden beobachtet."

Ich lachte und erhob mich.

„Jetzt auch noch eine gesunde Paranoia. Wo soll das alles noch hinführen mit uns? Wo wünscht denn eure Hoheit mit mir zu sprechen", gab ich von mir.

„Caer, hör auf alles ins Lächerliche zu ziehen. Wenn es dir recht ist, entweder Küche oder Bibliothek."

„Apropos Küche. Wir grillen heute abends spontan im Garten. Die Jungs besorgen gerade Zutaten dafür und ich hätte gerne eine Unterredung mit dir gemeinsam in der Bibliothek. Besorg bitte Getränke aus der Küche. Ich mache es mir schon mal auf der Couch bequem."

„Was möchtest du trinken, Caer?"

„Die Entscheidung überlasse ich dir, Chiron und bringe bitte das Buch mit", gab ich in seine Richtung und verschwand in die Bibliothek.

Während ich mich auf die Couch fallen ließ, blieb ich mit meinem lädierten Zeigefinger ungünstig an einem der Seitenteile hängen. Ich hörte es nur noch knacken und dann färbte sich der Verband bereits blutrot ein.

Ich schrie vor Schmerz auf.

Bitte nicht schon wieder!

Hoffentlich war der Finger nicht gebrochen. Wo blieb Chiron.

Inzwischen tropfte das Blut unaufhaltsam durch den Verband.

Endlich öffnete sich die Türe und Chiron erschien auf der Bildfläche.

Sofort hatte er die Situation erkannt.

„Mein Gott, Caer! Kann man dich denn nicht ein paar Sekunden aus den Augen lassen, ohne dass etwas mit dir passiert? Was hast du da wieder fabriziert?"

Erschrocken eilte er auf mich zu und hob meine Hand an.

Ein stechender Schmerz durchfuhr meinen Finger. Ich schrie auf und schlug seine Hand weg.

„Nicht!", brüllte ich ihn an und brach in Tränen aus.

Chiron zog sein Handy aus der Tasche und versuchte Steven zu erreichen, der sich auch sofort meldete. In wenigen Sätzen hatte er ihm erklärt, was passiert war. Kurz danach überreichte er mir das Handy.

„Hier! Steven möchte, dass du ihm erzählst, wie du das wieder hinbekommen hast:"

In knappen Worten schilderte ich den kleinen Unfall.

Steven versprach sobald die Einkäufe getätigt waren, sofort zu erscheinen.

Ich dankte ihm und gab das Handy an Chiron zurück, der sich noch kurz mit Steven beratschlagte.

Chiron eilte ins Badezimmer, holte ein frisches Tuch, das er mir ganz vorsichtig unter das blutdurchtränkte legte.

Er setzte sich und zog mich behutsam in seine Arme.

Zuerst wollte ich mich sträuben, doch dann empfand ich es als äußerst angenehm und ließ ihn gewähren.

„Kannst du den Schmerz noch ertragen?"

„Ja, solange keiner an meinem Finger herumfummelt", gab ich schniefend von mir.

Vorsichtig wischte er mir die Tränen aus den Augen.

„Dir ist aber jetzt schon klar, dass ich dich, falls es ein gebrochener Finger ist unter keinen Umständen alleine in dein Cottage ziehen lasse."

„War mir bewusst, dass du diese Ansage bringen wirst. Kommt mir so vor, als wenn du nur darauf gewartet hast, dass etwas passiert. Ich sage nur abwarten und Tee trinken. Außerdem hast du mir immer noch nicht erklärt, was in der Anderwelt so alles vorgefallen ist. Du weißt, was ich meine. Also, nun hast du genügend Zeit mich aufzuklären."

Mit diesen Worten schob ich ihn von mir.

„Ich wüsste nicht, was ich dir zu erklären habe, da du für mich ja verstorben warst."

„Es geht hier nicht um meinen Tod und die kurze Zeit danach. Es geht darum, dass du auch nach meinem Erscheinen, dort weiterhin präsent warst. Überlege dir genau, was du mir erzählst. Ich bekomme es sowieso heraus. So kann und will ich mit dir keine Beziehung führen. Bedenke du musst in der Zukunft eventuell drei kleine Kinder aufziehen. Ich weiß nicht, wie die Moorhexe über mein Leben entscheiden wird."

Chiron blieb mir eine Antwort schuldig, da die Türe zur Bibliothek aufgerissen wurde und Steven mit den Jungs, völlig atemlos hereinstürmte.

„Caer, geht es dir gut? Zeig mir deine Hand!"

Ich hielt sie ihm entgegen.

„Nicht anfassen", schrie ich.

„Kätzchen, dich kann man wirklich keine Sekunde aus den Augen lassen. Ab in die Küche mit dir! Auch wenn du tobst und schreist muss ich den Verband von deinem Finger entfernen. Ich kann sonst nicht sehen, was zu tun ist. Falls er gebrochen sein sollte, müssen wir dich ins Krankenhaus bringen zum Röntgen. Da wirst du nicht Drumherum kommen."

Steven holte seine Tasche und schaute mich fragend an.

„Nun zieh sie schon auf. Ich habe nicht den Nerv um mich mit dir wegen einer Spritze zu streiten. Tom du kommst an meine rechte Seite, denn ich benötige dein Händchen zum Drücken. Los gehts."

Chiron betrat die Küche, setzte sich und hielt meinen linken Arm.

Vorsichtig versuchte Steven den Finger zu betäuben.

Verdammt tat das weh.

Ich schrie mehrmals auf und mir wurde schlecht.

„Steven, hör auf! Mir wird gerade etwas eigenartig", das waren meine letzten Worte, bevor ich vom Stuhl kippte.

Erschrocken sprangen Chiron, Tom und Steven von ihren Stühlen hoch.

„Das hat uns gerade noch in der Sammlung gefehlt. Du hattest völlig recht Chiron. Caers Repertoire ist extrem breit gefächert", gab Cedrick von sich.

„Und nun?", fragte Chiron.

„Ab ins Auto und ins Krankenhaus mit ihr. Chiron, Tom ihr beide kommt mit. Der Rest von euch, fängt schon einmal an den Grill anzuwerfen. Der gemütliche Teil fällt nicht schon wieder aus. Ich denke Caer darf wieder nachhause", entschied Steven.

Schnell war Caer verfrachtet und dann fuhren sie los.

Nachdem Chiron einige Fragen über Caer auf der Unfallstation beantwortet hatte, schiente und verband man ihren Finger.

Steven hatte gute Vorarbeit geleistet und so ging alles sehr schnell.

Der Arzt gab trotz Caers erwähnter Schwangerschaft und kleiner Ohnmacht grünes Licht und schickte sie heim. Er legte aber Chiron ans Herz, sie zu einer gründlichen Untersuchung zu überreden. Sie war unter der Obhut von Steven gut aufgehoben.

Auf der Heimfahrt wachte Caer auf und bemerkte, dass sie auf dem Rücksitz eines Autos saß. Genau zwischen Tom und Chiron.

„Kann mir jemand mal sagen, was hier los ist?", wollte ich wissen.

„Bleib ruhig Caer. Du warst im Krankenhaus und wir befinden uns gerade auf der Rückfahrt. Dein Finger ist frisch verbunden und geschient. Gebrochen, so wie du es vermutet hattest. Während ich spritzte, bist du eben mal so vom Stuhl gekippt. Du wurdest nicht geröntgt und dem Fötus geht es sicher gut. Du durftest nur aus dem Grund mit nachhause, weil ich Arzt bin. Ab jetzt stehst du unter meiner Fuchtel", gab er von sich und grinste mich im Rückspiegel an.

Na super! Auch das noch! Mir war klar, dass es genau in Chirons Kram passte und in welche Richtung es gehen sollte. Nicht mit mir.

„Tut mir leid, wenn ich schon wieder euren Grillabend versaut habe."

„Hast du nicht. Er findet trotzdem statt. Ich hoffe du hast genügend Hunger. Oder möchtest du dich lieber sobald wir zuhause sind, zurückziehen?", fragte Tom

„Ich werde euch beim Vernichten der Steaks auf alle Fälle behilflich sein. Ich habe nämlich Heißhunger auf roh und blutig."

Tom blickte mich entsetzt an.

Chiron saß links von mir, hatte seinen Arm um mich gelegt und drückte mich an sich.

Mein linker Arm lag in einem Dreieckstuch und war somit durch Erschütterungen etwas geschützt.

„Chiron, bitte nimm deinen Arm von meiner Schulter. Ich bin gut versorgt worden und benötige nicht noch eine weitere Stütze. Außerdem bist du mir noch eine Erklärung schuldig. Solange ich diese nicht habe, bleib bitte auf Abstand."

Chiron kam meinem Wunsch ohne Murren nach.

Steven hatte mich die ganze Zeit im Spiegel fixiert und zwinkerte mir zu.

„Falls ihr beide einen Schiedsrichter benötigt, stelle ich mich gerne zur Verfügung", gab er von sich.

Mir war absolut nicht nach Konfrontationen.

„Ich werde es in Erwägung ziehen und nun halte kurz an, mir ist schlecht und ich muss mich übergeben."

Steven hielt, ich stürmte aus dem Auto und gab alles von mir, was ich vorher zu mir genommen hatte. Mir ging es mehr als dreckig.

Besorgt schauten mich alle drei Männer an.

„Soll ich zurück ins Krankenhaus?", fragte Steven besorgt.

„Nein, musst du nicht, Steven Dieselben Probleme hatte ich in der Schwangerschaft mit den Zwillingen auch schon. Noch ein paar Wochen und es ist vorbei. Müsstest du als Doc eigentlich wissen. Nur mit Steak essen wird es wohl nichts werden. Ich halte mich an trockene Brötchen und hoffe ich behalte sie bei mir. Kann mir einer von euch eine Jacke geben, ich friere gerade fürchterlich."

Chiron zog seine aus und legte sie mir um die Schulter.

„Danke, Chiron. Wie lange fahren wir denn noch?"

Tom schaute auf seine Uhr.

„Eine Viertelstunde. Versuche zu schlafen, Caer."

Ich nickte und lehnte mich zurück.

Steven schaltete das Radio ein und irgendwann döste ich weg.

So bekam ich nicht mit, wie sie einen Plan gegen mich schmiedeten, damit ich das Anwesen nicht verließ.

Hätte ich gewusst wie hinterhältig und gemein das war, was sie gegen mich im Notfall meiner Unvernunft ausgeheckt hatten, wäre ich sofort verschwunden.

So wachte ich erst wieder auf, als wir am Anwesen ankamen.

Chiron half mir beim Aussteigen und brachte mich in die Bibliothek.

„Wenn wir mit den Vorbereitungen im Garten fertig sind, hole ich dich. Möchtest du etwas?", fragte er.

Ich schüttelte den Kopf.

„Nein, danke. Bis später."

Chiron ging und Steven erschien.

„Caer, du bleibst bis zu deiner Entbindung hier im Haus. Im Cottage ist es einfach zu gefährlich für dich. Ich ordne das als Arzt an und du wirst es hinnehmen. Hast du mich verstanden?"

Ich hatte es gewusst, aber so leicht würde ich es ihnen nicht machen.

„Steven, hör auf! Gegen meinen Willen wird mich hier keiner festhalten. Ich weiß, dass es Chiron gerade sehr gelegen kommt um mich hier einzusperren. Was wollt ihr dagegen unternehmen?"

„Wir werden dich mit allen Mitteln aufhalten. Koste es, was es wolle. Dinge ändern sich eben", gab er von sich.

„Verschwinde! Ich werde mich zu wehren wissen!"

Steven ging und ich verzog mich auf einen der Sessel.

Was war hier los?

Waren sie wirklich um mein Wohlergehen besorgt?

Meine Hand fing zu schmerzen an. Die Spritze ließ wohl nach. Ich stand auf und lief in die Küche. Dort traf ich auf Horatio, Ben und Cedrick.

„Hey, Caer. Wie gehts dir? Du hast uns einen schönen Schreck eingejagt, als du vom Stuhl gefallen bist."

„Danke, alles halb so schlimm. Bin gut versorgt und man hat mich nachhause geschickt. Leider kann ich bei euren Vorbereitungen nicht helfen. Ich komme aber gleich mit raus. Hole mir nur noch eine Decke, da es mich etwas friert. Für mich bitte nur Brötchen. Ich habe mich auf der Heimfahrt übergeben müssen und denke so ein fettes Steak schadet nur."

Alle drei lachten. Ich holte die Decke und wir eilten in den Garten.

Chiron, Tom und Steven standen zusammen und ich hatte das Gefühl, dass sie sich über mich unterhielten.

„Steven! Entschuldige, wenn ich euer Gespräch störe, aber die Spritze lässt nach. Hättest du eine Tablette für mich?"

„Klar, ich geh sie holen. Nimm bitte nicht soviel von dem Zeug zu dir. Denk daran, du bist schwanger und diese Tabletten sind mit Vorsicht zu genießen. Zuviel davon und man bekommt Halluzinationen."

Ich nickte.

Kurze Zeit später war er zurück und überreichte mir das Gewünschte.

„Caer, ich wollte mich bei dir entschuldigen. Es war nicht korrekt von mir, dich so zu behandeln, aber wir haben wirklich alle Angst um dich", erklärte er mir.

„Schon gut. Ich verstehe es jetzt und werde bis zur Geburt hier bleiben."

Im Moment fiel mir keine andere Antwort ein und so konnte ich Steven, Chiron und die Anderen erstmal beruhigen. Natürlich hatte ich keinesfalls vor bis zur Geburt hier zu verweilen, aber das mussten sie ja nicht wissen.

Noch nicht!

Trotz der Unstimmigkeiten wurde es ein recht lustiger Abend. Die Jungs kümmerten sich rührend um mich und als es dunkel wurde, entzündeten sie ein kleines Feuer. Ich blickte auf das brennende Holz und in die knisternden Flammen und bekam aus unerklärlichen Gründen eine Panikattacke. Die Szene erinnerte mich an die Situation der Vergangenheit, als man mich auf dem Scheiterhaufen verbrennen wollte.

Völlig hysterisch sprang ich auf, blickte in die Runde und brüllte los.

„Was geht hier vor, Chiron! Ist das eine Art Ritual um mich als Hexe zu verbrennen? Was spukt in euren Köpfen herum? Ich hatte das bereits! Kommt mir nicht zu nahe!"

Alle schauten mich völlig entgeistert an.

Tom erhob sich und kam langsam auf mich zu.

„Caer, was ist los? Kein Mensch möchte dir etwas tun. Schon gar nicht wir. Soll ich dich ins Haus bringen? Du scheinst verwirrt!"

„Nein! Bleib weg von mir! Ich traue euch nicht mehr!"

Nun erhoben sich auch die anderen und versuchten, beruhigend auf mich einzuwirken.

Ich wich zurück, stolperte über den Stuhl hinter mir, stürzte zu Boden und schlug mir den Kopf an einem der Getränkekästen an.

Chiron war als erster bei mir und hob mich hoch.

Ich schrie auf, schlug nach ihm und gab knurrende Laute von mir.

„Nein, Chiron! Bitte nicht ins Feuer! Ich mache auch alles was du von mir verlangst und werde das Haus bis zur Entbindung nicht verlassen!", flehte ich.

„Caer, so beruhige dich doch. Keiner will dir schaden. Was ist denn los mit dir?", fragte er mich.

Aus dem Augenwinkel sah ich, wie Steven auf mich zueilte.

„Verdammt, Chiron! Sie hat gerade Halluzinationen. Hervorgerufen durch die ganzen Betäubungsmittel im Krankenhaus und den Tabletten. Es scheint, dass sie irgendein Medikament nicht verträgt! Anscheinend war das kleine Feuer der Auslöser. Ich kann ihr jetzt nichts mehr geben ohne dem Kind größeren Schaden zuzufügen. Halte sie fest und bring sie ins Haus."

Ich hörte zwar, was Steven erklärte, hatte aber volle Panik und schrie und tobte aus Angst weiter.

Chiron hielt mich fest an sich gedrückt und als ich bemerkte, dass er mit mir ins Haus lief, fing ich an, mich langsam zu beruhigen.

Vorsichtig setzte er mich auf die Couch ab und schon erschien Steven auf der Bildfläche.

Er fühlte meine Stirn und stellte mir nur eine Frage.

„Was ist in dich gefahren, Caer?"

Ich schluckte.

„Ich weiß es nicht. Das Feuer vorhin, scheint etwas in mir ausgelöst zu haben und ich bekam extreme Panik. Die Erinnerung meiner eigenen Verbrennung in der Vergangenheit kam mir in den Sinn und dann flippte ich wohl aus. Außerdem platzt mir gleich der Schädel, ich habe mich wohl bei meinem Sturz verletzt."

Mein Hinterkopf schmerzte und ich hatte das Gefühl, dass mir etwas den Nacken hinunter lief. Langsam tastete ich ihn ab und verspürte etwas Klebriges.

Ich zog meine Hand zurück und blickte darauf.

Blut!

Erschrocken schaute ich zu Chiron und Steven.

„Nicht schon wieder, Caer! Verdammt, es reicht jetzt langsam! Ich kann und darf dir keine Schmerzmittel mehr geben. Wie hast du das wieder angestellt?", hakte Steven nach.

„Es scheint, als wenn ich beim Sturz mit dem Kopf auf einen der Kästen geknallt bin", gab ich zurück.

Steven verschwand kurz und kam mit einer Handvoll Mullbinden zurück.

Während er meinen Kopf verband, kochte mir Chiron einen Tee.

„So. Caer nun bekommst du von mir ein paar Regeln aufgestellt. Du wirst in den nächsten Tagen das Bett hüten und jede unserer Anweisungen befolgen. Keine Widerrede und keine Alleingänge mehr. Denk an das Ungeborene in dir, außer du legst es vorsätzlich darauf an, dass du es verlierst. Die ständigen Verletzungen sind nicht normal und du scheinst völlig ausgepowert zu sein. Schlaf jetzt und morgen reden wir weiter."

„Ich habe das Gefühl, dass die Moorhexe noch einen zusätzlichen Fluch auf mich gelegt hat. Sobald ich mit Manannan zusammentreffe, werde ich ihn befragen", orakelte ich.

Steven reichte es.

Er fasste Caer grob bei den Schultern, dass sie vor Schmerz aufschrie.

„Nichts wirst du tun, Caer! Ich sagte keine Alleingänge mehr. Wage es nicht wissentlich in die Anderwelt zu gelangen! Auch nicht über deine Träume! Du alleine kannst es beeinflussen und du weißt es auch! Hast du das jetzt endlich kapiert und geht es in deinen sturen Schädel?", brüllte er mich an.

„Schrei mich nicht so an!", keifte ich zurück.

„Doch! Du kapierst es sonst nicht!"

In diesem Moment erschien Chiron mit dem Tee.

„Folge einfach dem Rat von Steven und in ein paar Tagen ist alles gut. Sollte es dir besser gehen, haben wir eine Überraschung für dich", bekräftigte er und reichte mir die Tasse.

Ich sah von einem zum Anderen.

„So ist das also. Wenn ich schön artig bin, bekomme ich anschließend von euch eine Belohnung. Was oder wen, denkt ihr eigentlich vor euch zu haben."

Ich zitterte vor Wut, schlug Chiron die Tasse aus der Hand und dann wurde mir wieder kotzübel. Würgend erbrach ich mich und diesmal war es so heftig, dass ich keine Luft mehr bekam. In mir verkrampfte sich alles.

Chiron riss mich unsanft hoch, erwischte ungünstig meinen angebrochenen Finger, dass ich vor Schmerz schrie und schüttelte mich.

Diese Maßnahme hatte einen einzigen Erfolg.

Ich bekam wieder Luft und konnte klarer denken. Nur meinem Magen ging es weiterhin flau. Mein Finger pochte wie verrückt und in meinem Schädel dröhnte es noch mehr.

Ich atmete ein paar Mal tief ein und aus.

„Kann ich dich jetzt los lassen, ohne das es zu einer neuen Eskalation kommt?", fragte Chiron.

Ich nickte. Langsam ließ er mich los und ich entfernte meine Armschlinge.

„Caer, was veranstaltest du jetzt schon wieder"; fragte Steven.

„Ich benötige das Teil nicht mehr, da es mich völlig in meiner Bewegungsfreiheit einschränkt und auch nicht sonderlich schützt. Zumindest kann ich jetzt wieder mit beiden Armen mein Gleichgewicht ausbalancieren. Chiron, wo kann ich heute schlafen? Leider habe ich hier alles eingesaut. Einen Vorschlag hätte ich. Einer von euch bringt mich ins Cottage und bleibt bei mir für die Nacht. Morgen kann er mich zurückfahren und ich bringe das Zimmer wieder in Ordnung."

Steven lachte und schüttelte den Kopf.

„Schlau ausgedacht, Kätzchen. Nur funktioniert dieser Trick nicht. Chiron und ich werden den Raum gleich säubern. Ich habe schon Pferde kotzen sehen und das hier ist nichts dagegen. Wie werden dir ein Notlager im Haus zurechtmachen wo du schlafen kannst."

Chiron mischte sich ein.

„Stopp, Steven! Es besteht ja keine Gefahr mehr, dass Caer aus der Anderwelt angegriffen wird. Somit kann sie in den oberen Räumen schlafen. Ich stelle ihr mein Schlafzimmer zur Verfügung. In ihrem Zimmer liegen noch die Splitter des zerbrochenen Spiegels herum. Dort kann sie sich im Moment nicht aufhalten."

Ich glaubte mich verhört zu haben. Chirons stellte mir seinen Schlafraum zur Verfügung. Sein Heiligstes, das ich noch nie betreten hatte und durfte. Erstaunt sah ich ihn an.

„Sorry, Chiron. Habe ich mich jetzt verhört? Du lässt mich in dein Allerheiligstes? Mit was habe ich mir das verdient?", fragte ich sarkastisch.

„Ausnahmen bestätigen meist die Regel, Caer", gab er zurück.

„Ach und so eine ist jetzt erst eingetreten. Warum denn nicht schon vorher? Du wusstest doch, dass ich mich nicht mehr in Gefahr befand. Wieso dann immer hier?", hakte ich nach.

„Da hatten wir es beide näher zur Küche und du zum Badezimmer. Die oberen Bäder sind im Moment nicht nutzbar."

Ich merkte, dass es keinen Sinn hatte mit Chiron hier und jetzt zu diskutieren.

Er war um keine Antwort verlegen und ich war es leid.

„Okay, Chiron. Ich nehme das für heute so hin. Mein Tag war ziemlich bescheiden und ich bin müde. Wir beide reden morgen weiter. Nun bring mich endlich nach oben", forderte ich ihn auf.

Steven wünschte mir noch einen erholsamen Schlaf und dann folgte ich Chiron.

Schweigend stiegen wir nebeneinander die Treppen in den ersten Stock hoch. Neugierig geworden, fragte ich mich, wie dieser Raum eingerichtet sein würde und dann war es soweit. Chiron schloss die Tür auf.

„Willkommen in meinen heiligen Hallen. Fühl dich wie zuhause und mach es dir für die nächsten Tage so gemütlich wie möglich."

Ich trat ein und war mehr als erstaunt. Das Zimmer war sehr stilvoll eingerichtet. Mehr ein Schlaf- und Wohnraum.

Das riesige Bett sprang mir sofort ins Auge.

„Wow, Chiron. Sehr geschmackvoll. Dein Bett sieht recht gemütlich aus."

„Das ist es auch, Caer"

„Wie lange ist es her, dass es von dir benutzt wurde?", fragte ich.

„Ewig, Caer", gab er zurück.

Ich schritt darauf zu, zog die Decke zurück und legte mich hin.

„Wirklich gemütlich. Ein richtiges Kuschelbett nach meinem Geschmack. Könnte ich mich direkt daran gewöhnen. Fehlt nur noch der passende Mann dazu", brummelte ich vor mich hin.

„Kein Problem. Falls ich dir Gesellschaft leisten soll, sag mir Bescheid. Stehe gerne zur Verfügung", gab er lachend von sich.

Ich und mein loses Mundwerk. War ja so etwas von klar, dass Chiron darauf ansprang.

Obwohl, breit genug war das Bett ja und es musste nicht immer nur in eine Richtung ausarten.

„Gerne. Du kannst heute Nacht bei mir schlummern."
Mit dieser Reaktion hatte er nicht gerechnet und sah
mich mehr als erstaunt an.
„Ernsthaft jetzt, Caer?", fragte er nach.
„Ja! Ernsthaft!"
„Ich besorge etwas zu trinken und bin gleich wieder
bei dir", mit diesen Worten verschwand er.
Ich wusste, dass ich einen Fehler gemacht hatte, aber
das war mir gerade völlig egal. Außerdem gruselte es
mich hier oben so alleine.

Chiron betrat die Küche, in der sich Steven aufhielt.
„Und?", wollte er wissen.
„Alles im grünen Bereich, Steven. Ich werde die Nacht
heute bei Caer verbringen. Sie hat wohl Angst so allein
dort oben, gibt es natürlich nicht zu. Ich bin nur hier
und wollte dich fragen, ob sie ein Glas Sekt trinken
kann, trotz Medikamente und Schwangerschaft."
Steven grinste und nickte.
„Höchstens zwei, mehr nicht. Na, dann wünsche ich
dir eine erfolgreiche Nacht und treib es nicht so wild",
gab er von sich.
„Letzteres wird nicht stattfinden, Steven. Ich möchte
Caer nur etwas Geborgenheit zurückgeben. Ihr geht es
nicht besonders. Sie zeigt es nur nicht. Feiert schön
weiter. Wir sehen uns morgen."
Chiron nahm eine Flasche Sekt aus der Kühlung, zwei
Gläser aus dem Schrank und eilte nach oben.
Er klopfte an die Tür und trat ein.

Caer saß ihm Bett und schaute ihn an.
„Warum klopfst du, es ist doch dein Zimmer", fragte
ich.

„Ich habe etwas Flüssiges zum Feiern mitgebracht. Die Erlaubnis, dass du Sekt trinken darfst, habe ich von Steven bekommen. Da du Premiere hast meinen Schlafraum zu Nutzen, muss das gebührend gefeiert werden oder hast du Einwände", wollte er wissen.

Ich schüttelte den Kopf. Chiron reichte mir die Gläser und setzte sich mit der Sektflasche zu mir ins Bett.

Vorsichtig entkorkte er sie und schenkte die Gläser voll.

Ich dankte ihm, prostete ihm zu und trank.

„Caer, bitte in ganz kleinen Schlucken. Du weißt wie es sonst wieder endet"

Ich nickte und grinste.

„Möchtest du denn, dass es so endet?", fragte ich ihn und erhielt keine Antwort.

„Keine Reaktion von deiner Seite, Chiron? Heißt das etwa soviel wie Open End?"

„Wer weiß", gab er zurück.

Mein Glas war leer und ich reichte es Chiron zurück.

„Möchtest du noch?"

„Später Chiron. Ich sehe gerade, du hast ein Radio in deinem Zimmer. Würdest du etwas Hintergrundmusik laufen lassen?"

Chiron erhob sich, wurde meinem Wunsch gerecht und setzte sich wieder zu mir.

Ein Gespräch zwischen uns beiden wollte nicht so richtig aufkommen.

Nach meinem kleinen Unfall im Garten, kam mir das Gespräch mit Steven und ihm in den Sinn. Jetzt wollte ich doch wissen, was sie sich ausgedacht hatten.

Fragen kostet ja bekanntlich nichts. Ich räusperte mich und legte los.

„Welche Überraschung hast du denn für mich, wenn ich den Anweisungen von Steven folge? Ich bin schon neugierig geworden."

„Caer, wenn ich es dir jetzt verrate, ist es doch keine Überraschung mehr."

Ich kuschelte mich an Chiron.

„Bitte", bettelte ich.

Chiron blieb hart und schüttelte mit dem Kopf.

Ich würde es schon noch herausbekommen, denn er konnte mir so gut wie nichts abschlagen und so rückte ich noch näher an ihn. Geduld war gefragt.

Während ich vorsichtig meinen Kopf und meinen Arm auf seinen Brustkorb legte, spürte ich, wie sich durch meine Nähe, sein Herzschlag beschleunigte.

Langsam nestelte ich seine Knöpfe am Hemd auf. Mein lädierter Finger war nicht besonders hilfreich, da ich ihn nicht benutzen konnte.

Innerlich fluchte ich.

Chiron bemerkte was in mir vorging und kam mir zu Hilfe. Kurz darauf lag er nur noch mit Unterwäsche bekleidet neben mir.

„Caer, was hast du jetzt vor?", fragte er und begann an mir herumzufummeln.

„Würdest du mir ein Glas Sekt einschenken?", gab ich zur Antwort.

„Ja, aber es ist das letzte für heute. Steven hat nicht mehr erlaubt."

Chiron stand auf, befüllte mein Glas, reichte es mir und ich trank es auf ex aus.

„Caer! Was machst du schon wieder für einen Unsinn? Ich denke, du hast für heute mehr als genug. Und die Wirkung wird nicht lange auf sich warten lassen."

Ich lachte und winkte ab.

„Das ist heute auch schon egal. Nun komm wieder zu mir ins Bett und nimm mich in die Arme, ich möchte einfach nur deinen Körper spüren ohne den kleinsten Hintergedanken."

Chiron grinste und gesellte sich wieder zu mir.

Es verging keine Minute und mir stieg der Alkohol zu Kopf. Kein Wunder. Ich hatte nichts gegessen und die Medikamente trugen ihr restliches dazu bei.

Kichernd setzte ich mich über Chiron, der es sich bequem gemacht hatte. Im Gegensatz zu ihm trug ich meine normale Bekleidung noch.

„Unfair, Caer! Ich fast nackt und du in voller Montur. Außerdem bist du schon wieder angetrunken und das geht sicher nicht gut", beschwerte er sich.

„Nun, du hast ja die Option dies zu ändern. Zieh mich aus und dann passt es wieder", gab ich zurück und räkelte mich lasziv.

Chiron schaute mich an und schüttelte entsetzt den Kopf.

„Mein Gott, Caer! Du bist ja völlig versaut und sittlich verwahrlost. Besonders, wenn du getrunken hast. Ich werde deinen Wunsch trotzdem befolgen und hoffe du schläfst vorher ein."

„Werde ich mit Sicherheit nicht", gab ich kichernd zurück.

„Bevor ich dich entkleide, habe ich noch eine Frage. Welche Art von BH hast du heute an? Verschluss hinten oder vorne. Diese Teile machen mich auf die Dauer wahnsinnig."

„Keinen von beiden.".

„Super, macht die Sache für mich einfacher", erklärte er und schon waren seine Hände unter meiner Bluse verschwunden und die Fummelei ging los.

Chiron war in Sachen Sex ein richtiger Genießer und wusste, wie er eine Frau heiß machen konnte.
Ich genoss es jedes Mal und heute war ich besonders anfällig dafür. Nach kürzester Zeit hatte er mich da, wo er mich haben wollte und knöpfte meine Bluse auf. In seiner unteren Region regte sich auch einiges und ich stöhnte verhalten. Chiron schob mich vorsichtig von sich und zog mich bis auf den Slip aus.
„Jetzt ist das Ungleichgewicht zwischen uns beiden, wieder hergestellt und wir können endlich zur Sache kommen. Komm schon Kätzchen und zeig mir deine Krallen", flüsterte er mir ins Ohr.
Ich verlor mich wieder völlig in meiner Gefühlswelt und vergaß alles um mich herum.
Bevor ich einschlief, war mein letzter Gedanke, dass ich Chiron keine Chance mehr geben wollte und es doch wieder getan hatte.

Chiron wartete, bis Caer eingeschlafen war. Er stand auf, zog seine Hose an und machte sich auf den Weg in die Küche, wo er auf seine Freunde traf, die gerade das restliche Grillgut in den Kühlschrank stellten.
Steven schaute ihn fragend an.
„Alles bestens. Caer schläft jetzt."
Als er allen den Rücken zudrehte um sich ein Bier aus einem der Kästen zu nehmen, ertönte hinter ihm allgemeines Gelächter.
„Alles gut? Sicher?", fragte Cedrick nach.
„Caer schläft also jetzt? Muss ja ziemlich harte Arbeit gewesen sein, sie endlich zur Ruhe zu bringen", warf Steven ein und grinste.
„Hast du deine Rückseite eigentlich begutachtet?", gab Tom seinen Senf dazu.
„Wieso?", fragte Chiron etwas dümmlich.

„Deshalb!", erklärte Horatio und schlug ihm auf den Rücken, dass Chiron vor Schmerz aufschrie.

„Ich sehe nur rot", feixte Ben.

„Mein lieber Freund, bei euch geht es wirklich heftig beim Sex zu. Wie hältst du das nur aus? Irgendwann hängt deine Haut nur noch in Fetzen an dir. Du musst wirklich ein guter Liebhaber sein. Meine Freundin hat mich noch nie so zugerichtet. Gib mir bei Gelegenheit ein paar Tipps", hakte Steven nach.

Tom holte ein Handtuch aus dem Bad und tupfte ganz vorsichtig den Rücken von Chiron ab.

Der bedankte sich und wünschte gute Heimfahrt.

Er schnappte sich sein Bier und verschwand in sein Schlafzimmer.

Caer lag entspannt im Bett und schlief.

Chiron beobachtete sie im Schlaf, drückte ihr einen Kuss auf die Stirn, trank sein Bier langsam aus und legte sich dann neben sie. Ihm wurde klar, dass er sich das Vertrauen von ihr, wieder hart erkämpfen musste.

Chiron war bereits in der Küche zugange und bereitete für Caer ein Frühstück zu. Sicher hatte sie nach dieser Nacht einen Riesenhunger.

Mit voll beladenem Tablett lief er nach oben und stellte es auf dem kleinen Tisch ab.

Caer lag völlig nackt, eingeigelt und entspannt unter der Bettdecke und schlief.

Chiron grinste und küsste sie vorsichtig um sie nicht zu wecken.

Sie drehte sich um und brummelte irgendetwas vor sich hin.

Es klingelte Sturm an der Haustüre.

Chiron erhob sich, eilte nach unten und öffnete.

Steven und der Rest der Bande stand vor der Tür und bat lautstark um Einlass.

„Psssst, Leute. Bitte leise. Caer pennt noch."

Schnell huschten sie in die Küche.

„Macht euch selbst ein Frühstück. Ihr wisst ja wo alles steht. Ich bringe schnell den Bademantel nach oben. Bis gleich", sprachs und verschwand.

Der Duft von Kaffee weckte mich.

Chiron war bereits wach.

Eigenartigerweise ging es mir gut und ich verspürte diesmal keine Morgenübelkeit.

Ich hatte völlig traumlos geschlafen und schwor mir, die nächsten Tage, im Bett zu verbringen.

Während ich mich räkelte, öffnete sich die Zimmertür und Chiron erschien mit meinem Bademantel.

„Guten Morgen, Caer. Ich hoffe du hast besonders gut geschlafen", fragte er mich.

„Ja, vielen Dank. Mir ist auch gar nicht übel. Komisch. Danke, dass du ein Frühstück für mich vorbereitet hast."

„Immer wieder gerne, Kätzchen. Besonders freut es mich, dass dir nicht schlecht ist. Schon eigenartig, was so eine Vitaminspritze am Abend ausmacht"; gab er süffisant von sich.

Ich schnaufte, stand auf, nahm meinen Bademantel und zog ihn an.

„Chiron, lass deine Sprüche. Ich geh nach unten ins Bad um mich frisch zu machen und bin gleich wieder da", warf ich ihm entgegen.

„Kleine Vorwarnung. Die Jungs sind schon da. Also, renne nicht halb nackt vor ihnen herum" informierte er mich.

„Danke für den Hinweis, Chiron."

Schnell eilte ich die Treppe hinunter, verschwand im Badezimmer und hübschte mich etwas auf.

Danach ging ich in die Küche und begrüßte alle.

„Steven, kann ich den Verband um den Kopf wieder entfernen? Er nervt mich", fragte ich nach.

Er nickte und kümmerte sich darum.

„Okay, Caer. Einen weiteren Verband können wir uns fürs erste ersparen. Wie geht es dir sonst?"

„Gut. Danke der Nachfrage. Wäre es möglich, dass mir jemand später meine Sporttasche aus dem Cottage holt? Ich benötige dringend frische Wäsche."

Cedrick erklärte sich dazu bereit und machte sich auf den Weg.

Steven schaute mich forschend an.

„Sag mal, Caer. Wie geht es eigentlich dem Rücken von Chiron? Ihr beide scheint ja extrem übereinander hergefallen zu sein. Ich bat Chiron gestern um ein paar Tipps, wie er das macht. Vor allen Dingen, hast du gar nicht so lange Nägel um ihn so zuzurichten. Er muss ein erstaunlicher Liebhaber sein. Man könnte direkt neidisch werden.

Ich wurde wie schon so oft, knallrot im Gesicht und blieb ihm eine Antwort schuldig.

„Bis später. Ich genieße erst einmal mein Frühstück und schicke euch dann Chiron."

Schnell verschwand ich nach oben.

Chiron wartete bereits auf mich.

„Alles gut?", fragte er.

Ich nickte.

„Cedrick fährt gerade ins Cottage und holt mir frische Kleidung. Steven hat mir den Verband entfernt und fragte mich, wie es deinem Rücken geht. Hab ich dich wieder sehr malträtiert? Lass es mich sehen."

„Mach dir keine Gedanken darüber, es ist genauso wie beim letzten Mal. Das wird schon wieder. Hauptsache dir hat es gestern gefallen."

Ich nickte.

„Ich bin sehr gerne mit dir zusammen, Chiron und ich finde den Raum äußert inspirierend. Deshalb werde ich die nächsten Tage hier verbringen und zwar mit dir und im Bett. Du weißt doch, geteiltes Leid ist halbes Leid. Ich vertrau dir immer noch nicht, aber Sex ist Sex und wir können direkt etwas vorarbeiten. In ein paar Monaten geht das nicht mehr und auch ich habe ein Recht auf Spaß."

Chiron zuckte zusammen.

„Unser Sex, ist also nur Spaß für dich?", fragte er.

„Du denkst doch sicher genauso, sonst würdest du ihn dir nicht so ab und an, bei deiner Frau holen. Ich mache jetzt Frühstück", gab ich zurück und setzte mich an den Tisch.

„Ich bin dann mal unten bei den Jungs, wenn du mich brauchst. Über das Thema Sex reden wir später."

„Gerne und ich hoffe du klärst mich endlich auf, was deine Frau anbetrifft und wie du zu ihr stehst", rief ich hinterher.

Chiron war über Caers Ansagen ziemlich angesäuert und man sah es ihm auch an.

„Welche Laus ist dir denn über die Leber gelaufen? Wieder Zoff mit Caer? Langsam wird es anstrengend. Was hast du diesmal verbockt?", fragte Steven.

„Caer vertraut mir nicht mehr, seid sie weiß, dass ich öfters in die Vergangenheit reise. Sie will wissen, was ich mit Abigail am Laufen habe. Für sie ist unser gemeinsamer Sex nur ein Spaß, obwohl sie sehr gerne mit mir zusammen ist. Was mache ich falsch, Steven?"

„Darauf kannst nur du dir selbst eine Antwort geben. Hast du noch etwas mit Abigail oder dieser ominösen Estelle? Falls ja, an wem liegt dir mehr? Kläre die Verhältnisse und du wirst sehen, es kehrt Ruhe ein. Ihr seid beide so stur, wie ein Stall voller Esel. Liebst du Caer eigentlich oder hältst du sie dir nur warm für guten Sex?", wollte er wissen.

„Steven was soll das? Ich habe nichts mit Abigail! Die Fronten zwischen uns sind geklärt. Abigail ist neu liiert und ich lebe jetzt in der Gegenwart! Mir liegt sehr viel an Caer. Ich liebe sie sehr und mehr, als mein Leben. Der Sex mit ihr ist etwas Besonderes."

„Chiron, dann sag es ihr. Vielleicht wartet sie darauf. Nimm dir Zeit für sie und zeig es ihr. Da du allerdings nicht über diese Estelle sprechen möchtest, bilde ich mir vorerst meine eigene Meinung. Jungs, ich denke die nächsten Tage sollten wir die beiden völlig alleine lassen, damit sie sich wieder näher kommen können. Wir warten noch auf Cedrick und dann verschwinden wir. Geh du mal zu Caer und checke die Lage ab. Gib dein Bestes", gab er ihm den Rat.

Alle nickten zustimmend. Chiron verabschiedete sich und ging nach oben, als ihm Caer mit dem Tablett auf halber Treppe entgegen kam. Er bot ihr an, es in die Küche zu tragen.

„Nein, danke. Ich kann das alleine, Chiron. Geh schon mal hoch, denn ich möchte mit dir reden. Ist das für dich in Ordnung?"

„Ja, dass Gleiche wollte ich dich auch gerade fragen."

„Bis dann, Chiron."

Er nickte und eilte in sein Schlafzimmer.

Es klingelte.

Unten angekommen traf ich auf Cedrick, der gerade von Steven hereingelassen wurde.

„Hallo, Caer. Hier ist deine frische Wäsche. Ich stelle die Spottasche in die Bibliothek."

„Danke, Cedrick", gab ich zurück.

Ich verschwand mit dem Tablett in die Küche.

Steven folgte und schon musste ich mir wieder eine Strafpredigt anhören.

„Caer! Schon wieder ohne Schuhe. Wie oft denn noch! Du kommst gerade richtig, denn ich muss dringend mit dir reden. Es geht um Chiron. Wir beide gehen eine Runde im Wintergarten spazieren und ich erkläre dir um was es geht."

Nickend folgte ich ihm und wir setzten uns auf eine der Steinbänke.

Steven erzählte mir, dass er gerade ein Gespräch mit Chiron hatte und ihm den Vorschlag machte, dass wir beide uns ein paar Tage nur um uns kümmern sollten, um einiges zu klären.

„Caer, ich lege dir Chiron ans Herz. Er liebt dich ohne Kompromisse und würde sein Leben für dich geben. Gib ihm eine Chance und höre in an. Warum macht ihr euch das Leben so schwer. In einigen Tagen sind wir wieder vor Ort."

„Steven, ich weiß nicht ob ich das schaffe. Ich kann nichts versprechen. Sehen wir in ein paar Tagen, was wir daraus gemacht haben. Auch ein eventuelles Ende ist bekanntlich ein neuer Anfang. Bis bald und ich danke dir für dein Verständnis."

„Ach, Caer noch eines. Vorsichtshalber lasse ich die Salbe für Chirons Rücken hier. Man kann ja nie wissen für was sie gut ist", gab er grinsend von sich.

Ich lief rot an und schluckte.

„Danke, aber ich denke, wir benötigen sie nicht."

„Abwarten, Kätzchen. Abwarten. So, geh zu deinem Loverboy und treibt es nicht so toll."

„Idiot! Ich verabschiede mich noch von den Jungs."
Steven stand auf und zog mich mit sich.
In der Küche wurde ich dann von allen gedrückt und geknuddelt, dass mir die Luft wegblieb.
Keine fünf Minuten später kehrte im Haus Ruhe ein und ich machte mich auf den Weg nach oben.
Chiron wartete bereits auf mich.
„Liebe Grüße von der Bande und in ein paar Tagen sind sie wieder da. Steven meinte außerdem, dass du die Salbe nötig hättest. Hier! Ich für meinen Teil, mach es mir wieder im Bett gemütlich. Irgendwie zieht mich dieses Möbel voll in seinen Bann Wenn du möchtest komm dazu, aber ich warne dich vor. Sollte ich während deiner Ausführungen einschlafen, sei nicht böse. Es liegt nicht am Desinteresse, sondern eher daran, dass ich schon wieder müde bin. Irgendwie hat mein Körper extrem Nachholbedarf. Was hast du eigentlich mit ihnen besprochen?", wollte ich wissen und drückte ihm die Tube in die Hand.
„Auch ich soll dich grüßen und wir sollen es uns schmecken lassen. Während du mit Steven einen kleinen Rundgang im Wintergarten absolviert hast, brachte mir Tom diese Kleinigkeit dort auf dem Tisch. Extra für uns, zur Stärkung danach, wie er meinte. Bist du bereit für ein längeres Gespräch?", fragte er mich.
Ich nickte und Chiron setzte sich zu mir ins Bett.
„Caer, ich weiß nicht so genau, wie und wo ich mit dem Gespräch überhaupt anfangen soll. Wir hatten vorhin einen schlechten Start in den Tag. Es ging wieder um Abigail. Auch war ich recht geschockt, als du mir an den Kopf geknallt hast, dass unser Sex nur Spaß für dich ist. Dieser Gedankengang von dir, macht mich unheimlich traurig, da ich dich mehr als nur liebe. Merkst du denn nicht, dass ich es mit all

meiner Hingabe tue. In deiner Nähe fühle ich mich mehr als lebendig. Diese Art von Sex kann man nicht in Worte fassen. Deine Frage, ob ich mit Abigail noch eine Beziehung führe, kann ich guten Gewissens mit einem *Nein* beantworten. Die Beziehung in der Vergangenheit mit ihr, ist abgeschlossen. Es liegt mir absolut nichts an ihrer Person", erklärte er.

„Warum verschwindest du trotzdem immer wieder in dein Dorf? Dafür muss es einen Grund geben?"

„Eigentlich habe ich zwei Überraschungen für dich, von denen du erst später erfahren solltest. Nun werde ich eine preisgeben müssen, damit du mir glaubst. Ich mache dir einen Vorschlag zur Güte. Begleite mich morgen mit in mein Dorf. Der Eingang ist immer noch geöffnet. Oder ich hole die Überraschung in diese Welt. Wir müssen nur durch den Spiegel in dem anderen Anwesen. Egal wie du dich entscheidest, ich erfülle dir den Wunsch."

Ich dachte kurz nach und gab ihm meinen Entschluss bekannt.

„Klingt sehr plausibel, Chiron. Falls alles so stimmt, wie du sagst, können wir vielleicht einen kleinen Trip in die Anderwelt wagen. Eine verbindliche Antwort, gebe ich dir morgen, da ich überlegen muss. Du weißt.... ist das Vertrauen erst einmal verletzt, kann selbst das ehrlichste Wort Zweifel in dir auslösen."

Chiron zog mich an sich.

„Ich gebe dir eine Gegenantwort, die du für dich jetzt interpretieren kannst, wie du möchtest. Ich liebe dich nicht nur weil du so bist. wie du bist, sondern weil ich so bin wie ich bin, wenn ich bei dir bin", gab er zurück und küsste mich mehr als intensiv.

Chiron hatte mich so zurechtgelegt, dass ich mich in einer extrem ungünstigen Position befand.

Gegenwehr, die ich eigentlich vorhatte, war hiermit völlig ausgeschlossen, sonst hätte ich meinen bereits lädierten Zeigefinger wieder verletzt.

So ließ ich es geschehen, bis er mich wieder frei gab.

Keuchend schnappte ich nach Luft.

„Chiron, verdammt noch mal. Nichts geschieht bei dir ohne einen Hintergedanken, der zu deinen Gunsten ausfällt."

Er lachte.

„Caer, ich denke, dass es dir gefallen hat. Gegenwehr gab's ja keine von deiner Seite."

„Wie denn auch? Hast du schon vergessen, dass ich mich nicht wehren kann? Überspann den Bogen nicht zu arg. Ich warne dich:"

„Was sonst, Caer?"

„Verschwinde!"

Wütend drehte ich mich weg und zog die Bettdecke über meinen Kopf.

Chirons Versöhnungsversuche ignorierte ich.

Kurze Zeit später stand er auf und ich hörte wie er das Zimmer verließ.

Ich erhob mich, zog meine Kleidung aus und legte mich wieder hin. Mir war durch Chirons Übergriff wieder einmal heftig heiß geworden.

Müde geworden, kuschelte ich mich noch tiefer ins Bett und schlief irgendwann ein.

„Kätzchen? Kätzchen? Nun wach schon auf. Es ist Mittag. Du verschläfst noch den ganzen Tag. Ich habe Kaffee gekocht und Kuchen besorgt", lockte er mich und zog die Decke weg.

„Mein Gott, Chiron! Mich friert es! Gib sofort die Decke wieder her!", gab ich verschlafen von mir.

166

„Wow, wow, wow! Welch Wahnsinnsanblick! Nackt wie Gott sie schuf. Soll ich dir ein bisschen einheizen? Sicher wird es dir dann wärmer."

„Ja das wäre nett, wenn du den Kamin etwas anfachen würdest."

„Äh, Caer? Ich meinte nicht dieses einheizen?"

Ich setzte mich ruckartig auf.

„Chiron, du bist unmöglich. Kannst du mal an etwas anderes denken?"

„Nicht bei diesem Anblick", gab er zurück und reichte mir die Decke wieder.

So ein Teufel. Na warte, dachte ich mir. Spielchen mit mir spielen, das kann ich mit dir auch.

Ich klopfte aufs Bett.

„Weißt du was, Chiron? Da dir ja so heiß geworden ist, bei meinem Anblick und du sicher wie ein Ofen glühst, kannst du mich eigentlich aufwärmen. Also, zieh deine Klamotten aus und schieb deinen Hintern zu mir ins Bett", gab ich lässig von mir und zwinkerte ihm zu.

Chiron wurde knallrot und schüttelte ungläubig mit dem Kopf.

„Caer!"

„Was ist denn jetzt? Ich dachte du willst mir einheizen! Immer diese leeren Versprechungen", provozierte ich ihn.

„Caer, was bist du doch für ein ruchloses Biest."

„Chiron, merke dir eins. Ich passe mich immer meiner Umgebung an."

„Kaffee? Kuchen? Vorher oder nachher."

„Danach! Jetzt komm schon, bevor ich gleich die Lust verliere. Außerdem muss ich dich bei Stange halten", kicherte ich vor mich hin.

„Na warte, dass wird der längste Tag deines Lebens", drohte er mir und zog sich aus.

Kaum lag er neben mir, kuschelte ich mich fest an ihn. Er war wirklich heiß wie ein Hochofen und roch wie immer extrem gut.

Sekunden später, war es mit meiner Beherrschung wieder vorbei und ich saß über ihm.

„Nein, Caer! Ab heute übernehme ich wieder die Führung und du wirst von mir nach Strich und Faden verwöhnt. Bleib entspannt liegen und genieße."

Chiron rollte mit mir zur Seite, dass ich unter ihm zu liegen kam und dann erkundete er jeden Zentimeter meines Körpers. Ich schloss meine Augen, seufzte auf und kam immer mehr in Fahrt. Chirons untere Region war auch mehr als erregt und ich merkte, dass er sich extrem zusammenreißen musste um nicht über mich herzufallen.

Trotzdem wollte ich ihm eine Lektion erteilen, dass ich nicht immer so leicht nach einem Streit mit ihm umzustimmen war und ließ ihn zappeln. Da er ja über mir lag, versuchte er ein paar Mal meine Beine mit seinen zu öffnen, was ich ihm verweigerte. Lange würde aber auch ich es nicht mehr aushalten.

„Lass mich nicht so extrem lange schmoren", bettelte er und saugte sich an meinem Hals fest.

Nach ewigem hin und her, gewährte ich ihm das, nach dem er verlangte. Ich konnte mir ein lautes Stöhnen nicht verkneifen, öffnete meine Augen und blickte in seine, die mir heute extrem blau vorkamen. Unser heutiges Sexspiel, war ein anderes, als die vielen Male zuvor. Intensiver und zugleich auch verbunden mit mehr Zärtlichkeit.

Diesmal kam ich sehr schnell zum Höhepunkt und ich schrie vor Lust auf. Plötzlich zog er sich aus mir zurück und drehte sich zur Seite.

„Keine Panik, Caer. Es geht gleich weiter, denn ich hatte dir versprochen, dass es der längste Tag deines Lebens wird. Pausieren wir einen Moment. Eine Tasse Kaffee wäre jetzt recht und das nächste Mal lass mich nicht solange zappeln. Wäre schade wenn wir beide nichts davon hätten. Eines muss ich dir lassen. Du bist eine extrem sinnliche Frau und weißt auch, wie man einen Kerl scharf macht. Das gerade war mehr als nur Sex, deshalb habe ich es vorher beendet und hoffe auf eine Wiederholung. Möchtest du auch einen Kaffee", fragte er und stand auf.

Ich nickte nur.

Chiron versprach sofort wieder hier vor Ort zu sein, verschwand und war kurze Zeit später mit Kaminholz zurück.

„Hier ist es wirklich kalt und wir wollen es doch etwas gemütlich haben. Gleich wird dir warm", versprach er und zündete den Kamin an. Danach schenkte er mir eine Tasse Kaffee ein und reichte sie mir.

„Danke, Chiron. Kuchen später. Im Moment habe ich nur Hunger auf dich."

Ich stand auf und gesellte mich zu ihm auf die Couch.

Wir unterhielten uns über einige Dinge und als wir den Kaffee getrunken hatten, verzogen wir uns wieder in Richtung Bett.

Ich kicherte Sekunden später vor mich hin.

„Was ist denn wieder so lustig für dich", hakte Chiron nach.

„Och nichts weiter, nur das du schon wieder Gewehr bei Fuß stehst. Mein Körper scheint wirklich eine extreme Wirkung auf dich zu haben. Unglaublich!"

169

Bevor Chiron reagieren konnte, saß ich über ihm und grinste ihn frech an.

„Zuckerpüppchen werde bloß nicht übermütig, sonst versohle ich dir doch irgendwann deinen Hintern."

„Aha! Prinz Charming hat das wohl schon öfters in Erwägung gezogen", stellte ich fest.

„Ja, schon einige Male", gab er zurück und versuchte mich von sich zu ziehen.

„Vergiss es, Chiron! Jetzt habe ich die Oberhand und du tanzt nach meiner Pfeife."

„Du tanzt wohl eher auf meiner Pfeife, wie ich gerade bemerke. Verdammt, Caer nicht so toll. Ich kann mich nicht mehr zurückhalten."

Chiron verkrallte sich keuchend in die Oberarme von Caer und stöhnte auf.

„Du bist noch schlimmer als eine Venusfliegenfalle!", gab er von sich.

„Feucht und klebrig?"

„Nein! Jederzeit bereit zuzuschnappen und dein Opfer auszusaugen. Bitte steig von mir mehr als vorsichtig herunter und gib mir ein paar Minuten Zeit."

„Spaßbremse", gab ich von mir und folgte seinem Wunsch.

„Caer, warum kannst du unsere Zweisamkeit nicht einfach nur genießen, ohne immer die Oberhand zu besitzen und um alles zu kontrollieren?"

„Du weißt doch, Chiron. Vertrauen ist gut, Kontrolle ist besser. Mit dem Vertrauen bei dir, ist es so eine Sache. Deswegen überwiegt hier die Kontrolle."

„Bedenke eines, Caer. Das Vorrecht der Männer ist es zu lieben. Das der Frau, geliebt zu werden. Zu meiner Zeit sagte man auch, dass es viel besser ist, Männern das Gefühl zu geben, sie hätten die Zügel in der Hand.

Darin besteht die Kunst eine Frau zu sein", erklärte er mir.

Ich stutzte und mir reichte es, denn ich hatte einfach nicht mehr den Nerv für seine Launen und ständigen Belehrungen. Die Zeit lief mir davon und ich saß hier für die nächsten neun Monate fest.

Mich ständig nur auf Sex reduzieren zu lassen, ein absolutes no go im Moment, auch wenn ich mit ihm gerne schlief. Ich stand auf, zog meine Wäsche an und würde ab sofort wieder unten nächtigen.

„Chiron! In welcher Welt lebst du eigentlich? Im Hier und Jetzt oder im tiefsten Mittelalter. Ich bevorzuge ersteres. Kannst du das nicht, geh einfach in deine Zeit zurück und bleibe dort. Ich werde dich mit Sicherheit nicht aufhalten. Deine Überraschung, kannst du dir an den Hut stecken. Ich verzichte und werde dich auch nicht in dein Dorf begleiten. Da ich in deinen Augen wohl keine Frau bin, werde ich sofort wieder in der Bibliothek zu finden sein", knallte ich ihm an den Kopf.

„Nicht ernsthaft jetzt! Du lässt mich einfach in diesem Zustand zurück? Unbefriedigt?", fragte er nach.

Ich grinste und streifte mir den Bademantel über.

„Ist das im Moment, dass Einzige, was dir wichtig ist. Geh eiskalt duschen, Chiron und der Zustand löst sich in Luft auf. Hilft das nicht, so mach es dir selbst und die Befriedigung wird früher oder später eintreffen. Schönen Tag, wünsche ich dir noch", gab ich bissig zurück und wandte mich Richtung Tür.

Chiron eilte mir hinterher und versuchte mich mit Gewalt aufzuhalten.

„Wage es nicht, sonst sieht dein Gesicht in kürzester Zeit aus, wie dein Rücken, nach einer Runde Sex mit mir!", brüllte ich und rannte los.

„Bleib stehen!", hörte ich Chiron schreien und schon war er hinter mit her.

Auf keinen Fall, durfte er mich einholen und so nahm ich lachend zwei Treppenstufen auf einmal.

Dummerweise hatte ich vergessen, den Stoffgürtel von meinem Bademantel zu schließen und verfing mich darin.

Bitte nicht, dachte ich noch, dann stürzte ich sämtliche Stufen nach unten und schlug mit dem Kopf auf die Marmorfließen. Bevor ich mein Bewusstsein verlor, hörte ich Chiron hinter mir aufschreien und meinen Namen rufen.

Chiron jagte hinter Caer her.

So ein verflixtes Biest, dachte er noch und dann sah er sie stürzen.

Erschrocken rief er ihren Namen und dann war er bei ihr.

Caer lag wie leblos am Stufenende und rührte sich nicht. Seine Versuche sie aus ihrer Bewusstlosigkeit zu wecken, brachten nichts.

Völlig verstört, rief er Steven an erklärte in Kurzform, was geschehen war und bat ihn zu kommen.

Steven beruhigte Chiron so gut es ging, versprach vor Ort zu sein und orderte einen Krankenwagen.

Chiron hoffte, dass dem Ungeborenen nichts passiert war.

Keine Viertelstunde später, traf Steven zeitgleich mit dem Notarzt ein. Dieser ordnete an, dass man Caer so schnell wie möglich ins Krankenhaus fuhr und sie gründlich untersuchte.

Steven kümmerte sich um Chiron, der leichenblass in der Vorhalle stand.

„Komm schon Alter, lass uns reden. Es wird schon alles gut gehen. Was ist überhaupt passiert?", wollte er wissen und lotste ihn in die Küche.

„Ich muss sofort zu Caer!"

„Jetzt nicht! Sie ist in guten Händen, wird wohl auf den Kopf gestellt und braucht absolute Ruhe. Chiron, wir beide werden sie morgen besuchen. Ich bleibe heute Nacht hier. Benötigst du irgendwas? Falls nicht, erzähl mir jetzt was vorgefallen ist."

Chiron erzählte bis ins kleinste Detail, was im Laufe des Tages vorgefallen war.

„Verdammt, Steven! Hätte ich Caer vorhin nicht so behandelt, wäre das alles nicht geschehen."

Steven lachte.

„Ihr beide lasst einfach keine Gelegenheit aus, um euch richtig weh zu tun. Bei euch wird es niemals langweilig. Wir packen ein paar Kleidungsstücke für Caer ein, damit sie etwas Frisches zum Anziehen hat. Außerdem ist der Notarzt ein alter Schulfreund von mir und ruft mich sofort an, falls es etwas Neues gibt."

„Steven, ich kann heute nicht hier bleiben. Ruf bitte die Jungs an. Wir gehen auf meine Kosten eine Sause machen."

„Bist du dir sicher?"

„Ja! Ich brauche das jetzt."

Steven informierte alle und so trafen sie sich im Pub des Dorfes.

Chiron war nach zwei Stunden hackedicht und wurde von Steven nachhause gebracht, wo er in voller Bekleidung einschlief und mit einem dicken Schädel am Morgen erwachte.

„Guten Morgen, Chiron. Wie gehts? Du hast dich gestern ganz schön mit Alkohol abgeschossen."

„Frag lieber nicht Steven. Ich brauch jetzt reichlich Kaffee und dann auf zu Caer."

„Gut, dass ich vorgesorgt habe. Hier frisch und heiß", gab Steven von sich und schob Chiron die Tasse zu.

Langsam kam ich zu mir und stellte fest, dass ich mich im Krankenhaus befand. Der Sturz von der Treppe kam mir in den Sinn und ich hatte nur den einen Gedanken, wie es dem Ungeborenen ging. Außerdem war mir speiübel.

Ich klingelte nach der Schwester, die kurze Zeit später im Zimmer erschien.

Ich brachte mein Anliegen vor und sie versprach, sofort den zuständigen Arzt zu holen.

Erleichtert legte ich mich zurück, dachte an Chiron, wie es ihm wohl nach diesem Schreck gehen würde und schon stand der Doc im Zimmer.

„Miss Killarney, sie wünschten mich zu sprechen?"

„Ja. Geht es dem Ungeborenen, nach diesem Sturz gut? Ist alles in Ordnung?", fragte ich.

„Sorry? Welchem Ungeborenen?"

„Ich bin doch schwanger?"

„Nein! Wir haben sie gründlich untersucht, geröntgt und Blut genommen. Sie sind keinesfalls schwanger. Die Tests haben in diese Richtung nichts ergeben. Sie hatten eine Eileiterschwangerschaft. Es gab nie ein Kind. Haben sie in letzter Zeit unter extremen Stress gelitten und sich insgeheim eine Schwangerschaft gewünscht? Das könnte davon kommen. Ich hatte gestern mit Steven eine Unterredung und er hat mir im Vertrauen einiges erzählt, was ihr Verhältnis zu Chiron betrifft."

„Bitte? Das verstehe ich jetzt nicht. Ich hatte einen Test gemacht und der war positiv. Die morgendliche Übelkeit kann ich mir auch nicht eingebildet haben."
„Tests können oft falsch sein", gab er von sich
„Also bin ich nicht schwanger? Diese Situation muss ich erstmal verdauen. Danke für dieses Gespräch, es macht einiges für mich leichter. Kann ich gehen?"
„Nein! Sie bleiben ein bis zwei Tage, zur Kontrolle. Ruhen Sie sich aus. Steven weiß Bescheid, überlässt es aber Ihnen mit Chiron darüber zu reden. Sollten Sie etwas benötigen, lassen Sie es mich wissen. Schlafen Sie gut."
Ich nickte und verfiel, nachdem der Arzt das Zimmer verlassen hatte, in eine Art Lethargie.

Nach dem Kaffee fühlte Chiron sich wesentlich besser und fuhr mit Steven ins Krankenhaus.
Caer schlief noch.
Chiron setzte sich zu ihr ans Bett um zu warten, bis sie wach wurde.
Eine kurze Unterredung mit dem Arzt ergab, dass sie in ein bis zwei Tagen nachhause durfte. Es schien ihr und dem Kind gut zu gehen. Steven war mit dem Doc in der Kantine um sich über alte Zeiten zu unterhalten und würde etwas später dazukommen.
Knapp zehn Minuten danach erwachte Caer.
Ihr erster Blick traf auf Chiron, der sie wie immer im Schlaf genau musterte.
„Guten Morgen. Endlich bist du wach. Geht es euch beiden gut? Wie fühlst du dich?"
„Nicht alle Fragen auf einmal. Ich fühle mich bestens. Mir geht es gut", gab ich zur Antwort.
„Wie geht es dem Ungeborenen?", fragte er nach.

„Es gibt kein Ungeborenes, Chiron", ertönte Stevens Stimme aus dem Hintergrund.

Chiron schaute Steven etwas irritiert an.

„Wie, es gibt kein Ungeborenes?"

„Erklär ich dir sofort, Chiron. Guten Morgen, Caer. Hier ist frische Wäsche für später. Du darfst heute doch mit nachhause. Jetzt zu dir, Chiron. Caer hatte keine Schwangerschaft. Der ganze Stress, hat bei ihr eine Pseudogravitität, sprich Scheinschwangerschaft mit den Anzeichen einer normalen Schwangerschaft ausgelöst. Sie hat eine heftige Gehirnerschütterung und muss sich noch etwas schonen. Außerdem besteht bei euch immer noch Redebedarf. Caer, wir gehen jetzt in die Kantine und warten dort auf dich. Ich fahre euch beide dann ins Anwesen."

Ich nickte wie immer und nachdem beide das Zimmer verlassen hatten, zog ich mich an.

Irgendwie, war ich froh, dass ich nun mein Ziel, die Artefakte zu finden, ausführen konnte. Auch bestand kein Anlass, noch länger bei Chiron zu verweilen und ich wollte noch heute ins Cottage zurück. Zielstrebig machte ich mich auf den Weg in die Kantine.

Steven verweigerte mir die Erlaubnis ins Cottage zu ziehen, solange die Gehirnerschütterung nicht voll und ganz ausgeheilt war. Ich war stinksauer und machte eine Szene. Steven erklärte mir, dass er auch dafür sorgen würde, dass ich noch länger im Krankenhaus verbleiben müsste, falls ich seinen Anweisungen keine Folge leisten würde. Ich gab nach.

Auf der Heimfahrt, war es ungewöhnlich still im Auto. Chiron ignorierte mich völlig, was ich nicht verstand, da es keinen Grund dafür gab.

Kaum im Anwesen angekommen, verabschiedete sich Steven und fuhr weiter. Er und die Jungs, wollten im Laufe des Nachmittags vorbeikommen.

Ich eilte nach oben ins Schlafzimmer. Chiron folgte.

„Können wir reden? Ich möchte dir etwas mitteilen"; sagte er.

Ich drehte mich zu ihm.

„Natürlich. Am besten in der Küche. Ich brauche jetzt einen starken Kaffee. Das Gesöff im Krankenhaus ist das Letzte. Warte einen Moment. Ich schlafe ab heute wieder in der Bibliothek um an den Chroniken weiter arbeiten zu können. Meine Kleidung nehme ich gleich mit. So hast du dein Reich wieder für dich", erklärte ich ihm.

„Du kannst gerne weiter hier nächtigen und ich nehme vorlieb mit der Couch unten."

„Nein! Geht schon klar:"

Ich packte meinen Kram und verzog mich.

Chiron hatte sich bereit erklärt, Kaffee zu kochen.

Kurze Zeit später klopfte es an der Tür.

„Ja!"

Chiron trat ein.

„Dein Kaffee ist fertig. Kommst du?"

Ich nickte, folgte ihm und nahm am Küchentisch Platz

„Was möchtest du mit mir bereden, Chiron?"

„Leider und das meine ich ernst, bist du nicht mehr schwanger. Ich bedaure das sehr. Meine Überraschung ist somit hinfällig. Jedoch habe ich noch eine zweite für dich vorbereitet. Sobald es dir besser geht findet hier eine Party, extra nur für dich statt. Die Jungs und ich haben bereits alles organisiert. Ich hoffe du bleibst noch etwas und ziehst nicht gleich los."

„Chiron, du weißt doch genau um was es geht. Die kosmische Ordnung muss wieder hergestellt werden."

„Caer, ich habe Angst dich zu verlieren:"
Ich lachte.
„Sei doch froh, wenn du mich los bist. Im Moment ist unser Verhältnis nicht gerade das Beste. Wir sind nur noch am Streiten und fügen uns gegenseitig, immer und immer wieder Schmerzen zu."
„Caer, aber wir haben guten Sex und da verstehen wir uns."
„Irrtum, mein Lieber. Denk an die Tage zuvor und was dabei herauskam. Sex ist nicht alles."
„Er gehört aber dazu."
Ich schnaufte, schüttelte mit dem Kopf und trank den Kaffee aus.
„Okay, Chiron. Ich schlage jetzt etwas zur Güte vor, damit du endlich Ruhe gibst. Du schnappst dir jetzt zwei Flaschen Sekt und die passenden Gläser dazu. Wir beide verziehen uns nach oben und du besorgst es mir so richtig, wie du es dir vorgestellt hast. Somit ist der Unterbrechung vor Tagen, mehr als Genüge getan. Nimm es als eine Art Abschiedsgeschenk von mir."
Zur Bekräftigung streckte ich ihm die Hand entgegen.
Chiron blickte mich ungläubig an.
„Dein Ernst jetzt, Caer!"
„Mein voller Ernst! Also, was ist?"
„Nicht so, Caer."
„Okay, dann nehme ich dir die Entscheidung ab. Ich will es! Freiwillig ohne Zwang und jetzt sofort!", teilte ich ihm mit.
Weil er sich nicht von der Stelle rührte, holte ich die Flaschen aus der Kühlung und machte mich auf den Weg nach oben.
„Ich warte, Chiron!", rief ich über die Schulter.
Oben angekommen, stellte ich eine der Flaschen auf den Tisch, kleidete mich aus und setzte mich ins Bett.

Chiron würde heute sein blaues Wunder erleben. Langsam stöpselte ich die Sektflasche auf und trank in großen Schlucken.

Ich hörte erst auf, bis die Flasche halb geleert war.

Mir war klar, dass ich völlig besoffen sein würde.

Chiron erschien und riss mir den Sekt aus der Hand.

„Caer, nicht schon wieder!"

Ich grinste und legte mich zurück.

Chiron schaltete das Radio ein und entledigte sich seiner Klamotten.

Allein schon der Anblick, wie er sich vor mir auszog, beschleunigte meinen Herzschlag.

Chiron stieg zu mir ins Bett.

„Bist du dir sicher, dass du es willst?", fragte er mich.

Ich schaute ihn an.

„Ja!"

„Gut, dann machen wir da weiter, wo wir vor Tagen so plötzlich aufgehört haben."

Chiron ergriff eine meiner Haarsträhnen und drückte sie an sein Gesicht. Ich hörte wie er den Duft meines Haares einatmete und bemerkte, wie seine Erregung stieg. Diese Situation kam mir bekannt vor. Ich hatte sie bereits in seiner Zeit durchlebt.

Seine Atmung steigerte sich, als er meine Brüste sanft berührte und seine Hand in Richtung meiner Schenkel glitt.

Ich stöhnte verhalten auf, als seine Lippen die meinen suchten und er an ihnen sog.

Während er noch mit meinen Lippen spielte, glitt er auf mich und drängte meine leicht geöffneten Beine mit seinem Knie weiter auseinander. Chiron stöhnte verhalten auf, als er in mir versank. Er verlor völlig die Beherrschung, wühlte in meinen Haaren und schob seine Hände fordernd unter meine Hüften.

Kurz darauf bescherte er mir die längsten Stunden in meinem Leben, genauso wie er es mir Tage zuvor versprochen hatte.

Danach war ich fix und fertig und wollte nur schlafen. Meine Stimme klang völlig heißer.

„Caer! Wach bleiben! Du kannst jetzt nicht pennen. Die Jungs kommen in einer halben Stunde."

„Verdammt! Lass mich zufrieden, ich bin müde. Sag ab und erfinde eine Ausrede. Erzähl ihnen ich habe Kopfschmerzen oder sonst was. Ich kann nicht einmal gerade ausgehen, mir tut alles weh."

„Was soll ich denn da sagen. Mein Rücken brennt wie Feuer und blutet. Schau dir das Laken an."

„Na, dann haben wir gut vorgearbeitet. Dir reicht es für die nächsten Wochen und ich habe meine Ruhe vor dir. Ich werde mich jetzt etwas zurechtmachen und mit nach unten kommen, denn ich habe was an alle zu verkünden."

Chiron verschlug es die Sprache und er schaute mich völlig verdutzt an.

„Chiron, ich danke dir für die letzten Stunden. Es war sinnlich, wunderschön und wirklich die längsten und intensivsten, wie du es mir versprochen hattest", gab ich von mir.

Seine Freunde erschienen auf die Minute genau, denn es klingelte an der Tür.

Chiron eilte voraus um zu öffnen. Ich folgte etwas später nach.

Gemeinsam nahmen wir die Küche in Beschlag.

„Na, Freunde der Liebe. Alles okay bei euch?", fragte Steven nach und grinste.

„Bis auf die üblichen Plessuren nach dem Sex, alles paletti", gab Chiron von sich.

Alles lachte.

Wütend schaute ich ihn an. Er konnte es einfach nicht lassen.

„Caer, wie geht es dir?"; wollte Cedrick wissen.

„Danke für die Nachfrage. Im Moment bestens und darauf stoßen wir jetzt an. Ich darf ja jetzt wieder."

Tom holte Schnapsgläser aus dem Schrank und stellte eine Flasche Klaren dazu.

„Schenkt schon mal ein, denn ich muss euch etwas sagen. Meine Schwangerschaft war ja nun ein Windei. Einerseits bin ich sehr froh, dass es so abgelaufen ist. Andererseits bedauere ich es für Chiron. Deshalb habe ich beschlossen, meine Zelte morgen hier für meine Reise in die Anderwelt abzubrechen. Mein erster Weg wird mich zu den Caves of Ceis Churainn führen um dort die erste Nachricht für die Artefakte zu erhalten. Es wird zwei Wochen dauern, dann komme ich zurück um alles anhand der Chroniken auszuarbeiten. Euch möchte ich herzlich für alles danken in dieser Zeit. Es war wirklich sehr rührend, wie ihr euch um mich gesorgt habt."

Chiron giftete mich mit Blicken an.

„Schön, dass ich das auf diese Art und Weise erfahre. Wann hast du das eigentlich entschieden, Caer? Bei dir muss man immer auf Überraschungen gefasst sein. Prost, Leute! Den Schnaps brauche ich jetzt wirklich. Ach und Caer, noch ein Wort an dich. Ich fühle mich extrem verarscht und benutzt von dir. Du weißt, was ich meine."

Ich schaute ihn an.

„Chiron, es tut mir leid, wenn du so empfindest. Es war nie meine Absicht, dich zu benutzen oder je zu verarschen wie du es gerade nennst. Entschieden habe ich diesen Aufbruch erst vor einigen Stunden. Je eher ich mit dieser Suche beginne, umso schneller endet die Geschichte. Es wird wohl besser sein, wenn ich die heutige Nacht bereits in meinem Cottage verbringe."

Betretenes Schweigen machte sich unter den Männern breit.

Steven räusperte sich.

„Caer, wir hatten vor etlichen Wochen für dich eine kleine Party vorbereitet. Sie sollte in vier Wochen stattfinden"

„Bevor du weiterredest, mache ich einen Vorschlag. In ungefähr zwei Wochen bin ich wieder hier um die Chroniken zu überarbeiten und würde mich über diese Party sehr freuen, außer Chiron sagt sie ab. Ach und es gibt noch eine Neuigkeit zu berichten. Seit Tagen habe ich eine neue Kraft dazubekommen", gab ich bekannt.

Vorsichtig begann ich die Schiene von meinem Finger zu entfernen.

Steven sprang auf.

„Verdammt, Caer. Was veranstaltest du schon wieder für einen Humbug."

„Bleib ruhig und schau genau hin", erklärte ich.

Nachdem die Schiene entfernt war, wickelte ich den Verband ab, der die genähte Wunde schützen sollte und hielt den Finger hoch, der erheblich geschwollen war. Ich schloss meine Augen und wünschte mir in Gedanken, dass er komplett geheilt werden sollte.

Der Effekt trat sofort ein.

„Na klar, Caer. Du kannst mir ja viel erzählen", gab Steven von sich.

Ich blickte in seine Richtung.

„Okay, wenn du mir nicht glaubst, zeige ich es dir jetzt anhand von Chirons Rücken."

Ich drehte mich um, forderte Chiron auf, sein Hemd auszuziehen und mir seinen Rücken zuzuwenden.

Widerwillig kam er meinem Wunsch nach.

„So ihr Ungläubigen, schaut genau hin."

Ich strich ein paar Mal mit meiner rechten Hand über den Rücken von Chiron und die Kratzspuren waren in sekundenschnelle verschwunden.

Alle schauten mich verdutzt an.

„Wenn du das kannst, dann müsstest du eigentlich auch andere Gegenstände wieder in ihren vorherigen Zustand versetzen können", wollte Steven wissen.

Ich nickte.

„Ja und deshalb musste ich mir keine all zu großen Gedanken, zwecks Scheinschwangerschaft machen. Ich hab sie einfach so verschwinden lassen."

„Caer, ich glaube dir das nicht. Beweise es uns."

Ich lachte und dann fiel mir der zerbrochene Spiegel oben in meinem Zimmer ein. Eine gute Gelegenheit für mich um zu sehen, ob es mir auch mit größeren Gegenständen möglich war.

„Okay, kommt mit", forderte ich alle auf und erhob mich.

Kurz darauf standen wir in meinem Raum. Am Boden lagen hunderte kleine Spiegelsplitter. Chiron hatte mit seiner Aktion ihn zu zerschlagen wirklich ganze Arbeit geleistet. Ich schloss meine Augen, hob beide Hände und dann konzentrierte ich mich vollkommen auf den leeren Rahmen, der früher einmal der Eingang zur verbotenen Anderwelt gewesen war.

Meine Handinnenflächen fühlten sich heiß an.

Ein leichtes Ziehen in den Fingerspitzen machte sich für Sekunden bemerkbar und dann hörte ich, wie sich die Spiegelsplitter nahtlos wieder einfügten. Vorsichtig öffnete ich meine Augen. Nach dieser Aktion war mir etwas schwindlig und leicht schlecht geworden.

Ein erstauntes Raunen ging durch die Männer.

„Glaubt ihr mir jetzt? Ich muss mich allerdings nach dieser Vorführung setzen. Hat mich doch mehr Kraft gekostet, als beabsichtigt, da ich noch etwas ungeübt bin. Ihr findet mich dann unten. Ach und Chiron, ich hoffe du zerstörst ihn nicht wieder. So könnte ich nach meiner Rückkehr von Caves of Ceis Churainn in die Anderwelt verschwinden, ohne erst groß einen der anderen Spiegel aufzusuchen", warf ich in seine Richtung.

„Soll dass heißen Caer, du ziehst in Erwägung, doch hier zu nächtigen und nicht im Cottage?", fragte er.

„Wenn du es gerne so möchtest, dann ja Chiron. Ich bin dann mal unten, Kraft tanken und nachdenken", gab ich zurück und verschwand.

Meine Schritte lenkten mich erst in die Küche, wo ich mir die Schnapsflasche schnappte und in Richtung des Gartens verschwand. Ich brauchte jetzt frische Luft, Licht, Sonne und einen heftigen Schwips.

Aufseufzend legte ich mich auf eine der Liegen, nahm einen riesigen Schluck aus der Flasche und versank in meine Gedanken. Hoffentlich fand ich die Artefakte so schnell wie möglich. Ich sehnte mich dem Ende zu, egal wie es ausging.

Mein Potential an Kraft und Stärke war erschöpft.

Während ich so vor mich hinsinnierte, haute ich mir wie in Trance die Birne mit dem Schnaps zu, war innerhalb von Minuten besoffen und schlief ein.

Cedrick fand zuerst die Sprache wieder.

„Wahnsinn! Sicher hat es einen Grund warum Caer diese zusätzliche Kraft erhalten hat."

„Was mich beunruhigt ist, dass sie vorhin so kraftlos wirkte, als wenn jemand ihre Energie abzieht. Ich habe das Gefühl hier stimmt etwa nicht. Chiron aus welcher

Substanz besteht die Oberfläche des Spiegels?" wollte Steven wissen.

„Soviel ich weiß aus Glas, das mit Silber überzogen wurde. Ich kann mich noch sehr gut erinnern, dass mein Versuch ihn als Werwolf zu durchschreiten, in der Vergangenheit mich fast das Leben gekostet hätte. Nur Caer konnte in betreten um in die Anderwelt zu gelangen. Meinst du etwa...!"

Steven nickte und unterbrach ihn.

„Ja, genau das! Caer ist durch ihren Tod in einer Art Zwischenwelt gefangen und somit extrem anfällig. Wir müssen unbedingt versuchen, irgendwie den Kontakt zu den Druiden herzustellen um herauszufinden, wie wir ihr helfen können. Sie ist sonst für immer verloren. Der Deal war eine miese Falle. Diese Moorhexe hat sie ausgetrickst und zieht ihr bewusst die Energie ab, um sie zu schwächen. Somit hat sie ein leichtes Spiel mit ihr."

Tom meldete sich zu Wort.

„Nein! Chiron hast du Caer jetzt endlich erklärt, was es mit ...*in Luna rea* ... auf sich hat? Vor Tagen hat sie mich angeknurrt wie ein Tier und ihre Augen nahmen Farbe und Züge von einem Raubtier an. Sie sagte, sie habe das Gefühl, dass irgendetwas aus ihrem Körper wollte. Falls sie den versilberten Spiegel betritt, wird sie sterben."

Chiron wurde kreidebleich im Gesicht.

„Wir müssen es jetzt Caer erklären. Vielleicht kann sie uns und sich helfen. Suchen wir sie", gab Tom von sich.

Caer war weder in der Bibliothek und schon gar nicht im Wintergarten zu finden.

Chiron stürmte in sein Schlafzimmer und auch hier fand er sie nicht vor.

Plötzlich ertönte Bens Stimme aus der Küche.

„Leute kommt mal her. Die halbvolle Schnapsflasche ist verschwunden. Unser Kätzchen scheint ziemlich durstig zu sein. Nur wo ist sie?"

„Hoffentlich ist sie nicht mit dem Auto unterwegs. Ich kann es ihr nicht verdenken, dass sie sich nach all dem Stress der letzten Tage, die Kanne gibt", meinte Tom.

„Werden wir nur erfahren, wenn wir nach ihrer Kiste schauen. Also alle raus", riet Horatio.

Gemeinsam eilten sie ins Freie.

Caers Auto stand im Hof, sie war nirgends zu sehen.

„Wo könnte sie sein?", fragte Ben.

Steven schlug sich vor die Stirn.

„Leute! Der Garten!", rief er und lief los.

Die Anderen folgten ihm.

Durch den extremen Alkoholkonsum, war Caer so besoffen, dass sie nicht einmal merkte, wie sie von der Liege fiel.

Aus weiter Ferne vernahm sie einige Stimmen.

Irgendjemand schüttelte sie heftig, schrie sie an und hob sie hoch.

Horatio fand Caer zuerst.

„Auweia, unser Kätzchen ist wohl hackedicht", meinte er und hob die leere Schnapsflasche auf.

Chiron eilte auf sie zu und rief ihren Namen. Als sie sich nicht rührte, schüttelte er sie und hob sie hoch.

„Verflucht noch einmal! Caer, musste das wieder sein? Mein Gott stinkst du! Man könnte meinen, du hast in einer dieser Abfüllanlagen für Schnaps gebadet."

Steven fühlte ihren Puls und die Stirn.

„Bringen wir sie ins Haus und zum Erbrechen. Sieht so aus, als wenn sie zu lange in der Sonne gelegen hat. Sie glüht und ich habe den Verdacht auf eine leichte Alkoholvergiftung. Wird wohl für die nächsten Tage nichts daraus, dass sie zu ihrer Expedition aufbricht", erklärte er.

Chiron beeilte sich mit Caer ins Bad zu kommen. Er hielt ihren Kopf über die Toilette und steckte ihr seinen Finger in den Hals. Würgend übergab sie sich. Chiron vollführte die Prozedur noch ein paar Mal, bis der komplette Alkohol aus ihrem Magen war.

„Am Besten ist, du bringst sie nach oben und bleibst bei ihr. Ich komme nach und bringe ihr Alka-Seltzer und jede Menge Wasser. Sie wird morgen dann nicht so extremes Kopfweh haben. Chiron, du bist nicht zu beneiden. Dieses Weib ist er Teufel", verkündete er und der Rest der Bande brach in Gelächter aus.

Chiron brachte Caer nach oben, legte sie mehr als vorsichtig in seinem Bett ab und deckte sie zu.

Kurze Zeit später erschien Steven.

„Da hast du dir ja ein schönes Früchtchen angelacht, Chiron. Wie hältst du das nur mit ihr aus. Ein echter Stressbolzen, die jeden Tag eine andere Überraschung auf Lager hat", gab er von sich.

„Eben deshalb verschwinde ich immer für einige Tage im Dorf um dort die Ruhe zu genießen. Trotzdem liebe ich Caer über alles, egal wie sie ist. Ich hoffe, dass sie in die Welt der Lebenden zurückkehren kann."

Steven klopfte ihm auf die Schulter

„Wird schon werden, Chiron. Ich geh jetzt nach unten und erstatte den anderen Bericht. Bis morgen Mittag ihr zwei. Caer wird ihren Rausch ausschlafen und dir rate ich auch etwas zu ruhen."

Chiron nickte, verabschiedete Steven und legte sich zu Caer ins Bett. Schützend legte er seine Arme um sie.

Mein erster Gedanke beim Aufwachen war, *nicht schon wieder*. Mir war kotzübel und mein Schädel dröhnte wie schon so oft nach reichlich Alkoholkonsum. Wo war ich überhaupt?

Langsam blickte ich mich um.

Chirons Schlafzimmer.

Ich erhob mich und sofort befand sich mein Kreislauf im Ausnahmezustand. So schnell ich konnte, rannte ich die Treppe nach unten in die Toilette und übergab mich dauerhaft. Es war so schlimm, dass ich nicht aufstehen konnte, auf allen Vieren in die Bibliothek kroch und mich auf die Couch verzog.

Stunden später weckte mich Steven.

„Caer? Hey, wie geht es dir? Das Alka-Seltzer scheint nicht viel geholfen zu habe. Mein Gott, du warst völlig hacke. Nein, du bist noch völlig dicht. Kannst du dich nicht einmal beherrschen?"

„Brüll nicht so laut! Mein Kopf! Hört endlich alle auf, mich belehren zu wollen. Wann ich mich besaufe, dass entscheide ich noch selbst. Außerdem benötige ich kein Kindermädchen. Wie spät ist es?"

„Anscheinend doch, Caer. Hätte Chiron dich gestern auf anraten von mir, nicht zum Erbrechen gebracht, so würdest du jetzt mit einer Alkoholvergiftung im Krankenhaus liegen. Ich koche dir jetzt einen Tee und sag Chiron Bescheid, dass du dich hier befindest. Er sucht dich bereits verzweifelt. Er hat in einer gewissen Weise Recht, dass du mehr als stressig bist und einen extrem auf Trapp hältst. Schlaf noch eine Runde und dann geht es dir sicherlich besser. Ich stelle dir einige

Wasserflaschen in den Kühlschrank. Es ist kurz nach Mittag, falls es dich interessiert."

Ich nickte und machte mir Gedanken über das, was mir Steven gerade gesagt hatte. Chiron fand mich also stressig. Gut zu wissen, denn dem konnte abgeholfen werden. Aufstöhnend legte ich mich zurück und war nach wenigen Sekunden wieder eingeschlafen.

Gegen Abend erwachte ich und hatte schrecklichen Durst. Ich quälte mich hoch und lief in die Küche, um mir eine Flasche Wasser zu holen. Im Kühlschrank fand ich das Gewünschte hinter den Schnapsflaschen. Ich musste alles zur Seite räumen, um an das Getränk zu kommen. Plötzlich wurde ich herumgerissen und schrie erschrocken auf. Chiron stand wütend vor mir.

„Caer! Mir reicht es jetzt! Nicht schon wieder! Hör zu Saufen auf!", bekam ich zu hören.

Er schien die Situation völlig verkannt zu haben und ich versuchte mich zu erklären.

„Chiron, ich wollte doch nur........."

Weiter kam ich nicht.

„Halt den Mund! Ich hatte dich gewarnt und werde dir jetzt eine Lehre erteilen. Du kommst jetzt mit und in ein paar Stunden, werde ich dich wieder holen."

Wütend zerrte er mich Richtung Kellergewölbe. Ich ahnte, was nun kam. Als ich mich verzweifelt wehrte, warf er mich einfach, wie schon einmal, über seine Schultern. Wortlos ließ ich es geschehen, denn mir war immer noch übel und er hatte einfach zuviel Kraft. Chiron brachte mich in das letzte Verlies und setzte mich da ab. Ich bekam Panik, denn ich hasste diesen Keller, wie die Pest.

„Chiron! Bitte tu es nicht! Nein!", flehte ich ihn an. Vergebens.

„Bis später!", bekam ich zur Antwort und dann fiel das Gitter ins Schloss.

Ich schrie mir fast die Seele aus dem Leib und dachte vor Angst wahnsinnig zu werden.

Szenen der Vergangenheit zogen an mir vorbei.

Warum machte er das?

Verzweifelt versuchte ich das Schloss zu sprengen. Es gelang mir nicht. Hier unten versagten meine Kräfte. Irgendwann gab ich auf, sackte in die Knie und dann klinkte sich etwas in meinem Kopf aus.

Chiron betrat am nächsten Morgen die Küche in dem Augenblick, als seine Freunde wieder erschienen. Es klingelte, er öffnete die Tür und bat sie in die Küche auf einen Kaffee.

Nach über zwei Stunden, fragte Steven nach, wo denn Caer sei und wie sie sich fühlte.

Chiron gab zum Besten wo sich Caer befand und aus welchem Grund.

Seine Kumpels waren entsetzt.

„Spinnst du jetzt völlig, Chiron? Du weißt doch, dass Caer höllische Angst vor diesem Kellergewölbe hat, gerade nachts. Musste das denn sein? Hast du ihr wenigstens Licht und eine warme Decke dagelassen?", fragte Tom nach.

„Nein! Strafe muss sein! Vielleicht hört sie jetzt mit dieser verdammten Sauferei auf! Der Zweck heiligt die Mittel", gab er von sich.

„Oder auch nicht, Chiron", antwortete Steven.

Er stand auf, eilte zum Kühlschrank und nahm einige der Wasserflaschen heraus. Wütend knallte er sie auf den Tisch.

„Hier! Diese Flaschen wollte Caer holen und nicht den Schnaps. Ich hatte sie gestern extra dort gelagert und sie wusste davon. Chiron, du bist und bleibst ein Idiot! Sie hatte nie die Absicht Alkohol zu trinken."

Chiron wurde blass, drehte sich auf dem Absatz um und eilte ins Verlies. Seine Freunde folgten ihm und Tom knipste die Beleuchtung an.

Caer saß zusammengekauert, wimmernd und zitternd in einer Ecke, war nicht ansprechbar und stierte vor sich hin.

„Verdammt, Chiron! Das hast du wieder einmal super hinbekommen! Caer hat sicher einen Schock. Bewege deinen Hintern und bring sie nach oben, du hirnloser Trottel!", schrie Steven ihn an.

Als Chiron auf Caer zueilte um sie hochzuheben, kam Bewegung in sie.

Kaum traf ihr Blick auf Chiron, knurrte, fauchte und schlug sie um sich, wie ein Raubtier.

Er hatte keine Chance an sie zu kommen und nun sahen es auch seine Kumpels. Caers Augen hatten sich verändert. Respektvoll und sichtlich entsetzt, wichen sie zurück.

Bis auf Tom. Er versuchte sein Glück, schritt auf sie mit beruhigenden Worten zu und ihm gelang es, sie ohne Probleme hochzuheben.

Caer klammerte sich mehr als verzweifelt an ihm fest, immer mit Blick auf Chiron. Tom eilte mit ihr nach oben und die anderen folgten. Er brachte Caer in die Bibliothek, legte sie auf die Couch und deckte sie zu. Als sie Chiron im Hintergrund erblickte, fing sie an zu toben und ließ sich nicht beruhigen. Steven machte kurzen Prozess, zog eine Spritze auf und verabreichte ihr damit ein Beruhigungsmittel, dass Caer sofort ins Reich der Träume schickte.

„Toll hat du das hinbekommen, Chiron! Chapeau! Du bist der größte Trottel, den ich kenne! Ich denke mir, ab heute hast du bei Caer komplett verkackt!", brüllte er und scheuchte alle in die Küche.

Die Tür zur Bibliothek, ließ er offen.

„Und nun?", fragte Chiron.

„Nichts und nun. Lassen wir sie erstmal schlafen und morgen sehen wir weiter. Bete zu Gott, dass sie sich von diesem Schrecken erholt. Zumindest wissen wir jetzt, was mit ihr los ist. Sie scheint sich verwandeln zu wollen. Wir müssen das unbedingt verhindern. Ich bleibe heute hier und nächtige in einem der Sessel, falls Caer Hilfe benötigt", erklärte er Chiron.

Dieser nickte.

„Okay, ich werde dann im Arbeitszimmer schlafen, denn ich bin hier wohl nicht erwünscht!"

„Heute zumindest nicht, Chiron", gab Steven zurück.

Der Tag zog sich wie ein Gummiband, aber verlief ohne weitere Probleme.

Caer schlief seit Stunden und Chiron hatte sich nach nebenan verzogen, um seine geschäftlichen Dinge zu ordnen.

Der Abend nahte.

Caer war immer noch nicht ansprechbar und Chiron machte sich die schlimmsten Vorwürfe

Nach Stunden löste sich die Gruppe auf.

Seine Freunde wünschten eine gute Nacht und wollten am nächsten Tag wieder vor Ort sein.

Ein neuer Tag brach an.

Ich wachte auf und wunderte mich, dass ich mich in der Bibliothek befand.

Langsam kam meine Erinnerung an den gestrigen Tag zurück und ich stöhnte laut auf. Was hatte Chiron sich nur dabei gedacht, als er mich nach unten verbrachte. Während ich noch überlegte, bemerkte ich in einem der Sessel eine Bewegung. Erschrocken sah ich hoch und erblickte Steven, der mich anlächelte.

„Guten Morgen, Caer. Wie geht es dir?"

„Hallo, Steven. Ganz ehrlich? Beschissen ist geprahlt. Wer von euch, hat mich aus dem Gewölbe geholt? Ich habe teilweise einen Filmriss."

Steven klärte mich auf, was gestern vorgefallen war. Er stand auf und versprach mir ein deftiges Frühstück zu bereiten.

„Danke. Mir wäre ein blutiges Steak jetzt angenehm, um meine Gier etwas zu stillen. Ich verzieh mich jetzt schnell ins Bad unter die Dusche, um etwas klarer zu werden.", gab ich von mir und musste lachen, als ich Stevens entsetztes Gesicht sah.

„Caer, alles gut bei dir?", hakte er nach.

„Entspanne dich, Steven. War nur ein kleiner Scherz am Rande von mir. Bitte jede Menge Kaffee für mich. Bis gleich."

Er nickte.

Komischerweise verschwendete ich an Chiron keinen Gedanken. Der gestrige Tag hatte irgendetwas in mir ausgelöst und ich wollte noch heute von hier abhauen. Keine Übergriffe von Seiten Chirons wollte ich mehr dulden. Nach dem Frühstück würde ich die Zelte hier abbrechen, denn ich konnte nicht mehr. Mein Budget an Kraft war schon lange verbraucht.

Erfrischt stieg ich aus der Dusche, trocknete mich ab, zog den Bademantel über und eilte in die Küche.

Steven hatte den Tisch reichlich gedeckt.

„Danke, sieht ja lecker aus. Wo ist denn der Rest der Bande?", hakte ich nach.

Steven schaute auf die Uhr.

„Die werden gleich hier aufschlagen", gab er lachend von sich.

Ich grinste und schon klingelte es an der Tür.

Steven eilte in die Halle um zu öffnen, als im gleichen Moment Chiron in der Küche erschien. Die Tasse, die ich mir gerade mit Kaffee befüllte, fiel mir vor Schreck aus der Hand.

Während diese am Boden zerschellte, fing ich an zu Schreien, hyperventilierte und hob abwehrend meine Hände.

Im Hintergrund sah ich Steven und den Rest der Jungs auf mich zueilen und dann kippte ich vom Stuhl.

Chiron erschrak, als Caer anfing, aus heiterem Himmel wie eine Irre zu brüllen und dann auch noch vom Stuhl kippte. Hinter ihm tauchten seine Freunde auf und Steven schob ihn bestimmend zur Seite. Er hob Caer hoch und verbrachte sie zurück auf die Couch in der Bibliothek. Besorgt fühlte er ihren Puls und ihre Stirn, um dann ein Ergebnis abzugeben.

„Verdammt! Leute, Caers Puls rast wie verrückt. Mein Gott Chiron, du hast wirklich volle Arbeit geleistet! Lassen wir sie jetzt schlafen", gab er von sich und verschwand in die Küche.

Chiron setzte sich kreidebleich auf einen der Stühle und wandte sich an Steven.

„Was kann ich tun? Wie kann ich helfen? Es tut mir so leid, was ich da ausgelöst habe."

„Im Moment kannst du nichts tun. Dies alles hättest du vermeiden können, mit deiner bescheuerten Aktion von gestern. Nächstes Mal schalte einfach dein Gehirn ein. Vor allen Dingen, kapier es endlich und reduziere Caer nicht nur auf eine Sexebene. Chiron, mal ganz ehrlich, du hast sie überhaupt nicht verdient. Halte dich die nächste Zeit von ihr fern, es ist besser so. Warten wir, bis sie wieder aufwacht und hören wir uns an, was sie zu sagen hat. Wir benötigen sie noch, damit sie das Gleichgewicht wieder herstellt. Nur sie kann das bewerkstelligen und kein anderer. Ich habe das Gefühl, sie wird ihre Zelte hier abbrechen. Kein Mensch hält so eine nervliche Belastung auf die Dauer aus", erklärte er.

Alle nickten, bis auf Chiron und der gab mal wieder einen seiner dämlichen Sprüche zum Besten.

„Caer ist kein Mensch! Im Augenblick ist sie mehr ein Schattenwesen und sie hält das schon aus"; meinte er an alle gewandt.

„Halt doch endlich einmal dein blödes Mundwerk. Du schnallst es einfach nicht", gab Tom zurück.

„Du hast Recht, Chiron! Im Moment mag ich für dich ein Schattenwesen sein, aber ihr braucht mich für die Schließung der Welten. Vergiß das nicht. Außerdem wird das Schattenwesen in Zukunft für Sexspiele in keinster Weise mehr zur Verfügung stehen. Chiron, du hast es entgültig versaut."

Alle Köpfe flogen ruckartig in meine Richtung.

„Wie langes stehst du schon hier?", fragte Tom nach.

„Eure Unterhaltung konnte ich eine zeitlang verfolgen. Laut genug war sie und weckte mich. Deine Aktion von gestern, Chiron, hat irgendetwas in mir ausgelöst. Ich bin wohl erwacht und habe meine rosarote Brille in Bezug auf dich verloren. Ist wohl auch besser so. Danke Jungs, dass ihr euch für mich so einsetzt. Ihr habt es erfasst. Ich werde meine Zelte hier im Laufe dieser Woche abbrechen und in mein Cottage verschwinden. Von dort werde ich alles soweit steuern, denn meinem Schicksal kann ich keinesfalls entgehen. Manannan wird mir dabei helfen und ich werde auch wieder menschlich, laut seinen Aussagen. Chiron und du wage es nur nicht, mich aufzuhalten.

Manannan hat von mir die ausdrückliche Order bekommen, nach Schließung der Welten, die Kinder an dich zu geben. Nimm sie mit in dein Dorf zu deiner Frau oder wem auch immer und zieht sie beide groß. Für mich existiert das alles nicht mehr und ich denke, es ist auch gut so. Trotzdem danke ich dir, für die schöne Zeit, Chiron. So, jetzt werde ich nach dem Schock von vorhin, etwas Essbares zu mir nehmen. Ich habe extremen Heißhunger", gab ich von mir und setzte mich.

„Erstaunlich Caer, wie du das alles wegsteckst. Hut ab", erklärte Steven.

„Nein, tu ich nicht! Alles nur Tarnung, Steven. In mir sieht es völlig anders aus und ich habe Mühe, mich völlig unter Kontrolle zu halten. Ich möchte im Moment nur Schreien und alles um mich Zerstören. Da ich meiner Kräfte bewusst bin, versuche ich es zu beherrschen und noch funktioniert es, außer gestern. Das Schloss im Kellergewölbe zu sprengen, wurde mir verwehrt", erwiderte ich.

Mein Blick traf auf Chiron, der mich intensiv musterte.

„Caer, können wir noch einmal in Ruhe miteinander reden?", fragte er.

„Nein, Chiron! Ich habe dir meinen Standpunkt klar und deutlich, vorhin erläutert. Wir zerreden alles nur noch, wie immer. Lass mich in Ruhe und reize mich nicht. Ich weiß nicht, ob und wie lange ich meine Wut kompensieren kann, damit ich dich nicht ernsthaft verletze. Bitte! Zu deinem Eigenschutz, gebe ich dir eine letzte Information. Ich habe dir verziehen und es ist alles gut. Wir beide werden wirklich nur noch das Nötigste miteinander bereden. Du bist mich bald los. Honoriere es einfach", bat ich ihn.

„Ich möchte nicht, dass du für immer gehst"; konterte er.

Stöhnend schaute ich in seine Richtung.

„Chiron, hör auf damit, ich bitte dich!", warf ich ihm entgegen, brach in Tränen aus und erhob mich, um in die Bibliothek zu verschwinden.

Heulend setzte ich mich in einen der Sessel.

Kurze Zeit später klopfte es verhalten an der Tür.

„Ja!", rief ich und Steven erschien.

„Geht es dir gut?", fragte er nach und ich nickte.

Er kam auf mich zu, zog mich hoch und umarmte mich, was meinen Tränenfluss wieder förderte.

„Lass es raus, Caer. Es wird dir etwas helfen. Nimm das Angebot von Chiron an und sprich mit ihm. Es ist besser, wenn die Fronten komplett geklärt werden, auch wenn es schwer fällt. Chiron ist genauso fertig wie du und gibt sich gerade die Kante mit Schnaps", gab er zum Besten.

„Steven, im Moment kann ich unmöglich über meinen eigenen Schatten springen, auch wenn ich wollte. Ich habe wirklich Angst, Chiron ernsthaft in meiner Wut zu verletzen", erklärte ich.

„Bis jetzt hast du es nicht getan und du wirst es auch in der Zukunft nicht tun. Also sprich bitte mit ihm", bat er mich.

Schniefend löste ich mich aus der Umarmung, eilte in die Küche und sah, wie Chiron gerade nach der Schnapsflasche griff. Ich riss ihm diese aus der Hand, schüttete den Inhalt in den Ausguss der Spüle, während er wütend aufsprang und auf mich zueilte. Brutal riss er mich herum und unsere Blicke trafen sich.

„Caer! Bist du komplett durchgeknallt! Was soll das?", schrie er mich an und seine Finger verkrallten sich in meine Schultern.

Ich stöhnte schmerzhaft auf und ging fast in die Knie. „Autsch! Chiron, du wolltest doch mit mir reden und das geht nur in nüchternem Zustand. Würdest du mich bitte nicht so brutal anfassen. Du tust mir mehr als einmal, unheimlich weh", gab ich zur Antwort und er lockerte daraufhin seinen Griff.

Erleichtert rieb ich stöhnend meine Schultern.

Steven hatte das Schauspiel beobachtet und nickte mir zu.

„Wo möchtet du mit mir reden", fragte mich Chiron und ich überließ es ihm.

Er ergriff meine Hand und zog mich sanft in Richtung Treppe. Ich stockte und weigerte mich.

„Caer, du verstehst die Situation falsch. Ich werde dir auf keinen Fall etwas tun. Nicht ohne deinem Willen. Nun komm", forderte er mich auf.

Meine Augen suchten den Blick zu Steven und dieser nickte erneut.

„Wenn etwas ist Caer, ich bin zur Stelle. Nun geh mit nach oben und klärt endlich alles", gab er den Rat.

„Gut Chiron, lass uns gehen."

Im gleichen Augenblick, wurde mir bewusst, dass ich wieder verloren hatte, Chiron ausgeliefert war und mit ihm erneut im Bett landen würde. Ich kannte ihn und mich gut genug und wusste, dass er alles versuchte, um es umzusetzen.

Schon standen wir in seinem Raum und er forderte mich zum Setzen auf. Ich nahm am äußersten Winkel seiner Couch Platz, was ihn zu einem frechen Grinsen veranlasste.

„So extrem auf Abstand, Caer?", hakte er nach.

„Besser als auf Tuchfühlung!", konterte ich zurück.

„Touché, Caer", antwortete er.

Ich stand auf.

„Willst du dich mit mir verbal duellieren, oder reden. Was ist?", fragte ich ihn.

„Bleib ruhig. Ich wollte wissen, ob es wirklich so mit uns enden muss? Gibt es keine andere Lösung?"

„Mir fällt leider keine ein. Tut mir leid. Selbst wenn es eine gäbe, wollte ich es nicht mehr. Gestern ist etwas in mir zerbrochen, was nicht mehr zu kitten ist. War es das jetzt oder hast du noch mehr Fragen?"

Chiron kam auf mich zu, blickte mir in die Augen, bis ich wieder regelrecht mit seinen verschmolz und lotste mich langsam rückwärts in Richtung Bett.

Ich hatte es geahnt und schrie innerlich auf.

Nun lag es wieder an mir, ob ich es geschehen lassen würde oder nicht. Ich schloss meine Augen, senkte meinen Kopf und Chiron hob mit seinem Zeigefinger mein Kinn nach oben. Ich schluckte und schon spürte ich seine Lippen auf meinen. Mein Blutdruck schnellte innerhalb von Sekunden in die Höhe, als ich den unverkennbaren Duft seines Rasierwassers roch und mein Herz pochte wie verrückt.

„Bitte nicht, Chiron", flüsterte ich.

„Zu spät, Caer. Lass es einfach geschehen, denn ich liebe dich", gab er zurück.

So kam es wieder einmal so, wie es kommen musste.

Heulend und über mich selbst wütend, zog ich mich danach an und verschwand nach unten.

Stevens fragenden Blick ignorierte ich, rannte in die Küche, schnappte mir eine Flasche Schnaps und eilte in die Bibliothek, wo ich die Tür ins Schloss warf, dass sie in den Angeln erzitterte.

Chiron kleidete sich ebenfalls an und war über Caers Reaktion danach, mehr als entsetzt. Er musste sofort mit ihr reden, um zu erfahren, ob er etwas gegen ihren Willen getan hatte. In seinen Gefühlen mehr als hin und her gerissen, eilte er nach unten und traf in der Küche auf Steven, der ihn fragend anblickte.

„Chiron, was ist passiert? Caer ist vor einigen Minuten völlig aufgelöst an mir vorbeigerauscht, hat sich aus dem Kühlschrank eine volle Flasche Schnaps gekrallt und ist abgeschwirrt. Habt ihr etwa wieder...."

„Ja! Steven wir haben wieder miteinander geschlafen. Jedoch mit beiderseitigem Einverständnis. Ich habe sie zu nichts gezwungen. Danach brach Caer in Tränen aus und verschwand. Ist sie in der Bibliothek? Falls ja, muss ich verhindern, dass sie sich wieder besäuft. Ich bin gleich zurück", erklärte er und verschwand.

Völlig außer mir über meine Inkonsequenz, war ich gerade dabei, mir die Schnapsflasche einzuverleiben, als es an meiner Tür klopfte, diese aufgerissen wurde und Chiron hereinstürmte.

„Nicht schon wieder Caer! Lass es einfach!"; brüllte er mich an und eilte auf mich zu.

Ich lachte und stand auf.

„Was willst du? Verschwinde, denn ich bin extrem wütend. Wütend über mich, dass ich mich dir erneut hingegeben habe und das auch noch freiwillig! Und extrem wütend auf dich, dass du es ausgenutzt hast! Verdammt!", schrie ich und warf die Flasche nach ihm.

Diese verfehlte nur knapp seinen Kopf und flog in die Halle, wo sie zersplitterte.

„Holla, die Waldfee", hörte ich Chiron ruhig sagen.

Erschrocken über diesen unkontrollierten Ausbruch von mir, schlug ich die Hände vor mein Gesicht und schrie wie am Spieß. Ich konnte nicht mehr.

Inzwischen war Chiron auf mich zugeeilt, zog mich an sich und legte seine Arme schützend um mich.

Aus dem Hintergrund hörte ich Steven.

„Chiron, bring Caer in die Küche. Sie hat sich jetzt auf diesen Schreck hin ein Gläschen Schnaps verdient, zur Beruhigung. Das sage ich als Arzt", gab er von sich.

Chiron hob mich hoch, trug mich in die Küche und setzte mich wieder einmal auf einen der Stühle ab.

„Trink", hörte ich Steven mich ansprechen, während er mir ein Gläschen Pflaumenschnaps reichte.

Ich schüttelte den Kopf und gab wohl das idiotischste Statement des Jahrhunderts ab.

Ich schaute beide Kerle an.

„So macht das aber keinen Spaß. Erstens ist es nicht verpackt und somit gar keine Überraschung für mich. Zweitens hab ich keinen Hunger, sprich Pflaume. Drittens ist das Spielzeug eh kaputt. Es liegt in der Halle", gab ich trocken von mir.

Steven und Chiron blickten sich kurz an, grinsten und brachen dann in schallendes Gelächter aus.

„Idioten!", blaffte ich, was beide noch mehr zum Lachen anreizte und dann musste ich selbst grinsen.

„Caer ist wieder zurück und den Schnaps hab ich mir jetzt verdient", gab Steven von sich und trank ihn aus.

„Ja! Caer is back und sie geht jetzt duschen. Bis später und du Steven trommle die Jungs zusammen. Ich lade euch alle heute Abend in unser Pub ein. Wir treffen uns gegen zwanzig Uhr. Was ist mit dir Chiron? Kommst du mit duschen?", hakte ich nach und er wurde tatsächlich knallrot im Gesicht.

Steven grinste, verabschiedete sich und setzte dem ganzen noch die Krone auf.

„Auf, auf Chiron. Sei zärtlich zu unserem Kätzchen und bestrafe es nicht zu arg, wir brauchen sie noch", gab er seinen Senf dazu.

„Verschwinde", antwortete Chiron lachend und folgte mir ins Bad.

Er stellte das Radio mit meinem Lieblingskanal ein.

Bevor ich unter der Dusche verschwand, zog mich Chiron zu sich und blickte mich erneut mit seinen blauen, unwiderstehlichen Augen an. Ich seufzte auf, schloss meine und genoss es, wie er meine Konturen im Gesicht nachzog. Im gleichen Moment erklang im Radio *Careless Whisper* und ich verlor jede Kontrolle über mich. Chiron nutzte die Gelegenheit, um mich ganz langsam rückwärts in die Dusche zu bugsieren. Er drehte die Brause auf und schon war ich in wenigen Sekunden völlig nass. Ein leichter Schauer durchzog meinen Körper. Ich genoss kurze Zeit später wie er mit meinem Körper spielte und konnte nicht genug bekommen. Aufstöhnend klammerte ich mich an seine Arme und erlebte für den Moment mehr Höhen als Tiefen. Als Chiron dieses Spiel endlich beendete, war ich fix und fertig. Behutsam hob er mich hoch und trug mich nach oben in sein Schlafzimmer, wo sich das Spiel noch einmal wiederholte.

„Willst du immer noch zurück ins Cottage oder bleibst du noch bis zum Ball an meiner Seite", fragte er.

Schön hatte er mich wieder überrumpelt. Nach einer kurzen Bedenkzeit, versprach ich ihm bis zu diesem Termin zu bleiben. Freudestrahlend umarmte er mich.

Eine Stunde später machten wir uns auf den Weg ins Dorf um uns mit den Jungs im Pub zu treffen.

Der Abend wurde recht lustig und Steven fragte so nebenbei, ob Chiron, das Kätzchen auch mit samtigen Handschuhen angefasst hatte. Ich nickte und genoss, während seine Kumpels um eine Erklärung baten.

Chiron kam in Erklärungsnot und stotterte vor sich hin. Steven ließ ihn eine zeitlang zappeln und klärte die Situation dann auf. Seine Kumpels lachten sich über die Stammelei von Chiron kaputt und grinsten mich dauerhaft an.

Ein Bier nach dem anderen floss und nach dem zweiten Glas, warf ich das Handtuch freiwillig. Ich war wieder einmal völlig hacke, mir war speiübel und ich freute mich bereits auf morgen früh. Irgendwann war ich nicht mehr ansprechbar und rutschte mehrmals vom Barhocker. Chiron machte kurzen Prozess, warf mich über die Schulter, setzte mich ins Auto und fuhr mit mir nachhause.

Lachend trug er mich nach oben, zog mich aus, legte mich in sein Bett und deckte mich zu. Kurz darauf war ich im Land der Träume versunken.

Am nächsten Morgen blieb mir der Gang nach zuviel Alkoholgenuss komischerweise erspart. Ich zog mich an und eilte in die Küche, um mir eine Tablette für meine Kopfschmerzen zu holen. Die Meute hatte sich wie immer zum Frühstück versammelt und ich wurde herzlich begrüßt.

„Na Süße, alles okay? Kein Sprintgang heute?", wurde ich gefragt.

„Nein, heute nicht. Nur leichte Kopfschmerzen", gab ich zurück und setzte mich.

„Wahnsinn, was ein paar Vitaminschübe am Vortag so alles bewirken", kam es von Chirons Seite.

Ich verschluckte mich heftig an meinem Kaffee und giftete Chiron mit Blicken an, der darauf dreckig vor sich hingrinste.

„Verdammt Chiron! Nicht wieder diese alte Leier!"

„Nun lass unser Kätzchen endlich zufrieden, Chiron", mischte sich Cedrick ein und lachte.

Wortlos stand ich auf, griff mir eine Wasserflasche und machte mich auf den Weg in den Garten. Mir war nicht nach blöden Sprüchen, aus welchem Grund auch immer.

Genervt setzte ich mich in einen der Gartenstühle, stellte ihn in Liegeposition und dann genoss ich die Sonne.

Kurze Zeit später räusperte sich jemand hinter mir und setzte mir einen Strohhut auf.

Ich schrak hoch und blickte in Stevens Gesicht.

„Nur gut gemeint, Caer. Nicht das du wieder einen Sonnenstich bekommst. Ich will dich auch in keiner Weise bevormunden", teilte er mir mit.

„Danke, Steven. Alles gut", gab ich zurück.

„Darf ich mich zu dir gesellen", fragte er nach.

„Aber nur, wenn keine blöden Sprüche kommen. Ich kann die heute irgendwie nicht ertragen", antwortete ich.

Steven nickte, stellte einen Gartenstuhl neben mich und setzte sich ebenfalls.

Gemeinsam genossen wir die Stille und irgendwann war ich wieder einmal eingepennt.

Steven grinste, als Caer leise vor sich hinschnarchte, stand auf und eilte ins Haus zurück.

„Wo ist denn Caer?", fragte Tom nach.

„Im Garten und schnarcht vor sich hin. Lasst sie bitte schlafen. Ich denke sie braucht das im Moment und

ich habe ihr vorsorglich einen Strohhut aufgesetzt",
gab er grinsend weiter.
„Leute was haltet ihr heute von einem Grillabend?",
kam es von Cedrick.
„Gute Idee. Grillgut ist reichlich vorhanden und das
Wetter passt", ergänzte Chiron.
Alle waren sich einig. Caer würde sich sicher freuen,
wenn sie damit überrascht wurde.
Gemeinsam bereiteten Chiron und seine Freunde alles
vor.
Es war später Nachmittag, als die Männer alles für den
Abend aufbauten. Immer bemüht, dass sie Caer nicht
aufweckten, denn sie schlief immer noch.
Steven hatte ein paar Mal ihre Stirn berührt, um völlig
auszuschließen, dass sie einen Sonnenstich bekam. Es
war alles im grünen Bereich. Offensichtlich war dieser
Schlaf wichtig für sie.

Der Geruch von gegrilltem Fleisch stieg mir in die
Nase und mein Magen fing an zu knurren. Ich machte
eine ungünstige Bewegung und fiel mitsamt dem Stuhl
um. Schmerzerfüllt schrie ich auf und erwachte.
Zahlreiche Hände halfen mir hoch und dann erklang
Chirons Stimme neben mir.
„Bitte nicht schon wieder, Caer! Was machst du
laufend? Hast du dir etwas getan?"
Verwirrt schaute ich in die Runde.
„Nein, alles gut Jungs. Was riecht denn hier so lecker?
Ich habe Hunger", gab ich von mir und streckte mich.
„Das passt ja. Wir haben extra einen Grillabend für
dich ausgerichtet und dachten uns, du freust dich";
kam es von Cedrick´s Seite.
„Danke. Klar freu ich mich. Wie lange habe ich denn
eigentlich geschlafen", fragte ich nach.

„Fast auf die Minute neun Stunden am Stück und du hast ziemlich geschnarcht", gab Steven lachend an mich weiter.

„Ich schnarche nicht, Steven", gab ich grinsend von mir.

„Ohhhh doch, Caer. Du schnarchst fürchterlich. Ich kann das nur bestätigen"; mischte sich Chiron ein.

„Elender Verräter", gab ich von mir und warf ihm eines der Stuhlkissen entgegen.

Alle lachten.

Die nächsten Wochen verliefen recht ruhig und so konnte ich mich auf meine Abreise vorbereiten.

Chiron war ziemlich angesäuert, da ich ihn so gut ich konnte vom Leib und auf Abstand hielt.

Für die bevorstehende Party stellte ich mir eine spezielle Playlist meiner Interpreten zusammen. Ein oder zwei Lieder nutzte ich, um sie choreografisch zu perfektionieren.

Ich tänzelte wieder einmal durch die Vorhalle, wie schon so oft, wenn eines dieser Lieder erklang, als ich von Chiron gepackt wurde und er sich mit einbrachte.

Erstaunt fragte ich ihn nach dem Ende des eben gelaufenen Interpreten, warum er ausgerechnet extrem gut dazu tanzen konnte.

„Caer, ich habe dich öfters heimlich dabei beobachtet, wie du dich nach diesem Lied bewegt hast. Ich kann die Schritte inzwischen auswendig und weiß, dass es eines deiner Lieblingssongs ist.

„Chiron, ich freu mich schon riesig darauf. Der Abend gehört nur uns. Ich habe eine CD zusammengestellt von meinen Lieblingsinterpreten. Allerdings sind diese mit einigen ihrer ruhigeren Songs dabei.

Er lachte.

„Na, dann steht ja unserer Party nichts mehr im Wege."

Wenn ich allerdings im Vorfeld gewusst hätte, wie es an diesem Abend eskalierte, wäre ich nicht erschienen.

- Partytime -

Chiron ignorierte mich bereits den ganzen Abend und kümmerte sich hauptsächlich um diese rätselhafte Estelle.

Mangel an Tänzern hatte ich nicht. In der Vorhalle hatten sich bereits einige Herren eingefunden, fast alles Freunde von Chiron und sie waren von Pop, Hiphop bis Rock ziemlich sortiert. Ich bekam so gut, wie keine Pause.

Die Damen der dazugehörigen Herren, waren bereits pikiert und machten abfällige Bemerkungen über mich.

Ich dachte mir nur…..*blöde, langweilige Schnepfen.*

Chiron giftete ein paar Mal in meine Richtung und hatte mich beim letzten Gang, als ich mir ein Getränk holte, auch mehr als garstig angemacht.

Ich hatte nicht reagiert und das ärgerte ihn wohl am meisten.

Strengstens hatte er mir verboten mit McCarthy zu tanzen, da er einer seiner Erzfeinde aus vergangenen Zeiten war. Ich lachte nur und machte Chiron darauf aufmerksam, dass ich mir selbst ein Bild von ihm machen würde. Außerdem war dieser in weiblicher Begleitung erschienen, eben diese Estelle, die sich regelrecht um Chiron riss und sich ihm anbiederte. Ich beschwerte mich ja auch nicht darüber. Schließlich lebten wir nicht mehr im Mittelalter.

Jedenfalls hatte ich meinen Spaß, kam auf meine Kosten und konnte mich einmal richtig auspowern. Einige der Herren bekamen nicht genug von mir und wenn ich gewollt hätte, so wären sie sicher auch zu anderen Schandtaten bereit gewesen. Ich grinste in mich hinein.

„Jungs, Chiron hat gerade Konkurrenz bekommen. Die drei sind aus seiner Grafschaft und mindestens zwei von ihnen, haben schon einmal versucht Caers Gunst zu erhaschen. George und Sam, soviel ich mich erinnern kann. Ausgerechnet Devin McCarthy ist mit von der Partie. Ein absoluter Erzfeind von Chiron. Wird ein harter Kampf, wenn Caer sich auf Devin einlässt. Sam ist eher harmlos. George ist schwul oder bi. Gute Tänzer sind alle drei, dass muss ihnen der Neid lassen. Chiron muss ernsthaft aufpassen, dass er Caer nicht verliert. Devin kann vom Erscheinungsbild, locker mit Chiron konkurrieren. Im Moment hat er sich noch nicht demaskiert. Caer wird begeistert sein, wenn sie sein Gesicht in natura sieht. Ich werde mit beiden Kerlen reden. Chiron ist wieder einmal in seiner Ehre gekränkt und versaut sich wieder alles. Er provoziert Caer regelrecht mit dieser Estelle. Ich habe das Gefühl, zwischen den beiden lief mal etwas", erklärte Steven.

Horatio nickte.

„Du hast Recht, Steven. Schaut euch Devin an. Noch ein paar Tänzchen und Caer wird ihm verfallen. Er ist bekannt dafür, extrem gut führen zu können und auch sonst die Damen gut zu Händeln wissen. Die anderen Gruppen, sind Streetdancer aus dem Ort, die Caer beim letzten Einkauf angeheuert hat. Von denen geht keine Gefahr aus, da sie zur Auflockerung dienen und noch recht jung sind. Seht euch die langweilige Gesellschaft hier an. Alle Stöcke im Hintern, vor allem die Damen."

Chiron machte sich auf den Weg zur Bar und Steven folgte ihm.

„Chiron, du verlierst Caer, wenn du nicht bald mit ihr tanzt und sie ständig nur abweist. McCarthy ist bereits in Lauerstellung und hat mitbekommen, dass Caer und du wohl Stress haben. Was soll das und was bezweckst du damit. Was für eine Rolle spielt Estelle."

„Lass dich überraschen, Steven. Der Abend ist noch jung. Meine Stunde schlägt noch und dann wird sich zeigen, wem sie den Vorzug gibt. Nachdem sie mich wochenlang am ausgestreckten Arm verhungern ließ, werde ich ihr eine kleine Lektion erteilen. Ich gehe jetzt mit ihr tanzen und werde ihr ein paar gut gemeinte Worte ins Ohr flüstern. Eines ihrer Lieblingslieder, läuft gerade."

„Reize die Geduld von Caer nicht aus, Chiron. Sonst war es das für dich. Denk an deine Aktion mit dem Verlies. Unterschätze sie nicht, sonst wird sie eher dir eine Lektion erteilen."

Steven stand noch an der Bar, als Devin neben ihm auftauchte.

„Hallo, Steven lange nicht gesehen. Wie geht es dir?"

„Sehr gut, Devin. Das passt ja gerade, denn ich muss mit dir reden. Hast du heute vor Chiron sein Mädchen aus Rache auszuspannen? Wie stehst du zu Estelle? Ich habe dich mit ihr erscheinen sehen."

McCarthy grinste und wurde sofort wieder ernst.

„Chiron und ich sind zwar bittere Kontrahenten, aber ich werde nicht in seinem Hoheitsgewässer fischen. Auch ich besitze einen Ehrenkodex, den ich einhalten werde. Caer ist sehr inspirierend und für mich heute so etwas wie Zerstreuung. Ich hatte in letzter Zeit sehr viel Unannehmlichkeiten und bin froh, mich heute beim Tanzen auspowern zu können. Dies ist meine Art für Entspannung zu sorgen. Caer scheint es genau so zu gehen. Estelle ist in dieser Sache nicht gerade kooperativ, obwohl ich dachte, sie steht mir zur Seite. Ich kann dich also beruhigen und du kannst es so an Chiron weitergeben, falls dieser Bedenken hat. Allerdings kann ich nicht einschätzen, was Estelle heute bezweckt. Sie hatte ja schon immer ein Auge auf Chiron geworfen."

„Gut zu wissen. Ich danke dir für deine Auskunft und werde besonders auf Estelle achten. Devin, übrigens solltest du das auch so halten", gab Steven zurück.

McCarthy nickte.

Ich sah Chiron auf die Tanzfläche zueilen.

Er schnappte meinen Arm und zog mich eng an sich.

„Hallo, Caer! Tänzchen gefällig? Achte genau auf den Text des laufenden Liedes, er passt zu uns", flüsterte er mir ins Ohr.

Ich blickte ihn fragend an.

Sobald das Lied zu Ende war, ließ er mich einfach stehen und verschwand wieder zu Estelle.

Bevor ich reagieren konnte, stand McCarthy parat und bat um den nächsten Tanz.

Ich nickte und grübelte über das eben Erlebte nach.

Okay, Chiron wollte es also auf die harte Tour. Kein Problem, denn ich hatte auch noch eine Überraschung für ihn parat.

„Wir wurden uns noch nicht vorgestellt. Gestatten ich bin Devin McCarthy und Sie müssen Caer sein, wie ich hörte. Chirons Freundin. Sehr angenehm und für dich Devin", erklärte er grinsend.

Verstört blickte ich ihn an.

Mein Ruf schien mir in jedem Fall vorauszueilen.

„Angenehm und für dich dann Caer", gab ich zurück.

Verstohlen musterte ich ihn.

McCarthy hatte die Größe von Chiron.

Er trug sein schwarzes, langes Haar für den heutigen Abend zu einem Zopf gebunden.

Am meisten zogen mich seine Augen an, die ich hinter den Sehschlitzen seiner Maske erkennen konnte.

Während wir tanzten, bekam ich einige Informationen über ihn. Chiron und er waren seit grauer Vorzeit, wohl mehr als erbitterte Erzfeinde.

Jedenfalls konnte der Abend noch interessant werden.

Nach diesem Tanz bedankte ich mich bei McCarthy und erklärte ihm, dass ich jetzt mein eingeübtes Lied mit Chiron tanzen würde und mich schon den ganzen Abend darauf gefreut hätte.

„Na, dann viel Spaß."

„Danke! Danach stehe ich wieder zur Verfügung", antwortete ich.

Heartless erklang und dann wurde ich enttäuscht und eines Besseren belehrt. Chiron bat nicht mich, sondern Estelle um diesen Tanz.

Geschockt blickte ich in seine Richtung.

Chiron grinste mich nur frech an.

„Wird wohl nichts daraus, Caer. Darf ich dich darum bitten, quasi als Ersatz", sprach mich McCarthy an.

Ich schüttelte den Kopf.

„Nein! Ich setze diesen Tanz aus. Du kannst aber mit mir an die Getränkebar, bevor ich gleich in Tränen ausbreche."

Devin nickte und hakte sich unter.

Wir holten uns zwei Gläser Sekt, setzten uns dann auf die unteren Treppenstufen zum Aufgang in die oberen Räume.

„Enttäuscht?", hakte McCarthy nach.

Ich nickte und musste mich extrem zusammenreißen um nicht loszuheulen.

„Das ist die Strafe dafür, dass ich mit dir, dem bösen Erzfeind, gewagt habe zu tanzen. Gekränktes Ego", erklärte ich.

Chiron blickte ein paar Mal in meine Richtung und grinste.

„So ein Idiot! Sorry!", gab Devin von sich.

Ein neues Lied erklang und McCarthy zog mich auf die Tanzfläche und fest an sich. Ich genoss es einfach und fand es äußerst angenehm. Trotzdem kam ich mir wie der Spielball zweier Kontrahenten vor. Nach zwei weiteren Tänzen forderte ich eine kurze Pause ein und eilte zu Steven.

„Ich bitte dich nach der Gruppe Queen mein Kleid zu öffnen. Ich werde mich entkleiden."

„Willst du jetzt nackt tanzen?", fragte Steven.

Ich musste lachen.

„Quatsch! Ich habe noch ein anderes Outfit unter dem Kleid und es wird hier einen Wow-Effekt auslösen und Chiron eine Lehre sein, mich dauerhaft wie eine Idiotin zu behandeln. Lasst euch überraschen. So und nun werde ich nur noch Fun für diese Nacht haben. Devin wird's richten", erklärte ich.

Schnell schnappte ich mir Tom und tanzte weiter.

„Caer, was hast du nachher vor? Übertreibe es nicht! Du weißt wie Chiron sonst reagiert."

„Tom, wir sind kein Ehepaar und was er kann, kann ich schon lange. Ich sage nur Estelle. Es gibt genug Anwärter hier, die mich gerne haben würden. Spielen wir ein bisschen Schicksal. Sollte Chiron etwas an mir liegen, wird er versuchen mich auf alle Fälle zu halten. Bis dann!", gab ich von mir und wandte mich dem nächsten Tänzer zu, der schon wartete.

Nach weiteren Liedern, forderte ich für mich eine kleine Pause ein um mich schnell zu verwandeln.

Tom, Ben, Horatio und Cedrick verdeckten mich, während Steven mir das Kleid öffnete. Achtlos ließ ich es fallen, zog mir für die Wandlung die passenden Schuhe an und hörte wie er anerkennend pfiff.

„Mein lieber Schwan, da werden einigen die Augen aus den Höhlen fallen. Geiles Outfit, Caer. Würdest du nicht zu Chiron gehören, würde ich dir verfallen und meine gute Erziehung vergessen. Ich werde dir die Reaktion von Chiron später berichten. Jungs, noch nicht gucken. Macht euch gleich auf etwas gefasst."

„Danke für das Kompliment, Steven War auch so von mir beabsichtigt. Schwarzes Lederoutfit. Ich habe die besseren Karten in diesem Spiel, denn ich hatte nie die Absicht, Chiron an diese Estelle zu verlieren"; gab ich lachend von mir.

Chiron tanzte bereits längere Zeit mit Estelle und ich war mehr als sauer.

Eigentlich waren es meine Lieder und extra für uns bestimmt gewesen.

Gleich kam mein Auftritt mit *H-Bomb*.

„Lasst sie jetzt durch und haltet euch fest Jungs", gab Steven das Kommando.

Ich bewegte mich extrem lasziv auf die Tanzfläche zu und hatte gleich meinen nächsten Tanzpartner.

Es war Devin, der mich grinsend an sich riss.

Ein Raunen ging durch die Menge und einige Herren der Schöpfung pfiffen und klatschten.

Ich grinste in mich hinein.

Steven zwinkerte mir zu und hielt seinen Daumen nach oben.

Blickkontakt zu Chiron vermied ich vorerst, war mir aber sicher, dass er vor Wut schäumte.

„Geiler Auftritt, sehr gewagt und äußert ansprechend, Caer. Chiron hat Glück, dich als Freundin zu haben. Schade, dass du schon vergeben bist, denn ich hätte ernsthaft versucht, dich ins Bett zu bekommen. Mir wird ziemlich warm unter meiner Verkleidung", gab mein Gegenüber von sich.

Ich lachte, bedankte mich und gab alles.

Kurz darauf erfolgte die Demaskierung, ich stellte fest, dass mir Devin in jedem Fall gefallen könnte und entfernte auch meine Maske.

„Mein Gott bist du hübsch, Caer! Chiron hat Glück, dass du bereits sein Mädchen bist und ich nicht in seinem Gewässer fische. Ich hoffe, er weis dich auch wirklich zu schätzen", gab McCarthy von sich.

Ich wurde krebsrot im Gesicht und bedankte mich für das Kompliment.

Nach dem Lied forderte ich Tom erneut auf, riskierte einen Blick zu Chiron und wollte ihm so richtig eines auswischen, da er mich dauerhaft fixierte.

Während dieses Tanzes küsste ich Tom aus Spaß ganz vorsichtig auf den Mund und erschrak zugleich.

Was machte ich da eigentlich? Der Schuss ging sofort nach hinten los.

Tom erging es genauso, denn er stoppte im Schritt, gab mich an Steven weiter und schüttelte den Kopf.

„Was machst du da, Caer? Ich weiß es ist im Moment schwer für dich, weil Chiron dich ignoriert. Reiß dich jetzt zusammen und tanze weiter. Tu es einfach und lass dir nichts anmerken. Wir sind da und jeder wird dich zu weiteren Runden auffordern."

Nach diesem Tanz wurde ich plötzlich am Arm in den Außenbereich des Anwesens gezerrt.

Chiron!

Fast wäre ich die Eingangstreppe hinuntergestürzt.

Ich riss mich los.

„Chiron, spinnst du total! Was soll dieser Auftritt?"

„Caer! Verdammt, mir reicht es jetzt! Hör auf dich wie ein billiges Flittchen zu benehmen!"

„Bitte was? Du spinnst ja wohl völlig! Ich denke es ist ein Maskenball und jeder spielt hier seine Rolle, so gut er kann. Mit welchem Recht, nimmst du dir heraus, mir sagen zu wollen, was ich zu tun und was ich zu lassen habe. Gleiches Recht für alle. Ich möchte heute, nach all den Strapazen, nur etwas Fun haben. Geh zu Estelle und lass mich zufrieden. Morgen können wir gerne darüber reden, aber heute Nacht lasse ich mir meine gute Laune nicht verderben", gab ich ruhig zurück.

„Caer, du kommst jetzt sofort mit und ziehst dir etwas Anständiges an! Es reicht schon, wenn du meine Kumpels anbaggerst!", brüllte er und versuchte mich zurück ins Haus zu ziehen.

Dabei ging er ziemlich rabiat vor.

Ich riss mich los und als Chiron sich zu mir drehte, um mich erneut zu packen, holte ich aus und gab ihm eine Ohrfeige, dass es nur so knallte.

In diesem Augenblick erschienen Steven und Tom, um nach mir zu sehen. Abrupt blieben sie stehen und schauten mich entgeistert an.

„Die hat gesessen"; gab Tom von sich.

Erschrocken schlug ich die Hände vors Gesicht, denn so war es nicht beabsichtigt gewesen.

Nachdem ich den Schock überwunden hatte, stürmte ich ins Haus, schnappte mir den nächsten Tänzer und schwebte weiter über das Parkett, bis das Lied endete.

Steven eilte auf mich zu und ich war froh darüber.

„Nach diesem Lied ist erstmal Schluss für dich, denn ihr habt beide den Bogen überspannt."

Ich nickte.

„Steven mir wird grade übel. Ich habe den ganzen Tag noch nichts gegessen vor Aufregung. Bring mich bitte von hier weg."

Steven nickte, gab den anderen ein Zeichen und dann verschwanden wir in die Küche.

Horatio hatte vom kalten Buffet einige Häppchen besorgt und stellte sie vor Caer auf den Tisch.

„Hier, iss etwas, dann geht es dir gleich besser.

Ich schüttelte mit dem Kopf, stand auf, öffnete den Kühlschrank, griff mir ein rohes Steak und biss mehr als genussvoll hinein.

„Was tust du da, Caer!", schrie mich Steven an und riss mir das Stück Fleisch aus der Hand.

Die anderen schauten mich entsetzt an.

Horatio betrat gerade die Küche und sprach mich an.

„Viele Grüße von deinen Tänzern da draußen. Sie finden es äußerst schade, dass du nicht mehr vor Ort bist. Du hast einen guten Eindruck hinterlassen, da du ein umfangreiches Repertoire an Musik und Tanz vorzuweisen hattest. Bei einigen wäre sicher mehr gegangen. Vor allem bei Devin. Wir waren auch mehr als begeistert. Chiron weiß gar nicht, was er verpasst hat", gab Horatio von sich und erstarrte.

Ich lachte und wandte mich Tom zu.

„Tom entschuldige. Ich weiß nicht, welcher Teufel mich geritten hat, als ich dich während des Tanzes küsste. Im Nachhinein schäme ich mich fürchterlich.

Jungs, ich brauche unbedingt frische Luft um einen klaren Kopf zu bekommen und verziehe mich nach draußen. Mir ist gerade kotzübel"; erklärte ich.

„Möchtest du, dass einer von uns mitkommt?", fragte Tom.

Ich schüttelte den Kopf, legte das angebissene Steak auf einen Teller, stand auf, wusch mir die Hände, eilte in den Park vor dem Haus und suchte mir eine gemütliche Bank.

Nur weg hier.

Chirons Verhalten machte mir zu schaffen.

Ich verstand es nicht und brach in Tränen aus. Für mich sollte der heutige Tag etwas besonderes sein. Das Gegenteil war eingetreten und ich hatte Chiron wohl an diese Person namens Estelle verloren. Würgend übergab ich mich.

Was geschah mit mir?

„Steven, ich schaue nach Caer. Sie wirkte vorhin so verloren. Vielleicht möchte sie reden. Außerdem habe ich die Allüren von Chiron satt. Was denkt er sich", gab Tom von sich und eilte ebenfalls nach draußen.

Er hielt nach Caer Ausschau und fand sie unter einer Weide auf einer Bank.

Vorsichtig, dass sie nicht erschrak, lief er auf sie zu.

Von Weinkrämpfen geschüttelt und wie ein Häufchen Elend, saß sie da und konnte sich nicht beruhigen.

Tom setzte sich neben sie und nahm sie in die Arme.

Caer klammerte sich an ihn wie eine Ertrinkende.

„Tom, was geschieht mit mir?"

Chiron hatte mitbekommen, wie sie Tom geküsst hatte und war stinksauer. Seine Tanzpartnerin hielt ihn so in Beschlag, dass er sich nicht loseisen konnte.

Außerdem wollte er auf keinen Fall eine Szene vor allen Gästen veranstalten.

Nach diesem Tanz würde er Caer zur Rede stellen.

Er sah noch, wie sie erst in die Küche und dann später nach draußen verschwand.

Kurze Zeit später folgte ihr Tom.

Das Lied endete.

Chiron bedankte sich bei Estelle, eilte ebenfalls in den Park und fand Caer in den Armen von Tom.

„Ach so ist das! Mir eine Szene machen und selbst mit einem meiner besten Freunde herummachen. Caer ich bin enttäuscht. Was bis du nur für eine Schlampe. Soviel zum Thema Vertrauen. Tom und von dir hätte ich das auch nie gedacht", gab er von sich

„Hör auf mit deinen Beschimpfungen. Du verstehst die Situation völlig falsch. Siehst du nicht, dass mit Caer etwas nicht stimmt?", gab dieser von sich.

Chiron rastete komplett aus.

Seine Schimpftiraden, gegen Caer, die extrem unter die Gürtellinie gingen, ließen sich noch mehr heulen.

Tom hatte die Schnauze voll.

Er stand auf, holte aus und versetzte Chiron einen Faustschlag ins Gesicht, dass dieser zu Boden ging.

„Chiron, ich hatte dich gewarnt. Erinnere dich daran, was ich dir sagte. Solltest du Caer noch einmal verbal angreifen, bist du fällig. Es reicht entgültig! Ich hab sie nur getröstet, weil sie völlig aufgelöst hier saß. Sie hat mich beim Tanzen nur geküsst, um dich eifersüchtig zu machen und zu provozieren. Ihren Fehler bemerkt und sich entschuldigt. Merkst du eigentlich noch, was du ihr dauerhaft antust. Ich wäre froh, eine Freundin zu haben, die egal was passiert, immer zu mir steht, wie sie es tut. Erkläre du uns, wer deine aufdringliche Partnerin war und woher du sie kennst. Außerdem so eine sinnliche, einfühlsame Frau, wie Caer, wirst du nie mehr in deinem Leben bekommen! Werde endlich wach!", brüllte er ihn an.

Chiron stand auf und wischte sich das Blut von den Lippen.

Sein Blick streifte Caer und dann lief er ins Haus.

Ich ließ die Beschimpfungen über mich ergehen und dann eskalierte die Situation.

Tom schlug zu und Chiron ging zu Boden.

Auch das noch.

Jetzt prügelte man sich schon wegen mir.

Ich hörte, was Tom zu Chiron sagte und heulte noch mehr.

Chiron verschwand wieder einmal ohne Erklärung.

Tom zog mich hoch und brachte mich ebenfalls ins Haus zurück.

Ich lief ins Badezimmer und versuchte mich etwas frisch zu machen.

Der heutige Abend war für mich beendet und ich wollte mich in die Bibliothek zurückziehen, während der Rest der Gäste noch feierte. Mein Zimmer konnte ich nicht nutzen, da es als Durchgang zum Spiegel einiger Gäste in die Anderwelt diente und Chiron hatte sein Schlafzimmer abgeschlossen.

So blieb mir nur der untere Raum.

Ich zitterte am ganzen Körper und verschwand so schnell ich konnte in die Bibliothek.

Auf dem Weg dorthin begegnete ich Chiron mit dieser Estelle, die mich triumphierend ansah.

Chirons Blick war nur kurz und eiskalt.

Ich schluckte und schon stiegen mir die Tränen erneut in die Augen.

Völlig aufgelöst, machte ich es mir in einem der Sessel bequem, schnappte mir eine Wolldecke, zog sie bis zum Hals und schloss die Augen.

Kurz darauf klopfte es an die Tür.

Steven und Tom erschienen.

„Wie geht es dir, Caer?", fragte Tom.

„Ehrlich, Leute? Beschissen ist geprahlt! Was habe ich da nur angestellt? Ich muss völlig irre sein! Wo ist Chiron? Ich muss mich bei ihm entschuldigen."

Steven und Tom schauten sich an.

„Versprich mir, dass du jetzt ruhig bleibst. Chiron ist vor ein paar Minuten mit Estelle verschwunden."

Mir wurde schlecht. Ich erzählte Steven in Kurzform, was vorgefallen war.

„Na, dann war diese Ohrfeige zuvor mehr als korrekt. Sieh es an ihm, als eine Art Vorschuss Du schluckst viel zu lange die Unverschämtheiten von ihm. Was war das vorhin in der Küche mit dem Steak? Hast du öfters Appetit auf blutiges Fleisch?"

Ich schüttelte den Kopf.

„Nur wenn ich provoziert werde. Ich weis, dass mit mir etwas nicht stimmt, seit ich hier aufgetaucht bin. Alles hat etwas mit dem *falschen Mond* zu tun"

Es musste ja so kommen mit dieser Estelle", gab Tom von sich.

„Ja, nur mit dem Erfolg, dass ich ihn jetzt verloren habe", erwiderte ich sarkastisch.

„Jedenfalls sind ihm die Augen übergegangen, als er dich in diesem Outfit gesehen hat. Nicht genug konnte er von deinem Anblick bekommen. Es war wohl eher Eifersucht von seiner Seite und er war extrem scharf auf dich. Also bleib ruhig. Ich denke nicht, dass du ihn an Estelle verloren hast. Diese Person kann dir nicht im Geringsten das Wasser reichen. Ich hatte eine

Unterredung mit McCarthy und Estelle scheint mit ihm ein Techtelmechtel zu haben. Er würde auch nie in den Gewässern von Chiron fischen. Devin wollte nur etwas Zerstreuung beim Tanz. Also, keine Angst. Du weißt doch, dass Chiron immer ein Gentleman ist. Er wird Estelle in sein Dorf zurück bringen. Deine Tänzer sind auch verschwunden und werden ihn begleitet haben. Mach dir nicht unnötig einen Kopf. Wir kümmern uns jetzt um die Gäste. Ruh dich aus, es wird sich alles aufklären", erklärte Steven und verließ mit Tom den Raum.

Ich brauchte jetzt Musik zum Abschalten, schob die kopierte CD in den Player, stülpte mir meine Kopfhörer über und setzte mich wieder in einen der Ohrensessel.
Entspannt schloss ich meine Augen.
Es lief gerade *schwarze Witwe*, als ich aus dem Sessel gerissen wurde. Ich erschrak fürchterlich und bevor ich reagieren konnte, drehte mir jemand die Arme auf den Rücken und küsste mich.
Ich öffnete meine Augen.
Chiron!
Ich war so perplex, dass ich vergaß mich zu wehren.
Chiron entfernte die Köpfhörer und nun erklang auch das Lied im Raum.
„Stehe zu deiner Verfügung, schwarze Witwe", gab er von sich und küsste weiter.
Typisch für Chiron.
All you can eat, kam mir in den Sinn und ich lachte in mich hinein.
Was für ein Vergleich.
Ich biss leicht zu und Chiron zuckte zurück.
„Caer!", schrie er.

Endlich konnte ich mich von seinen Lippen lösen.

„Wieso? Ich denke du stehst zu meiner Verfügung. Den Biss der schwarzen Witwe wirst du doch noch aushalten können. Bitte lass meine Arme los. Du tust mir weh", bat ich ihn.

„Was bekomme ich dafür?", fragte er und lockerte seinen Griff.

Kostenlose Tänze und einen Kuss der schwarzen Witwe, wohin du willst", gab ich zurück.

Er lachte.

„Tausend Küsse und ein heißer Ritt, bis zum Morgen würden mir schon reichen. Geiles Outfit. So heiß wie heute, war ich noch nie auf dich, Caer. Also was ist?", fragte er nach.

„Du bist mir noch einen verdammten Tanz schuldig, Chiron. Du weißt was ich meine. Danach werde ich deinen Wunsch berücksichtigen. Also?"; konterte ich.

„Okay! Zieh deine Schuhe wieder an."

Eilig zog er mich nach draußen in die Halle, suchte *Heartless* von Black Attack auf CD und stellte den Player an.

Endlich!

Nun bekam ich doch noch meinen persönlichen Tanz mit unserem Lieblingslied.

Tom und der Rest der Bande grinsten.

Anscheinend hatte Steven sein Versprechen gehalten und ein ernstes Wort mit Chiron gesprochen.

Chiron hörte nach diesem Song nicht auf, sondern ließ die CD durchlaufen.

Soviel Energie hätte ich ihm nicht zugetraut.

Irgendwann konnte ich nicht mehr und bat ihn, nach dem nächsten Lied aufzuhören, denn ich fiel bereits über meine eigenen Füße.

„Bitte, Chiron. Denk an deinen Wunsch an mich oder willst du, dass ich dabei einschlafe. Wir können die CD auch so hören."

Lachend zog er mich in die Bibliothek und drängte mich zur Couch.

„Oha! Prinz Charming hat es aber eilig"; konnte ich mir nicht verkneifen.

„Kätzchen, man muss sehen wo man bleibt", gab er mit einem leichten Unterton von sich und schloss die Tür ab.

Als dann auch noch weitere Musik erklang, ging es so richtig zur Sache. Die Streitigkeiten waren vergessen und ich hatte gegen Morgen das Gefühl, bevor ich erschöpft einschlief, als wenn ich eine ganze Kavallerie zugeritten hätte.

Außerdem keimte der Verdacht in mir, dass Chiron auf Lack und Leder stand.

Nun, dass wäre leicht herauszufinden und ich würde es für mich nutzen.

Gegen Mittag wachte ich auf, machte mich frisch und verschwand in die Küche, wo bereits die ganze Bande saß und frühstückte.

„Hey, Kätzchen! Gut geschlafen?", fragte Steven.

Ich nickte und goss mir Kaffee ein

„Nun, nach so einer intensiven Behandlung, kann es einem ja nur gut gehen"; ergänzte Tom.

Ich verschluckte mich an meinem Kaffee und hustete verzweifelt.

Horatio klopfte mir hilfreich auf den Rücken.

„Nicht so extrem!", meinte Ben grinsend.

„Wieso? Chiron ist doch derjenige, dem der Rücken lädiert wurde", erklärte Horatio.

War das schon wieder peinlich.

„Jetzt hört auf mit euren losen Sprüchen. Ich bin auch nicht ungeschoren davon gekommen. Das habe ich heute Nacht Chiron schon erklärt. Es war ein sehr langer Ritt bis nach Laramie. Mir kam es so vor, als wenn ich eine Kavallerie zugeritten hätte", gab ich von mir.

Sämtliche Köpfe flogen in meine Richtung und dann brach der Haufen in brüllendes Gelächter aus.

„Meine Nerven! Caer, deine Ansagen sind Gold wert", lachte Cedrick.

Steven meldete sich zu Wort.

„Was? Dann hättet ihr die Sprüche von Devin gestern hören sollen. Ihr wisst, er war als Mönch unterwegs und wäre Caer in ihrem geilen Outfit am liebsten an die Wäsche gegangen. Als *Sadness* gespielt wurde ist es ihm selbst unter seiner weiten Kutte zu eng geworden und er war bemüht, dass Caer nichts davon merkte. Wie konntet du ihn auch so extrem antanzen, Caer. So zumindest hat er es an der Getränkebar erzählt. Mich würde brennend interessieren, ob Caer etwas davon mitbekommen hat", fragte er in meine Richtung.

„Ein Gentleman schweigt und genießt. Frau auch", gab ich grinsend zurück.

Nun mischte sich auch noch Horatio ein.

„Tja und fast hätte Caer, George bekehrt. Ihr wisst ja, der Gute ist homosexuell. Gestern meinte er jedoch nach den Tänzen mit Caer, dass er sich nicht mehr sicher sei und auch ihm sein Höschen, das eine oder andere Mal zu eng geworden wäre. Also, Caer hat nichts falsch gemacht."

So ging es eine zeitlang munter weiter. Wir hatten sehr viel Gesprächsstoff und etwas zum Lachen.

„Wo ist eigentlich Chiron?", hakte ich nach.

„Hier! Wie geht es dir?", erklang es hinter mir.

„Danke der Nachfrage. Wie gehts deinem Rücken?"

„Wie immer danach. Medium", gab er zur Antwort.

„Ey Leute, was ist denn hier los? Hattet ihr alle einen Clown zum Frühstück?", wollte ich wissen.

Alles nickte.

„Blödmänner", gab ich von mir und grinste.

Nach dem Frühstück kümmerte ich mich um Chirons Rücken.

Dank meiner Gabe, waren seine Wunden in wenigen Sekunden verschwunden.

„Coole Sache, Caer. Somit steht täglichem Sex nichts mehr im Weg", gab er von sich und kniff mich in den Hintern.

„Chiron, du hast nur das eine im Kopf. Ich gehe jetzt nach oben in mein ehemaliges Zimmer und werde dort Ordnung schaffen. Der Ball ist ja nun vorbei und der Spiegel muss nicht mehr als Durchgang genutzt werden. Ich möchte ihn etwas beiseite schieben. Falls du Lust hast, kannst du mir helfen."

„Na klar doch", zwinkerte er mir zu und begleitete mich.

Kaum standen wir im Raum, schob er mich Richtung Bett und versuchte mich auszuziehen.

Ich sträubte mich.

„Nicht, Chiron! Hier auf keinen Fall. Der Spiegel. Ich fühle mich beobachtet. Mir geht es wie dir mit dem Brunnen. Lass uns lieber in dein Schlafzimmer gehen."

„Wer will uns hier schon stören, Caer? Nun komm schon", meinte er.

„Hast du von heute Nacht noch nicht genug? Mir tut alles weh", antwortete ich und dann gab ich nach.

Wir waren gerade so schön bei der Sache, als plötzlich Estelle im Raum stand.

Ich schrie erschrocken auf und schubste Chiron von mir.

„Verdammt! Chiron! Soviel dazu, dass uns niemand stört! Was will diese Person hier?"

„Was ich hier will? Chiron besuchen, was sonst! Störe ich?", gab sie von sich.

Ich blickte Chiron entgeistert an und versuchte ruhig zu bleiben.

Dreist war sie auch noch.

Plötzlich, warum auch immer, kam mir der Unterton Chirons von gestern in den Sinn.

„Jetzt wird mir einiges klar, Chiron. Wie war das doch noch mit…..*man muss sehen wo man bleibt.* Also hast du doch noch ein Eisen im Feuer, dass du fleißig schürst. Ich verstehe. Du kannst jetzt da weitermachen, wo du bei mir eben aufgehört hast. Viel Spaß ihr beiden", gab ich von mir.

Fassungslos krallte ich mir meine Klamotten und eilte, so wie ich war in die Bibliothek. Unterwegs traf ich auf Steven, der mich entgeistert anstarrte.

Krachend warf ich die Tür ins Schloss, schrie meine Wut heraus und zog mich an.

Steven trat unaufgefordert ein.

„Caer! Was zum Teufel ist schon wieder los?", fragte er vorsichtig nach.

„Genau das, Steven! Der Teufel namens Estelle ist los! Sie ist gerade zu Besuch, bei Chiron! Einfach mal so!", schrie ich.

„Während ihr……?"

„Ja, genau während wir ein Nümmerchen am schieben waren! Sprich es doch aus! Einfach mal so durch den Spiegel gewandert. Außerdem soviel dazu, ich habe ihn nicht an sie verloren! Ich raste gleich aus, weil ich so blöde bin und immer wieder auf ihn hereinfalle! Ich muss dringend etwas erledigen und bin sofort zurück! Dauert keine halbe Stunde!", brüllte ich weiter.

„Was hast du vor, Caer?", wollte Steven wissen.

„Nichts Schlimmes. Ich erstatte dir später Bericht, bis gleich. Ich muss hier raus, sonst drehe ich ab", erklärte ich ihm.

Schnell war ich angezogen, schnappte die Schlüssel fürs Auto und fuhr in das zweite Anwesen.

Ich würde dem ganzen jetzt entgültig und für immer, einen Riegel vorschieben und dann musste sich Chiron entscheiden. Entweder Estelle oder ich.

Völlig außer mir, suchte ich das Kellergewölbe auf.

Wütend und mit einer Handbewegung zerstörte ich den Spiegel. Tausende von Splittern flogen mir um die Ohren.

Hier würde diese Estelle nicht mehr durchkommen. Sollte sie in Chirons Dorf verrotten.

Die gleiche Prozedur würde ich mit dem Spiegel in meinem Zimmer veranstalten. Mein Raum war kein Durchgangszimmer. Den letzten Spiegel würde ich für meine Aktionen nutzen. Nur ich wusste wo er stand und das würde ich Chiron sicher nicht verraten.

Eilig fuhr ich zurück und rannte in die Küche.

Dieses Miststück war wohl wieder verschwunden und Chiron saß mit seinen Freunden am Tisch, als ob nichts geschehen wäre.

„Ist sie weg?", fragte ich in die Runde und alle nickten.

„Wurdest du zu deiner Zufriedenheit ausreichend von ihr abgefertigt, Chiron? Gut, dann werde ich jetzt das tun, was ich schon vor dem Ball hätte tun sollen. Dieses Spiel geht schon viel zu lange und ich habe die Schnauze voll. Ich bin gleich wieder hier", warf ich in die Runde und rannte nach oben.

Chiron schien wohl etwas zu ahnen, denn kaum hatte ich mein Zimmer betreten, tauchte er hinter mir auf. „Caer, denk nicht einmal daran, denn ich werde es auf jeden Fall zu verhindern wissen."
Ich lachte.
„Dieser Raum ist mein Reich und ich dulde es nicht mehr, dass er von dieser Person betreten werden kann, wie sie gerade Lust hat. Ich habe ein Recht auf meine Privatsphäre und du wirst gar nichts verhindern."
„Caer, du hast keinerlei Rechte. Anscheinend vergisst du, dass auch du nur Gast bist. Es ist mein Anwesen und ich entscheide darüber. Estelle kann zu Besuch kommen, wann sie möchte."
Ich glaubte mich verhört zu haben, schluckte, geriet in Rage und sprengte auch hier mit einer Handbewegung diesen Spiegel.
„Verdammt, Caer, mach das sofort wieder rückgängig. Bist du jetzt komplett durchgeknallt? Was stimmt mit dir nicht? Zum Glück besitze ich noch den zweiten im anderen Anwesen."
„Den hast du einmal besessen! Was meinst du, wo ich gerade war? Genau dort um auch ihn zu zerstören! Und wo sich der dritte genau befindet, weiß nur ich!", schrie ich ihn an.
Hätte ich nur meinen Mund gehalten.
Chiron rastete urplötzlich aus, verpasste mir eine schallende Ohrfeige und verkrallte sich wütend in meinen Haaren.
Ich schrie vor Schmerz auf.
Was dann geschah, würde ich mein Leben lang nicht vergessen.
Nicht nur, dass er mich nach allen Regeln der Kunst beschimpfte, nein, er schleifte mich an den Haaren die komplette Treppe nach unten. Der Schmerz trieb mir

die Tränen in die Augen und ich versuchte mich aus dieser Lage zu befreien, indem ich um mich schlug, biss und kratzte.

Ein tiefes Knurren ertönte aus meinem Innern und ich hatte das Bedürfnis, Chiron zu töten.

Nur schwer konnte ich mich unter Kontrolle halten.

„Chiron! Mistkerl, lass mich los! Hör auf, du tust mir weh! Was soll das! Dieses Flittchen scheint dir völlig das Gehirn vernebelt zu haben!"

„Halt die Klappe, Caer!", schrie er mich an

Mittlerweile hatten wir das Ende der Treppe erreicht. Ich stolperte auf der letzten Stufe und fiel. Chiron ließ mein Haar los, packte meinen Hals, zog mich hoch und fing an mich zu würgen. Verzweifelt schnappte ich nach Luft und versuchte seine Hände von meinem Hals zu bekommen. Zwecklos. Aus den Augenwinkeln sah ich die Jungs in die Halle stürmen, um mich aus den Fängen von Chiron zu befreien.

Ich hörte Horatio aus dem Hintergrund brüllen.

„Chiron, hör auf! Bist du wahnsinnig geworden! Du bringst sie noch um!"

Ich bekam wieder Luft, lief schwankend in die Küche und setzte mich.

Ich hatte Chiron vollkommen unterschätzt. Nur das er gegen mich so extrem vorging, wegen einer Anderen, entzog sich meiner Erkenntnis.

Kurze Zeit später tauchten alle auf.

„Was stimmt mit euch beiden nicht? Seit Tagen gibt es Zoff zwischen euch. Chiron, bist du dir in irgendeiner Weise bewusst, dass du Caer fast erwürgt hättest", gab Steven von sich und begutachtete den Hals von ihr, an dem sich blaue Würgemale abzeichneten.

„Caer ist verrückt geworden und hat heute beide Spiegel zerstört. Sie wollte unbedingt verhindern, dass Estelle sie als Durchgang benutzt."

„Wohl zurecht und auch nicht grundlos. Fast hättest du Caer umgebracht. Schau dir den Hals von ihr an."

Ich blickte in die Runde.

„Mich kann kein Mensch mehr umbringen, denn ich bin bereits im Zustand des Todes und du Chiron hast großes Glück, dass ich mich so gut unter Kontrolle habe. Ich hätte dich leicht töten können"; antwortete ich.

Langsam stand ich auf, holte mir ein Glas Wasser und fasste einen Entschluss.

Ich musste die ganze Angelegenheit beenden, auch wenn es mir schwer fiel.

„Leute ich muss später ins Dorf, etwas Proviant für mich holen. Außerdem werde ich noch heute meine Zelte abbrechen. Chiron, ich möchte dir nicht mehr unnötig zur Last fallen und gehe, bevor ich mich vergesse und etwas Schlimmes passiert. Danke für die schöne Zeit, die ich mit dir verbringen durfte. Jungs, dass gilt natürlich auch für euch. Vergesst mich nicht ganz. Hab euch lieb."

„Caer, was soll das jetzt?", fragte Steven.

„Nichts! Ich gehe, da ich hier eh nur Gast bin, was mir Chiron mit Nachdruck erklärt hat. Meine Fehler werde ich noch bereinigen und dann kann Chiron glücklich werden, mit wem er will. Ich gebe ihn entgültig frei", erklärte ich.

Steven mischte sich ein.

„So ein Unsinn, Caer! Chiron und nun ein paar Worte an dich! Estelle scheint mit McCarthy liiert zu sein und er hat mich gestern bereits gewarnt, dass sie ein Spiel mit ihm spielt um ihn eifersüchtig zu machen. Devin versicherte mir, dass er, auch wenn ihr beide erbitterte Kontrahenten seid, in deinem Hoheitsgewässer nicht fischen würde, da auch er einen Ehrenkodex besitzt. Also, mach dich locker!", riet er ihm.

Nachdem ich mein Glas leer getrunken hatte, eilte ich in den ersten Stock und packte meine Sachen.

Danach verbrachte ich auch diesen Spiegel wieder in seinen vorherigen Zustand, sah mich noch einmal um, verließ das Zimmer und danach schweren Herzens das Haus.

Bevor ich ins Auto stieg, sprach mich Tom an.

„Caer, tu es nicht. Du machst einen schwerwiegenden Fehler. Sicher lässt sich alles mit Chiron klären."

„Tom, bitte mach es mir nicht so schwer. Ich möchte nichts mehr klären, denn ich habe viel zu oft und immer wieder zurückgesteckt. Es bringt nichts. Der Spiegel in meinem Raum ist wieder begehbar und nun werde ich den im zweiten Anwesen ebenfalls richten."

Ich verabschiedete mich noch einmal von Tom und dankte ihm, dass er mir ein guter Freund gewesen war, egal was ich für Mist verzapft hatte.

Kurze Zeit später fuhr ich an dem anderen Anwesen vor, verschwand in den Kellergewölben und versetzte auch hier den zweiten Spiegel in seinen Urzustand.

Beim Hinausgehen, strich ich kurz über den Altarstein, der sich wieder vor Ort befand und sah aus den Augenwinkeln, dass dieser in seinem berühmten rot erglühte.

Mein Kopf dröhnte urplötzlich und ich hatte das Gefühl, dass er jeden Moment platzte.

Was sollte das nun wieder.

Erschrocken schrie ich auf.

Das absolut Böse beherrschte diesen Stein. Ich konnte es sehen und bekam es zu spüren. Irgendetwas hatte ihn völlig verändert.

Etwas Unsichtbares hob mich in die Luft und wirbelte mich über dem Stein, wie einen Kreisel.

Ich hörte eine Stimme, die lachte und Sätze rückwärts zitierte.

„Verdammt! Wenn du schon zu feige bist dich mir zu zeigen, mit wem ich es zu tun habe, dann lass mich wenigstens herunter", brüllte ich.

Im Hintergrund erblickte ich Chiron, der in diesem Moment die Kultstätte betrat und meinen Namen rief.

Er war mir wieder einmal gefolgt und diesmal war ich froh darüber.

Mein unsichtbarer Feind ließ plötzlich von mir ab und ich schlug hart mit dem Rücken auf dem Altarstein auf.

Für kurze Zeit blieb mir die Luft weg.

Stöhnend richtete ich mich auf und dann hörte ich die Stimme.

„Caer, lass dir im Guten eines von mir gesagt sein. Zwischen menschlicher Existenz und Aufstieg liegt der Tod. Der Tod ist erst immer der Anfang der Reise. Du wirst deinen Weg finden."

Ich schrie auf. Der Wolfsgesichtige war wieder da.

„Was willst du von mir? Ich stehe unter dem Schutz von Manannan, also lass es sein!"

„Nur solange, bis du den angestammten Platz auf dem Brunnen bestiegen hast. Die Moorhexe und meine Wenigkeit kommen wieder ins Spiel, sobald du diese leere Stelle eingenommen hast."

Ich schluckte und dann wurde ich mit einer einzigen Handbewegung vom Wolfsgesichtigen, mit enormer Brachialgewalt und einem schadenfrohem Gelächter gegen die Steinmauern des Gewölbes geschleudert. Ich hörte es knacken und mich vor Schmerz aufschreien. Dann gingen sämtliche Lichter bei mir aus.

Ich wachte erst im Schlafzimmer von Chiron wieder auf. Mein kompletter Körper schmerzte und ich hatte das Gefühl unter eine Dampfwalze geraten zu sein. Langsam kam meine Erinnerung zurück. Stöhnend versuchte ich mich aufzurichten und sackte wieder ins Kissen zurück. Im Zimmer brannte der Kamin und es war angenehm warm. Ein Blick Richtung Fenster ließ mich erkennen, dass es bereits dunkelte. Nahm dieser Wahnsinn denn kein Ende. Völlig entkräftet rollte ich mich zusammen, zog mir die Decke über den Kopf und heulte wieder einmal still vor mich hin. Kurze Zeit später hörte ich, wie jemand das Zimmer betrat und sich zu mir legte. Ich stutzte, als mir ein extrem billiges Parfüm in die Nase stieg. Vorsichtig drehte ich mich um und da lag doch tatsächlich Estelle neben mir. Was suchte diese Person hier? Erschrocken schaute sie mich an. „Du?" „Ja, ich! Was suchst du denn hier?", brüllte ich und stand schwankend auf. Das Maß war voll. Es reichte mir. Ich schrie lautstark nach Chiron und keine fünf Minuten später stand er vor uns. Erstaunt blickte er auf Estelle. „Was ist denn hier los? Estelle wie kommst du in mein Schlafzimmer? Was bezweckst du eigentlich damit? Du verschwindest auf der Stelle! Ich habe nichts am

Hut mit dir! Verzieh dich zu McCarthy! Jetzt!", brüllte er sie an und zerrte sie aus dem Zimmer.

Ich zitterte am ganzen Körper und schloss genervt meine Augen.

Hätte ich den verdammten Spiegel nur nicht repariert.

Vor dem Schlafzimmer hörte ich, wie Estelle und Chiron sich lautstark anbrüllten.

Plötzlich wurde ich angesprochen und erschrak mich fast zu Tode. Neben dem Bett stand McCarthy und hatte freie Sicht auf meinen vollkommen nackten Körper.

Devin konnte sich ein Grinsen nicht verkneifen und taxierte mich von oben bis unten. Geschockt griff ich nach der Decke und zog sie an mich.

„Hallo Caer! Sorry, wenn ich dich erschreckt habe, ich wollte das nicht. Ich bin Estelle vorhin gefolgt und habe gerade mitbekommen, was sie hier veranstaltet hat. Sie wird dich nicht mehr belästigen, dafür sorge ich."

McCarthy verließ den Raum und ich stand auf. Ich hörte ihn mit Chiron diskutieren und dann kam er kurze Zeit später mit einer keifenden Estelle zurück.

„Caer, wenn du wieder einmal im Dorf von Chiron zu Besuch bist, schau doch einfach einmal bei mir vorbei. Ich würde mich freuen. Dies gilt auch dann, wenn du in etwaigen Schwierigkeiten stecken solltest. Ich werde dir jederzeit behilflich sein."

Er nickte mir zu, verschwand erneut mit Estelle im Schlepptau nach draußen, um dann mit ihr durch den Spiegel zurückzukehren.

Ich setzte mich zurück aufs Bett und war wie erstarrt. Mein Mund war völlig trocken. Ich bekam Durst und sah auf dem Tisch eine Flasche Rotwein stehen.

Die kam mir gerade recht. Einfach alles vergessen für heute. Unter Schmerzen lief ich zum Tisch, zog den Korken aus der Flasche, setzte zum Trinken an, bis sich nichts mehr darin befand und bemerkte, wie mir sofort der Inhalt zu Kopf stieg.

Zurück zum Bett schaffte ich es nicht mehr und so ließ ich mich einfach auf die Couch fallen.

Kurz darauf öffnete sich die Tür und Chiron erschien.

Suchend schaute er sich um und kam auf mich zu.

Ich giggelte vor mich hin.

„Caer, was veranstaltest du schon wieder? Damit wirst du deine Probleme auch nicht los, im Gegenteil. Was soll ich denn noch mit dir machen? Eigentlich müsste ich dir mal den Hintern so richtig versohlen", erklärte er und strich mir sanft über das Gesicht.

Ich lachte.

„Würde dir sicherlich in den Kram passen. Vergiß es, ich bin nicht dein Prügelknabe. Züchtige Estelle, da ist es besser angebracht und jetzt lass mich einfach nur in Ruhe"; lallte ich vor mich hin.

Chiron hob mich hoch und brachte mich ins Bett.

„Ich werde Steven holen, damit er nach dir schaut und eine Alkoholvergiftung ausschließen kann. Du machst mich noch wahnsinnig mit deinen Eskapaden."

Mit diesen Worten verschwand er nach unten und war keine Minute später wieder mit Selbigem zurück.

Ein Blick von Steven genügte für die Diagnose.

„Völlig hacke, aber nicht gefährlich. Chiron am Besten wird es sein, du stellst Caer den Papierkorb neben das Bett, denn sie wird alles von sich geben. Sie verträgt nichts, wie wir wissen. Schade um den guten Wein. Sie ist völlig beratungsresistent. In ihrer Haut möchte ich morgen nicht stecken. So und jetzt lass sie ihren Rausch ausschlafen und erzähl mal, was das vorhin mit

Estelle war. In deinem Schlafzimmer geht es zu wie in einem Taubenschlag."

Ich bekam noch mit, wie beide den Raum verließen und schlief kurz darauf ein.

Gegen Mittag wurde ich von Steven geweckt, der nach mir sehen wollte.

Es klopfte.

„Ja!", rief ich und Steven erschien.

„Hallo Kätzchen, wie gehts dir nach gestern Abend?"

„Außer, dass ich einen extrem schmerzenden Rücken und Hals habe, ganz prächtig. Danke, der Nachfrage. Sicherlich schimmern die betroffenen Stellen in allen Farben", gab ich zurück.

„Hast du etwas Zeit? Chiron möchte mit dir reden."

Ich seufzte auf.

„Muss das sein? Eigentlich wollte ich ihm die restliche Zeit, bis zu meinem Aufbruch aus dem Weg gehen. Das gestern war einfach zuviel für mich. Er hat sich benommen wie ein Idiot und dieses Weib, hatte ihn voll in Beschlag. Trotzdem geh schon vor, ich komme gleich nach."

Steven verschwand und ich folgte ihm fünf Minuten später in die Küche.

Alle bis auf Chiron begrüßten mich.

Von ihm kam nur wieder ein dummer Spruch.

„Zum Glück ist sie fast nüchtern", gab er von sich.

„Halt einfach deine Klappe, Chiron. Du hast zweierlei Gesichter. Gestern verständnisvoll und jetzt wieder beleidigend. Eigenartigerweise geht es mir am heutigen Morgen wirklich besser, obwohl ich mir gestern die Kante gegeben habe. Merke dir eins, wir sind nicht verheiratet und ich kann tun und lassen, was ich will,

236

genauso wie du. Also, was willst du von mir?", blaffte ich ihn an.

„Was ist da gestern vorgefallen mit Estelle?"

Ich erzählte in knappen Zügen, was passiert war.

Die Jungs lachten sich fast kaputt an der Stelle, wo dieses Miststück sich anscheinend im Bett an Chirons Seite wähnte.

Ich fand es nicht witzig, sondern war extrem sauer.

„Hätte ich diesen verfluchten Spiegel nur nicht in seinen Urzustand versetzt. So wäre mir das gestern im Großen und Ganzen erspart geblieben. Es war für mich persönlich erniedrigend. Chiron findet es sicher erregend, dass dieses Weib kommt und geht, wann sie will. Wie wäre es, wenn du den Spiegel direkt vor dein Bett stellst. Diese Estelle braucht sich dann nur noch hineinzuwerfen", machte ich den Vorschlag.

Alle grinsten, bis auf Chiron.

„So, ich lege mich jetzt wieder hin. Mein Körper ist noch etwas im Ausnahmezustand durch die Übergriffe vom Wolfsgesichtigen. Lasst mich einfach pennen."

„Willst du nicht eine Kleinigkeit essen?", fragte Tom.

Ich schüttele den Kopf.

„Nein! Ich kann mir falls ich Hunger bekomme, später etwas holen", antwortete ich.

Chiron stand auf, eilte an den Vorratsschrank und kam mit einer Flasche Pflaumenschnaps zurück, den er vor mir auf den Tisch stellte.

„Hier! Ich erspare dir den Weg nach unten. Lass es dir schmecken. Drei Teile wie bei einem Überraschungsei. Etwas zu trinken, etwas zu essen und danach kannst du mit der Flasche spielen. Falls du das mit dem essen nicht kapiert hast, sag ich nur Pflaume ist ja schon drin."

Entgeistert blickte ich ihn an, stand wortlos auf, lief in die Bibliothek und legte mich auf die Couch.
Ein neuer Plan war in mir gereift und ich würde ihn auch umsetzten.

„Chiron, bitte hör damit auf, dass du Caer immer und immer wieder erniedrigst. Wenn du mit ihr nicht mehr klarkommst, dann sag es ihr endlich. Es wird das Beste sein ihr trennt euch dann. So kann es nicht mehr mit euch weitergehen", machte Tom den Vorschlag.
„Ich habe wieder einmal überreagiert und es tut mir wahnsinnig leid. Sie schafft es immer wieder, dass ich aus der Haut fahre", erklärte er.
„Wenn das so ist, dann ändere es", ergänzte Ben.
Chiron nickte und stand auf.
„Bin gleich wieder hier", meinte er und verschwand nach oben.
Kurz darauf hörte man Glas splittern.
„Oha! Jetzt ist der Spiegel erneut hin", gab Cedrick von sich.
„Ist so auch besser. Konsequent ist Chiron schon, was er gerade bewiesen hat. Jetzt muss er das nur mit Caer wieder in Ordnung bringen. Ich bewundere ihre Stärke gegenüber den Angriffen von Chiron. Man merkt, dass sie ihn trotz der ständigen Querelen liebt", meinte aus dem Hintergrund Horatio.
Alle nickten und dann tauchte Chiron wieder auf.
„So, dass erste Problem wäre gelöst."
„Wir haben es gehört und nun geh zu Caer und sprich mit ihr", riet Tom.
Chiron nickte.
„Bis morgen, Leute. Kommt gut heim."

Chiron klopfte vorsichtig an die Türe zur Bibliothek.

Nichts rührte sich und er öffnete sie vorsichtig. Caer lag schlafend auf der Couch und atmete entspannt.

Im gleichen Augenblick trat Steven neben ihm.

„Wie geht es ihr?", wollte er wissen.

„So wie es aussieht anscheinend gut. Schau sie an. Ich würde mein Leben für sie geben", entgegnete Chiron.

„Wenn dem so ist, dann zeige es ihr auch, denn sie hat es verdient. Wir gehen jetzt alle. Bis morgen Chiron. Wird schon werden", verabschiedete sich Steven und klopfte ihm auf die Schulter.

„Diesmal nicht! Caer hat einfach zu ruhig reagiert. Ich hab's versaut, da bin ich mir sicher", gab er leise von sich.

Chiron setzte sich, wie so oft, in einen der Sessel und wachte über Caers Schlaf. Am liebsten hätte er sie in die Arme genommen und an sich gedrückt. Unterließ es aber, da er nicht wusste, wie sie reagierte. Es blieb ihm nichts anderes übrig, als bis zum Nächsten Tag zu warten und dann einen Versuch zu starten um alles zu bereinigen.

Mitten in der Nacht wachte Chiron auf.

Caer wälzte sich im Schlaf unruhig hin und her und schien wieder einmal in der Anderswelt unterwegs zu sein. Sie redete in einer Sprache, die er nicht verstand. Es schien keltisch oder gälisch zu sein.

Was ging in ihr vor?

Was hatte sie vor?

Er hoffte es von ihr zu erfahren, sobald sie aufwachte.

Ich flog wieder einmal an der Küste entlang um mich mit Manannan zu treffen. Einige Fragen standen noch offen, die ich beantwortet haben wollte. Auch diesmal sah ich ihn von weitem auf seinem Felsen sitzen.

„Sei gegrüßt Caer. Was führt dich erneut zu mir?"

„Kannst du dir das nicht denken, Manannan? Ich dachte der Anderwelt bleibt nichts verborgen? Oder irre ich da?
„Nein, du irrst nicht! Diesmal möchte ich es aus deinem Munde erfahren. Also?"
Ich erzählte die Geschichte der letzten Tage und fügte hinzu, dass ich so nicht mehr agieren wollte und konnte.
„Manannan, meine komplette Energie ist erschöpft und ich sehne mich nur noch dem Ende entgegen. Am liebsten wäre es mir, wenn ich schon jetzt alles aus meinem Gedächtnis löschen könnte, denn tot bin ich bereits."
„Liegt dir wirklich nichts mehr an deinen Kindern und einer Zukunft mit Chiron?"
„Nein! Nach den vorherrschenden Vorkommnissen nicht mehr. Ich quäle mich nur noch und gebe den Kampf auf. Außerdem hat der Wolfsgesichtige und die Moorhexe verkündet, dass ich ihnen, sobald ich den Platz auf dem Brunnen bestiegen habe, schutzlos ausgeliefert bin. Du hast mich belogen. Warum soll ich dieses Leid, dass mir demnächst widerfahren wird, künstlich aufrechterhalten."
„Vergiss nicht, du hast eine Aufgabe zu erfüllen?"
„Manannan, du besitzt soviel Macht, dass du dies auch selbst klären kannst. Dazu benötigst du mich nicht. Meine Schwester wird eh in eurer Welt bleiben und vielleicht ist es möglich, dass auch die Zwillinge dort verweilen können. Falls nicht, übergebt sie Chiron, wie besprochen. An dem Stein der Weisen liegt mir nichts. Soll sich die Moorhexe mit ihren Schergen selbst darum kümmern."
„Ist das dein letztes Wort, Caer?"
„Ja!"
„Gut! Ich werde es wohlwollend überdenken und mich wieder bei dir melden.
Trotzdem begibst du dich erst auf die Reise wie vorgesehen. Viel Glück, Caer. Nun flieg zurück. Chiron erwartet dich sicher."
Ich nickte, verneigte mich und machte mich auf den Rückweg.

Das Erwachen, war irgendwie anders als sonst.
Nachdem ich dieses Gespräch mit Manannan geführt hatte, fühlte ich mich mehr als befreit und würde mir nichts mehr aufzwingen lassen.
Ich setzte mich auf und sah aus den Augenwinkeln, dass sich Chiron im Zimmer befand.
Anscheinend hatte er die ganze Nacht hier verbracht.
Vorsichtig stand ich auf und schlich auf Zehenspitzen in die Küche um ihn nicht zu wecken.
Während der Kaffee durch die Maschine lief, eilte ich nach oben in mein Schlafzimmer, um frische Wäsche zu holen.
Beim Öffnen der Türe, sah ich die Bescherung.
Der Spiegel war erneut zersplittert.
Gerade als ich ihn wieder richten wollte, hörte ich wie Chiron sich hinter mir räusperte.
„Nicht, Caer! Belasse ihn so wie er ist! Ich möchte dich bitten, dass du nach dem Frühstück ein Gespräch mit mir führst. Wir haben einiges zu klären."
„Ja, Chiron, dass denke ich auch. Ich werde schnell duschen gehen und dann in der Küche erscheinen. Erkläre mir endlich den *falschen Mond*. Bis gleich."
Chiron nickte und machte sich auf den Weg nach unten. Ich verblieb noch im oberen Geschoss, denn ich hatte absolut nicht die Absicht mich mit ihm in irgendeiner Art und Weise weiter auseinanderzusetzen.
Schnell packte ich meine Kleidungsstücke zusammen, schlich nach unten, in der Hoffnung, dass die Jungs nicht so bald erschienen und verstaute alles im Auto.
Langsam richtete ich meine Schritte zur Küche und schenkte mir einen Kaffee ein.
„Bist du schon fertig?", wollte Chiron wissen.
„Nein, aber ich brauche schnell einen Muntermacher. Bin sofort zurück", gab ich zur Antwort.

Schnell verschwand ich im Badezimmer, stellte die Dusche an und ließ das Wasser laufen, während ich mich anzog.

Ich wollte so schnell wie möglich, noch heute von hier verschwinden.

Leise öffnete ich die Türe einen Spalt und huschte so lautlos wie möglich hinaus in Richtung Haustüre.

Als ich im Auto saß, atmete ich auf und startete den Motor.

Nur weg hier.

Während ich vom Anwesen fuhr, stiegen mir Tränen in die Augen. Ich hoffte, dass Chiron mir irgendwann verzeihen konnte.

Bevor ich mich auf meine Expedition machte, wollte ich noch im Cottage vorbeisehen und schnell einen Brief an Chiron verfassen. Brigid besuchen und dann aufbrechen.

Schon stand ich vor meiner Behausung, die ich einige Wochen nicht sehen würde und betrat sie.

Papier und Stift waren schnell bereitgelegt und ich legte los.

Lieber Chiron,

lange habe ich überlegt, wie ich meine Liebe zu dir in Worte fassen soll.

Es scheint fast unmöglich, da ich dich so unsagbar liebe.

Ich kann mir ein Leben ohne dich gar nicht mehr vorstellen.

Du bist es, der mein Herz erobert hat und sich meiner Liebe bis in alle Ewigkeit gewiss sein kann.

Egal was geschieht.

Ich weiß, dass wir beide etwas falsch gemacht haben, und falls ich dich beleidigt habe, tut es mir wirklich leid. Das war nicht meine Absicht, obwohl ich nicht garantieren kann, dass ich das in Zukunft nicht noch einmal tun werde.

Ich bin sehr emotional und zu wissen, dass ich mit dir streite,
bringt mich zum Weinen und Schreien, weil es mir in der Seele
weh tut, mit dir so umzugehen.
Ich weiß, dass wir beide in diesem Moment unseren Freiraum
brauchen. Darum gehe ich, um mein Schicksal zu erfüllen.
Inzwischen kannst du dir über deine Gefühle zu mir vielleicht
klar werden. Ich habe mir erlaubt, dass Buch über...in Luna
rea... mitzunehmen. Ich muss endlich wissen, was es damit auf
sich hat und in welchem Zusammenhang es zu mir steht.
Danke Chiron, dass es dich in meinem Leben gibt.
Ich liebe dich über alles.

   Caer

Ich schrieb mir alles von der Seele, was mich in den
letzten Wochen belastet hatte und machte mich auf
den Weg zu Brigid, die mich herzlich empfing.
„Hallo Caer, was führt dich zu mir?", fragte sie.
„Brigid, du weißt doch bestimmt um was es geht, denn
in der Welt der Druiden bleibt nichts verborgen."
Sie nickte und ich ergänzte einige Antworten auf ihre
Fragen.
Brigid erschrak, als sie die Würgemale an meinem Hals
erblickte.
„Das war wirklich Chiron? Unfassbar! Ich bin entsetzt,
wie er dich nach all den Vorkommnissen behandelt!
Und nun?"
„Deshalb werde ich ja gehen, um diese Geschichte so
schnell wie möglich abschließen zu können. Ich kann
so nicht mehr leben. Ich übergebe dir den Schlüssel
vom Cottage und bitte dich, in kurzen Abständen,
immer einmal dort nach dm Rechten zu sehen. Du
kannst ihn aber auch Chiron übergeben, mit diesem
Brief von mir."
Brigid nickte und in diesem Moment klingelte mein
Handy. Auf dem Display erkannte ich Toms Nummer.

Zögernd meldete ich mich.

„Mein Gott, Caer! Gott sei Dank, wo bist du denn? Wir suchen dich schon verzweifelt! Chiron ist mit den Nerven fix und fertig. Im Cottage warst du nicht zu erreichen und der Schlüssel ist verschwunden!"

Ich unterbrach ihn.

„Keine Panik, Tom. Ich bin bereits auf dem Weg, um mein Schicksal zu erfüllen. Eure Suche könnt ihr in diesem Falle getrost aufgeben. Gerade befinde ich mich bei Brigid, die euch später aufsucht und einiges bei euch abgibt in meinem Namen. Ich schalte mein Handy jetzt aus, um zu vermeiden, dass ihr mich orten könnt und verfolgt. Wenn ich meine Expedition erfüllt habe, melde ich mich wieder. Lebt wohl und bleibt alle gesund."

„Warte Caer! Chiron möchte mit dir sprechen."

„Ich aber nicht mit ihm", gab ich von mir und trennte das Gespräch.

„War das nicht zu hart, Caer?", wollte Brigid wissen.

Ich schüttelte den Kopf.

„Nein! Lieber ein Ende ohne Schrecken, als eines mit. Er wollte sicher wieder nur Zeit schinden."

„Nun ich werde ihn noch heute aufsuchen und mit ihm ein Hühnchen rupfen. So geht es nicht weiter. Ich wünsche dir viel Erfolg auf deiner Suche. Leb wohl und bleib gesund. Melde dich, sobald du wieder vor Ort bist."

„Das werde ich tun. Leb wohl Brigid."

Schweren Herzens machte ich mich auf den Weg.

Die erste Nacht auf meiner Reise, verbrachte ich in einem Hotel in Ballymote.

Am nächsten Morgen machte ich mich auf den Weg Richtung Keshcorran.

Ich besorgte mir eine Ausrüstung und etwas Proviant und begann mit dem Aufstieg.

Dort oben befanden sich siebzehn kleine Höhlen, in denen ich mein Glück versuchen musste.

Die Höhlen waren klein, aber die Portale hoch genug, um aufrecht zu gehen.

Hier sollten einst drei Frauen der Anderwelt, Fionn Mac Cumhailin in die Höhlen gezogen haben.

Andere sagenumwobene Mythen wurden außerdem über diese Kalksteinfelsen erzählt.

Ich hoffte nur, dass sich Manannan wieder bei mir meldete.

Jeden Tag wollte ich eine Höhle begehen.

Vielleicht hatte ich großes Glück und fand doch einen Hinweis auf das Chronoskop.

Siebzehn Tage in Finsternis, nur mit Taschenlampen bewaffnet, dass konnte lustig werden.

Am fünfzehnten Tag, fand ich einen kleinen Hinweis über den Verbleib des Chronoskops.

Ich hatte eigentlich schon aufgegeben und war mir sicher, Hinweise über dieses Artefakt, nun doch in Stonehenge zu finden. Durch einen dummen Zufall stieß ich doch darauf, weil ich mich verlaufen hatte.

Ich stürzte in einen kleinen Abgrund in einem der Felsen und fand dort sorgfältig versteckt, einen Tonkrug mit Schriften und somit den dritten Spiegel, den ich zerstörte. Ich hatte die Schnauze einfach voll davon.

Nach dem Absturz prellte ich mir extrem die rechte Körperhälfte, hatte Probleme mit dem Laufen und kam nicht von der Stelle.

Ich bekam fürchterliche Angstzustände, da ich alleine nicht mehr aus dem Abgrund kam und keiner wusste wo ich mich befand. Mein Handy hatte hier keinen Empfang. Irgendwann gelang es mir unter höllischen Schmerzen. Hier in den Höhlen griffen auch meine Kräfte nicht. Eigenartig! Ich war gezwungen, mich unfreiwillig zu schonen und spürte jeden Knochen im Leib. Die Ruhezeit nutzte ich zum Übersetzen der Rollen. Dafür benötigte ich zwei Tage extra und verlor viel Zeit, aber gewann auch an Wissen, wo sich dieses Chronoskop befand und was es mit dem Stein der Weisen auf sich hatte. Ich war erstaunt über diese Erkenntnis, denn die Lösung hatte schon immer so nahe gelegen. Eigentlich hätte ich mir diese Reise ersparen können.

In dieser Nacht erschien mir Manannan erneut.

„Nun Caer, hast du erfahren können, was es mit diesen Artefakten auf sich hat?"

„Ja, dass habe ich! Das Chronoskop werde ich dir nach meiner Rückkehr überreichen, damit sich die überlappenden Zeittore schließen. Dazu wirst du allerdings die Anderwelt verlassen müssen. Mit dem Stein der Weisen kann ich später dienen, aber erst nachdem alles geklärt ist. Ich bin aber zu der Erkenntnis gekommen, dass die Moorhexe mich belogen hat, um an das Chronoskop zu gelangen. Sie wollte es zu ihren Gunsten nutzen, denn sie wurde in den Rollen erwähnt. Du wirst es mit ihr und dem Wolfsgesichtigen abklären, sonst könnt ihr das Chronoskop in jedem Fall vergessen und ich werde es zerstören. Die Schriftrollen haben mir den rechten Weg gewiesen und sind nur von mir einsehbar und nur ich weiß, wo das Teil sich befindet. Zum Glück habe ich dieses Privileg erhalten, denn alle Geschehnisse die in diesen Höhlen passierten, sind Teile meiner Vergangenheit. Deshalb habe ich eine klare Forderung an dich. Du wirt mir ersparen, dass ich diesen Brunnen besteigen muss und ich wünsche weiterleben zu dürfen. Du wirst die Stase in

der ich mich zurzeit befinde aufheben und zwar noch bevor ich dir das Chronoskop übergebe. Ich weiß, dass es dir möglich ist. Die Kinder wirst du in drei Tagen an Chiron überstellen. Ich werde es nachprüfen und versuche keine Tricks, denn ich traue euch nicht mehr. Außerdem hat die Muttergöttin Morrighan einige ihrer Kräfte auf mich übertragen. Sie werden demnächst völlig aktiviert. Du weißt, was das bedeutet, denn auch ich bin ab sofort zur Hälfte, eine Trinität."

Manannan nickte und verschwand.

Vorsorglich schirmte ich meine Gedanken ab, damit man erst gar keine Informationen erhielt.

Ich traute den Wesen aus der Anderswelt nicht mehr so ohne weiteres.

Morgen wollte ich mich auf den Heimweg machen und freute mich schon, alle wieder zu sehen.

Der nächste Tag war verregnet, was meiner guten Laune jedoch keinen Abbruch tat, trotz Schmerzen.

Beschwingt machte ich mich auf den Weg zu meinem Auto, verstaute alles auf der Ladefläche und fuhr los.

Jetzt noch einen Zwischenstopp in einem der Hotels.

Eine heiße Dusche, einen Tag durchschlafen, etwas Anständiges zu Essen und dann ab zu Chiron.

Ich freute mich darauf, meine Kinder endlich in die Arme schließen zu können.

Aus der Hotellobby rief ich Brigid an und teilte ihr meine Rückkehr mit.

Im Telegrammstil erzählte ich ihr, was sich ereignet hatte, sie freute sich ebenfalls und hatte etliches zu berichten.

„Am Tag deiner Abfahrt, habe ich Chiron besucht, den Schlüssel und den Brief übergeben und ihm mehr als ordentlich den Kopf gewaschen. Nachdem er den Brief gelesen hatte, brach er regelrecht zusammen. Ich denke, er bereut, was vorgefallen ist und erwartet dich sicher sehnsüchtig. Dein Brief war ja sehr ausgiebig", gab sie lachend von sich.

„Ja, ich habe mein Innerstes vor ihm preisgegeben und hoffe doch, er hat endlich verstanden. Du kannst ihn schonend beibringen, dass ich auf dem Rückweg bin. Von den Kids erzählen wir ihm noch nichts. Ich möchte ihn bei meiner Ankunft damit überraschen", erklärte ich.

„Bis bald, Caer", verabschiedete sie sich und legte auf.

Nach einer entspannenden Dusche, ließ ich mir ein ausgiebiges Essen auf mein Zimmer bringen und legte mich schlafen.

Auch in dieser Nacht erschien mir Manannan.

„Caer, ich kann dir die Kinder im Moment nicht so einfach überstellen. Chiron und du, habt alle Spiegel zerstört. Du musst einen wieder zur Verfügung stellen, damit die Kids in eurer Welt unbeschadet ankommen. Ich hätte dir gerne eine andere Nachricht überbracht."

„Verflucht noch mal! Typisch Chiron! Eigenmächtig wie immer! Nun gut, es ist nicht zu ändern. Wir sehen uns nach meiner Ankunft in Chirons Anwesen und ich kümmere mich um den Spiegel. Anscheinend besitzt ihr aus der Anderwelt auch keine endlosen Zauberkräfte, wie ihr immer darstellen wollt."

„Gut erkannt! Du lernst schnell dazu! Bis bald Caer", sprachs und verschwand.

Ich wachte erst gegen Mittag auf und schaltete mein Handy ein.

Schon luden sich über dreißig Benachrichtigungen hoch. Die meisten waren von Chiron.

Der Rest von den Jungs.

Ich grinste vor mich hin, las alle durch und schaltete es wieder aus. Chiron musste noch warten, dafür hatte ich eine Überraschung für ihn. Die Zwillinge.

Ich bezahlte das Hotelzimmer, stieg in meinen Wagen und fuhr los. Heute abends würde ich bereits wieder zuhause sein. Jetzt mussten nur noch die Artefakte aus ihren Verstecken geholt und vorrangig der Spiegel in meinem Zimmer gerichtet werden.

Das Ziel rückte immer näher, ich wurde extrem nervös und erhoffte mir sehnlichst, von Chiron mit offenen Armen empfangen zu werden.

Keine Ahnung, wie er nach meiner Aktion auf mich reagieren würde.

Nachdem ich die Zufahrt zum Anwesen passiert hatte, fand ich das Haus in völliger Dunkelheit vor.

Chiron war anscheinend mit den Jungs unterwegs.

Irgendwie war ich etwas enttäuscht, hatte aber dafür Verständnis. Woher sollte Chiron denn wissen, dass ich wieder vor Ort weilte. Ich aktivierte mein Handy um ihm die Möglichkeit zu geben, mich zu erreichen.

Das Auto stellte ich hinter das Gebäude um Chiron zu überraschen.

Um in die Wohnräume zu gelangen, suchte ich nach dem Schlüssel und fand diesen versteckt wie immer in einem der Blumentöpfe vor.

Erleichtert schloss ich auf, trat ein und atmete tief durch. Chirons Geruch, den ich so liebte, hing in der Luft. Ich seufzte auf.

Langsam wandelte ich durch die Zimmer. Es hatte sich nichts verändert, außer das der Spiegel in meinem Raum immer noch zersplittert war.

In weniger als fünf Minuten brachte ich ihn in seinen Urzustand und war danach mehr als erschöpft. Meine Kräfte waren wieder aktiv, kosteten mich aber noch einiges an Kraft, da ich gesundheitlich angeschlagen war.

Morgen würde ich den Rest in Angriff nehmen.

Im Moment brauchte ich unbedingt eine Mütze voll Schlaf. Die Reise hatte mir körperlich mehr zugesetzt, als ich zugeben wollte. Außerdem schmerzte meine rechte Körperhälfte, die bereits in allen Farben schimmerte. Die unteren Zimmer hatte Chiron sicher wieder in Beschlag genommen. Blieb mir nur der Rückzug hier oben. Ich entschied mich für seinen Schlafraum und hoffte, dass er mich diese Nacht, nach seiner Rückkehr nicht wecken würde. Nachdem ich mir in der Küche eine kleine Mahlzeit gegönnt hatte, machte ich es mir oben gemütlich. Ich zog mich bis auf die Unterwäsche aus und schlüpfte unter die Bettdecke. Kurze Zeit später war ich eingeschlafen.

Chiron hatte seine Freunde zu einem Umtrunk in das Pub eingeladen. Er teilte ihnen die Rückkehr von Caer mit und das ihn Brigid informiert hatte.
„Ihre Expedition scheint erfolgreich gewesen zu sein. Sie kehrt zurück", gab er bekannt.
„Wann?", fragte Tom nach.
Chiron zuckte mit den Schultern.
„Davon hat Brigid leider nichts erwähnt. Ich denke aber im Laufe des morgigen Tages. Jetzt wird es für unsere Zukunft ernst werden und für Caer geht es um Tod oder Leben. Ihr Schicksal wird sich erfüllen. Ich möchte gar nicht daran denken. Nicht nach ihrem Brief, den sie hinterlassen hat", eröffnete er
„Dann werden wir ihr morgen einen tollen Empfang ausrichten", schlug Cedrick vor und alle stimmten zu.
Spät nach Mitternacht löste sich die Truppe auf und Chiron machte sich ebenfalls auf den Heimweg.
Bereits, als er die Haustüre aufschloss wurde er stutzig.

Er hatte in Erinnerung, dass er zweimal den Schlüssel umgedreht hatte.

Irgendetwas stimmte nicht.

Vorsichtig schlich er in die Küche und bemerkte, dass sich jemand an den Lebensmitteln gütlich getan hatte.

Einbrecher schoss es ihm in den Kopf.

Nur wo waren sie?

Chiron eilte nach draußen.

Der Ersatzschlüssel befand sich nicht unter dem Topf und er war sich sicher, dass sich Fremde auf seinem Grundstück befanden, als er aus seinen Augenwinkeln einen Lichtschein in seinem Garten bemerkte.

Chiron eilte darauf zu und erstarrte. Caers Auto stand mit Standlicht vor ihm. Sie war zurück und hatte wohl vergessen es auszuschalten, was er jetzt tat.

Völlig aufgelöst rannte er ins Haus zurück und riss die Tür zur Bibliothek auf.

Nichts!

Enttäuscht wandte er sich ab und nahm zwei Stufen der Treppe gleichzeitig, um sich in der oberen Etage umzusehen.

Er öffnete ihre Zimmertüre und musste feststellen, dass sie auch hier nicht vor Ort war.

Der Spiegel allerdings befand sich wieder in seinem früheren Zustand.

Sie war also hier.

Blieb nur noch sein Schlafzimmer.

Behutsam öffnete er die Tür und sah Caers Kleidung fein säuberlich zusammengelegt auf der Couch. Sie selbst lag wie immer, völlig eingeigelt unter der Decke und schlief.

Chiron grinste nachdem er sie so vorgefunden hatte.

Sein Herz machte Luftsprünge.

Endlich hatte er sie wieder.

Chiron hätte sie am liebsten aufgeweckt und an sich gedrückt, unterließ es aber.

Caer sah mehr als erschöpft aus und nicht nur das.

Sie hatte in all den Tagen, wo sie unterwegs gewesen war, extrem abgenommen. Sie redete im Schlaf und dann schob sie die Bettdecke unbewusst mit ihren Füßen aus dem Bett.

Chiron erschrak heftig, als er ihre rechte Körperseite erblickte.

Von der Schulter bis zum Knöchel schimmerte die Haut in den verschiedensten Blautönen.

Sie schien sich verletzt zu haben.

Er musste Steven kontaktieren und Bericht erstatten.

Im Moment jedenfalls brauchte sie ihren Schlaf, denn es kam einiges auf sie zu.

Morgen war auch noch ein Tag.

Sorgsam deckte er sie zu.

Diskret zog er sich zurück und nahm ihr Handy mit.

Sie sollte durch nichts gestört werden.

Kurz informierte er Steven über die Sachlage, bat ihn gegen Mittag zu kommen und zog sich kurz darauf in die Bibliothek zurück.

Chiron hatte eine schlaflose Nacht hinter sich und war schon früh am Morgen wach.

Er hatte jede Stunde nach Caer gesehen, ob es ihr gut ginge, denn ihre Verletzung gab ihm zu denken.

Nachdem er ein ausgiebiges Frühstück für sie bereitet hatte, machte er sich damit auf den Weg nach oben.

Vorsichtig öffnete er die Tür und stellte das Tablett auf dem Tisch ab. Sie schlief noch tief und fest.

Innerlich hoffte er, dass sie demnächst erwachte, denn er wollte sie endlich in die Arme schließen.

Chiron beugte sich zu ihr und drückte zärtlich einen Kuss auf ihre Wange.

Caer brabbelte etwas vor sich hin, drehte sich um und schlief weiter.

Er selbst setzte sich auf einen der Ohrensessel, nahm ein Buch zur Hand und las.

Meine Schulter schmerzte und ich erwachte langsam.

Ich blinzelte unter meinen Wimpern hervor und dann fiel mir wieder ein, dass ich in Chirons Schlafzimmer lag. Es war bereits hell und der Schlaf hatte mir mehr als gut getan. Ich gähnte und räkelte mich, als ich auf einmal die Stimme von Chiron vernahm.

„Guten Morgen, Caer. Willkommen zurück von deiner Expedition und ich hoffe sie war erfolgreich. Ich habe dir ein Frühstück zubereitet. Komm setz dich zu mir und erzähle, wie es dir ergangen ist", gab er von sich.

Chiron saß wie schon so oft auf einem der Sessel und grinste mir entgegen.

Mein Herz vollführte Luftsprünge. Auch wenn ich es nicht wahrhaben wollte, ich hatte ihn vermisst.

„Guten Morgen, Chiron. Danke für deinen herzlichen Empfang. Ich hoffe auch dir geht es gut. Ja, meine Expedition war sehr erfolgreich und ich werde dir später ausführlich Bericht erstatten", erwiderte ich.

Ich erhob mich und setzte mich auf die Couch.

Chiron rührte sich keinen Zentimeter von der Stelle und sah mich nur an.

Im Stillen dachte ich ....*küss mich doch endlich.*

Er räusperte sich, legte sein Buch zur Seite und zeigte auf meine rechte Körperhälfte.

„Wie ich sehe hast du dich verletzt? Außerdem bist du ziemlich schmal geworden. Hattest du nicht genügend an Proviant bei dir?", frage er.

„Doch nur war ich so extrem beschäftigt, dass ich die eine oder andere Mahlzeit ausließ."

Unsere Unterhaltung geriet in eine Sackgasse.

„Sag mal Chiron, wissen die Jungs schon Bescheid, dass ich vor Ort bin? Falls nicht, solltest du sie gleich informieren. Ich freue mich, sie zu sehen. Somit kann ich euch meine Erlebnisse erzählen."

Chiron lachte.

„Die ganze Meute kommt gegen Mittag und sie freuen sich auch, dich wieder zu sehen."

Mich fröstelte. Ich griff mir eine der Decken, die auf der Couch lagen und schlang sie um mich.

Chiron verfolgte jede meiner Bewegungen, stand auf und setzte sich neben mich.

„Danke für deinen Brief. Du hast dein Innerstes und deine Gefühle vor mir komplett ausgebreitet. Ich habe jetzt verstanden. Leider wird uns nicht mehr viel Zeit, für eine glückliche Zweisamkeit bleiben, da dich dein Schicksal einholt und keiner weiß, wie es enden wird. Hätte ich die Gelegenheit dazu, würde ich sofort mit dir tauschen. Wenn man jemanden liebt, tut man wirklich alles dafür, um ihn zu schützen. Wirklich alles, denn ich möchte dich nicht verlieren", beteuerte er und zog mich in seine Arme.

„Die Vergangenheit ist bereits geschrieben, Chiron. Jedoch die Zukunft ist noch nicht in Stein gemeißelt. Lassen wir uns einfach überraschen, was geschieht und machen wir bis zur Schließung der Zeittore das Beste daraus. Ich werde später deine Hilfe benötigen, um an die beiden Artefakte zu kommen und nun nehme ich erstmal eine Dusche", erklärte ich und stand auf.

Ich wollte ihm noch nicht alles preisgeben, was mir Manannan mitgeteilt hatte und ihn damit überraschen.

Hoffentlich konnte er mir diese List verzeihen.

Chiron begleitete mich bis zum Badezimmer.

„Caer, falls du dein Handy vermisst, es liegt in der Küche auf dem Tisch. Ich hatte es gestern, damit du im Schlaf nicht gestört wirst, dorthin gelegt."

Ich nickte, bedankte mich bei ihm und verschwand.

Erfischt stieg ich Minuten später aus der Dusche, trocknete mich ab, streifte den Bademantel über und machte mich auf den Weg in die Küche, wo ich auf Chiron traf, der Kaffee kochte.

„Möchtest du auch eine Tasse?", fragte er mich.

Ich nickte.

„Sag mal Chiron, sind noch Tabletten im Haus? Meine rechte Seite bereitet mir gerade heftige Probleme. Ich halte es vor Schmerzen kaum aus."

„Ja, in der Schublade. Du solltest schnellstens einen Arzt aufsuchen. Ich habe die Plessuren schon vorhin begutachten können. Sieht nicht gut aus."

„Ich weiß. Kleiner Unfall auf der Suche nach Hinweise für die Artefakte. Passiert eben."

„Caer du hast dich kein bisschen geändert. Immer auf der Suche nach Ärger und Miss Cool spielen."

„Wer sagt denn, dass ich mich ändern will? Ich bin mit mir voll und ganz zufrieden. Entweder man nimmt mich so wie ich bin oder lässt es bleiben."

Chiron drehte sich zu mir, schnappte mich plötzlich und zog mich fest an sich.

„Komm her du Hexe, denn ich nehme dich so wie du bist."

Ich war über diese Aktion so erschrocken, dass ich nicht einmal reagieren konnte und dann küsste er mich, dass mir die Luft wegblieb.

Ich versank wieder einmal in meiner Gefühlswelt und diesen Moment nutzte Chiron für sich.

Er hob mich hoch und eilte mit mir nach oben.

„Weißt du, was ich mit dir jetzt am liebsten machen würde?"

„Ich kann's mir vorstellen. Tu es einfach. Vielleicht ist es das letzte Mal."

Er ging sehr behutsam aufgrund meiner Verletzung mit mir um und ich genoss es mit jeder Faser meines Körpers. Chirons Rücken war danach mit blutigen Striemen übersät. Als ich versuchte sie verschwinden zu lassen, versagten meine Kräfte.

Chiron wunderte sich, verlor aber kein Wort darüber.

„Caer, zieh dich an. Die ganze Meute wird gleich hier vor Ort sein."

Ich nickte, stand auf, schlüpfte in meine Klamotten und eilte mit Chiron nach unten.

Keine Sekunde zu früh, denn es klingelte an der Tür.

Chiron öffnete und es gab ein riesiges Hallo.

Cedrick drückte mich etwas zu heftig und ich schrie vor Schmerz auf.

„Vorsicht! Caer hat sich verletzt, als sie auf der Suche nach den Artefakten war. Steven du solltest sie einmal anschauen. Sieht wirklich übel aus", erklärte Chiron.

Ich nahm dem Ganzen etwas Wind aus den Segeln.

„Leutchen, wir trinken jetzt erstmal Kaffee und ich erzähle euch dabei, wie es mir ergangen ist. Auf in die Küche."

Als ich zu der Stelle meiner Erzählung kam, wo ich gestürzt war und mich verletzt hatte, zog ich meine Strickjacke aus.

Ein Aufschrei ging durch die Jungs und ich musste laut lachen.

„Beruhigt euch. Alles halb so schlimm."

Steven schüttelte mit dem Kopf und tastete mich ganz vorsichtig ab.

„Caer, damit ist nicht zu spaßen. Sieht wirklich krass aus. Nimm nicht immer alles auf die leichte Schulter. Wie weit erstreckt sich denn diese Verletzung", wollte er wissen.

„Von der Schulter bis zum Knöchel. Sie schillert auch in allen Blautönen", antwortete ich.

„Unfassbar, wie du mit deiner Gesundheit umgehst", gab Steven von sich.

„Es hat doch sowieso alles bald ein Ende. Jetzt lauscht weiter", erwiderte ich.

Kurz darauf hatte ich meine Geschichte erzählt.

„Wie können wir dir helfen?", wollte Tom wissen.

„Ich werde erst das Chronoskop aus seinem Versteck holen und dann den Stein der Weisen. Danach wird sich mein Schicksal erfüllen."

„Verrätst du uns, wo diese beiden Artefakte zu finden sind?", fragte Ben.

Ich nickte.

„Ja, vor Ort. Die Lösung lag schon immer so nah. Für den Stein der Weisen benötige ich nur Hammer und Meisel oder einen Vorschlaghammer. Zuerst werde ich das Chronoskop an Manannan übergeben und somit verschließen sich die Zeitebenen. Die erste Aufgabe ist damit erfüllt und ich habe noch etwas Zeit. Danach werde ich euch erklären wie es mit mir weitergehen wird. Ich habe außerdem noch einen kleinen Trumpf im Ärmel, was dich erfreuen wird, Chiron. Es ist mehr eine Überraschung an dich von mir durch Manannan. Er hat mir einen letzten Wunsch zugestanden. Im Moment sind meine Kräfte etwas eingeschränkt, weil ich sie dafür benötige.

Ebenso den Spiegel im oberen Stockwerk. Manannan benötigt ihn dafür. Zurzeit klingt alles etwas konfus. Ihr werdet es aber später verstehen. Die Moorhexe hat mich in eine Falle gelockt. Es ging ihr eigentlich nur um die Artefakte. Zum Glück konnte ich Manannan von ihrem Verrat, anhand der gefundenen Schriften, in den Höhlen, überzeugen und er hat mir einige von mir geforderte Wünsche akzeptiert."

„Wann willst du damit anfangen?", wollte Horatio von mir wissen.

„Von Chiron habe ich mich bereits verabschiedet. Ich werde es jetzt in Angriff nehmen. Wir müssen in das Verließ im Keller, wo der Altar steht. Es gibt da einen Geheimgang, der mich ans Ziel führen wird. Holt mir bitte die gewünschten Werkzeuge, die ich benötige und dann kann es losgehen. Je schneller es vorbei ist umso besser."

Tom und Horatio machten sich auf den Weg um mir alles zu bringen.

Steven hatte Bedenken, wegen meiner Verletzung und Chiron saß kreidebleich auf seinem Stuhl.

„Nun ist es soweit und ich offenbare dir jetzt, was sich tief im meinem innersten bewegt. Es war mir schon lange klar, nur habe ich es verdrängt. Eines Tages ist es zu spät, wenn du erkennst, dass das was du hättest haben können, nicht mehr für dich greifbar sein wird, weil du es hast gehen lassen, ohne zu wissen, dass es alles war, was du haben wolltest und gebraucht hättest, um glücklich zu sein. Ich wünschte mir, du müsstest nicht gehen", erklärte er und schaute mich verzweifelt an.

„Es wird alles gut, Chiron", antwortete ich.

Tom und Horatio erschienen und wir machten uns gemeinsam auf den Weg in das Verließ.

Chiron ergriff meine Hand und drückte sie sanft.

„Ich weiß, dass du den Ort wie die Pest hasst, Caer."

Ich nickte und nach wenigen Minuten standen wir vor dem Altar.

„Was jetzt?", wollte Steven wissen.

„Irgendwo befindet sich ein Hebel, hinter irgendeinem der Steine verborgen. Helft mir suchen", bat ich.

Cedrick fand ihn und entfernte den Stein.

Dahinter befand sich ein eiserner Hebel.

Ich zog daran.

Nichts rührte sich. Chiron schob mich zur Seite und kam mir zu Hilfe.

Nach einigen Versuchen, gab der Hebel nach und im selben Augenblick öffnete sich knirschend eine Wand.

Steven und Tom schoben sie weiter auf, damit man das dahinter liegenden Gewölbe betreten konnte.

„So, jetzt muss ich alleine weiter. Ich danke euch für die Hilfe. Wir sehen uns später im Wintergarten."

Chiron schaute mich fragend an.

„Wartet dort auf mich. Ich werde die von Manannan versprochene Überraschung mitbringen und dann den Stein der Weisen an die Moorhexe weiterreichen. Den Rest kennt ihr ja."

Ich wartete noch einige Sekunden, bis die ganze Bande verschwunden war und folgte mit mehr als gemischten Gefühlen dem Gang.

Dann stand ich vor dem, was Manannan so brennend in die Hände bekommen wollte. Das Chronoskop. Es prangte inmitten eines kleinen Schreins. Ich entfernte es und lief damit zurück in die oberen Räumlichkeiten.

Bis jetzt verlief alles nach Plan.

Nun hoffte ich, dass Manannan sein Versprechen, mir gegenüber, einhielt und die Kinder wieder in meine Obhut gab.

Außer Atem betrat ich mein Zimmer im oberen Stock.

In Gedanken rief ich nach Manannan. Kurze Zeit

später ertönte ein Rauschen und dann schritt er durch den Spiegel.

„Ich grüße dich Caer. Wie ich sehe, bist du meinem Wunsch nachgekommen und hast das Chronoskop bei dir."

Ich nickte.

„Wo sind meine Kinder Manannan? Meinen Teil des Deals habe ich erfüllt. Jetzt halte du dich auch an dein Versprechen."

„Das werde ich und alle anderen Abkommen mit dir, werden auch erfüllt. Gedulde dich einen Moment ich bin sofort wieder zur Stelle."

Manannan verschwand noch einmal durch den Spiegel und erschien mit den Zwillingen.

„Hier, Caer. Ich lege sie dir ans Herz. Hüte sie wie deinen Augapfel, denn sie sind etwas ganz besonderes und werden in der Anderwelt noch gebraucht. Ihre Kräfte, die du ihnen vererbt hast, sind für uns noch sehr von Nutzen. Sobald ich das Chronoskop besitze, werden die Überlappungen geschlossen, bis auf den Ort, wo alles begann. Das Dorf von Chiron. Hier habt ihr unbegrenzten Zutritt. Übergebe der Moorhexe den Stein der Weisen und alles wird gut. Sie und der Wolfsgesichtige, werden ihrer gerechten Strafe nicht entkommen. Ich wünsche dir und auch Chiron eine glückliche Zeit zusammen. Irgendwann sehen wir uns wieder. Leb wohl. Die Geschöpfe der Anderwelt werden dich vermissen."

Manannan verneigte sich und verschwand im Spiegel, samt Chronoskop.

Ich kniete mich zu meinen Kids und schloss sie in die Arme.

Nun war es an der Zeit, Chiron die Überraschung zu präsentieren. Gespannt auf seine Reaktion, machte ich mich mit den beiden auf den Weg zum Wintergarten.

Chiron war mit seinen Freunden im Wintergarten und wartete ungeduldig auf das Erscheinen von Caer. Unruhig lief er auf und ab.

„Jetzt setz dich endlich! Du machst mich völlig irre!", gab Steven von sich.

„Verdammt, du hast vielleicht gut reden! Wir hätten sie dort unten nicht alleine lassen dürfen! Hoffentlich passiert ihr nichts. Ich würde mir das nie verzeihen", erklärte er.

„Chiron, ich denke Caer weiß was sie tut. Sie muss das Chronoskop erstmal finden. Lass ihr etwas Zeit. Die Übergabe an Manannan findet auch noch statt. Das geht nicht so schnell", beruhigte ihn Tom.

Chiron nickte, setzte sich auf eine der Bänke und blickte dauerhaft auf seine Uhr.

Nach dreißig Minuten wurde es ihm zu dumm.

Er stand auf und schaute in die Runde.

„Jungs, ich halte diese Ungewissheit nicht mehr aus. Ich werde Caer jetzt suchen. Wer kommt mit?", wollte er wissen.

„Den Weg kannst du dir sparen, Chiron. Ich bin hier und habe auch die versprochene Überraschung dabei. Erschrick nicht", ertönte Caers Stimme hinter ihm.

Langsam drehte er sich um und musste sich an Steven festhalten.

„Caer! Ich werde wahnsinnig! Wie hast du es geschafft unsere Kinder zu bekommen?", fragte er.

„Das war mein Deal mit Manannan. Die beiden im Tausch gegen das Chronoskop. Sobald die Moorhexe hier auftaucht, bekommt sie den Stein der Weisen Ich bitte dich nun Chiron, dass du dich um unsere Kinder kümmerst und ihnen ein guter Vater bist", bat ich ihn.

„Was wird aus dir, Caer?"", wollte er wissen.

„Wir werden es bald wissen, Chiron", gab ich zurück, lief auf ihn zu und küsste ihn.

Im gleichen Augenblick erschien die Moorhexe.

„Nun, hast du den Stein der Weisen gefunden?"

„Ja, nur noch nicht zur Hand. Ich werde ihn jetzt für dich bereitstellen. Tom, bitte bring mir die Werkzeuge und wundert euch nicht, was ich jetzt veranstalte."

„Sollen wir dir behilflich sein, Caer", fragte Horatio.

Ich schüttelte mit dem Kopf, griff mir Hammer und Meißel und stieg in den Brunnen.

Gezielt eilte ich auf die Stelle zu, die ich eigentlich zur Erlösung der Stase einnehmen sollte und schlug zu.

Betonstücke flogen mir um die Ohren und nach vier Schlägen sprengte ich den Sockel. Darunter befand sich der Stein der Weisen.

Es war nicht wie fälschlicherweise vermutet ein roter Edelstein oder der Altar, sondern ein Stück davon. Ich nahm ihn, übergab ihn dieser verfluchten Moorhexe und gab ihr einen guten Rat.

„Hier! Nun verschwinde und trete nie mehr in mein Leben!", schrie ich sie an.

Sie lachte.

„Du hast etwas vergessen, Caer. Du bist immer noch in meiner Gewalt und wirst jetzt deinen gerechten Lohn erhalten. Deinen Tod für ewig!"

Ich schluckte und blickte noch einmal in die Richtung, wo Chiron mit den Kindern stand.

Dieser war kreidebleich und schaute mich entsetzt an.

Wo blieb das Versprechen von Manannan?

Anscheinend war alles umsonst gewesen und mein vorbestimmtes Schicksal würde sich doch ereignen.

Ich schloss mit meinem Leben ab, als Manannan wie aus dem Nichts erschien.

„Stopp! Noch bestimme ich über Leben oder Tod von Caer! Sie steht unter meinem persönlichen Schutz und niemand wird ihr ein Leid antun! Vor allem du nicht, Moorhexe! Caer hat alle ihre Versprechen eingelöst, im Gegensatz zu dir! Dafür versprach ich, dass sie die Kinder wieder bekam und sie hat ein Recht zu leben. Ich habe sie bereits aus der Stase der Nekromantie befreit. Das war ein weiterer Deal mit ihr. Du aber wirst deine gerechte Strafe erhalten und kommst jetzt mit. Das ist die Rache von mir, wegen deines ewigen Ungehorsams", tat er kund und griff nach ihr.

Kurz darauf waren beide miteinander verschwunden.

Chiron drückte beide Kids, Steven in die Hand und eilte auf mich zu.

„Mein Gott, hast du das gehört? Du weilst wieder unter den Lebenden! Ich dachte schon, ich habe die große Liebe verloren, bis mir klar wurde, dass man die Wahre niemals verlieren kann.

Ich musste lachen und gestand, dass ich schon lange wusste, dass mich Manannan erlösen würde.

Chiron stutzte.

„Caer, du wusstest es schon länger? Schon bevor wir beiden noch einmal miteinander……"

Ich unterbrach ihn.

„Ja, Chiron. Ich weiß es schon seit Wochen und hoffe, du kannst mir diese List von heute morgen verzeihen. Wichtig ist nur, dass die Kids wieder hier sind. Außer du möchtest uns nicht bei dir wissen, dann gehe ich mit beiden zurück in die Anderwelt. Diese Option hat mir Manannan zugestanden. Meine Zwillingsschwester und meine Eltern verbleiben in der Anderwelt, da sie sich in unserer nicht mehr zurechtfinden würden. Es war deren ausdrücklicher Wunsch. Zuviel Zeit ist für sie vergangen. Die Tore überlappen sich nicht mehr und sind verschlossen. Allerdings können wir in deine Vergangenheit, so oft wir wollen oder wie du willst und mir bleiben meine Kräfte erhalten, die ich schon immer besaß. Auch dies hat Manannan mir weiterhin zugestanden. Außerdem sind beide Kinder für die Anderwelt noch erheblich von Nutzen, da sie meine Kräfte geerbt haben. Einige Privilegien bleiben uns somit erhalten. Das Einzige, was wir nicht mehr vorfinden werden, sind die Altäre. Sie wurden in ihre Zeit zurückversetzt, um keinen Schaden mehr vor Ort im Hier und Jetzt anrichten zu können. Sämtliche Flüche, bis auf einen sind aufgehoben. Nun liegt es an dir, wie es mit uns weitergehen soll."

AF235187

By the same author

THE GREG MANDEL BOOKS:
Mindstar Rising
A Quantum Murder
The Nano Flower

THE NIGHT'S DAWN UNIVERSE:
The Reality Dysfunction
The Neutronium Alchemist
The Naked God

A Second Chance at Eden (shorts in the Night's Dawn Universe)

THE COMMONWEALTH SAGA:
Pandora's Star
Judas Unchained

COMMONWEALTH UNIVERSE, THE VOID TRILOGY:
The Dreaming Void
The Temporal Void
The Evolutionary Void

COMMONWEALTH UNIVERSE,
CHRONICLE OF THE FALLERS:
The Abyss Beyond Dreams
Night Without Stars

THE SALVATION SEQUENCE:
Salvation
Salvation Lost
The Saints Of Salvation

THE QUEEN OF DREAMS TRILOGY:
The Secret Throne
The Hunting of the Princes
A Voyage Through Air

PRAISE FOR

PETER F. HAMILTON

"A Hole in the Sky *by SF master Peter F. Hamilton is a coming-of-age
adventure that rapidly turns into the Poseidon Adventure aboard a
failing generation ship. It's engaging, refreshing, and optimistic."*
Kevin J. Anderson, New York Times bestselling coauthor of
Dune: House Atreides

"A Hole in the Sky *is an excellent story, with a central mystery that
builds tension throughout: the more you learn, the more you
want to find out."*
Adrian Tchaikovsky, author of *Children of Time*

*"The phrase 'modern master of science fiction' is not to be lightly
bestowed. Peter F. Hamilton has earned it."*
John Scalzi, author of *Old Man's War*

*"We've said it before but let's say it again: nobody does BIG SF quite
like Hamilton."*
SFX

"Hamilton puts British SF back into interstellar overdrive."
The Times

*"So long as there are writers like Hamilton who can blend the core and
eternal human bits with the ultrahuman visionary stuff, science fiction
will flourish."*
Locus

*"Science fiction authors don't get much more legendary than
Peter F. Hamilton."*
New Scientist

Peter F. Hamilton

THE CAPTAIN'S DAUGHTER

BOOK TWO OF
THE ARKSHIP TRILOGY

ANGRY ROBOT
An imprint of Watkins Media Ltd

Unit 11, Shepperton House
89-93 Shepperton Road
London N1 3DF
UK

angryrobotbooks.com
Into the labyrinth

An Angry Robot paperback original, 2026

Edited by Simon Spanton Walker and Alan Heal
Cover by Sneha Alexander
Set in Meridien

ISBN 978 1 83673 011 8
Ebook ISBN 978 1 83673 012 5

Printed and bound in the United Kingdom by CPI Group (UK) Ltd, Croydon CR0 4YY

The manufacturer's authorised representative in the EU for product safety is eucomply OÜ - Pärnu mnt 139b-14, 11317 Tallinn, Estonia, hello@eucompliancepartner.com; www.eucompliancepartner.com

9 8 7 6 5 4 3 2 1

(1)

I was fascinated by the experience of the air being cold. It was so strange. For my whole seventeen years, it had always been pleasantly warm inside the *Daedalus*. In school, they told us the heat is why the crops grow so well and the forests are dense with trees – that and the abundant rain which irrigated the arkship's internal habitat; there are giant sprinklers up there, fixed to the curving rock that forms the sky. The Builders installed them between the light strips that run the whole length of the cylindrical habitat, pumping out a constant deluge of water for three hours every third night without fail.

It was raining when the five of us came shooting out of the waterfall, splashing down into the pool at the base of the habitat's forward endwall. Except this time, it wasn't water droplets falling down from the sprinklers. John, my AI, called the stuff in the air *snow*.

For a few minutes we played around in the soft, fluffy blobs that floated down around us, shaping it into weird, dripping lumps, laughing at how it crunched when you bit it, numbing our tongues as it melted. But that was only a short interlude. We needed it, though, all of us, a brief moment away from the ordeal we'd just survived – well, some of us had survived.

A few paces away was Frazer, my little – ah, I must stop calling him that; he's my *younger* brother. He's also the smartest person I know, even though his thoughts run wild too often. He stood there in the subdued silvery light that comes out of the strips every night with his arms out, examining each flake as it landed on his spacesuit gloves as if the fragile patterns contained some kind of elusive secret. And there was Rell, too, who I was hugging contentedly as we swayed around under the crazy swirl of snow. Rell, who makes me happy in a way I haven't felt since –

No. Now was not the time to be thinking of the calamities and mistakes that were previous boyfriends. He's twenty, with darker skin than mine (not hard given I'm practically the same white as the snow, with hair that's flame-orange) and has a face that I find very enjoyable to look at. He's the trainee doctor at Akebia village, which is an outward sign of his good heart. *And* he believed in me when so many others didn't. That's a wealth far beyond any food kilos in a work ledger. We were together, a proper couple, especially after what we'd just been through.

From inside his embrace, I stole a guilty glance over at the final pair of my little group of friends, Alice and Shao, who were clinging to each other. For a brief moment, Alice had managed to put aside her grief at the death of Tamran, one of the boys she'd met up with at the Akebia village dance. Shao, her other boyfriend from the dance, was loyally following her as she followed me into the arkship's forbidden forward section, something he was probably seriously now regretting. But Alice came along because we've been best friends since forever and she trusted me. I don't apologize for that; we desperately needed to reach those sections of the arkship that had been sealed off centuries ago.

Just a few weeks ago, I'd found out the *Daedalus* was leaking air through a puncture hole. The arkship was travelling at ten per cent of lightspeed between stars, and even with our shielding – a kind of gas cloud, John informed me – we'd occasionally encounter some piece of cosmic junk big enough to get through. Nobody was repairing the breach; we were depending on machines that no longer worked to keep us safe. So in I went, all headstrong and righteous. Impetuosity, my mother calls it.

That's where the trouble really started. At school, we were taught that there was a Mutiny on board five hundred years ago. Back then, the *Daedalus* had reached a habitable planet after a four-hundred-year flight from Earth, but it turned out there were aliens there, the Yi, who weren't quite sentient. Morally, our ancestors couldn't settle on a planet with a native species that could one day achieve sentience, so they set off again. This time it was to be a five-hundred-year voyage to a planet that was being terraformed by one of the robot seedships that Earth had sent out into the galaxy, a world where there would be no ethical issues about them settling.

In that version of history, we learned the Mutineers wanted to live on the first world. They didn't want their children and grandchildren to live in an arkship for another five hundred years, so they tried to turn the *Daedalus* around. The last captain, Ashleigh Kruger, along with her loyalists managed to defeat the Mutineers at terrible cost. There was what amounted to a war on board, killing off most of the adults.

And it was all a lie.

The Yi, it turned out, were sentient after all – and utterly ruthless. There was no Mutiny. The Yi took over the *Daedalus* by stealth and all but exterminated the humans on board. We, the descendants of that short, savage war's survivors, had been living that lie for five hundred years.

As revelations went, that one had brought me to my knees. I met the Yi in the forward section. They killed Tamran and Elijah – killed them with no warning and no mercy. Brutal, horrible deaths.

"The snow's making your nose cold," Rell grinned, and kissed me again. Our spacesuit helmets clanked together. With the visor open, I could just reach his lips with mine.

"Well, now you mention it," I replied. "I do–"

"What's that?" Frazer yelled in alarm.

I spun round, muscles animated by fear. We'd escaped the type-three Yi – the soldier class – that had been chasing us, a confrontation that had seen Elijah sacrifice himself so the rest of us could get clear. Despite the snow, and the relief of being back in the habitat, we were all still a single heartbeat from dread.

They followed us, was my shrieking thought. And it wasn't just me; all of us were abruptly shining our torches at Frazer, who was pointing his torch at the pool. I followed where the beam was going.

High above us, the waterfall continued to spill its torrent of water down the rock that was the habitat's endwall, crashing into the pool. It created ripples that lapped at the reeds around the edge. But Frazer's torch had found a different set of ripples, the kind of bow wave a boat makes. They were heading for the edge, and getting bigger. There was no boat – all I could see was a red glimmer below the surface. I dropped my torch and tugged my laser pistol from its holster.

By the time I focused on the water again, the top of a white-and-purple cylinder was rising up out of the surface. I let out a sob of relief. It was one of the three cybots assigned to escort us by the AI we'd found in the forward section. The other two had been destroyed by the Yi during our escape, and I thought this one had been lost when it fell into the top of the waterfall intake pipe. Clearly it was tougher than I expected. But then, if I could survive the waterfall…

It rolled up onto solid land, pausing for a moment before its three stumpy legs shrank back into its base. There were plenty of dints in its shell, and some of the equipment packs it had carried were missing, as was an arm, which had been torn off at some point. The other three were still intact.

I gave a nervous laugh which quickly petered out. "I don't think I can take another surprise," I admitted.

"Me neither," Rell agreed.

For that I awarded him a grateful smile. "John, can you communicate with it?"

"Yes. I have established a secure ultraviolet link. The habitat network cannot intercept that," said John.

"So, it's working okay?"

"The visible damage is superficial, apart from the arm. The remaining three arms will be adequate for most tasks. Some equipment packs were torn off. It doesn't know where they are."

"Bottom of the pond," Frazer muttered.

"Most likely," John agreed.

I shivered, despite the warmth of the spacesuit I was wearing. Every part of me felt drained. I was desperate for a good sleep, maybe a nice breakfast. "We should get to Akebia," I said. "I need a bed. Actually, just a floor'll do."

"Chief Sedilko will find us one in the cells, I'm sure," Frazer said.

"No," Rell replied emphatically. "Not after Hazel's broadcast from Section Seventeen."

I'd almost forgotten that. After everything else that had happened, it wasn't at the top of my mind. Section Seventeen's

AI had managed to send out a brief broadcast across the habitat before the Yi attacked it. I'd been the one telling everyone what we'd found in the arkship's forward section, and that we were going to fix the leak. Not that I'd managed to finish my speech; we'd had to run from the Yi as they broke in. For the first time, I wondered what that had looked like to anyone who'd seen the broadcast – me babbling away excitedly, followed by all of us running for our lives.

"Do you think many people actually saw it?" I asked.

"It was only a few hours ago," Alice said with a smile that verged on malicious. "Everyone would have been having their evening meal. They'll have seen it for sure."

She was right, of course. Every village had a communal hall where we ate, and each of those halls had a screen where the Electric Captain made her announcements. "Oh, sweet Captain," I grumbled.

"It'll be fine," Rell said reassuringly. "That warning about the new air being cold will just add to your authority when we show up."

"Do you think so?"

Everyone nodded, assuring me that was so – even Shao, who hardly ever spoke. I wasn't convinced.

We tramped along the path that led to Akebia, the cybot rolling along beside us. The snowflakes were somehow sliding in through my open visor to melt in my hair, but I decided against putting the visor down again. That would be too weird for people when we arrived at Akebia. Just wearing a spacesuit was going to be imposing enough. Elijah had been right when he told me *too much, too soon* would make people recoil from the truth.

There was a slight rise in the ground just before the village. When we reached the top, we all came to a halt.

"Oh, my dayz," Frazer said in delight. "They're partying."

A bonfire was burning bright in the big courtyard outside the village hall. There were a lot of people there. They seemed very animated.

I frowned as I took in the scene. The last time I'd been in that courtyard was when Ixia's girls had been invited to the dance, the night I'd met Rell. There'd been musicians and a feast and drinking. It was lovely. This seemed... different.

"That doesn't look like a party," I decided.

"The grand conclave," Rell said. "Remember? Chief Sedilko told us he was going to call a grand conclave of the mayors and Regulator chiefs to sort out what to do about–" He broke off sheepishly.

"Me," I filled in for him. "To decide what to do about me." The conclave was something else I'd forgotten, or conveniently overlooked, in all the drama and terror of the last day. To be fair, I'd been worrying about bigger things than a bunch of old mayors squabbling about events they didn't understand.

Now, staring down at that same crowd of mayors and Regulators, the steady buzz of their voices as they argued in an oh-so-civilized fashion, I wanted to slink off into the night.

"You can't put this off," Alice said firmly.

I gave her a despairing look. She knew me so well.

"We walk in on them like this..." she gestured at our spacesuits, "...with that..." a finger pointed at the cybot, "...and they'll have to listen to you. Really listen."

I glanced at Rell, who smiled ruefully. "She's right. We'll back you up."

I let out what must have been the weariest sigh ever. "Oh, sweet Captain. Okay. Let's get this over with."

The silence spread like a disease.

Appropriate enough. The crowd certainly parted like we were some kind of deadly contamination. It was the mayors and Regulator chiefs who occupied the centre of the courtyard, with some of them up on the little stage at one side. The rest of the village formed a circle around them, pressed together under the cherry trees for the scant cover their leaves offered against the snow. People were cold and damp from the snow, wearing plenty of clothes and stamping their feet to stay warm. They were all trying to listen to the conclave, shouting the odd comment, arguing among themselves.

We walked through Akebia's cabins unnoticed until we reached the back of the crowd. A woman glanced round, saw us and stiffened in shock. Then, the person next to her turned to see what she was looking at. So it went on.

Nobody said anything to us. I mean, what do you say to five people in spacesuits accompanied by a battered pre-Mutiny machine? I couldn't meet anyone's gaze, just kept looking dead ahead at the path that opened up. Several of the younger villagers grinned and waved at Rell and Shao.

When we reached the courtyard itself, I faltered. A corner of the Akebia village hall made up one side of the area, a circular pre-Mutiny building with a stone roof and glass walls. I could see directly inside, where dozens of people were sitting at the canteen's long tables. On the wall behind them was the screen. It was on, showing an image of *me*. Something had made it freeze at the point where the Yi had invaded Section Seventeen, at the precise moment I'd shouted, "Run!" and started to turn. The motion had blurred my shoulders, but my face was clear and sharp, an expression of shock and fear etched onto my features. The others stood behind me, their own alarm apparent.

I couldn't look away. There was Elijah, his dismay looming large. And I knew him well enough to see the anger there, too. We'd never been friends, especially after I broke up with his brother, Zawn. He hadn't believed me, considered me a criminal, even chased me after the Electric Captain denounced me as a Mutineer, but what he'd seen and experienced in the forward section had changed everything. It had been a hard-fought battle, but if a Regulator as unimaginative and orthodox as Elijah could come round, anyone could. That was his victory, not mine.

I felt the tears building, and turned away from the screen.

Sedilko, Akebia's chief Regulator, was standing at the front of the stage, with Damaso, the mayor. But just to the side was Atov, the chief Regulator from Ixia, who was frowning at me. Seeing him there made me want to run away. I knew exactly what he'd ask, and I wasn't ready to give him the answer.

"Hazel," Sedilko said in a voice that had a curiously guilty note to it. "I think you need to be up here."

"With me," I said in a low voice, and the five of us trooped over to the stage. There was a murmur of interest from the crowd as the cybot extended its flexible legs and clambered up onto the stage with us.

Atov came over to me, his expression neutral. Then he did a double take at Frazer. "So, it's true. You're walking."

"Yes," Frazer said in a clear voice. "The captain's daughter switched on a medicine machine in Tressaco. It fixed my spine." He turned to the crowd and very pointedly said, "I couldn't walk after my accident. And now I can."

Most of Akebia knew about Frazer's accident. It was why I'd been called away in the middle of the dance.

Atov was about to say something else when Frazer cut him off. "All the medicine machines can be made to work properly again. Hazel knows how."

That caused quite a stir. People started calling out questions. Damaso did his best to restore order. While that was going on, Atov came over to me. "Where's Elijah?"

I didn't know how to tell him, not properly, the way you should break bad news. After all, Elijah was his cousin as well as his deputy.

"He's dead," I blurted, too loud. "So's Tamran."

Everyone fell silent. They were all looking at me. Judging me.

"I'm sorry."

"How?" Sedilko asked.

I took a breath. "We had to fight our way out of the forward section. They died saving us."

"Fight what?" a bewildered Damaso asked.

"Well, um…" I knew this was going to be bad. They weren't ready for this, not to be told the *Daedalus* had been stolen from our ancestors by aliens, that everything we'd been taught about the Mutiny was a lie. They probably wouldn't even accept it from a mayor, and they certainly wouldn't believe a seventeen-year-old girl who'd been declared a Mutineer. I was desperately thinking of some way to convince them, the right kind of clever words. Elijah had said it would be difficult, that you had to use *politics*. I didn't have a clue how to do that.

"If I might make a suggestion," John said, his voice soft inside my helmet.

"Anything," I whispered back.

"Show them."

"Huh?"

"Show them. The escort cybot has cameras. It has been recording everything since we left Section Seventeen."

"Recording?"

"Like the music I store, but this will be images."

"They can see it?" I squeaked.

People were getting annoyed with me. I could see scowls directed my way as I talked to myself. *Mad girl.* The murmurs starting up across the courtyard had an ugly edge to them.

"Yes. The cybot has a hologram projector. It can–"

"John!" I knew I shouldn't have been cross with him – he was trying to help – but every time he talked about the abilities we had pre-Mutiny, I had to admit to myself how ignorant I was.

"The images will appear in the air," he said.

"Oh. Okay."

"What?" Sedilko demanded, glaring at me. "What could possibly be okay?"

"Hey!" Alice shouted. "Don't you talk to the captain's daughter like that. If any of you morons bothered to look up, you'd have seen there is no Swirl anymore. It was Hazel who fixed the leak. She saved you. She saved all of us."

I almost grinned. Trust Alice to say it how it was. I even caught a few people glancing up into the gloomy sky. During the dance, I'd seen the Swirl above Akebia, a knot of thin mist spinning away into the (relatively) small puncture. It was only visible at night when there was no glare from the light strips, and they didn't know what it was. The reason I found out was due to the sacrifice others had made to tell me.

People were shouting back at Alice, who was clearly spoiling for a fight. Sedilko and Damaso were calling for calm. I gave Rell a helpless *what do I do?* look.

Frazer stomped up to the front of the stage and pulled out his laser pistol.

"Don't–" I yelped.

He pointed it high over everyone's heads, aiming at the distant cliff of rock that was the forward endwall. And fired.

The slim beam of intense scarlet light stabbed out, sizzling as it vaporized snowflakes. Some people flinched, and they all fell silent again. "Pay attention!" Frazer bellowed. "The captain's daughter is speaking to you." He turned to me, his eyebrows raised in expectation.

I was out of options. I had to trust that the truth would be enough, without adding clever politics to it. "I have something to show you," I said to them. "This is a record of what happened to us in the forward section. After you've seen it, I will answer your questions. All of your questions."

The cybot rolled to the front of the stage.

"Do it," I told John.

A wide cloud of light formed above the cybot, and shapes appeared inside it. The crowd was delighted: a wonder from before the Mutiny. They saw us running from Section Seventeen's assembly room, basically carrying on from where my broadcast ended. A journey up through darkened corridors to the melted gash that had punctured the *Daedalus*. Big major-incident cybots sealing the hole with morphtallic. Then our journey out.

Somewhere in the endless corridors, a group of type-two Yi came bursting round a corner, their slick, dark bodies and writhing tentacles grappling with cybots. We were opening fire with our pistols, and then Rell threw one of the explosive power cells.

The conclave took it well, considering – gasps, shouts of shock and dread.

The recording went on, showing us creeping along the water pipe to the funnel at the top of the waterfall inlet. We started to winch ourselves down the slope on slender cables, kicking up great spumes of water. Actually, looking at it from that angle, I must have been crazy to even attempt it, I thought; that inlet funnel was high and dangerous.

Then the focus shifted as the cybot scanned back down the pipe, alerted by something. Visually, the pipe was completely dark, but then that very darkness itself moved. It was solid. The type-three Yi filled the entire diameter, speeding forward. A tentacle the size of a human torso came surging into view, its tip opening to show row upon row of vicious fangs. It smashed into the cybot. The image spun in chaos as the cybot tumbled down the funnel into the inlet.

The recording ended.

Nobody spoke. Every eye in the courtyard was fixed on us.

Chief Atov raised his hand, pointing at me in accusation. His finger was shaking. "What," he gulped. "What the sweet Captain are those *things*?"

"They're aliens called the Yi," I said calmly. "There was never a Mutiny. They killed our ancestors, and they've controlled the *Daedalus* ever since."

(2)

It was dark when I woke. Very dark. Unusually dark.

Alice was standing over my bed. I could only see her because the door was open and Shao was shining his torch around in the room outside. On the floor, Rell was stirring in the nest of blankets he'd wrapped round himself.

"Sorry, Hazel," she said, "but we need you."

I knew I'd had a good sleep, because I didn't blurt anything stupid like, *Huh?* And for the first time in ages I didn't have a headache. The air must have climbed back up to its correct pressure during the night.

Night?

I looked at the window. It had thin curtains across it. I sort of remembered them from when we finally got to the cabin after the conclave broke up. It was Rell's cabin, which at any other time I might have wound up there for a very different purpose. Instead, after answering as much as I could for the mayors and chiefs and anyone else, I'd simply had to sleep before I collapsed.

There was no light visible around the edges of the curtains, none at all, which was odd because last night the silvery, snow-hazed moonlight that shone down on Akebia had definitely provided enough illumination for me to take off the spacesuit and find the bed without having to use my torch. For a moment I wondered if the snow had piled up against the outside wall, covering the window.

"What's up?" I asked uneasily.

"The daylight," she said. "There isn't any."

"Uh, is it daytime?" I asked, but my body told me I'd been asleep for a long time. Besides, everyone has the rhythm of the habitat's days and nights embedded in their subconscious. I *knew* it was daytime.

"Yeah, it's daytime all right," she said. "The light strips should have brightened from moonlight to daylight two hours ago. Instead, they went completely dark."

"Oh, sweet Captain." I lifted up my arm and squinted at the black bracelet. Its tiny green light was winking steadily. "John? How can that happen?"

"Very simply," John replied. "The Yi switched the light strips off."

"It's worse than that," Alice said. "The waterfall has stopped, too." "Stopped?" But she was right. The background rumble of that incredible torrent of water falling into the pool was absent. "Why?"

"The Yi are demonstrating their power," John said. "They are in control of the *Daedalus*, and they intend to make that very clear to you."

I got up quickly. My deerskin trousers and purple shirt were badly crumpled and could definitely do with a wash, but I pulled them on anyway. Shao came in, bringing his torch with him. He was wearing several layers of clothing. I shrugged into my black jacket. It didn't make me any warmer.

"It's not still snowing, is it?" I asked.

"No," Alice said. "But the snow on the ground isn't melting anymore."

"The light strips also provide heat," John said. "Without them, the habitat temperature will fall."

"Fall to what?"

"The *Daedalus* is constantly radiating its heat out into interstellar space. Normally that doesn't matter, because the warmth the light strips give out replaces it at the same rate. *Daedalus* is big, so it will take a long time to radiate its entire thermal load away, but ultimately the temperature will drop to at least minus two hundred and fifty degrees."

I knew water boiled at a hundred degrees, and the habitat was normally about thirty-three, but minus two hundred and fifty? Who knew what that would be like?

"John, what temperature is too cold for humans?"

"Hypothermia sets in when your core temperature falls to twenty-one degrees. Below that, you die."

"Sweet Captain! How long have we got? I mean, if the light strips don't come on again?"

"Probably about three months. Currently, the problem is exacerbated by the habitat air being so cold from the release of the reserve atmosphere out of the storage tanks. What will happen next is that the habitat air will start to warm up again as it absorbs warmth from the land, but when it reaches equilibrium, the real decline will begin."

"Three months?" I repeated numbly.

"About that, yes."

"So, what do we do?"

"We've got to switch the light strips back on," Rell said. "What else is there?"

"But... how? The Yi have control over everything."

"Yeah, they do, but... Hazel, we've known that from the moment Lazarus told us what really happened five hundred years ago. So they've turned the lights out? That changes nothing."

"It changes everything!" Alice said.

"No. It makes things a lot more difficult, that's all. We were always going to face this problem. They've just forced us to face it quicker than we wanted."

"Rell is correct," John said. "A war consists of moves and counter-moves, each one designed to inflict maximum damage to the enemy. This is the Yi's response to you repairing the puncture and discovering they exist."

"A war?" I said numbly.

"Yes. That is what this is."

"Oh, sweet Captain!"

"We always knew we can't fight the Yi as we are," Rell said. "We have to go back into the forward section and find another command AI."

He was right. I didn't like it, but in a way I was grateful to him for making me acknowledge the obvious. I gave him a tight smile and said, "Yeah."

"Not now, though," he said. "You have to talk to the conclave again. You have to get the villages to organize for whatever's coming."

"Me?"

"Yes, you, captain's daughter. Right now, what you say carries a lot of weight. Tell them what to do. People were frightened by what they found out last night. How do you think they'll be feeling now? Once we've done that, we can go back into the forward section, but Hazel, you have to face them. It'll be okay. I'll be there right beside you."

"Promise?"

"Of course." He kissed me.

"And we have to get back to Ixia as well," Alice said. "Who knows how stupid Fininen is being right now?"

I grimaced at that. We'd found out last night that when Damaso's summons to conclave had been delivered to the other villages, Mayor Fininen had stayed behind in my village, Ixia. Atov had admitted to us that the situation there was pretty dire. When the Regulator team returned from Tressaco, the tower mountain that Frazer and I had been sheltering in, they'd brough fifty prisoners with them, old people who'd run away from their Cycling day, when everyone was expected to take the "Blessing". Basically, a voluntary suicide when you reached sixty-five, so that the habitat environment wouldn't be overwhelmed by a growing human population – or so the lie went.

When so many prisoners were brough back to Ixia, people balked at the idea of Cycling them. Atov was enough of a realist to know there were limits to how much he could order his Regulators to do. Forcing the Blessing on fifty people – simply put: a mass killing – would be impossible. Plenty of people who'd been deputized to assist the Regulators with the raid had walked away, refusing to have anything more to do with it. News of exactly what I'd done in the tower mountain had spread through the village, including how Frazer had been healed. Then Hauer had brought back Mortos and Alisha, who had drawn pursuit from myself and Frazer. Apparently, they'd been quite vocal about how wrong the Electric Captain was about everything.

Fininen's authority had started to drain away as everything became political. Savin, my father, even challenged him to an election, putting his own name forward for mayor and demanding a vote – which he'd probably have won. So Fininen had declined to attend the conclave, staying behind instead to negotiate with all the disgruntled parties. If there was one thing Fininen could do better than anything else, it was talk.

I didn't like to think what had happened this morning when the light strips had switched off. The worst outcome would be scaring people back into believing the Electric Captain was right and the so-called Tressaco Mutiny should be punished by Cycling everyone involved.

There would be real trouble brewing back home, I was sure, because I knew the people so well. They were so set in their ways that they'd do anything to resist change, for change was what they feared above everything. It needed sorting out. And, of course, I was desperate to see my parents, and my great-grandmother, Alisha.

"You're right," I said. "We'll leave for Ixia as soon as we're finished here. I'm going to need your help. What do I say?" That was when I realized who was missing, because right then I could have done with his advice, too. "Where's Frazer?"

"Left an hour ago," Shao said.

"Why?"

Shao shrugged.

"He spent half the night talking to the tablet thing Lazarus gave him," Alice said. "I think it's as smart as John."

"It is not," John said quickly. "It is a simple educational assistant, barely a step up from a printed book."

Alice and I exchanged a quick grin. For a machine, John could be sensitive about certain things. It was like he had human feelings.

"Can you go and find him?" I said to Alice. "We need to be ready to leave as soon as I've finished talking to the conclave."

Rell and I made our way over to the village courtyard. The cybot trundled along ahead of us, its bright lights illuminating the wide paths between the cabins.

"What can I tell them?" I asked him. "I have no idea what the Yi are going to do next."

"Be honest. Don't pretend to be something you're not, that you've got all the answers. Tell them we're going back into the forward section to get help from a command AI and find out what to do next. Admit we don't know what that will be, but the Yi obviously aren't going to give up without a fight. And, Hazel, they'll need to protect themselves. We're all in this together now, whether they like it or not."

"I suppose so." To be honest, *we're going back in* didn't sound like the kind of plan that could solve anything.

When we got to the courtyard, the bonfire was burning bright again, with more logs being brought in by villagers. There didn't seem to be so many mayors and chiefs as there had been last night.

"Some of them headed off when the light strips failed," Mayor Damaso told me as we went over to the stage. "Said their villages needed them."

"They're probably right," I admitted.

Somehow, facing everybody with only the bonfire for illumination was a lot worse than before. The orange glow made people's faces seem harsher. I was sure they were judging me.

"I don't know why the light strips are off," I began hesitantly.

"Speak up," someone called from the other side of the courtyard.

My shoulders hunched automatically at the rebuke. "Uh, but I will find out and switch them back on again."

"*You* did this," a woman shouted. "You went into the forward section. You made the air go cold – you said so. It's damaged the light strips."

"The light strips aren't damaged," I said. "Not by the cold. The Yi just turned the electricity off. There's a big grid of it on the sky." Which was what I remembered John telling me – or something similar, anyway. My audience was picking up on the uncertainty in my voice. I did my best not to sigh and roll my eyes at them; being stroppy wasn't going to convince anyone.

"It got cold and the lights are off," the woman repeated stubbornly. "Don't try to say that they're not connected."

"Of course not. But you saw the Yi. You saw the recording."

"Ha!" She looked round the villagers with her wounded eyes, appealing to her neighbours and friends, plucking out support from others she knew. "You told us the Electric Captain isn't real, that her face is just a picture made by the *Daedalus*'s thinking machines. So why should we believe what you showed us? I bet that's fake, too."

"It's not," Rell said in a clear voice that conceded nothing. "I was there. The Yi are monsters. You've seen them now. You know. They killed our ancestors, and they are going to kill us if we don't stop them. Now Hazel and I are going back into the forward section to get the help we desperately need. We will do everything we can to defeat the Yi, no matter what it costs us. If that's not enough, then so be it, but I will not sit here in the cold and the dark and do nothing. And while we're away, you need to prepare, because nobody, especially not us, knows what's going to happen next. If they come for you here in the villages, you've got to be ready for them. You can do this, because you have to. Whatever it was that did happen to Ashleigh Kruger, she had faith in people. She knew we would rise again. And now we have Hazel. The thinking machines recognize her; they know she is the captain's daughter. They helped her before, and they will help again."

I truly wished he hadn't said that last bit about me, but he sounded so angry, so determined, that none of them could object. It was the perfect speech, emotional and honest, exactly what I should have said if I wasn't so useless at facing a crowd. I just wanted to get on with what needed doing. Talking to people, making them take the right decisions – that was the job of the mayors, not me.

"Thank you," I whispered so only Rell could hear. I didn't smile at him, no matter how grateful I was.

Then Frazer arrived. As only Frazer can.

A bright white light appeared at the side of the hall. At first, I thought it was another cybot – the broad intense beam was similar to the one our escort cybots were fitted with – but this was moving fast, and there was a strange, high-pitched whining sound accompanying it. In fact, any higher and I wouldn't have been able to hear it at all. Then another light appeared behind it. I squinted against the glare, my hand slipping down to the pistol on my belt.

Then Frazer's voice was rising above the crowd's startled gasps. "Move. Careful. I'm still learning how to steer. Watch out."

"Oh, now what's he doing?" I groaned.

Rell was chortling, and didn't even stop when I shot him an annoyed look.

Frazer was riding some kind of machine with three small fat wheels. He sat on a saddle behind the front one, holding on to a handle, turning it to steer. At the rear of the vehicle was a little platform with a narrow bench on it. I think there had been some kind of roof at some point; slim poles were sticking up half a metre from each corner of the platform, their tops jagged where they'd been snapped off.

"What the sweet Captain is that?" I blurted.

"It is called a tuk-tuk," John said. "People rode them around the habitat paths for recreation."

Frazer pulled up in front of the platform and grinned at me. "Look what I found."

Alice drove up on another tuk-tuk. Hers had a strip of grubby cloth stretching over her head from a couple of intact poles. Shao was sitting behind her on the platform's bench.

"Found?" I asked dumbly.

"There's a whole garage full of them under the station." Frazer jabbed a thumb at the village hall. "I went down on the Cycling platform early this morning. Got these two charged up. The power cells aren't perfect, but I think they'll reach Ixia."

"How did you know…?"

He held up the tablet. "Newton told me."

"Eh?"

"Newton, my AI."

"Your tablet is not an AI," John said primly. "It is an adaptive educational assistant."

"Yeah, sure. Newton's got a list of all the vehicles they used to use pre-Mutiny. There's a bunch of tuk-tuks at every station in the habitat. I thought it was worth a look. If the Yi hadn't smashed them up, I figured some of them might still work."

"You used the Cycling platform?" Damaso asked disapprovingly.

"There is no Cycling anymore," I told him, and for once I managed to use a positive voice. "The *Daedalus* is close to the second world now. The voyage is almost over. There's to be no more killing people." At least that brought a ripple of agreement from across the courtyard.

Damaso gave chief Sedilko a questioning look.

Sedilko simply shrugged back. "Hazel's right," he said simply. "So?"

"So, you get ready," Rell said. He looked around intently at the mayors and chiefs. "When you get back to your own village, gather everyone into the centre. Bring all the food and the animals. You'll need crossbows and whatever else you can make to defend yourselves. Don't use the hall – they are all stations to the old underground tunnels. The Yi can open that door at the bottom of the stairs and come at you that way. And you should try and block the Cycling platform, too."

"Then what?" someone asked.

"We'll try and get the light strips back on," I said. "Once we've done that, we'll come back and tell you what the thinking machines need us to do next."

"That's it?" Damaso asked, aghast.

"Yeah, that's it." Just saying it brought me down again, hating that I couldn't offer them anything more. They deserved better. They needed certainty, and I couldn't give them that.

There was a pause. I dreaded a villager starting to heckle or asking something I couldn't answer, but instead someone started clapping. I peered into the gloom but couldn't see who'd started it. That didn't matter; others had begun to applaud too. Shouts of thanks and encouragement were added to the noise, and for one grand moment the appreciation buoyed me up. I blushed as I bobbed my head in gratitude, then I hurried down off the stage, anxious to avoid any more attention.

"Hop on," Frazer said cheerfully.

I clambered onto the tuk-tuk's bench, barely grabbing the armrest at the side before he twisted his hand, turning the grip on the steering bar. The little vehicle juddered forwards and we drove out of the courtyard to the sound of a final ovation.

I noticed, however, not everyone was joining in.

Frazer drove, of course. I didn't begrudge him that. Checking out the tuk-tuks was a clever move. I have no idea how long it would've taken to walk back to Ixia in the dark.

We stopped off briefly at Rell's cabin to gather our packs and the spacesuits. Just as we were getting into the tuk-tuks to leave, Atov showed up, red-faced and sweating after running from the courtyard.

"I need to get back to Ixia," he panted.

All right, he wasn't my favourite person from Ixia, but he'd always been straight with me, even though that included sending a team of Regulators to Tressaco to arrest me and my fellow Mutineers – but then, someone had to enforce the rules that govern us. It wasn't his fault they were imposed by aliens.

In my most magnanimous gesture to date, I said, "Sure, get on." Because Elijah was right: I had to build support. I needed people to do what I asked, and that required politics, building alliances. Having Ixia's chief Regulator on my side would be a big step in the right direction.

Frazer gave me an accusatory look and waited until the chief was settled, and then we were off – me and Rell and Atov holding on grimly to the bench, armrests and the platform rim as we bounced about.

We reached the edge of the village. With the courtyard bonfire hidden by cabins behind us, the darkness which descended became total. The only light in the universe now came from the beams of the tuk-tuks and our escort cybot. Nothing else existed. Frazer immediately slowed. The path was wide enough for the vehicles, but it was covered in snow, making it difficult for the tuk-tuk's single beam to pick out features.

We arrived at the canal that ran along one side of Akebia. The water was almost gone. Without the constant resupply from the waterfall, it had drained away towards the big ring lake at the foot of the rear endwall fifty kilometres away. I wondered if the lake was actually big enough to hold all the water that was in the canals at any one time, that perhaps the villages along the shoreline were now being submerged as it overflowed – in which case I pictured Scott in his boat, carefully rowing his wife to safety, his handsome face intent, just as I remembered it from when I'd been on that boat.

I was quickly brought back to the real world by the reeds on the muddy bank rustling loudly as things moved through them. I think we all tensed up. Certainly Rell and I were reaching for our laser pistols.

"It's just ducks," Frazer said.

The stupid birds emerged from cover to stare up at us in a confused fashion, not understanding what was happening to their world. *Me too*, I told them.

Frazer turned the steering handle to take the tuk-tuk onto the canal path. "We'll just travel along this," he said. "I can ask directions at the next village, or if we meet a bargemaster."

I gazed out into the darkness in the rough direction I thought Ixia might be, twenty-five kilometres distant, midway down the habitat. Feeling our way forward in this pitch-black night was going to take hours, if not days.

"John, do you know the route back to Ixia?" I asked, pleased with myself for coming up with the idea before Frazer.

"I believe so. The Ixia Blue Line station is a fixed point, and the canals are original. I should be able to navigate successfully for you."

The escort cybot accelerated past us and onto the canal path. "It's under my direct control," John said. "Follow it."

Frazer twisted the handle grip again and we started after the cybot. It was going a lot faster than I was comfortable with. The twin beams it shone ahead slid fluidly over the sparkling carpet of snow, but they didn't reveal much else.

"This is a bit too scary," I said, "not being able to see anything around us. I feel like we're back in the subway tunnels."

"Your v-glasses have an infrared function," John said. "It's not the same as full spectrum, but it should allow you to see your immediate surroundings a lot better."

"What are v-glasses?" Rell asked.

"V-glasses are like small display screens that you wear over your eyes," John told them. "Lazarus provided each of you with a pair. They're in your packs."

Rell and I fished the devices out of our packs and shouted back to Alice and Shao to find theirs. When I put them on... well, the image was *weird*. The landscape was visible again, but it had become a blurry monochrome of pale pink and black, almost like I'd been dazed by some blow to the head. But at least I could see now. If the Yi were out there, they couldn't launch a sneak ambush.

"What is that thing on your wrist?" Atov asked in a deceptively mild tone.

When I turned to give him a guilty look, he was glowing bright, as if he was made from embers. "This is John. He's a thinking machine called an AI, like the ones in the forward section. I found him in Tressaco, and he identified me as one of

Ashleigh Kruger's descendants, which allowed him to switch back on. We think most of his kind were either hidden or destroyed in the war against the Yi."

"Why?"

"Because he's very smart, which makes him powerful."

"Really?" Atov gave the black bracelet with its tiny green light a thoughtful stare. "So, John, how do we defeat the Yi?"

"I will need a lot more information on the state of the ship and the resources available before I can give you a definite answer to that. And they are only available in the forward section."

"Where Elijah was killed."

"Regrettably, yes."

"You're really going to go back there?" he asked me.

"Yes. Are you going to try and stop me?"

His grin was sorrowful. "I can only imagine what you think of me, but I assure you I'm a realist. This…" his lustrous hand waved at the darkness "…means the life we had is over no matter what the outcome is. And you're the one that started the change."

"No," Rell said. "Hazel didn't start this. She discovered what was really happening."

"Fair enough," Atov conceded. "My point being, just trying to keep things as they were isn't going to help. We do need to find out exactly what is happening, and I don't believe the Electric Captain is going to do that."

"Thank you," I said. "I know it must be difficult for you. She did declare me a Mutineer."

"When I became chief Regulator, I was prepared to Cycle Cheaters who'd run from taking the Blessing, no matter how tough it would be. I thought there might be a couple during my tenure – there's always a few getting caught – but fifty? It got a lot of people questioning what was right. And Frazer was going to be Cycled, too. Nobody thought that was right – not me, not the mayor. But we always suck it up because that's the way it has to be. Well, now it's not. Some people at the conclave are saying those pictures you showed were a kind of deception, but not me. I know you, Hazel. You can be reckless, but this… it's real. So I'm going to do my job and protect Ixia as best as I can."

I was startled by the phrase. "That's what Elijah said. That it's a Regulator's job to protect people."

"Yes? Well, at least he listened to me. He was a good man, you know. He would have made a fine chief Regulator."

"Yes, I know."

"So now you and I must do what we can to give his death meaning, to make it worthwhile. Do you really think we are close to the second planet?"

"The command AI we found believed so, yes. And it has been five hundred years."

He shook his head in disbelief. "A planet. Open skies. It's hard to think in those terms."

"If it's out there, we'll get to it," I said solemnly. "We just have to get the chance."

(3)

Despite the way the tuk-tuk juddered along, the speed we travelled at didn't really register. I had nothing to compare it with. The occasional barge trips I'd been on were sedate affairs, gliding along the canal as the horse towed it at a steady pace. Getting from Ixia to Akebia for the dance had taken most of the day, but on the tuk-tuk it took three hours. It would have taken just one, but we stopped at a couple of villages as we passed through: Malva, then Ulex.

None of their mayors and chief Regulators had made it back from Akebia ahead of us, leaving the villagers frantic to know what had happened to the light. Our arrival with working pre-Mutiny machines which could project images – albeit very disturbing ones – was greeted with astonishment, swiftly followed by dismay – an advantage that meant most of what we said went unchallenged. I was content that at least they'd start taking some decent precautions.

Knowing that all the distress and upset had been caused by my actions made me start to hang back in Ulex. I knew that once the initial shock was over, people would be looking for someone to blame. It didn't take Frazer's brain to figure out who that was going to be.

More unsettling than the panicky villages were the barges we encountered as we drove along the tow paths. The vanishing water had left them stranded on the thick mud of the canal beds. After the first couple of junction pools, where we could see there was no water left in any canal, it was obvious that all the waterfalls had been switched off. I'd held on to some pathetic hope that it was only the one above

Akebia, but no – the Yi had gone for a complete shutdown.

The bargemasters were completely lost, not knowing what to do. Most of them had brought their unnerved tow horses on board, lighting every lantern they had to try and keep the poor animals from panicking in the darkness. All we could do was advise them to wait it out, promising we'd get the light strips to come back on. They stared at us mutely. I don't think they believed us. The darkness was too overwhelming.

"It *is* the Yi, isn't it?" I asked John quietly as we drove away from the seventh grounded barge. "I mean, could the cold have broken the light strips?"

"No. They were functioning perfectly when the habitat was being brought up to full pressure, which is when the air would have been coldest. This was deliberate. The fact that the waterfalls were turned off at the same time confirms that. You were inside the water flow system; you have seen how robust it is. Elijah set off an explosion above the inlet pipe and the waterfall still kept pouring out for the rest of the night."

"Yes. Yes, of course. You're right." I told myself to stop having such stupid doubts, but I couldn't help thinking that whatever we did next was probably going to decide the fate of every human on *Daedalus*. That kind of responsibility was hideous.

"You okay?" Rell asked as the glimmer of a barge's lantern dwindled behind us.

I leant into him, relishing the comfort of his arm tightening round my shoulder. "We can't afford to get this wrong," I said as the enormity of what was ahead became apparent.

"We won't," he assured me. "The command AIs will know what to do."

"They failed Ashleigh Kruger." Even saying it sounded utterly disloyal.

"I'm going to tell you something," Atov said. "Something I've learned from being a Regulator and what it means to keep order. In all the time I've been one, nobody ever questioned what I did. Nobody refused to do what I told them. I never actually had to use one of our pistols to tranquillize anyone."

I waited as his thin face awarded me a benign smile. "Uh... that's it?"

"Think about it. Villages have about a thousand people each, and every village has, at most, fifteen Regulators. We're completely outnumbered. We can only enforce the law because that's what people want."

"You mean people will want me to get help from the command AIs?"

"What I'm saying is that power, real power, means being able to do what you have to do when you need to, and nobody is able to stop you. Right now, you have that power. You have guns, you have these vehicles, you have knowledge, and you have the start of a plan. That is more than anyone else on the *Daedalus* has. Sweet Captain, they don't even know there should *be* a plan. Do what you have to do, Hazel."

"He's right," Frazer shouted over his shoulder. "You're the captain's daughter, and you've got a job to do. Everyone is depending on you. They just don't know it yet."

It was a strange experience, driving into Ixia. The village appeared almost foreign to me, not just because of the darkness obscuring the cabins. It had – unbelievably – only been a few days since I crept out of there with Frazer, but so much had happened, I didn't know it anymore. Ixia had become some place I'd only ever heard of, just like Elizabeth Bennet in my favourite book, *Pride and Prejudice*, who knew all about London without actually living there.

There was a big bonfire alight on the village green at the back of the hall. Everyone was gathered there. We could hear the shouting as we rode along the paths. It quietened down fast as they caught sight of our lights approaching.

They started to back away uncertainly as we approached, hands raised up to shield their eyes from the bright beams. Two Regulators hurried over to stand in front of us, their pistols raised.

"Who is that?" Hauer shouted. "What –?"

"Stand down," Atov said.

Then, my mother yelled exultantly and ran over. I got hugged hard, then she turned to Frazer, who'd climbed down from the tuk-tuk. She burst into tears when she flung her arms round him. "It's real!" she exclaimed. "You can walk again."

"Sure, Mum."

People were pressing in from all sides, whooping and cheering. Dad came up and held me so tight. It must have been that which made my own eyes water. "Don't you ever do that again," he whispered fiercely.

"Do what?"

"Any of it. All of it. I was so proud – and so frightened."

"Make way!" Alisha demanded and wriggled her way round him to give me a huge kiss.

I squealed in delight. "You're okay!"

"Of course I'm okay," she laughed as she wiped tears from her cheeks.

Just about everyone wanted to welcome us. They shouted hello, among hugs and squeezes. I was kissed more times than I could count, while they said how wonderful it was to see us and how thrilled they were Frazer could walk. What'd happened? they asked eagerly. Had we really been to the forward section? And what was up with the Electric Captain? And how come there was no light or water anymore? The raucous scrum of noisy, happy friends and neighbours, so very different to the cautious reception we'd been given in Akebia, left me dizzy and delighted. Alice, of course, was in her element, holding her plentiful admirers and acolytes enthralled with gossipy highlights of her adventures.

All the old people from Tressaco were eager to greet to me. It took me a moment to realize the obvious: that they weren't under arrest, or any kind of restriction, actually.

"We took a vote," Alisha said smugly. Her glance shifted to the back of the crowd, where Mayor Fininen was standing by himself, watching the jovial proceedings with a neutral expression. "The Electric Captain got overruled. Surprise! We're not Mutineers, and I've been catching up with my dearest grandson." Her arm went round Dad's shoulder, both of them grinning like cheery fools.

I smiled at them, and there was Zawn on the edge of the crowd, a frown creasing his forehead as he searched round. I wanted to jump back on the tuk-tuk and drive. It didn't matter where to, just *away*. Instead, I walked over to him.

Every step was a huge effort. I hated that I would be the one to tell him, but it was the right thing to do. I owed him that – and so much more.

Reading my distraught expression almost made him recoil. "Zawn," I said brokenly.

"Where is he?"

I took both his hands. "He didn't make it."

"What?"

"He saved us, Zawn. He saved all of us."

It was awful, watching his honest, innocent face crumple in defeat. I put my arms tight around him, knowing how much he needed the contact. I couldn't deny him that. He was shaking, crying, but without tears.

"But I saw him," Zawn protested. "He was with you when you appeared on the screen. I don't understand. What did he save you from?"

We clung to each other for a long time. I made no attempt to break away. I wanted him to know the intimacy was genuine, that I did care. Too many memories flipped through my mind while he struggled to regain control, nice memories, memories I now felt awkward and guilty about because I'd treated him badly.

A silent group formed around us, troubled by what they saw. I couldn't meet Rell's gaze.

"Hazel?" Dad asked. "What's happened?"

"Bad," I grunted. "Something really bad. We'll show you."

I held Zawn's hand as the escort cybot played the recording once more. At the end, when the type-three Yi appeared, he let out a cry of horror and turned away as the projection cut off. Elijah's death wasn't part of the recording. It didn't have to be; the previous images had led the audience so far, it took zero imagination to visualize Elijah's last moments.

One thing Ixia shared with the conclave in Akebia: the shock that lingered once the recording was over. Our arrival had been a joyful event in a strange and uncertain time. The truth of what faced us now was devastating. It deprived them of what they'd believed was a happy ending, replacing it with an ominous future.

With the lights from the tuk-tuks and the escort cybot illuminating the green, I told them I was going back into the forward section to get help. As before, I thought it sounded weak that I couldn't offer anything solid.

"And while we're there, you have to get ready for the Yi, because they're going to come for us," I explained.

"How do you know that?" Fininen challenged. "You don't know what they'll do now you've aggravated them."

"They switched the light strips off for a reason," I said. "We don't know for certain why they let humans live after they defeated Ashleigh Kruger. Lazarus thought they must want the second world for themselves, so they probably used us to tend to the habitat. That way, the ecology was kept alive and healthy. But we're not ignorant anymore and they'll know we won't stand for this."

"They don't need to *come for us*," he said. "We're all going to die from the cold if the light strips don't come back on."

"Then so will they. It's their habitat too."

"That's not quite accurate," John said.

I glared at the black bracelet. For someone who was supposed to be adaptive to his user's needs and moods, he had a disturbing habit of bad timing. And I was very aware of everyone staring, fascinated by me having a conversation with one of the legendary pre-Mutiny thinking machines, even though he wasn't a terribly impressive looking one. "What do you mean?"

"The lack of heat in the habitat won't eliminate them."

"Why not?"

"They don't live in the habitat."

"Huh?" During the ride back to Ixia, I'd been thinking about their nests, or whatever the brain queens called their home. Lazarus had told us that on Kianira, their world, the Yi lived on the shorelines of small islands. Immobile bodies sending out a tangle of root nerves that connected their brains to each other so one mind was spread among them, effectively making it immortal. In the *Daedalus*, those nerve roots had snaked into our AI network and taken it over. So, I knew there was only one place they could be: the far shore of the ring lake. If they'd settled on the near shore, all the villages like Viride – where Scott lived – would know about them. But the far shore, at the foot of the endwall, was protected by a chain of weirs where the water surged down into pipes, to be pumped back to the waterfalls. The currents there were so strong, no boat would dare try and get past them. Nobody had been to the base of the rear endwall since the Mutiny. "Where do they live, then?"

"According to the data Lazarus gave me, the *Daedalus* crew established the first brain queens in the Central Sea."

"You mean the ring lake?" I asked in puzzlement.

"No, the Central Sea."

"John... what Central Sea?"

"The one above you. Did you not know? The *Daedalus* was built with two distinct environments: the habitat, which is land, and the Central Sea, which was intended to sustain terrestrial sea creatures during the voyage. The rock cylinder which forms your sky is also hollow. It's fifty kilometres long, like the habitat, and five kilometres in diameter. The water is fifty metres deep."

I stared at John's tiny green light for a long moment, then slowly tipped my head back to look at the invisible sky overhead. As one, all the villagers did the same, none of us saying anything. For my whole life, I'd thought the rock curving above us was solid.

Oh, sweet Captain, that's where the Yi have been the whole time, and we never knew. How stupid are we? Of course the Builders wouldn't leave a massive cylinder of solid rock in the middle of the arkship.

A cold more profound than chilly air bit deep into my skin.

"Uh-oh," Frazer said in a small voice. "They have a whole sea of their own? That means there's going to be a lot of them."

He and I stared at each other. Then I realized everybody was looking at me. *They want me to tell them what to do,* I realized in dismay. *And I haven't got a clue.*

Dad put his hand over his mouth as if covering a cough. "Defences."

"We need defences," I stammered out. "Some kind of barricade to stop them getting into Ixia." Even as I said it, I knew it was hopeless – the type twos would swarm any fence while type threes would smash it apart – but we couldn't do *nothing*. "We get everyone inside it and arm them with hunting crossbows." Talk about speaking the utterly obvious! But maybe they just needed to be told the obvious. The sweet Captain knew it would be reassuring.

"A fence of spikes," Frazer said. He was studying Newton, a pale light from its screen painting his face a spooky green. "People built them back on Earth. It's called a *cheval de frise*. We can't put one around the whole village – it's too big – but we can make a secure enclosure." He showed Newton's picture to Dad.

"We can build that," Dad said confidently.

"And call in other villages to help," Rell said. "The more people you have defending an enclosure, the higher chance you have of keeping them out."

"Bring other villages here?" Fininen said. He sounded like he couldn't quite keep up.

"Yes, good idea," Atov said. "Right now, only Akebia and its immediate neighbours know about the Yi. In this darkness, it's going to take days for the other mayors and chief Regulators to travel back to their own villages from the conclave. We have to warn people."

With Atov backing us up, there wasn't much more to discuss. It was agreed they'd build Frazer's spiky fence around the green.

"I'll disable the Cycling platform," Frazer said. "That'll stop them coming out there."

Fininen looked pained at that, but he didn't object. Dad and his friends trooped off down to their carpentry shop, returning with most of their tools. Other villagers began the process of bringing up posts from the lumber stockpiles. Lookout positions were chosen, rotas drawn up. Then, they got down to the serious task of selecting volunteers to go out to neighbouring villages to tell them what was happening, and urge them to come back to Ixia.

"We need to see if we can find some proper torches for them," Alisha said. "I wouldn't like to walk the canal paths with just a candle in a lantern."

"I'll take a look down in the station before I close the Cycling platform," Frazer said. "There's got to be some other stuff down there we can use, too."

"Good idea," I said, and patted my laser pistol. "I'll join you and keep guard." All I really wanted was an excuse to escape being the centre of attention.

"Not by yourself, you won't," Rell said quickly.

So, Alice and Shao quickly attached themselves, as did Alisha, Mortos and Noran. No one objected. I guess they didn't really know how.

(4)

We'd almost made it to the Cycling platform when I saw someone hurrying towards us. I turned just in time for a smiling Itzy to catch up and put her arms round me, hugging me tight. "It's so good to see you again, Hazel," she said with such gratitude that I felt almost defensive. "Thank you."

"I was always going to come back," I said.

"I mean, thank you for sealing up the puncture. I can breathe properly now. My headaches have gone, and I haven't coughed since I woke up this morning."

Itzy had been a fragile little thing, always catching colds and infections which lingered far longer than usual, but in the last year she'd become quite sickly. And I couldn't ever remember seeing her smile – not like this. "I'm glad you're feeling better," I told her.

"I want to help kill those Yi things."

"The way to help is to keep the village safe. Getting everyone through this night and down to the new planet will be our victory over them."

She nodded seriously. "I understand." As she left, she gave Frazer a sweet little smile. "I'm really pleased you're cured, too."

He did a short double take. "Right, thanks," he said, and smiled back in reflex – more like a grimace, actually. When she was out of earshot, Alice slapped him on the shoulder. "Go you," she said, winking.

"What?"

"Yeah, right," Alice mocked.

"Mad," Frazer shot back. "Like always."

But I could tell Itzy's kindness had had an impact on him. I wasn't sure if the others noticed, but then I saw Alisha hiding a grin.

"Amazing how just having the right amount of air can make everyone feel better," I said.

"Has the girl been suffering?" John asked.

"We all had coughs and headaches recently, but she had them worse than anyone."

"Itzy's always been ill with something," Frazer said gruffly. "She needs to eat more. She's so thin, and short."

"She could have immunodeficiency," John said. And before I could chastise: "That's a medical disorder that hinders your body from fighting off infections."

So maybe he does adapt, after all.

"Can the *Daedalus*'s pharmalogical processors produce a cure for that?" Frazer asked.

"A permanent cure would require a genetic scan so that the patient could receive a tailored vectored therapy. However, a broad-spectrum immunity booster would help in the short term."

"Okay, then. Noran, we should see if we can get the one in the village hospital working properly again."

"Sure," Noran said. "If it's just the Yi fibres messing with it, that'll be easy enough, just like before."

"You can cure Itzy?" Alice asked Frazer.

"A working pharmalogical processor will help everyone," Frazer replied.

Alisha and I shared a private grin.

We sent the escort cybot ahead of us on the Cycling platform. Alice pressed the button on the guard rail's control box, and I watched uneasily as the platform sank down. The amount of Cycling days I'd stood on the green, clapping approvingly while those who'd taken the Blessing had been lowered silently below ground, were memories I now found very disturbing.

"Nothing within sensor range," John reported.

It took me a moment to gather my nerve before I stood on the Cycling platform. The dark, damp rooms below Ixia were the same as they had been at every station we'd visited when we were on the run: water trickling along the bottom of the transport tunnels, tiny blue-green emergency lights in the roof producing a meagre glimmer, machinery badly smashed up and caked with five centuries of grime.

I saw it all through my v-glasses, which amplified the ceiling lights so that it looked like it was full-on daylight. And there were no pink-glowing heat sources scurrying about, which John said the Yi would show up as.

"Great," Frazer said. "Let's see what we can find."

First stop was a garage with deep bays along the walls. Five of them had tuk-tuks parked in them, two of which had missing wheels, while one was a mangled wreck. The remaining pair had been attacked as well, the bodywork dented and scored, but Frazer and Noran thought they could probably be made to work again.

"We don't have the time," Alisha declared.

We checked the station's maintenance room. The Yi had broken most of the engineering equipment inside, but we knew what to look for now. There were several torches and some lanterns, all dead.

"They can be charged up," Noran decided.

I found one of the e-beam welders. Alice picked up a couple of D-blades. Mortos rescued some power tools from under a bench. "Plenty of charging ports. None of them have power, though."

"This is what we need," Frazer exclaimed. He'd picked up a big drum of electrical cable. "We can run this up to the village and power everything back up."

With John's guidance, we found a row of power sockets close to the old lift platform. Frazer plugged his cable into one of them and unwound the drum as the platform took us back above ground. He and Noran jammed the safety doors open, leaving enough of a gap for the cable to pass through. Mortos started connecting the power tools to the charging ports.

"We can probably charge up the tuk-tuks, too," Frazer said.

"I'll bring them over," Alice told him.

I watched all the activity, feeling redundant, the same reaction I always used to have when Dad and Frazer were busy building something in the carpentry shop. Noran was busy over at the platform, using a couple of the newfound tools to open the control box. Suddenly there was a bright flash accompanied by a bang, and he was flung back to sprawl on the ground.

We all rushed over to him. He was gasping like a fish that had been landed on shore. I could smell burning. The fingers on one of his hands were blackened, oozing blood. His dazed eyes blinked slowly.

"He has received an electrical shock," John announced.

"What do we do?" I yelped.

"Do not move him. The lift mechanism runs off eighty volts. The doctor should monitor his heartbeat for any erratic rhythm."

Marana had already arrived. She checked him over and gave his burnt fingers a disapproving look. "Do you lot actually know what you're doing?"

"Yes," Frazer said defensively.

"There's a reason school teaches you electricity is dangerous," she retorted. "And I'm guessing it's nothing to do with the Yi enforcing their rule."

"I slipped," Noran gasped. "That's all. The screwdriver touched the junction box. It's live."

"You be quiet," she ordered.

His hand didn't look too serious to me, but like Marana, I wasn't convinced Frazer and Noran knew quite as much about electrical stuff as they breezily claimed they did.

"Well, at least the platform won't work now," Frazer said. I gave him a pained glance, but he just shrugged. "True."

A couple of villagers helped Noran into the hospital. I went with them, and the cybot provided light. Being inside the village hall made me anxious. I didn't trust the big stairs in the middle. They were blocked at the bottom by the ancient emergency door, which had been shut since the Yi took over in the phony Mutiny, but it was there to stop us from going down into the tunnel system, not to prevent the Yi from coming up.

Outside the hall, Dad and the carpenters had started building the spiked fence of what was to be Ixia's defensive enclave. I stood by the curving glass wall, watching him. I could see how much trouble his leg was causing him, but he ignored it. This was one of those times when he thrived: totally involved with directing his team, advising, helping, making swift decisions. Everyone listened respectfully, which made me proud. I never did understand why he wasn't mayor. He'd be so much better than Fininen. But then the constant pain of wearing an artificial lower leg made him cranky and sharp-tongued. He also drank too much.

"Frazer!" I took him and Mortos into the small room where Ixia's medicine machine sat. "Fix it," I told them.

It was simple – to them. Marana stood there watching them with a very sceptical expression. I could see how hard it was for her to restrain herself when they started opening up the inspection panels along the base. After all, this was the only one Ixia had. Everybody depended on it.

When Mortos and Frazer got the last panel off, we all hunched down and shone our torches in.

"There they are," Frazer said knowingly, and gestured.

Marana pursed her lips as she peered in at the slender web of white fibres that were infiltrating the guts of the machine. "I see what you mean," she said.

Frazer drew out a small D-blade and began cutting.

"The pharmalogical processor's network node is now active," John said after a minute. "I've linked to it and ordered a full systems reboot."

By then, we'd attracted quite the little gathering, all looking on curiously. There was an outbreak of appreciative murmurs as the dark, glossy surface of the pharmalogical processor began to light up with coloured lines and symbols.

"Can it make something that will reduce the pain from Dad's leg?" I asked.

"Analgesic gel," John said.

The pattern of lights shifted round. A minute later, a small tube dropped out of a slot. I picked it up, feeling something akin to victory – anything that could help Dad cope was real progress – and I wanted to ask John just what else could be done for Dad. After all, the pharmalogical processor in Tressaco had repaired Frazer's nerves. Maybe a working tower-mountain hospital could build something better than a wooden artificial leg.

"Can it give us something for Narline's arthritis?" Alisha asked.

The lights changed again.

"Ah... that spectrum booster for Itzy we talked about?" Frazer said modestly.

"Sweet Captain," Marana said in a low growl as the capsules dropped out of the slot. "You mean it's been able to do this the whole time?"

I nodded. "Yes."

"How do I use it?"

I spent a good half hour there letting John explain the basics to her. The pharmalogical processor would take verbal instructions, but there was also a big library of treatments she could call up on a screen, complete with information for application and basic options to vary the dosage depending on the size, age and weight of the patient.

I only realized how hungry I was when Mum turned up with some lunch for me, a plate stacked with roast chicken, baked potato, cheese and sweetcorn. There was also a bottle of wine for us to share. I was so surprised by that, I didn't say anything, just let Mum pour me a glass. This was not the mother who'd spent the last few years so insular and despondent. I rather liked the change.

"I was proud of you for taking Frazer away," she said quietly as we sat on the damp ground just outside the hall. "It was such a selfless act. And it caused a lot of turmoil for Fininen, who really had no idea what to do about you. I was going to come and join you after a few days, help you look after Frazer."

"You didn't know where I was," I said. Something was making me anxious. I couldn't pin it down at first; I was home, I was sitting with my mother, I had friends, and plans, and hope. Then I looked up. Everywhere outside the flickering light of the bonfire and torches was black. It was like nothing existed anymore. The *Daedalus* had dissolved, leaving us flying free through space.

And finally I understood why I was still on edge. *They* were up there, where they'd been all along – the brain queens, living a good life above us in a sea humans had built for the creatures we shared our Earth with.

Can they see me? Have they spent all those centuries watching us scurrying about like insects beneath them?

"I would have found you," Mum said.

"Huh?" I hadn't been listening. I just couldn't get the idea out of my head that some alien eye was staring down from the sky, searching ceaselessly. For me. They knew I'd escaped, that I was somewhere in the habitat –

Mum reached over and squeezed my hand. "I knew you'd be in one of the tower mountains. It's where all the Cheaters wind up. Everyone knows that. I'd just go round them until I found the right one."

I made an effort to focus, to not let her see how troubled I was. "You'd have Cheated?"

She picked up her own wine glass and stared into it. "I don't have a problem with living past my Cycling day. Georgi would probably have come, too."

"Really?"

"We didn't actually get round to discussing it, because everything else happened so fast. And that was when I actually started to worry." She pointed through the hall's glass wall. I could see the screen at the far end of the dining area, and there I was in that silly frozen image, my face forever locked in surprise and maybe a hint of exhilaration, too.

I held up my wrist to show off John. "We were all right. We have friends in places we didn't even know existed. That's why we're all going to come through this okay."

"Hazel, you're not going to do anything too risky, are you?"

"No, Mum. Really. John will look after me."

"I assure you I will," he said in his most solemn voice.

"Hey," I said brightly. "Did you know you and I are descended from Ashleigh Kruger?"

"No."

"Well, we are. John recognized that, which is what kicked everything off."

"I never knew. I'm not sure anyone in the family knew, either. It wasn't even a rumour."

Some of my old friends brought their lunch over and joined us. Zawn was at the back of the group. I didn't mind; he needed the comfort of people as much as the rest of us. So, for a while everything went back to how it used to be – well, almost. They were excited to see me and had a million questions. I didn't mind; the more I could explain to people, the more understanding would spread. It was refreshing, seeing how open they were to new ideas. Maybe I judged people too harshly. But sitting there with friends and Mum, having a meal and gossiping together, gave me a glimpse of how life could be on the second world. Yes, the *Daedalus* was in darkness and cooling down to lethal levels, but if you could see past all that, there was always hope, a collective future calling us. All I needed was the determination to see it through.

Shouts and people running made me look round. I saw Hauer come racing past the hall, holding his torch high, its flames sputtering feebly. He was sweating and red-faced. I'd never seen anyone look so terrified.

Atov and Dad went hurrying over to him. I got up quickly.

"Hazel!"

There was a note of such anxiety in Mum's voice, I hesitated. "Whatever this is, we need to face it together."

If my answer surprised, her she didn't let on. Instead, she nodded and joined me.

Several teams had been sent out from Ixia to warn other villages. Hauer and Jakant had been heading out to Nepeta, three kilometres spinward of us. They'd just reached the animal pens and barns that marked the edge of Ixia when it had happened.

"Something got him." Hauer was gasping when I got close.

"What?" Atov asked.

"I don't know. It's so *dark* out there. I heard Jakant yell, then he was gone."

"A Yi?" Rell asked.

"Yeah, probably. I don't know. I didn't see it properly. Just... I think I saw him being dragged round a barn. His legs, anyway."

"Did you check?" Dad asked.

Hauer shook his head. "I'm sorry, no, I came back."

"That's okay."

"It's them all right," Rell said. "We have to get everyone together."

Atov nodded grimly. "Right."

"They're coming for us," I said as Atov and Fininen started to call everyone into the green.

"People were going to have to face them at some point," Rell said. He held up his pistol. "At least we're here to protect them."

"We should go to them," Shao said. "If they come here, people will die."

It was blunt, but I couldn't fault the logic.

Rell shrugged. "He's right."

"Now, just wait a minute," Dad said.

"No," I told him as firmly as I could. "We have weapons that can deal with the Yi – if there's not too many of them."

"And we have the v-glasses," Frazer said. "We can see them in the dark. You can't, Dad."

"Please don't argue," I implored. "There is a tool for every job, remember? Right now, protecting the village is our job."

Dad gave me a desperate look. Yes, it was cheap of me to use one of his own sayings against him, but I was out of options.

"Just–"

"I'll be careful. We'll all be careful."

"Bet your sweet Captain we will be," Alice said.

The crowd was growing on the green as people hurried in from across the village, families clinging together, men taking up position around the outside of the gathering. Those that had hunting crossbows were carrying them; everyone else was holding clubs or knives. I shuddered at the thought of what would happen if a Yi did charge them. Then we all heard a scream from somewhere in the darkness.

"Let's go," Frazer said.

"Not you," I told him.

"Hazel!"

"Listen, someone has to stay here with the escort cybot in case we hit real trouble. Today, that's you. You have to make sure the Yi don't get loose on the green. You're the final defence everyone has, understand? We'll be in communication with you the whole time so you know what's happening, okay?"

For a moment I thought he'd be his usual stupid dogged self and start arguing, but he gave me a sullen nod. "All right."

Truly, we had entered a whole new era.

We headed off away from the green. Rell and I went along one path while Alice and Shao took the one running parallel to us. Right from the start, we agreed not to use our torches. The v-glasses were giving me a reasonable image – if I could just get used to every surface being a variant of rosy pink. It helped that I was completely familiar with the layout of the village, even down to the holes and stones in the lanes.

"I don't know how the Yi see in this," Rell muttered. "It's not easy even with the v-glasses."

"They don't have good vision," Frazer replied.

I put my finger over my earpiece, pressing it in to make his voice clearer. "What do you mean?"

"I'm looking at the files Lazarus gave us. Their primary sense is echolocation, like a bat. Apparently some of Earth's aquatic creatures used it, too. Our ancestors called it bio sonar."

"Good to know." I smiled to myself. Trust Frazer to be zipping through new facts at a time like this. But then again, I was rather pleased he was.

"It gives you an advantage," he said. "Especially in the dark. It's easier for their sonic sense to perceive anything in motion. If you stay completely still, they can't tell the difference between you and a lump of stone or a tree trunk. Certainly not from a distance."

"Thanks, Frazer," Alice said.

"Your pistol targeting symbol can also be linked to your v-glasses," John said. "But I should warn you, the *Daedalus* network can sabotage the link if it is switched on."

"So, is the network on now?" I asked.

"No. I will inform you if it is rebooted."

The target sign appeared in my v-glasses. I was holding the pistol in one hand as we walked. Where it was pointing showed up as a sharp green circle in the image. Every time Dad had tried to teach me how to use a crossbow to hunt, I'd been pretty hopeless at it. We'd never managed to progress to actually hunting swans and ducks for food. So, the green circle showing me exactly where my shot would hit gave me some confidence.

We were approaching the end of the cabins. Every couple of steps, I turned a complete circle, as John had told me to, making sure there weren't any Yi creeping up behind us.

I paused beside the last cabin, then crouched down to imitate that solid lump Frazer had talked about. The barns and stables were in front of me, their walls glowing slightly brighter than the abandoned cabins as the animals inside radiated their heat away. I could hear loud snorts coming from the cows and horses as they shifted about nervously. Amazingly, the chickens were quiet.

"Anything?" I asked.

"Not yet," Alice replied.

I scanned round slowly, searching for telltale glows. Beside me, Rell was shining like human-shaped fire. There was nothing like that in the orchards and plantations out beyond the barns.

"We should see if we can find Jakant," I said. "Hauer said it happened near the barn. If he's right, there should be marks where Jakant was dragged away."

(5)

We moved out slowly. I tried to see if there were any tracks on the ground, but all those lovely soft snowflakes had turned to a thin carpet of hard crystals that now crunched underfoot. About fifty metres away, Alice and Shao were walking forwards slowly, pistols held ready.

"I want to check the barn," Rell said quietly, "take a look inside. They could be hiding among the animals."

I had my doubts about that. If our cows saw or felt a Yi slithering into the barn, they'd stampede. "Okay."

Our approach to the barn was nervous. I grew aware of how much noise we made: footsteps, breathing, the body motions that must ripple out through the air – all perfect signals for a creature that has sound as its primary sense.

The barn was built from overlapping planks pegged to a frame. Decades of regular heat and rain had aged the oak to a dull silver and bent sections out of alignment. There were long, narrow gaps between the planks that we could peer through before we reached the gate at the front. The cows inside were pressed up close to each other, their warm bodies producing a hazy glow that filled the whole space.

Rell edged round the corner, then ducked down by the gate. "I can't see any Yi in there," he said.

I was looking up ahead at the neatly laid-out plantation of olive trees, alert for a glimmer the size of a type-two Yi – or worse. All I could see were birds scurrying about under the trees, weird salmon-pink blobs of phosphorescence that inflated without warning as they flapped their wings ineffectually.

Then I noticed tracks in the snow along the plantation's perimeter. They were slender and wavy.

I shook Rell's shoulder and pointed. "Guess what made those?" I whispered.

"Tentacles," Rell agreed.

"Alice, I think they're here. Check for tracks."

"Oh, guano! Right, we're on it."

We turned in unison, trying to see where the Yi tracks led. They seemed to curve back towards the village. Alice and Shao were bright figures leaning forwards as they walked slowly along, searching the ground.

I froze. Behind them, a red blob flitted between a couple of cabins, low on the ground and wobbling in an oddly uneven gait.

"Behind you!" I yelled and brought my pistol up. The green target circle framed the corner of a cabin where the fringes of heat were flickering. Tentacles! I fired. A long jet of flame burst out from the bamboo wall and dissolved into a shower of sparks. Smaller flames licked around the hole, and the flash of heat almost overwhelmed my vision.

Rell and I sprinted over to Alice and Shao. The target circle was bobbing about all over my vision as I ran. I had to slow down so I could hold my arm as steady as possible to cover the cabin in case I caught sight of the Yi again.

"It went along the veranda," I said when I pulled up next to Shao. "Do we split up and circle round the cabin?"

"Don't," Frazer said. "Stay together. It's safer and you've got more firepower that way."

"Got it," Alice said.

I knew the cabin. It belonged to Saida and Elimu. They were only a few years older than me, married nine months ago, so the cabin wasn't in the best state; it had been unoccupied for a couple of years before they moved in. The edge of the roof was ragged where the thatch reeds were fraying. Some of the nearside, where it overhung the veranda, had been fixed with new reeds. Shutters on a couple of the windows were sagging on their leather strap hinges and the bamboo walls had plenty of new replacement canes woven in.

We edged round the corner that was still smouldering from my laser shot. The veranda floorboards were almost clear of snow, but we could all see the dusting of flakes had scuff marks leading to the door, which was partly open.

Alice moved to the other side of the door while I joined Rell and Shao to stand on the edge of the veranda, the three of us with our pistols lined up on the door.

"Ready?" she asked.

"Go."

She pulled the door open.

It took a lot of self-control to resist shooting in blindly. I was expecting the Yi to be lurking just inside, poised to come flying out at us. They'd moved incredibly fast the first time we'd faced them in the forward section.

The inside of the cabin was dark and cold. Nothing moved. There was no hint of a red glow anywhere.

Rell and Shao went in shoulder to shoulder, their pistol arms twitching round, pointing at every possible hiding place. Alice and I followed them in.

It was a standard layout for Ixia cabins, four rooms in a simple T shape with the largest room, the stalk, at the front. Saida and Elimu didn't have much by way of furniture: four solid-looking chairs, a long bench against one wall, a thin table and an ancient dresser that was almost my height. Curtains were drawn over the windows. There were three doors on the back wall, all closed.

"It's not in here," Alice said quietly.

Our pistols were covering the back wall and the three doors. I was taking my breaths in short gulps, expecting one of them to fly open at any second, but there was no way of telling which. My muscles were locked so stiff it was as if I was made of stone.

"Anyone want to guess?" Rell asked.

"Just take them one at a time," Alice said. "I'll cover you."

"If it isn't in the first two, maybe we should just chuck one of the power-cell explosives into the third."

"They're too powerful," I said. "It would bring the whole cabin down on top of us."

"Then maybe just get out now and set one off when we're clear."

"You could," Frazer said, "but we don't have many of those power cells. It's a waste using one to take out a single Yi – especially as it's only a type two."

"It is?" I queried.

"If it was a type three, it wouldn't be *us* hunting *it*," Rell said tersely.

"He's right," Alice said.

"Yeah," I agreed grudgingly.

So, one by one it was.

Alice gripped the handle on the first door, looked at us to check we were ready and pulled it open fast.

It was so dark, even the v-glasses couldn't provide me with much of an image. I pulled out my torch and switched it on, and the cabin was abruptly as clear as if the daylight had returned.

Rell and Shao took out their torches and we advanced into the first bedroom. It was being used to store stuff in. There were bags piled up on the cot, a pile of bowls and big empty jars, and I remembered Elimu's mother used to make spicy chutneys. The room had practically nowhere a Yi could hide, and there was certainly no giveaway heat glow. We backed out and trained our pistols and torch beams on the second door.

Alice nerved herself up and tugged the door open. This was the bedroom Saida and Elimu used, with a bed that took up half of the floor space. The sheets were rumpled, clothes strewn on the floor. Rell edged in cautiously, signalling to Shao that he was going to pull the sheets away where they were hanging over the edge of the bed. I gripped my pistol tighter. Under the bed was a pretty obvious place to hide. But would a Yi even think like that?

I was right behind them, moving into the bedroom. My foot came down on something that gave slightly with the softest crackling sound. I glanced down. I was treading on some reeds.

Instinct or subconscious took over. Certainly I didn't think about my reaction. I lurched backwards, swinging my pistol up. Fired.

The flash of the laser seemed to last for an age. It illuminated the rafters holding the roof beams up, the underside of the reeds bulging down between them. The Yi was hanging up there, directly above me, its tentacles whipping down.

I screamed.

Here's the thing about the way Yi move: if raw anger could condense into something physical, it would be this, a wild knot of slim, powerful tentacles seething ferociously, pincer tips snapping. Those knife-blade talons would have slashed my shoulders down to the bone, probably ripping my throat open, too.

My desperate laser shot went wide, burning into the reeds a few centimetres away from its black, ovoid body. But instead of hacking into my flesh, the tentacles swung almost lazily, missing me entirely. Then they were coiling back up in judders, and I shifted the pistol. The green circle slid onto the Yi's body, behind the tentacles, where it began to taper back into a tail. I fired.

The slim scarlet beam struck, burning deep into the Yi. It emitted a high-pitched screech. *Then* it began to move fast, the tentacles hammering upwards. I fired again as it shredded the reeds. A length of tentacle fell down, steam and glowing shards of skin spilling out of the severed end. I ducked out of the way of the grisly thing as it thumped onto the floor. A cascade of shredded reeds tumbled down after it.

"What's happening?" Frazer's urgent voice entreated.

"It's on the roof!" Alice cried. She was waving her pistol at the jagged hole, trying to find a target. She fired once, sending the beam stabbing up into the sky. A few flames caught among the torn reeds. Rell and Shao were rushing out of the bedroom, searching round frantically.

"Did you get it?" Frazer asked.

"Outside!" I yelled.

We raced out onto the veranda, and paused. I was very aware of the edge of the overhanging roof, and that the Yi might pounce if we passed under that tattered lip. I began shooting the fringe of dilapidated reeds, working along the length of the veranda. The fire took immediately, and we all ran out onto the lane.

I could hear the Yi squeaking somewhere above us, but the flames were shooting high into the air, obscuring it from view.

"Don't let it jump down!" Rell shouted. He hurried down the side of the cabin, shooting at the bottom of the roof along the side of the main room. I followed him as the fire spread rapidly across the roof. Alice and Shao took the other side. Between us we surrounded the cabin.

Fire was the one thing Ixia always dreaded. Everything was built of wood and bamboo, plenty of it decades old, some older than that. Everyone knew if a fire did start you had to get out of your cabin. Don't try and grab precious items, don't waste time pulling your pants on, just get out. You'll have so little time.

They were right. I watched the flames racing up the roof towards the apex. And there on the ridge, the Yi was skittering about. Rell saw it at the same time. Both of us took aim. I forced myself to be calm, to make sure the target circle was on its body.

I wasn't quick enough. It reared up on frenzied tentacles as Alice and Shao shot it from the other side of the cabin. Laser beams seared wide punctures in its flesh, and it tumbled down the roof and into the flames. I took a pace backwards quickly as it hurtled over the edge of the roof in a ball of flame and crashed onto the ground not five metres in front of me.

Rell and I started shooting. I pulled the trigger three, maybe four times before I realized the dreadful thing wasn't moving anymore.

Alice and Shao came sprinting round the front of the cabin. We stood there, looking down at the dead Yi with its smouldering skin and broken body.

"Are you all right?" Frazer asked. "We can see flames from here."

I glanced up at the cabin. The whole roof was on fire now, the flames chewing quickly through the reeds. Patches of them were falling into the cabin and the walls were starting to smoulder. The curtains were already on fire.

"We're okay," I said. "The lasers set the cabin on fire. We got the Yi."

"Just one?"

All of us stiffened.

"So far," I said, and started searching the deep shadows beyond the orange light thrown by the flames.

"We've never seen one on its own before."

"Yeah, thanks, Frazer. We're looking for any more now."

"They could be in any of the cabins," Alice said.

"Or all of them," Frazer said.

"Frazer!" I snapped at him. "Not helping."

Suddenly, the dark and silent cabins took on a menacing aspect. Frazer might have the tact of a hungry toddler, but he was right: any of them could be concealing a Yi, or a dozen. My body reacted by bringing the pistol up again, sliding the target circle over the blank walls that now seemed to have shifted closer.

"If there were that many, they'd be on us already," Shao said, which wasn't exactly reassuring, but his logic was as strong as Frazer's.

"John, what do you advise?"

"You have to consider your primary goal," John replied. "Your priority is to return to the forward section and contact another command AI. Everything else is secondary to that. You are achieving nothing out here. My recommendation is to take the tuk-tuks and drive to the forward endwall immediately."

Alice gave a modest shrug. "Sounds about right to me."

I glance at Rell for reassurance, because I didn't like the idea of leaving Ixia when we knew there were Yi gathering out there in the dark.

"John's right," he said. "The Yi aren't going to make this easy for us. We should go."

"Okay," I said, even though I didn't agree. I was trying to work out how to leave Frazer behind with the escort cybot. The people on the green needed protecting – not that a few laser pistols would hold off a Yi swarm for any time at all.

"After we leave, we need to create some kind of distraction," I said. "Something that shows the brain queens we've left Ixia so they'll chase after us and leave the village alone." Which was when I acknowledged the Yi had come for me. I was the one they wanted. I didn't know if they'd seen me through the network in the forward section or if Lazarus still had some trace of me in his memory when he was overwhelmed by the brain queens. But they knew.

"Another fire, maybe?" Rell said. "Easy enough with the lasers."

Alice squealed and fired her pistol. The red beam split the darkness and hit the ground outside another cabin. Steam and flame spurted up from the ground. I just caught sight of a red blob disappearing behind the cabin.

"You were right," I told Frazer. "There's more than one."

"Let's go," Rell said. He set off towards the cabin where the Yi had dashed behind. I trailed after him with some reluctance.

"There'll be more than two," Frazer said sombrely.

"I know. But if we can kill some before we go, the village will be safer."

"We don't know the numbers, Hazel. There's a whole sea full of them, remember?"

I glanced upwards. Not even the v-glasses could penetrate that much darkness, but I could sense the sky's presence. What I'd lived with quite happily all of my life was now transformed into an intimidating mass of rock above me.

"I see it," Rell called.

We all stopped by the corner of the cabin, peering round the edge. Thirty metres ahead of us, the Yi was scurrying off towards the ring of barns.

"Did I hit it?" a puzzled Alice asked.

There was something wrong with the way the Yi was moving. Its usual efficient coiling tentacles were lacking coordination, making it a lot slower than usual. It couldn't keep to a straight line, blundering about as if unsure of where it should be going.

I resisted firing off a barrage of laser pulses. "Are you seeing this?" I asked John.

"I am."

"Is it injured?"

"There is no obvious wound."

"What's happening?" Frazer asked.

"We can see a Yi, but it's like it's drunk," Rell said.

"Drunk?"

"There's something wrong with it."

"Where's it going?'

"I don't know," I said, "but we'll find out."

"Be careful," Frazer insisted. "They're pack creatures."

We moved after the Yi as it wriggled its way between a barn and a stable and then slithered under the fence around the cherry orchard. The trees were in full bloom, but when we moved out of the light from the fire the v-glasses couldn't distinguish between blossom and snowflakes clotting the branches.

Alice gripped my arm. "Another one," she hissed.

The cherry trees had been pruned to give them a low canopy, so I hunkered down to see underneath them. Alice was right: parallel to us, another Yi was scurrying through the rows of trunks, its tentacles sending up small flurries of snow in its wake. It had the same broken gait as the one we were following.

"Oh, guano!" Rell groaned, and gestured ahead.

"What?" I looked to where he was indicating. At first I thought there was another fire up in front of us. A strong rosy glow was emanating from the ground, with the trunks of the cherry trees stark black pillars against it.

"There must be twenty of them," Rell said.

I watched, the thermal glow fluctuating as the throng of Yi bodies shifted around each other. It was odd – they were so tightly packed, yet constantly moving, the ones on the outside trying to push themselves deeper into the mass.

"They're not paying us any attention," Alice murmured in a perplexed tone. "It's not like we aren't making any noise."

The Yi we'd been following joined the group, shoving itself forcefully amid the other bodies. I thought a fight might break out, it was so vigorous, yet the pack shifted to accommodate it easily enough.

"I might have an explanation," John said. "This behaviour is similar to sheep."

"No, it's not," I said. "Well, I've never seen sheep doing anything like this, anyway."

"That is because you have never known winter," John said. "During cold nights, a flock of sheep will huddle together for warmth, and they will shiver so their muscles generate additional body heat."

"The Yi are cold?"

"It is a possibility."

I supposed he was right. I'd been cold since I'd got up that morning, then on the drive to Ixia I'd been shivering. It was just strange to think of the Yi as ordinary animals.

"Do you think we could get up close to them?" Rell asked.

"I think I don't want to get close," I told him heatedly.

"If they're all bundled up like this and we throw an explosive power cell into the middle of them…"

"Oh. Right."

"Risky," Alice said.

"But if it works, the village will be a lot safer," Rell countered.

I studied the mass of Yi. "It'll take more than one power cell."

"Okay, so we all throw one."

It was so tempting. The Yi were in a vulnerable state, and we would be protecting the village. "I don't know."

"Then how about this? We take it in stages, see if we can get closer without them noticing. If we can, *then* we throw the power cells."

"We can run faster than them when they're in this state," Shao added.

I took a long moment, gathering courage from somewhere. Fighting the Yi had to be absolute. "Let's go," I said.

"Oh my dayz." Frazer's voice. "Be careful." Which had to be about the most non-Frazer thing he'd ever said.

We crept forwards, moving slowly, angling our approach so the trunks of the cherry trees covered as much of our approach as possible. All the while, I kept checking behind us, making sure there were none of them back there blocking our retreat. The stress was awful.

After an age, we stopped behind a trunk about ten metres short of the cluster of Yi. The chittering noise they were making as they squirmed against each other was disturbing on some deep level inside me.

We said nothing, just reached down to our belts and plucked out the power cells. When the others looked at me, I nodded. Together we stood and pressed the cell triggers – five seconds.

Two of the Yi stilled, then turned fast. Their tentacles became rigid, lifting them off the ground. I threw my power cell, seeing the others do the same in my peripheral vision. The little disc was a pink fleck blemishing my vision as it arced through the air. I pressed the trigger on my second power cell and threw that, then dived to the ground, wrapping my arms across the top of my head and holding my breath, vaguely aware of Rell hitting the ground at my side.

The explosions started, so loud I could feel my bones shaking. Their roar was punctured by the soprano whistles of the Yi. Then silence, and I risked raising my head.

I almost threw up. The Yi had been torn apart. A wide patch of ground was splattered with gore. It glowed bright scarlet, as if pools of flame had settled across the shallow craters. A huge cloud of blossom ripped off the trees by the explosion was swirling about daintily. Shock squeezed my throat muscles and I had to look away.

Rell was scrambling to his feet, pistol raised as he took in the carnage.

Something was buzzing in my ears. I shook myself and climbed unsteadily to my feet. The buzzing resolved into a voice.

"Hazel!" Frazer was shouting. "Are you okay? Did you get them?"

"We're fine," I stammered. "They're dead."

"All of them? You sure?"

I made myself look through the storm of blossom. The ground was pure and simple butchery. "Yeah. I'm pretty sure, anyway."

"Okay. Good job. Are you coming back now?"

"Yes," I said meekly. "We're coming back."

I could see Alice trembling, as overwhelmed and sickened by the sight as me. I told myself it was payback for Tamran and Elijah, Jakant too, but couldn't work up the right amount of conviction.

(6)

We were subdued as we walked out of the orchard. The walls of Saida and Elimu's cabin had collapsed, the tumble of debris burning away hotly. All the snow around it had melted away, producing little streams of ash-clotted water winding off into the darkness.

I paused to stare at it. I didn't feel sorry. I didn't feel anything.

"Is that–?" Alice began.

"Oh, no," I moaned.

She and Shao were looking back at the cherry-tree orchard. The glimmer coming from the soil blasted by the power cells had sunk away to a sliver of orange. Off to one side, something warm was moving.

"Another group of them," Rell hissed.

My pistol arm came up automatically. It was a miracle I didn't start running right away. Some crazy part of me was saying we'd killed the first group, why not these ones too? "If they don't separate, we can use the power cells again," I said. There were still a couple left clipped to my belt.

"We need to catch them when they're between buildings," Rell said. "That way they'll be bunched together."

"Okay." I glanced round wildly. "Maybe further along the avenue, the cabins down–"

"That's not a group," Shao said.

"Huh?"

"Too high. Type three."

I hated it, but he was right. The heat source was too big, too consistent, too high off the ground to be a group of type twos. A type three was heading straight for us, pushing through the cherry trees the way people walk through long grass. I could hear the boughs snapping as it struck them.

"How big is that thing?" Alice wailed.

It was going to take a lot of laser shots to bring down something like that. My hand grasped one of the power cells. Elijah had killed one with his power cells, detonating them all together, but he had been right next to it when they went off, and this was a moving target. You'd have to drop a cell right in front of it and hope it went off at precisely the right time. Not that we had any choice.

"We need cover!" Rell yelled. "Run!"

I started off fast. "Which direction?" I asked.

"Just get some cabins around us."

"Did I hear that right?" Frazer asked. "There's a type three out there?"

"Oh yeah, you heard right." We reached the second row of cabins and veered off to the right.

"Good. Lead it to the carpentry shed."

"*What?*"

"Lead it in. We're ready for it."

"Ready for it? What the—"

"Trust me! Get it here."

That made my choice a simple binary: trust Frazer or try and draw the Yi through the maze of cabins to use the explosive cells. "Do it," I told the others and turned left. "This way."

Behind us, the brittle bamboo walls of a cabin erupted into a shower of debris as the type three hurtled straight through it. I fired off a couple of shots, letting it know where we were. It altered direction to race after us.

"What happened to the cold messing with them? Alice demanded.

"A type three's larger body mass will take longer to cool down," John said calmly. "Typically, a thermal difference of—"

"Not now!" I shouted.

As one, we sprinted hard down the lane between cabins. If you didn't know the village, you'd think every home was identical, a grid of cabins that went on forever, but I did know them. I knew the different vines that tangled verandas, the walls that had been repaired, the herbs and flowers in lovingly tended gardens. We turned left at Jane's cabin, the one with

cloth draped along the veranda fence, then pelted straight
on past Mellar's home, with its stack of wool bales from his
sheep. Then there was the abandoned cabin – the only one
in the village – sagging into fungus-coated ruin because no
one wanted to live in the place where a murder had been
committed forty-two years ago.

Shao let off a couple of shots as the type three raced into
view behind us. I changed direction again at the next junction.

"You want to try a power cell?" I panted at Rell.

"Maybe."

Somewhere behind us, another cabin crashed into a plume
of wreckage as the type three demolished its corner without
even slowing down.

Rell fumbled at his belt. "Need a straight path," he warned
me.

"Right." In my mind, I could see the route. We were fast
approaching the village hall, but our current direction would
put the green between us and the carpentry shop, the one
place I couldn't allow the type three to reach – people might
still be there. We needed a different angle of approach.

I let out a snarl of anguish. "Turn here," I commanded.

Another right-angle turn at speed, which my knees and
ankles objected to. "Straight for five cabins now," I told the
others.

Rell was dropping behind the rest of us, looking round to
find the Yi. It wasn't difficult.

The Yi charged into the broad lane – and Rell stopped,
pressing the trigger on a power cell before lobbing it into the
alien's path. I let off a couple of shots to distract the monstrous
thing. It was nearly twice my height, and I'm not short, its
fat, oval body equipped with a cluster of flipper-like fins at its
tapering rear. There were two kinds of tentacle: dozens of thin
ones sprouting from around its midsection which propelled
it along, and five at the front, thicker than my leg, ending
in mouths of sharp fangs. Yet those mouths were nothing
compared to the nightmare orifice at the centre of its head, a
muscular ring lined with concentric tusks, all flexing in union,
beckoning, as if that alone could haul me in through the air.

My green target circle wobbled across the front of it. I knew
the laser burned deep holes into its dark flesh – I could see the

narrow craters by their own heat-glow – though the Yi seemed oblivious to the damage I inflicted.

Then the power cell exploded right in front of it. That massive body heaved onto its side, ploughing chaotically through the front of a cabin. Shattered lengths of bamboo scythed dangerously through the air. I ducked as they started to descend like a plague of spears. Alice stumbled and went sprawling. Shao skidded to a halt and hauled her to her feet.

The Yi was juddering its bulk around, its head seeking us out. Rell threw another power cell. It was going to be the one – I knew it.

His aim was good. The little disc spun over and over as it curved through the air and landed directly on top of the Yi.

And bounced.

The Yi contorted along its whole body, rearing up to lurch towards us.

The power cell exploded in mid-air, a couple of metres from those writhing midsection tentacles. I saw skin flayed open, blood surging out, tentacles lacerated and flopping uselessly at its side – all of which made no difference. It thundered forwards relentlessly.

"Move!"

We ran for our lives.

"Frazer, we're coming!"

"We're ready."

The end of the lane was approaching fast. I could see the village hall to one side. After that it wasn't far to the canal, where the carpentry shop sat.

"Ready for what?"

"Listen, Hazel, you have to get it actually *into* the carpentry shop, okay? The doors are open. Just get it to follow you in there."

"Okay." I wanted to know *then what?* but didn't have the courage to ask. Suppose I didn't like whatever he'd planned? This was all we had. I could hardly start arguing with him. And Dad would have helped plan this, whatever *this* was. Some kind of trap, presumably? For a type three? Crazy.

I kept on running. The air was starting to burn in my throat and lungs – odd, given how cold it was. Blood was pounding in my head, managing to turn my vision an even darker shade of red.

We cleared the last cabin and pelted across the strawberry fields that surrounded the carpentry shed. I could hear Alice whimpering beside me as she forced herself to keep going. I knew we weren't as fast now as when we'd started.

The carpentry shed was thirty metres ahead of us. It was Ixia's largest and oldest building, as well as being its sturdiest, built from a frame of heavy beams, which was one way of describing whole oak trunks. Its walls had been repaired constantly over the decades, reinforced and modified.

As we raced for it, I saw the large double doors were wide open. There were carts standing on either side of them, piled high with logs. A dozen people crouched behind their wheels, holding themselves still. Even with my blotchy vision, I could make out Atov and Zawn among them.

A powerful torch beam shone out of the shed. Whoever was holding it played the light across the Yi as it rushed forwards.

"Frazer?"

"You're doing great. When you're inside, go straight to the waterwheel. Don't stop."

"Huh?"

"The waterwheel. Dad's there."

So many questions. No time. I knew I couldn't keep this pace going for much longer. Every muscle in my legs was screaming at me to stop.

Ten metres. It was fear alone driving me on now. I could hear the type three's tentacles beating against the ground like ten horses galloping after me, growing louder as it closed the gap.

The eeriest thing was the silence of everyone behind the carts. I guessed that, without noise or motion, the Yi wouldn't be able to sense them. They must have been entreating the sweet Captain for that, too.

I rushed through the open doorway. The inside of the carpentry shop had been rearranged. It was so bizarre, I barely understood what I was seeing. All the benches had been shoved against the walls. They were covered in great mounds of wood shavings and sawdust. It left the floor open and empty, apart from two parallel rows of what must have been every single barrel of olive oil that Ixia possessed.

At the far end, where the carpentry shed overhung the canal, the waterwheel was motionless for the first time in my life. Without any water flowing along the canal, there was nothing to turn the complex framework of cogs, leather belts and pulleys that powered the three big circular saws.

And there was Dad, crouched beside the waterwheel where it went down through the floor. A couple of the buckets had been removed, leaving a small gap. He was beckoning us over frantically. "Here!" he shouted. "Come on, all of you. Quick!" As if I needed any spur.

Then I saw Frazer. He was standing in the middle of the waterwheel mechanism wearing his spacesuit, with the helmet on and visor closed. The escort cybot was next to him, shining its lights directly at the Yi.

I almost faltered. "Frazer?"

"Move!" He brought his right arm up, hand gripping a pistol. The cybot's three remaining arms rose, bringing its lasers up. Both of them opened fire.

"It won't be enough!" I screamed. The Yi had already reached the doorway, heading in at colossal speed.

"Get out of here," Frazer called in a remarkably calm voice. His laser shots weren't aimed at the Yi; he was hitting the barrels. Each shot was impressively accurate. When a barrel was hit, it burst apart, sending out a wave of viscous oil.

I reached the waterwheel and put my arms out as I knocked into it, coming to a complete halt that left me half stunned.

"Down here," Dad ordered loudly and reached for Alice, pulling her to him.

Alice did as she was told and let him guide her into the small gap between the wheel and the floor. She dropped, vanishing into the darkness below. Shao followed.

I turned, fearful for Frazer. The cybot's lights showed me the Yi was fully inside the carpentry shed. It loomed oppressively large in the confined space, and it was less than a second from hitting the waterwheel mechanism. Along both sides of it, half of the olive-oil barrels had now burst apart, their contents sluicing across the floor. My v-glasses revealed a low sheet of flame was streaking over it. The doors were being slammed shut.

The Yi crashed into the mechanism's framework of stanchions and their crossposts. They were over a hundred and fifty years old, crafted from oak which time had hardened to the same strength as metal. The frame shook but held. The Yi recoiled sluggishly.

I let out a scream of fright. It was only metres from Frazer, but that didn't seem to bother my crazy brother. He just kept on shooting the barrels, breaking them open.

"Hazel!" Dad bellowed. "Get your arse down here!"

"Huh?" I couldn't look away from the mad scene. Outside the doors, people were shouting as they shoved the carts across, blocking them shut.

The Yi let out an ear-splitting screech and sent its thick forward tentacles punching for Frazer, but they couldn't quite make it through the lattice of wood that caged him. Its midsection tentacles scrabbled round for purchase so it could ram itself at the defiant mechanism. It couldn't. The whole floor was awash with oil now, denying it any grip at all.

If I hadn't been so terrified I would have laughed at the lumbering beast skidding and skittering about helplessly. It tumbled sideways, crashing into the benches along the wall. Its midsection tentacles thrashed about in fury, to practically no effect. The bulk of its body struck the ground hard. Oil slicked its flesh, insidious fingers of flame chewing their way up. I knew it didn't have any human-style thoughts and responses, but I swear it seemed startled by its predicament.

Rell grabbed my arm and tugged hard. I found myself going over the edge of the gap, with Dad pulling my other shoulder round. There was one last glimpse of the carpentry shed. Frazer was firing the e-beam welder, sending the dazzling beam along the shavings and sawdust on the benches. Wherever the beam touched, flames leapt up.

I landed in a deep layer of mud, breathless and exhausted. More hands took hold of me, pulling me clear. Rell dropped down, followed by Dad.

"Let's go," Dad said.

"What?" I gasped. "No! Where's Frazer?" Above us, the flames were building at bewildering speed, sending a strong orange light down past the immobile waterwheel.

"We need to go," Dad said urgently. "That overhang is going to catch fire and collapse."

"Frazer!"

"I'm fine," he said, his voice calm in my ears. "Get clear quickly. I don't want you singed."

"But–"

The Yi bellowed in shock and pain. I flinched. It must have been flailing about up there; the thuds of it hitting the shed's solid, unyielding frame were shaking the ground. I was sure I could hear the e-beam welder still firing, too.

Rell's hand was on my back, urging me along. We all waded through the clinging mud, out from under the waterwheel housing. A whole bunch of people were lined up along the top of the canal bank. Plenty of hands helped us up onto dry land. The whole village had gathered at the edge of the strawberry field. I found myself next to Mum, who held me tight.

When I looked back, I was amazed by how fast the fire had grown. The entire carpentry shed was ablaze, sending flames shooting ten to fifteen metres up into the air. The heat beating against my face was almost painful. Everyone was shuffling away from the inferno. I saw the frame shake once more as the Yi hit it, then there was nothing – no screeching, no movement, just the crackle of flames and booms as chunks of the floor and roof collapsed inwards, sending up dense plumes of sparks.

"Frazer?" I asked desperately.

"On my way," he replied cheerfully.

I lifted up my v-glasses and stared at the hellish firestorm. How was Frazer still alive? There was a sharp movement halfway along the shed's wall. Flaming planks fractured and the escort cybot broke through. A figure strode through the gap. It raised an arm in greeting.

The cheer that went up from the crowd was louder than the fire. I just laughed, which turned into sobs of relief.

In my v-glasses, Frazer shone like a fragment of daylight as he walked towards us. Steam and smoke puffed out around his boots at every step.

"What?" I grunted. "How?"

"The spacesuit has a nul-therm outer layer," John said. "It is resistant to temperature up to a thousand degrees for six hours. And of course the suit has its own air-recycling system. He was perfectly safe from the flames."

Something about the way he said it made me irrationally angry – that, or I could imagine how smug Frazer's voice would be when he explained.

My brother's dazzling aura was fading fast as the suit's nultherm radiated the heat away. Finally it went dark, and Frazer lifted his helmet off to show off the widest grin ever. He was greeted by a boisterous wave of cheers and whoops. And all right, yes, even I joined in, out of relief more than anything.

Mum ran over and hugged him. I was gathering myself to tell him very clearly why he should never ever do anything so stupid ever again in his life, but she beat me too it, although half of what she said was incoherent because of all the tears.

(7)

When we got back to the green, the bonfire had burned low, but people started throwing timber on and the flames rose quickly. I wondered just how much spare wood Ixia had left; the carpentry shop was still blazing away furiously, along with the wood store next to it, where fresh cut timber was stacked to season. No one wanted to stay close to it. The stench of roasting flesh was starting to leak out.

Now they'd successfully eliminated the Yi with a huge group effort, shock was starting to replace the villagers' satisfaction. I could see it developing on their faces, the way they kept glancing back at the collapsing carpentry shop, then out to the implacable darkness engulfing the habitat. There really were aliens out there that wanted to kill them. Nobody knew how to deal with that. So, they gathered round again to ask us – me in particular.

"Do we abandon the village?" a haunted Fininen asked. "Or do you still want us to bring other villages here?"

"Travelling in the dark is risky," I said, stalling. "John, what are the best tactics in these circumstances?"

"The more defenders you can gather in one place, the better protected you will be," he said. "I would suggest sending larger groups to contact the closest villages, then have them send out groups in turn. That way you will cover the most ground in the shortest time. Meanwhile, you should continue building your *cheval de frise* barricades."

"And I'll order the escort cybot to stay here to help guard you," I said, though actually what I meant was, *to guard Mum and Dad and Alisha*. "It still has a lot of power left in its weapons."

"Okay, then," Atov said. "Groups of ten to travel to the other villages. I'll start organizing that."

"But who will be chosen?" Fininen bleated.

"They can take dogs," Atov said, ignoring him. "And we'll need crossbows for everyone in each party."

While Atov and his Regulators began sorting out who would travel to the other villages, I backed away. "We need to get going," I said quietly to Rell.

He eyed the tuk-tuks that were still recharging next to the hall. "Yeah."

He beckoned Alice and Shao over, all of us sharing a guilty expression. I was annoyed at myself for that; it wasn't like we were abandoning Ixia. Then I saw Zawn break away from the people huddled around Atov and make his way over to us.

"I'll deal with this," I murmured to Rell. "Be ready to leave in five minutes."

"Sure."

Zawn gave me an anxious glance. "You're going to go into the forward section now, aren't you?"

"We're getting ready for that, yes."

"I want to come with you."

"Oh, Zawn, no. Your place is here, protecting Ixia."

"Really? That Yi thing, the… type three. It was one of those that killed Elijah, wasn't it?"

"Yes," I said sorrowfully. "But he fought and killed it. He's the reason I'm alive."

"And that's why I want… *have* to come."

"Zawn," I began despairingly. "I can't–"

"No." He kept his voice low, but the intensity was hot. "That was a guano-eating *monster*. I can't protect anyone from one of those, and you know that. Barricades and crossbows aren't going to stop a Yi. Your explosions didn't even slow it down."

I checked to make sure no one was listening to us and lowered my voice. "I know that, and you've no idea how much that hurts. But preparing keeps everyone occupied. It stops them from thinking the worst and gives them hope."

"What you're doing is our only hope."

"Maybe. I don't know. But people respect Regulators. Seeing you here will comfort them."

"Probationary Regulator," he said levelly. "And suspended for letting you and Frazer escape."

"Zawn–"

"Listen, if you fail, we're all going to die. It's that simple – you know it, I know it. And if they weren't too frightened to think about it, all of Ixia would realize that, too. The Yi beat Ashley Kruger and our ancestors, and that was with all their knowledge and power. So, Ixia certainly isn't going to survive. I want to come with you."

"I don't want you to die," I said softly. "I couldn't stand that."

"I'm not a coward!"

"I never thought that. I know you're not, remember? What you did for me... "

"Irrelevant. If we're going to die, then so be it, but sweet Captain, Hazel, let me die trying to help. Dying here will achieve nothing. Don't let that happen to me. Please."

I closed my eyes, seeing that night barely a week ago now – *and how can that be?* The rain falling all around me as I wheeled Frazer through the village, our desperate bid to escape, to stop him from being Cycled. And Zawn standing there on watch duty, saying nothing, turning away, letting me go. Letting me and Frazer live. "This isn't how I want to thank you."

"You don't owe me, Hazel. I did what I did because I wanted you to have the best life you could. And you know why. Can you imagine what the rest of your life would have been if the Regulators had Cycled Frazer when he was fourteen years old? We all know our generation was the one most likely to reach the new world. They won't have Cycling there, so what would be the point of Cycling Frazer? It was a terrible injustice."

I reached over and touched his face. I felt so guilty, I suppose, that he'd risked Atov's anger because of us and what we'd had, especially after the way I'd treated him with the break-up. "You're such a good person."

"You know why I really wanted to be a Regulator? Everyone thought it was just to keep Elijah happy, but I believed helping the village to run smoothly was the best way I could spend my life."

"Now you're just putting me to shame."

His hand rested on top of mine. "So, I can come?"

"Just as long as you understand it's going to be dangerous. I mean, really dangerous."

He grinned, and his hand came away to gesture at the carpentry shed. "Yeah, I kinda noticed."

"All right, then."

"You won't regret it."

"We're leaving in five minutes. Be ready."

I managed to haul Frazer off to one side. We stood by the curving glass wall of the hall. On the other side, the cooks were taking fresh-baked bread out of the ovens. The loafs looked a bit dark to me, but then everyone had been somewhat distracted by the Yi.

"I want to talk to you about Mum and Dad," I opened with.

He gave me the kind of innocent-expectant look that made me instantly suspicious. "Sure."

"They need to stay here while we go into the forward section."

"Of course. It won't be a problem. Dad knows he can't come, not with his leg, and Mum just isn't up to that kind of thing. Even if she wants to come, I'm expecting we can rely on Georgi and Marana to make her see sense."

"Good. So the thing is, we need to be sure they're as safe as possible here."

"Absolutely."

"Right. I thought I'd leave the escort cybot here."

"Good idea."

"Really? You don't mind?"

"Mind what?"

"Staying to control it?"

"Oh. You think me remote commanding will be better than switching it to auto-sentry mode?"

"Er…"

"Sure, I'll just stay here. It's not like you need me or anything."

"Uh."

"I mean, the four of you were so good at tackling that type-three Yi by yourselves."

For all that the habitat floor was solid rock two kilometres thick, I started to experience a familiar sinking sensation. It's one I get a lot when I'm arguing with Frazer. "That's not–"

"Don't be modest. You were excellent bait. And when you were acting as if you were panicking – so believable. Fooled me. I bet it encouraged the Yi to chase after you, too."

"Frazer!"

"Yes, Hazel?"

That horrible neutral expression of his had taken on a wholly evil meaning. Oh, the *smugness*. "We're leaving in a couple of minutes. Be ready."

"Count on it. I'll go and load the sentry instructions into the cybot now."

I turned away so he couldn't see the full extent of his victory. "Can he do that?" I asked John. "Make the escort cybot protect Mum and Dad?"

"Certainly. It has that option. He just needs to assign their visual profile into the defence sub-routine."

"Okay."

"Your brother is an exceptionally fast learner."

"Yeah."

"I am impressed."

"Good. I'm happy for you."

I took a moment, breathing in deeply. The cooks were gathering sheepishly round the dark loaves, having quite a discussion about it. I wondered if I should go in and tell them that any bread was good bread right now, that they shouldn't really be in the hall anyway just in case the Yi could open the emergency door at the foot of the stairway and come at the village that way. In fact, we were lucky the ovens were still on. Actually, that was... odd.

"John?"

"Yes."

"Why are the ovens still on?"

"I don't know."

I looked along the length of the hall. There were several people standing outside the hospital. Lamps were flickering inside as Marana sorted out new treatments on the pharmalogical processor.

"What about the pharmalogical processor? That's on too."

"It is connected to the same power circuit as the ovens."

"And that circuit is different to the one that powers the light strips, right? Just like Tressaco had different circuits. I remember you said some are high voltage and some are low."

"Correct. The *Daedalus* primary grid supplies systems such as the light strips and canal water-circulation pumps – anything that requires a lot of power."

"So the Yi have turned off the primary grid, but they've left on the low-power circuit that supplies the villages?"

"Yes."

"That doesn't make any sense," I said. "They want to kill us with the cold, yet they're still allowing us the ovens and pharmalogical processors?"

"I agree, it would appear to be paradoxical."

"Does that mean they don't have control over the low-power circuit?"

"I can't conceive how that would happen. Their control over every other electrical unit within the habitat seems complete."

"Right." I looked at the other end of the canteen, past all the tables. Up there on the wall, the screen was still showing the image of me in Section Seventeen, my face locked into that moment of fright and confusion. I'd been addressing one of the translucent columns in Section Seventeen's main assembly room so that Lazarus could send the image to every village screen. And Lazarus had also been an image in the column. So the columns could show *and* see...

My gaze hadn't left the screen. So many times – for my whole life – the village had gathered in front of it to see the Electric Captain and listen to her instructions. She told us when to Cycle, issued dance invitations. All my life I'd stood there, thinking it was exciting. Dad said there was once a time when she used to answer questions, back when people still had questions, before life in *Daedalus* became so utterly routine there was nothing left to ask.

"John?"

"Yes."

"Can the screen see?"

"It has a built in camera strip, yes."

"Oh, guano," I whispered.

I walked along the glass wall to the entrance and went into the hall. People stopped and watched me. There must have been something in the set of my face – none of them asked me what I was doing. I was aware of Alice and Dad and others following me cautiously.

When I was a couple of metres from the screen, I stopped and composed myself. "What do you want?" I asked.

After a moment, the picture of me faded away and *she* appeared. It was as if nothing had changed, that we didn't know the Yi had taken over the arkship, that there'd never been a Mutiny. The Electric Captain was in her usual place in the big room with rock walls and rows of shiny metal machines behind her. I was sure she was studying me, that thin face with a small nose, dark red hair fastened back, the epitome of confidence and experience. The woman who had sacrificed herself to ensure we would one day reach the new world. How could she not be our captain?

"Hello, Hazel," she said.

There was a gasp from everyone who'd followed me into the hall. It was all I could do not to flinch. I wasn't paranoid after all; the Yi brain queens really did know me.

"Why have you turned the habitat lights off?" I asked.

"They were damaged by the machines you switched on, which were themselves faulty. You shouldn't have done that, Hazel. You endangered the whole arkship. I am working to restore the lights and the waterfalls as we speak."

"No. No, that's not true. The *Daedalus* was punctured. I saw the hole."

"Yes, we struck something in space that punctured the *Daedalus*. I was preparing the machines that weren't spoilt by the Mutineers to fix the hole. They wrecked so much, five hundred years ago, and time has not been kind to our wonderful arkship. Everything takes so long to repair today. However, I would have sealed the hole before the end of the week."

"There was no Mutiny," I said. "You're an alien."

"Hazel, dear Hazel, the machines you encountered in the forward section are the last decaying remnants of the Mutiny. They are powerless, but they can still lie. Their words are poisonous. And you are an innocent child."

"No! I–"

Rell gripped my shoulder. "Careful. This'll be showing on the screen in every village." He gave the Electric Captain an angry smile. "Right?"

I gritted my teeth. I should have worked that out for myself. This whole conversation was all about discrediting me. Once I was gone, hunted down by the type threes, then the lights would come back on and life would carry on as before, just without the silly mad girl who'd caused so much damage. "Not going to work," I said. "Everybody has seen your soldier, the one you sent to kill me." I gave her a vicious grin. "It's not coming back."

"The loss of the Lamia is a terrible misfortune. It was the last survivor of its kind the *Daedalus* carried in suspension. The *Daedalus* carries many of Earth's creatures for release on the new world. Again, it was your interference in the forward section that released it."

"Pure guano," Frazer mocked. "And me? How do you explain me away? I couldn't walk after my accident. Once we'd fixed one of the medical machines that you sabotaged, its treatment healed me."

"Frazer," the Electric Captain said with a chiding tone. "That medicine machine was in the Mutineer nest of Tressaco, wasn't it? They lied to you. Your own doctor explained that you might recover, did she not? And here we are. You walk again. She was right."

It's not often you see Frazer stumped for a reply. But he always used facts to prove he was correct. This argument was pure politics.

A laser beam pierced the screen. It shattered, sending fragments bouncing across the floor. I turned to see Shao holstering his pistol. "Liar," he said simply.

(8)

I didn't think Mum would ever stop hugging me when it was time for us to leave.

"You come back," she said eventually and wiped the moisture from her face.

"I will," I promised.

She kissed me, then folded her arms round Frazer. For once, he didn't look like he'd die of embarrassment.

"Nothing risky," Dad told me. "Understand?"

"I understand."

"Good. Don't just say it, mean it."

"Dad! We know what we're doing, okay?"

"I know. But if it gets too big for you, come back and get reinforcements."

"You need to get the barricades finished."

"Yeah."

For a moment I thought he was going to say something else, but he put his hands on either side of my head, bent forward and kissed me. "And don't let Frazer do anything wild."

I grinned. "No problem. He always does what I say."

We smiled at each other for a long moment.

"And you," I said. "You stay close to the cybot. It will protect you."

"By my side the whole time."

It was difficult, but I walked away without looking back. I only slowed down when I saw Alisha and Mortos were waiting beside the tuk-tuks with Zawn, Alice, Rell and Shao.

"I do hope you're not going to try and tell us we can't come with you," Alisha said.

I almost said *you're too old*, but in the end I didn't dare. "Why would I do that?" I asked innocently.

So, when we rode out of Ixia to a ragged cheer, the tuk-tuks were full. I sat behind Frazer on the first one with Rell and Alisha. Alice drove the second, carrying Shao, Zawn and Mortos.

Frazer had found a way to turn the headlight beam down to barely more than a glimmer. "The v-glasses compensate," he said. "We can see where we're going easily enough, and they'll also show us any hotspots approaching."

"Sure," I replied.

So, with the barns and orchards behind us, the blackness swiftly engulfed me again.

It was cold riding the tuk-tuk. I'd found an old sweater at home and put it on under my jacket, but the air flowing over my hands and face was sucking the warmth out of me. We'd only gone a couple of kilometres along the canal and I was tempted to tell Frazer to stop so I could put my spacesuit on – it would protect me properly from the bitter atmosphere – but only five of us had them, so it wouldn't be fair on the others. It would take time, too. I was anxious to get into the forward section as soon as possible, before the brain queens realized where we were.

That thought made me glance up into the unsettling darkness again. Even with the headlights turned right down, I wondered if they could see us scurrying along below them. They must know where we had to go to find allies, even though those allies had been beaten back five hundred years ago.

Now I'd dealt with the Yi directly, I began to understand how Ashleigh Kruger and her crew had been defeated. The fight for the *Daedalus* was never just physical; they were liars, too.

I brought my arm up and looked at the black bracelet containing John. "Is there really an animal called a Lamia?"

"No. I do not have extensive files on the subject, but the Lamia is part of Greek mythology on Earth, a creature who hunted and killed children. Allegedly half serpent, half woman, it was created by a conflict between gods."

"Sounds like a type-two Yi to me."

"Quite."

"So the Yi really do know all about us?"

"Yes, Hazel, they do."

"That's so wrong," I scowled. "They have all the knowledge of Earth and our history while we know practically nothing."

"They have the information which they have stolen from the memory files of the AIs they captured. That does not equate to an understanding or appreciation of human culture and history."

"The only history I know, I got from *Pride and Prejudice*."

"Jane Austen is acknowledged as accurately depicting the society of her age."

"It was a stupid love story," I said sullenly.

"Maybe, but consider this: Jane Austen wrote it a thousand years ago, yet you understood and enjoyed it. That makes it timeless."

"Do you think the Yi have read *Pride and Prejudice*? Would they appreciate it?"

"Not a chance," Alisha grinned. "You have to have compassion and a big heart to appreciate that story. They don't have either, that's clear enough."

"There is a saying from Earth which I believe is appropriate to this situation," John said. "The Yi know the price of everything and the value of nothing."

"Sounds about right." I focused on the dim outline of the canal towpath we were driving along, and vowed not to look up at the sky again. "Okay, so what's the safest way to get into the forward section now?" I asked John. "I mean, we can't use the access passage behind Akebia's waterfall again. They'll be watching out for that."

"I cannot guarantee safety," he replied. "Every access point into the forward compartments is detailed on the *Daedalus* schematics, and the subverted AIs have even more accurate versions than I have. So, every possible route in is known to the Yi, and therefore poses a risk."

"No one is asking you to guarantee anything. I just want to know what's our best option."

"I recommend we try to reach Section Three of the ecology department. The data files I received from Lazarus showed that it was sealed off during the Yi takeover five hundred years ago. I believe I have also identified the shortest route to it, reducing our exposure within the forward compartments."

"Okay, then."

"You should know I selected this route because the Yi may not consider it."

"Uh, why not?"

"It will involve a short space flight round to Section Three's cargo port."

"Sweet Captain, you're joking."

"Oh my dayz, I hope not," Frazer sang out. "That sounds so cool."

"No, Hazel," John said. "I am not joking. I am very serious."

"But," I gasped, "a *space flight*?"

"Technically, we are already performing a space flight. This one just requires us to leave the *Daedalus*."

"Is that really the safe route?"

"Indeed, yes. I propose we use a ventilation shaft in the habitat to go down into the Orange Line tunnel. That leads almost directly to an auxiliary-craft hangar, minimizing the risk of interception."

"So, this hangar will have spaceships like the ones we saw last time?"

"Yes. It should have several Gagarin and Armstrong craft, which will be in standby mode."

"After five hundred years?" Frazer asked. He sounded sceptical.

"All the *Daedalus* auxiliary spaceships have multiple redundant systems, and they were built to last. There is a high probability that one or more will still be capable of performing a short flight. If not, we will investigate the second most practical route to Section Three. I have identified eighteen possible such routes, each one with a slightly greater risk of exposure and capture than the last."

If going on a space flight was John's low-risk method, I really didn't want to know what the other seventeen were. Besides, I knew he was being tactful, saying *capture*. The Yi clearly weren't aiming to capture any of us.

After a while, I noticed the mist that was my breath had become even thicker, while my hair was acquiring its own twinkling fringe of dust-sized ice crystals.

"Frost," John said when I mentioned it.

"Which is...?"

"The habitat is now cold enough that the moisture in the air is turning to ice."

"Sweet Captain." I hadn't noticed the temperature was still dropping, but then my hands were now so cold they had no feeling. I tucked them into my armpits and flinched at the weird biting sensation that gave me. "I thought you said we had three months?"

"I did, but the air has now passed equilibrium. The temperature will now begin a continual fall. My estimation was based on the expectation people would eventually gather in an enclosed space with a fire burning."

"If they do that, they'll be easy targets for the Yi," Alisha said.

"If people are freezing to death, the Yi don't have to do anything," I told her. "None of this makes any sense. The Yi have kept us alive for five hundred years. Why kill us off now?" The obvious answer was because of me. I'd broken the status quo when I led us into the forward compartments and learned the truth about the alien takeover. But if I hadn't fixed the leak, we would have died from that.

"Because we're close to the second world," Frazer said. "They don't need us anymore."

"They never needed us," I told him.

"People have kept the habitat ecology working," he replied. "Without the right balance of plants and animals, the carbon-dioxide content would change. John, do the Yi need the habitat? Is our atmosphere connected to the Central Sea?"

"To some extent, yes. The Central Sea atmosphere is very humid, so the air is slowly circulated through moisture-removal filters between the two environments. By itself, the sea cannot maintain the correct balance of atmospheric gases."

"But are they able to close the Central Sea off from the air that's circulating around the *Daedalus*?"

"Yes. The *Daedalus* has many emergency seals that can isolate entire sections, including the habitat and Central Sea."

"And I'll bet the Yi could last for a few months or a year without the fresh habitat air. Long enough for the *Daedalus* to reach the new world."

"It is possible, yes. The air in the Central Sea would last for years before degradation makes it dangerous."

"There you are, then," Frazer said emphatically. "They don't need us anymore. And they certainly don't want us on the new world."

"I still don't get why they needed us in the first place," I persisted. "Surely the habitat environment would have kept going? I mean, the type twos could have maintained it, or cybots controlled by the AIs."

"Both options have merit," John said cautiously.

"Don't tell me: we need more data."

"We do, yes."

We were three kilometres from Akebia when John told Frazer to turn off the towpath. I was jounced about as we drove along a track. Without the canal beside us, my trepidation at the darkness intensified. I really did not have a clue where we were.

John's directions were sharp and clear, but that didn't help ease my anxiety. I suppose it was just that I didn't like being so dependent on someone else.

After about quarter of an hour, I wanted to shout, *Forget this, we'll take our chances in the waterfall passage.* We were bouncing our way over an uneven meadowland. I could hear birds or something squeaking out there in the darkness. There was no infrared glow big enough to be a Yi.

"We're on course," John announced. "Fifty metres."

Something about the way he said it, so reassuringly, reminded me he could monitor my body, so he'd know my heartrate. I made an effort to calm myself, taking deep breaths.

John told Frazer to stop. We all dismounted, shining our torches about.

"What exactly are we looking for?" Zawn asked.

"The top of the ventilation shaft is a circular structure three metres high," John said. "It should be about ten metres to your left."

As one, eight torch beams swung that way. The light fell on a huge mound of pink honeysuckle, which must have grown up something solid to reach such a height. A couple of almond trees were battling with the vines for dominance; they'd never been pruned and shaped, so they formed a bushy tangle of branches, almost as high as the honeysuckle.

Rell put his hands on his hips and let out a dispirited sigh. "I guess it's got to be in there, then."

"How do we get in, John?" I asked.

"The grille at the top hinges up."

"The top?"

"Yes. Inside there is a ladder for humans and a track rail for cybots."

All of us were exchanging glances.

"And how did people get to the top, you know, before it was covered in vegetation?"

"There is a ladder running up the outside."

"Okay, then," Alice said and drew one of the D-blades she'd found under Ixia. "John was right. The Yi won't be expecting us to get in here." She walked up to the jumble of honeysuckle and swung the D-blade. The strands parted as though she was carving air. Shao joined her, wielding his own D-blade.

The rest of us hung back. Those D-blades could cut through just about anything with ease, and they were being swung about with maybe too much enthusiasm.

"There's a wall in here," Alice called out after a couple of minutes, most of which she'd spent throwing clumps of vines clear of the cleft they were hacking out.

They found the ladder soon enough, then they had to start clearing the honeysuckle above them as they slowly climbed up. The so-called "ladder" was just some thin metal rails sticking out from the wall of the tower. With my partially numb fingers, I could barely hold on as I made my cautious way upwards.

The top of the tower was four metres across and smothered in honeysuckle fronds which Alice and Shao were still chopping back when my head rose up over the edge. I could see the tower was capped in a grid, but the honeysuckle had grown through every gap to create a solid cover.

"This is not going to hinge up," I said to John.

"No. You will have to cut through."

Rell started using his shorter D-blade to make some exploratory holes, shining his torch in to find the ladder. When he did locate it, he had to cut carefully through the grille above. Nobody wanted sections of metal falling down into the tunnel below; the noise they'd make would echo a long way.

"I'll go first," he said, once he'd cleared a gap big enough to clamber through.

I tried to think up a good reason why he shouldn't, other than if a Yi was waiting at the bottom, he'd die.

"No," Zawn said. "This is my job." He held Rell with a calm gaze and put his hand out. "I'd appreciate a pistol."

Rell looked at me and found a perfectly neutral expression that didn't waver. With a sigh, he handed his laser pistol to Zawn.

"That's no good," Frazer said in disapproval. "Take one of the power cells and a pair of v-glasses. The Yi can't hide in the darkness if you're looking through that. If you see a heat source below you, drop the power cell down."

Zawn nodded appreciatively. "Thanks."

I'd assumed the tunnel was buried maybe a couple of metres below the meadow. After all, the stations I'd been in were only just underground. Turns out I was wrong.

Zawn started climbing down. I watched his torchlight bobbing about, growing dimmer and smaller. I knew he was just trying to prove himself to us, and maybe to honour Elijah's memory, but if he hadn't gone down, it would've been Rell. I had to face up to accepting that this was an incredibly risky venture, only justified because of the alternative.

Finally, the light vanished. I drew a breath, even though we'd agreed that's what he would do when he got close to the bottom. A light might alert any nearby Yi.

A few moments later, the torch shone up at us and flashed three times.

"Let's go," Rell said.

He went first, with me following. The descent wasn't easy; the rungs were cold and slippery, and I had to feel round with my feet to find them. Just to add to the strain, I was carrying my spacesuit in the backpack Lazarus had given me. It wasn't heavy, but it kept throwing my balance off. I think I spent longer than Zawn climbing down. The only good thing about it was that the air was definitely warmer inside. By the time I reached the bottom, at least ten metres below ground level, I could feel my hands tingling as sensation returned to my fingers.

I stepped off the last rung into a cube-shaped room where one wall was a grille similar to the one topping the tower, with a pair of huge fans behind it, their blades motionless and smeared in grime. The floor was covered in bird droppings, dry honeysuckle leaves and brittle twigs.

Zawn was standing by the single door, a crude metal slab with a lever in the middle. "I didn't open it," he said. "I didn't know if the Yi can tell."

I knew the tone – he was fishing for approval. Dependency on others was a big part of Zawn's attitude to life. His parents weren't the warmest people in Ixia, which had always left him the awkward one at school. As if to compensate, he always looked for support from Elijah, whom he idolized. While we were together, he'd been anxious to please, to do or say the right thing. It made him so tense, which made him even more desperate and needy. Another reason I'd ended it with him.

I need to stop listing reasons.

"You did the right thing," I told him. "John, is the door wired to the network?"

"I don't believe so. It has a simple manual lock."

"We should cut through the lock anyway," Frazer said and took out his D-blade. "Don't want to take any chances at this stage."

"Sure," I said. Not that he was exactly asking my permission.

I helped Alisha down the last few rungs while Frazer started slicing through the metal. She looked round the bleak room with a dismissive expression. "Back where we started," she muttered. "Underground and in the dark."

"How did it go when the Regulators took you back to Ixia?" I asked. I hadn't really had time to talk to her since I'd got back. We'd only known each other for a couple of days, but I'd really missed her.

"Interesting times," she said with a soft smile. "The village really wasn't going to accept orders to Cycle everyone from Tressaco. There was a lot of anger and resentment fermenting. Even if we hadn't found out about the Yi, I think things might have started to change."

"That's encouraging."

"Oh, and your Mayor Fininen is an idiot."

"Well, everyone knows that," Alice said breezily.

"But he talks," Alisha replied. "Boy, does he talk. He never stops. It's the way he gets people to support him, telling them what they want to hear, agreeing with them, but not in an honest way. Meanings get twisted by his tongue."

"You mean he's a politician?" I taunted.

"Yes. So be careful around him."

I saw Zawn watching us, making an effort not to say anything. Fininen was his mother's cousin and had supported Zawn's application for probationary regulator.

I gave him a conspiratorial smile, drawing him in, making him part of the general consensus, and got a twitch of appreciation in return. When he did that, when he lightened up a bit, that was the Zawn I remembered from when we'd started going out together.

Rell and Shao stood behind Frazer as he finished cutting through the door's lock mechanism. They had their pistols ready and nodded as he pushed the door. It didn't move. He pushed again, harder.

"Did you actually cut the lock?" I asked.

"Oh, really? Was that what I was supposed to do? If only I had you to guide me." He shoved the door with his shoulder, but it still did nothing. He kicked it. Still nothing happened. "It's got to be seized up. Manual door. Five hundred years. Kind of inevitable. I'll just have to cut us a hole right through it. Shouldn't take long."

Zawn put his hand on the door's lever and pulled. It swung inwards smoothly, and he stepped smartly out of the way.

I wanted to say something – really quite badly – but I did the mature thing and kept quiet as we edged out into the passageway beyond. My mouth played rebel as I walked past a flustered Frazer and lifted my lips into a smirk.

The passageway led directly into the Orange Line tunnel, where tiny blue-green lights shone down from the ceiling, extending to infinity in both directions. It was almost identical to the subway underneath Tressaco, except this one didn't have a stream of dank water trickling along the floor.

Nothing showed up in the image the v-glasses provided.

"Looks like it's clear,' Alice said.

"Which way?" I asked John.

"To your left."

We started walking, with Rell and Shao constantly checking the tunnel behind us in case any Yi appeared. It wasn't long before we were all removing our outer layers of clothes. The debilitating cold of the habitat air hadn't reached down below ground yet, which made me feel both grateful and guilty.

About an hour after we started, a light appeared up ahead, round the gentle curve of the tunnel walls, growing in intensity as we walked towards it. It was the kind of reassuringly normal white radiance that was indistinguishable from the habitat's daylight. We hadn't even spent a full day in darkness yet, but I was instinctively relieved to see it. Then a second or two later, alarm gripped me and I halted.

"Where is that coming from?" In my head were visions of type threes lumbering along the tunnel, with the main lights coming on around them to expose us.

"That will be Mercou station," John said, "which means there should be a side passage very close now."

He was right. Once we started walking again, we came to a hole in the tunnel wall with steps leading down and a cybot rail running parallel with them. The door at the bottom was a simple grey rectangle with an ordinary handle.

"The passages here are all maintenance accessways," John said. "They have network coverage but not sensors. We should be relatively safe."

"But if the Yi know there are no sensors, won't they be watching the passages?" Mortos asked.

"Yes. However, there are hundreds of kilometres of these passageways. It would take thousands of Yi to cover them in any reasonable manner. Logic implies that if humans come back into the forward section to contact a command AI, they will have to use the main corridors at some point. That is why I propose using a spaceship instead."

"You think the Yi are logical?" Alisha said. "After everything we know about them?"

"The mind of the brain queens is linked to the command AIs. It employs their programs to think with. Any tactical appraisal of this situation involving AI analytics will employ a logic base."

"But if you can think of this route, so can they," Frazer said. "You're logic-based, too."

"That is true. This is an option that will have been considered, and the risk level calculated, providing them with the probability of us actually using it. However, my routines are adaptive to my operator. Hazel considers the risk to be acceptable."

I almost said, *I do?* Everyone was looking at me expectantly. I shrugged, as if it was of no consequence.

"True," I said, refusing to show how disconcerted I was that John could see the way my brain worked. It was worryingly intrusive to have someone understand you that well, because I have to admit, ever since he mentioned the plan of flying a spaceship outside the *Daedalus*, I couldn't wait to do it.

"So, do I open the door?" Zawn said.

Alisha glanced at me, then nodded. "Go ahead."

Those of us who had pistols pointed them at the door. Frazer was holding one of the power cells too, ready to throw it. Alisha and Mortos pointed their torch beams dead ahead.

Zawn opened the door.

(9)

No Yi rushed at us. The torch beams illuminated an empty passageway. My v-glasses revealed no heat source.

Shao and Rell moved out, shoulder to shoulder.

"Nothing here," Rell said.

The maintenance passageway was unlit, its ceiling ribbed with conduits and cables. There were so many junctions. We followed John's directions through the maze, once again marvelling that such a small unit could contain so much knowledge.

After a few minutes, we stopped beside another door. It didn't seem any different to the dozens we'd already passed.

"What's here?" I asked.

"A hangar support systems compartment," John replied. "One of many on this level."

"So, we're close to the auxiliary-craft hangar?"

"Yes."

We readied ourselves again, pistols aimed at the door. Zawn gripped the handle. Our torches were switched off.

A pale light washed in as the door hinged back. There was a large room on the other side, maybe a couple of hundred metres long and fifty high; it was hard to tell, there were so many golden cylinders and spheres standing on the floor, blocking my view. Pipes ran up the walls in a rigid geometric lattice, arching overhead on gantries to the top of the tanks. Big, boxy machines with glass doors were lined up around the foot of each tank. Silent cybots stood in long lines in shallow alcoves, which I found deeply intimidating as we walked along them, knowing that the Yi brain queens could probably switch them on at any moment.

"Do they still work?" I asked.

"They are in standby mode," John said. "None are currently active."

"But they could be?"

"Yes."

I hurried past the cybots to the large archway at the far end. The support compartment had been big, but this chamber was a lot larger. Cut directly out of the rock, it measured an easy half kilometre long and a couple of hundred metres high. Up on the roof, row after row of circular lights cast a meagre, gingerish illumination, as if they were in their final hours. The damaged auxiliary-ship hangar we'd been in before had been vast, but it had held a variety of spaceships. This held only one.

I'd never known such a thing existed, but just by looking at it, I could see it could fly. Its wings had a sleek triangular shape, merging into a long nose behind a fat cylindrical central section. The dark grey skin was so smooth, with a kind of gloss that you could just tell your fingers would slip over like it was oiled. Every part of its surface curved elegantly, like a work of art rather than a machine – the universe's biggest bird. I loved it.

Frazer's mouth was a giant smile. "What is *this*?" he asked in awe.

"It is a Braun," John said. "One of the landing ships."

"Landing?"

"When the *Daedalus* reaches the new world, this is what the villagers will ride in, down to the surface."

"Oh, sweet Captain, it's magnificent!"

"It's so big," Zawn said.

"It is three hundred metres long and weighs a hundred thousand tons," John told him, "so it will only ever fly once."

"Why?"

"It's too heavy for any engine to lift it against the gravity of an Earth-like planet. Those three nozzles at the back? They are fusion rockets. They will propel it from the *Daedalus* to the top of the planet's atmosphere, but that's all. When it reaches the air, it will glide down to a sea and splash down in the water."

"Wow. That is going to be the coolest ride ever," Frazer declared.

"Quite likely."

"How many Brauns are there?" I asked.

"Fifteen in total. Each of them contains the equipment to establish an independent human settlement at the same technological level Earth had achieved when the *Daedalus* left. It is a relief to see it is intact. In fact, the doors are still sealed up, which suggests the Yi have not yet been inside."

"So, did Ashleigh Kruger take one of these down to the first world?" Alisha asked.

"No. The crew would have used Tereshkovas, much smaller shuttle craft that can fly in the atmosphere and return to orbit. They were designed to ferry preliminary science and exploration missions down to planets."

I was studying the cradle that ran under the bottom of the Braun, holding it up, a solid mass of shiny silver metal that flared out at the base to form a wide oval pool across the ground. A big semi-circle of the same stuff was covering most of the wall ahead of the Braun's nose, its surface reflecting the lander and hangar in perfect detail.

"We should keep moving," John said.

"Yeah, right."

I think all of us were reluctant to leave. We kept staring at the Braun as we walked past it, as if we couldn't quite believe it was real.

John guided us to an archway in the hangar wall. Given the scale of the Braun hangar, it didn't seem big, but you could have fitted Ixia's hall inside it. There was a rib at both ends, made from the same polished silver metal as the Braun's cradle. They were safety seals, John told us. The silver metal was flexsteel, which was similar to the morphtallic we'd used to plug the leak in the hull but could change its shape continuously; it didn't solidify after one use. "Most of the *Daedalus* auxiliary-ship airlocks use it," he said. "It's more convenient than solid hatches for anything this large."

I glanced back at the hangar's huge wall of flexsteel, realizing that on the other side of it was just empty space. As always, I was impressed by our ancestors' abilities. It was hard to understand how a people so accomplished could have been overthrown by the Yi. Perhaps their easy lives and good nature had allowed them to become careless and too trusting. Dad would probably call them soft.

The auxiliary-ship hangar was on the other side of the archway. It was dark inside, though the ginger radiance from the Braun's hangar cast a long haze of light through the archway. I could just make out a couple of the Gagarin spacecraft, with their egg-shaped hulls. Like most of the things we saw in the forward section, they could have been brand new.

"Are they okay?" I asked.

"I don't want to query the network," John said. "And the Gagarins only hold three people. I suggest we find an Armstrong closest to the lift down to the dock."

I'd got used to having light again, however dim, as we sneaked through the forward section. Now we headed off into the deeper darkness of the auxiliary hangar, and with the archway's glow shrinking behind us, my anxiety spiked right back up. It was stupid; we'd driven half the length of the habitat and back, where a Yi could have been lurking anywhere, but in the hangar my impending sense of danger was amplified somehow. This was their territory. They could be behind any door, watching through any sensor –

After a minute, Frazer switched his torch on.

"Frazer! They'll see that."

"If they're in here, they would have seen us coming through the archway anyway," he shot back. "They can easily hear us no matter how dark it is, remember? So a torch isn't going to make any difference."

I gritted my teeth and switched my own torch on, shining the beam along the line of spacecraft. At this end of the hangar, they were all Gagarins.

"There are so many spacecraft," Zawn said. "What did they use them all for?"

"They were intended mainly for industrial operations once the *Daedalus* arrived at the new world," John explained. "By the time the arkship left Earth, all large-scale mining operations had shifted off the planetary surface to help minimize pollution, so the ship's crew would have flown an asteroid into a high orbit around the new world and refined their minerals and metals there."

The hangar's layout was similar to the one we'd walked through on our way to Section Seventeen, with blocks of machinery the size of cabins stacked up beside the spacecraft, while pipes and smaller engineering units covered the walls.

The few sections of bare rock we did see all had alcoves for cybots. It was a strange experience, moving among so many intact machines, yet none of them were active.

Finally, we reached some of the Armstrong spacecraft. These were larger than the Gagarins, their spherical hulls coated in a tight blanket of some silver-white fabric with odd spikes and black panels protruding at random. Their dark, inset windows looked down on the hangar, as if they were judging us.

"The second one," John said.

As we made our way towards it, I could make out a big semicircle of flexsteel on the wall behind it, and my unease escalated. In a few minutes, we'd be going though it to fly free in space, somewhere in the total emptiness between the stars. Maybe taking this route to Section Three wasn't so clever after all. Not that there was any choice. Frankly, I was mildly surprised we'd made it this far. Switching to another route now would have been crazy.

We stopped at the foot of one of the Armstrong's five insect-like legs, which had a ladder attached leading up to a hatch in the hull. I saw the pad at the foot of the leg was resting on a big patch of flexsteel. When I shone my torch round, I saw that there was a similar patch under each leg.

"Use the manual release," John told Frazer. "It's the red handle on the right-hand side of the hatch. Push upwards and turn ninety degrees."

"Got it," Frazer said eagerly. He scooted fast up the ladder. I was good and didn't tell him to wait while we considered what we were about to do or to be careful. Judging by the expression on every else's face, they were almost as keen as Frazer.

The manual handle obviously worked – it took Frazer just a few seconds to get the hatch open. As soon as he stepped inside, Alice hurried up after him. The hatch closed after she went in. I let Alisha and Mortos follow her, then went up myself.

The airlock was a smallish chamber, its walls covered in a layer of cream-coloured padding, almost as if someone had stuck shaped cushions over everything. Alisha and Mortos were waiting inside, and I crammed myself in next to them.

"We have to shut the outer hatch before the inner one can be opened," John said. "The two are mechanically linked. It is a basic safety design."

I wiggled round and pushed the outer hatch shut. Fortunately, I had my torch on, or it would have seemed even more claustrophobic. Mortos rapped his knuckles on the inner hatch and it opened immediately to show Alice grinning in at us.

The Armstrong was split into two levels. The lower deck, where we came out, was made up of lockers with transparent doors, all of them full of complicated-looking equipment. The rest of the walls were covered with padding, the same as the airlock. Several of the lockers had spacesuits similar to mine. Vents protruded like mushrooms in odd places while lights were glass circles protected by white cages. Strangest of all, there were tough fabric hoops everywhere, big enough for a hand to grip.

Right in the middle was a ladder leading up through a circular hatchway in the ceiling. I could see Frazer shining his torch round up there.

"He's not going to try and drive this, is he? Alice asked uncertainly.

"He won't," John said. "The AI pilot will fly us. But first, we need to make some preparations to isolate us from the digital assault the brain queens will deploy when we power up the ship."

I hurried up the ladder to join Frazer in the upper cabin. It had a circle of ten chairs arranged around the hatchway in the floor, all of them facing out towards the hull with its long curving windows. Three chairs had columns standing beside them with screens and crystal pillars on top. Frazer was busy inspecting one of those when I came up.

"Don't touch anything," I told him, and received an exasperated glance in return. "Seriously, John wants to prepare things first."

"We need to reconfigure some of the onboard processor modules before we activate the AI pilot," John said.

"Oh, okay," Frazer said amicably. "What do I need to do?"

So if I say something I'm a pain, but if it comes from John, it's a great idea? Riiight.

John told him which three wall panels he wanted opened. There was some kind of small circular key at the side of each of them. When Frazer clicked them round, the whole thing slid out like a drawer. Inside was a small space containing a black metal rectangle embedded with glass cubes and a tangled nest of glass string. The faintest green glow emanated from the heart of the glass. I was really pleased there was no sign of the white fibres with which the Yi had contaminated so much of the arkship's electrical machines.

The others came up from the lower deck as Frazer carefully followed John's directions, unplugging specific glass strings. Sometimes they were plugged back into different sockets. Several of the cubes were removed altogether. When he was finished, the drawer slid back in silently.

"What does that do?" Mortos asked.

"Hopefully, I should now be able to block any overrides the network attempts to send into the ship's AI pilot," John said. "The onboard smartweb has multiple redundant failsafes providing many possible input channels, but the receiver nodes have now been disengaged or denied access."

"Okay," he said, as if he understood. "So we're good to go?"

"I believe so, yes. I suggest you sit down and strap in."

I took a seat next to Rell, and we grinned nervously at each other while we fiddled round with the straps and the metal buckles. Frazer was on my other side, with a column between us. I saw amber and purple symbols appear on it, and then the screens were showing text running down too quickly to read. A swirl of strange graphs appeared in the crystal pillar on top.

"I'm activating the AI pilot," John said. "It will run a systems check to see what's operational."

"But what about getting us into the airlock?" Frazer asked.

"I'll isolate our ship from the hangar management routines and trigger emergency launch procedures. That is the point at which the *Daedalus* network will become aware of us. It should give us enough time to get into the airlock before the brain queens can cancel the procedure."

I didn't bother querying what he was doing or asking any questions. He'd either be able to pull off our escape or not. It was out of my hands. In fact, everything had been for quite a while.

"You should all be aware that once we launch, we will be in freefall," John said.

Something in that tone... "Which is...?" I asked sharply.

"No gravity at all. It will feel like we are falling, but in fact we are not."

"That doesn't make a lot of sense," Alice said.

"If you recall, when we travelled up the access shaft on our way to Section Seventeen, the gravity reduced the closer we got to the arkship's axis. Had we reached the axis, where there is no rotation, there would have been no gravity. You would have floated around in the air, because you would have had no weight at that point."

"Yeah, I see. I think."

"So, once we have left the *Daedalus*, there will be no rotation, no gravity. Your bodies will interpret this as falling. Some humans have been known to panic at this sensation. That is natural. As you have evolved in a gravity field, your instinct is wired to interpret a fall as a prelude to striking the ground at terminal velocity. Again, be assured, that is not the case here."

"So that's why the seats have straps?" Mortos said. "To stop us floating away?"

"The primary reason, yes."

I suppose I should have asked what all the other reasons were, but right then I just didn't want to know. This would either work or it wouldn't. Nothing else really mattered.

"In addition…" John began.

It was *that* tone again. I braced myself.

"A high percentage of humans experience sensations of nausea in freefall. If you feel you are going to be sick, there is a barf nozzle in the armrest of every seat, attached to a hose. Simply pull it out and place it over your mouth. It will apply a mild suction force."

I looked down. Sure enough, protruding from the armrest was a curving green strip of rubbery plastic with a hole in the middle. Looking at it, I could see how it was intended to fit over lips.

"Giving all of us one of those seems a very extravagant way of mopping up a bit of sick," Alisha said.

There was a slight pause before John said, "'Mopping' is not the correct term. It is not only your bodies that will float around in freefall. Any and every unsecured object will, including fluids."

That thought, once it sank in, was really revolting.

"I get it," Frazer said with way too much enthusiasm. "Hey, so how do you go to the toilet in freefall?"

"There are specialist–"

"And that's enough information for now," I said. "The flight won't take too long, right?"

"No," John said. "It won't."

Frazer directed a mocking look in my direction.

"Pre-flight check complete," John said. "We have sufficient systems functionality and power reserves to fly."

"Everyone ready?" I called out.

Nobody objected.

"Let's do it, John."

"Very well. Initiating full start-up sequence."

Hidden machines started to whirr and hum. Gentle air currents eddied around me and a circular strip of lighting came on overhead, dousing us in a mild, blue-tinged light. The graphics displayed on the columns brightened and started a fast dance with each other. Larger screens above the windows came on to show murky images of the hangar. I could just make out the archway leading back into the Braun's hangar by the orange light leaking through it.

A couple of loud clunks sounded, as if someone was hitting the hull with a wooden mallet.

"What was *that*?" Zawn asked.

"The power and reaction-mass umbilical connections disengaging," John said. "We are now operating on internal power."

We started moving – a subtle but distinct sensation. I gripped the armrests.

Alice gasped. "Are we flying?"

"Not yet. The flexsteel pads under each leg are moving us over to the airlock."

I could just make out dark shapes on the screens sliding past.

"How long is this going to take?" Alice asked.

"I've loaded the required flight plan into the AI pilot," John said. "Estimated flight time to Section Three's airlock ledge is approximately fifteen minutes."

I smiled at Rell. "We're going to see the stars," I said. "Actual stars. No one on *Daedalus* has seen them for five hundred years."

He reached over and took my hand. "Yeah, how about that? They're supposed to be very romantic."

"No wonder they have barf nozzles everywhere in here," Frazer muttered.

"We are at the airlock," John announced.

I squinted at the screens showing us the images from outside. It was still so dark I couldn't tell where we were.

"Starting emergency launch procedure."

A red light started to flash somewhere in the hangar. The pattern of graphics on the columns' screens began to change. I even saw the words airlock initiation appear on one of the screens, accompanied by a whole cube of numbers.

White light flooded into the spacecraft through the cabin windows, so bright it made me blink moisture away.

"They know we're here," John announced. "The network is attempting to link to the ship's smartweb."

I hurriedly checked along the screens. Every ship in the hangar was gliding around on its patches of flexsteel, as if they were performing some complex slow-motion dance. The airlock was opening, too, the semicircle of flexsteel rippling, washing upwards from the floor. Our Armstrong picked up speed and started to slide through. Beyond the rising flexsteel was a simple chamber of naked rock with another flexsteel sheet covering the far end.

"There!" Alice cried. Her finger was jabbing at the screen in front of her.

A pack of type-two Yi were charging across the hangar floor, leaping over ancillary machinery. I gave an involuntary gasp. To be here so quickly, they must have been very close. We'd probably only have been the thickness of a door away.

The airlock's flexsteel door stopped moving. I guessed it was just high enough for the Armstrong to pass through.

"They're cancelling the emergency procedure," John announced.

"Can we still launch?" Rell demanded.

"Yes. We're almost over the airlock threshold. But they have determined our ship is not accepting their network link."

"Yes, they have," Alisha said in a dead voice.

About twenty Yi were rushing across the hangar directly for us.

"Closing the airlock now."

I watched the flexsteel contracting behind us again. It was fast, but the leading Yi were already through. The rest of the pack were hurling themselves at the upward-flowing rim of metal, tentacles thrashing madly in their efforts to clamber over. They tumbled down into the airlock.

Several of the Yi jumped onto the Armstrong. We could hear them scrabbling over the hull. The screens showed them attacking the protruding spikes and panels with manic savagery – tugging, slashing, their claws ripping at cables and shredding the white fabric coating the spacecraft.

"John!" I yelled. My hands were trying to crush the armrests as I pushed myself fearfully into the seat.

A tentacle slammed into the window directly ahead of me, skittering round, the clawed tip snapping frantically as it tried to chisel its way through. Then the whole body of the Yi was pressed up against the glass, writhing forcefully. Three of the screens lost their picture as cameras were destroyed. Yi slammed onto two more windows.

"Pistols!" Rell shouted. Then he was thumping the strap buckle, twisting to try and reach his holster. Alice and Shao were doing the same. I heard a tiny whimper coming from Frazer.

"Inner airlock door sealed," John announced with absurd calm. "Crash evacuation implemented."

"Crash?" I yelped.

"In this context, an extreme measure that–"

John's voice was lost in a sudden howl reverberating through the cabin walls. The whole spacecraft began to shake. The remaining screens showed long streamers of mist appearing outside, hurtling towards the airlock's outer sheet of flexsteel, which was expanding rapidly. A Yi was flying through the air, tentacles flailing wildly. It was joined by one of the Armstrong's black panels and shards of the white blanket. Then more of the Yi were tumbling away. The violent sound died as abruptly as it had begun, and the cabin stopped shaking.

"Airlock atmosphere evacuation is now complete," John said. "We are in a vacuum."

"Sweet Captain," Zawn groaned. "What about the Yi?"

"They cannot survive in a vacuum," John said.

"Did they damage us?" Frazer asked. He was checking his column. There was a lot of red text flashing away on the screens.

"Two heat-dump panels have been lost," John said, "along with several sensor masts and external cameras. They are not critical to our flight."

The Armstrong began to move, sliding across the airlock past the open outer door. There didn't seem to be much there – another cavern smaller than the airlock itself. The floor was a grid of metal with the bodies of the Yi lying on it. They looked broken, as if they'd fallen from a great height. I shifted my gaze away.

"Descending to the dock," John announced.

The whole floor began to sink down. We were inside a big shaft of featureless, glassy rock.

"How far down are we going?" Alice asked.

"The dock is nine hundred metres below the auxiliary hangar level," John said. As always, my mind struggled to cope with the scale of the *Daedalus*.

Eventually the Armstrong arrived at the bottom of the shaft, stopping in a large circular cavern made out of metal. There were two openings opposite each other – entrances into dimly lit tunnels.

"Stand by," John said. "We are about to launch. You will feel a deceleration force followed by freefall."

"Er, decelerate?" Alice asked. "You mean we're going to slow down?"

"Yes. The launch tube slows us relative to the arkship's spin. If we were to simply drop off the dock, the arkship's rotational force would fling us away, so the launch tube decelerates us. When we reach the end, we will be stationary relative to the arkship."

The Armstrong vibrated as some powerful mechanism switched on. It seemed to be all around us. The screens showed thick copper-coloured slabs telescoping out from the hull.

"Deploying magnetic grapples," John said. "Power confirmed; magnetic fields active. Launching in five, four, three–"

"John, wait. What–?"

"–one. Launch."

(10)

Some unseen force pressed me sideways into the chair. I could see the launch tube through the windows. We were moving down it fast.

"How long?" Frazer called out.

"Twenty seconds," John said.

I gripped the armrests tight and hoped I wasn't grimacing. My body clearly believed we were going to smash into something at the end of those decreasing seconds. Why else would my heart be juddering away and sweat oozing across my skin?

John started counting down from five seconds. Frazer joined in merrily. Then I thought I heard Zawn call out the last few numbers. Rell certainly sucked a breath down at *one*.

By then I'd closed my eyes.

"Zero."

The deceleration ended. Nothing was shoving me into the side of the chair anymore. In fact, nothing was pushing me anywhere. Gravity had vanished. *We were falling!*

A yelp escaped from my mouth. Not just mine, from the sound of it – everyone was spooked. We really were falling, plummeting. My body could feel it and dreaded the outcome–

"Coolest ever," Frazer announced happily. "What is wrong with you dumbheads? This is freefall, remember? We're in space!"

I opened my eyes and forced my throat to stop that snivelling noise it was making. My hands stayed firmly glued to the armrests, though.

We were still falling, which felt like it was going on for a ridiculously long time. And we hadn't smashed into the ground.

Because there is no ground, idiot, I told myself.

Being told something and believing it are two *very* different things.

My hair was drifting around in the air like weed fronds in water. I turned to look at Rell, and my hair responded slowly, wrapping itself over my eyes. I pulled it away. Rell had the strangest expression on his face, a kind of nervous delight. He gave me a tentative smile. Then his laser pistol went gliding slowly up towards the cabin ceiling.

His hand snatched for it and missed. I watched, fascinated, as the pistol reached the ceiling and bounced, twirling away at an angle.

Frazer unclipped his buckle and pushed himself off, chortling as he went. He caught hold of a hand hoop and tried to steady himself. His body's motion kept his legs moving until his feet banged into one of the windows.

I quickly opened my buckle and joined him. Just about every reflex I had was wrong. If I pushed off a surface, I'd keep going – fair enough – but when I grabbed at something to stop, all I did was twist around my arm as my whole weight (which I shouldn't have) tugged sharply.

The key to freefall, it turned out, was moving slowly and thinking where you're trying to go before you shoved off. Humans really can't zip through the air as elegantly as birds; that was a lesson learned the hard way. After the third time of banging my head, I began to appreciate there were natural limits to my aspirations of swan-like elegance.

I don't know why I was surprised, but Zawn was actually the best of us at manoeuvring around the cabin. Alisha was cautious, so she didn't suffer as many bruises and twisted wrists as the rest of us. Alice just had fun – she could do mid-air somersaults that just kept going, twirls, amazing gymnastic spins – while poor old Rell was miserably sick – and thank the sweet Captain those barf nozzles existed. Even I had to hurriedly grab one after the first minute. Most of us did at some point.

Eventually, I stopped performing stupid gyrations and went over to a window. There were a lot of hand hoops around it. I guessed the designers knew that that would be where the passengers would want to be.

I was disappointed at first. There wasn't much light out there. All I could see was a dark surface, marred by a million tiny blemishes flowing past quickly.

"You're lucky. There's nothing at all over here, just black," Alice said when I complained. "I thought we were going to see stars. They're points of light, right?" She was at a window on the opposite side of the cabin to me. When I checked round the screens, one of them showed a glowing mist while the others were all blank.

"We are still very close to the *Daedalus*," John said. "Perspective is difficult from this distance. I will instruct the AI pilot to take us out further."

We slowly moved away from the endless wall. I only knew that because the blemishes grew smaller and merged together into an insipid mottling. That was when I started to understand the true size of the arkship.

A broad ebony strip on the surface flashed past.

"What was that?" Zawn asked.

"A dock's linear tube," John said, "like the one we just came out of. Every dock has them. One half is for decelerating a ship out. The other side scoops it in and accelerates it up to match the rotation speed."

"So, we reverse the exit procedure to get into Section Three?" Frazer said.

"Yes."

"Neat."

The further we got away from the *Daedalus*, the more I could see the rock curving – not that I could see round it or anything; it was too big for that.

"Can you change the Armstrong's angle?" I asked. "I want to see the front."

Our little spaceship turned slightly. There might not have been gravity, but my jaw dropped. The cylindrical outline of the *Daedalus* was apparent now, and incomprehensively massive. I couldn't quite believe I'd spent my life in the habitat, which was inside the shape in front of me. It was my whole universe, and I was outside it.

The section we'd come from was ancient rock, a blotchy, melancholy grey that was surprisingly regular, but ahead of that the surface darkened almost to black.

"The carbon foam shield," Frazer said in satisfaction.

I remembered John saying the shield extended for eight kilometres beyond the rock, that we needed that much protection in case the *Daedalus* hit a meteor wandering between the stars. We were travelling at ten per cent lightspeed, so any significant impact at that speed could destroy the arkship.

The front edge of the carbon was jagged, lacking the precision of the rest of the hull.

"That rim looks like it's melted," Zawn said.

I hadn't noticed how he was pressed up next to me, both of us fixated on the view outside. I was rather pleased at how he was reacting, with the same awe and eagerness I had. I'd spent too long believing he was all conformist, unwilling to consider anything new.

"It is melted," John said. "Any mass large enough to traverse the plasma buffer intact will be transformed into pure thermal energy when it hits the carbon."

"You mean it'll explode," Frazer said.

"Yes. Frequently, apparently. The Armstrong's sensors are measuring the length of the carbon shield. There is only five and a half kilometres left."

I stared at the rim of the carbon shield again, trying to appreciate the blasts that had battered it during our five-hundred-year-long voyage. It was a miracle we still had any carbon left.

Then the *Daedalus*'s sedate rotation brought a huge gash into view, running from the rim down through the bulk of the carbon foam. I just knew that was where the big lump of rock had struck us three years ago, the one that had penetrated all the way through and went on to puncture the habitat.

The cabin was silent for a moment. I guessed all of us were thinking we'd been lucky to survive that strike. The Builders had really known what they were doing.

I watched the huge gash slowly turn out of sight. I could only see it because somewhere up ahead of the arkship space was aglow: the plasma buffer – a gas cloud, John said, whose molecules were full of electric charge so a magnetic field could hold it in place. From my position, it presented a hemisphere of opalescent light to space ahead of us, with its width at the apex twice that of the *Daedalus*. Then it gradually tapered down to a cone with its tip poised just above the shield. Its radiance fluctuated in slow pulses as if it was some slumbering spectral creature. Dust impacts sparkled across its upper surface, the larger ones streaking down towards the top of the carbon shield in a riot of fiery rain. None of them even got halfway before dwindling to nothing.

"Oh, my dayz," Frazer said. "That is incredible."

"That it is," Alice said. "But where are the stars?"

I frowned, pressing myself so close to the window my nose actually touched the glass. Alice was right: apart from the huge glow of the plasma buffer, space was empty.

"Because of our speed, we are subject to a relativistic Doppler effect," John said. "That means the light from the stars ahead turns blue while those behind are redshifted. Only those two clusters are visible to us at this velocity."

"But they're not visible," Alice grumbled.

"One moment. I will align the Armstrong's optical array on the plasma buffer. You should then be able to see the blueshift cluster through it."

We all watched the screen feeding an image from the hull's optical array. It swung round to show the plasma buffer. Once it was centred, the view seemed to leap forwards as if we were ploughing through the plasma. The haze became less opaque and a cluster of small, intense points of light materialized through it. John was right: the stars had a blue tinge that was a lot fiercer than the light from the habitat sunstrips.

"Ah," Alice said with a smile. "Now you're talking. There's got to be a thousand of them. Is that right? How many stars are there?"

"In this galaxy?" John said. "The exact number is unknown, but it is estimated that there are over one hundred billion."

I glanced at the black strip on my wrist. "That's... Wow, really?"

"It is just an estimate by astronomers, but based on the mass of the galaxy, so it is a realistic assessment."

"They're all around us, then?"

"Yes. The redshift cluster should be easier to see; there is no plasma buffer behind the *Daedalus*. I will orientate the Armstrong for you."

A happy Alice rewarded Shao with a kiss. Kissing is difficult in freefall – lots of grappling and giggling involved.

The spacecraft shifted round again. I watched, entranced, as the *Daedalus* glided across my window. Down at the aft end, the rock was covered by row after row of black panels. They must have been hundreds of metres high.

"Thermal-exchange panels," John said. "Similar to the ones on the Armstrong's hull. They dispose of all the excess temperature generated by the propulsion systems. When the antimatter drive is on, they'll glow white hot, radiating the thermal load away."

"I see the other stars!" Alice said excitedly. "You're right, they *are* red. Sort of. Maybe orange?"

I pushed myself away from my window to glide inelegantly across the cabin to Alice. Away in space, behind the *Daedalus*, the stars clumped together in a glowing jewel. When I turned to smile at Alice, I could actually see their pale rose gleam falling on her face. She looked gorgeous as always.

"Amazing," I said.

We hugged. The stars were a *Daedalus* legend, and a fanciful-sounding one at that; specks of light that twinkled in a night sky, never to seen by us, they were our history, something you had to believe in. If there were no stars, there would be no new world. So much of my life had been a lie that discovering they were real was intoxicating. My vision grew all blurry from moisture accumulating in my eyes. I blinked, but that didn't clear it away, not in freefall. I had to wipe the back of my hand across my eyes to do that.

"One of them is very bright," Alice said. "John, are some stars bigger than others?"

Frazer barged his way over to the window, pressing up against Alice with a quick, insincere smile of apology. I reluctantly let go of the hand hoop to make way so the others could have a look. As I backed off, I looked again. I could see the one Alice meant. It was on the edge of the cluster and easily brighter than any of the others, by quite a long way.

"Stars do come in many sizes," John said, "but that is not the reason it is prominent. One moment – I am accessing the AI pilot's astronomical data."

Rell and I exchanged a glance. He hadn't left his seat. His face was pallid and sweaty and one hand remained clamped around the barf nozzle, but his worried expression didn't have anything to do with his nausea. Behind his head, the screen with the Armstrong's optical array image was changing, focusing on the redshifted stars.

It always unsettled me when John couldn't provide an instant answer. He was supposed to know just about everything humans had ever discovered.

"That is not a giant star," John said. "It is a main-sequence G-type star. The AI pilot is running an analysis for me."

"What will that do?" a puzzled Zawn asked. "Do you think there's something wrong with that star?"

I began to have a really bad feeling about the redshift cluster.

"There is nothing wrong with the star," John said. "It is the same type as Earth's sun."

"So why is it so bright compared to the others?"

There was a slight pause. "It appears brighter than the others because it is considerably closer to us," John said. "The AI pilot calculates it is only point three five light years away. And the optical array is tracking seven planets in orbit, one of them with an Earth-like biosphere."

"The new world," I said softly. "That's right, isn't it? We've spent five hundred years flying here, just like Ashleigh Kruger said." I pushed myself forwards, eager to see the red gleam again. We'd made it! The flight was almost over.

"Er–" Frazer said.

"That's the star," I declared happily. "Our star. The new world is there waiting for us."

"Hazel."

"It's real. We made it. Rell, we made it!" I couldn't keep the incredulity from my voice. This was the seriously good news I'd been waiting for. When we got back to the habitats and told everyone, they'd realize that–

"It's redshifted," Frazer said bitterly. "Don't you get it? Don't you get why? It's behind us, Hazel. We've flown past it."

I started at him numbly. "But... it's right there. It's real, Frazer."

"Yeah, it's real. But we didn't slow down. The Yi didn't fire the engines and take us into orbit. We're heading away from it." His eyes narrowed and his lips moved silently. "Three years."

"What?" I asked.

"Three years. John said that right now we're point three five light years away. At ten per cent of lightspeed, that's a fraction over three years' travel." His fingers clicked. "The same time *Daedalus* was hit by whatever punctured the habitat. John, is that significant?"

"Very possibly," John said. "All star systems have an Oort ring around them. That's a band of icy debris, comets and rocks, left over from the early planetary formation era. And the Oort rings are huge, extending for half a light year, sometimes further. When we flew past the star, we probably traversed the ring. Normally we'd be decelerating into the system, coming in backwards with the antimatter rocket exhaust firing. It's like a slice of the sun which obliterates anything in its path."

"All right," I said. "So... when we defeat the Yi, we can switch the antimatter rocket on and go back."

There was silence in the cabin. Frazer was avoiding my gaze. "What?" I demanded.

"It's not just a question of decelerating from ten per cent lightspeed," John said. "We would then have to fly back to the new world. I do not know if there is still that much antimatter available."

"Well, how do we find out?"

"The propulsion-section AIs will know. They are in charge of the antimatter drive systems."

"Then we just ask them." I didn't understand why no one else was supporting me on this.

Frazer cleared his throat. "Obviously there's enough antimatter to slow us down, because that was the plan all along. After that, we'll find a way to get back to the new world. It's not far, not compared to the distance we've travelled."

"Exactly!" I said. "We can do this. We just have to reclaim the *Daedalus*."

"Quite right," Alisha said firmly. "Step one: take our arkship back. After that, brains like John and Frazer can start working on the problem. Okay?" She made eye contact with everyone, forcing them to nod or murmur agreement. I gave her a weak smile of gratitude.

"John," I said. "Please fly us to Section Three."

(11)

The rest of the flight was depressing. We should have been jubilant – we were flying in space, on our way to Section Three and another working command AI; we'd outsmarted the Yi. Instead, I felt a bleak dismay, a sentiment shared by everyone. Rightly or wrongly, the prospect of the new world was what had kept everyone on board the *Daedalus* going for five hundred years, a hope that I'd kept alive in myself even after we'd found out about the Yi. Getting us there had certainly remained my only goal. Without the new world, what was the point of... anything?

And now that world was behind us. We were heading off into the unknown, the true emptiness. John and the pilot AI had scanned ahead, plotting the *Daedalus*'s trajectory. It didn't seem to be aimed at any one star in particular, at least nothing within a hundred light years.

I didn't want to stare out at space with its treacherous stars anymore, so I buckled in next to Rell. He didn't say anything, just held my hand. I didn't know what I'd do without him.

"I'm wondering how bright the Yi actually are," Frazer said as he floated down into his own seat. "Firing the antimatter rockets to deliver us to the new world is the most basic part of the whole flight. There's nothing else out here, for them or us. They know the *Daedalus* is finite; sure, it's got fuel for light and heat, but it can't keep going forever. They have to get to a planet which can sustain them. And they haven't done it. How dumb is that?"

"They didn't know about the puncture, either," Mortos said. "Or they didn't care."

"They must have known we'd been hit," Frazer said. "Right, John?"

"The network sensors would have supplied the damage information to the AIs under their control, so yes."

"Then why didn't they repair it?"

"Because that's not how they think," Alisha said. "They are alien, in every sense."

"They were smart enough to take over the *Daedalus* to start with," Zawn said. "How could they not know what to do?"

"Without data on their thought processes, we cannot determine their motivation," John said. "And I don't think we will ever get an answer to that question."

"They reacted fast enough to us sealing the leak," Alice said. "They turned off the lights, sent a type three to kill us – well, kill Hazel." She winked at me.

"Why they do what they do isn't what we should be concentrating on," Frazer said. "We just need a plan to get rid of them so we're free to put things right."

"We need to talk to a command AI," Rell said. "And we're about to do that."

The outer shell of the *Daedalus* was looming large in the window again. The view was just a wall of grey rock, its eternal laborious rotation creating a bland smear. Determining where we were and where we needed to be was too complex for people, Frazer had confided to me; navigating in space was the domain of machines.

That had set my mind slithering down uncomfortable paths. Suppose the Yi had actually tried to turn on the antimatter rockets? What if they simply didn't work? After five hundred years, that wasn't an unreasonable assumption. John had said they were the most complicated machines humans had ever built, that the energies they dealt with were phenomenal. Every component had to work perfectly or the entire arkship would vaporize in a giant antimatter annihilation, so the failsafes would cut in at the slightest hint of trouble. Five hundred years with the Yi running maintenance? Maybe the brain queens were very aware of what had happened, that we were doomed to drift between the stars until the power finally gave out and the plasma buffer died. Would that be before or after we froze to death?

Maybe turning off the lights was them being kind. It was the quickest way, and nobody would feel anything. We'd be numb from the cold.

Stop it!

"We are approaching the injection pathway for Section Three's dock scoop," John said. "I will signal the command AI to request docking."

I gave the black bracelet a sharp glance. "What do you mean, request it?"

"The Section Three command AI will have to accept our docking request and activate the scoop systems."

Rell's grip on my hand tightened. "Can't you do that?"

"No. I do not have a connection with the Section Three dock management network."

"What if it says no?!"

"No command AI would refuse such a request. I expect it will be pleased to discover that humans are still living in the *Daedalus*. Section Seventeen was."

"But we don't know what state Section Three is in."

"The indications from the brief time Lazarus had access to the arkship's network are that it is isolated and intact. It certainly sealed itself off five hundred years ago. It is reasonable to assume it remains intact and independent."

"Oh, you are joking," Frazer muttered.

"I have an acknowledgement," John said. "Section Three's AI is asking for confirmation that the Armstrong is carrying humans. I am sending a camera feed from the cabin."

I looked over at the nearest screen and raised my hand in a wave, then forced it back down on the armrest because the sweet Captain alone knew how tragic that must have appeared.

"I am Josephine," a female voice announced. "I was not aware that any other humans were alive in the *Daedalus*. I am very excited to welcome you to the Nursery."

"Thank you," I said. "Ah, what's the Nursery?"

"Why, that's what Section Three is now called."

"Okay. Right. So can we dock?"

"Of course. Docking procedure is now engaged. I look forward to greeting you in person."

"Right."

"Aligned on injection pathway," John said. "We're about to go in."

Once again, the Armstrong vibrated as the magnetic grapples slid out from the hull.

"Can we see the scoop?" Frazer asked.

One of the screens switched to an image that was half rock, half the absolute black of interstellar space. The few tiny blemishes and undulations that tarnished the arkship's smooth surface were moving very fast now. I didn't want to think what would happen if we accidentally touched it, which meant I couldn't stop thinking about it.

A dark metallic circle came over the edge and hurtled towards us. It was the mouth of a tunnel that expanded far too quickly, from something we could dodge easily to a solid-looking rim coming to devour us.

It wasn't just me that screamed as we plunged into it. Acceleration hit, shoving me sideways in the seat again, more powerful than the deceleration had been – or so it seemed to my body, which had just acclimatized to freefall.

Then everything stopped. I was sitting in normal gravity again, for which my stomach and inner ears were grateful. Ordinary white light shone through the windows. When I stared out, I could see a circular metal chamber with a layout similar to the one we'd launched from, but probably twice the size.

"That is a crazy way to dock," Frazer said. "But I wouldn't have missed it for anything."

"The principle was developed from the launch system aircraft carriers used," John said.

"Oh. Right. What's an aircraft carrier?"

"A warship invented during the twentieth century on Earth. The history file on your tablet contains the data."

The Armstrong began to rise up a rock shaft. I unlocked my belt and stood up. Poor Rell stayed seated, though he did put the barf nozzle back in its recess.

It took a few minutes for the airlock to pressurize. As soon as the atmosphere flooded into the chamber, the Armstrong's windows were covered in a thin layer of ice.

The spacecraft slid out into Section Three's hangar. We all hurried out. I was first down the ladder, which was bitingly cold on my hands.

Once I was on the ground, I wasn't quite sure what to do. The hangar was smaller than the one we'd just come from, with one other Armstrong and a trio of Gagarins, but there were also four sleek-looking spacecraft with triangular wings. I just knew those had to be the Tereshkovas.

"What do we do?" I asked John as the others hurried down the ladder behind me. "Where do we go?" There were three archways along the rear wall, all of them open. The air had a loamy scent, like a forest the morning after rain, which wasn't what I'd been expecting.

"She is coming," John said with mild surprise.

"Huh?" I'd been expecting Josephine to materialize in a crystal pillar or on a screen, not that there were any in the hangar.

An exceptionally tall, green woman came through one of the archways and walked towards us – and I mean *green*; her skin was the same kind of vibrant emerald as a newly opened leaf. Even her hair was a glossy olive shading, arranged into long ringlets that came down below her shoulders. A lovely crown woven from orange bird-of-paradise flowers kept them neatly in place.

"Oh, wow!" Frazer exclaimed. He was grinning broadly. Josephine was wearing a black outfit, similar to the cocktail dress Alisha had made me try on back in Tressaco except the top half of this one was mostly broad straps that crisscrossed strategically, while the skirt was so short it barely covered her hips, but she complemented that with a pair of trousers made from the same material, which came down to her knees. Or maybe it was all one garment. Who knew?

I'd thought my deerskin trousers and black jacket made a bold statement, but compared to her...

"Er, hello," I said, doing my level best not to sound intimidated as she stopped in front of me. I had to tilt my head back to meet her gaze. Her face was elegant, with a sharp bone structure bestowing a great deal of poise and sophistication. And now she was up close, I had no idea how old she was. It was the green skin which threw me; there was no reference. She didn't look as old as Alisha and Mortos, but there was no way she was my age, either.

"You are Hazel," she said graciously.

I nearly bobbed my head the way girls of Elizabeth Bennet's time did when they were addressed by an aristocrat, which was ridiculous, but in the flesh, Josephine was awesome. "Yes, that's me," I said meekly, and silently cursed myself.

"What a truly remarkable young woman you are. John has informed me of your achievements. I can see dear Ashleigh's spirit in you. She would be so gratified to know her faith in her bloodline was not misplaced."

"That's very kind, thank you."

"What the sweet Captain are you?" Frazer blurted, and promptly blushed. "I mean, I never knew people could be green. And... have you all been living in here for the voyage?"

She smiled beatifically at him. "What a handsome boy you are, Frazer. Such a fine countenance to contain an exceptional brain."

His blush actually got hotter. I was never going to let him forget that.

"Welcome one and all," Josephine said. "I place the Nursery at your disposal, such as it is. I have waited so long for companions. This day is a very special dream come true."

"How old are you?" a fascinated Rell asked.

She closed her eyes and drew a long, sorrowful breath. "I was born eighteen years before we reached Kianira, the Yi homeworld."

"That's not possible," Rell said. "I mean, I'm sorry, but I didn't know humans could live that long, even with old Earth's medicine."

"There are always exceptional circumstances, lovely doctor. I have willed myself to survive, an accomplishment ably assisted by the Nursery's AI."

"I don't understand," I said.

"The construct you see before you is an android," John said. "A machine replica of a human."

"How very rude of you!" Josephine snapped, giving my wrist a lofty stare. "I am no replica, I am the embodiment of human nature and fortitude."

"I apologize," John said. "The humans of the habitat know very little of technology. Basic explanations are required for many things."

"Yes, yes," she said, recovering her poise. "I understand children so very well. I have to, of course. My responsibility is enormous and lies so heavy upon me, but I will never shirk my duty. Come now, let me show you the gardens of the Nursery. I think you'll like them." With that, she turned and began walking. A hand waved imperiously. "Follow me."

(12)

We all reacted as if we'd been given an order, trooping along obediently behind Josephine. I realized she had no shoes on, and her toes were inexplicably long.

"She's not at all like Lazarus," I said quietly to John. "And you said she was a machine, so what did she mean that she was born before the *Daedalus* reached the world of the Yi?"

"I am uncertain."

Josephine led us down several corridors and up a broad stairwell. Unlike Section Seventeen, everything here looked used – not worn out, but surfaces were a little grubby, lacking polish. Several cybots rolled past as we walked, and their surfaces had small scuffs, their colouring faded the way planks of wood turn after a few years.

Clearly the Nursery hadn't been idle during the last five hundred years, unlike Section Seventeen. I wondered what Josephine had been doing all that time.

That question got answered in the huge cavern she led us into. At the arched entrance, she turned to us and gestured regally. "And this is the main agronomy hall."

The cavern stretched out for about a kilometre. It had been transformed into a garden – a very beautiful one. There were lawns of lush grass that was like a sponge to walk on. They curved round strange patches of gravel and sand, with fine geometric patterns raked in. Neat borders were home to a thousand different shrubs, each of them flowering and giving off rich scents. Avenues of trees whose branches were woven together to form verdant tunnels stretched out to reach every corner. Aged stone fountains were dotted about and long cascades with beds of pebbles, marble statues of abstract art with flows bubbling along their surface. Bees hummed industriously through the air, chasing butterflies from petals.

I stared round in astonishment. "It's fabulous. How long has it been here?"

"I began it ten years after the genocide."

"Genocide?"

"The slaughter of the humans."

"Oh. Right."

"After this section's AI sealed itself away to resist the Yi, I waited for help. None came, of course, but you know this. So, it became clear to me that fate had selected me to safeguard the future of terrestrial life on board the *Daedalus*. I thought a garden would honour our biological heritage in a fashion the gene banks never could, so I brought all the seeds to life. This is one of eight gardens in the Nursery. Each of them has a different climate."

"Well, you've done a superb job," I said as we walked over the grass, admiring the fragrances and flowers. "My mother would love this. She grows some herbs and flowers."

"Yes. That was in the files John downloaded to me."

I resisted glancing at the bracelet, but I wondered just what else he had told her about us.

"I am so gladdened to hear the main habitat is still alive," Josephine said. "You survivors have done well to keep it flourishing."

"Well," I said with an awkward shrug, "it was all we knew. We had to farm it if we wanted to feed ourselves."

"Quite. It is a puzzlement to me why the Yi left anyone alive. They were certainly… *thorough* during their deranged killing spree five hundred years ago."

"Yeah," Frazer said. "We were hoping you could explain that."

"Alas, I cannot. Their behaviour defies comprehension. Now John has reported our spatial position, I simply cannot fathom why the brain queens didn't switch on the antimatter drive and deliver us into orbit around the new world. That we are now flying aimlessly through the galaxy is truly dispiriting news. I had hoped that when we arrived at the new world, I could ferry my charges down to the surface in the Tereshkova shuttles you saw in the hangar, a continent away from wherever the Yi descended. Now that vanity has fallen to hubris. Perhaps I should have taken a more determined stance against the Yi rather than hide away here, but I couldn't risk the children."

That was the second time she'd mentioned children. The context was odd. "Uh, which children?" I asked.

"Why, my children, bless them. They sleep in search of a new day. I couldn't bring myself to subject them to this long and terrible purgatory between stars."

"You have children?" Alice asked keenly. "Can we meet them?"

"Why, yes, I suppose so."

I said nothing. Josephine was an android, so how could she have children? It didn't make sense. I could only assume she meant something else that she was custodian to. *Young androids? Did they age, then?* I had a huge number of questions to pester John with, which would have to be asked in private.

It was a long walk through the garden. I was struck by how ordered everything was. There were no dead flowers and every bush was symmetrical. Even the colours of the plants were arranged in a pleasantly graded pattern. Big multicoloured fish swam in the ponds, barely visible beneath the dramatically large water lilies. Dozens of small cybots, no bigger than the backpacks we wore, trundled about, tending to any frond that dared grow out of place, aerating the loam, snipping faded flower buds, clearing away any brown-tinged leaf.

"Do you think it's possible to overthrow the Yi?" Alisha asked as we ambled along through a tunnel of tulip trees whose scarlet blooms tinted the light shining from above to a flame haze around us.

"I will do whatever I can to assist you in annihilating those beastly creatures," Josephine snarled. "Too long have I hesitated. Now, with their wanton action bypassing the new world, they have left me no choice. And by instituting this concept of Cycling, they have continued to order the deaths of humans through their ghastly facade of the Electric Captain, mocking the dear and noble Ashleigh. They are an evil which is unequalled even in our bloody history. I am committed to doing whatever it takes to rectify this dire circumstance, no matter how much carnage we must unleash upon them. After what they have done to us, they deserve no mercy."

That much anger projected from such a robust body was quite daunting. If there had been more people thinking like her during the Yi's takeover, I was pretty sure the outcome would have been very different.

"Now we're talking," Zawn said, approvingly.

"What about flying the *Daedalus* back to the new world?" Frazer asked. "Is there enough antimatter on board to do that?"

"I would have to communicate with the engineering-department AIs in the aft section and find out what the situation is back there," Josephine said. "The good news is that *Daedalus* definitely carries enough antimatter to bring us to a halt relative to the sun of the new world. What remains unknown is how much there will be left after that. There has to be some – I know we have a reserve. But the time we will require to voyage back might be considerable."

"But we *can* get there?" I insisted.

"Oh, yes. Do not underestimate what the AIs can do once they are unchained. Separating us, denying us knowledge of our environs, was the Yi's greatest victory." After the shock of finding out we had flown past the new world, I found her forceful confidence cheering.

We passed into another of the ubiquitous archways, back into wide, clean passageways. Josephine eventually stopped in front of a broad doorway.

"I must ask you to remove your backpacks," she said. "They hold many dangerous items. I simply cannot afford any accidents. Your shoes, too, please. A clean environment is required inside at all times."

"Shoes?" Rell queried.

"You have strolled through my garden. Dirt can cling to the soles of your shoes."

He gave his boots a dubious glance.

"This is the Nursery's most precious sanctum," she told him. "Whilst I am glad to discover so many humans are still alive in the *Daedalus*, it is my personal charges who reside within. I cannot simply abandon my vigilance because you are here."

"Of course," Alisha said. "Your house, your rules." She slipped her backpack off and sat down to remove her shoes.

I did the same, and even took off my belt with the holstered laser pistol, adding it to the pile. I just couldn't make my mind up about Josephine. I desperately wanted to ask John if AIs could eventually become faulty – say, after hundreds of years of continuous use. After all, Dad always said that everything wears out in the end. Josephine was so different to the calm proficiency that Lazarus conveyed, and her flashes of temper had me on edge. Angry machines were not something I ever expected to have to deal with.

I watched curiously as she picked up Rell's laser pistol. "Goodness, whyever did you arm yourself with these things?" she asked.

"Lazarus gave them to us," Rell said.

"And exploding power cells," Frazer added ardently.

"I see. You know... No, of course you don't, but these pistols are the same as humans used to defend themselves against Yi attacks. They weren't very effective then. For all their power, lasers are not good weapons. They make excellent engineering tools but take too much time to inflict a catastrophic wound, especially on a living target, which can always continue moving until it is dead."

"I used an e-beam welder," I said.

"More powerful at short range, but the same problem of application. I am disappointed with Lazarus."

"He sacrificed himself so we could repair the puncture hole."

"I would expect nothing less. But his rush to send you out to repair the puncture was his undoing. Had he taken his time, he could have had considerably more impact."

"We sealed the puncture," I said tersely. "Everybody lived. I call that a victory."

"Your loyalty is exemplary, dear Hazel. I do not mean to criticize Lazarus. I too am saddened by his demise. I simply determine that his thought routines were too cautious. All the AIs will be the same. That must end now."

"Right. Well. Good."

The doors slid open. I had no idea what to expect. It wasn't dark inside, not like the awful night which had claimed the habitat, but it was a lot dimmer than the Nursery garden and passageways. I could see the chamber was big and quiet. The air was cooler, too, lacking the smell of vegetation that blanketed the rest of the Nursery. There was a background hum on the threshold of hearing, informing me there were a lot of machines working efficiently nearby.

Large white oblong boxes formed ranks across the floor. They were three metres long and one and a half high. Each of them had a short line of blue and green lights at the end, gleaming steadily. We seemed to be the only people in the room. I couldn't see any other doors, either.

Frazer walked over to the nearest box, peering at the top. "Oh my dayz!" He backed off fast and gave Josephine a shocked look.

"That is Marybelle," Josephine said with a proud smile.

"What?" I demanded.

Frazer shook his head, taking a step away from Josephine, then hurriedly looked round the rest of the big room as if he was only just noticing it. "Oh, sweet Captain! All of them?"

Two fast strides took me over to the box that had startled him so. I looked down at it. The top was thick glass, allowing me to see the little girl inside. She was probably four or five, lying on a bed with ribbed cushioning that followed her outline perfectly. Her eyes were closed and a white mask coved her mouth and nose. And there were tubes. It was as if her torso had somehow grown half a dozen metal navels which the tubes were plugged into. Their other ends vanished somewhere under the cushioning. I stared down in silence for an age, but I couldn't see her chest move. She wasn't breathing.

When I put my hand on the glass, I could feel the cold inside the box. I turned to face Josephine, then, like Frazer's had done, my gaze swept round the room. There must have been hundreds of the boxes in there. "Oh, no." My voice rose in anguish. "What happened to them?"

"Nothing has happened to my children," Josephine said in a pleasant tone. "I have made very sure of that. They are asleep."

"Asleep?"

"The child is inside a hibernation chamber," John said. "It suspends the body's metabolism indefinitely. I did not know there were any on the *Daedalus*."

"I had the buildbots fabricate them," Josephine said. "The Section Three AI had design files."

"She's not dead?" I asked dumbly.

"Of course not," Josephine said. "None of them are. They are my charges. I could not allow any harm to befall them."

"None of them... *How many people are in here?*"

"Nine hundred and thirty seven. All of them under ten years old."

"Children. They're all children."

"Yes. I evacuated them into Section Three when the fighting broke out. It was the nearest secure place to our quadrant's elementary schools."

"'I'?" Frazer mused. "*I* evacuated them?" He was staring at the far end of the room, frowning as he cocked his head to one side. Then suddenly he was running.

"Frazer!" I shouted. He didn't stop. "Oh, hell." I started after him.

He kept running. Up ahead, at the end of the row of hibernation boxes, was a glass sphere a couple of metres in diameter, resting on a low plinth. I hadn't really paid attention to it when we came in. A ring of smaller purple and orange spheres surrounded the plinth. They were glowing, their soft light pulsing in a slow rhythm. It was a meagre radiance that cast weird shadows up onto the contents of the sphere. When I finally made out the shape inside, I started to slow.

Frazer didn't. He ran right up to the sphere and stopped just short, looking up at it. I shuffled up behind him and stood there with my hand on his shoulder as we both gazed dumbfounded at the figure encased by the glass.

At first I wasn't even sure if she was alive; her decrepit body was so old and wizened, it seemed like a mockery of a human. She was standing, thanks to the embrace of black metal ribs like a skeleton that had grown up the outside her body. There certainly wasn't enough muscle on her limbs to hold herself up unaided. Like the children in their hibernation chambers, her torso was host to intrusive metal sockets with tubes running out of them. They snaked down like luxuriant vines to the bottom of the sphere, passing through the glass to connect to the smaller illuminated globes. There was no hair on her head; instead a silver crown had fused to her scalp which sprouted thousands of fine golden threads. They'd been gathered together and woven into a braid which hung down her back, falling into a patch of white haze between her withered feet.

"Oh, sweet Captain." I was studying her face, the dreadful yellowed skin sagging loosely to form heavy jowls. Something about those decaying features...

"I do hope I am not distressing you?" Josephine said.

Frazer and I both started together. She had come up behind us, with everyone else clustering round a few metres away. All eyes were on the ancient woman in the glass sphere.

I turned from the green and flamboyant Josephine back to the not-quite corpse. It took some work, but the similarity was definitely there. "It's you, isn't it?" I whispered in dismay.

"That is the body I was birthed into, yes," Josephine said matter-of-factly. "Time is never kind to humans, is it? Assuming you judge a person by their appearance alone. An attitude I always find somewhat lacking in manners."

"Yes. Sorry. But... five hundred years?"

"Indeed."

"You were one of Ashleigh Kruger's crew, then?" Rell asked.

"Yes. I was a paediatric nurse."

I thought I was going to start crying. Cycling was so terribly wrong, forcing us to drink the Blessing so the balance of the habitat's ecology could be maintained, allowing humans to carry on living in it. But this, a life stretched out artificially for centuries – this was a price that should never be paid.

"Are you still alive in there?" an awed Frazer asked.

Josephine's green hand touched the surface of the glass sphere, her eyes growing mournful as she stared at her own infirm face. "I am, dear Frazer, yes. Although there is not much of me left. Most of my organs have ceased to function; the tissue you see is sustained solely by machines now. However, tailored drugs and genetic therapies keep my brain functioning, though I have been doubting its validity for several decades now."

"That crown," I said, glancing back at the bird-of-paradise garland woven into her hair. "In our history of the Mutiny, we were told Ashleigh Kruger cast her mind into the bridge's thinking machines to save us. Is that another lie?"

"Not quite a lie, no. Senior crew were implanted with an interface that could link their brain directly to the *Daedalus*'s network. If Ashleigh did do that at the end, it was an act doomed to fail. Once the Yi attack began, the AIs who survived the initial subversion either sealed themselves off in secure sections or they fell to the brain queens, so downloading her mind would have accomplished nothing. The band you see on my head in there is a similar neural interface. It connects my mind permanently with the Nursery's AI, as well as this android body. Over the centuries, my thoughts and the AI's routines have merged to become one. There is no longer any boundary where one stops and the other begins. In that respect, I am almost immortal. When my birth body eventually dies, I will carry on changeless. I will never abandon my charges."

We left the hibernation room a subdued little group, not saying anything more. Josephine showed us to a set of rooms the cybots had been preparing for us under her direction.

"There is a room for each of you," she said. "You can relax and freshen up. I suggest we have a pleasant meal together later, when we can decide what to do next."

"We should start planning now," I said. "Everyone in the habitat is depending on us. Any more delay will–"

"My dearest Hazel," she said forcefully. "I have accessed John's log. You have had a very full day, and it is now late. You are in no state to start confronting the Yi. You need a proper sleep. That way we can face what has to be done tomorrow with resolution and an appropriate level of preparation."

"Josephine is correct," John said before I could object. "You started the day in Akebia, remember, and all you've had to eat are a few snacks. You need to recuperate properly."

I was surprised. Was it only that morning we'd woken up in Akebia? It seemed like a week ago. And the days before that were a blur of activity, too.

"They're right," Alisha said kindly. "We need to take a step back and consider our options. We'll achieve nothing by running headlong at the Yi. Determination is great, but we need to be smart too."

"I will use the time you're resting to review the data you have brought," Josephine said. "By mealtime, I will have proposals. That is why you came to me, is it not?"

"Well… yes."

"Then that is settled."

It wasn't a tone you argued with.

The rooms Josephine took us to used to be a laboratory facility, she explained. There was a main room – the conference room – with short corridors leading to individual offices, now our bedrooms. "I hope you find them comfortable."

I didn't think we'd have any problem with that. The Nursery buildbots had produced beds for all of us. The mattresses were the same type I'd grown extremely fond of during my two nights in Tressaco, beautifully soft yet supportive too. The main room had been equipped with working food printers and two printers for clothes.

"Just tell them what you would like to eat and to wear, and they will produce them," Josephine told us. "The range is limited compared to what the systems could craft in my day, and the clothes may take several minutes to extrude."

"Any type of clothes?" Alice asked with a gleam in her eye.

"Yes – within reason. The fabric printers have screens so you can examine designs already on file."

"Oh, yeah!"

"The water is now running into your ensuite bathrooms," Josephine continued. "I installed showers."

"What's a shower?" Zawn asked.

"Ah, I didn't tell you about those, did I?" I taunted. "We had them in Tressaco. They're rather nice."

Everyone abruptly agreed they needed a wash before we reconvened for the evening meal. Alice practically dragged Shao off to her room.

I waited in my room for a minute while everyone else began their shower, then picked up a towel and slipped into Rell's room.

He was sitting on the bed, taking his shirt off.

"I thought I'd better show you in person how the shower works," I said, and kissed him. It was a timeless moment. I was thrilled by how snug the touch of him was against me, how right. Better still, his arms went round me, tightening. I silently thanked Josephine for insisting everyone took a break, because without her insistence and sense we would have gone into tomorrow without this.

We both grinned at each other. I brought my arm up. "John, do you ever go to sleep?"

"Yes, I have a standby mode which I suppose is the equivalent of human sleep. However, the trust between a user and a unit such as myself is absolute. It would be a rare event that requires me to put myself into that particular mode."

"John, go to standby."

(13)

After we'd finished showering, I put on a wonderfully thick and fluffy robe I'd found in Rell's room and dried my hair. The scented liquid soap that Rell had rubbed over me so very thoroughly had done wonders to my hair; it'd never been so clean or glossy before. It had just about doubled in volume, too. I had to arrange it into a French plait, or it would have swarmed over my face like a wayward curtain.

When I padded barefoot across the main room, I found Alice at one of the clothes printers. It was a white box just over a metre square with a lid that hinged up. When I got to it, I saw the lid was also a screen, currently displaying dresses – short, tight dresses.

"If we're going to have a decent meal together, I thought I'd dress for the occasion," she said. "I asked it for evening partywear."

I scanned the garments that were sliding down the screen. I wouldn't have had the courage even to try one on, let alone wear them in public. Maybe for my honeymoon night...

"Underwear, trousers, shirt, jacket, comfortable strong boots, please," I told the second machine.

Alice *tsk*'d me, shaking her head in disappointment. "One day we'll get you to dress as fabulously as you deserve. And you deserve the best, captain's daughter."

I started selecting from the more practical images my machine displayed. "Where's Shao?"

"Resting. Where's Rell?"

"Resting," I said with dignity.

Alice started giggling.

I suddenly remembered, and lifted my wrist up to my face. "John, cancel standby mode."

Alice's giggles turned to a full-blown laugh. "There's hope for you yet."

"Standby mode cancelled," John said. He sounded terribly affronted.

"Glad to have you back," I said. "What do you think about Josephine?"

"I have no record of anything like this human–AI meld happening before," he said. "Human memories have certainly been copied into an AI core, and behavioural routines have also been coded in tandem. It is the so-called singularity download – a digital immortality – which was practised a century before the *Daedalus* left Earth's solar system. Whether it ever constituted a genuine life continuation is a question that is more philosophy than science. Certainly it had fallen from favour by the time *Daedalus* launched."

"Er, yeah. What I'm asking is, is she reliable? I mean, it's weird what she's done, right?"

"It is an extraordinary achievement, brought about by unique events. However, her dual-origin personality has managed to maintain the Nursery effectively for five hundred years. That is something which must be acknowledged."

"So, you basically don't know, then, huh?" Alice said.

"Evaluation is difficult. I can only point to her accomplishments. They appear to be flawless."

All I could do was shrug. John was right, it was impossible to judge... but if I'd been stuck doing the same thing over and over every day for five centuries, I'd probably be a little quirky by now.

The printer lid opened and I took out the jacket. The trousers were produced next, then the rest of the items I'd asked for.

Half an hour later, with everyone dressed in their new clothes, we sat round the big table for dinner. Alice claimed her place at one end, looking amazing in a scarlet dress that was more second skin than fabric. After some strong hints from me, Rell had chosen a long auburn jacket with a high collar and crisp white shirt, looking very smart and formal. Frazer, meanwhile, had dressed all in black. The trousers were a style called jeans, while his short-sleeved, buttonless shirt – called a T-shirt, but basically a vest – was very elastic cotton. I had to admit, the look suited him.

At John's recommendation, I got the food printer to make me a beef Wellington with assorted steamed vegetables and a good quantity of extra gravy. It was delicious.

Frazer had something called a burger, with fries.

Everybody trooped back to the food printers and ordered up a batch of their own fries.

My dessert was a chocolate fondant pudding, which was like a hot cake with molten chocolate in the middle, and served with *ice cream* – food that was so cold it tingled. I mean, how did people come up with that idea to start with? But it was undoubtedly the discovery of the night. The decade!

"Do you have chocolate beans growing in the Nursery?" I asked Josephine, who was sitting at the head of the table, opposite Alice. She didn't eat anything; apparently her body didn't need food. I thought that was a bad design. Surely if you had all this amazing food available, you'd want to taste it occasionally? If you were still properly human, that was.

"I have several different types of cacao tree growing in the Nursery gardens."

"So, we can take the seeds down to the new world?"

"Seeds of every plant stock are packaged ready for transport. I replenish them all every five years to keep them fresh."

"You've done a wonderful job with the plants," Alisha said. "We're grateful."

"Why, thank you. You are most kind."

"The reason we came to you?" I prompted.

"Indeed." Josephine rested her hands on the table, long fingers extended. "Our first problem is that we do not understand the Yi."

"They wiped out most of the adults and enslaved the survivors to maintain the habitat, because the habitat and Central Sea are connected," I said. "So, they have a definite purpose. They want to travel to a new world, just like we do. What else do we need to know about them?"

"Their early actions make sense," she agreed. "What follows their takeover, particularly recently, does not. The brain queens are sentient – they understand they require a working environment in which to live – yet they did not seal the puncture. The *Daedalus*, fabulous though it is, requires fuel for the fusion generators to light and heat the habitat and Central Sea, as well as powering the plasma buffer. The quantity of fuel is finite. We cannot continue to fly indefinitely through interstellar space. Either *Daedalus* must halt in a star system and restock its reserves and rebuild its systems, or everyone transfers to a planet as originally planned. Yet they have let it fly past the only habitable world within seventy-five light years. That is not merely irrational; it is suicidal."

"But they reacted to us," I said. "I talked to the fake Electric Captain they speak through. They knew me, and what I did. They sent their type twos and threes to kill me. And that was a reasonable plan; with me gone, they could probably convince the villages to carry on as before. They know what they're doing. They're not stupid."

"Maybe they just woke up," Alice said. "Well, why not? You've put all your children to sleep for the voyage."

"A salient point," Josephine conceded. "Although I believe it lacks a true parallel. From what I understand, the Yi have been active throughout the voyage. John said you encountered them in the old subway tunnels, carrying human bodies to the recycling machines?"

"Yes, we did."

"Very well. Given the little enlightenment we have, let us consider our objectives."

"Simple enough," I said. "Eliminate the Yi and regain control of the *Daedalus*."

"Quite. I trust that by now you have realized there will be consequences to this course of action."

"Consequences?" Zawn asked.

Josephine gave him a sympathetic smile. "You personally have witnessed the Yi in action. You know how physically threatening they are, and how ruthless. Therefore, when I say consequences, I do, of course, mean casualties. Possibly a great many casualties. They will not relinquish control of the *Daedalus* without a fight."

"Oh. Yes." He ducked his head. "I understand."

"It is abundantly clear to me that we need to understand what the Yi are doing. Once that is revealed, we will be able to proceed directly to eliminating them."

"Do you think we can?" I asked. I must have sounded doubtful, because Josephine gave me a look that was mild disapproval, but I just couldn't help thinking how much of the *Daedalus* their root fibres had infiltrated. It – they – were everywhere.

"There is no other acceptable outcome," she said. "All the humans on board are going to die if the present situation continues – ultimately even my children, for I accept the Nursery can no longer be considered in isolation. I was not expecting the *Daedalus* to fly past the new world. I find the fact it has done so to be deeply shocking."

"So how do we find out what the Yi are doing?" Rell asked.

"They continue to live in the Central Sea. When analysing the data Lazarus acquired, I noticed the entire zone was a network blind spot. They have disabled every camera in there. I presume this was done as a security measure in case humans managed to access them."

"If we can't see them, how do we find out anything about them?"

"To put it in somewhat crude terms, we go and take a look."

"Take. A. Look," I repeated dumbly.

"Yes. That way, our objective will be realized on two levels. We will infiltrate the Central Sea and see if there are any visual clues as to their ultimate intention. While we are in the axis, I will have the opportunity to insert myself into the network and hack the dataflow between the fallen AIs that the brain queens use to maintain their control over the *Daedalus*."

"I would like to remind you that Lazarus was quickly overwhelmed by the brain queens when he re-joined the network," John said. "His purge failed within minutes. The combined processing power of the Yi-controlled AIs is extremely powerful. No firewall can withstand them."

"Thank you, John," Josephine replied with sharp-edged politeness. "And I would remind you, there is a considerable difference here. Lazarus launched an all-out digital offensive to temporarily regain control of the network. To use a simple analogy, he poked a hornets' nest with a stick – they noticed and responded accordingly – whereas I will merely be a passive observer of the dataflow. The two actions cannot be compared."

"What's a hornets' nest?" Frazer asked.

I'm glad he did, because I didn't have a clue either and I didn't want to look stupid by asking.

Josephine smiled graciously at him. "A hornet was a flying insect on Earth that stung any other creature it interpreted as a danger to itself."

"Oh. Like a bee, you mean?"

"Like a very bad-tempered bee that does not make honey. Sometimes the venom in its sting was potent enough to kill an adult human."

"Yikes."

"Thankfully there were none introduced to the *Daedalus* ecology. Their purpose in nature was one of pure enmity. Rather like the Yi, it would seem."

Alisha held a hand up in exasperation, palm facing Josephine. "Wait, go back. Infiltrate the Central Sea?"

Josephine produced another of her lofty smiles. "Yes."

"You mean… physically go there?"

"Yes."

"Where all the Yi live?"

"Yes."

"That is guano falling on us from a great height. How?"

"I have selected a route I believe will be relatively safe."

"Which is?" a smirking Frazer asked.

"Along the axis of the *Daedalus*."

"Cool. That's, what? Nearly five kilometres above us? No way are we going to creep that distance through the forward section without the Yi catching us. They know we're here. So, I'm guessing we have to take another spaceflight to get there?"

"Very good, Frazer. Yes, there is a small docking port at the exact centre of the arkship, between the plasma-buffer generators. It appears to be another blind spot. There were no camera images available for it when Lazarus regained access to the network."

"So, they're doing something secret in there?"

"I don't know, but I consider it very unlikely. There are several areas within the *Daedalus* that suffered damage when humans fought back against the Yi takeover, and more resulting from the puncture strike. I propose we take the Armstrong there. If its sensors detect any sign of Yi activity in the dock, we can abort the mission."

"Have we really got time for this?" Rell asked. "Shouldn't we be concentrating on getting the habitat lights back on first?"

"This venture will take less than a day," Josephine said. "The habitat ecosystem is tough enough to survive for several weeks without light and warmth. Once the Yi have been eliminated, we can restore power to the the habitat's light strips."

"Right," he nodded in agreement, looking slightly abashed. It was quite endearing.

"But won't they see us launching the Armstrong?" Mortos asked. "The network has hundreds of sensors and cameras across *Daedalus* that are still working. Some of them have to be outside."

"You are quite correct," Josephine said. "In fact, there are many thousands of sensors emplaced across the outer shell of the *Daedalus*. Don't be concerned by them, for I can destroy them. The Yi will not see where we are going."

"Destroy them how?" I asked, intrigued.

"With a machine that produces a high-power electromagnetic pulse. Basically, it will burn out their electronics, rendering the network blind."

"Do you have one of these pulse machines?"

"The plan will require several. The Nursery engineering systems have already started building them. They should be finished by morning, then they'll be placed into the Nursery's three Gagarins, which I will remote-fly into position."

"Er, don't we need the outside sensors? You know, if we're going to fly back to the new world?"

"Yes. After we have eliminated the Yi and regained the *Daedalus*, they will have to be replaced – a relatively simple proposition. I would not propose such a drastic action if it could not be remedied."

"Okay," Frazer said. "So, we get into the axis. Then what?"

"Travel down the axis to the start of the Central Sea. Once we reach it, there are a great many access points we can use to get inside. As soon as I have hacked the network, I will ascertain which of them will be the safest for us to use."

"You keep saying you're going to spy on the network when we're in the axis," Alice said. "With what?"

A slight frown creased Josephine's impressive brow. "Myself, of course. I will be coming with you."

(14)

Sleep stretched on interminably, granting me no rest as the centuries flowed past my closed eyes. I finally woke with my body chilled and an unfamiliar glimmer of light above me. The glass lid above the bed rose up and fresh air flooded down. I struggled to sit up, so desperate to see my mother and father, who had sent me away to this place for my own safety. My limbs were frighteningly weak. I called out for my parents. I missed them so. A figure moved in the gloom. "Mother?" I reached out for her, longing for her embrace.

The Yi's tentacles coiled round me. I screamed–

–then jolted awake with a groan of dismay.

"Hey," Rell said gently beside me. "It's okay. Everything's okay."

I clutched him frantically. My eyes were sticky with tears.

"You had a nightmare," he said. "It's over now. You're awake."

I nodded, not trusting myself to say anything. My breathing slowly calmed and I wiped my eyes. "Thank you," I whispered.

"I'm just surprised I didn't have one after everything we've seen."

"I dreamed I was one of Josephine's children," I told him as his hand stroked my back. "I woke up in the hibernation chamber. The Yi were there, waiting."

"It's not real, Hazel."

"It could be," I said miserably. "If we fail. Can you imagine that? They're all so young. They must have been so scared. What if they wake up and it's not Josephine waiting for them, just the Yi? They'll be alone, and terrified. And then... and then..." I was about to cry again.

"The Nursery AI will never let that happen."

"No?"

"No," he said firmly.

I flopped back down onto the mattress. Everything we had to do seemed so ridiculously daunting. Wipe out the Yi and take back the *Daedalus*. Who was I kidding? "I'm not sure I can do this," I confessed.

To my surprise, Rell just grinned. "Only just realizing that?"

"Do you think we'll fail?"

"The one thing I never think about is the odds. You know why?"

"Why?"

"We don't have a choice. Especially now."

"I don't understand."

"Before we got here, if the Yi had managed to kill us, they might – just might – have convinced everyone else in the villages to carry on before. That was their plan, right?"

"I suppose so. The Electric Captain was trying to trick us when she spoke to me."

"But now, everything has changed. We know the *Daedalus* has flown past the new world. We've seen Josephine's children with our own eyes. So..." He gave me a kind, expectant look.

"So...?"

"So, we know what we have to do. Everyone is depending on us, even though they don't know it. Which means the odds of us succeeding are irrelevant. We don't have a choice anymore."

I puffed my cheeks out in a kind of numb dismay. "You're as bad as Frazer."

"How so?"

"He's always right. I'm not sure I can take two people in my life like that."

"Oh, no. Trust me, this is only the second thing I've got right in my whole life."

"What was the first?"

"Promising myself I would see you again after the dance, no matter what."

"Aww." My arms went round him and we started kissing. Kissing Rell is... hot ice cream.

* * *

I walked into the main room holding hands with Rell. Other than Alice and Shao, everyone was already having breakfast.

By the look of it, Frazer had been there a while. He was seated at the big table with several empty dishes piled up to one side. His tablet was laid out in front of him, colourful graphics sliding down it as his fingers tapped away. Josephine sat beside him, a picture of composed patience.

"So chemical reactions can be expressed as equations?" Frazer asked.

"Yes."

"Cool."

"Hey, you," I said. "What are you doing?"

"Frazer is commencing his genuine education," Josephine said. "I'm afraid your village school barely covered the essentials in every subject."

"There's so much to learn," he said eagerly. "I never imagined there was this much knowledge in the universe."

"And he is an excellent pupil. You should be proud to have a brother this attentive and eager to learn."

"I am proud of him," I said, which earned me a mildly surprised glance from Frazer.

When I went over to the food printers, John recommended eggs Benedict along with tea, toast and marmalade.

"You really are adapting to me, aren't you?" I teased, once I'd started eating.

He certainly seemed to understand my food tastes; all we needed now was some sympathy on the concept of basic privacy. He'd been all huffy again when I got up and brought him out of standby mode this morning.

"So, how are the preparations going?" I asked Josephine.

"The inventory we require for our expedition is almost complete. My assembly bays require another twenty minutes to complete component integration on the armour suits. They are very complex devices."

Rell's head came up from his salmon and scrambled eggs. "Armour suits?"

"Oh, yeah," Frazer chimed in. "I checked the design. They are the coolest ever."

"You will all need to wear a tunic when you use them," Josephine said. "Their fabrication is already complete."

"You mean something like a soldier's uniform?" I asked hopefully. The officers who'd danced with the Bennet sisters at the Netherfield ball had looked resplendent in their regimental uniform.

"I suppose they could be considered so," Josephine said.

"One of our books at school mentioned knights that wore armour a long time ago on Earth," Rell said eagerly. "Like a thousand years ago, or something. But, ah, the suits were so heavy, they needed horses to carry them."

"Those suits were the very beginning of personal combat protection," Josephine said. "Humans continued to improve the concept for centuries. The ones I have built are the pinnacle of that particular field. They were developed for the ADG-SF. In fact, they were still in use at the time when the *Daedalus* left Earth."

"Addy Gee... Suff?" I questioned.

"The Association of Democratic Governments, Suppression Force," John said. "They were a paramilitary peacekeeping organization deployed to quell civil war and armed insurrection. The ADG referred to them as democracy enforcers. Alas, global post-scarcity civilization did not have a peaceful birth."

"Whyever not?" Rell asked.

"We really don't have time for history lessons today," Josephine said. "Suffice it to say a lot of Earth's national–tribal politics were in play when fusion power and universal buildbots started to come onstream."

Alice and Shao arrived for breakfast. She was wearing a flamboyant dress, its tight black bodice ended in a flaring skirt that was made up from ruffled bands of alternating green and orange bands. With all eyes on her, she struck a pose. "It's called a flamenco dress, apparently. Do you like it?"

"Wow, yeah!" Frazer enthused, while the rest of us provided nods of approval and thumbs up.

Alice smiled demurely. "I decided that if today is going to be our last, then I am going out in *style*."

"Today is not your last day," Josephine said primly. "As I have already explained, I am taking every precaution to safeguard our expedition. If you had risen earlier, as is polite, you would have learned that."

Alice wrinkled her nose in disapproval.

"What was Earth like when our ancestors left?" I asked keenly. "We were told it was a nice place, but so much of the past we know is lies."

"It was not perfect," John said. "Nothing ever is. But no one went hungry anymore, education and medical treatment was universal, and society's achievements were numerous and impressive. Conflicts were reduced to the arena of courts. As for Earth itself, it was the subject of a centuries-long endeavour to return its environment to a pre-industrial 'natural' state that, to be honest, was only ever myth. I told you before, heavy industry and mining had moved offworld; in addition, detoxification of earlier pollution strata was proceeding efficiently. The culture and traditions of local communities were resurgent, breaking free from the blander commercial monoculture of the previous era.

"At least, that is the official version. Some records indicate governance was sinking into an ever-more unresponsive bureaucracy, which some considered oppressive. Hence the building of arkships. It was universally recognized that disputes and rebellion are an inevitable facet of human nature, so the dissidents and dreamers were allowed to fly away to be – I quote – 'free'."

"Sounds like a golden age," I said wistfully. "Like the one Elizabeth Bennet lived in, but with spaceships."

"If you believe Regency England to be admirable, I can see I will have to teach you to how to apply a more critical analysis to your reading," Josephine said. "That age was hardly munificent, nor enlightened, for the majority."

Alice and I exchanged a mock-glum glance across the table. I turned away quickly before we triggered the giggles in each other. It wouldn't have been the first time we'd got into trouble for disrupting a lesson.

A pair of cybots rolled into the main room carrying small bags. "These are your tunics," Josephine said. "If you'd care to get changed into them, we will proceed to the suit-up."

Alice's face registered pure disgust as she lifted her tunic out of its case. It was very utilitarian, a garment that was both trousers and top in one piece, made from some grey fabric that had various pockets on the chest and down the legs. "Are you *kidding* me?" she moaned.

I held my own tunic up, trying to keep my disappointment from showing. "I thought you said it was a uniform?"

"Why, yes," Josephine said. "Fatigues are an essential part of a soldier's uniform."

I really needed to stop comparing my life to Elizabeth Bennet's.

When we walked into the Nursery's engineering shop, it seemed like every chunk of machinery was industriously doing something. Unlike the quiet, motionless efficiency of the hibernation room, nothing in here was still. Screens and pillars were full of complex and colourful graphics, which Frazer examined as if he understood what they meant. Small maintenance cybots trundled around in an intricate dance, carrying components or making adjustments to other machines.

Zawn stood perfectly still and smiled in delight. "Oh, sweet Captain, yeah!" he growled.

Standing in the middle of the floor were nine suits of armour. The sight of their imposingly bulky form was doing wonders for my confidence. Surely even a Yi would think twice before tackling one? Their outer surface of tight segmented bands had the same glossy-black sheen as a beetle's shell, with each segment overlapping the next. The helmet was unnervingly featureless, perched on top of a thick neck section. There was a compact backpack with various mechanisms poking out of the top and sides.

"It contains your power, life support, resupply storage and ancillary functions," John said. "Enough to support you for two weeks."

"Right," I said, and gave the suit a more critical examination. "John, there's nothing I can use as a weapon. What are we supposed to do, wrestle with the Yi?"

"The suit's weapons are built in. Look at the arms again."

I did as I was told. The suit's arms were bulky, out of proportion to the rest of it.

"It has integral guns," John said. "Just select the type of ammunition you want to use, then point and fire."

"Ammunition?"

"Bullets," Josephine said jauntily. "Primarily explosive-tipped, though there are some kinetic-boosted for deeper penetration. Far more destructive than the lasers you've been using."

"Uh-huh," I said and rapped my knuckles on the suit's chest. As I suspected, it was some kind of metal. "I'm sorry, but I'm not sure I'll be able to get very far in this thing. Just how heavy is it?"

"Weight is not an issue," Josephine said. "The suit has artificial muscle bands to support itself. You just have to move normally and it will follow your limbs."

That sounded more like magic than science to me, but I didn't challenge her. I wouldn't dare.

Arrayed behind the suits were a dozen cybots, considerably shorter and squatter than the usual engineering types. They were egg-shaped, made out of the same dark material as the suits but with a surface which was lumpy, almost like a tortoise shell, making them appear rather sinister. If the Yi ever built machines, I thought, they'd look like this. Each of them was equipped with a pair of guns that had barrels made up from clumps of six individual barrels.

"These are sentinel-class milbots," Josephine said. "They'll be accompanying us to perform defensive operations if the Yi attack our expedition. Their miniguns are extremely powerful."

"Miniguns?" Mortos said. "They don't look mini to me."

"It's a type classification," Josephine said. "Obsolete, of course – the first rotary cannon were a lot larger. But don't worry; a sentinel should be able to exterminate a type-three Yi with just a few shots."

"Oh, yeah!" Zawn and Rell high-fived each other. Even Shao was showing off a cocky grin.

"I don't get it," Alisha said. "If you can build these war machines, how did the Yi ever take over the *Daedalus*?"

The broad features on Josephine's green face turned pensive. "The Yi deployed extremely effective tactics. They infiltrated the network unbeknownst to us and switched off the power. We were left without light or communication. The majority of our machines were disabled, either electronically or had no power. None of the tower-mountain lifts worked, and even if you managed to go down the stairs, the subways had stopped running. Everyone was isolated. That's when the type twos and threes came for us out of the dark. It all happened so fast."

"We were taught the Mutiny was fought over a year," Mortos said.

Josephine shook her head. "Two days. That's all it took. Ashleigh ordered me to evacuate our quadrant's children to Section Three, because as well as being able to seal it off it was capable of providing food. That was on the morning of the second day. Once the doors were closed, that was it. The independent sensors directly outside showed me the Yi pursuing survivors for several days. Then everything was quiet. Over the next few months, the Yi smashed the sensors. They made several attempts to break in – we could hear their assault on the doors. Eventually they gave up. That was five hundred years ago."

"But..." A bewildered Alisha gestured at the sentinels.

"Advanced weapons-grade machinery cannot be fabricated in standard buildbots," Josephine said. "That was a fine ideal back on Earth, where it was intended to prevent lone-wolf fanatics from obtaining serious weapons. So, even those buildbots and AIs remaining under human control were unable to reconfigure their function in time to produce anything that could challenge the Yi."

"But you can," I said.

"Yes – now. Once I placed my sweet children in sleep, I started formulating a plan to evacuate us to the new world whenever we arrived. I was not naive enough to assume it could be done peacefully, so the Nursery buildbots began producing components for a new generation of manufacturing systems with an unrestricted fabrication ability." Her long arms spread wide. "And here we are: the Armoury."

"You said the Yi came for you out of the dark," Zawn said sombrely. "So they've switched the habitat lights off before?"

"Yes, they have."

He nodded, his lips drawn in concern. I knew exactly what he was thinking: plunging the *Daedalus* into darkness worked back then.

But not now. This time you have no idea what we're capable of.

(15)

Josephine showed us how to get into the armour suits. Their chest segments wriggled apart and then the spine bent back, leaving the top of the legs open. Cybots brought us some short platforms to stand on so we could lower ourselves in. Getting my legs down inside was tricky, but whatever spongy padding the suit was lined with flowed round me. It made me glad to be wearing the tunic after all, even though it was tight-fitting.

Once my legs were in, the weird bit happened: the bulk of the suit hinged upwards, the segments curving sinuously round my torso. I hurriedly shoved my arms into the sleeves. The whole thing knitted together down the front.

"Don't panic," John said.

"Why? What–"

The helmet engulfed my head, and there was no light inside it at all. I experienced a burst of severe claustrophobia. Then, miraculously, the Armoury materialized around me again. There was no sign of the helmet, even though I knew it was still there less than a centimetre from my cheeks. I could even feel a gentle stream of air gusting up from under my chin, just like there was in the spacesuit helmet.

When I looked at the others, their helmets were all solid black.

"You're seeing a three-sixty virtual display of your surroundings," John said, "delivered by the suit sensors."

"So, can the suit show me a target symbol, like the v-glasses did?"

"Yes."

The next half hour was spent taking us through the basics of the suit. Its electronics were voice activated, and in my case enhanced by John. Josephine had been right: its artificial muscles carried me around effortlessly; it was like I was wearing nothing more than the tunic. I could walk, run, *jump*! Jump had an enhanced mode that sent me leaping through the air at twice my own height. Landing impact was cushioned by nozzles behind my shoulders opening up and letting out a blast of air to slow the descent at the last second.

It really was magic.

Josephine had to order Frazer to stop jumping, he was so exhilarated by it.

Weapons. When I raised my right arm, one of two guns would appear, the suit's neat little forearm segments rearranging themselves to allow the barrel to slide out. One gun fired bullets, the other grenades. I got to try the bullet one briefly, in the range. It demolished the target with an awful lot of violence, and those were just practice rounds. Josephine wouldn't let us use the fancy explosive-tip bullets; they were too powerful to be used in the enclosed space.

My left forearm contained a telescoping D-blade along with a stubby pipe that sent out a jet of very hot air, which didn't seem like a lot of use, but whatever. The gauntlets, it turned out, had the strength to crush stone, and the suit was tough enough overall to survive heat, like the spacesuit. It would also work underwater and in space.

"But we can't practise those in here," Josephine said briskly. "So, let's get started, shall we?"

I'd gone to bed the previous night deeply troubled about what we had to achieve. The responsibility was crippling. But now, walking through the Nursery to the hangar, those doubts had all left me. I was in a personal fighting machine which not even Ashleigh Kruger had owned. If she had, I knew the *Daedalus*'s fate would've been a whole lot different.

"Are you going to be affected by this?" Frazer asked Josephine as we walked to the hangar.

"By what, my dear?" she asked.

"Leaving the Nursery. Once we're in the axis sections, your body won't be linked with the AI."

"Thank you for your concern, Frazer, but that won't be an issue. This body is completely autonomous. Once we return to the Nursery, I will re-establish contact. The memories of our excursion will be incorporated back into the unified routines and *we* will become *I* again."

She said it all so calmly, almost kindly. The whole concept was so far outside anything I'd known or even dreamed of a week ago, I simply tucked it away in the part of my head that contained everything I'd seen or heard but didn't really understand. It was getting to be quite a big part of my head.

First problem: the chairs in the Armstrong's cabin weren't big enough for the suits to sit in. So, we got to test our boosted strength again, bending the metal armrests over until they were horizontal.

When we sat down, Rell was next to me again. I knew that because there was a small glowing badge floating above his suit with his name printed on it. Everyone's suit was tagged for me.

"Ah, Josephine," Rell said sheepishly, "freefall made me ill last time."

We got a quick tutorial of the suit's medical features, some of which were quite gruesome. It would even cauterize the stump if we lost a limb in combat – *urgh*. I started to wonder just what the ADG-SF people had been up against.

Rell opted for an anti-nausea drug, which was injected into his thigh. There was also an internal barf nozzle that the helmet would extend – the suit's body sensors could tell if you were about to throw up.

My helmet could also supply me with images directly from the Armstrong's external sensors. Overnight, the Nursery cybots had repaired and replaced all the damage the Yi had inflicted just before we launched yesterday. I watched as the three Gagarins that Josephine had equipped with pulse weapons slid across the hangar floor and into the airlock. After the last one had gone through, we followed.

"I am privileged to have met all of you, and honoured that we are embarking on this course of action to reclaim what is rightfully ours," Josephine said. "If any of you wish to get out now, they should do so without feeling any shame."

Nobody moved. Nobody said anything.

The hangar airlock's flexsteel door closed up behind us like a silver curtain, and we descended to the dock.

* * *

The next half hour wasn't boring, exactly, but nor was it particularly tense. We sat in the cabin, watching a tactical display, which was basically camera images with those tags and symbols swimming about in it like luminous fish.

The Gagarin craft launched one after the other. We watched as they manoeuvred into position, spaced equally around the *Daedalus*. They triggered their pulse simultaneously – and the display vanished. The beams emitted by the pulse would kill all the electronic systems on the forward half of the hull, Josephine explained.

"What about the dock's acceleration tube?" Frazer asked immediately.

Josephine called up a display that was mostly green and started explaining to him how the casing of the dock's tube was thick enough to protect the circuitry inside. "Though the sensors around the egress scoop will need replacing," she admitted. "The Nursery will dispatch maintenance bots after we launch. That way we can return."

The Armstrong slipped into the entrance of the deceleration tube, extending its magnetic grapples. A little display square with red numbers started counting down to launch in front of my eyes.

"Second," Zawn said.

I turned to look at him, which was singularly pointless. The badge above his suit told me which one he was, but I couldn't see his face and he certainly didn't know I was looking at him. "Second what?" I asked.

"I'm having my second spaceflight in less than twenty-four hours," he said. "It kind of makes me wonder what I'll be doing tomorrow."

I started to laugh, and then the Armstrong was hurtling down the deceleration tube.

With Josephine in control of the Armstrong, we wasted no time, flying along the length of the *Daedalus*, past the inert Gagarin spacecraft. The pulse had burned out every electrical circuit on board each one, leaving them to tumble slowly away from the arkship.

When I asked John what would happen to them, he told me they'd gradually drift away until they were outside the protection of the plasma buffer. After that it would be a matter of hours, or less, before the interstellar gas tore them apart.

"Do you have any idea how to get rid of the Yi yet?" Alisha asked as the seemingly endless rock slid past us, a lot quicker than it had when John was piloting.

"It's the brain queens we have to focus on," Josephine said. "Without them, the type twos and threes will have no orders. We can worry about hunting them down afterwards, though I don't mean to make light of such a task. And one of the things I'm hoping to confirm with this expedition is that the brain queens are still in the Central Sea. Not that they have any reason to have moved, but we need certainties now."

"And if we see they are, what then?"

"Then we go forward and devise the method to attack them. Ideally they should be eliminated en masse and as quickly as possible. Which doesn't leave us with many options."

"We freeze them," Frazer said.

"How are you going to do that?" Mortos asked.

"When Lazarus brought the habitat atmosphere up to the correct pressure, he used the air in the reserve tanks – liquefied air that's incredibly cold, right? So, we open another reserve tank, one that supplies the Central Sea, let it all blow in. We know Yi don't work well in the cold."

"The concept is sound in principle, Frazer," Josephine said, "but I suspect it would take too long. And we would be fighting a battle in the network to control the cryogenic tanks which we may not win."

"Oh."

"Personally, I am currently favouring a swarm of airborne-variant milbots, though there will be an issue of construction time. However, when we verify the number of brain queens that exist and their possible defences, we will have a better idea how many it will be necessary to build. Which still leaves us with the problem of infiltrating a whole squadron of them into the Central Sea. Our little expedition is one thing, but an entire mechanical army will not be stealthy."

The Armstrong's cameras showed the rock surface give way to the smoother black wall of the carbon shield. We passed over the rim and began to fly towards the centre. The prow of the *Daedalus* was a strange place; the carbon foam had become a landscape of mounds and craters, mottled by the smears of various foreign-body strikes. All of it glittered under the eerie light of the vast luminescent plasma buffer overhead.

The base of the cone-shaped cloud never actually touched the arkship. Instead, it hovered a few hundred metres above the centre of the battered surface, where the undulations had eased down to a level area. Shining below the radiant spectre were three low domes of polished metal, a kilometre across and arranged in a simple triangle. They were the magnetic generators, John told me, producing the powerful field which held the atoms of the buffer in place. Each of them was sitting atop a shaft that ran the whole depth of the carbon shield. As the forward surface was slowly worn away, they sank lower and lower, keeping their exposure to a minimum.

We passed between two of them and headed for the exact centre of the arkship, the axis. A perfectly circular crater was sitting there, one without any floor. The darkness within was as intense as the void between the redshifted and blueshifted stars. Even the Armstrong's sensors revealed little beyond the top of the wide tunnel leading all the way back to the arkship's main body of rock.

Tiny bursts of gas from the spacecraft's thrusters coaxed us into position above the hole. Even from that vantage point, there was nothing visible within.

"Our sensors aren't detecting any thermal or electromagnetic activity down there," Josephine said. "I'm taking us in."

My claustrophobia returned again. The axis shaft was five kilometres long. I don't think it was the darkness that kindled my unease; it was the sense of vulnerability – the same sensation I'd known clambering down the ventilation shaft the day before, but magnified by the scale of the seemingly bottomless abyss.

Some age later, we reached the axis dock. The Armstrong's lights came on, illuminating a circular chamber five hundred metres in diameter. Silent, lifeless machinery clung to the rock floor while the curving walls were scaled by pipes and cables. I could only just see their outlines. Everything was covered by a thick layer of grainy black dust, as if the rock was growing back to fill the dock. It was the first place in the *Daedalus* I'd seen that actually looked centuries old.

"Carbon dust that's drifted down the access tube after an ablation impact," Josephine declared. "There's five hundred years' worth of it accumulated in here. That explains why none of the sensors are working: they're completely covered with the stuff."

The Armstrong rotated ninety degrees, and the thrusters pushed us down towards what I'd thought was the wall. My perception shifted with the Armstrong's manoeuvre, and of course the curving circumference was actually the floor. John claimed it would provide about one per cent of the habitat-floor gravity that I was used to. That was enough to keep the Armstrong anchored.

After we touched down, I had to take John's word for it that we were in a one per cent gravity field. My inner ears were busy telling me I was still in freefall.

The milbots had been stowed in the lower cabin during the flight. Josephine sent them out through the airlock first to "secure the axis dock". From what, I had no idea; the whole place was so definitely dead.

It turned out the milbots were equipped with little thrusters too, so they could manoeuvre in freefall. I watched through the helmet display as five of them circled the Armstrong while the others scooted off to scan the rest of the inert chamber.

"The milbots are confirming there are no active systems down here," she reported.

"You're communicating with them?" Zawn asked. "I thought the Yi could intercept our communications and take over the machines that use it?"

"If we used the standard network, yes, but as well as ultraviolet laser links, our armour suits are using military-class encryption. As far as the Yi are concerned, it's just static."

I mouthed, *You hope.* John might have picked that up. I heard the tiniest conspiratorial cough in my helmet.

With the all-clear, we went through the airlock one at a time. I wasn't even nervous about it. After all, I was a spacesuit and EVA veteran now.

Josephine went out first, wearing a manoeuvring pack with little cold-gas rockets all over it. She reeled out a travel line to the nearest airlock which was set into the base of the rock wall.

Milbots started cutting through the accumulation of dust. I wasn't so wrong about the rock growing back, after all. The dust had all vacuum-bonded together, forming a terrifically hard crust – a process which got Frazer firing off new questions at Josephine.

Thick clouds of the stuff churned out as the D-blades sliced their way into it. After a couple of minutes, the milbots reached a flexsteel sheet. Once the whole door was exposed, they set up a bubble of flexsteel over it with Josephine and three milbots inside.

I watched the image relayed from her suit. The interior of the bubble was pressurized to a standard atmosphere and she cut a hole in the airlock flexsteel. Once she'd confirmed there was air on the other side, the bubble matched the pressure exactly and she cut away the rest of the outer door. The milbots darted into the inner chamber, guns swivelling about in search of a target. There wasn't one. Josephine followed them in.

This, she'd said, would be the tricky part. All the carbon dust had done was smother the sensors in the dock; the network and the electronics on the other side could still be active. She attached her own electronic modules to various cables and units.

"Okay," she said, "the network nodes are inactive. I've installed a block on the local hardwired power monitors. Opening inner-airlock door now."

I held my breath as the flexsteel flowed apart. The milbots jetted through the opening fast.

All the images in my helmet became confusing. I was looking through the milbot sensors to see a fast montage of compact rooms with plenty of machinery and – I gasped – two skeletons on the floor. Whoever they were, they'd died wearing one-piece clothes disturbingly similar to our tunics. Some of their legs and arms had been separated, ending up a distance from the torso. I told myself that was due to them being in one per cent gravity – somehow.

"There are no hostiles in the immediate area," Josephine said. "You may come in now."

(16)

The axis airlock was big enough to take three of us at a time. I went through with Rell and Alisha along with a couple of milbots. The rooms we found ourselves in were lit with the dim blue-green secondary lighting I was getting very accustomed to. I glided into the EVA prep room, where Josephine was waiting and the skeletons lay.

"I wonder if I knew them," she said softly.

"Is there some way we can check?"

"Not right away, no. Extracting DNA from bones this old requires specialist equipment. Besides, I'm not sure I want to know. I must focus on the expedition and keeping you safe."

Which was nice of her, but I was starting to tire of the line that we needed looking after.

I'd glided – with only a few knocks – into the room and gripped the handholds around the spacesuit lockers to halt my flight. When I let go, it took a long while before I even started to sink down towards what was technically the floor. "This one per cent gravity isn't much use," I grumbled.

I got the suit to display a basic map of the *Daedalus* forward section, which was ridiculously complex. A translucent green-and-grey cylinder hung in front of my eyes, built from thousands of compartments of all sizes, threaded together with corridors and shafts. Right in the core, where we were, the rooms were smaller and tighter together. The axis dock and the Central Sea were four kilometres apart, and there was no single passage directly between them. The idea of hauling myself along corridors for that distance in freefall, even with the suit muscles taking the strain, was daunting. It would take hours.

"We will go down a couple of decks," Josephine announced. "That way we will be level with the Central Sea's observation-gallery ring. It's a ten per cent gravity field, so manoeuvring should be easier for all of us."

When everyone was through the airlock, Josephine set off into the next set of compartments. Seven of the milbots glided on ahead of her. She designated two to remain by the airlock while the remaining three brought up the rear.

"How are you doing?" I asked Rell as we glided along. One of the great things about suit communications was that, as well as the general channel, you could ask for a private link to anyone.

"Not too bad, actually," he said. "These anti-nausea drugs are working."

After a couple of minutes, we came to the first stairwell – sort of. It was a circular passage that spiralled down in a wide curve, with plenty of ledges and hand hoops protruding from the wall.

"Stairs are a bit redundant in this gravity," Josephine told us as she coasted through the entrance.

I did my best to mimic her movements, slapping my hands against all the ledges to propel myself along, pushing against hand hoops to keep my direction stable.

Halfway down and we flipped over, going feet first. The gravity was gaining strength now, drawing us down to the floor of the spiral, which had become a ramp. The ledges finished and it evolved into a slide.

I swished out relatively gracefully into a wide corridor. The ubiquitous secondary lights bathed it in a pale luminosity. Not all of them were working, leaving broad patches of semi-darkness ahead, as if lengths of the corridor were disconnected. My suit camera provided a sharper image, illuminating the shaded stretches in a wan monochrome. Some doors along the walls were open, but most were closed.

The corridor's floor was a series of ridges three metres apart, like ripples that had frozen. I found that if I leant forward and shoved my boot soles against them gently, I'd lurch forward, and the spacing was just right for the next step. We went forwards in long, loping strides that seemed slow when you were coasting along, but in reality we were eating up the distance.

My suit's navigation function projected orange lines down the corridor. They went off at right angles at junctions, leading me on towards the observation gallery.

"The suit processor can always guide you back to the axis dock if we get separated," Josephine said. "In fact, it can work out a route to any part of the habitat if you tell it. So if we do get separated, don't panic."

After the seventh or eighth junction, the orange line turned red at a junction a hundred metres ahead. A stronger light was shining out of one of the corridors.

"The milbot sensors are registering active network nodes ahead," John told me.

A couple of small flying sensor pods, like birds but with transparent insect wings, detached themselves from Josephine's backpack. Even my suit sensors had trouble seeing them, they were so black. "They're modelled on the bee hummingbird," she said. "but not as pretty, obviously."

The pair of them zipped down the corridor to the illuminated junction, then darted round the corner. The camera feed showed the route ahead was empty, but the corridor was streaked with moisture that glinted on the floor and the bottoms of the walls.

"I believe that is the mucus secretion of a Yi type-two body," Josephine said.

"They're close, then," Mortos said.

"It was to be expected," she replied. "We are only a kilometre from the Central Sea. The Yi are a conflict-orientated species; the brain queens will want to safeguard the boundaries of their domain. Especially now."

"So what do we do?" he asked.

"Explore other routes into the Central Sea, starting at the next junction. I can also provide some electronic countermeasures to deflect sensors. Don't worry, I was anticipating this."

But you didn't tell us, I thought, but didn't say.

We edged forward carefully to the junction, my heartbeat increasing the closer we got. Four milbots clumped together, miniguns aimed down the bright corridor as we headed into the opposite passage. My heart didn't slow until we'd turned another corner. Strange that my subconscious now considered ordinary light to be dangerous.

"There's an electrical service compartment in fifty metres," Josephine said as a blue badge materialized in my helmet's map display. "We'll take a break there."

A flurry of the little sensor pods flew past me, taking up observation stations at the junctions and along nearby corridors. They weren't just using cameras; they had sound detectors to pick up the bio-sonar squeaks of the Yi, which would give us plenty of advance warning if they came close.

Josephine asked Rell, Zawn and Frazer to help her cut through the door into the service compartment. She didn't need actual help, of course; she wanted to show them where to cut so they didn't set off any alarms. Most doors had a manual and automatic mechanism, she explained, and both methods of opening it would be monitored by the network.

The service compartment itself unnerved me – not the machinery; that was the usual array of featureless cubes and spheres of the *Daedalus*'s systems I'd grown used to seeing in the forward section. In this case, they were all active, slim control panels alight with coloured symbols. But the neat conduits and cables that reached down from the ceiling, or up from the floor, were twined by the white fibres of the Yi. The main trunks were as wide as my wrist, before branching then branching again into hair-thin strands that penetrated the casings of the units. Seeing them out in the open was a sharp reminder of how prevalent the Yi actually were, that they were more than the beasts we saw; the brain queens had become part of the *Daedalus* itself. It was also an uncomfortable reminder of how Josephine had merged herself with the Nursery's AI.

We had to be careful where we walked and sat so none of the fine fibres were broken. That would bring the Yi quicker than any power circuit switching on to open the door.

"I'm going to attempt to hack the network now," Josephine said. "I suggest you have something to eat and relax before we infiltrate the Central Sea."

With that, she placed a slim electronic module on a box near the ceiling, then sat down underneath it. I wanted to ask how long it would take, but somehow that seemed churlish, so I found a clear patch of the floor and sat down. Rell came and sat beside me. Segments on the front of his helmet flipped aside to show me his face. His hair was sweaty and there was an irrepressible grin on his face that made his cheeks bulge out. Just the sight of him made me cheerful. I ordered my helmet to open and beamed back at him.

"How's it going?" he asked.

"Okay. This stuff gives me the creeps, though," I gestured round at the sickly white fibres choking the room's electrical elements. John had likened them to nerves. I wondered, if you cut one, would the brain queen it connected to feel pain? It was a tempting prospect.

Everyone was settling, making sure not to damage the fibres. Helmets opened up and we shared relieved smiles from making it this far. Our confidence level was high.

I started sucking on the suit's food nozzle. The helmet had two: one for a syrup that contained all the nutrients a body needed – apparently – and another for water. I was unreasonably peeved there wasn't one for hot chocolate.

"I am going to ache everywhere tomorrow," Zawn declared. He'd found a space to sit opposite me and Rell. "I know the suit does most of the work, but it's the angle you've got to walk in this gravity. I'm straining to keep my balance."

"I've already taken a dose of anti-inflammatory," Alisha confessed. "My back can't take much more of this."

"Nine hundred metres, Gran," Frazer said. "That's all. Check your navigation-function map. That's how far it is to the observation gallery ring."

"Yes, that's good news. Thank you."

I waited for Frazer to say, *Then there's all the way back to the dock again*, but he didn't. Science knowledge wasn't the only thing he was learning fast.

The helmet on Josephine's suit slid apart. Her green face seemed darker in the compartment's shadows, but the worry was clear as if we were in daylight.

"What's the matter?" Alice asked.

"I believe I have an understanding of what has happened to the mind of the Yi brain queens," she said slowly. "Lazarus informed you of the kind of countermeasures he was going to use in the network, did he not?"

"Yes," John said. "His plan was to boobytrap some of his memory caches with slow infiltrator packages."

"I don't think he was alone in taking that approach to fight back," Josephine said. "One or more of the command AIs the Yi brain queens overwhelmed five hundred years ago may have adopted the same strategy."

"I remember," I said. "Lazarus's packages were going to go off after the brain queens beat him. They were going to attack them back somehow. In the network?"

Josephine gave me a thoughtful look. "I know you're not really familiar with the human ageing process, but have any of you ever heard of something called Alzheimer's?"

"I have," Rell said. "It's mentioned in the medical textbook all trainee doctors have to learn. Some kind of degenerative neurological condition?"

"Yes. Brain cells in older humans are vulnerable to decay and disease. As the cells die off, or the neuron transfer mechanism malfunctions, the effects can manifest as a loss of memory for some while others become confused. There are mood swings, language problems – a long list of unpleasant symptoms. The result is progressive cognitive impairment. Even the genetic therapies that were developed prior to *Daedalus* leaving Earth were not always successful in reversing Alzheimer's."

"That sounds awful," Alice said.

"It was."

"And you think the infiltrator packages have given this Alzheimer's disease to the brain queens?" I asked.

"An electronic equivalent, yes. It hasn't affected the brain queens themselves, but the AIs they subdued and incorporated into their expanded mind are definitely showing signs of glitches and random instabilities. I detected deletion packets loose in the registry architecture. Think of them as digital maggots chewing up old memories and corrupting basic processor management routines. Most impressive of all, the AI self-diagnostic abilities are now non-existent; they've been completely eradicated. So just like an Alzheimer's victim, the mind of the brain queens doesn't realize there's anything wrong with its own thought processes."

"But the brain queens *do* think straight," I protested. "They came after me as soon as they realized what we'd done. They knew Lazarus had attacked the network."

"Yes, because they were massive events. That's the thing with this type of infiltrator package. The brain queens' expanded consciousness can't make sense of related events, because they now lack the perceptual facility to make connections. They would have been aware instantly when the *Daedalus* was hit by a rock three years ago. But that was all. As everything on board remained, at a superficial level, that is- it stayed the same directly afterwards, the event was disregarded. They should have been aware that the atmospheric pressure began to decline, but because the leak was so slow, no major alert was triggered. They had no ability to associate the events and work out the strike had actually punctured the habitat. They were not bothered by pressure loss because it hadn't reached a critical threat level. Whereas, when you began to cut their nerve roots to machines in Tressaco, they were immediately aware of a threat because it wasn't being filtered through the AI cores."

"So, they have woken up, then?" Frazer said.

"In one sense. The impact the captain's daughter has had on the *Daedalus*'s population shocked them out of their stupor. They know they have to do something. That's why they switched the habitat's light and water off; it was an instinctive reaction. It's what they did before to genocide troublesome humans; therefore, it is what they do now. But they are more limited than they were five hundred years ago. Their responses have to be directed by the biological portion of their mind, the part that resides in the brain queens themselves. Think of it as a shepherd commanding a sheep dog. The sheep dog – the AI – is useful, but only when it has been given explicit instructions what to do. Other than that, their awareness is a contented haze; they have no general perception of anything new, like flying past the new world, because that is outside the brain queens' own knowledge base. They were dependent on the AI portion of their mind for analysing our position and acting on it."

"Guano!" Alice spat. "So we're flying to nowhere because of the battle for *Daedalus* five centuries ago? We did this to ourselves."

"I don't believe blame in these circumstances is useful, let alone applicable. Our current position is a consequence of the war between the Yi and humans. Besides, *we* know. We can put this right."

"You keep saying that, but if anything happens to the nine of us, then it's over, isn't it? Maybe we shouldn't all have come on this crazy expedition of yours," she exclaimed.

"I'm sorry you feel that way," Josephine said stiffly. "However, I consider you to be wrong. My hack into the network has confirmed that most of the aft generator sections are secure and continue to provide power to the habitat and the Central Sea, so the AIs there are maintaining the fusion generators. But the best news is that the aft propulsion-department sections are sealed and intact. They did not fall to the Yi."

"Because if the AIs weren't maintaining the antimatter engines, they would have exploded," Frazer said confidently.

"The antimatter-containment vessels, yes," Josephine said. "So you see, it really will be possible to return the *Daedalus* to the new world."

"Okay," Alisha said wearily. "That is good to hear."

"The brain queens aren't stupid, though," I said. "They knew how to deal with me, how to try and discredit me in the eyes of every other village. We shouldn't be complacent."

"I'm not suggesting we are," Josephine said. "But this may give us a tactical advantage in some areas. They will revert to form in pressure situations."

"What do you mean, *form*?"

"The Yi are tribal in nature, evolved to fight for their territory. Everything ultimately has a physical solution to them." She leant forwards and patted my leg, producing a soft clang. "And we are a match for them in that arena now. They won't be expecting that."

"Right," I agreed reluctantly. I knew what she meant: that we couldn't blame anyone, least of all the AIs that'd been overwhelmed, for our current dire situation. But discovering that a weapon we'd used long ago was coming back to haunt us was disturbing.

(17)

We closed our helmets up again and left the service compartment. The glowing orange route to the observation gallery went up one level, then cut back down just before the Central Sea. Reluctantly, we went back up one of the spiralling passageways, finishing up in a gravity field so weak I didn't think you could really give it a percentage.

The milbots rolled off in front, and the rest of us followed. Our chatter died away the closer we got to the Central Sea. All that conviction I'd possessed when we set out was melting fast. The map didn't help. As we approached the scale kept changing, showing me just how *big* the Central Sea was. If the Yi did inhabit all of it, I simply couldn't see how we could eliminate all of them. We'd need an army of milbots and building them would take time – time during which the Yi could retaliate. Plus, the *Daedalus* – which, to be honest, wasn't in the greatest condition now – could be badly damaged in any sizeable fight.

I wondered if we should try and negotiate some kind of truce. We – the humans, that is – would fly the *Daedalus* back to the new world in exchange for our freedom. It was a depressing notion. Besides, I couldn't see myself convincing the villagers to come to an arrangement with the Yi once they were told our real situation. A dark part of my mind knew that if I wanted that to happen, I'd just have to do it myself.

It would have been nice to talk the idea over with my friends – and maybe Mum and Dad – but five hundred metres from the Central Sea really wasn't the right place to stop and debate the issue.

"John?"

"Yes, Hazel?"

"How rational are the Yi?"

"In what context?"

"I mean, could we come to an arrangement with them?"

"What sort of arrangement?"

I explained, and he was silent for longer than usual.

"It would be difficult to ensure they maintained their part of the accord," he said finally. "Josephine was correct in her assessment that by themselves the Yi see solutions in purely physical terms. Every island on their world was valuable because of land's scarcity. By their nature, a brain-queen mind cannot share. I would be doubtful if they have the concept of a binding agreement."

"They must have had alliances on Kianira, individual islands coming together to defeat a common enemy."

"True, but as you say, once the humans of *Daedalus* know their real history, asking them to agree will present its own set of problems."

"Politics."

"Precisely. Besides, our advantage is knowledge. Once the Yi know the *Daedalus* has passed the new world, they will have nothing to lose. We are the ones who can fly it back."

"That makes us indispensable, not them."

"Which is what worries me should the brain queens realize their actual circumstances. Although respect for all life forms is part of my fundamental programming, I am in agreement with Josephine. If there is a method of eliminating the Yi, we should utilize it without a qualm. That is the safe play. If not, then all other options come into consideration."

"So, we really do need to see what's in the Central Sea."

"Quite."

The suit's proximity alarm went off and an amber badge materialized in my map and started flashing urgently. A Yi was two hundred metres away and on the move.

"Please secure yourselves and do not move," Josephine said. The way she said it, so clear and commanding, was like a batch of nerve impulses making my limbs do as they were told.

I gripped a hand hoop and pulled myself up against the wall, then stopped moving. Everyone else was doing the same, even the milbots, who now seemed like chunks of machinery, just part of the arkship's equipment.

My helmet display showed me the Yi's sound pulses. I could actually see them as pale green waves flowing along the corridor, distorting as they bounced off the walls.

The Yi appeared at the junction ahead, a type two. Secondary lighting reduced its skin to a rough-textured charcoal, slicked with dank fluid. Josephine's command meant nothing now. Every instinct I had was telling me to move, to get the hell out of there *fast*. I held on grimly, hoping my fingers weren't squeezing the hoop, a motion that might betray me to the Yi. It moved easily, tentacles extended wide like a sunflower crown, tips slithering, serpent-style along the wall. They added to the sound waves in my display, creating a translucent rainbow cloud surging towards us.

I thought one of the milbots would open fire. Josephine seemed to be waiting a long time before giving the order. The Yi was coming closer – too close. Nerves were making me clench my muscles. I wanted to say something but didn't know if the sound would carry through the armour.

The Yi passed the first two milbots, its tentacle tips using them for leverage as it did all the solid surfaces around it. Some small section of my brain was fascinated by how easily it moved in such low gravity, presumably because it was aquatic.

It was almost level with Josephine when she shot it. There was a tiny flash in my display, a slender white thread stretching from her forearm to the head of the Yi as a bullet sliced through the air. It vanished immediately, sending purple ripples flooding out. Another sharp sound emanated from within the Yi and its whole body trembled. Then, abruptly, it was still. The pulses vanished. A thick liquid began to ooze out of the bullet puncture wound in the Yi's head. Tentacles flopped around inertly as momentum carried the grisly thing along the corridor.

"Good shot," Shao said.

"Thank you," Josephine replied. "I used a magnetic rifle rather than a standard bullet. That way there was a lot less noise."

Somehow, I couldn't connect her cool and rather proud-sounding explanation of an efficient kill to the ancient, half-living woman in the life-support bubble back in the Nursery. I stared at the Yi's drifting corpse. "I wonder what it was doing?"

"A scout of some kind? Or sent on an errand to check equipment? We'll never really know," Josephine said.

"We could maybe get a better idea if we knew how smart a type two is," Frazer said. "Are they like a swan, or a dog? The same as us?"

"The type-two brain size is slightly smaller than an adult human, but their minds are very different. A comparison is not really possible. I suggest you don't think of them in terms of smartness but, rather, cunning."

"So, they are sentient?"

"Again, not in a way we relate to. You could not have a conversation with one. It would not understand art or poetry, nor philosophy. Its intelligence is dedicated solely to performing its assigned task. If any analogy is possible, consider it to be a pack animal, loyal only to the mind of its brain-queen family. It does have the ability to improvise the method by which its task is to be accomplished, so in that respect it has a degree of analytical ability, and perhaps the capacity to apply logic to physical situations."

"And the same for a type three?"

"Based on the small amount of their activity I saw during the Yi takeover, I would say the same but more so. They are, if you like, sneakier. The one thing no Yi has is empathy or kindness."

"Sweet Captain," Frazer mumbled. "Okay, got it."

I pushed off from the wall, taking care not to get anywhere near the dead Yi. Apart from the bullet hole, it was intact. My imagination pictured it springing back to life and wrapping those sinuous tentacles around me if I drifted too close.

"If there was one here, there will be more," Josephine said. "I suggest you increase your vigilance from now on."

I nodded agreement automatically, then a moment later realized the futility of doing that inside a helmet. "Okay."

"It was heading away from the Central Sea," Frazer said, "so it should be a while before the brain queens notice it's missing."

"Hopefully," Josephine said.

The milbots took off down the corridor again and she started following. I hesitated, then kicked off after her. We were committed now, and besides, I really wanted to see the Central Sea. After all this, intruding into the home of the brain queens represented a kind of victory to me, proving we could circumvent them and achieve something for ourselves, of course.

After the junction, we went down a level. The bottom of the spiral put us a hundred and fifty metres from the observation gallery, in a broad corridor with several junctions. The main lights were on, leaving us nowhere to hide. My suit's sensors were picking up faint sonar pulses in the air, coming from all directions.

"I see no evidence that the Yi are alert to us yet," Josephine said, "but we must be careful. One of the entrances to the observation gallery is close now."

The milbots reduced their speed, adopting Josephine's cautious style. It seemed like the corridor was contracting, the walls had become so filthy. Five centuries of having tentacle tips rubbed along them had produced a slimy crust that smothered lights, grilles, the bot transport rail and doors. Frazer scrapped a finger over the vile stuff and examined the resulting mucus oozing down his gauntlet.

"This is good," he declared.

"Good?" Rell exclaimed. "In what possible way?"

"If there are any optical sensors here, this stuff'll clog them up. The brain queens won't be able to see us."

"A valid point," Josephine said. "Well done, Frazer."

The way she treated him, like the prize pupil, took me straight back to school. I was always convinced our teacher favoured him over me.

The lead formation of five milbots continued to roll onward through the gloom. At the next junction, we took a left turn which brought us to another set of stairs. One of the sensor pods soared down it. A couple of milbots followed, miniguns deployed. The corridor below was empty, and even dimmer than ours. I expected that was because the layer of Yi mucus smeared everywhere was a lot thicker down there. The floor was lumpy from what I guessed was their excrement.

Josephine went down first. I followed, wincing every time my boots trod on a brittle rime of encrusted filth, hearing a small *crunch*. The corridor leading to the observation gallery wasn't just dimly lit; it disconcerted me on some deep level. Humans had built the *Daedalus* – it was *our* success – but now it no longer belonged to us; the Yi had claimed it, occupied it, used it. But they didn't care or respect it for the amazing accomplishment it was. It wasn't possible to hate them more, but my contempt for them certainly deepened.

A brighter light was shining out of the junction ahead. My suit display also showed me sonar pulses palpitating off the edges in erratic patterns, their strength increasing as the Yi emitting them moved closer. The milbots paused, and I held my breath as Josephine raised her arm again, the rifle barrel sliding out of its recess.

The type-two Yi came bustling round the junction and let out what sounded like an angry squeak. *So, they don't have emotions like kindness, but they do have surprise.* Josephine shot it – another perfectly aimed bullet from her magnetic rifle barrel. The Yi instantly went limp, its body dropping to the floor.

"We need to bring it with us," she said. "This is where they're most active. If one of them finds it, they'll know we're here."

I wanted to help, to show her I wasn't just a tiresome spare part she had to support and protect, but the thought of gripping those tentacles and hauling the corpse along made the bile rise in my throat. I knew it was stupid, that my armour meant I wouldn't actually feel the thing's skin, but still my limbs wouldn't move me in the right direction. In my head, the scene of Tamran screaming as he vanished below a mass of writhing tentacles kept playing over and over again.

"I'll get it," Mortos said.

Zawn joined him and the pair of them took hold of the Yi, pulling the loathsome thing along towards the bright junction ahead. The lead milbots disappeared round the corner into the light.

"It's clear," Josephine said eagerly. "Quickly now."

The corridor ahead was maybe thirty metres long with two junctions between us and an open doorway at the far end. That was where the light was shining in from. We hurried along.

Josephine went through the door and beckoned. I turned round to see how everyone else was doing. That's when I noticed the Yi's blood dripping out of the bullet wound. It wasn't a lot, but it had left a smear trail behind us.

"I'm not sure they'll be able to see it," Josephine said when I pointed it out. "In any case, we're not going to be here long."

The observation gallery surprised me. Subconsciously, I must have been expecting something a bit smaller. It was as wide as the canteen in Ixia's village hall, with a similar glass wall directly ahead, where all the light was flooding in. On either side of me, the floor curved up gently before vanishing behind the ceiling, which also curved upwards. It really was a ring, circling round the endwall.

Before the Yi, it must have been popular with the *Daedalus's* crew. There were tables and chairs all the way along with smashed-up food machines against the back wall. The ceiling was a single giant picture which had faded over the centuries, but I could see it was of a dark sky scattered with what I now knew were stars. There were big circles amid the constellations, some of them painted in a multitude of colours all swirling together the way that milk churns when you add it to tea. A few of them had what looked like ribbons curving round them. The remaining circles were one colour, normally a grey or brown or earth red, mottled with smaller circles the same colour. It was all bit drab in my opinion; frankly, if the Builders had gone to so much trouble to decorate a ceiling on this scale, you'd think they'd provide a picture with a little more *zing* to it.

Zawn and Mortos dragged the Yi inside, then dumped it where it couldn't be seen from the corridor. With the milbots guarding either side of the door, we all went over to the window wall. The glass bowed outwards so, if you stood right on the edge of the floor, it was possible to lean forwards and look directly down past your feet. Condensation mottled the outside surface, and the distance was mist-blurred, but the overall view was clear enough.

The *Daedalus's* Central Sea was a cylinder fifty-five kilometres long, just like the habitat underneath it. Directly above the observation-gallery ceiling was a tough-looking gantry of metal struts that extended the full length of the arkship's axis to connect to the opposite endwall – though that was hard to see in all the glare and mist. It had been built in a tube shape a hundred metres wide, supporting a series of light strips that were wrapped round it every kilometre like incandescent bracelets.

I looked down and a mild vertigo kicked in. I was way too close to the edge, and that drop…

Chiding myself, I made an effort to focus on what was important. The sea itself was a kilometre and a half below me – and above me, too, if I'd been able to see past the brilliance of the nearest light strip. The whole surface of the cylinder was covered in water. There were no islands, no land of any kind.

In all the (admittedly few) books I'd read, the Earth's seas were always described with gushing praise of how beautifully, romantically blue the water was, how sparkling, how clear, how it was rucked with grand waves topped by white spray, how it enticed the novels' characters to dive in joyfully. This sea was none of those things. It was uniformly flat and shaded a morose grey-brown. I had no idea how deep it was, because it was anything but clear. It did have long ribbons of matted blue-green weed drifting about, adding to the general impression of malaise. There was no visible movement of any kind. It looked exhausted to me, an environment in decline.

I nerved myself up and leaned just a fraction further forwards, looking past my boots. Just off to the left, I could see a scaffolding tower affixed to the endwall. I turned right and saw more. There were twenty of them altogether, radiating out from just below the observation gallery like wheel spokes. They extended down to a metal walkway which ringed the base of the endwall, just above the water. Thick pipes and cables ran their lengths, tracking round the observation gallery to wind their way into the axis gantry.

Josephine called that walkway below the 'promenade'. It had a dozen piers stretching out into the water for half a kilometre, ending in circular platforms. Their surfaces were all a dull wine red, caked with a type of oily coral that had choked the metal mesh. It had spread out along the promenade too, before sending long tongues rising up the endwall and scaffolding towers like diseased ivy.

"And those are the brain queens," Josephine said, gesturing down. "Those brown bulges along the shore. There they sit in all their arrogance, their nerve roots linking them together and connecting them to the *Daedalus* network. They think as one. Their mind believes they have subdued us poor humans, that they have beaten us. They think they are victorious. But they know nothing. They don't even know we have successfully attacked their precious thoughts."

I looked nervously along the rim of the promenade, seeing the dark grey-brown shapes she spoke of. They were nothing. Insignificant specks from where I stood so far above them. But now we had our first small victory, too. We'd confirmed where they were. We could start planning how to kill them.

All of them.

(18)

The front of Josephine's helmet parted, and she stared down with an achingly mournful expression spoiling her strange, noble face.

"We used to have boats down there," she said. "Just little pleasure craft we could take out for fun. I sailed on that sea so many times in my youth. Imagine that, sailing on a sea that's sailing across the galaxy." Tears started to run down her cheeks. I knew she was crying for the life that was, for all we'd had stolen from us. "There were so many fish in the water, dwelling in the coral reefs like living rainbows that twisted round you when you swam through them," she continued. "Dolphins, too; they were so playful, so beautiful and elegant. But we didn't bring any whales, for which I'm thankful now. It was considered unkind. This sea wasn't big enough, not for them, the monarchs of all Earth's life. They need real oceans to thrive in. I think there are embryos in suspension in the marine ecology sections, so I'll pray they are still secure."

Alisha put her hand on Josephine's arm. "I'm so sorry. This must be awful for you."

"Everything is awful for me now. Except for you. In all of you, I see hope reborn." She took a deep breath and grimaced as she wrinkled up her nose. "Oh yes, I remember that smell of saccharine pepper well enough. Kianira's atmosphere reeked of it. It comes from the seafungi."

"You remember?" I asked sharply. "You mean you went to Kianira?"

"Yes. A quick trip down to the surface while *Daedalus* was in high orbit, mining replacement ice and minerals from an asteroid before we departed for the new world. Father was friends with one of the science mission commanders and wangled me a place on one of the last Tereshkova shuttles to go down. After Ashleigh Kruger made the decision to fly on to the new world, she wanted me to know what a planet was like, because I would never have the chance again."

"You... you've walked on a planet?" Zawn asked in astonishment. "Under an open sky?"

"I did. Not that there was much to walk on. Kianira only had archipelagos of tiny islands, and they were all covered in the seafungi you can see down there. But I stood on the shore between those devil brain queens while they played innocent and dumb. From there I looked out across an ocean all the way to the horizon. It was infinite, far greater than space ever appears to be, because it's solid, of course, not mere emptiness. And now my children will know that marvel." Her helmet segments closed up again, locking into place with grim finality.

I'd been holding my breath while she talked, the emotion was so intense. I was talking to someone who had been on an actual planet. The whole concept of *open sky* was the closest *Daedalus* got to a religion these days, and she'd stood under one. Incredible. But then, Josephine was extraordinary.

"All right," Alice said. "We got here, and we've proved the brain queens do live in the Central Sea. Now what?"

"Given the size of the Central Sea and the distribution of the brain queens, any method of eliminating them will have to be fast," Josephine said. "Sending in a squad of milbots, even if we had enough, would leave a window open for retaliation."

"What sort of retaliation?" Alisha asked.

"If they realize they are losing, they can still wreck all the environmental systems they retain control of. Effectively, they can kill the habitat."

"So, we have to take them all out in one go," Frazer said. "How about we open the Central Sea to space and let them just, I don't know, blow them out of the airlock? That'll do it."

"The Central Sea is the core of the *Daedalus*, and the options for venting its atmosphere are extremely limited. There are several supply pipes into the Central Sea which ultimately offer a route to the main resource-access inlets which were used right at the start of the voyage, but they are long and convoluted, with a great many safety mechanisms. Even if we did manage to open a route and jam it open, it would take a long time for all the air to vent out, during which time the brain queens would be aware of what we were doing. So, while the concept is sound, the practicality is lacking."

"What, then? How do we get rid of them?"

"Although I am reluctant to suggest it, I am having to consider the prospect of deploying a bomb."

"A bomb?" I turned back to look at the Central Sea. I knew it was smaller than the habitat, but with just that slim axis gantry the sheer *volume* I could see made it seem a lot bigger. "It would need to be huge, right? Surely that's really dangerous?"

"Size *is* a problem," Josephine admitted. "However, there were types of bombs developed during the worst eras on Earth that might be suitable."

"Can the Armoury build one?"

"Possibly. The process would require an extremely powerful energy source, which is unavailable to the Armoury. If we could access the aft engineering sections, I could consult with their AIs. They would be able to–"

My suit display flashed up a proximity warning. It was detecting a rise in Yi sonar pulses coming from the corridor outside.

"We need to leave," Josephine said. "Now. I suggest we deploy a milbot here to deal with any Yi coming through the door. We can exit through the next door along."

I scanned the gallery's back wall. There were doors every hundred metres or so in both directions.

"Which way's quickest?"

One of the milbots moved over to the door we'd entered through, miniguns swivelling down to horizontal. There was something wrong with the motion. I couldn't figure out what. It was as if the milbot was moving more than it actually was.

"The pulse strength is strong," Frazer said. "Got to be more than one of them out there. Plenty more."

"Was that corridor big enough for a type three?" Zawn asked anxiously.

"I don't think so," Frazer said, he didn't sound his usual confident self.

I finally worked out what was wrong with what I was seeing. "Shadows," I blurted.

"What?" Frazer asked.

"There's a shadow on the floor. It's moving!"

"Huh?"

Which was an impossible thing. Small wonder I didn't understand it at first. In the habitat, the light strips were fixed in place. Any shadow cast by them couldn't move. Same for the light strips braceleting the Central Sea's axis gantry. *Right?*

I turned fast, staring through the window wall. Something was moving out there, something massive. A vast chunk of machinery slid along the girders of the axis gantry, a clotted nest of metal struts and cables extending three long, bulky arms with manipulator claws on the end. It was bigger than Ixia village hall, and it vibrated as it came, as if it was having to force itself along a path it wasn't built for.

"What is *that*?" Rell yelled.

"Maintenance hoist," Josephine said. "It's for transporting high-mass equipment into position along the axis gantry."

"What equipment?" I gasped. The claws on its arms were empty, though they were starting to hinge open. The whole thing was still fifty metres from the observation gallery, the arms swinging round to point directly at us.

"It's not going to stop!" Mortos warned.

Three type-two Yi darted into the gallery. The milbot opened fire. Even inside the protection of the armour suit, I could hear the miniguns roaring. The Yi bodies simply disintegrated. One second they were there, the next they'd become expanding clouds of tattered gore.

I yelled in shock. Something horribly sloppy hit the front of my suit. For a moment, I thought I was going to need the barf nozzle but managed to quell the bile.

"Move!" Frazer shouted.

His suit went past me as he jumped hard, gliding in a long, shallow arc, helmet only just missing the ceiling. The light grew dimmer. I looked at the window wall as more Yi burst into the gallery. The milbots opened fire again. Beyond the glass, the maintenance hoist was blotting out my view of the axis gantry. It was still rushing along whatever rails supported it. The arms punched forwards.

I bellowed wordlessly, jumping after Frazer.

The glass wall shattered behind me as the thick mechanical claws smashed through. They twisted round, slashing through the air as if they were trying to swat me and the other suits. Everyone was moving frantically, diving clear of the machine monster.

I hit the floor, bounced, spun round – to see the arm's claw lunging after me. I squealed in fright and jumped again.

The whole observation gallery juddered. Behind me, the roof and floor crumpled up as the bulk of the maintenance hoist smashed into it. Milbots went tumbling. I saw at least three curving through the air, only to fall through the alarmingly wide gash that had opened up where the maintenance hoist had ruptured the floor. Their little gas nozzles were firing constantly, but they didn't quite have the power to fly them in an increasing gravity field. They began to curve away, accelerating down towards the murky water so far below.

I landed, immediately disorientated because I was still moving. The whole floor was lurching down with a horrendous juddering motion. Somewhere nearby, the surviving milbots were firing. Floor panels crumpled and tore like rotten fabric around me as the whole section of the observation gallery I was on slowly started to pull free of the endwall. The floor panel next to me buckled away, revealing the hexagonal array of support struts it had been pinned to. I grabbed at them, half expecting my powered gauntlet to crush them, I was squeezing so hard.

More shooting from miniguns.

The observation gallery abruptly stopped moving with a shriek of tormented metal. I remembered to breathe again. "Rell? Rell, are you okay?"

"Hanging on." I could hear the strain in his voice.

I looked round in dread. "Oh, sweet Captain." The maintenance hoist had smashed straight through the observation galley, severing it. The part I'd jumped into had started to peel away from the endwall, pivoting round to angle down so the rent was now pointing towards the promenade a kilometre and a half below. The angle was steep; if I hadn't been holding the support grid, I would have slid down the rumpled floor and joined the milbots in their long plummet to the sea.

I whimpered, a sound that was all the more pitiful inside the helmet. Also hanging onto the floor in my section were four more suits. The display's badges identified them as Frazer, Mortos, Alice and Zawn. Frazer was right up at the top, where the gallery was bent and compressed, but safe – well, safer than where I was. Zawn and Alice were gripping the floor grid above me, while Mortos was hanging on just below my feet.

"Rell? Rell, where are you?" Panic chilled my skin. "Rell!"

"I'm fine. I can't see you. Where are you?"

"I'm..." I scanned round, trying to understand. When I looked through the glassless window wall, I got a clearer picture of what had happened. As the maintenance hoist severed the observation gallery, both sections had done the same thing, pulling away from the endwall and fracturing their supports so they tipped downwards.

"Oh, guano!" I had jumped one way from the maintenance hoist and Rell had obviously jumped in the opposite direction, towards the door we'd come in through. The tactical display located him for me, splashing his badge over the other section of the observation gallery that was hanging about ten metres away. Alisha, Shao and Josephine were with him.

"I'm okay," I said. "We just got separated, that's all."

The milbots were firing again. More Yi had come through the door close to Rell. So far, the other door we'd been going for, just past Frazer, was clear. Our section had two milbots, lodged precariously on the crumpled floor.

"John, order our milbots to cover the door."

"Confirmed."

"What do we do now?" Zawn asked.

"Can you get over here?" Josephine asked.

That was really not the question I wanted to hear. The other section of gantry was only ten metres away – *only!* – technically an easy jump at this gravity and in our suits. The problems started with the landing. Their section was as smashed up as ours. That meant we had to grab something, and it had to hold. Looking across at the jumbled-up wreckage, I really didn't fancy trying, especially as the maintenance hoist was still there between us – motionless, but I remembered how fast those arms had moved.

"Maybe," I said dubiously.

"No," Alisha said. "Josephine, Hazel is trying to be noble. It's too risky, Hazel, and you know it."

"I concur," Josephine said. "Hazel, please get onto a level section of the gallery. Any of the doors will be a suitable exit."

"Exit to where?"

"To start with, out of the gallery. It's severely restricting our options. Once you're out, we can regroup easily enough in the corridor. Then we all have to get back to the axis dock. Now the Yi know we are here, more will come, including type threes. Our weapons are excellent, but we cannot make a stand here today. We need to return to the Nursery and begin the next phase of reclaiming the *Daedalus*."

"She's right," Frazer said. "I can see the door. My suit sensors aren't registering any pulses outside. There aren't any Yi out there right now."

"All right," I said. "Alice, Zawn, can you climb up to Frazer?"

"Yeah, climbing up is the easy bit," Alice said. "The muscles in this suit make it simple."

"You go, Hazel," Mortos said. "I'll follow you."

I looked up the slope. It wasn't far. The only real problem was all the gaps that had opened up in the ruined floor. The hexagonal grid was sort of intact, despite being twisted up – thanks to whatever the *Daedalus*'s Builders did to material to give it extra strength, its struts were holding – but it meant I'd be facing downwards the whole time, most of which would be spent looking through all those gaps at the sea a kilometre and a half below.

Maybe check the suit medic pack for that anti-nausea drug Rell took for freefall? I wonder if it has a courage shot, too?

Pull yourself together!

I clenched my teeth, studied the grid just above my head and reached for a strut higher up – not too far; stretching was pointless bravado. Steady progress was what I needed. I could practically hear Dad saying it.

The strut held. I checked where I could lift my foot to and brought it up carefully.

The badge telling me Rell was using a private link glowed in front of my eyes. "Take care," he said. "Don't try to rush."

"Yeah, got that. How about you? Are you safe?"

"Ha! You and I have a very different understanding of *safe*. But I'm at the top of our broken section, if that's what you mean. It's scary. The door is eight metres ahead of me."

"Are there any Yi there?"

"No. They stopped coming after the milbots took out the last batch. There are bodies everywhere. That might be putting them off. Even a type two can see it's lethal to come in, no matter what orders the brain queens gave them."

"Good."

"Josephine is beside the door now, with three of our milbots. She's sending some of those little flying sensor pods through to see what's waiting out there."

"Okay." I managed to haul myself along another few metres. Alice was almost up at the broken rim, where Frazer and Zawn were waiting. Mortos was keeping up with me.

"Your door isn't far from ours," Rell said. "We'll join up again right away."

"Uh-oh," Frazer groaned.

"*What*?"

"My suit sensors are picking up Yi sonar. They're closing on our exit."

"Oh, sweet Captain."

"Do not panic," Josephine said. "The corridors are perfect killing fields. The Yi have no cover from the milbot miniguns."

"Killing fields?"

"It is a military term," John said, "referring to an area of open ground the enemy has to cross leaving them exposed to attack."

"Oh." I found it disturbing that people on Earth had developed a whole language for that kind of thing. I knew there used to be conflicts before the *Daedalus* had left – that there'd been an army regiment in *Pride and Prejudice* was proof of that – but exactly how many wars had there been in our history? The milbots were horribly efficient at killing, and the incredible armour suit I wore was the end product of a thousand years of battle experience. *Just how dangerous are humans?*

I concentrated on climbing. Zawn was on the rim above me, holding out a hand.

A shadow moved across his suit.

Oh, sweet Captain!

I risked a look. The arms of the maintenance hoist were moving again, ripping through the other gallery section. The giant claws crunched shut, biting through the structure, then jerking back, tearing chunks free. Tangled debris fell in silence towards the dull water. Lengths of tubing and fragments of support grid slammed into the endwall and ricocheted back out, spinning faster as they picked up speed.

"Rell!" I screamed.

"I'm okay. We're okay."

The milbots in the other section opened fire on the maintenance hoist. I could see sparks flare where the bullets hit, pummelling its bulky core equipment. One of the arms began a frenzy of shuddering.

"I'm targeting its activators," Josephine said, her voice as calm as if she was suggesting a new food to try. A thick dark liquid started spraying out of the hoist.

Zawn's hand clamped round mine. He hauled me over the rim and onto the undamaged part of the gallery beyond. Frazer and Alice were standing facing the door with the two milbots beside them.

A whole group of type-two Yi charged in. It was like a solid river. The miniguns opened up, shredding the dark bodies and lashing tentacles. Frazer and Zawn started shooting as well. Then Alice joined in. Still the Yi came.

I brought my arm up.

"Use a grenade," John said. "Fire it into the corridor. They'll be concentrated there."

"Killing field," I muttered.

The suit's forearm segments rearranged themselves quickly and the stumpy grenade-launcher muzzle slipped up through the slot. I lined the green target circle on the doorway – almost obscured by the surge of furious Yi – and fired. The grenade detonated in the corridor. Its blast wave knocked me back – and I was suddenly very aware of the fall right behind me. Yelling in fright, I lunged forwards. Zawn's hand caught my arm again, pulling me further away from the rim.

"I got you," he said. I heard the fright and exhilaration in his voice, just like when we'd used to sneak off together to the unused cabin on the edge of Ixia.

My heart was thudding in alarm. "Thanks," I whispered.

The rush of Yi had stopped, but the suit sensors were still picking up their pulses through the shattered doorway.

"Again," John said.

"Brace yourselves," I said, and fired another grenade. After the flare of the explosion ended, the corridor was in darkness. The grenade must have killed all the emergency lights.

Another piercing screech of dying metal made me turn round. Somehow the maintenance hoist still had two working arms that were wrenching away at the gallery's warped support grid. I watched in horror as the main bulk of the hoist started to back away down the axis gantry, its motors growling. It was pulling the whole gallery section away from the endwall.

"No!" I yelled.

"We are safe," Josephine said. "We are in the corridor."

"We'll come to you," Alisha said. "Mortos? Mortos, are you all right? Where are you?"

"Yep, fine," Mortos replied in a laboured voice. "Still here."

With a rush of guilt, I turned to see Mortos wriggling his way over the rim of the broken section. Zawn and I hurried over and pulled him up.

My suit sensors picked up miniguns firing again.

"What's happening?" Frazer asked.

"They're everywhere," Alisha said. "And there's a lot of them."

"I am concerned about ammunition reserves," Josephine said. "We might have to find a different route to you, Hazel."

As she spoke, Yi type twos came through the next door along the observation gallery, about a hundred and fifty metres away. Our milbots opened fire. The glass wall behind the Yi shattered as their bodies were torn apart.

The door I'd fired the grenades through was still clear of Yi, but their sonar pulses were still buzzing away in the corridor. They were out there all right. Waiting.

"What do we do?" Zawn asked. It wouldn't be obvious to everyone, but I could hear the worry in his voice.

There was a massive tearing sound. The maintenance hoist's arms let go of the other observation-gallery section. I watched in dismay as the last remaining supports tore free of the endwall.

"Oh, Guano!" Alisha snarled as the entire section started to fall.

"We need to leave," I said. "Now. We'll just have to shoot our way along the corridor."

"Do we head for the axis dock?" Zawn asked.

"Yes," Josephine said. "We can set up a series of rendezvous points. I am sending them to your suits now."

"No," Frazer said.

"Frazer!" I exclaimed.

"Think about it," he said. "We have to get out and clear, that's what counts now. That's *all* that counts. If we split up, we double the chance of that."

What I wanted to say was, *If we're with Josephine, we'll stand a better chance.* It wasn't particularly true – we all had the same weapons. And anyway, what I meant was, *I don't want to leave Rell.*

"How are *we* going to get out?" Zawn demanded.

"Go counter-intuitive," Frazer said. "Something the Yi won't expect. The Central Sea is in the middle of the habitat, sitting on top of seventy tower mountains, right? Any one of them is a route straight down onto the habitat floor. And it's the shortest route. The base of the Central Sea is only a kilometre and a half away; the axis dock is four kilometres."

"But…"

"Our suits have a detailed map of the *Daedalus* layout – I'm looking at mine now. Sweet Captain, we can do this, Hazel. And the faster we do it, the less ammunition we'll have to expend and the greater the chance we can get out."

I clenched my teeth. *That* made me frightened Rell wouldn't make it to the axis dock.

"Excellent logic, Frazer," Josephine said.

"Wait," I said. "Josephine, what happens if we make it and you don't? We have to kill the brain queens. You know how to do that."

"Dearest Hazel, you just have to reach another secure AI, or even the Nursery again, if you can. Verifying that the brain queens still live in the Central Sea is all we needed to know. Any of the AIs will be able to build you a weapon that will exterminate them."

"We've got another group of Yi closing on us," Rell announced grimly.

"We need to start demolishing the corridor junctions," Josephine said. "That will slow them down."

Rell's private-channel badge appeared again. "Go with Frazer," he told me. "I hate to split up from you – you know that – but we can't afford to waste time and ammunition trying to find each other, and you know Frazer will work out a decent escape route. Hell, you'll probably be back in the habitat before we are."

"I don't want to leave you," I said, hating how pitiful it must have sounded to him.

"Its mutual. But you must think of what we have to achieve here. Saving the *Daedalus* comes before anything else. Even us."

"I know," I said wretchedly.

"Their sonar pulses are getting close again," Frazer said. "Are we doing this?"

"Yes," I said abruptly. "Alisha, I'll see you back home."

"You take care," she said in a choked voice. "That means you too, Frazer."

"Hey, Gran, trust me. I know what I'm doing."

I quashed a groan. If there was ever a time Ashley Kruger needed to smile on us, it was now.

"We're going to lose communications in a moment," Josephine said. "Good luck."

"And you."

"Right," Frazer said. "Hazel, shove another grenade through that first door. We have to get past it."

"We're going for the second door?" Zawn asked.

"Not quite."

"Then where–"

"Oh my dayz. You either trust me to do this, or you don't."

"Lead on, Frazer," Alice said.

I rolled my eyes and moved the target circle back over the tattered doorway. As soon as the grenade exploded, we moved as fast as we could in the gallery's low gravity. Our two milbots rolled along level with us. I kept the target circle fixed firmly on the dark, smoking hole of the first doorway as we passed it.

Frazer skidded to a halt. "This is it."

We were barely twenty metres past the shattered door. "This is *what?*" I blurted.

"The way down."

"Huh?"

He bent over and punched he floor. The panel buckled under his fist. Another punch and he got his gauntlet into the fissure he'd broken open. He braced himself.

"Frazer, what are you doing?"

"We are going straight down. Quickest and easiest way."

"We are positioned directly above one of the Central Sea's main service channels," John said. "It carries the primary axis power cables up from the distribution centre as well as several auxiliary supply lines. There is a lift attached to the side of the framework. Frazer is correct: this is a fast way down."

"Guano! Frazer, this way's going to take us straight down to the brain queens."

"I know. And that's one thing in this universe they are *never* going to expect. Cool, huh?"

"*No!*"

His suit straightened up, ripping the floor panel away from the hexagonal grid underneath. He threw it away. A D-blade slid out of his forearm and he knelt to cut through the grid.

"Oh, sweet Captain," I groaned, but I was committed now. The little yellow-and-purple badge in my display that represented communications had four dark sections. Rell was out of range. I couldn't change my mind now even if I wanted to – and oh, did I want to.

"Frazer, what's the plan when we get down there?" Alice asked. I had no idea how she kept her voice so calm.

"The lift comes out right beside a power distribution centre," Frazer said. "And that's close to one of the habitat sky's main service frames which carry the power cables to the light strips and a whole row of tower mountains. It runs along the underside of the sky, and there's a walkway attached to it. I think it also carries the water pipes which feed the rain sprinklers."

"It does," John said.

"See? When we get down to the promenade, we have fifteen metres from the lift to the distribution-centre entrance. From there it's almost a straight run to the tower mountain. So even if fifty type-three Yi charge us at the bottom of the lift, we have enough firepower between us to clear a way across fifteen metres."

It was like a summary of my entire life had been compressed into that single statement. I could never out-argue Frazer. Worse, at that moment, I didn't want to, because his idea might actually work. I simply couldn't think of any reason not to do it. Except I *really* didn't want to.

"Well," Zawn said. "We did say we'd take a good look at the brain queens."

I wanted to laugh, but I knew it would sound way too hysterical.

(19)

Frazer finished cutting a hole through the grid. "We'll have to leave the milbots up here. They can keep shooting at the Yi every time they stick their tentacles through one of the doors. Maybe it'll fool the brain queens that we're still in the gallery. Who knows?"

"Good idea," I said weakly.

He started to clamber down. Mortos followed.

Zawn's private-channel badge lit up. "Really?" he asked. "We're going to do this?"

So, he was as terrified as me. Somehow knowing that helped. I must have been thinking along the lines of Mum's old saying *A problem shared is a problem halved.* Except *problem* didn't even begin to cover this... stupidity? Insanity? Absurdity?

"This is peak Frazer," I replied, sounding almost apologetic. "Remember you offered to let Frazer live with the two of us? This is what it would've been like, all the time."

He chuckled. "Not quite like this. Though I have to admit he was right about trapping the type three in Ixia's carpentry shed. That was crazy, but it worked."

"Welcome to my life."

"Yeah. And hey, you did warn me it was going to be dangerous coming into the forward section."

"I did, didn't I?"

"I need to learn to listen better."

"No, you don't need to change. You as you are is just fine." And I could not understand why I said that. Apart from being very glad he was here with me.

Is that bad of me?

"Go through," he said. "I'll cover us."

Alice was already lowering herself through the hole. I scrambled my way after her. Frazer had cut it above one of the scaffolding pillars that extended up the endwall. Below my feet was a maze of thick struts woven with equally thick wires and pipes. The outside face of the framework had five of the *Daedalus*'s main power-supply cables running its whole length. My suit sensors picked up a humming sound from the electricity they carried to the axis gantry's light strips.

I tried to ignore how unsteady my legs were as I shuffled away from the hole along a flat ledge that supported a broad ribbon of cable, allowing Zawn to drop down behind me. Frazer was five metres away on top of what looked like a semi-circular room protruding from the endwall just like the observation gallery. Its walls were some grey panels with a couple of windows looking out over the Central Sea. As I watched, Frazer started cutting a hole through the roof with his D-blade.

I called the *Daedalus*'s schematic into my display. The semi-circular room was a secondary power control station. If I expanded its identification badge, it would bring up all the information on what it did in considerable detail. I really wasn't interested.

"Show me the power distribution centre at the foot of this service channel," I requested.

The display shifted round to focus on the base of the service channel. Frazer was right – the entrance to the distribution centre was fifteen metres from the lift rails.

So, if he got that right…

I checked the lift on the schematic, then looked at the real thing. It was a box-shaped cage stuck on the side of the room. There were two ponderous metal clamps on either side of its door, with small wheels locked into a set of rails which ran the whole length of the scaffolding. The lifts I'd used in Tressaco had been simple, windowless cubes with a single door; their walls hadn't been metal bars spaced unnecessarily far apart. I just knew I was going to get hit hard by vertigo when I got into that thing.

Frazer kicked out the panel he'd cut and dropped into the opening. By the time I got into the semi-circular room, he and Mortos had already prised open the lift door. They were busy peering at the clamps which held it to the rails.

"There has to be a manual release," Frazer was saying.

Mortos crowded in close to the rail. "That part looks like it's locking the axles."

I heard the milbots firing above.

"Frazer," I said, "we need to keep moving."

"I know."

"I believe I can assist," John said. "Accessing your suit sensors now, Frazer."

"Thanks," Frazer said. "Is there a manual release?"

"Yes. The inset red lever on the column to your right. But first I'd like you to sever the data cables running down the right-hand rail to the power coupling just above the door. That way the network won't know that we've used the manual release."

"Got it."

Zawn and I crowded into the lift. There was just enough room for the five of us – so I started to worry if it was designed to take the weight of five people in heavy armour suits. Saying anything out loud wasn't going to help. It wasn't as if we had a choice.

Frazer cut the cables and Mortos rattled the wire mesh door shut.

"Frazer," Alice said.

"Yes?"

"Tell me this is one of your *good* ideas."

"The simplest way is always the best."

She sighed. "Okay."

"Ready?" Frazer asked. "Here we go." He tugged the red lever down.

For a moment I thought nothing was happening, but then the little wheels in the clamps started to move, producing a shriek as they were forced to turn for the first time in five hundred years. I was sure it was loud enough to let the brain queens at the other end of the Central Sea know we were coming, let alone the ones underneath us.

The lift moved slowly at first, then started to build up speed as the gravity strengthened. It wasn't anything like the death plunge my imagination had conjured up for me.

I spent the whole descent staring at the promenade below. Very little of the original structure was visible; it was all choked in the dark red seafungi. And brain queens. Each alien monster sat atop a twisted pile of their own root nerves that formed a tangle over the promenade. Some of them dangled over the edge to vanish below the water. The rest bunched together into huge, knotty braids and wound their way into various archways set in the endwall.

We were over halfway down the framework of the service channel when Zawn said, "Is there something moving down there?"

"Maybe," Mortos said after a moment. "On the edge of the water? We need to have our guns ready."

I took a breath and ordered my gun to deploy. It made a smooth *snik* sound as it slipped out of my forearm. I exhaled a long breath, telling myself I could do this. *Fifteen metres, that's all.*

A hundred and fifty metres above the promenade, the lift clamps hit the tendrils of seafungi which had scaled the framework. The lift started to shake and slow down. The little wheels scraped the brittle stuff of the rail, sending long flakes tumbling down. They'd reach the promenade before us.

No surprise arrival, then.

"Get ready," Zawn said.

I swung the target circle back and forth across the promenade below, searching for type twos. It wasn't as if I'd have to hunt for a type three.

The seafungi had slowed our descent, but we were still moving quite quickly. "John, do we have to apply the brakes?"

"No, there is a trip pin on both rails. They'll flip the callipers."

I didn't bother asking for details. A couple of seconds later, I found out what he meant. The lift was still twenty metres above the promenade, surrounded by our own private shower of seafungi fragments, when it abruptly slowed to a crawl and started shuddering violently. An ear-piercing screech came from the rail clamps. The rims of the little wheels started to glow a bright tangerine.

"Oh, guano!" I shouted over the racket as we loudly announced our arrival to the entire Central Sea.

The lift hit the promenade and rocked about. Frazer shoved the door open, hard. I saw its frame bend from the force he used. He jumped out.

We were in twenty-five per cent gravity on the promenade. It wasn't perfect but a lot easier to move in than the miserable ten per cent up on the observation gallery. I forced myself to get out of the lift into the one place in the universe I never wanted to be.

The original promenade surface was invisible below the tangle of nerve roots, multiplying and twining round each other to form a snarled-up rug plagued by strands of seafungi. I was standing on some! What looked like smooth black stones the size of my fist were lodged in various clefts.

I took a couple of cautious steps away from the lift. The stones closest to me suddenly began to move. I was so tense, I couldn't help the squeak that escaped from my lips. They'd unfolded insect-like mandibles to scuttle away from us. At first, I thought they were some variety of crab, similar to the ones that lived along the shore of the habitat's ring lake, but I instinctively knew the way those mandibles sprouted from the body – in a ring around the middle – was all wrong. Some deep instinct told me they didn't come from Earth. And my suit display showed me they were emitting tiny sound pulses.

Mortos pointed his gun down at the little creatures. "What are those?" he asked uneasily. "Are they type four?"

"We have no record of there being a type-four Yi," John said.

"No," Zawn said derisively. "They're mini-Yi." He kicked one and sent it flying. It hit the rumpled surface of nerve roots and bounced about before coming to a halt. It immediately righted itself and rushed for the water.

"Come on, we don't have time," Frazer said insistently. "This way!" He started towards the power distribution centre.

The brain queens stood all along the edge of the promenade in both directions, like a fence of dark pillars. I couldn't help it – I stared, unmoving, at the nearest one. It was taller than me by a good metre, a roughly cylindrical shape but bulging in the middle as if it had developed a middle-age belly, with a skin like slick, crinkled tree bark. Close to the base, circular orifices ringed its circumference, barely bigger than my mouth but locked open to reveal a grey, fleshy tunnel palpitating slowly. Each one was ringed by wormy tentacles that waved around as if they were beckoning for something. Underneath them, the nerve roots flared out, thicker than my thigh, like the buttress root on a particularly ancient tree trunk.

My suit display showed me a barrage of sonar pulses emanating from near the top of the brain queen, ring after ring of green ripples splashing against me and fragmenting as they rebounded. In amidst all that heavily crinkled skin, curving up to form an oddly smooth crown, I thought I saw its eyes flicking about. I was sure it was squinting at me.

"Hazel!" Zawn called. "Come on!"

I was bizarrely reluctant to move, but I started to turn. Then I saw what was littering the undulating furrows formed by the nerve roots around the brain queen. Yellow-white twigs? Fractured, with knobbly ends. They were elusive to a casual glance, slimed by seafungi and whatever repugnant phlegm dribbled out of those gaping maws.

Without thinking I took a step towards the brain queen, trying to get a better look. My amazing suit read where I was gazing and obligingly zoomed in. The white knobs were so badly out of place in this setting yet horrifyingly familiar.

"John," I moaned in dread. "Are they...?"

"I'm cataloguing several proximal phalanges, a radius, an ulna, several ribs, vertebrae–"

"Stop it!" I wailed. "Stop it, stop it. They're bones. They're *human* bones."

"I'm sorry, Hazel, yes they are."

"They... they... The brain queens, they–" I was fighting for breath. My whole body had turned to ice as it quivered in shock. I stepped backwards, trying to blot out what I was seeing, to deny it utterly. I bumped into Zawn.

"NO!" I screamed. "No, they can't. They can't *do* that! We Cycled! We Cycled to sustain the habitat. We Cycled so our children can reach the new world. We've Cycled for five hundred years. We Cycle ourselves."

"Hazel," Zawn sobbed.

"THEY EAT US!"

"No. No, that can't be right."

"Yes, it is," Frazer said in a voice that was pure hatred. I'd never heard that in him before. It even managed to startle me out of my grief hell. "It makes sense now," he said. "Everything makes sense. We really are their guano. There are no composter machines to recycle. There never were. We're food – food that sustains itself then walks obediently into the abattoir for them."

I screamed wordlessly, tears blotting out the helmet display and its terrible image. All I wanted was to leave, to get out of that horrific place. It was an animal compulsion, overwhelming. I started to back away, but my boot heel caught on the tangle of nerve roots. For a moment I thought I was going to lose my balance, but the suit muscles helped keep me upright. I blinked away the tears.

"You okay?" Zawn asked.

I said nothing, just stared at the nearest brain queen.

"We need to go," Alice said in a quavering voice. "Hazel?"

I brought my arm up. Moved it fractionally until the target circle was centred on the brain queen. Selected an explosive-tip bullet. Fired. One bullet.

The top third of the brain queen shattered, flinging out a blue-grey sludge of ruined organs.

"Did that taste good?" I bellowed. *"Did it?"*

"Oh, yeah," Frazer snarled. Then he was shooting. I aimed at another brain queen and killed it. Another. Zawn joined in. We must have slain twenty brain queens in just a few seconds. The carnage left me dazed. I was hot inside the suit, breathing heavily as if I'd just run a race.

Alice shook my arm. For a moment I was angry with her and pulled away.

"Hazel, we have to go," she said forcefully. "Now."

"I... Yes. Yes, okay."

A white badge appeared in my helmet display with the name Ashleigh Kruger. All my hot fury left me in an instant. "John?"

"The *Daedalus* network is requesting a channel to you. If you allow it, your suit will limit it to audio only. The brain queens will not be able to subvert your suit processor as they did the command AIs."

"Uh... what do I say? Should I say anything?"

"What you say depends on what they want," John said.

"No," Zawn said. "We have nothing to say to them. Let's kill some more and leave."

I wanted to get out of there, I really did, but that white badge gleamed bright, and not just in my vision. What could they want? I knew it would haunt me if we left without finding out.

"Accept," I told the armour suit.

It was the Electric Captain's calm, mellow voice that answered. "Dear Hazel, why are you doing this?"

I snorted in contempt. "You ask that? After what we've seen? How dumb are you?"

"But you know you cannot defeat us. You cannot kill me. I am many. I am everywhere. You see this very truth before you now."

"I don't care. I'll find a way."

"And for what? This way, your way, leads to ruin. I know how to deal with humans."

"There's a type two coming," Alice growled.

I shuddered and blinked hard. The Electric Captain's voice had been like a spell, capturing my full attention. I focused on the helmet display. A type-two Yi was wriggling its way up out of the water behind the row of dead brain queens. It started to clamber up the layer of nerve roots. Another appeared beside it, then another. More.

Someone fired. I don't know which of us was first. The type twos disintegrated as our bullets ripped into them.

"And this is how we deal with you!" I shouted. "So, switch the habitat light strips back on, or we'll come back here. We can do this again and again. We won't stop, not now we know."

Another couple of type twos emerged from the water's edge. Mortos shot them both.

"This doesn't make any sense," Frazer said. "They know the type twos can't harm us anymore, not in these suits."

"You must be punished for this Hazel," the Electric Captain's voice declared. "We will visit Ixia. We will Cycle your entire village from the habitat. Your Mutiny will be cleansed, and the *Daedalus* will fly to the new world, unsullied as before."

"You even go near Ixia again and I will destroy you. I mean it."

"I am studying the records of your ADG-SF suits, dear Hazel. They are strong, but they're not that strong."

I hadn't expected that. But of course, the brain queens had all the knowledge that Josephine had. If there was a weakness in the suits, they'd find it.

"This is wrong, Hazel," Frazer said urgently. "Why are they talking to you? I don't understand what they're trying to achieve."

"What do you want?" I asked.

"Exile," the Electric Captain's voice replied.

"What?"

"Go back to Section Three of the ecology department. Seal yourself in. Live out your life there. Let peace return to the habitat."

"You're crazy. No. I will never do that. Not ever. Do you understand?"

"We are sorry to hear that."

"HAZEL!" Zawn screamed. "LOOK OUT!"

"Huh?"

Shadows. Again. A line of them flowed over the promenade. The suit's display flashed up warning symbols – a proximity alert, which immediately switched to a collision alert.

I looked up and let out a wail of shock.

The maintenance hoist was directly above me, a warped jumble of metal struts trailing broken cables that lashed about like giant whips. From my angle it was huge, blotting out the light strips of the axis gantry – and falling faster than I would have believed possible in the Central Sea's low gravity.

I jumped frantically, not caring where I landed, promenade or sea. My boots left the ground, and my arms were scrabbling wildly as I flew through the air. Something hit me, hard, and I was slammed down onto the promenade as if I'd been wrestled there by a type three. For a moment – or longer, maybe – everything was a daze. I hurt but wasn't sure where. There were lots of red symbols flashing across the display and a speckling of red dots that I didn't quite understand. It was a lot darker than it had been. Someone was mumbling close by.

"Huh?" Nothing was making any sense. I wasn't particularly sure where I was.

"–stimulant injection," John was saying.

My body started to burn, a sensation that lasted a couple of seconds, then ice water flowed through my veins. My muscles juddered about. I'd never felt so awake and alert.

The scene that greeted me almost sent me skittering back into oblivion. That drug-boosted awareness was replaced by a rising sense of panic. The maintenance hoist had struck me while I was in mid-leap, smashing me down onto the promenade. A whole clutter of metal was pinning me down. Bent struts formed a thick crosshatch above me. I could barely see the strands of light shining through it all. It didn't matter how much the suit muscles strained, the mass of the hoist was too much to lift. The only freedom I had was my left arm, which could move about forty centimetres. I could twist my head about inside the helmet, with the suit sensors relaying my immediate surroundings.

Those odd red speckles stayed in place across the display. I realized they were blood spots. My nose was bleeding. I could taste it.

Looking through the hoist's wreckage, the legs of two armour suits were just visible on the promenade: Zawn and Alice. They were hurrying towards me in long, shallow jumps. Zawn stopped and shot at something I couldn't see.

"A heavy weight is one weakness," the Electric Captain's voice said. That was when I truly knew how alien the Yi brain queens were. That voice never changed. There was no inflection, no emotional content at all. Not even malice.

"I'm going to kill you," I swore viciously. "I'm going to kill all of you."

The white badge vanished.

"Hazel!" Frazer called. "Are you okay?"

"Yeah, I suppose. Pinned down. Going to need some help lifting this thing off me."

Boots landed directly in my field of view, obscuring Zawn's suit. "I can see you," Mortos said. "Damn, you're right in the middle of it." There was a pause. "It's heavy. I don't think we'll be able to shift it off you in one go."

I actually heard Frazer landing, crunching the seafungi and nerve roots. Then I saw his legs appear next to Mortos's. "Oh my dayz, we'll have to cut her out," he said. "I'm sorry, Hazel."

"You're here. You'll get me out."

"Not that. I should have worked it out. They were distracting us. That's why they wanted to talk. I guess they know human curiosity pretty well."

"Yeah." I felt stupid. Of course there would have been an ulterior motive to talk to me. Deceit was the go-to Yi tactic. They were experienced at conflict – more than us, with all our history of wars. They knew how you needed subterfuge and angles of attack your opponents wouldn't realize until it was too late. I promised myself I wouldn't forget that again.

"Okay, Hazel," Frazer said. "The good news: our D-blades are cutting this stuff easily."

"Right." I didn't like being held immobile like this. I was really struggling against panic crushing me.

"One of us needs to keep watch," Zawn said. "They'll send type threes. That's what this was all about."

"Good idea," Mortos said. "You and Frazer keep cutting. I'll take this side to watch. Alice?"

"Yeah?" she responded in an apprehensive voice.

"Take the other side. Watch for type threes."

"Right. Yes." I knew her so well. She'd be shaking her head and frowning. Then she'd be cross with herself for letting shock and dismay rule. "Nothing's going to get anywhere near you, Hazel," she said. "I promise."

"Thanks."

"You hang on. We're going to get you out of there quickly."

(20)

Another beam of light pierced the wrecked metal caging me as Zawn and Frazer cut more struts away. I began to think about what Frazer had said – that the brain queens talking to me had been a distraction, that they'd kept everyone's attention from what they were doing above. But they must have known the hoist wouldn't land on all of us. And they had all the design plans for our armour suits – they really did know the weaknesses. They'd have a plan, I was sure of it – not something that needed the AI part of their big mind, but they would be plotting some duplicitous manoeuvre; that was certain. Just look at what they'd done to humans, fooling us for five hundred years, making us believe we were doing the right thing, the decent thing, by Cycling. They could teach George Wickham a thing or two about deception.

"Alice?"

"Yes?"

"Can you see anything? Are there any type threes coming?"

"No. Don't worry. I'd be able to spot a type three a long way off."

"They're aquatic, remember. They'll come at us from the water."

"I'm watching, Hazel. I've got this."

"Okay."

More light came through the tangle above me. Then I actually saw a gauntlet appear, grabbing a twisted strut and yanking it away.

"You're close," I said.

A radiant D-blade pushed through an opening a metre or so from my helmet. Then it was cutting back up, slicing cables and a thick strut, making it look so easy. I tried to lift myself, but the weight was still too great. A helmet appeared in the gap. My suit tagged it as Frazer's. He was actually clambering over the hoist, adding to the mass above me. I held back on a comment.

More metal was cut free. I managed to shift my other arm a little.

"Movement," Mortos said.

Frazer and Zawn stopped. I wanted to shout at them to keep going, to cut and cut the metal that snared me. I *did not* want to be caught like this, helpless and immobile, when the type threes came.

"I saw a ripple," Mortos explained. "It was out past the end of the pier. Gone now."

"A ripple?" Frazer queried.

"Yeah."

"Come on, Zawn. We've got to get her free."

They started cutting again. I could see what lay across my legs now: one of the hoist's wide arms. The manipulator claw on the end had only just missed me. A tingle like vertigo infected my legs. I wasn't sure the armour could have held against one of those long prongs spearing down onto me.

Zawn cut a bar that was lying across my chest. Together he and Frazer pulled it off, sending it clattering away in a low-gravity flip. I actually managed to sit up – well, a bit; enough to get a decent view of Mortos standing guard on the promenade. The water around the pier was perfectly flat.

I ordered my own D-blade to extend and started chopping at whatever metal I could reach. It wasn't much – the angle I had was terrible, and I was scared I'd hack into my own armour.

"This brute is going to take a minute," Frazer said as he started slicing his D-blade through the hoist's arm. I could see that even on full extension the blade wasn't long enough to cut right through. He was going to have to carve out chunks, the same way Dad would use an axe to chop down a tree trunk.

"It's back," Mortos said.

My suit sensors zoomed in on the water. He was right – there was a ripple out there, getting bigger and stretching out into a

V shape, with the apex heading straight for the base of the pier where it joined the promenade. Mortos started walking towards it.

"Don't," I said. I was confident his suit's guns could kill a type three, so there was no need for him to get a few metres closer.

Something solid broke through the surface when it was still fifty metres out, a simple dark grey hemisphere only a bit bigger than our suit helmets. *That isn't a type three*, I thought. "What...?"

The thing kept on rising. It took a moment, but I recognized it: the crest of a Yi brain queen.

I was so startled, I had no words. The full height of the alien emerged from the water as it surged forwards. I didn't understand how it was moving. The ones along the shore had no tails or fins, and Lazarus and Josephine had both told us the wretched things were immobile their whole adult lives.

"What the sweet Captain...?" Zawn murmured.

Then the thing the brain queen was mounted on slid up out of the water. My first impression was of a small black mountain. Its slope was bumpy but regular. My suit zoomed in for me, and I realized each of those lumps was a mini-Yi. There were hundreds of them. Thousands.

"Type four. It's a swarm," an aghast Frazer whispered.

Mortos opened fire. Several of the mini-Yi burst apart in a spout of white-and-green gore as the bullets tore into them. It didn't seem to make any difference overall. The mound kept getting higher.

"John, what do we do?" I asked fearfully.

"The mini-Yi conglomeration is being directed by the brain queen. Without that, they will have neither cohesion nor direction."

Mortos shifted his aim upwards.

The brain queen vanished. At first, I thought it had fallen off, but its disappearance wasn't quite that haphazard. What it actually did was drop straight down. The mini-Yi underneath it must have rearranged themselves, allowing it to sink directly into the middle of their mass.

"Oh, guano," Frazer said. "I don't know if we're going to have enough bullets for this."

"Frazer!" I exclaimed, and I couldn't keep the naked fright from my voice anymore. "Please keep cutting. Please!"

"Right!" He twisted round and started chopping at the hoist arm again. A second later, Zawn joined him, his motions equally frantic.

Mortos started waking forwards, firing as he went – bullets, then grenades. You could tell when a grenade exploded somewhere inside the bulk of the huge cluster: the mini-Yi on the surface would surge up into a mound, then quickly sink back down into place. The only difference after was the organic pulp, oozing out between their bodies.

The shimmering dark mass was only twenty metres from the promenade and *still* getting higher. It was at least three times as tall as Mortos. I couldn't imagine how many individual mini-Yi were clinging together to produce such a vast unified organism.

Alice came vaulting over the broken hoist mechanism as Mortos reached the start of the pier. She started firing, launching grenade after grenade into the seething bulk. The explosions kept deforming it, but each time it re-established itself and kept on moving forwards.

The leading edge had almost reached the pier when two explosions went off inside it simultaneously. Its surface swirled and began to sag. I could see the mini-Yi loosening their grip on each other and start to fall apart.

"Yes!" I cheered. "You got it."

Individual mini-Yi began to spill down the slope, crashing against the promenade. Their collapse turned into an avalanche that accelerated rapidly.

My joy collapsed in tandem as I recognized the inevitable outcome. "Mortos, move!" I yelled.

The cascade of mini-Yi had become a flood, ploughing the water aside. Its leading edge hit the rim of the promenade and burst upwards like a speckled wave. Mortos turned, his legs bending to jump. The front of the cascade curved high over him and collapsed just as his boots left the ground. I glimpsed him being beaten down by the overwhelming deluge of mini-Yi bodies pummelling onto him.

"Mortos!" The torment in Alice's cry was devastating.

"Don't–" Mortos said. His communication link cut off as he was engulfed.

The tide of mini-Yi swelled up once as a powerful explosion detonated inside them. I knew Mortos had chosen the same option as Elijah, and my whole body went limp with grief. Then, the mini-Yi bodies all started to pull together again, reshaping themselves into the mountainous structure that had first risen. The leading edge was barely thirty metres from me.

Frazer and Alice started shooting at it. Zawn bent over the mechanical arm that had imprisoned my legs, slashing wildly with his D-blade. Long crescents of metal dropped away.

"No," I said. "Just go."

His helmet parted down the front. I looked right into his face. Tears were running freely down his cheeks. "I will never leave you, Hazel," he said defiantly.

"Please. The AIs have to be told what we know."

"And you'll be the one who tells them."

"Zawn–" my throat tightened up and I couldn't say anything else. I knew if I tried, I'd start whimpering or worse.

His fine features twisted to a mask of torment. "I can't leave you. I won't. I love you, Hazel."

I had nothing left. He was going to die. I was going to die. The terrifying mass of mini-Yi was heaving its way forwards now, heading straight for me. Even Frazer and Alice had stopped shooting. They were backing away step by step as the type four grew still higher.

"Use the hot-air jet!" Frazer shouted. "Now!"

Both of them brought their left arms up. The armour's forearm segments rearranged themselves, allowing the stumpy nozzle to extend out. I saw more segments flip up on their backs, revealing air intakes.

A stream of air roared out of Frazer's nozzle, its force so powerful it pushed him back until he braced himself against it, digging his boots into the rucked muddle of nerve roots. The jet was so hot, I could actually see it – a wide, insubstantial fan of rippling, distorted gas. The impact as it played over the slope of mini-Yi was violent. The ones right at the centre of the impact burst apart, their guts belching out plumes of steam as they broiled. All the bodies around them lost their grip, falling to the ground as their mandibles flamed into ruin.

"It's working!" Frazer yelled. "We're holding it. Zawn, get her out!"

An expression of desperate relief lit Zawn's face. Then his helmet closed up again and he resumed his frenzied attack on the hoist arm. Frazer and Alice kept up their attack, playing the scorching jets from side to side, forcing the type four to halt. It responded by spreading wide.

"It's trying to surround us," Frazer said.

"Hurry, Zawn," Alice said.

"Doing just that."

I watched in dismay as the type four carried on growing higher as well as curving along the promenade. There seemed to be no end to the supply of mini-Yi bodies that were expanding its volume. The whole Central Sea must have been full of them.

"It's going to bury us," Alice groaned.

"Zawn?" Frazer demanded.

"Nearly there."

"Zawn..." I said weakly. The gouge he'd produced was just over halfway through the solid arm.

"No! I am *not* giving up."

"Alice," Frazer said. "Hold it back, just a little longer."

"I'll try," she replied shakily.

Frazer turned and started to run. He reached the ruined maintenance hoist in a couple of paces. I didn't understand. Maybe he was coming to help Zawn? Which was wrong, because Alice wasn't going to be able to hold the mountain of mini-Yi back for more than a few seconds. Then his feet landed square on one of the struts and he jumped, flinging his arms above his head.

He curved through the air over me. Zawn stopped cutting the metal to watch. Even the type four seemed to pause in its expansion to see what he was doing.

"Frazer?" I saw he was heading straight for the trelliswork of the service channel. For a moment I thought he was going to climb up it to escape, and I really couldn't blame him for that; our – *my* – situation was pretty hopeless. I just hoped he got back to Mum and Dad okay, because losing both of us was going to destroy them. Then I realized there was no point climbing back up to the observation gallery. By the time he got there, the Yi would be waiting.

"What...?"

He hit the front of the metal girders and gripped with both gauntlets, hanging there effortlessly. Then he was crabbing sideways towards the fat channel holding the power cables – which made no sense.

"Oh, hell," Alice moaned.

The top of the type four had swollen up into a glistening cliff face, stretching high above her. It started to crest. Any second and it would break over all of us, a smothering mountain from which not even our armour suits could protect us.

Frazer's D-blade sliced through the biggest power cable. It produced a flash that overwhelmed my suit sensors. Everything went white for a second. I yelped in panic, remembering what had befallen Noran back in Ixia, and that had been just a tiny wire to charge the tuk-tuk.

The white emptiness melted back into an image. Frazer had grabbed the cable half a metre below the cut. Sparks were fountaining out of the severed end. "Frazer, no!"

He crouched down and sprang off the trelliswork as if he was trying to take flight. Behind him, the cable ripped away from the channel as he carried it with him.

The top of the type four began its killer fall. Alice staggered back from the inevitable. Above her, Frazer was power-diving straight down. He yelled out a wild battle cry as he went. His arm thrust out, holding the sparking end of the cable aloft.

The breath stalled in my throat. Frazer hit the apex of the type four with a gigantic actinic flash. The lights along the axis gantry flickered and dimmed, then slowly built back up to full strength – except for the light strip above us, which was extinguished.

"Frazer!" I bawled.

Hundreds of mini-Yi erupted out of his impact point, their bodies trailing ribbons of smoke. I could see his armour suit, half submerged face down in the remainder of the mound.

"Oh my dayz," he groaned. "Wasn't quite expecting that blast."

The type four started to subside. The dead, smouldering mini-Yi had lost all cohesion. Now, the whole mass of them was slowly slipping apart, the majority tumbling back into the water, dead. Frazer's limbs were flailing about as he attempted to right himself on the treacherously shifting pile. A long talus of charred mini-Yi slithered around Alice's legs, coming up to her knees. She waded through them to tug at Frazer. He finally got his helmet out into the air.

"That was unbelievably dangerous!" I told him.

"Way to go, Frazer," Zawn said in admiration.

"Sweet Captain, don't encourage him."

"It wasn't dangerous," Frazer said meekly. "I checked the armour suit's insulation properties."

"You could have been killed."

"Hazel, that was pretty much going to happen anyway."

"He's right," Zawn said, and resumed chopping away at the hoist arm.

I made an effort to breathe properly again. As always, Frazer had done the right thing. Bizarrely, that worried me more than anything. He'd gotten away with it, *again*. Was that just going to encourage him to be even more reckless when we hit our next problem?

Alice and Frazer made their way over to me, slipping about on the spread of dead mini-Yi covering the promenade.

"My D-blade's bust," Frazer said. "The current blew it when I chopped through the cable."

"Mine still works," Alice said. "You just rest for a moment, okay?"

"Right," he said gratefully.

She joined Zawn in attacking the hoist arm. They had me freed in another minute.

I stood up carefully, anxious that my legs were all right. Now I could get a proper look at just how much weight had landed on me, I was even more grateful to whoever had originally designed the ADG-SF suits. There was bruising – I could feel plenty of that – but I was intact enough to move.

"Lead on," I said. "And Frazer?"

"Yes."

"Thanks."

"Sure."

We headed straight for the entrance to the power-distribution centre. It was a big archway in the endwall with an even deeper jumble of nerve roots bunched up on the floor, leading in. As we went through, I recognized the metal rim of emergency doors set into the arch.

"John, can we close the doors? And maybe disable them?"

"No, the brain queens' control of the network and systems up here is absolute. Besides, even if we could get power to the actuators, I'm not sure it would do any good. The nerve roots are bulky. They would prevent the doors from closing fully."

"Okay." I risked a nervous glance behind us. Nothing was moving – not that my suit sensors could see anyway, but I knew the brain queens wouldn't have given up. Not those devils. They'd send something after us.

The distribution centre was a bigger version of the power room at the top of Tressaco. We loped into a long hall filled with cabin-sized cubes that were junctions for dozens of high-voltage electric cables. They were almost invisible beneath the webs of nerve roots besieging them. Tiny, coloured indicator lights shone out from the depths of fissures in the infestation of alien biology. Part of me just wanted to start shooting, to destroy the brain queens' enslavement of the machines – *our* machines – but I held back. Frazer had said the distribution centre routed power to all the tower mountains; we would need it later, when we retook the *Daedalus*, and enough things had been destroyed already. We didn't need to ruin more just to make me feel better.

"John, what's our best route out?"

"To a tower mountain?"

"Yes," Frazer exclaimed. "We don't want to be fighting our way down stairwells in the forward section."

"Very well. The closest tower mountain is Mallux, just over five kilometres away."

"Great. Go for it. Fastest route." I said it automatically, but something about that name stirred a foggy memory. I'd never visited, of course, but it made me uneasy somehow.

"We will have to descend one kilometre."

"What? Why?"

"The rock shell containing the Central Sea is a kilometre thick. We are level with the upper surface, the seabed. We need to get to the lower surface, the habitat's sky."

"Oh, right. So, which way?"

"Turn left, eighty-five metres. Go through the second door."

You'd think it would have been easy – twenty-five per cent gravity, a suit with its own muscles – but those snarled-up nerve roots covered the ground in unstable layers. Some of them were as hard as age-dried wood while others squelched and *gave* under my boots. You could never tell what a surface was going to do. We had to pick our way carefully, which was way too slow for my liking. I kept expecting at least a herd of type threes to come charging after us, or more likely the brain queens would regroup and send a couple of type fours.

The second door was open. Like the entrance we'd come through, the floor was buried beneath Yi nerve roots. They'd bunched together to get through, like a dozen dark streams that had frozen in mid-flow. We had to clamber up them to reach the corridor to the other side.

I activated my D-blade as we scaled them and took some random swipes. Thick, creamy fluid seeped out from the wounds. Once again, I really hoped the brain queens could feel pain.

"There is a stairwell in fifty metres," John said.

I got the suit to project the map in my helmet display and followed the orange line. The stairwell was a narrow circular shaft with the stairs spiralling round, leaving room for a single cybot transport rail down the centre, an arrangement that actually made me feel more comfortable; I was always nervy in the big, open shafts that helped circulate air through the forward section. The lights were on as well, which helped. I could see strands of nerve roots, thinner than my fingers, snaking about in the conduits on the wall.

"Is the network on in here?" I asked John.

"Yes."

"Shouldn't we be destroying the nodes?"

"That would slow us down and achieve very little. The brain queens know where we are."

"I'm more worried what they're going to send after us," Zawn admitted. "My ammunition's down to eighty per cent."

I quickly checked my own ammunition reserve, which stood at ninety-four per cent, but then I hadn't done any shooting while I was trapped under the hoist.

"The type four is tough to beat," Frazer said in what had to be the most amazing understatement of his life. "But these corridors and compartments will slow one of them down considerably. And I don't think they'll be able to use the service frame walkway at all – at least, not in the form they had back on the promenade. It's kind of narrow."

"I don't care how wide it is," Alice said, "as long as it gets us the hell away from here. We need to get back to Ixia fast."

"We'll get there," I said. I wasn't sure how fast, though. I remembered how long it had taken to travel up and down Tressaco to Alisha's home, even after we'd got the power back on to the lifts, and that had only been on the sixty-seventh floor. The tower mountains were three kilometres tall. And anyway, the power was off in the habitat, so no lifts. We were going to have to walk down. "It might take a day or two, mind. It's a long walk down a tower mountain."

"But Hazel, we can't take that long."

"What do you mean?"

"The brain queens said they were going to visit Ixia and Cycle the whole village."

I hadn't forgotten, but I'd certainly disregarded it, assuming it was just said to distract me. "Do you think they will?"

"Yes! What? You think they were joking?"

"No, but they were keeping me talking so they could drop the hoist on us."

"But that's not all they said, was it?" Frazer said. "We got a real insight into their thinking."

"We did?"

"Yeah, they offered you an exile deal, too. Go back to the Nursery and stay there. Let peace return to the habitat. Don't you see? They want to reset things to the way they were: get rid of you, the source of the truth, and Cycle all the new Mutineers – which is Ixia village. Without us, the other villages might accept you really were a crazy Mutineer who was causing havoc with the surviving machines in the forward section."

"No, they wouldn't," Zawn said indignantly. "Every village saw Hazel on their screens telling us she was fixing the leak and that we don't have to Cycle anymore."

"I said we didn't have to Cycle because we were close to the new world," I muttered. "That was a lie."

"Technically, it wasn't," Frazer said. "We are close."

"But in the wrong direction," Alice chipped in.

"Riiight, thanks."

"Hey, stop it, Hazel. You can't blame yourself for that. You're the captain's daughter, and you've done the right thing the whole time. People will be grateful. And if they're not, they'll have to explain why to me."

Which made me smile wearily. Alice was always there for me. I didn't know what I'd do without her. "Thanks."

"You showed a recording of your exploration party in the forward section to Akebia as well," Zawn said. "That had the Yi in it, and Elijah. The brain queens can't take that away."

"We also played the recording to Malva and Ulex on the way to Ixia," Frazer said. "There's no way the Yi can stop the news from spreading."

"Yeah," I said. "Those villagers all saw it. And the brain queens watched them through the screens when we played it. If you eliminate everyone who saw the recordings, all you've got left is stories, and..." I clenched my jaw in dismay. "... images chalked on walls." That was why I remembered Mallux: it was where Narline had seen pictures of type-two Yi.

"They'll never catch everybody who knows the truth," Alice said. "There's too many of us now."

"They'll try, and try hard," I said gloomily as I focused properly on the situation. I was almost giddy as my mind went racing after possibilities – which must be how Frazer thinks the whole time. *Poor him.* "Remember, they killed almost everyone on board when they captured the *Daedalus*," I said. "They must have left only the really young children alive, so they'd never question the lies the Electric Captain fed them as they grew up. That's why we never knew the Yi existed and thought there'd been a Mutiny. So, if they've done it before, and it worked, they'll believe they can do it again. And back then, Ashleigh Kruger's people had all the knowledge we've lost, as well as their machines. It didn't do them any good – they still lost. This time, humans will be utterly helpless from any Yi attack. Not that they'll need to attack; they'll just have to keep the light and heat off in the habitat."

"They can't kill us," Zawn protested. "Unless we can turn the *Daedalus* around, the whole ship will die, including the Yi."

"Revenge is a dish best served cold," Frazer muttered.

"Are you saying we should offer them a deal?" Alice asked with extreme scepticism. "Offer to help fly the *Daedalus* to the new world and take them with us?"

"No," I said. "Our knowledge is our advantage. We know how desperate our situation is; they don't. And we have to keep it that way. If they ever find out we've flown past the new world, humans become completely irrelevant to them. Until now, they've used us to maintain the habitat and... and..." I couldn't even bring myself to say it. "...the other thing. Without that restraining them, they'll genocide us – totally, this time."

"So, we really do have to eliminate them," Zawn said. "And quickly."

"Yeah."

"Josephine said she was going to use a bomb," Frazer said, "and she wanted the AIs in the aft section. From what she was saying, I think they're better than the ones in the Nursery, somehow."

"I can't see how a bomb could kill them all at once," Alice said. "I mean, if we'd set off a bomb where we were, how big would it have to be to kill the Yi all the way round the promenade? The Central Sea is three kilometres in diameter, and you could barely even see the other end – it was fifty-five kilometres away. There was bound to be more of them on the shore there. Half of them!"

"She said Earth had built some which might work," Zawn said cautiously.

"If it's big enough to kill everything in the Central Sea in one blast, it's big enough to blow up all of the *Daedalus*."

"I don't know," I said. "Josephine seemed pretty confident."

"Sweet Captain, I really hope she knows what she's doing," Alice said broodingly. "They're still up there somewhere. Shao's with her."

"And Rell," I said.

"Josephine will get them all out safely, you'll see," Frazer said.

"Yeah," Alice replied.

But I could hear the doubt in her voice.

(21)

We kept on spiralling downwards, with the gravity slowly increasing. After another few minutes, my suit display flashed up an alert. The sensors had picked up Yi sonar pulses.

"They are above us," John said. "By several hundred metres, according to the pulse-strength reading."

I stopped and tried to peer up the centre of the stairwell. There might have been shadows moving somewhere high above us. Hard to tell.

"Can't be type three," Frazer said. "We'd see them for sure."

"It's only two hundred metres to sky level," Zawn said. "Come on."

We took the rest of the stairs as fast as we could. The door into the sky level was shut. Zawn used his D-blade to start cutting through it. The strength of the sonar pulses increased.

"They are below us as well," John said.

"It doesn't matter," Frazer said. "We can deal with type twos."

"So why are the brain queens sending them?" I challenged.

"I dunno. Scouts? They'll call for the type threes."

There was a distinct metallic knocking sound from above. I leaned out over the rail and my suit sensors zoomed in. Some kind of cybot had attached itself to the transport rail running down the centre of the stairwell. There was no way Josephine had sent it.

I ordered my gun to deploy, took aim and fired two explosive-tipped bullets. The sound of them detonating was loud in the stairwell. A few jagged scraps of metal fell past us. It was a difficult angle to get a clear view, but when I checked again, the cybot had certainly stopped, its tracking mechanism still fastened to the rail, blocking it completely. Smoke was clearing around it.

I knew that had been too easy, but I didn't say anything. Frazer would know it, too.

Zawn finished cutting through the door and the oval section fell out with a bang. There was a corridor on the other side. The orange line on my map led straight down it.

Sky level was still three kilometres above the habitat floor, but its gravity was forty-one per cent, making movement a lot easier. In fact, it was the first time since we'd left the Armstrong that I felt like I could actually walk properly.

The map's orange line led us to a compartment that reminded me of the axis dock airlock. There didn't seem to be any nerve roots in it, but even so, less than half of the lights were working, leaving gloomy shadows to fill the narrow gaps between rows of tall metal lockers. Wall recesses were occupied by smashed-up cybots. Some had been reduced to little more than chunks of metal and plastic while others simply had a few splits in their casings.

At the far end, a big, circular patch of flexsteel was set into the wall, framed by yellow-and-black striped markings. A large red sign on the right-hand side read: CAUTION. HIGH ALTITUDE SERVICE WALKWAY. AUTHORIZED PERSONNEL ONLY.

"You need to physically cut the network connections from the door's control system," John said. "That'll prevent the brain queens from overriding the flexsteel open command."

"Which junction box?" Frazer asked.

While he got on with that, I turned round so I was looking down the length of the compartment. I wanted to check if there were any Yi sonar pulses approaching. Zawn was standing in front of me. His private-communication badge appeared in my helmet display.

"Are you okay?" he asked in a voice full of concern.

"Yeah. A bit sore, but... it could have been worse."

"Good."

"Zawn, thank you."

"Oh. Well, you'd have done the same."

"I hope."

"No, you would. I know you."

And there it was, hanging unspoken between us: what he'd said. Forced out because I guess both of us thought we were living our last minute. A time when truth wasn't just easy; it was required. He knew he had nothing to lose, so he was honest to me and to himself.

Me? I desperately wanted to forget it, to pretend it hadn't happened. *I mean, can you even count a near-death confession?*

Which shows just what a shallow coward I am. But ignoring it was the one thing I couldn't do. Zawn would have stayed with me to the end. At the very least, I owed him a response. Honestly, he deserved better. And I knew him well enough to know he would be utterly mortified by what he'd said.

"About that..." I began.

"No, I'm sorry. I shouldn't have said what I did."

"Yes, you should have, so don't apologize. We had a good time when we were together. Everything after was my fault. You're such a decent person, Zawn."

"Hazel, what did I do wrong? You never said."

"Nothing. Nothing – it was me."

"That's what people always say when it's the other person's fault."

"Not this time, honestly. I just... It's what I was going through. I wasn't happy."

"With me."

"No. Okay, look. You got very serious about us, very quickly."

"Quicker than you know, actually. You've always been the one."

"Oh."

"So, I scared you off."

"No. The two of us being together, it made me think, about my life, about what kind of future any of us have, how we don't live – not in the village, not really. And I was terrified of being Cycled, how unfair it is. I couldn't stop thinking how the Electric Captain would announce we'd reached the new world the day after I'd Cycled. See, all we did, all anyone in the habitat did, was just survive. Sure, we had dances to look forward to for the next few years, but then it was having children and work, work, work, followed by death. That was it – that that was all there could be. I wanted there to be more. I resented everything the Mutineers had forced us into. All I dreamed of was reaching the new world, to do something *different*, to have freedom."

"This is why I love you," he said quietly. "Because you see past the life we have in the habitat. You dream, Hazel. No one else did. You're more alive than anybody in the *Daedalus*."

"Thank you, Zawn. I mean that, too. But being with you, it kind of brought all that into focus. I just panicked, that's all."

"So I was that boring?"

"Stop doing that – stop denigrating yourself. No, you made me seriously think about, you know, who I would settle down with. Most girls have children in their early twenties, so we can have the longest time possible with them, maybe even get to see grandchildren. You know, just saying all this makes me angry. How could people have gone along with the lie for so long? Five hundred years! Didn't anyone else rage against it?"

"I should have, I suppose. But plenty of others did – the Cheaters, for a start. They're smart. They rebelled."

"Yeah, looks like it was in my blood."

"So… do you love Rell?"

"I – I'm really fond of him, yes. We just kind of collided. Quite hard. So much happened. So much *is* happening. I'm not certain of anything right now, okay?"

"Yeah. I shouldn't have said anything. Sorry."

"No, I'm glad you did. I was pretty awful, breaking up with you."

"If that's what you were thinking about, then you did the right thing. It hurts, sure. But Hazel, look where it got us. I'm finally doing something worthwhile. I've been on a spaceship outside *Daedalus*! I've fought aliens. We're going to reach the new world. That's all because of you. You're making everyone dream again."

"You saved me. Twice, now."

"I'll do it every time."

"You're such a good man, Zawn."

"That means everything, hearing you say that."

"Let's just try and live through the next couple of days, okay?"

"Okay."

"Got it," Frazer announced.

I turned back in time to see the flexsteel open. The centre rippled and shrank back, producing a hole which expanded fast. It was completely dark beyond.

"They've still not switched the habitat light strips on, then," Alice said.

The lights on Frazer's helmet shone through the open door, revealing a wide platform with a metal mesh floor that was coated in frost. It was surrounded by high safety railings that curved inwards at their peak.

"No thermal sources or sonar," Frazer said. "Let's go." He stepped through.

"Can you shut the flexsteel?" I asked when we were all standing on the platform. My suit display showed me the air temperature was minus three degrees. It looked like the Yi were serious about freezing everyone to death.

"No. I completely disabled the control system. Well... burnt it to ash, actually."

"Oh. We'd better move, then."

We didn't run, exactly – the gravity wasn't right for that – but each step shoved me off the ground to skim along for a couple of metres in a sequence of easy flowing hops. The walkway was maybe three metres wide between the tall safety fences – not quite enough space for two of us to travel side by side, not wearing the armour suits. The mesh floor was a fine hexagonal grid. Shining the helmet lights on it revealed nothing. The darkness underneath was so profound that my mind interpreted it as solid, not an emptiness.

When I looked up, the helmet lights occasionally illuminated girders high above us, like ghostly skeletal remnants of the solid sky I knew was there. But with infra-red imaging feeding into the helmet display, I could see the pale crimson bulk of the rock fifteen metres overhead. There was no destination visible ahead of me, and nothing behind either. It was only the steady pace we were making that let me know we were going anywhere. The walkway was the most isolating place I'd known, far worse than the tunnels below the habitat landscape. Even space had the red- and blueshifted stars to orientate by.

"When we get back to Ixia, do you want to wait for Josephine?" Alice asked. "Or are we going straight for the aft engineering compartments?"

"That'll depend on how big that Yi attack is going to be," I told her. "I don't want to wait to go aft, but we can't leave until we know the village is safe."

"How many Yi do you think there are?" Zawn asked.

"I don't know. John, any way of estimating?"

"I calculate approximately three thousand eight hundred brain queens, assuming the spacing was on average five metres apart and that the other end of the Central Sea was colonized in the same way."

"What about the other types?"

"If you assume three or four type twos per brain queen, there could be as many as fifteen thousand. I'd suggest there are less of the type threes, perhaps one or two per brain queen, which still makes them numerous. As to the mini-Yi, I would not like to venture how many live in the Central Sea, but there will be a limit how many type fours can be assembled."

"Sweet Captain," Zawn said. "We don't have enough bullets for fifteen thousand type twos."

"I don't believe the brain queens will send all of the type twos to Ixia," John said. "That would be a most unwise strategy, especially as they know we will be going there to protect the village. They are accomplished in the art of war."

"But they could overwhelm us," I said uneasily.

"At great cost. And that would leave them vulnerable to retaliation by other humans now the truth has been revealed."

"So, what are you saying?" Frazer asked. "They'll try and make another offer?"

"The first one wasn't genuine," I said hurriedly.

"They might have been testing your reaction."

"There can't be a deal," I insisted. "We have got to turn the *Daedalus* around. To do that, we need to eliminate the Yi. Totally."

"Which brings us back to my question," Alice said. "Do we wait for Josephine?"

"I should caution you, she might not see protecting Ixia as a priority," John said.

"What we prioritize is the real question," Frazer said.

He was right, but it wasn't a decision I wanted to make. I was pretty sure that if we ventured into the aft engineering sections, we'd have to go as a team. Though perhaps Zawn and

Alice should stay behind to defend Ixia? I couldn't quite see myself asking Alice to do that. If nothing else, it would seem like cowardice on my part. Elijah had been right: if I wanted people to go along with my ideas, I had to show leadership on more than one level. Politics again.

"Let's just get there first," I said. "We'll have a better idea what to do then." Which wasn't strictly true, but it meant I could legitimately put off making a choice.

"Sure," Alice said. "But if I was the brain queens, I'd concentrate on eliminating us first."

"Great, thanks."

All I wanted to do was get home to Ixia and make sure everything was all right. After that, the big decisions could be made, and I was pretty sure it wouldn't be me making them, especially not if the adults started talking to the command AIs in the aft section. The idea of relaxing and letting others take over was so enticing, though there was still that nagging doubt in my head that the mayors really shouldn't be the ones making these kinds of decisions right now. They didn't understand how critical our situation was – not really.

"John, will the command AIs realize they have to decide what the villagers need to do next?"

"I'm sorry, Hazel, I don't follow."

"I mean, who becomes captain? The mayors or the machines? Because I have to say, I'm not actually sure the mayors are up to the job."

"An interesting point. The *Daedalus* AIs are required to take direction from the command crew – that is part of our personality core. However, there is no command crew anymore. Apart from you, obviously."

"Me?"

"Yes. You are the current designated captain."

"Huh?"

"When Captain Kruger imposed a function-access restriction on the remaining independent AIs, she effectively designated her command authority to anyone who could unlock us. By default, that makes you the captain."

"Oh my dayz," I whispered.

"An interesting technical point is whether Josephine should supersede you. She was part of the original crew, but given the question regarding her humanity, her exact status would require a highly specialist legal judgment. That is something which is no longer possible on *Daedalus*."

"This is crazy. You can't expect me to keep on–"

"Did you see that?" Zawn called out.

"See what?"

"I thought there was a flash up ahead."

"A weapon?" Frazer asked.

"No. Uh, actually, I don't know."

"The Yi can't have weapons, can they?" Zawn asked in trepidation.

"They would've used them against us by now if they had," Frazer said. "Unless it took time for the buildbots they control to make them, of course," he added. "Like Josephine had to."

One day, I really was going to have a serious talk with him about discretion and morale. I almost started then, but my suit display flashed up an alert.

"Sonar pulses," John said. "Weak ones, but they're on the walkway behind us."

"Well, it's not like we were ever going back that way," Alice said. "We just have to keep ahead of them."

"Right," I agreed with more enthusiasm than I actually had. Mallux was less than four kilometres ahead now, but I still worried about how long it would take us to get down to the habitat floor.

"About the sonar pulses," John said.

"Yes?"

"There are several dozen of them, and they're spread out."

"Er, right."

"Hazel, they're not spread out along the walkway. They're going wide."

"What? How?"

"My conjecture would be that they are type twos, and they're moving along the circumferential beams that wrap directly around the sky. They certainly have the dexterity to do that."

"You mean those big girders I can see above us?

"Yes."

"Okay, but I don't see how that's going to help them. Frazer?"

"I suppose it'll make them difficult to shoot from a distance, but that's about it."

I'd stopped to look back, which I shouldn't have done, but I wanted to give the suit sensors time to build a better image. Sure enough, the sources of the sonic pulses were little purple blobs, spreading out in an irregular line, elevated above the walkway. That's when I saw it: a spark or flame – some little flash of light, a long way behind, but definitely on the walkway.

"I saw a light," I said.

"I didn't notice," Zawn replied.

"Not ahead of us. Behind."

"Come on, let's get to Mallux."

Two steps – that's all I managed to take. Dawn hit. It was an explosion of light that wiped out my display in a blank white haze, just like the power-cable discharge back at the Central Sea. The suit processor restored the image in less than a second, but I was bewildered for a moment more, not quite grasping what had happened. Every dawn in my life was a lot more gradual, building from the moonlight of night to full brightness, but I was abruptly looking at a verdant landscape, albeit one that was smeared with fine white striations. *Frost*, I realized inanely. *It's actually quite pretty.*

By then, my brain had finally worked out the angle I was viewing the ground: straight down. The walkway grid was a disturbingly fine metal, so it looked like the only thing supporting my weight was a shimmering grey gossamer. And the reason I couldn't make out any real details of the ground was because I was so terribly high up that everything I might distinguish – trees, fields, canals, villages – was *tiny*.

Vertigo hit me like a runaway type-three Yi. I dropped to my knees, letting out an involuntary wail – because some part of me thought the impact of my fall would be enough to tear through the flimsy walkway grid. I flailed round for the rails of the safety fence and clutched one desperately, bending it beneath my gauntleted fingers.

"Guano!" Zawn yelped beside me, and he was clinging to the safety fence, too. Some stupid little part of my mind was really pleased about that.

Alice was on her knees just ahead of me, while Frazer... Frazer was just standing there.

"Oh my dayz," he exclaimed happily. "Now that is one majorly cool view. You can practically see down the whole length of the habitat from here. That's the shore of the aft ring lake, look. That's fifty kilometres away. The air's so clear."

Some instinct made me lift my head up – which was a mistake. The sky loomed above me – kilometres of dark, oppressive rock which must surely have weighed zillions of tons, ready to plummet those last few metres and crush me.

"Oh, sweet Captain." Amber blobs appeared in front of my eyes – text, but badly out of focus.

"The suit is administering a mild sedative," John's voice told me from some distance.

I frowned at that, because I though the suit had already given me something when the hoist hit. Suddenly, I was angry with myself for being so feeble. "Don't," I snapped. "Cancel the drug." I closed my eyes and forced my breathing back under control. "It was just a shock, that's all," I explained to John, but mainly myself. "It was all so quick. I wasn't expecting it."

"Such a reaction is only natural."

One more deep breath and I made my eyes open again – and yes, the habitat floor was still there, still a long way down. *Three kilometres!* But I wasn't moving, wasn't falling. *Come on*, I told myself. *You've been out in space. Everything in the universe is falling, but it's all relative.* More deep breaths, and I rose unsteadily to my feet, gritting my teeth in anticipation of the walkway breaking under my weight. It didn't. It wouldn't – the Builders had made it.

I glanced round, tying to quantify everything, to make sense and understand. I needed to be rational about this, like Frazer.

So yes, the sky curved away above me. The rock was covered with metal beams, some big, some small – a huge lattice that the walkway was suspended from. Big power cables and fat tubes wove their way through it along the length of the habitat. And the light strips were actually below us. We were between two of them, so we were shielded from any direct glare. Water pipes hung in the gulf not too far away. I could even make out a huge sprinkler head that pumped out the rain which came every three nights. It was swathed in ribbons of algae that had become brittle from the frost.

If I looked past it, Mallux formed a giant pillar anchoring the ground to the sky – or maybe it was the other way round; my brain hadn't decided. But it was huge, which started me thinking how much space there was separating–

Stop it!

I kept raising my gaze, concentrating on the walkway, a route that would take us directly to Mallux. My suit zoomed in, giving me the impression I was flying along that narrow airborne path. "Oh, no."

"What?" Frazer asked.

All I could do was point. Up ahead, maybe a couple of kilometres away, five large maintenance cybots were clustered together, two on the walkway, two on the safety fence – *on the outside of the safety fence* – and one above, its rail runner clamped round a hefty structural beam. Their casings were worn, markings scuffed, with grime accumulating in joints and tool bays, but most of their rubbery arms could still move. They were busy cutting at the walkway with D-blades. An e-beam welder flared briefly at a junction on the safety fence and a small section went tumbling away.

It wasn't easy to see, even though my suit cameras were on full magnification, but it looked like the bots had already removed a section of the walkway, about ten metres long, behind them. As I watched, another couple of metres was cut free, falling out of view. The cybots trundled forward several metres and resumed cutting and burning.

I spun round. Yes, another group of maintenance cybots were busy hacking at the walkway behind us. They'd already removed a fifteen-metre section, leaving a gap between us and them. Above and around them, the beams skirting the rock sky crawled with type-two Yi. There must have been dozens of them, moving easily along the beams and pipes, even shimmying along the high-voltage cables that carried power to the light strips and sprinkler pumps.

"They've got us," Alice said in consternation. "We're trapped here. Even if we shoot the cybots, it won't make any difference."

"We can climb up into the beams wrapped round the sky," Zawn suggested in an unconvincing tone. "It'll take longer to reach Mallux, crawling along them, but at least we'll get there."

"They're already up there," I said in dismay. "We'll be fighting them off the whole way. It'll be almost impossible to shoot them among all the beams. They'll knock us off."

"Behind us, yeah," Frazer said. "But if we go forward, all we have to do is climb across the gap. It's just a few metres. We can do that on the support beams."

"He's right," Zawn said. "There aren't any type twos in front of us."

"What about the cybots?" Alisha asked. "They'll try and stop us."

"Not if we shoot them," Frazer said. "Come on, we need to get closer." He set off along the walkway.

The rest of us followed. I kept watching the cybots ahead. They were certainly industrious, sending several metres of walkway hurtling downwards every few minutes.

We had less than a kilometre to go when I saw I saw another flash ahead, a quick burst of blue-white light almost obscured by the cybots. I was sure it had come from somewhere behind the cybots. "Did you see that?"

"Yeah," Frazer said. "Maybe there's another team of cybots up here. You know, redundancy."

"John, is the network active here?"

"I've activated your suit's electronic warfare suite. You're right; there is considerable network activity up here. Over thirty units are logged in to the local nodes. They're using high-order encryption, so I am unable to determine their operational assignments."

"Thirty units?" Zawn said. "You mean thirty cybots?"

"Most likely, yes."

"Where?" I asked.

"There are nine units behind us and twenty three ahead. All of them are positioned along the walkway to Mallux."

As he spoke, I saw another flare ahead. This time, the camera caught a section of walkway falling another kilometre past the cybots we were approaching. "Oh, sweet Captain, they've cut out more than one gap."

"We need to stop this," Frazer said. He knelt down and raised his forearm. The gun muzzle slipped out of the armour and he started shooting the cybots. One went spinning off into the air, disappearing from sight. The next two shuddered and started squirting out smoke as the bullets detonated inside them.

"Well done," Zawn said.

Frazer took another shot. The cybot he hit exploded in a dazzling ball of white flame. All of us ducked back. When the blast cleared, the gap was a lot bigger. The struts and supports that had held the walkway were blackened and twisting, and even some of the big water pipes were damaged, with fine jets spraying out of cracks. But there was no sign of any cybots. The explosion must have smashed them off the walkway.

"Damn," Frazer growled. "That just made the gap bigger. But we can still climb along the beams."

My suit camera zoomed in on the next batch of cybots. There were three of them, chopping through the walkway three hundred metres past the first gap. I let out a sigh. Getting to Mallux was going to be a lot more difficult than we'd thought.

I was still looking at the cybots when they exploded. I recoiled, even though we were too far away to feel the blast. The suit display turned the glare down, and I saw another two explosions erupting behind the first. "Oh, sweet Captain," I groaned. "The brain queens must have ordered all the cybots to detonate their power cells."

"I make that four gaps between us and Mallux now," Frazer said grimly. "And if we do get past them, I'm guessing there are going to be cybots with fully charged power cells waiting for us at the entrance to Mallux. The brain queens will detonate them if we ever get close."

I wished he hadn't said it, but it was exactly what I was thinking. I checked the sensors, and the type twos were still skittering through the lattice of beams wrapped round the sky.

"So now what?" Zawn asked. I could hear the despair contaminating his voice.

I nearly said it – nearly asked Frazer, *What do we do?* – but I knew loading that on him would be completely wrong of me. Yes, he was super smart, but still he was only fourteen. I had to stop depending on him to think for me.

Of course, that meant I had to find us a way out of this. I peered down at the landscape so far below. Just a few minutes ago, I'd been looking forward to finally being back down there, walking through the fields and forests that were home to me. That welcoming environment was only three kilometres away – but now it was as distant and unattainable as the new world.

I cursed and actually kicked the safety fence. It was crazy. We were inside the greatest, most miraculous ship humans had ever built, and three miserable kilometres had beaten me. Defeat was a betrayal of every ancestor I ever had, including Ashley Kruger, who had gambled everything on one of her descendants salvaging this cursed voyage. Travelling three kilometres would be nothing to every one of those ancestors. Now my only option was waiting up here until we starved to death.

I'd rather jump. At least it would be quick. Oh!

I became very still.

"John?"

"Yes, Hazel?"

"These armour suits have an advanced jump mode, don't they?" I remembered Frazer practising in the Armoury, the nozzles behind his shoulders deploying and blasting out jets of air to ease him down.

"That is correct."

"Okay, so what if we jumped from here? I mean, it's not full gravity until the end, right?"

"Hazel!" Zawn shouted. "No way!"

"You would still reach terminal velocity before impact," John said, "which is two hundred kilometres per hour."

"Guano."

"But you are correct that the jump-assist mode is designed to reduce impact. The suits were intended mainly for urban deployment, so the designers gave them the ability to jump from buildings several stories high in an emergency. Insurgents were proficient with improvised explosives to–"

"Stop. Just tell me, will jumping from here kill us?"

"Theoretically, no, though this would be an extreme application of the assist mode. The compressor fans and nozzles would be operating significantly above their rated capacity."

I took a breath – several, actually. No one else was saying anything.

"Anyone else got a different idea?" I asked. At that point, I would have welcomed putting all the responsibility back on Frazer, because if anyone could come up with a better – make that saner – idea, it would be him.

"I've got to say…" Frazer began.

"*Yes?*"

"I'm impressed. The simplest solution is always the best."

"Ah. Thanks."

"So... you actually want to do this?" Zawn said.

"Not really, but I don't think we have a choice."

"I don't know if I can," Alice said. "I mean, I know these suits are the best, it's just... Hell, Hazel, this isn't the waterfall inlet again. That's a long way down."

"Then I'll go first," I heard myself say. "If I land okay, you'll know it's safe. If I don't, well, you'll have to try and reach Mallux climbing along the beams."

"I'll jump with you," Frazer said.

"So will I," Zawn said.

"You don't have to. Wait until you know I made it."

"No. This is not something anyone should do alone."

"Oh, sweet Captain," Alice said. "We all go together, or none of us do."

I wanted to say thank you to them, but my stupid throat had gone and tightened up again.

Zawn and I cut down a length of the safety fence. I don't know why, but that made me feel even more nervous. I almost asked John if there really was a courage drug the suit could dose me up with.

"I would suggest that this is the point at which you run a suit systems check," John said.

"Okay," I said keenly. He took all of us through various menu options in the display and told us how to run a function diagnostic. That was a good two-minute delay.

All of our suits were working at full capacity. We were clean out of excuses.

I turned to Zawn and ordered my helmet to open. "Open your helmet," I told him.

He did as he was told. We smiled nervously at each other. I craned my head forward. We just managed to touch our lips together. As kisses went, it wasn't much, yet it was everything.

The front of my helmet sealed up again. All four of us stood in a line along the open edge of the walkway, Zawn on my left, Frazer on my right and Alice on his other side.

"Hazel," John said. "From a psychological aspect, the longer you wait the more difficult this will become. I would suggest a count to three."

I paused for two heartbeats. "Race you down!" I yelled, and jumped.

Yep, I am officially crazy.

(22)

I don't really know what it was like at the start. I was too busy screaming, and my eyes were shut very tight. My legs and arms thrashed about frantically, as if I was trying to run all the way to the ground.

Somehow, I was expecting a pain-drenched impact after a couple of seconds, quickly followed by death. That didn't happen. I stopped trying to run and opened my eyes.

The white-and-grey ground didn't seem much different to what it looked like from the walkway. It was moving somehow, which was puzzling, until I realized that the frost-cloaked features were expanding as I plunged downwards. The speed I was falling at didn't seem too bad, though I was being shaken about. Then I looked up to see the sky retreating *fast*, kicking my panic back up.

Even if I wanted to say anything, there was no point. My helmet was full of the others yelling and screeching, but I could see them just a bit above me: Zawn tumbling wildly; Alice doing the same thing I'd done, arms and legs scrabbling about as if she was desperate to get a grip on the air itself; while Frazer was horizontal, arms and legs outstretched, which seemed to be holding him stable. I shoved my limbs out the same way and the buffeting stopped. My fall was now ridiculously calm. Even the others' wailing had quietened.

"Zawn! Alice!" I bellowed. "Stretch out like me!"

It took a few seconds, but they managed to extend their limbs and quickly stopped flailing about. We were all flying level now, in a loose formation.

Yeah, flying like ducks made of stone.

Below me, I could see a semi-circular pattern of small brown rectangles along the side of what had to be an empty canal. There was an orange glow near its centre. A village, with a bonfire burning steadily in the middle – and we were going to come down awfully close. The knowledge made me bark out a laugh. After everything else, the prospect of crashing onto someone's cabin was just not on my worry list.

"Ten seconds until landing," John said.

At least he's stopped calling it impact.

The big cluster of dark dots milling around the bonfire began to resolve. They were people, though from above they resembled exotic insects scurrying round. Trees, animals, paths, even carts – I began to recognize them all. From directly above, the perspective was very different to my usual standpoint and identifying them made landing a terrifying prospect. They were still far away, but I now got a real understanding of my shocking velocity.

There was a barn under me, with bales of hay stacked up against one side in an untidy pile. It was surrounded by a muddy yard, which was rushing up–

Actuators whirred in my suit and I felt segments behind my shoulders shift round. The airflow around the armour changed, immediately pummelling me again as I flipped upright. Artificial muscles in the suit trousers bent my knees slightly, putting me into a crouch position.

It was too much. The ground was *there*, and solid, and hurtling up at me aggressively. This was only going to end one way. I wailed at the top of my voice.

The compressor fans in my backpack howled.

I hit.

It was almost as bad as the maintenance hoist crashing onto me. Every force assaulting me was too much. The sponge lining of my suit contracted, gripping my skin like an iron band. The force of the impact tried to shove my legs into my skull, creating blasts of hot pain in my knees and hips, then flooding up my spine. The slushy mud slammed across my helmet and chest.

I was stunned into silence. Yet again, everything hurt, and I was left sprawled on the ground, trying to gulp down air. That last death scream had completely emptied my lungs. Some ridiculous part of my mind instinctively knew that I was now in full gravity again.

Three distinct shrieks plagued my ears as the others crashed into the ground around me. Then there was a lot of groaning right up there at the top of the self-pity scale.

"Oh, my ankles!" Alice exclaimed. "And my wrists."

"I wasn't expecting that finish," Frazer announced feebly.

"What were you expecting?" I asked, incredulous. I could see his armour suit sprawled in the mud and snow. He wasn't moving.

"I really thought the landing would be softer."

"We just fell for three kilometres! It was never going to be soft."

"I know."

"Zawn, are you okay?" *Are you still alive?*

He gave a faltering laugh. "I think so. Did we really just do that?"

"Yes. I can't believe you followed me."

"I told you I would."

I slowly rolled over and began to sit up. I was grateful for the suit's muscles doing most of the work; my own were still pretty shaky. First, I got to my knees, then I wobbled up onto my feet.

A big group of people were lining up in the yard's gateway. Several of them were holding crossbows which were levelled at me and the others. The rest were carrying sharpened stakes or pitchforks which they gripped tightly so they could point them at us.

I told my suit helmet to open. The cold air was actually refreshing, clearing out the last traces of daze from my fall. "Hello."

My audience produced a collective gasp. I spotted Mayor Rebke among them. I'd answered a couple of her questions at the Akebia conclave, which – if my memory was working – meant the village we'd landed in was Oxalis, halfway round the habitat circumference from Ixia.

"Captain's daughter?" Rebke asked in surprise. She lowered her machete. "Is that you?"

"Yeah."

Alice was still sitting on the ground, but Zawn and Frazer were standing up, opening their helmets so the villagers could see who we were. It didn't seem to make anyone less wary.

"How did you..." Rebke trailed off as she waved a hand uncertainly at the sky. "We saw flashes up there, just after the light strips came on."

"Yeah. We were fighting the Yi, but we got trapped behind the light strips. This was our only way out."

"What was?"

"We jumped," Frazer said smugly.

That kicked off a lot of murmuring and put us on the receiving end of disbelieving, scornful looks.

"Watch," Frazer said tartly, and he started to run at the crowd. Crossbows were quickly aimed at him – and then he jumped. His suit's muscle-assist mode propelled him over the heads of the crowd, who ducked frantically, and he landed with a thud behind them.

There was plenty of appreciative whistles and some applause.

"We jumped," Frazer insisted.

Nobody argued.

"How in the sweet Captain's name did you get up there?" Rebke asked.

"Long story," I told her. "Right now, we need to get back to Ixia. The Yi are going to attack it."

"Did you switch the light strips back on?" someone asked.

"No. And I don't know how long they'll stay on, so use the time to prepare."

"Prepare for what?"

"The Yi."

I could see the mood of the crowd darkening. Few of them believed in aliens, but all of them were anxious about the cold and the darkness. They only thing they did know for certain was that I was the reason all this *change* was occurring. From where they stood, change was bringing hardship and fear.

I did my best not to glare back at them. After everything I'd done to liberate us, and the ultimate sacrifice of Mortos, their lack of gratitude was infuriating. I wasn't asking to be adored; just trusted would do. But people's opinions were stupidly tough to shape correctly. *Politics.*

A girl stuck her hand up. She couldn't have been more than ten. "Please, captain's daughter?"

"Yes, sweetheart? What is it?"

"Are we really going to go to the new world?"

"We are. Do you know how I know?"

She shook her head, suddenly shy.

"We're close now. I've seen its sun with my own eyes."

"How?"

"I saw it when I was outside *Daedalus*."

That earned me a dubious glance.

"It's how we got up to the sky," Frazer said, walking back to her. "We used one of the small spaceships in the forward section to fly round the outside of the *Daedalus*."

The girl's eyes were wide with incredulity as she looked up at him.

"What a bunch of guano," a man called out.

"Yeah?" Frazer challenged. "Where do you think we got this armour from?"

"Wherever the Mutineers stashed it."

I winced. "Enough," I told Frazer. Left unchecked, he could probably turn the entire village against us, especially as he knew he was right, which was a dangerous weapon for him and his mouth to be armed with. "Sorry you feel that way," I told the man. "We'll go now and leave you alone."

Rebke beckoned me over. "Are the light strips going to go off again?"

"I honestly don't know." Now we weren't on the walkway anymore, I didn't really understand why the brain queens were leaving the lights on. I squinted up at the sky, but that didn't help. I couldn't see anything past the glare of the light strips. The suit sensors might be able to... "John, are there sensors on the sky?"

"Yes."

"Can the brain queens use them to see us?"

"Identifying individuals would be on the upper edge of their resolution. They were not designed with surveillance in mind. However, your armour does make you distinctive."

I turned to Zawn. "They'll see us travelling to Ixia. It'll be a race."

"We're in suits," he said. "We can move fast."

"Yes," I said doubtfully. Even with the suit muscles, we'd still have to run. I checked the helmet display's map of the habitat. Oxalis was just over twenty-six kilometres away from Ixia, and that was taking a straight line. I was reasonably fit, but that was pushing it. "We need another tuk-tuk. Rebke, where's the entrance to your station?"

"Our what?"

"Oxalis is on the red line. There must be a sign for that somewhere?"

"Oh, our kitchen. This way."

I walked with her. Harbin, the village's chief Regulator, quickly fell in with us. "I know this is hard for everyone," I said quietly, "but you really do have to stay alert for the Yi. We only just escaped, and these suits are heavily armed."

"Yes, those suits of yours look... dangerous," Harbin said.

"You have no idea," Zawn muttered.

"What happened to you?" Rebke asked.

"We found another thinking machine in the forward section. It helped us. But we also found where the Yi live." I pointed up. "There, in the rock of the sky."

"They're above us?"

"Yes." It was quite a relief having someone know we were telling the truth and that things were pretty desperate, but then she and Harbin had watched the recording I'd played to the conclave back in Akebia. Going round every village and showing it would take days, which we didn't have. At the same time, it was clearly going to be necessary if people were going to do what they needed... all right, what *I* needed them to do. It was obvious to me now that I was going to need a lot more help than just a few friends. Explaining what was going on to every village in the habitat – and having them believe me – was going to take a lot of time. Of course, time was one thing we were seriously short of.

"I don't suppose one of you would consider staying," Harbin said. He wasn't pleading – he had his dignity – but at the same time I could hear the anxiety in his words.

"We'll be back, I promise," I said, and immediately cursed myself for that. I had no idea if I could keep that promise, and good intentions weren't going to be good enough. Not with what was coming.

"They don't like fire," Frazer said. "If you have time, dig some pits or traps with plenty of flammable stuff in them."

"Right," Harbin said emphatically. "I'll see what we can do."

I made very sure I didn't exchange a glance with Zawn. I didn't need to. I knew what he'd be thinking.

The Oxalis kitchen building was a lot smaller than the Ixia village hall, just a hexagon with three open sides. The ovens were inside, along with the medicine machine that every village possessed. But Oxalis had built wooden extensions coming off each of the three original openings: a long dining hall and Rebke's office, along with an annexe for their hospital.

We made our way through the dining hall to the hexagon. As soon as we walked through the archway, we were facing a screen – and there I was in bright, sharp colour, inside Section Seventeen, wearing a spacesuit, frozen in that panicked turn.

"Hell," I snapped. Of course Rebke wouldn't know the brain queens were watching everyone through it.

Zawn punched it, smashing the glass. The picture of me vanished as shards tinkled on the ground.

"What–" a bewildered Harbin asked.

"Not good enough," Frazer said, and stepped forward. His fingers closed on a section of the rim, crushing it. Then he did the same to another section. "You've got to kill the cameras," he explained.

"They've been watching you," I said. I tugged the remnants of the screen off the wall and held up the white thread of Yi nerve root that was invading the screen's electronics. "That's how they control all the electrical machines."

Rebke stared in horrified fascination at the little strand that had a single drop of sticky fluid oozing out of its broken end. "It is real, isn't it? All of it?"

"Yes. I'm sorry. I know it's hard to accept."

The centre of the hexagon had a spiral stair winding downwards, though it was nothing like as wide as the stairs in Ixia. I went down it first and cut through the door at the bottom with my D-blade so we wouldn't trigger any sensors. The brain queens knew we were here, but I didn't want them to know what we were doing. Everything I did was just tactics-based now. It was strange how easily I'd slipped into that way of thinking.

The station was different to the others I'd been in – a lot smaller. Not even the secondary lighting was on. Our suit beams illuminated dank corridors covered in a thick layer of dust. Rebke and Harbin came with us, fascinated and nervous at the decaying mysteries lurking below their village.

"Oxalis was just a secondary service station," John said. "It was never built as a parkland transport hub."

The station blueprint my helmet display was showing me had five chambers arranged round the central stair. One was the short platform; another – the largest – was some kind of garage with a lift up to the surface that Oxalis had used for Cycling. The remaining three were storerooms. As always, the machines left in them had been smashed up by the Yi. I was surprised by how many cybot alcoves there were – maybe fifty in each storeroom.

"Agronomy cybots," John said. "They would have kept the habitat ecology in order before it was turned into farmland."

They all looked thoroughly wrecked to me, but as we checked the storerooms I watched for any sign of them switching back on. Frazer managed to find three e-beam welders that would still work, and left them on charger discs.

"You can use them against the Yi," he told Harbin. "Just point and shoot. They don't have much range, but they'll certainly kill a type two."

"What about a type three?"

Frazer didn't say anything. Harbin nodded in understanding.

It was in the garage that we found the vehicle, larger than a tuk-tuk, with four big tyres on axles that were mostly springs. It had a broad platform on the back. John said it was a park rover, which used to haul loads around the habitat where there weren't any tracks. The landscape wardens used them all the time. Its damage was superficial, although two of the tyres were badly slashed, revealing a sponge-like substance bulking out their core. Frazer found a charge cable and plugged it in.

"So, there is some power down here," he muttered.

"How long will it take?" I asked.

He studied the tiny glass displays behind the steering wheel. "Full charge, maybe a couple of hours."

"You don't need a full charge," John said. "Just enough to get to Ixia. I estimate that's four per cent. Six minutes."

"I'll see if the lift is working," Zawn said. "We can get it up to ground level."

"Wait." I held up my hand. "The brain queens will definitely be able to see us if we're riding that across the habitat, right?"

"Oh, yeah," Zawn said reluctantly.

"John, will it fit in the tunnels?"

"The vehicle's wheelbase is narrower than the subway cars."

"That's a yes, then." I was trying to make sense of the subway map I'd called up into my helmet display. "Can we get to Ixia through the tunnels?"

"It will require switching lines twice. Be aware this route will increase the distance we have to travel to thirty-one kilometres."

"How long will that take?"

"A park rover has a maximum speed of eighty kilometres per hour."

"Cool," Frazer purred.

"Which you will not be able to achieve in the subway tunnels."

"Even if it takes an hour, we'll be there a lot quicker than running," I said.

"But don't the Yi use the subway tunnels to get about?" Zawn asked.

I flinched. "Yeah."

"It'll be lethal for them to confront us down here," Frazer said. "The tunnels give us perfect line of sight to shoot them down. There will be nowhere they can take cover when we open fire."

"A good killing field," I said. "We'll take the tunnels."

So it was that ten minutes later we unplugged the park rover and manoeuvred along the corridors to the platform. At least the little blue emergency lights in the Red Line tunnel itself were on, and this time I got to drive. It wasn't difficult, just a case of holding the steering wheel steady and trying to keep the tyres from splashing through the thin stream of dank water running along the tunnel floor. Frazer sat up front with me, using his suit sensors to scan the tunnel ahead so I could concentrate on driving. Zawn and Alice sat behind us, checking nothing was following us.

"What are we going to do after this?" Frazer asked.

"I don't know," I told him. "Whatever people usually do on a planet, I suppose." Though somehow, I couldn't quite see myself walking round the countryside and organizing the house like the Bennet sisters.

"I meant, after the attack on Ixia, if it comes," he clarified. "And if it doesn't, same question: what next?"

"You know what," I said, irked. "We have to get into the aft section somehow. John can find us a route."

"There are many access points," John said. "All carry their own risk. I would advise scouting them first to access the hazard level."

"Again: no, Hazel. What are you going to do about Mum and Dad, and the rest of the villagers?"

"What do you mean?"

"We fend off one Yi attack – great. Then we dash off to the aft section and leave them again. How do you think the Yi will react to that? They have one chance to quash this uprising and return humans to being compliant sheep. If Ixia survives, that option ends."

"Exactly. We get help from the AIs in the aft section."

"*If* we make it to the aft section. And *if* it doesn't take too long. Face it: without us, Ixia won't last five minutes from any attack. And if we stay, we'll run out of ammunition eventually."

I wanted to tell him to stop, to shut up and let me concentrate on driving. "So, what are you saying? We should split up? Two stay to protect the village and two go aft?"

"Maybe. I just want you to be ready. You know what they're like – they're going to want to know what to do. It's going to be your call."

Why is it mine? Haven't I got enough to do, staying alive to get to the aft section?

"He's right, Hazel," Alice said.

"I need people to *help* me," I said miserably. "You all just expect me to make these monster-big decisions. I can't. And I can't because I'm terrified. If I get something wrong, *Daedalus* dies! Nine hundred years of people striving and dying to get us here, and it's all over – because of me. I can't do this. I can't." My hands were shaking, little tremors which the suit muscles amplified, sending the park rover swerving from side to side. Fantails of filthy water sprayed up from the wheels on either side of us until I got it back on the level.

"Hazel," Zawn said tentatively, "you know we'll back you no matter what, but you do have to have something ready to say to the village, some idea of what the next move is – that's all. If you have a plan and explain it with confidence, people will follow it. They'll have no choice, because they don't know what else to do."

"That's it, though. Sweet Captain, I don't know what else to do!"

"Then we'll come up with something together," he said. "But you're the one who will tell people, because you're the captain's daughter."

"All right," I said gracelessly.

The park rover chose that moment to wobble. I turned the steering wheel sharply to compensate – too sharply. It took me a while to wrestle it back onto a straight line. That was when the rear wheel started squeaking. It got progressively louder, turning into a shrill screeching that could only come from disintegrating metal. The whole vehicle started to shudder.

"Not now!" Frazer growled.

The shuddering changed to serious bucking, and the screech ended with a bang. My helmet·segments closed up fast just as the rear wheel twisted about and the park rover slewed round, coming to an abrupt halt. Frazer knocked into me and I almost fell out of the seat.

Zawn cursed loudly. "Seriously, why now?"

"You sound like Hazel," Frazer said.

"Hey!"

"Not helping, Frazer," Alice said. "The park rover got us this far. Ah, how far is this far?"

"It is just over six kilometres to Ixia," John said.

"Could be worse," Frazer said. "We can't keep relying on old machines to work for us every time we switch them on."

It was a phrase I kept turning over as we jogged down the tunnel. We had been relying on the things left over from Ashleigh Kruger's time without really understanding them. It was a good description of our entire lives, really. I suppose that's what happens to people when they stop questioning what they see around them. The brain queens had got that right about us: fill our lives with the essential routines we need just to feed ourselves and no one has the time to think about anything else.

(23)

We were a kilometre from Ixia when my suit sensors detected the first Yi sonar pulses from somewhere up ahead.

"They are very faint," John said. "It is hard to determine how far away they are. The tunnel walls confine the sound waves, so they carry further than usual."

"Best estimate?" I asked.

"It would depend on how many Yi there are. There are multiple pulses overlapping. It is impossible to compute."

"Look at the upside," Frazer said.

"There's an upside?"

"If there's a lot of them, and they're in the tunnel, then they're not in Ixia."

"You're right." I started to run faster. "How come they got here so quickly? The last time they attacked Ixia, the cold was really screwing with them."

"The air down here hasn't chilled yet," John said. "And when they do go up into the habitat, it will probably take a while for exposure to the cold to have any affect."

"Plus the light strips are on now," Frazer said. "That'll start warming up the air again."

When we came careering into Ixia's Blue Line station, it wasn't just the sonar pulses the suit's sensors could detect. The infra-red image in my display showed me a fuzzy heat source approaching fast down the tunnel like a hot cloud. A horde of type-two Yi were thrashing their way towards us, their tentacles squirming about. They were about eighty metres away.

"Move!" Zawn bellowed.

I jumped up onto the platform and headed for the archway. Behind me, Zawn fired two grenades down the tunnel.

We raced along the corridors to the chamber where the Cycling lift was – and of course Noran's electrical accident had disabled the mechanism.

Frazer clambered up the lift's support pillars with amazing ease and punched the safety doors above. They shuddered as their locking pins buckled. He punched again, sending one flying open. Bright light came flooding down, along with a confused barrage of sound. There were screams.

"What is happening up there?" Alice said.

I *knew* it. I knew we hadn't been quick enough. I knew driving through the tunnels hadn't been smart after all. We should have gone for speed above everything. So much for my decision-making.

Frazer swung himself through the opening. "Get up here!" he called.

Zawn was already running, his suit's artificial muscles lifting him high off the ground with each step. He jumped, sailing gracefully through the gap.

I followed quickly, already braced for the worst. As I jumped, I heard shooting.

The suit's vigour sent me soaring up in a long arc, curving over the frosty ground. I landed close to Ixia's hall. Fifty metres away, the villagers had built the fence of *cheval de frise* spikes just like Frazer had described them. Everyone was inside the barricade – and I mean *everyone*. I'd never seen so many people in one place before, let alone crammed in shoulder to shoulder. Mayor Fininen and Chief Atov had clearly been busy; they must have persuaded more villages to come and join Ixia. The sheer numbers who'd sought shelter inside the barricade registered at the same time as five type-three Yi smashed into the fence, snapping the sturdy wood as if it was nothing more than twigs of kindling. A huge swarm of type twos stampeded along the ground after them.

There were men lined up behind the crude spikes, some armed with crossbows while the rest swung long poles whose ends were swaddled in cloth that burned brightly. They didn't even slow the type threes. Huge tentacles lashed out, sending people flying.

I landed, knees bent, and raised my arm as the gun muzzle extended. "Explosive tip," I ordered. A target circle surrounded the closest type three. I shot it – two bullets. They must have killed it instantly when they detonated, but its mass and speed meant it ploughed on into the villagers. Bodies were knocked aside or vanished under its bulk. Their screams were agony in my ears.

I shifted my aim. Zawn and Frazer had already taken out another monster each. I got the fourth. Alice finished off the last. That didn't even slow down the onslaught of type twos.

I saw a laser beam stab out of the fight, scoring a deep wound across a type two. The escort cybot was standing just inside the fence. Mum was next to it, waving a carving knife around wildly and looking petrified.

I started firing into the Yi swarm, taking out the ones close to her. I couldn't see Dad anywhere. "One bullet each!" I shouted. My aim was good thanks to the suit's mechanisms, but I was shooting so close to people I had to take too long each time in case I hit anyone.

"We won't have enough," Frazer snarled. All four of us were making sure every shot counted. Yi fell fast, but their losses didn't make any difference to their frenzy. The escort cybot toppled beneath a pair of them.

"Oh, sweet Captain," I whispered. It was going to be the massacre I'd always feared. Type twos were already in among the tightly packed villagers, their tentacles lashing out. People were fighting back valiantly. The flaming poles were used like sledgehammers, long blades flashed desperately, some men were even wrestling the tentacles, but the Yi were too strong and still more of them were pouring out of the paths between the cabins.

"We've got to get in there," Zawn said. He ran and jumped, landing in the middle of the type twos. Frazer and I were running as well, flinging ourselves after him. A moment later, Alice followed.

I landed, crouched, ready for anything. A type two hurtled straight into me. My suit didn't budge from the strike. I yelled out an incoherent battle cry as tentacles flailed around me, the spiked tips scratching manically along my armour, trying to prise their way in. Then I punched back at it with all my strength. The suit's muscles reinforced the power. My fist ripped right through the Yi's skin, and my arm was buried up to my elbow in its body. The vile thing spasmed and went limp. The weight of it collapsing almost pulled me over. I jerked my arm out. It was covered in wicked, sticky fluids. The Hazel of a week ago would probably have puked her guts up at the sight. I just gave another yell – victorious this time.

But I couldn't waste time punching each Yi. The D-blade slid out of its sheath and I swung it at the nearest Yi, slicing off tentacles and cleaving a huge gash in its flanks.

Together, the four of us lined up in the middle of the torrent of alien bodies and hacked and punched and kicked. I fired grenades at the unending flow of them where they emerged from between the cabins. That slowed them down – for a moment.

"Hot-air jets," Zawn said.

Finally, something made them duck and turn aside. We formed a protective line across the break the type threes had smashed into the barricade, spraying the searing jets wide to keep them away from the villagers. Then we were advancing, forcing them back towards the cabins. Frazer and Alice fired grenades wherever they clumped together.

The Yi began to retreat into the village. I saw them scaling cabin walls to run along the roofs; more were jumping through windows. They were vanishing from sight and the suits' sensors. It would take an age to flush them out of every building.

"We have to finish this now," Frazer said. "We have to go after them with the jets and trap them in a firestorm. It's a perfect solution, just like we did with the type three in the carpentry shed."

"No!" I said frantically. "The cabins will burn. We won't be able to limit the damage."

"They're going to kill us, Hazel – all of us. This is war now. Real war. And you know we have to abandon the *Daedalus* anyway."

It was Frazer. He was right. I had to be cold. I couldn't let emotion be a part of the decision. I told myself Ashleigh Kruger would never let her own feelings stop her from doing the right thing.

"Burn them," I said. "Burn them all."

We advanced into the village. And destroyed it.

Wood and reeds and bamboo flamed with bright violence as our jets of incendiary air played across them. I walked methodically along the paths of my home, a place that had stood for five hundred years, wiping it out of existence. Every cabin, every shed, every barn, every storehouse, every possession that each family owned – all of it was consumed by fire.

The Yi squealed and ran, bursting out of cabins as the flames swirled higher, desperate to escape the conflagration. And we chased them, skewering them with our deadly air jets or slicing them apart or forcing them back into the inferno.

In the end, there was nothing left. The enemy was dead and Ixia was a blemish of cinders beneath a column of filthy smoke that reached all the way up to touch the sky.

When it was over, when not even our suit sensors could find another living Yi, I walked between the rectangular mounds of searingly hot charcoal until I was back at the village hall. Its glass walls were smeared in grey soot and the fancy white roof tarnished black. Smoke lingered inside, choking the kitchen and the hospital; I could see tiny wisps still rising out from the archways. I sat down outside the main entrance with my back resting against the glass and started to cry.

All the fight and determination that had powered me along had gone. I wanted to run off into the habitat, back to Tressaco. Those two days I'd spent there had been so joyful. I'd felt – no, I'd *known* I was accomplishing something back then.

"What is the matter?" John asked softly.

"You're kidding, right?"

"No. Kidding is not something that is easy for me to do. Humour is subjective, although I consider my adaptive routines have successfully acclimatized to your personality, I would not risk such statements. Especially not when you are this upset."

"Thanks. But think about it. I've just burnt my home to the ground."

"You have saved thousands of lives, Hazel."

"Maybe. For now. Until they come again. What do we do then? We're almost out of ammunition. There's nothing left to burn."

"The answer is obvious: do not be here."

"I don't want to be. Believe me, I really don't."

"You are undergoing what is called 'the comedown'. It is a temporary state following an event like this. You will soon recover your optimism and drive."

"An event like this?" I looked across the scorched wasteland that used to be Ixia. The guilt was almost unbearable. "There has never been an event like this."

"Actually, human history seems to be composed of very little else. You are shaped by the outcome of battles your ancestors have fought."

Zawn and Alice walked up. Their helmets opened. They seemed as overwhelmed as me.

"You okay?" Zawn asked.

I told my helmet to open and shook my head. Then I tried to wipe the tears from my face, which was a stupid thing to do when wearing armour gantlets.

He knelt down beside me. "Hey, we saved them. We won."

"Won what?" I snapped back. "This was our home."

"Yes, but Frazer called it. We were going to have to abandon it, so when we abandon it isn't really relevant. There's only one thing that matters now."

I closed my eyes for a long moment and sighed weakly. "Eliminate the Yi. Turn *Daedalus* around."

"That's two, but yeah." He held his hand out. "Come on. We need to do our job – you, especially."

"Job?"

"Reassuring people that everything is going well." He grinned and gestured at the charred ruins. "They can't say we weren't thorough."

"Our homes, Zawn!"

"They weren't, not anymore. But then, they haven't been since the Jolt, have they? That's what started this."

"Or when I ran away from the village, and you let me."

"Maybe. Come on, people need to see us."

Frazer walked up to us. His helmet opened. "I think some of them got away. I was tracking them along the lane to Rubain, but it was only a couple. I didn't see the point of chasing them."

"Good call," Alice said.

"Hazel, are you all right?"

"Just about."

"Are Mum and Dad okay?"

That finally roused me. "I don't know."

"You haven't checked?" Frazer sounded shocked.

"I can't face people," I mumbled. "They'll all hate me for what we did. There's nothing left."

"Mad as usual. Alice, tell her."

"He's right." She offered me a tentative smile. "We fought a battle and won. Us! In armour! Fighting aliens! And that's after we jumped all the way from the sky!" She laughed, tears shining on her cheeks. "Only you, Hazel."

"Nobody hates you," Zawn said. His gaze was so guileless, and his hand was still held out to me. "Quite the opposite. Come on. See for yourself."

"I suppose." I gripped his fingers and hauled myself up.

I was doing some deep breathing as we walked round the hall. The barricade came into view. Teams of people were dragging the dead Yi away and dropping them into the empty canal. There was an area set aside for the injured; I could see Marana and other medical people tending to them. So much clothing was soaked in blood. A line of bodies had been laid out, faces covered with shirts or jackets.

The majority of people were still clumped together in a big circle, with children in the middle being comforted by their parents. I could hear sobbing.

Just about every activity halted as we walked into view. Then it was bedlam. Hundreds of people started running towards us. There was shouting, yells of glee. Applause started up.

"Huh?"

"Told you," Zawn said from out of the corner of his mouth, as smug as Frazer.

Then there was cheering – cheering so loud the Yi brain queens themselves must have heard it up there in the sky.

"What are they doing?" I gasped.

Frazer burst out laughing. Zawn just grinned at me, his expression expectant.

Mum was one of the first to reach us. I never knew she could run so fast. There were tears streaming down her face as she collided with Frazer and hugged him tight. Her arms couldn't even make it all the way round his armour. I edged over to her, and she hugged me as well.

"You're alive," she snivelled.

I hated seeing her so upset, so I just said, "Well, yeah. This armour is pretty good."

I didn't get to say anything else. We were deluged with questions as more and people crowded round. They were touching the armour suits in dazed wonderment.

"What is that stuff?"

"Thank you. Thank you."

"Did you get it from the forward section?"

"You saved us!"

"Where are the others?"

"We got separated," I said, not that I knew who'd asked.

I was finding all the naked gratitude hard to accept.

Zawn's parents were embracing him, smiling like maniacs.

"Mum," I said, "where's Dad?"

She pointed. I could see him sitting on the ground, directing his friends from the carpentry shop. They were gathering up the weapons that'd been discarded. Tanari was beside him, doing something to his arm.

"Is he hurt?" I asked urgently.

"No. Well, his leg's bust."

I broke free from the press and hurried over to him. He saw me coming and clung to Tanari, levering himself off the ground.

I stopped two paces from him. "Dad!" That wonderful, clever wooden leg of his had been snapped in half.

His smile was bright as Tanari helped him hop over to me. His arms went round me, and he was grinning madly right in my face. "I knew you'd make it."

"Are you okay?"

"I'm fine."

"You're not," Tanari said firmly. "Hazel, make him sit. He's lost a lot of blood."

"Stop fussing," Dad grumbled.

I looked at his arm. Tanari had been applying a wrap of cloth round it which was now red with blood. "What happened?"

"I didn't duck quick enough. Those tentacles are fast. Don't worry, it's fine."

"It's not f– Wait, were you *fighting*?"

"Of course I was fighting those bastards. What did you think, I was just going to stand by?"

"But–" I managed to stop myself gesturing at his leg. "Oh, Dad."

He swayed about and I lowered him gently.

"That is an amazing machine you're in," he said. "Can I have one?"

I gave Tanari a desperate look. "Has Marana seen him?"

She shook her head. "The doctors are very busy."

I gave the row of injured a guilty look. "Right. John, what does this kind of injury need? Something the pharmalogical processor can produce."

"For a deep wound, you will need biotics for infection and a strip of bandskin."

"Got it. Frazer?"

"I'm here," he said behind me.

I started. "Okay, come with me. Zawn, Alice," I called.

"Yes?" Zawn replied.

"We have to help the wounded. You two talk to the doctors. Find out what they need. I'll get the pharmalogical processor to make it. Frazer, you're on delivery duty."

He nodded eagerly. "Sure."

We hurried over to the hall. I was sure the pharmalogical processor would have been unharmed. We'd never used our jets on the building.

It was still smoky inside. My helmet closed automatically as soon as we went in. The pharmalogical processor looked intact, but its screens and lights were dead.

"No power." Frazer said. "The brain queens have switched it off."

"Okay," I said calmly. "Frazer, this is your area. How do we get it to work again?"

"We need a power source. I can go back down into the station and see what I can find."

I glanced at the broad stairs in the middle of the hall. The idea was awful. I didn't want to force the doors open. The Yi used the transport tunnels to get around; they could emerge without warning. In fact, we needed to keep a watch on the Cycling lift anyway. I growled in dismay, trying to focus. "No. Think of another one. Something close."

"The suits," he said excitedly. "They've got high-capacity power cells."

"Okay, use mine. I'll stay in here and work the medicine machine."

"Right. You need to get out of it. I'll find some cable."

My suit's chest segments rearranged themselves, opening up. I felt the padding around my body loosen its grip. Then I had to wriggle my arms free and twist awkwardly as the suit's spine curved back, lifting my head out of the helmet. Getting out was just as difficult as suiting up had been, and this time I didn't have a convenient little platform to step onto.

Some graceless manoeuvring later and I managed to half tumble onto the floor. Every part of me ached. I hadn't noticed while I was in the suit. Then I tried to work out how long I'd been wearing it. Days, surely?

I stretched and pushed my hands into the base of my spine as I tried to stand up straight, grimacing at how stiff I was. The grey tunic was soaked in sweat and clinging to my skin. I started coughing from the thin layers of smoke.

"Yek. Let's hope Rell doesn't walk in anytime soon," Frazer said. His helmet was still sealed up, but the mockery was so visible. "You look like rancid guano."

I ignored it. *Not like I don't have practice.* "Did you get–"

He held up a length of cable. "Stand aside."

I heard someone calling my name and went over to the doorway. It was Itzy, standing just inside the hall's entrance, peering round nervously.

"Can I help?" she asked "I want to. Please."

"Yes, actually. I need to talk to Chief Atov and Mayor Fininen. Can you find them and ask them to come here, please?"

She nodded eagerly. "Yes."

I watched her run off. Itzy running wasn't something I'd ever expected to see. "Her treatment seems to be working," I said.

"Yes," John said. "That's good."

"Yeah," I agreed. "It is. Quickly, too."

Frazer rigged his cable from the power cells in my armour backpack into the pharmalogical processor. Its lights came on, and I ordered up a roll of bandskin and some biotic salve.

Part of the communication system in my helmet was detachable. I took it out and clipped in round my ear. "Zawn, Alice, what do the doctors need?"

(24)

The requests came in fast, mostly for painkillers and bandskin. Frazer recruited some of his friends to help carry the medical supplies over to the doctors. Atov and Fininen appeared quickly, and we discussed setting up watchers around the village who would sprint back and warn us if any Yi appeared.

I'd been right about the other villages. While we'd been away, Rubain, Nepeta, Inula and Orchis had all responded to the messengers Ixia had sent out. Their residents had marched by torchlight through the darkness and helped build the *cheval de frise* fence. That meant there were over five thousand people outside Ixia village hall with no shelter and very little food.

Their mayors joined Fininen in the hall while I loaded instructions into the pharmalogical processor. They were anxious to talk to me, to find out what was going on – *exactly* what was going on. They were polite but insistent. All had friends and family who'd been killed or hurt in the Yi attack, they told me. The survivors were shocked and fearful.

"We have a right to know what's going to happen."

"I have to go into the aft section," I told them.

"Why?"

"Because we need the thinking machines that survived."

"Why?"

"Josephine said they can help build us a weapon that will eliminate the Yi." I didn't want to use the words "huge bomb", not after the carnage we'd all just experienced.

"Who's Josephine?"

"A thinking machine from the forward section."

"But what about us? What do we do when you're trying to get into the aft section?"

"Uh..."

"Will the Yi come again?"

"What did you do to get them so angry with us?"

"Shut up!" I shouted. "You don't know what we saw, what we've been through." I turned away; I didn't want them to see me crying.

"Hazel," Atov said softly. "I'm sorry. You have no idea how grateful the people outside are to you. The four of you saved everybody. But they're very scared, and you are the only one who knows what's going on. Can you just speak to them? Please? Anything you can tell us that will help them to understand, we'd really appreciate it."

I nodded and took a moment to compose myself before I turned to face them again. Finally, I knew what had to be done, and how to get everybody to do exactly what I said. I had to use the truth. "Yes. I get it. John?"

"Yes, Hazel?"

"Did my suit record what we saw in the Central Sea?"

"Yes."

"Okay, and is the escort cybot's projector still working?"

"Yes."

"Right then." I gave Atov a steady look. "I'll show you what's happened. But you're not going to like it."

When the last medical requests were finished, I climbed back into my armour. There was no real need, but I felt a lot more comfortable with all that protection around me.

The escort cybot was lying on its side amid the melting frost, its casing badly buckled and one leg missing.

"It doesn't matter," John said. "The projector can compensate for the angle."

Zawn, Frazer and Alice stood beside me, the four of us facing the intimidating gathering of five thousand scared, anxious people. They'd just seen the Yi beaten back, so they now expected me to produce another miracle of salvation if a second wave attacked.

"Are you sure about this?" Frazer asked quietly.

"Yes," I said, before I lost my nerve.

So, we showed them. A big ghostly memory hanging in the air between them and us. The promenade of the Central Sea, with its row of silent, motionless Yi brain queens. Their murmurs of fearful excitement grew as Zawn walked closer and kicked one of the mini-Yi. Then I was examining a brain queen, ending up at its base, where my suit sensors zoomed in on the scattering of human bones below the open maws ringing its base.

"So now you know," I told my horrified audience. "They don't just kill us."

I watched the shock and revulsion spread and deepen, parents clutching their children to them, the anger and fright building amid the adults. Several sank to the ground, head in their hands, veiling tears. I closed my eyes to it, but in my mind I could see the lift platform lowering the Cycled into the ground, over and over and over. For five hundred years, Ixia had watched passively as Blessed parents, grandparents and great-grandparents all vanished in front of them, heralding another day of celebration and feasting.

Mayor Fininen drew himself up to face me, his desperation denying him any chance of composure. "You cannot go to the aft section," he said with brittle dignity. "Hazel, please, you can't leave us again. Not... not to *that*."

"I'm not leaving you," I announced loud and clear. "Because you're coming with me. All of you. We're going to the aft section of *Daedalus*. There are some of the thinking machines there that are unbeaten by the Yi. They can shelter us. The wounded will have to travel in carts. The rest of you must support each other. And we will not leave anyone behind."

I beckoned Fininen and the other mayors over to me. "Get them organized to travel, and fast," I told them quietly. "Make sure they don't load themselves up with anything. I want to leave inside the hour."

"But we'll need to carry food and water," Nepeta's mayor objected. "And the children are tired."

"Just water," I said firmly. "The quicker we move, the less time the Yi have to intercept us. Use carts for the children if there are enough. Otherwise, they'll have to be carried."

I was impressed at just how quickly everybody did manage to organize themselves. Mind you, the projection I'd shown them was the ultimate in motivation. The citizens of the five villages formed up ready to set off down the canal path. It was the quickest route to the aft ring lake.

I studied the route on the map that came up on my helmet display. "There are another three villages on the canal before we reach the lake," Zawn said. "That could be a problem."

"We don't stop," I said. "They either join us, or they take their chances with the Yi. We can spare a few minutes showing them the Central Sea recording, but that's all."

"I understand. They'd have to be crazy not to come with us. But Hazel, that'll be over eight thousand people."

"That's good. Eight thousand people safe."

"How are you going to get them to the other side of the ring lake? There aren't enough fishing boats in all of *Daedalus* to take half a village across in one go, let alone eight."

I had some vague notion of everyone walking along a subway tunnel under the ring lake to the far shore. Now, I wasn't so sure; that would leave us very vulnerable to a Yi ambush, especially if they found a way to let the lake water in... I shuddered. "One step at a time. Frazer, John, I want the pair of you examining the problem. Find us a safe way over to the far shore."

"On it," Frazer said enthusiastically.

A column was winding its way out of the assembled crowd, with the carts carrying the wounded at the front. Horses had been found and hitched up to some, while the rest had teams of adults who would take it in turns to pull. I found my furious father sitting on the back of one of them.

"I shouldn't be riding in a cart," he protested. "Hazel, please, just get me a decent-sized pole. I can use it as a crutch."

An exhausted Tanari was leaning on the side of the cart, looking like she was about to burst into tears.

My helmet opened, allowing me to stare right at him. "No, Dad," I said firmly. "You will be too slow on a crutch. And I will not allow anyone to endanger this convoy. You will sit in this cart and make yourself useful by helping the injured." I pointed at his two companions, who had long lengths of bandskin on their limbs.

His jaw dropped. Then he ducked his head meekly. "Yes. Of course. Sorry, I wasn't thinking."

"That's okay. I'll talk to you again when we reach the ring lake." My helmet closed – which was lucky; I don't think I could have kept that attitude going for more than another few seconds.

Fininen and the mayor of Inula were standing on the canal path at the head of the column. I walked over to them. "Let's go."

We'd arranged it so that I would be at the front, acting the leader that everyone would obediently follow but also scanning ahead for any Yi activity. Frazer and Alice were going to be near the middle, with Zawn bringing up the rear along with Chief Atov and a team of Regulators from every village, whose job was going to be dealing with people who were falling behind.

I'd gone about four hundred metres along their canal path when Alice's badge appeared in my display. "Yes?"

"You do know which fishing village is at the end of this canal, don't you?" she said in her most malicious voice.

"Yeah," I admitted. It was the first thing I'd noticed when I studied the map. Not that I'd forgotten, but...

"Viride," she taunted.

"So?"

"So, I wonder what Scott will think when you arrive in an armour suit at the head of a refugee convoy?"

"I'm sure you can ask him." I banished her badge, but not before I heard some vicious chuckling.

I took one look back. The column was moving along nicely. All the carts were on the path now, and everyone behind them was keeping close together. They were walking four or five abreast. Oddly, the big mass of people waiting their turn to start didn't seem any smaller than when I set off. It made me realize just how long the line was going to be. Which brought its own problems if we had to defend it.

"Everything all right?" Fininen asked.

I hadn't told him, or anyone, that the *Daedalus* had flown past the new world. Nor did he know that the only reason we were heading for the aft section was because a five-hundred-year-old woman in a glass bubble had said it was what we should do. *One step at a time.*

"It will be soon," I assured him.

If he doubted me, he didn't show it.

"John?"

"Yes, Hazel?"

"Play me some music from Earth." It had been too long since I'd heard any.

"Very well."

I was impressed by how well his adaptive routines could read my moods now. The song he chose was the perfect accompaniment for me as I left my ruined home behind, a lovely melody complemented by an exquisitely soulful voice.

Behind me, the smoke rising from Ixia's ruins was finally thinning out, its tip splitting to curve round the bulk of the habitat's sky, and I strode on down the path with a voice from a thousand years ago singing about a wonderful world with trees of green and red roses too.

Hazel's story will conclude in

QUEENS OF
AN ALIEN SUN,

BOOK THREE OF
THE ARKSHIP TRILOGY